LA TOUR SOMBRE - 6

LE CHANT DE SUSANNAH

DU MÊME AUTEUR

ROMANS

Carrie
Salem
Shining
Le Fléau
Dead Zone
Charlie
Cujo
Christine
Simetierre
L'année du loup-garou
Ça
Les yeux du dragon
Misery
Les Tommyknockers
La part des ténèbres
Bazaar
Jessie
Dolores Claiborne
Insomnie
Rose Madder
Désolation
La ligne verte
Sac d'os
La petite fille qui aimait Tom Gordon
Dreamcatcher
Roadmaster

LA TOUR SOMBRE

1. Le Pistolero
2. Les Trois Cartes
3. Terres Perdues
4. Magie et Cristal
5. Les Loups de La Calla
6. Le Chant de Susannah
7. La Tour Sombre

HORS-SÉRIE
(écrit par Robin Furth) :

La Tour Sombre : Concordance 1
(Le guide officiel des quatre premiers épisodes du cycle)
La Tour Sombre : Concordance 2
(Le guide officiel des trois derniers épisodes du cycle)

LE TALISMAN DES TERRITOIRES
(avec Peter Straub)

1. Talisman
2. Territoires

SOUS LE PSEUDONYME DE RICHARD BACHMAN

Rage
Marche ou crève
Chantier
Running Man
La peau sur les os
Les régulateurs

NOUVELLES

Brume – Paranoïa
Brume – La Faucheuse
Différentes saisons
Danse macabre
Minuit 2
Minuit 4
Rêves et cauchemars
Cœurs perdus en Atlantide
Un tour sur le bolid'
Tout est fatal

SCÉNARIOS

Creepshow
Peur bleue
La tempête du siècle

ESSAIS

Anatomie de l'horreur - 1
Anatomie de l'horreur - 2
Écriture

STEPHEN
KING

LA TOUR SOMBRE - 6

LE CHANT DE SUSANNAH

Traduit de l'américain
par Marie de Prémonville
Illustrations de Darrel Anderson

J'AI LU

À Tabby,
qui a su quand c'était fini

Titre original :
The Dark Tower VI :
Song of Susannah

•

Excerpt from *Peace like a river* by Leif Enger
used by permission.

•

SOMMAIRE

PREMIER COUPLET :

Tremblement de Rayon 15

DEUXIÈME COUPLET :

Persistance de la Magie 37

TROISIÈME COUPLET :

Trudy et Mia.................................... 69

QUATRIÈME COUPLET :

Le Dogan de Susannah 85

CINQUIÈME COUPLET :

La Tortue 105

SIXIÈME COUPLET :

L'Allure du Château....................... 131

SEPTIÈME COUPLET :

L'Embuscade 163

HUITIÈME COUPLET :

À pile ou face 195

NEUVIÈME COUPLET :

Eddie tient sa langue 217

DIXIÈME COUPLET :

Susannah-Mio, ma chérie divisée .. 271

ONZIÈME COUPLET :

L'Auteur 331

DOUZIÈME COUPLET :

Jake et Callahan 385

TREIZIÈME COUPLET :

« Aïle, Mia. Aïle, Mère » 441

Coda : Extraits du journal
d'un écrivain.................................. 497

Note du romancero 524

ILLUSTRATIONS

Des salves d'éclairs verts
et silencieux 31

Il vit des portes, au moins
un millier de portes 66

De gigantesques formations
rocheuses se détachaient
sur fond de ciel 136

« À terre ! », brailla Roland 169

Tower signa de son nom
en bas de la page,
en un gribouillis rapide 251

Susannah ferme les yeux............... 281

Dans une forêt
de visages attentifs 340

Le *ka* vient à moi............................ 375

2, Hammaskjöld Plaza 404

Du col de cette chemise
émergeait une tête d'oiseau........ 476

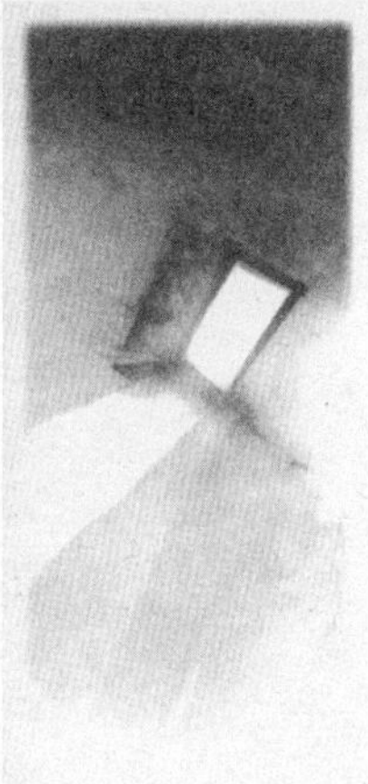

« Allez-vous-en. Il existe d'autres mondes que ceux-ci. »
John « Jake » Chambers

« Je suis une jeune fille au chagrin éternel
J'ai eu des ennuis toute ma vie
Je suis condamnée à errer par le monde
Je n'ai pas d'amis pour m'indiquer le chemin... »
Chanson populaire

« Appelons juste ce que Dieu décidera pour nous. »
Leif Enger
Peace Like a River

REPRODUCTION

19

PREMIER COUPLET

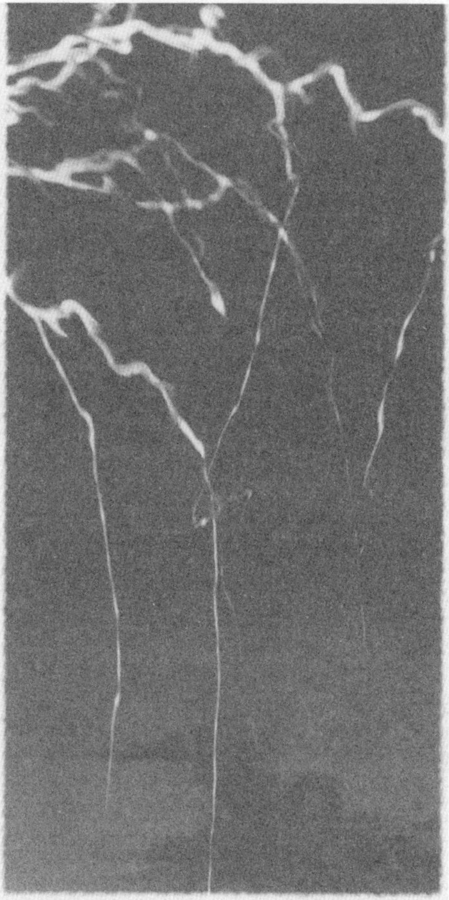

TREMBLEMENT DE RAYON

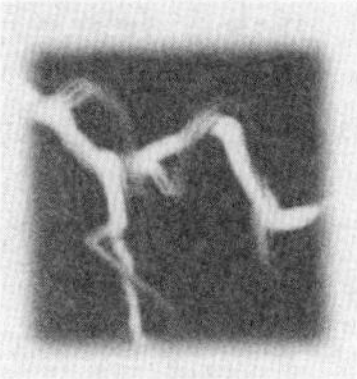

UN

— Combien de temps la magie durera-t-elle ?

Personne ne répondit à la question de Roland, aussi la répéta-t-il. Cette fois-ci, il balaya du regard le salon du presbytère, dans lequel était assis Henchick le Manni, en compagnie de Cantab, qui avait épousé l'une des nombreuses petites-filles du patriarche. Les deux hommes se tenaient la main, comme il était d'usage chez les Manni. Le plus âgé venait de perdre une petite-fille, mais nulle trace de douleur ne se lisait sur son visage de marbre, à l'expression posée.

À côté de Roland, ne tenant la main de personne, livide et silencieux, se trouvait Eddie Dean. Et près de lui, assis en tailleur sur le sol, Jake Chambers. Il avait pris Ote sur ses genoux, chose que Roland ne lui avait jamais vu faire auparavant, et qu'il n'aurait jamais cru que le bafouilleux accepterait. Aussi bien Eddie que Jake étaient couverts de sang. Celui qui constellait la chemise de Jake appartenait à son ami Benny Slightman. Sur la chemise d'Eddie, c'était celui de Margaret Eisenhart, jadis Margaret du Clan du Sentier Rouge, feu la petite-fille d'Henchick. Roland reconnut sur le visage d'Eddie et de Jake l'épuisement qu'il ressentait lui-même, pourtant il était certain qu'aucun d'eux ne prendrait de repos, cette nuit-là. Au loin, montant de la ville, il entendait le crépitement des feux d'artifice, les chants et les cris de joie.

Nulle joie pourtant, ici. Benny et Margaret étaient morts, et Susannah avait disparu.

— Henchick, dites-moi, je vous prie : combien de temps la magie durera-t-elle ?

Le vieil homme se caressa la barbe d'un air distrait.

— Pistolero – *Roland* –, je ne peux le dire. La magie de la porte dans la grotte est au-delà de mon entendement. Comme tu dois le savoir.

— Dites-moi ce que vous en pensez, vous. En vous fiant à ce que vous *savez*.

Eddie leva les mains. Elles étaient sales, avec du sang jusque sous les ongles, et elles tremblaient.

— Dites-le, Henchick, articula-t-il d'une voix humble et perdue que Roland ne lui avait jamais entendue, dites-le-nous, je vous prie.

Rosalita, la femme à tout faire du Père Callahan, entra avec un plateau dans les mains. Des tasses étaient posées dessus, ainsi qu'un pichet de café fumant. Elle au moins avait trouvé le temps d'échanger son jean et sa chemise poussiéreux contre une robe d'intérieur, mais à ses yeux on voyait qu'elle était toujours en état de choc. Ils pointaient de leurs orbites comme de petits animaux aux aguets passant la tête hors de leur terrier. Elle servit le café et fit passer les tasses sans un mot. Elle non plus n'était pas venue à bout de tout le sang, comme le constata Roland lorsqu'elle lui tendit son café. Le dos de sa main droite était zébré d'une traînée rouge. Le sang de Margaret, ou celui de Benny ? Il n'en savait rien. Et il s'en moquait. Les Loups avaient été vaincus. Peut-être reviendraient-ils à Calla Bryn Sturgis, ou peut-être pas. C'était l'affaire du *ka*. La leur, c'était Susannah Dean, qui avait disparu après la bataille, en emportant la Treizième Noire avec elle.

— Vous voulez parler du *kaven* ? demanda Henchick.

— Si fait, mon père, acquiesça Roland. De la persistance de la magie.

Le Père Callahan prit une tasse de café en hochant la tête, avec un sourire distrait mais sans dire merci. Il avait très peu parlé, depuis leur retour de la grotte. Sur ses genoux était posé un livre intitulé *Salem*, écrit par un homme dont il n'avait jamais entendu parler. Il se présentait comme un ouvrage de fiction, mais lui, Donald Callahan, y était présent. Il avait vécu dans la ville dont parlait ce livre, et pris part aux événements qu'il décrivait. Il avait jeté un œil au dos de l'ouvrage, et à la photo de l'auteur sur le rabat, avec cette étrange certitude que ce serait son propre visage, son visage probablement tel qu'il était en 1975, quand toute cette histoire s'était produite. Mais il n'y avait trouvé aucune photo, rien qu'une notice biographique qui ne disait pas grand-chose. L'auteur vivait dans le Maine. Il était marié. Il avait écrit un autre livre avant celui-ci, très bien accueilli par la critique, à en croire les extraits cités en quatrième de couverture.

— Plus la magie est puissante, plus elle dure longtemps, répondit Cantab, avant d'adresser à Henchick un regard interrogateur.

— Si fait, acquiesça ce dernier. La magie et le *glam* ne font qu'un, et ils se déroulent à l'envers.

Il marqua une pause.

— En remontant le temps, vous intuitez.

— Cette porte s'est ouverte sur de nombreux lieux et de nombreuses époques, dans le monde d'où viennent mes amis, reprit Roland. Je voudrais qu'elle s'ouvre à nouveau, mais seulement sur les deux derniers. Les deux plus récents. Est-ce faisable ?

Ils laissèrent Henchick et Cantab réfléchir à la question. Les Manni étaient de grands voyageurs. S'il y avait quelqu'un pour savoir, pour accomplir ce que Roland voulait – ce qu'ils voulaient tous –, ce serait ce peuple.

Cantab s'inclina respectueusement vers le vieil homme, le *dinh* de Calla du Sentier Rouge. Il lui murmura quelque chose. Henchick l'écouta, le visage impassible, puis lui fit tourner la tête d'une main noueuse et ridée, et chuchota à son tour à son oreille.

Eddie ne tenait pas en place, et Roland sentait bien qu'il était sur le point de perdre pied, peut-être de se mettre à hurler. Il posa la main sur l'épaule du jeune homme afin de le retenir, et Eddie retrouva son calme. Pour l'instant, du moins.

L'échange à voix basse se poursuivit pendant environ cinq minutes, les tenant tous en haleine. Roland avait du mal à supporter les manifestations de joie qui éclataient au loin ; il n'osait imaginer l'effet qu'elles produisaient sur Eddie.

Henchick finit par tapoter la joue de Cantab et se tourna vers Roland.

— Nous pensons que c'est faisable, dit-il.

— Dieu merci, marmonna Eddie, puis, à voix haute : *Dieu merci* ! Allons-y. On pourra vous retrouver sur la Route de l'Est…

Les deux hommes barbus se mirent à secouer la tête, Henchick d'un air triste et sévère, Cantab avec une expression presque horrifiée.

— Pas question d'aller à la Grotte des Voix dans le noir, assena Henchick.

— Il le *faut* ! explosa Eddie. Vous ne comprenez pas ! La question n'est pas seulement de savoir combien de temps la magie durera, il y a aussi la question du temps qui passe de l'autre côté ! Il va plus vite, là-bas, et impossible de revenir en arrière ! Bon Dieu, Susannah est peut-être en train d'accoucher en ce moment même, et si c'est bien d'une espèce de cannibale…

— Écoutez-moi, jeune homme, répliqua Henchick, et entendez-moi bien, je vous prie. Le jour se fait vieux.

Il disait vrai. Jamais de toute sa vie Roland n'avait vu une journée lui filer aussi rapidement entre les doigts. Elle avait commencé par la bataille avec les Loups, peu après l'aube, puis il y avait eu les réjouissances de la victoire et les larmes du deuil (bien que leurs pertes humaines fussent incroyablement réduites), là sur la route. Ils étaient revenus à la réalité en prenant conscience de la disparition de Susannah, ils avaient suivi le sentier jusqu'à la grotte, et ils y avaient fait des découvertes. Le temps pour eux de retourner sur le champ de bataille de la Route de l'Est, il était plus de midi. La plupart des villageois étaient partis, ramenant triomphalement chez eux leurs enfants sains et saufs. Henchick avait volontiers accepté de tenir cette palabre, mais quand ils étaient arrivés au presbytère, le soleil avait déjà basculé du mauvais côté du ciel.

On va peut-être réussir à prendre une nuit de sommeil, finalement, se dit Roland, sans savoir s'il devait s'en réjouir ou s'en attrister. Ce qu'il savait en revanche, c'est qu'un peu de repos ne lui aurait pas fait de mal.

— J'écoute et j'entends, acquiesça Eddie.

Mais Roland n'avait pas retiré la main de son épaule, et il sentait le jeune homme trembler.

— Même si nous étions d'accord pour y aller, nous ne pourrions convaincre assez d'hommes de nous accompagner, ajouta Henchick.

— Vous êtes leur *dinh*…

— Si fait, c'est ainsi que vous dites, et je suppose que vous dites vrai, bien que ce ne soit pas notre terme à nous, intuitez bien. Ils me suivraient en toutes choses ou presque, et ils mesurent la dette qu'ils ont envers votre *ka-tet*, au-delà de cette simple journée, et ils vous diraient grand merci de toutes les manières possibles. Mais pas en prenant à la nuit tombée le sentier qui mène à ce lieu hanté.

Henchick secouait la tête lentement, d'un air catégorique.

— Non – voilà une chose qu'ils ne feraient pas. Écoutez, jeune homme. Cantab et moi pouvons être rentrés au Kra-ten du Sentier Rouge bien avant la nuit noire. Là nous convoquerons nos semblables au Tempa, ce qui, chez nous, est l'équivalent de la Salle du Conseil pour les oublieux.

Il jeta un regard furtif à Callahan.

— Grand pardon si le terme vous offense, Père.

Callahan hocha la tête d'un air distrait sans lever les yeux de son livre, qu'il tournait et retournait entre ses mains. L'ouvrage était protégé par une couverture plastifiée, comme le sont souvent les premières éditions. Sur la page de garde, on pouvait lire le prix, inscrit d'un trait léger, au crayon à papier : 950 $. Le deuxième roman d'un jeune homme, un illustre inconnu. Le Père se demandait ce qui lui donnait tant de valeur. S'il croisait le propriétaire de la librairie, un certain Calvin Tower, il ne manquerait pas de lui poser la question. Et ce ne serait que la première d'une longue série.

— Nous leur expliquerons ce que tu attends d'eux, et nous demanderons des volontaires. Sur les soixante-huit hommes que compte le Kra-ten du Sentier Rouge, je parie que seuls quatre ou cinq refuseront de vous prêter main-forte – d'unir leurs forces aux vôtres. Ce qui fera un khef très puissant. C'est ainsi que vous dites ? le khef ? Le partage ?

— Oui, confirma Roland. Le partage de l'eau, voilà ce que nous disons.

— On ne pourrait pas faire entrer autant de monde dans cette grotte, intervint Jake. Même en en mettant une moitié sur les épaules de l'autre moitié.

— Ce ne sera pas la peine, répondit Henchick. Nous mettrons à l'intérieur les plus forts – ceux que nous appelons les émissaires. Les autres s'aligneront sur le sentier, main dans la main, pendule contre pendule. Ils y seront avant que le soleil atteigne la ligne des toits, demain matin. J'en jurerais, par ma montre et mon billet.

— Il nous faudra la nuit pour rassembler nos aimants et nos pendules, de toute façon, ajouta Cantab.

Il regardait Eddie avec l'air de s'excuser, de la peur dans le regard. Il était évident que le jeune homme souffrait atrocement.

Et c'était un pistolero. Un pistolero pouvait frapper, et lorsque cela se produisait, ce n'était jamais à l'aveuglette.

— Il sera peut-être trop tard, fit Eddie, d'une voix éteinte.

Il posa sur Roland ses yeux noisette. Ils étaient injectés de sang et noirs d'épuisement.

— Demain, il sera peut-être trop tard, à supposer que la magie n'ait *pas* disparu.

Roland ouvrit la bouche, et Eddie le mit en garde en levant l'index.

— Ne me parle pas du *ka*, Roland. Si tu prononces encore une fois le mot « ka », je te jure que ma tête va exploser.

Roland referma la bouche.

Eddie se retourna vers les deux hommes barbus, vêtus de leurs longues capes sombres de Quakers.

— Et vous ne pouvez pas jurer que la magie sera encore là, n'est-ce pas ? Ce qui est sans doute encore ouvert ce soir se sera peut-être refermé pour toujours sur nous, demain. Et tous les aimants et les pendules de plomb de tous les Manni de la Création ne pourront plus le rouvrir.

— Si fait, reconnut Henchick. Mais ta femme a emporté le cristal magique, et quoi que tu en penses, l'Entre-Deux-Mondes et les terres frontalières se trouvent bien soulagés d'en être débarrassés.

— Je vendrais mon âme pour le tenir entre mes mains en ce moment même, lâcha Eddie d'une voix claire.

Ils eurent tous l'air choqués par cette affirmation, même Jake, et Roland ressentit une forte envie d'ordonner à Eddie de retirer ce qu'il venait de dire, de se rétracter immédiatement. Des forces puissantes œuvraient contre leur quête de la Tour, des forces obscures, et la Treizième Noire était leur *sigleu* le plus évident. Tout dépendait des mains dans lesquelles ces forces tombaient, et les cristaux de l'Arc-en-Ciel du Magicien possédaient un *glam* maléfique qui leur était propre, la Noire plus que tous les autres. Peut-être même que tous les autres réunis. Roland se disait que, même s'ils l'avaient eue entre les mains, il aurait fait l'impossible pour la garder hors de portée d'Eddie. Vu l'état de chagrin dément dans lequel le jeune homme se trouvait, il ne faudrait pas plus de quelques secondes au Cristal pour le détruire ou en faire son esclave.

— Les pierres pourraient boire, si elles avaient une bouche, dit sèchement Rosa, les faisant tous sursauter. Eddie, sans même tenir compte de la magie, visualisez le sentier qui mène à la grotte. Puis imaginez-vous cinq ou six douzaines d'hommes, dont la plupart aussi âgés que le vieil Henchick lui-même, dont deux ou trois aussi aveugles que des chauves-souris, essayant de le gravir en pleine nuit.

— Et le rocher, renchérit Jake. Rappelle-toi ce rocher contre lequel il faut se glisser, avec les pieds pendant au-dessus du vide ?

À contrecœur, Eddie hocha la tête. Roland le vit lutter pour accepter ce qu'il ne pouvait changer. Pour retrouver la raison, presque à tâtons.

— Susannah Dean est un pistolero, elle aussi, dit Roland. Il se peut qu'elle réussisse à s'en tirer toute seule pendant un moment.

— Je ne crois pas que Susannah puisse encore faire quoi que ce soit, répliqua Eddie, et toi-même tu ne le crois pas. Après tout, c'est l'enfant de Mia, et c'est Mia qui commande, jusqu'à la naissance du bébé – du p'tit gars.

Roland eut alors une intuition, et comme beaucoup de celles qu'il avait eues par le passé, elle se révéla vraie.

— Elle était peut-être aux commandes en partant, mais rien ne prouve qu'elle ait pu le rester.

Callahan finit par lever les yeux du livre qui l'absorbait tant.

— Pourquoi ça ?

— Parce que ce n'est pas son monde, répondit Roland. C'est celui de Susannah. Si elles ne trouvent pas le moyen de fonctionner ensemble, elles pourraient bien mourir ensemble.

DEUX

Henchick et Cantab retournèrent au Sentier Rouge, tout d'abord pour rendre compte de la journée aux anciens qui s'étaient réunis (exclusivement entre hommes), puis pour les informer du paiement attendu pour ce travail. Roland rentra avec Rosa chez elle. Sa maisonnette se tenait en haut de la colline, surplombant un cabanon autrefois ravissant et aujourd'hui presque en ruine. À l'intérieur de ce cabanon, montant inutilement la garde, reposaient les restes d'Andy le Robot Messager (Nombreuses Autres Fonctions). Rosalita déshabilla Roland, lentement et complètement. Lorsqu'il fut nu comme un ver, elle s'allongea sur son lit à ses côtés et le massa avec des huiles spéciales : de l'huile-de-chat pour ses douleurs articulaires, et un mélange plus épais et légèrement parfumé pour ses parties plus sensibles. Ils firent l'amour. Ils jouirent en même temps (par un caprice de la physiologie que les idiots ont tendance à prendre pour un signe du destin), dans le crépitement des pétards qui éclataient dans la grand-rue de La Calla et les cris tapageurs des *folken*, dont la plupart étaient déjà plus qu'éméchés, à en juger par leurs voix.

— Dors, lui dit-elle. Demain je ne te verrai plus. Ni moi, ni Eisenhart, ni Overholser, ni personne de La Calla.

— Tu as le don de vision, alors ? demanda Roland.

Il se sentait détendu, et même amusé ; pourtant, même alors qu'il se trouvait au plus profond de sa chaleur à elle et au plus fort de ses va-et-vient, l'ombre de Susannah n'avait pas cessé une seconde de le tourmenter : un membre de son *ka-tet*, perdu. Même s'il n'y avait eu que ça à déplorer, ç'aurait suffi à le priver de sommeil et de tranquillité.

— Non, répondit-elle, mais il m'arrive d'avoir des sentiments de temps en temps, comme n'importe quelle femme, particulièrement quand son homme s'apprête à plier bagage.

— C'est ce que je suis, pour toi ? Ton homme ?

Le regard de Rosalita était à la fois timide et déterminé.

— Pendant le peu de temps que tu as passé ici, si fait, c'est ainsi que j'ai aimé te considérer. Me donnerais-tu tort, Roland ?

Il secoua immédiatement la tête. C'était bon d'être à nouveau l'homme d'une femme, même pour très peu de temps.

Elle vit qu'il était sincère, et son expression s'adoucit. Elle se mit à caresser la joue maigre du Pistolero.

— C'était une heureuse rencontre que la nôtre, n'est-ce pas, Roland ? Une heureuse rencontre à La Calla.

— Si fait, gente dame.

Elle toucha ce qui restait de sa main droite, puis s'attarda sur sa hanche droite.

— Et ces douleurs ?

À elle, il ne pouvait pas mentir.

— Abominables.

Elle hocha la tête, puis lui prit la main gauche, celle qu'il avait réussi à garder hors de portée des homarstruosités.

— Et celle-là ?

— Elle va bien, répondit-il.

Mais ce disant, il éprouva un violent élancement. Une douleur embusquée. Attendant son heure. Ce que Rosalita appelait l'arthrite sèche.

— Roland ! l'interpella-t-elle.

— Si fait ?

Elle posa sur lui son regard calme. Elle tenait toujours la main gauche du Pistolero dans la sienne, la caressant, en sondant les secrets.

— Achève ta tâche avant qu'elle ne t'achève.

— C'est ton conseil ?

— Si fait, mon trésor. Avant qu'elle ne t'achève.

TROIS

Eddie était assis sous la galerie derrière le presbytère quand vint minuit, et qu'entra dans l'histoire ce que les gens du cru appelleraient désormais le Jour de la Bataille de la Route de l'Est (après quoi, il entrerait dans le mythe, à supposer que le monde survive assez longtemps pour le permettre). En ville, les échos de la fête avaient gagné en force et en fièvre, au point qu'Eddie en était venu à se demander s'ils n'allaient pas mettre le feu à la grand-rue tout entière. S'il s'en souciait ? Pas une seconde, merci beaucoup, mais je vous en prie. Tandis que Roland, Susannah, Jake, Eddie et ces trois femmes – les Sœurs d'Oriza, comme elles se faisaient appeler – tenaient tête aux Loups, le reste des *folken* de La Calla était allé se tapir en ville ou dans les rizières au bord de la rivière. Pourtant, dans dix ans – peut-être même cinq ! –, ils se remémoreraient entre eux ces heures où ils s'étaient surpassés, en ce jour d'automne, tous unis autour des pistoleros.

Ce n'était pas juste, et une partie de lui savait que ce n'était pas juste, mais de toute sa vie il ne s'était jamais senti aussi impuissant, aussi perdu et donc aussi mesquin. Il s'entraînait à ne pas songer à Susannah, à ne pas se demander où elle se trouvait et si elle avait déjà accouché de ce démon, mais il se retrouvait à penser à elle, quoi qu'il arrive. Elle était repartie pour New York, ça au moins, il en était certain. Mais quand ? Les gens se déplaçaient-ils dans des fiacres, à la lueur des becs de gaz, ou bien dans des taxis antigravitationnels à réaction, conduits par des robots tout droit sortis de chez North Central Positronics ?

Est-elle seulement encore en vie ?

S'il avait pu, il se serait extirpé de ces pensées, mais l'esprit pouvait être si cruel… Il la voyait, dans le caniveau quelque part dans Alphabet City, avec une croix gammée creusée dans la chair de son front, et autour du cou une pancarte portant l'inscription : DE LA PART DE TES AMIS DE LA VILLE D'OXFORD.

Derrière lui, la porte de la cuisine du presbytère s'ouvrit. Il entendit le doux claquement de pieds nus (son ouïe s'était singulièrement aiguisée, comme tout le reste de sa panoplie de tueur) et le cliquetis des griffes. Jake et Ote.

Le garçon vint s'asseoir à ses côtés, dans le rocking-chair de Callahan. Il était encore habillé, et portait son crampon de débardeur. Dans lequel Eddie aperçut le Ruger que le jeune garçon avait volé à son père, le jour où il avait fugué de chez lui. Aujourd'hui il avait fait couler… pas le sang, en tout cas. Pas encore. De l'huile ? Eddie eut un petit sourire. Sans une pointe d'humour.

— On n'arrive pas à dormir, Jake ?

— Ake, acquiesça Ote en s'écroulant aux pieds du garçon, et en posant le museau entre ses pattes, contre le plancher.

— Non, répondit le garçon. Je pensais à Susannah.

Il marqua une pause, puis ajouta :

— Et à Benny.

Eddie savait que c'était normal, car l'enfant avait vu son ami exploser littéralement sous ses yeux. Bien *sûr* qu'il pensait à lui, pourtant Eddie ne put s'empêcher de ressentir un sursaut amer de jalousie, comme si toute l'attention de Jake avait dû être consacrée à la femme d'Eddie Dean.

— Ce gamin, Tavery, dit Jake, c'est sa faute. Il a paniqué. Il s'est mis à courir. Il s'est cassé la cheville. Sans lui, Benny serait encore vivant.

Et, à voix très basse – d'une manière qui aurait fendu le cœur du garçon en question s'il l'avait entendu, Eddie en était certain –, il ajouta :

— Ce… putain de… Frank Tavery.

Eddie tendit une main qui ne se voulait pas réconfortante, et caressa la tête du garçon. Il avait les cheveux longs. Il aurait eu besoin d'un shampooing. Bon Dieu, il aurait eu besoin d'une bonne coupe. Il lui aurait fallu une mère derrière lui, pour s'occuper de ça. Plus de mère, à présent, pas pour Jake. Et il se produisit un petit miracle : prodiguer du réconfort réchauffa un peu le cœur d'Eddie. Pas beaucoup, mais un peu quand même.

— Oublie tout ça, dit-il. Ce qui est fait est fait.

— Le *ka*, fit Jake d'une voix amère.

— Tétoi, ka, lâcha Ote sans lever le museau.

— Amen, répliqua Jake, en éclatant de rire.

Un rire qui avait quelque chose de dérangeant, tant il était froid. Jake saisit le Ruger dans son holster fait maison et le contempla.

— Celui-là pourra passer, parce qu'il vient de l'autre côté. C'est ce que dit Roland. Peut-être que les autres passeront aussi, parce qu'on n'ira pas vaadasch. S'ils ne passent pas, Henchick les camouflera dans la grotte, et peut-être qu'on pourra revenir les chercher.

— Si on atterrit bien à New York, répliqua Eddie, des armes, il y en aura des tas. Et on les trouvera.

— Pas comme celles de Roland. J'espère vraiment qu'elles vont passer. Des pistolets comme celui-ci, il n'en reste pas un seul, dans aucun monde. Voilà ce que je pense.

C'était aussi l'avis d'Eddie, mais il ne prit pas la peine de le dire. De la ville monta une nouvelle salve de pétards, puis ce fut le silence. Ça s'apaisait enfin, là-bas. Le lendemain, on ferait sans doute la fête toute la journée, sur la Pelouse, dans la droite ligne de la fête d'aujourd'hui, mais avec un peu moins d'alcool et un peu plus de clarté d'esprit. Roland et son *ka-tet* seraient attendus comme invités d'honneur, mais si les dieux de la création se montraient cléments et que la porte devait s'ouvrir, ils seraient déjà partis. Sur la piste de Susannah. Pour la retrouver. Peu importait la piste. Il fallait la *retrouver*.

Comme s'il lisait dans ses pensées (chose qu'il pouvait faire, il était fort, avec le *shining*), Jake dit :

— Elle est toujours vivante.

— Comment tu le sais ?

— On l'aurait senti, si elle était morte.

— Jake, peux-tu entrer en contact avec elle ?

— Non, mais...

Avant qu'il ait pu finir, un énorme grondement monta de la terre. La véranda se souleva subitement du sol et se mit à onduler comme un navire sur une mer démontée. On entendait les planches gémir. De la cuisine leur parvint le fracas de la vaisselle qui s'entrechoquait, ainsi que des dents qui claquaient. Ote leva la tête et émit une plainte sourde. Sa petite tête rusée avait un air comique et alarmé, les oreilles plaquées en arrière, sur le crâne. Dans le salon de Callahan, quelque chose se brisa par terre.

La première pensée d'Eddie, aussi illogique que prégnante, fut que Jake venait de tuer Suze, par le simple fait d'affirmer qu'elle était toujours vivante.

Pendant un moment, le tremblement s'intensifia. Un montant de fenêtre sortit du mur, faisant éclater la vitre. Une explosion déchira l'obscurité. Eddie supposa – à raison – qu'il s'agissait du cabanon, qui rendait à présent l'âme. Sans même s'en rendre compte, il se retrouva debout. Jake se tenait près de lui, fermement agrippé à son poignet. Eddie avait dégainé l'arme de Roland et ils se retrouvaient là, tous les deux, prêts à ouvrir le feu.

Des confins de la terre monta un ultime grondement, puis soudain sous leurs pieds la galerie s'immobilisa. Le long du Rayon, à certains emplacements clés, des gens se réveillaient et regardaient autour d'eux, hébétés. Dans les rues de l'un des *quand* de New York, quelques alarmes de voiture se mettaient à hurler. Les journaux du lendemain feraient état d'un tremblement de terre mineur : des vitres brisées, pas de victimes à déplorer. Rien qu'une petite secousse de ce soubassement bien solide.

Jake fixait Eddie, les yeux écarquillés. Il savait.

Derrière eux la porte s'ouvrit et le Père Callahan apparut sous le porche, vêtu de son caleçon blanc léger qui descendait jusqu'aux genoux. La seule autre chose qu'il portait était son crucifix en or, autour du cou.

— C'était un tremblement de terre, n'est-ce pas ? J'en ai vu un en Californie du Nord, une fois, mais jamais depuis que je suis à La Calla.

— Bon Dieu, c'était bien plus qu'un tremblement de terre, lança Eddie, en tendant le bras.

La véranda était orientée à l'est, et au loin l'horizon s'illuminait de tirs d'artillerie en rafale, des salves d'éclairs verts et silencieux. En contrebas du presbytère, la porte du nid douillet de Rosalita s'ouvrit en grinçant, puis se referma en claquant. Elle et Roland gravirent la colline côte à côte, elle en chemise et lui en jean, tous deux pieds nus dans la rosée.

Eddie, Jake et Callahan les rejoignirent. Roland regardait fixement en direction de l'est, vers les éclairs qui déjà s'évanouissaient, et la terre de Tonnefoudre qui les attendait – la Cour du

Roi Cramoisi… et, à l'extrémité du Monde Ultime, la Tour Sombre elle-même.

Si elle est toujours debout, pensa Eddie.

— Jake disait justement que si Susannah était morte, on le sentirait. Qu'il y aurait ce que tu appelles un *sigleu*. Et voilà ce qui nous tombe dessus.

Il tendit la main en direction de la pelouse du Père, où une nouvelle crête était apparue, décollant le gazon sur trois mètres, de part et d'autre de la tranchée, révélant l'ourlet brunâtre des lèvres de la terre. Un chœur d'aboiements s'éleva de la ville, mais les *folken* demeuraient silencieux, du moins pour l'instant. Eddie se doutait que bon nombre d'entre eux n'avaient même pas ouvert un œil. Le sommeil du juste… ou du soûlard.

— Mais ça n'a rien à voir avec Suze, pas vrai ?

— Pas directement, non.

— Et ce n'était pas le nôtre, sinon les dégâts auraient été bien pires. Tu ne crois pas ?

Roland opina de la tête.

Rosalita adressa à Jake un regard plein d'étonnement et d'effroi mêlés.

— Pas notre *quoi*, mon garçon ? De quoi parles-tu ? Ça n'était pas un tremblement de terre, voilà qui est certain !

— En effet, confirma Roland. C'était un tremblement de *Rayon*. L'un des Rayons qui tiennent la Tour – qui tiennent tout ensemble – vient de lâcher. De claquer, c'est tout.

Même à la lueur pâle des quatre scintilles qui vacillaient sous la galerie, Eddie vit le visage de Rosalita Munoz devenir blême. Elle se signa.

— Un *Rayon* ? Un des *Rayons* ? Grand non ! Dis-moi que ce n'est pas vrai !

Eddie se surprit à repenser à un vieux scandale qui avait secoué le monde du base-ball. *Dis-moi que c'est pas vrai, Joe*.

— Je ne le peux pas, s'excusa Roland, parce que c'est bel et bien vrai.

— Et combien y en a-t-il, de ces Rayons ? demanda Callahan.

Roland jeta un œil en direction de Jake, puis hocha légèrement la tête : *Récite ta leçon, Jake de New York – et sois sincère*.

— Six Rayons, qui relient douze portails, annonça Jake. Ces douze portails se situent aux douze extrémités de la Terre. Roland, Eddie et Susannah ont réellement entamé leur quête au Portail de l'Ours, et ils m'ont récupéré entre ce portail et Lud.

— Shardik, précisa Eddie, en contemplant les dernières étincelles qui embrasaient l'horizon, vers l'est. C'est le nom de l'ours.

— Oui, Shardik, acquiesça Jake. Nous nous trouvons donc sur le Rayon de l'Ours. Tous les Rayons se rejoignent à la Tour Sombre. Notre Rayon, de l'autre côté de la Tour...

Et sur ces paroles, il se tourna vers Roland et l'interrogea du regard. Lequel, à son tour, regarda Eddie Dean. Même maintenant, semblait-il, Roland n'avait pas achevé son enseignement de la Voie d'Eld.

Ou bien Eddie ne vit pas son regard, ou bien il choisit de l'ignorer, mais Roland ne se laissa pas désarçonner.

— Eddie ? murmura-t-il.

— Nous nous trouvons sur le Rayon de l'Ours, sur la Voie de la Tortue, répondit-il d'un air distrait. Je ne vois vraiment pas ce que ça change, parce qu'on s'arrêtera à la Tour, mais de l'autre côté, le Rayon s'appelle Rayon de la Tortue, Voie de l'Ours.

Puis il se mit à réciter :

Vois la TORTUE *comme elle est ronde*
Sur son dos repose le monde
Son esprit, quoique lent, est toujours très gentil ;
Il tient chacun de nous dans ses nombreux replis.

À ce stade, Rosalita prit le relais :

Sur son dos la vérité va bien accompagnée
Et voici l'amour et le devoir comme mariés.
La mer et la terre elle aime également,
Et même moi, malheureux enfant.

— Ce n'est pas tout à fait ainsi que je l'ai appris au berceau, puis enseigné à mes amis, dit Roland, mais c'est assez proche, par ma montre et mon billet.

— La Grande Tortue s'appelle Maturin, fit Jake en haussant les épaules. Pour ce que ça vaut.

— Vous n'avez aucun moyen de deviner lequel a lâché ? demanda Callahan, en fixant attentivement Roland.

Le Pistolero secoua la tête.

— Tout ce que je sais, c'est que Jake dit vrai – ce n'était pas le nôtre. Si ç'avait été le cas, il ne resterait plus rien à deux cents kilomètres à la ronde, autour de Calla Bryn Sturgis.

Peut-être même à mille kilomètres, qui pouvait le dire ?

— Les oiseaux eux-mêmes seraient tombés du ciel, en flammes.

— Vous voulez parler d'Armageddon, constata Callahan, à voix basse et troublée.

Roland secoua la tête, sans pour autant contredire tout à fait le prêtre.

— Je ne connais pas ce terme, Père, mais ce dont je parle, c'est de la grande mort et de la grande destruction, c'est certain. Et quelque part – le long du Rayon qui relie le Poisson au Rat, peut-être – c'est ce qui est en train de se passer en ce moment.

— Es-tu certain de ce que tu dis ? demanda Rosa, à voix à peine audible.

Roland opina. Il avait déjà vécu ça auparavant, une fois, lors de la chute de Gilead, qui avait marqué la fin de la civilisation telle qu'il la connaissait jusqu'alors. Lorsqu'il s'était retrouvé à errer, avec Cuthbert, Alain et Jamie, et les quelques autres membres de leur *ka-tet*. L'un des six Rayons s'était alors brisé, et ce n'était certainement pas le premier.

— Combien reste-t-il de Rayons, pour soutenir la Tour ? demanda Callahan.

Pour la première fois, Eddie sembla s'intéresser à autre chose qu'au destin de son épouse perdue. Il regardait Roland avec ce qui ressemblait presque à de l'attention. Et ça paraissait logique : c'était en effet la question cruciale. *Toutes choses servent le Rayon*, comme on disait, et bien que la vérité fût en fait que toutes choses servaient la Tour, c'étaient bel et bien les Rayons qui la maintenaient debout. S'ils se mettaient à lâcher…

— Deux, répondit Roland. Il doit en rester au moins deux, je dirais. Celui qui passe par Calla Bryn Sturgis, et un autre. Mais Dieu seul sait combien de temps ils tiendront encore. Même sans compter l'œuvre des Briseurs, je doute qu'ils résistent très longtemps. Il nous faut faire vite.

Eddie s'était raidi.

— Si tu suggères que l'on continue sans Suze…

Roland secoua la tête dans un mouvement d'impatience, comme pour dire à Eddie de ne pas jouer les idiots.

— Nous ne pouvons pas atteindre la Tour sans elle. Pour autant que je sache, nous ne pouvons atteindre la Tour sans le p'tit gars de Mia. Tout est entre les mains du *ka*, et il y avait autrefois un dicton, dans mon pays : « Le *ka* n'a ni cœur ni esprit. »

— Je suis tout à fait d'accord avec ça, répliqua Eddie.

— Et on aura peut-être un autre problème à résoudre, hasarda Jake.

Eddie fronça les sourcils en se tournant vers lui.

— On n'a vraiment pas *besoin* de ça.

— Je sais, mais… que se passera-t-il si le tremblement de terre a bloqué l'entrée de la grotte ? Ou si… – Jake hésita, puis, à contrecœur, finit par exprimer ce qui l'effrayait réellement – Ou si tout s'est complètement effondré ?

Eddie l'attrapa par la chemise, serrant le tissu en boule dans son poing.

— Ne dis pas une chose pareille. Ne *pense* même pas une chose pareille.

À présent, ils entendaient des voix en provenance de la ville. Les *folken* devaient être en train de se réunir de nouveau sur la Pelouse, pensa Roland. Il pensa même que cette journée – et, maintenant, cette nuit – resterait gravée dans les mémoires pendant un millénaire, à Calla Bryn Sturgis. Si la Tour tenait bon, bien sûr.

Eddie lâcha la chemise de Jake, puis passa plusieurs fois la main sur l'endroit qu'il avait froissé, comme pour en lisser les plis. Il tenta un sourire qui lui donna l'air faible et vieux.

Roland se tourna vers Callahan.

— Les Manni viendront-ils quand même, demain ? Vous connaissez ces gens-là mieux que moi.

Callahan haussa les épaules.

— Henchick est un homme de parole. Maintenant, quant à savoir s'il saura se faire suivre des autres, après ce qui vient de se produire… ça, Roland, je n'en sais rien.

— Il a plutôt intérêt, fit Eddie d'une voix sombre. Il a vraiment intérêt à y arriver.

Roland de Gilead reprit :

— Qui est partant pour un Surveille-Moi ?

Eddie lui jeta un regard incrédule.

— On va être debout jusqu'à l'aube, expliqua le Pistolero. Autant essayer de passer le temps.

Ainsi jouèrent-ils au Surveille-Moi, et Rosalita gagna main après main, additionnant leurs scores sur un morceau d'ardoise sans l'ombre d'un sourire de triomphe – sans même aucune expression que Jake fût capable de décrypter. Du moins, pas au début. Il fut tenté d'essayer le *shining*, mais il avait décidé que, hormis pour les motifs de la plus haute importance, c'était mal d'en faire usage. S'en servir pour voir ce qui se cachait derrière le visage impassible de Rosa revenait à l'espionner pendant qu'elle se déshabillait. Ou à les espionner en train de faire l'amour, elle et Roland.

Pourtant, alors que le jeu se poursuivait et qu'au nord-est l'horizon finissait par s'éclaircir, Jake se rendit compte qu'il *savait* bel et bien à quoi elle pensait, parce que c'était ce à quoi il pensait, lui aussi. De façon plus ou moins consciente, à partir de maintenant et jusqu'à la fin, ils allaient tous penser à ces deux derniers Rayons.

Attendre que l'un des deux, voire les deux, lâche. Que ce soient eux, en train de poursuivre Susannah, ou Rosa en train de préparer le dîner, ou même Ben Slightman pleurant son fils mort, là-bas dans le ranch de Vaughn Eisenhart, chacun d'entre eux penserait désormais à la même chose : il n'en restait que deux, et les Briseurs étaient à l'œuvre nuit et jour, à les ronger, à les *tuer*.

Combien de temps encore, avant la fin ? Et *quelle* fin ? Est-ce qu'ils entendraient le grondement gigantesque de ces énormes pierres anthracite en train de s'effondrer ? Le ciel se déchirerait-il comme un misérable morceau de tissu élimé, vomissant les monstruosités qui vivaient dans ces ténèbres vaadasch ? Auraient-ils même le temps de hurler ? Y aurait-il une vie après la mort, ou bien l'Enfer et le Paradis eux-mêmes seraient-ils engloutis dans la chute de la Tour Sombre ?

Il posa le regard sur Roland et lui envoya une pensée, aussi clairement qu'il le put : *Roland, aide-nous.*

Et une pensée lui vint en réponse, remplissant son esprit d'un réconfort glacial (ah, mais un réconfort glacial valait toujours mieux que pas de réconfort du tout) : *si je le peux.*

— Surveille-Moi, lança Rosalita en abattant ses cartes.

Elle avait une Vagabonde, la meilleure main, et la carte du dessus était Madame la Mort.

SOLISTE :
Comme-à-Commala, hé !

Voici un jeune homme armé d'un pistolet
Le jeune homme de ses yeux a perdu la prunelle
Quand sa chérie s'est fait la belle.

CHŒUR :
Commala, et un !
Sa chérie s'est fait la belle, tiens !
Elle a laissé son bébé tout seul,
Mais il n'est pas encore dans le linceul.

DEUXIÈME COUPLET

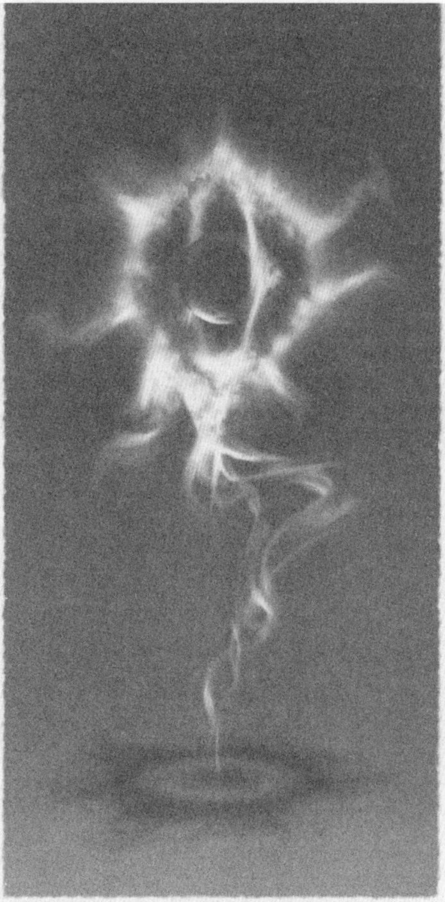

PERSISTANCE DE LA MAGIE

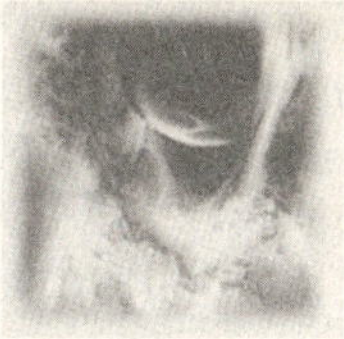

UN

Il se trouva qu'ils n'avaient aucune raison de s'inquiéter de savoir si les Manni allaient se montrer ou non. Aussi austère qu'à l'accoutumée, Henchick se présenta sur la Pelouse de La Calla, qu'ils avaient arrêtée comme point de rendez-vous, en compagnie de quarante hommes. Il assura à Roland que cela serait suffisant pour ouvrir la Porte Dérobée, si tant est qu'elle pût encore être ouverte, à présent qu'avait disparu ce qu'il nommait « le cristal noir ». Le vieil homme ne fit pas mine de s'excuser d'avoir réuni moins d'hommes que prévu, cependant il ne cessait de tirer sur sa barbe. Parfois même des deux mains.

— Pourquoi fait-il ça, Père, vous le savez ? demanda Jake à Callahan.

Les troupes d'Henchick se dirigeaient vers l'est, à bord d'une douzaine de chariots *buckas*. Derrière, tirée par une paire d'ânes albinos dotés d'oreilles effroyablement longues et d'yeux roses flamboyants, venait une carriole à deux roues, entièrement bâchée de coutil blanc. Jake trouvait que le véhicule ressemblait à un gros conteneur sur roues. Henchick menait seul ce machin bizarre, tirant régulièrement d'un coup sec sur les mèches de sa barbe.

— Pour moi, ça signifie qu'il est embarrassé, répondit Callahan.

— Je ne vois pas pourquoi. Je suis surpris qu'il en soit venu autant, après le tremblement de Rayon, et tout le reste.

— Ce qu'il a appris en sentant la terre trembler, c'est que certains de ces hommes avaient plus peur de ça que de lui. En ce qui le concerne, ça revient à une promesse rompue. Et pas *n'importe quelle* promesse, mais la parole donnée à votre *dinh*. Il a perdu la face.

Et, sans aucune variation dans le ton de sa voix, poussant ainsi le garçon à un aveu qu'il n'aurait jamais fait autrement, Callahan poursuivit :

— Alors, elle est toujours vivante, votre comparse ?

— Oui, mais elle est terr... commença Jake, avant de se plaquer une main sur la bouche.

Il lança à Callahan un regard accusateur. Devant eux, sur le siège de la carriole à deux roues, Henchick balayait les alentours des yeux, alarmé, comme s'ils avaient élevé la voix. Callahan se demanda si dans cette foutue histoire, tout le monde n'avait pas le *shining* sauf lui.

Ce n'est pas une histoire. Ce n'est pas une histoire, c'est ma vie !

Mais c'était difficile à croire, n'est-ce pas, quand on s'était vu décrit noir sur blanc comme personnage principal d'un livre portant la mention FICTION sur la page de garde. Doubleday et Compagnie, 1975. Un livre avec des vampires, dont tout le monde *savait* qu'ils n'avaient jamais existé. Sauf que si. Et, du moins dans certains des mondes adjacents à celui-ci, ils existaient toujours.

— Ne me traitez pas de cette manière, dit Jake. Ne me *piégez* pas comme ça. Pas si nous sommes tous du même côté, Père. D'accord ?

— Je suis désolé, fit Callahan – avant d'ajouter : J'implore ton pardon.

Jake esquissa un faible sourire et caressa Ote, qui voyageait dans la poche avant de son poncho.

— Est-ce qu'elle est...

Le garçon secoua la tête.

— Je ne veux pas parler d'elle pour l'instant, Père. Il vaut mieux que nous évitions même de penser à elle. J'ai le sentiment – je ne sais pas si c'est vrai ou pas, mais en tout cas c'est fort – que quelque chose la cherche. Et si c'est le cas, il vaut mieux que cette chose ne nous entende pas. Or elle le pourrait.

— Quelque chose... ?

Jake tendit le bras pour toucher la lenge que Callahan portait autour du cou, à la cow-boy. Elle était rouge. Puis il porta furtivement la main au-dessus de son œil gauche. L'espace d'une seconde, Callahan ne comprit pas, puis son regard s'éclaira. L'œil rouge. L'Œil du Roi.

Il se cala dans le siège de son chariot et n'ouvrit plus la bouche. Derrière eux, en silence, Roland et Eddie chevauchaient côte à côte. Ils portaient tous deux leur *gunna* comme leur arme, et Jake avait mis les siens à l'arrière du chariot. S'ils devaient revenir à La Calla un jour, ce ne serait pas pour bien longtemps.

Terrifiée était le mot qu'avait commencé à prononcer Jake, mais c'était encore pire que ça. Terriblement lointains, terriblement étouffés, mais pourtant clairs, le garçon entendait les hurlements de Susannah. Il espérait seulement qu'Eddie ne les entendait pas, lui.

DEUX

Ainsi quittèrent-ils une ville encore harassée de fatigue et d'émotions, malgré la secousse qui l'avait frappée. L'air était assez frais ; aussi, lorsqu'ils se mirent en route, ils remarquèrent les petits nuages de vapeur que dessinait leur souffle, et la fine croûte de givre qui recouvrait les tiges de maïs. Un ruban de brume planait au-dessus de la Devar-Tete Whye, comme l'haleine même du fleuve. Roland se dit : *Nous voici au bord de l'hiver.*

Au bout d'une heure à cheval, ils atteignirent le pays des arroyos. On n'entendait d'autres sons que le cliquetis des harnais, le gémissement des roues, le choc mat des sabots et, de temps à autre, le braiment sardonique poussé par un des ânes albinos qui tiraient la carriole. Au loin, les cris des rouilleaux en vol. En route vers le sud, sans doute, s'ils pouvaient encore le trouver.

Dix à quinze minutes après que la terre se fut mise à monter sur leur droite, dans une enfilade de promontoires, de falaises et de mesas, ils se retrouvèrent à l'endroit même où, vingt-quatre heures plus tôt, ils avaient amené les enfants de La Calla, et livré leur bataille. Là, un chemin se séparait de la Route de l'Est, pour serpenter vaguement vers le nord-ouest. Dans le fossé, de l'autre côté de la route, on apercevait une tranchée de terre à vif. C'était la cachette dans laquelle Roland, son *ka-tet* et les dames lanceuses de plat avaient attendu les Loups.

Et, à propos de Loups, où étaient-ils donc ? Lorsqu'ils avaient quitté les lieux de l'embuscade, le sol était jonché de cadavres. Plus d'une soixantaine, en tout, de formes humaines venues de l'ouest sur leurs montures, des formes vêtues de pantalons gris, de capes vertes et de masques de loups aux babines retroussées.

Roland mit pied à terre et rejoignit Henchick, qui descendait de la carriole avec la maladresse et la raideur que lui imposait son âge. Roland ne fit pas l'effort de l'aider. Henchick n'en attendait pas tant de lui, et s'en serait peut-être même offensé.

Le Pistolero le laissa secouer sa lourde cape sombre pour la remettre en place, ouvrit la bouche pour poser sa question, puis se rendit compte que ce n'était pas la peine. À trente ou quarante mètres de là, sur le côté droit de la route, se dressait une vaste colline de plants de maïs déracinés, là où hier encore il n'y avait rien. Roland constata qu'il s'agissait d'une sorte de monument funéraire, mais bâti sans aucun souci de respect. Il n'avait pris ni le temps ni la peine de se demander à quoi les *folken* avaient occupé leur après-midi de la veille – avant d'entamer les réjouissances qu'ils étaient en train de cuver présentement dans le sommeil – mais à présent il avait leur ouvrage sous les yeux. Avaient-ils craint de voir les Loups revenir à la vie ? Tout en se posant la question, il comprit que c'était exactement ce qu'ils avaient redouté. C'est pourquoi ils avaient traîné les lourds corps inertes (les chevaux gris aussi bien que les Loups vêtus de gris) jusque dans le champ, qu'ils les avaient entassés là bon gré mal gré, avant de les recouvrir de pieds de maïs arrachés. Et aujourd'hui, ils avaient transformé la bière en bûcher. Et si les seminons se levaient ? Roland pensa qu'ils y mettraient le feu quoi qu'il arrive, quitte à prendre le risque d'embraser la terre fertile s'étendant entre la route et le fleuve. Pourquoi pas ? La saison des cultures était passée, et comme engrais, rien ne valait le feu, comme disaient les vieux ; en outre, les *folken* ne seraient pas tranquilles tant que cette colline n'aurait pas brûlé. Et même alors, ils ne seraient pas nombreux à s'aventurer dans les parages.

— Roland, regarde, fit Eddie d'une voix tremblante, entre rage et chagrin. Ah, bon Dieu, *regarde ça*.

Vers l'extrémité du sentier, là où Jake, Benny et les jumeaux Tavery avaient attendu jusqu'à leur sprint final pour se mettre à l'abri, on apercevait un fauteuil roulant éraflé et cabossé, dont les chromes scintillaient dans les rayons du soleil, et dont l'assise était maculée de boue et de sang. La roue gauche était sérieusement voilée.

— Pourquoi parles-tu avec tant de rage ? demanda Henchick.

Il avait été rejoint par Cantab et une demi-douzaine d'anciens, membres de ce qu'Eddie appelait parfois intérieurement le Peuple de la Cape. Deux de ces anciens avaient l'air beaucoup plus vieux qu'Henchick lui-même, et Roland repensa à ce que Rosalita lui avait dit, la nuit précédente : *Bon nombre d'entre eux presque aussi âgés qu'Henchick, essayant de gravir ce sentier en pleine nuit*. Bon, il ne faisait pas noir, mais il n'était pas sûr que certains d'entre eux parviendraient à dépasser les premiers obstacles du chemin de la Grotte de la Porte, sans parler d'aller jusqu'au bout.

— Ils ont rapporté le siège roulant de ta femme jusqu'ici pour lui rendre hommage. À elle, et à toi. Alors pourquoi parles-tu avec tant de rage ?

— Parce qu'il n'est pas censé être tout cabossé, et qu'elle est censée se trouver dedans, répondit le jeune homme au vieillard. Vous intuitez ça, Henchick ?

— De toutes les émotions, la colère est la plus inutile, psalmodia Henchick. Elle est destructrice pour l'esprit et douloureuse pour le cœur.

Les lèvres d'Eddie s'étirèrent jusqu'à ne plus dessiner qu'une fine cicatrice blanche en dessous de son nez, mais il réussit à retenir sa réplique. Il avança jusqu'au fauteuil balafré de Susannah – il avait beau avoir roulé sur des centaines de kilomètres depuis qu'ils l'avaient déniché à Topeka, c'en était fini de ses jours de splendeur – et le contempla d'un air sombre. Lorsque Callahan s'approcha, Eddie fit signe au Père de rester à l'écart.

Jake fixait le point de la route où Benny avait été frappé et où il était mort. Le corps du garçon avait disparu, bien sûr, et on avait pris soin de recouvrir les traces de sang d'une couche fraîche d'oggan, mais Jake s'aperçut qu'il pouvait toujours distinguer les éclaboussures sombres, malgré tout. Et le bras tranché de Benny, paume tournée vers le ciel. Jake revit le Pa de son ami, surgissant du champ de maïs, remontant vers eux en titubant, apercevant le cadavre de son fils qui gisait là. Pendant les cinq secondes qui avaient suivi, il s'était trouvé incapable d'émettre le moindre son, le temps qu'il aurait fallu à quelqu'un pour annoncer à *sai* Slightman que c'était une issue inespérée, que les pertes étaient dérisoires : rien que deux morts, un garçon et la femme d'un rancher, et un gamin avec la cheville cassée. Du gâteau, vraiment. Mais personne ne l'avait fait, et c'est alors que Slightman l'Aîné s'était mis à hurler. Jake se disait que jamais il n'oublierait ce hurlement, tout comme jamais il n'oublierait la vision de Benny couché là, dans la poussière noire de sang, avec son bras arraché.

À côté de l'endroit où Benny était tombé, on avait camouflé autre chose sous une couche d'oggan. Jake ne distinguait plus qu'un petit éclat métallique. Il posa un genou au sol et déterra l'une des boules de mort des Loups, ces choses qu'on appelait vifs d'argent. Le modèle Harry Potter, si l'on en croyait l'inscription sur le côté de l'engin. La veille, il en avait tenu une paire entre ses mains, et les avait sentis vibrer. Il avait entendu leur bourdonnement assourdi et maléfique. Celui-ci était raide mort. Jake se releva et le lança en direction du tas de maïs qui recouvrait les cadavres des Loups. Il le lança avec une telle force que son bras lui fit mal. Il aurait sans doute des courbatures le lendemain, mais il s'en fichait. Il se fichait pas mal de ce qu'Henchick pensait de la colère, aussi. Eddie voulait retrouver sa femme ; Jake voulait retrouver son ami. Et si Eddie avait peut-être une chance d'obtenir ce qu'il voulait, un jour ou l'autre, Jake Chambers ne le pourrait jamais. Parce que la mort était un cadeau chaque jour renouvelé. La mort, comme les diamants, était éternelle.

Il voulait poursuivre son chemin, laisser derrière lui cette portion de la Route de l'Est. Il voulait ne plus avoir à regarder le fauteuil roulant vide et cabossé de Susannah. Mais les Manni avaient formé une ronde autour du champ de bataille, et Henchick priait d'une voix aiguë et saccadée qui fit mal aux oreilles de Jake : on aurait vraiment dit les hurlements d'un cochon affolé. Il s'adressait à un certain En-Delà, demandant un passage sûr jusqu'à cette grotte là-bas, et le succès de leur entreprise, sans mort ni folie (Jake trouva particulièrement dérangeante cette partie de la prière, car il n'avait jamais considéré comme nécessaire de prier pour sa santé mentale). Le chef demanda aussi à l'En-Delà de donner vie à leurs aimants et à leurs pendules. Pour finir, il pria pour le *kaven*, la persistance de la magie, expression qui semblait posséder un pouvoir particulier, pour ces gens. Quand il eut terminé, ils dirent tous en chœur « En-Delà-sam, En-Delà-kra, En-Delà-can-tah », et se lâchèrent les mains. Quelques-uns d'entre eux se mirent à genoux et tinrent encore un peu palabre avec le *vrai* patron.

Pendant ce temps, Cantab escorta quatre ou cinq des jeunes à la carriole. Ils en replièrent la bâche immaculée, révélant en dessous une série de grands coffres en bois. Des pendules de plomb et des aimants, pensa Jake, et beaucoup plus gros que ceux qu'ils portaient autour du cou. Ils avaient rameuté l'artillerie lourde, pour cette petite aventure. Les coffres étaient recouverts de motifs – des étoiles, des lunes, et des formes géométriques étranges – qui paraissaient plus cabalistiques que chrétiens. Mais Jake se rendit compte qu'il n'avait aucune raison objective de croire les Manni chrétiens. Ils avaient *l'air* de Quakers ou d'Amish, avec leurs capes, leurs barbes et leurs chapeaux noirs à bord rond, il leur arrivait de lâcher un *tu* ou un *point* dans la conversation, mais pour ce qu'en savait Jake, ni les Quakers ni les Amish n'avaient pour passe-temps le voyage entre les mondes.

D'un autre chariot, on extirpa de longues baguettes de bois poli. Elles se trouvaient enchâssées dans des fourreaux métalliques, sous les coffres gravés. On appelait ces coffres des cercs, apprit Jake. Les Manni les transportaient comme s'il s'agissait de reliques traversant une ville du Moyen Âge.

Ils se mirent à gravir le sentier, encore jonché de rubans, de lambeaux de tissu et de petits jouets. Des appâts pour les Loups, et ils avaient sauté dessus.

Lorsqu'ils atteignirent l'endroit où Frank Tavery s'était coincé la cheville, Jake entendit résonner en pensée la voix de la ravissante sœur de cette espèce de demeuré : *Aidez-le... s'il vous plaît,* sai, *je vous en prie...* C'est ce qu'il avait fait, Dieu lui en était témoin. Et Benny en était mort.

Jake détourna le regard en grimaçant, puis se raisonna : *Tu es un pistolero, à présent, tu dois pouvoir faire mieux que ça*. Il se força à regarder de nouveau.

La main du Père Callahan se posa sur son épaule.

— Fiston, tu vas bien ? Tu es affreusement pâle.

— Ça va, répondit Jake.

Il sentait une boule dans sa gorge, plutôt grosse, mais il se força à l'avaler, et à répéter ce qu'il venait de dire, ressassant ce mensonge pour lui-même plus que pour le Père Callahan.

— Ouais, ça va.

Callahan hocha la tête et fit passer son *gunna* de l'épaule gauche à la droite (son *gunna*, le pauvre balluchon d'un homme de la ville peu convaincu lui-même qu'il va réellement quelque part).

— Et que se passera-t-il quand nous arriverons à la grotte ? *Si* nous arrivons à la grotte ?

Jake secoua la tête. Il n'en savait rien.

TROIS

Le sentier était en bon état. Une grosse quantité de cailloux s'était effondrée avec la secousse, et la progression fut difficile pour les hommes portant les cercs, mais en un sens, la voie était plus praticable qu'auparavant. Le tremblement de terre avait délogé le rocher géant qui obstruait le passage, non loin du sommet. Eddie se pencha pour jeter un œil et l'aperçut au loin, en contrebas, brisé en deux. Le centre en était constitué de matière plus légère et scintillante, qui donnait au rocher l'air du plus gros œuf dur du monde.

La grotte était toujours là, même si un gros tas d'astragale en bloquait l'accès. Eddie se joignit aux quelques jeunes Manni qui dégageaient la voie, faisant voler par-dessus bord des éclats de schiste argileux (dans lesquels miroitaient çà et là des rubis, comme des gouttes de sang). En apercevant enfin l'entrée de la grotte, Eddie sentit se desserrer un peu le poing refermé sur son cœur, mais le silence qui régnait à l'intérieur ne lui inspira rien de bon, alors que tout ce bavardage infernal l'avait presque rendu fou, au cours de sa dernière visite. Depuis les profondeurs du gouffre montait la plainte stridente d'un courant d'air, rien de plus. Où était son frère, Henry ? Normalement, Henry aurait dû être en train de répéter pour la énième fois que les « messieurs » de Balazar l'avaient tué, et que tout ça, c'était la faute d'Eddie. Et où était sa Ma, donnant raison à Henry (d'une voix tout aussi geignarde) ? Où était Margaret Eisenhart, se plaignant auprès d'Henchick, son grand-père, d'avoir été marquée du fer rouge des « oublieux », puis abandonnée par les siens ? Bien avant de devenir la Grotte de la Porte, cet endroit avait été la Grotte des Voix, pourtant les voix s'étaient tues. Quant à la porte, elle avait l'air… *stupide* fut le premier mot qui vint à l'esprit d'Eddie. Le second fut *dérisoire*. Il fut un temps où tout dans cette grotte provenait des voix d'en dessous ; et ce qui l'avait rendue si effroyable et si mystérieuse, c'était cette boule de cristal – la Treizième Noire – qui était arrivée à La Calla par cette porte.

Mais à présent qu'elle est repartie par cette même voie, ce n'est plus qu'une vieille porte qui ne...

Eddie essaya de museler cette pensée, mais n'y parvint pas.

— *qui ne mène plus nulle part.*

Dégoûté par ce flot soudain de larmes qui lui montaient aux yeux, mais incapable de le refouler, il se retourna vers Henchick.

— Il ne reste aucune magie, ici, dit-il, d'une voix harassée de désespoir. Il n'y a plus rien derrière cette putain de porte, rien d'autre que l'air rance et les pierres effondrées. Vous êtes un idiot, et j'en suis un autre.

On entendit des exclamations de stupéfaction, pourtant Henchick posa sur Eddie un regard qui pétillait presque.

— Lewis, Thonnie ! lança-t-il sur un ton presque jovial. Apportez-moi le cerc de Branni.

Deux jeunes gaillards portant le bouc et des cheveux longs tirés en arrière s'avancèrent, portant un coffre de bois de fer d'environ un mètre cinquante de long, et très lourd, vu la façon dont ils tenaient les montants en bois. Ils le posèrent aux pieds d'Henchick.

— Ouvrez-le, Eddie de New York.

Thonnie et Lewis le dévisagèrent, l'air interrogateur et un peu effrayé. Eddie constata que les Manni plus âgés le considéraient avec une sorte d'avidité. Il devait falloir quelques années, pour se retrouver pleinement investi de cette somptueuse étrangeté si propre aux Manni : avec le temps, Lewis et Thonnie en seraient finalement dotés, mais pour l'instant ils n'en étaient encore qu'au stade du bizarre.

Henchick hocha la tête avec un soupçon d'impatience. Eddie se baissa pour ouvrir le coffre. Ce qui ne fut pas difficile. Il n'était pas verrouillé. À l'intérieur se trouvait un morceau de soie. Henchick l'ôta d'un geste emphatique de magicien, révélant un pendule de plomb au bout d'une chaîne. L'objet rappela à Eddie une toupie ancienne pour bébé et il était loin d'être aussi gros qu'il l'avait pensé. Il devait mesurer à peine quarante centimètres, depuis la pointe jusqu'à la partie ventrue, taillé dans un bois jaunâtre à l'air graisseux. Il pendait au bout d'une chaîne en argent enroulée autour d'une cheville en cristal, vissée dans le couvercle du cerc.

— Sortez-le, suggéra Henchick.

Et lorsque Eddie adressa un regard à Roland, la moustache blanche du vieil homme s'écarta et dévoila une série de dents étincelantes parfaitement alignées en un sourire d'un cynisme stupéfiant.

— Pourquoi regardes-tu ton *dinh*, jeune pleurnichard ? La magie a disparu de cet endroit, tu l'as dit toi-même ! Et tu dois bien le savoir, n'est-il pas ?... tu dois bien avoir dans les... disons... vingt-cinq ans ?

Il y eut de petits gloussements en provenance des Manni assez proches pour avoir entendu cette pique... et dont plusieurs n'avaient pas vingt-cinq ans eux-mêmes.

Fou de rage contre ce vieux salaud – et contre lui-même, aussi –, Eddie tendit la main vers le coffre. Henchick la lui attrapa.

— Ne touche pas le pendule lui-même. Pas si tu veux garder tes couilles d'un côté et ta merde de l'autre. Par la chaîne, tu intuites ?

Eddie faillit bien s'emparer quand même du pendule – il s'était déjà ridiculisé aux yeux de ces gens, il ne voyait vraiment aucune raison de ne pas finir le boulot – mais en croisant le regard gris et profond de Jake, il changea d'avis. Le vent soufflait fort autour d'eux, glaçant la sueur qui formait un voile sur sa peau, le faisant frissonner. Eddie se pencha de nouveau vers le coffre, saisit la chaîne et la déroula avec précaution.

— Sortez-le, fit Henchick.

— Qu'est-ce qui va se passer ?

Henchick hocha la tête, comme si Eddie se décidait enfin à dire des choses sensées.

— C'est ce qu'on va voir. Soulevez-le.

Eddie s'exécuta. Vu l'effort que les deux jeunes gaillards avaient dû produire pour porter le coffre, il fut stupéfait de trouver le pendule si léger. Il eut l'impression de soulever une plume qu'on aurait attachée au bout d'une fine chaîne d'un mètre cinquante de long. Il enroula la chaîne autour de ses doigts et leva la main à hauteur de ses yeux. Il avait un peu l'air d'un marionnettiste sur le point de commencer son spectacle.

Eddie était à deux doigts de demander encore une fois à Henchick ce qu'il était censé se passer, quand le pendule se mit à osciller lentement d'avant en arrière, décrivant de petits arcs de cercle.

— Ce n'est pas moi qui fais ça, dit le jeune homme. Du moins, je ne crois pas. Ce doit être le vent.

— Je ne vois pas comment, intervint Callahan. Aucune chance que…

— Chut ! lança Cantab en lançant un regard tellement sévère que Callahan se tut effectivement.

Eddie se tenait debout devant l'entrée de la grotte, avec à ses pieds tout le pays des arroyos et la plus grande partie de Calla Bryn Sturgis. Au loin, nimbée de bleu-gris et plongée dans ses songes, s'étendait la forêt qu'ils avaient traversée pour arriver jusqu'ici – dernier vestige de l'Entre-Deux-Mondes, où ils ne retourneraient jamais. Le vent soufflait en rafales, lui soulevant les cheveux du front et les plaquant en arrière, et soudain il entendit comme un bourdonnement.

Sauf que non. Le bourdonnement venait du creux de sa main, celle levée devant ses yeux, avec la chaîne enroulée autour de ses doigts tendus. Il venait de son bras. Et surtout, il venait de sa tête.

À l'extrémité de la chaîne, approximativement à la hauteur du genou droit d'Eddie, le balancement du pendule se fit plus prononcé, un large arc de cercle. Eddie se rendit compte d'une chose étrange : chaque fois que le pendule arrivait en bout de course d'un côté, il se faisait plus lourd. C'était comme porter un objet attiré par une force centrifuge extraordinaire.

L'arc se fit de plus en plus long, le pendule de plus en plus rapide, la tension en fin de course de plus en plus forte. Puis soudain…

— Eddie ! cria Jake, pris entre l'inquiétude et le ravissement. Tu as vu ça ?

Évidemment qu'il avait vu. À la fin de chaque arc, le pendule devenait *dim*. Le poids tirant le bras du jeune homme vers le bas – le poids du pendule – se fit de plus en plus important. Il lui fallut soutenir son avant-bras droit à l'aide de sa main gauche pour maintenir son emprise, et à présent il accompagnait des hanches le mouvement de balancier. Eddie se rappela tout à coup où il se trouvait – grosso modo, à deux cents mètres au-dessus du sol. Ce bébé-là allait bientôt l'embarquer par-dessus bord, si on ne l'arrêtait pas. Et s'il n'arrivait pas à dérouler la chaîne de sa main ?

Le pendule de plomb se déporta vers la droite, dessinant dans l'air les contours d'un sourire invisible, gagnant en pesanteur à mesure qu'il remontait vers la pointe. Tout à coup, le morceau de bois chétif qu'il avait extrait de son coffre avec tant d'aisance semblait peser ses trente, quarante, cinquante kilos. Et lorsqu'il s'immobilisa au bout de son arc, en équilibre pour une seconde entre mouvement et gravité, Eddie se rendit compte qu'il voyait la Route de l'Est à travers, non seulement clairement, mais *grossie*. Puis le pendule de Branni amorça sa redescente, piquant vers le bas, de moins en moins lourd. Et lorsqu'il redémarra, cette fois vers la gauche…

— Ça va, j'ai compris le principe ! cria Eddie. Retirez-moi ça, Henchick. Ou au moins arrêtez-le !

Henchick ne prononça qu'un mot, tellement guttural qu'on aurait dit qu'on extirpait violemment quelque chose de la vase. Au lieu de ralentir en une série d'arcs plus courts, le pendule s'immobilisa instantanément, au niveau du genou d'Eddie, pointant vers son pied. L'espace d'une seconde, le bourdonnement dans son bras et dans sa tête subsista. Puis il se tut lui aussi. Et à la même seconde, Eddie sentit s'envoler ce poids dérangeant au bout de sa main. Ce foutu truc ne pesait à nouveau pas plus lourd qu'une plume.

— As-tu quelque chose à me dire, Eddie de New York ? demanda Henchick.

— Ouais, j'implore votre pardon.

On aperçut de nouveau brièvement les dents d'Henchick, éclat furtif au milieu de la forêt vierge de sa barbe, aussitôt disparu.

— Tu n'as pas l'esprit si lent que cela, n'est-ce pas ?

— J'espère que non, répondit le jeune homme, et il ne put s'empêcher de pousser un petit soupir de soulagement lorsque Henchick des Manni lui prit la fine chaîne des mains.

QUATRE

Henchick insista pour qu'ils se livrent à une répétition. Eddie en comprenait les raisons, mais il détestait toutes ces conneries de préliminaires. À présent, il ressentait presque physiquement le temps passer, comme un morceau de chiffon grossier filant sous la paume de sa main. Néanmoins, il ne dit mot. Il avait déjà mis Henchick en rogne une fois, et ça lui paraissait suffisant.

Le vieil homme ramena six de ses *amigos* (dont cinq plus vieux que Mathusalem, constata Eddie) dans la grotte. Il fit passer un pendule à trois d'entre eux, et des aimants en forme de coquillages aux trois autres. Le pendule de Branni, sans doute le plus puissant que possédait la tribu, il le garda pour lui.

Tous les sept, ils formèrent une ronde à l'entrée de la grotte.

— Pas autour de la porte ? demanda Roland.

— Pas tant qu'on peut l'éviter, répondit Henchick.

Les anciens joignirent les mains, laissant pendre un pendule ou un aimant à chaque intersection. Dès que le cercle fut clos, Eddie entendit de nouveau le bourdonnement, aussi fort que dans un haut-parleur poussé à fond. Il vit Jake porter les mains à ses oreilles, et les traits de Roland se tordre en une brève grimace.

Eddie jeta un œil en direction de la porte et se rendit compte qu'elle avait perdu cet air poussiéreux et dérisoire. Les hiéroglyphes ressortaient de nouveau très nettement, épelant quelque vieux terme oublié qui signifiait DÉROBÉE. Le bouton de cristal étincelait, ourlant de lumière blanche les contours de la rose gravée en son centre.

Pourrais-je l'ouvrir maintenant ? se demanda Eddie. *L'ouvrir et entrer ?* Il se dit que non. Pas encore, du moins. Mais il se sentait nettement plus optimiste sur ce plan-là qu'il ne l'avait été cinq minutes auparavant.

Soudain, les voix souterraines revinrent à la vie, mais en une cacophonie assourdissante. Eddie distingua celle de Benny Slightman le Jeune, hurlant le mot *Dogan*, il entendit sa propre mère lui crier que maintenant, pour couronner son long entraînement de perdant, il avait même fini par perdre jusqu'à sa *femme*, il y eut aussi cet homme (sans doute Elmer Chambers) disant à Jake qu'il avait perdu la tête, qu'il était devenu *fou*, qu'il faisait son *Monsieur Lunatique*[1]. D'autres voix se joignirent à celles-là, puis d'autres, et d'autres encore.

Henchick adressa un signe de tête brusque à ses compères. Ils se lâchèrent les mains. Au même moment, les voix venues d'en dessous s'interrompirent au beau milieu de leur babillage. Et Eddie ne fut pas surpris de constater que la porte recouvrait instantanément son air anonyme et anodin – comme n'importe quelle porte devant laquelle on passe dans la rue, sans même y prêter attention.

— Mais qu'est-ce que c'était que *ça*, au nom du ciel ? demanda Callahan en désignant les ténèbres d'un mouvement de la tête. Ce n'était pas comme ça, avant.

— D'après moi, la grotte est devenue folle, à cause de la secousse, ou bien de la disparition de la magie du cristal, répondit Henchick avec le plus grand calme. Ça n'a rien à voir avec notre affaire, de toute façon. Notre affaire, c'est cette porte.

Il jeta un œil en direction du sac de Callahan.

— Vous avez voyagé, autrefois.

— En effet, oui.

Les dents d'Henchick firent de nouveau une brève apparition. Eddie en conclut que, d'une certaine manière, ce vieux salaud aimait ça.

— Si on en juge par votre *gunna*, *sai* Callahan, vous n'avez plus le coup de main.

— Je dois avoir du mal à croire qu'on va réellement quelque part, répondit Callahan avec un sourire qui, comparé à celui d'Henchick, était bien pâle. Et j'ai pris de l'âge.

Ce à quoi Henchick répondit par un bruit grossier – *fah !*, ou quelque chose du genre.

---

1. En français dans le texte. *(N.d.T.)*

— Henchick, intervint Roland, est-ce que vous savez ce qui a provoqué la secousse de ce matin ?

Le vieil homme tourna vers lui ses yeux d'un bleu passé mais toujours vif. Il hocha la tête. À l'entrée de la grotte, à l'extérieur, alignés le long du sentier en pente, environ trois douzaines de Manni attendaient patiemment.

— Un Rayon qui a lâché, c'est ce que nous pensons.

— C'est aussi mon avis, confirma Roland. Notre tâche devient de plus en plus désespérée. J'aimerais qu'on arrête les politesses, s'il vous sied. Palabrons comme il le faut, et collons-nous au travail.

Henchick lança à Roland un regard aussi froid qu'à Eddie, mais Roland ne cilla pas. Henchick fronça les sourcils, puis se détendit.

— Si fait, acquiesça-t-il. Comme tu voudras, Roland. Tu nous as rendu un fier service, à tous, Manni aussi bien qu'oublieux, et nous souhaitons à présent te rendre la pareille de notre mieux. La magie est toujours là, et bien là. Il suffira d'une étincelle. Cette étincelle, nous pouvons la produire, si fait, c'est simple comme commala. Ce que tu veux, tu l'obtiendras peut-être. D'un autre côté, il se peut aussi que nous nous retrouvions tous dans la clairière au bout du sentier. Ou bien dans les ténèbres. Comprends-tu ?

Roland acquiesça.

— Et veux-tu aller de l'avant ?

Pendant un instant, Roland se tint là, tête baissée, la main posée sur la crosse de son pistolet. Lorsqu'il releva les yeux, il souriait de son véritable sourire. Un beau sourire, fatigué, désespéré et dangereux. Et de la main gauche il décrivit ce double moulinet qui voulait dire : *Allons-y*.

CINQ

On posa les cercs à terre – avec précaution, car le sentier qui menait à ce que les Manni appelaient le Kra Kammen était étroit – pour en sortir le contenu. Des doigts aux ongles longs (les Manni n'étaient autorisés à se couper les ongles qu'une fois par an) se mirent à tapoter les aimants, produisant un bourdonnement strident qui donna à Jake l'impression qu'on lui débitait le cerveau au couteau. Cela lui rappela le carillon du vaadasch, et il se dit qu'il n'y avait là rien de surprenant, car ce carillon *était* le *kammen*.

— Qu'est-ce que ça veut dire, Kra Kammen ? demanda-t-il à Cantab. La Maison des Cloches ?

— La Maison des Fantômes, répondit ce dernier sans lever les yeux de la chaîne qu'il déroulait. Laisse-moi tranquille, Jake. C'est délicat, ce que j'ai à faire.

Jake ne voyait pas en quoi, mais il s'exécuta. Roland, Eddie et Callahan se tenaient juste à l'entrée de la grotte. Jake les y rejoignit. Pendant ce temps, Henchick avait placé les autres membres du groupe en demi-cercle à l'arrière de la porte. L'avant, avec ses hiéroglyphes gravés et son bouton en cristal, demeurait sans surveillance, du moins pour l'instant.

Le vieil homme se rendit à l'entrée de la grotte, échangea brièvement quelques mots avec Cantab, puis fit signe à la chaîne de Manni qui attendaient sur le chemin de remonter. Lorsque l'homme de tête atteignit l'entrée de la grotte, Henchick lui dit de s'arrêter et rejoignit Roland. Il s'agenouilla et, d'un geste, invita le Pistolero à faire de même.

Le sol de la grotte était tapissé de poussière. Elle provenait en partie des rochers, mais il s'agissait surtout de poudre d'os, issue de squelettes de petits animaux assez inconscients pour s'être aventurés ici. À l'aide de son ongle, Henchick dessina sur le sol un rectangle, ouvert au fond, puis un demi-cercle qui l'entourait.

— La porte, commenta-t-il. Et les hommes de mon kra. Tu intuites ?

Roland fit oui de la tête.

— Vous et vos amis, vous fermerez le cercle, dit-il en achevant le dessin.

— Le garçon est fort, avec le *shining*, ajouta Henchick en jetant un regard si soudain en direction de Jake que ce dernier sursauta.

— Oui.

— Alors nous le positionnerons directement en face de la porte, mais assez loin pour que, si jamais elle s'ouvre violemment – ce qui est probable –, elle ne le décapite pas au passage. Pourras-tu tenir, mon garçon ?

— Oui, à moins que Roland et vous ne pensiez autrement, répondit Jake.

— Tu ressentiras quelque chose, à l'intérieur de ta tête – comme si on t'aspirait la cervelle. Ce ne sera pas agréable – il marqua un temps d'arrêt – Vous voulez ouvrir la porte deux fois ?

— Oui, répondit Roland. Duox.

Eddie savait que la seconde fois, ce serait pour Calvin Tower, et il avait perdu tout intérêt pour le propriétaire de la librairie. L'homme avait du courage, c'est vrai. Eddie était prêt à le croire, mais il savait qu'il était aussi intéressé, borné et uniquement préoccupé de ses propres affaires : le parfait New-Yorkais du XXe siècle, pour résumer. Mais la dernière personne à avoir passé cette porte était Suze et à la seconde où elle s'ouvrirait, il avait bien l'intention de se précipiter. Si elle se rouvrait ensuite sur la petite ville du Maine où Calvin Tower et son ami, Aaron Deepneau, étaient allés se terrer, splendide ! S'ils devaient tous atterrir là-bas, à essayer de protéger Tower et d'acquérir certain terrain vague et certaine rose sauvage, magnifique ! La priorité d'Eddie, c'était Susannah. Tout le reste était secondaire.

Même cette tour.

SIX

— Qui veux-tu envoyer en premier, quand la porte s'ouvrira ? demanda Henchick.

Roland étudia la question, caressant distraitement de la main la bibliothèque que Calvin Tower avait insisté pour faire passer de leur côté. Le coffre contenant ce livre qui avait tellement bouleversé le Père. Il n'avait pas très envie d'envoyer Eddie – déjà assez impulsif au naturel, mais à présent totalement aveuglé par l'amour et l'inquiétude – aux trousses de sa femme. Mais Eddie lui obéirait-il, si Roland l'envoyait vers Tower et Deepneau ? Roland pensait que non. Ce qui voulait dire que…

— Pistolero ? intervint Henchick.

— À la première ouverture de la porte, on se précipitera, Eddie et moi. La porte se refermera d'elle-même ?

— Aucun doute là-dessus, répondit Henchick. Il va falloir faire aussi vite que la langue fourchue du diable, ou vous pourriez bien vous faire couper en deux, une moitié ici, sur le sol de cette grotte, et le reste là où se trouve la femme à peau brune, où que ce soit.

— Nous ferons le plus vite possible, croyez-moi, confirma Roland.

— Si fait, ça vaudrait mieux, fit Henchick, découvrant une fois de plus ses dents.

C'était là un sourire

(*Qu'est-ce qu'il ne dit pas ? Quelque chose qu'il sait, ou qu'il croit seulement savoir ?*)

auquel Roland aurait l'occasion de repenser, d'ici peu de temps.

— Je laisserais les armes ici, à votre place, suggéra Henchick. Vous pourriez les perdre, en essayant de les faire passer.

— Je vais essayer de garder la mienne, fit Jake. Elle vient de l'autre côté, alors ça devrait aller. Et sinon, je m'en trouverai une. D'une manière ou d'une autre.

— Je pense que la mienne passera aussi, renchérit Roland.

Il y avait longuement réfléchi, et il avait décidé de garder ses gros revolvers. Henchick haussa les épaules, l'air de dire : *Comme vous voudrez*.

— Et pour Ote, Jake ? demanda Eddie.

Jake écarquilla les yeux et sa mâchoire s'affaissa. Roland comprit que Jake n'avait pas songé à son ami le bafouilleux. Le Pistolero fut surpris de constater (et ce n'était pas la première fois) avec quelle facilité on oubliait cette vérité incontournable, concernant John « Jake » Chambers : ce n'était qu'un gosse.

— Quand on est allé vaadasch, Ote – commença Jake.

— C'est pas pareil, trésor, répliqua Eddie, et en entendant l'expression tendre de Susannah dans sa propre bouche, il eut un pincement au cœur.

Pour la première fois, il dut bien s'avouer qu'il ne la reverrait peut-être jamais, tout comme Jake ne reverrait peut-être jamais Ote, une fois qu'ils auraient quitté cette grotte puante.

— Mais... objecta Jake, et Ote lança un petit aboiement de reproche, car le garçon le serrait trop fort.

— Nous allons te le garder, Jake, dit Cantab d'une voix douce. Nous allons bien le garder, je dis vrai. Il y aura du monde pour monter la garde ici, jusqu'à ce que tu reviennes chercher ton ami et le reste de tes affaires.

Si tu reviens un jour était le sous-entendu, qu'il fut trop gentil pour préciser. Roland put néanmoins le lire dans ses yeux.

— Roland, tu es sûr que je ne peux pas... qu'il ne peut pas... non. Je vois. Pas de vaadasch cette fois-ci. OK. Non.

Jake plongea la main dans la poche avant de son poncho et en extirpa Ote, puis le déposa sur le sol poussiéreux de la grotte. Il se baissa et appuya les mains juste au-dessus de ses genoux. Ote leva les yeux vers lui, étirant le cou de sorte que leurs têtes se touchaient presque. Et c'est alors que Roland fut témoin de quelque chose d'extraordinaire : non pas des larmes dans les yeux de Jake, mais de celles qui remplissaient doucement ceux d'Ote. Un bafou-bafouilleux qui pleurait. C'était le genre d'histoire qu'on aurait pu entendre dans un saloon, quand la nuit était bien avancée et bien arrosée – le bafouilleux fidèle qui pleure le départ de son maître. On ne les croyait jamais, ces histoires-là, mais ça ne se disait pas, si on voulait éviter la bagarre (voire parfois la fusillade). Et pourtant c'était là, sous ses yeux, et Roland sentit les larmes monter, lui aussi. Est-ce que ce n'était encore là que du mimétisme de bafouilleux, ou bien Ote comprenait-il vraiment ce qui se passait ? Roland espéra qu'il s'agissait du premier cas, de tout son cœur.

— Ote, il va falloir que tu restes un moment avec Cantab. Tout ira bien. C'est un copain.

— Tab ! répéta le bafouilleux.

Des larmes dévalèrent son museau et vinrent assombrir la poussière devant ses pattes, en taches grosses comme des pièces de monnaie. Roland trouva les larmes de la créature horribles, pires même que des larmes d'enfant.

— Ake ! *Ake* !

— Non, je suis obligé de te laisser, dit Jake en s'essuyant les joues avec l'intérieur du poignet. Il se dessina des traînées terreuses jusqu'aux tempes.

— Non ! Ake !

— Il le faut. Tu restes avec Cantab. Je reviendrai te chercher, Ote – sauf si je suis mort, je reviendrai te chercher.

Il serra Ote dans ses bras, et se releva.

— Va voir Cantab. C'est lui, dit Jake en le désignant du doigt. Vas-y, maintenant, tu m'ennuies.

— Ake ! Tab !

Impossible de ne pas entendre la tristesse dans sa voix. Pendant quelques secondes, Ote ne bougea pas. Puis, toujours en larmes – ou imitant les larmes de Jake, ce que Roland espérait toujours –, le bafouilleux se retourna, rejoignit Cantab en trottinant et s'assit entre les bottillonnes poussiéreuses du jeune homme.

Eddie entreprit de passer le bras autour des épaules de Jake. Mais ce dernier se dégagea vivement et s'éloigna de lui. Eddie eut l'air déconcerté. Roland garda son expression de Surveille-Moi, mais intérieurement il était animé d'une joie intense et farouche. Pas encore treize ans, pour sûr, mais déjà tout ce qu'il fallait de tripes.

Il était temps de partir.

— Henchick ?

— Si fait. Veux-tu dire quelques paroles de prière, auparavant, Roland ? Au Dieu auquel tu rends grâce, quel qu'Il soit ?

— Je ne rends grâce à aucun dieu, répondit Roland. Je sers la Tour, et je ne veux pas prier pour ça.

Plusieurs des *'migos* d'Henchick prirent un air choqué, mais le vieil homme lui-même se contenta de hocher la tête, comme s'il n'en attendait pas plus. Il jeta un regard en direction de Callahan.

— Père ?

— Dieu, Ta main, Ta volonté, fit Callahan en dessinant une croix dans l'air, puis, adressant un signe de tête à Henchick : Si on doit y aller, allons-y.

Henchick s'avança d'un pas, toucha le bouton de cristal de la Porte Dérobée, puis regarda Roland. Ses yeux scintillaient.

— Pour la dernière fois, entends-moi, Roland de Gilead.

— Je vous entends fort bien.

— Je suis Henchick, du Kra Manni du Sentier Rouge-a-Sturgis. Nous sommes des porte-vues et des voyageurs lointains. Nous naviguons sur le vent du *ka*. Veux-tu toi aussi naviguer sur ce vent ? Toi et les tiens ?

— Si fait, où qu'il nous porte.

Henchick fit glisser la chaîne du pendule de Branni sur le dos de sa main et Roland sentit immédiatement un souffle d'énergie envahir la grotte. Pas très fort encore, mais gagnant en puissance. S'épanouissant, comme une rose.

— Combien d'appels voulez-vous faire ?

— Deux, répondit Roland. *Duox*, comme on dit dans la Voie d'Eld.

— Deux ou duox, cela revient au même, fit Henchick. Commala-un-deux (il éleva la voix). Venez, Manni ! Comme à commala, joignez votre force à ma force ! Venez et tenez votre promesse ! Venez honorer votre dette à ces pistoleros ! Aidez-moi à les remettre sur leur chemin ! *Maintenant !*

SEPT

Avant même que l'un d'eux ait eu le temps de se dire que le *ka* venait de modifier leurs plans, le *ka* avait fait agir sa volonté sur eux. Mais il leur apparut tout d'abord qu'il ne s'était rien passé.

Les Manni qu'Henchick avait choisis comme émissaires – six anciens, plus Cantab – formaient le demi-cercle passant derrière la porte et sur les côtés. Eddie prit la main de Cantab et entrelaça ses doigts dans ceux du Manni. L'un des aimants en forme de coquillage venait s'intercaler entre leurs paumes. Eddie le sentait vibrer, comme s'il était vivant. Il devait l'être, d'ailleurs. Callahan lui agrippa l'autre main et la serra fermement.

De l'autre côté de la porte, Roland prit la main d'Henchick, glissant la chaîne du pendule de Branni entre ses doigts. À présent, le cercle était complet, hormis juste devant la porte, où il restait un vide. Jake inspira profondément, balaya la grotte du regard, vit qu'Ote s'était assis contre le mur à trois mètres environ derrière Cantab, et il hocha la tête.

Ote, reste là, je reviendrai, envoya-t-il en pensée, avant de prendre sa place dans le cercle. Il saisit la main droite de Callahan, hésita, puis prit la main gauche de Roland.

Le bourdonnement réapparut instantanément. Le pendule de Branni se mit en mouvement, décrivant cette fois non pas des arcs, mais de petits cercles resserrés. La porte s'illumina et parut plus *là* – Jake le constata de ses propres yeux. Les lignes et les cercles des hiéroglyphes dessinant le mot DÉROBÉE se firent plus lumineux. La rose gravée dans le bouton se mit à rougeoyer.

Cependant, la porte resta close.

(*Concentre-toi, mon garçon !*)

C'était la voix d'Henchick, résonnant dans sa tête avec une telle puissance qu'elle semblait presque tambouriner sur son cerveau à coups de poing. Il baissa la tête et fixa le bouton de la porte. Il vit la rose. Il la vit très clairement. Il l'imagina en train de pivoter, en même temps que le bouton tournait. Il n'y a pas si longtemps, il était obsédé par les portes et par l'autre monde

(*l'Entre-Deux-Mondes*)

qu'il savait devoir trouver derrière l'une d'entre elles. Il avait le sentiment de revenir en arrière. Il se représenta toutes les portes qu'il avait connues dans sa vie – portes de chambre de salle de bain de cuisine de toilettes trappes de bowling portes de vestiaire de cinéma de théâtre de restaurant portes avec panneaux INTERDICTION D'ENTRER portes RÉSERVÉ AU PERSONNEL portes de frigo, oui, même celles-là – et alors il les vit toutes s'ouvrir en même temps.

Ouvre-toi ! pensa-t-il très fort, en dirigeant cette pensée vers la porte, se sentant bêtement comme le prince arabe dans un vieux conte. *Sésame, ouvre-toi ! Ouvre-toi, te dis-je !*

Sous terre, dans les entrailles de la grotte, les voix se remirent une fois de plus à babiller. Puis, dans une montée de cris et un souffle gigantesque, comme un bruit de chute. Le sol de la grotte se mit à trembler, comme dans un nouveau tremblement de Rayon. Jake n'y prêta pas attention. L'énergie de vie emplissant la grotte était à présent d'une puissance considérable – il la sentait qui lui picotait la peau, qui faisait vibrer ses orbites et sa cloison nasale, qui lui dressait les cheveux sur la tête – mais la porte demeura close. Il pesa plus fermement sur la main de Roland et du Père, se concentrant sur les portes de pompiers, les portes de commissariat, la porte du Bureau du Proviseur à Piper, et même sur ce livre de science-fiction qu'il avait lu autrefois, et qui s'intitulait *Une Porte sur l'été*. L'odeur de la grotte – la moisissure, les ossements, des courants d'air fugitifs – lui parut soudain très prégnante. Il ressentit une violente montée d'assurance, une sensation éclatante – *Maintenant, ça va se passer maintenant, je le sais* –, pourtant la porte demeura close. Et à présent, il sentait autre chose. Non plus l'odeur de la grotte, mais l'arôme légèrement métallique de sa propre sueur, lui dégoulinant sur le visage.

— Henchick, ça ne marche pas, je crois que je ne…

— Nenni, pas encore – et ne crois surtout pas que ça ne doive venir que de toi, mon jeune goujat. Cherche à ressentir quelque chose, entre toi et la porte… comme un hameçon… ou un crochet…

Tout en parlant, Henchick fit signe de la tête au premier Manni de la ligne de renforts.

— Hedron, approche. Thonnie, prends Hedron par les épaules. Lewis, fais de même avec Thonnie. Et ainsi de suite ! Allez !

La file remonta vers la grotte. Ote eut un aboiement dubitatif.

— Sens, mon garçon ! Va chercher ce hameçon ! C'est entre toi et cette porte ! Sens-le !

Jake tendit tout son esprit en avant, et son imagination bondit tout à coup avec une vivacité et une puissance terrifiantes, au-delà des rêves même les plus réalistes. Il vit la 5e Avenue, entre la 48e et la 6e (« le périmètre dans lequel ma prime de Noël disparaît tous les ans en janvier », comme aimait à grommeler son père). Il vit toutes les portes, des deux côtés de la rue, s'ouvrir simultanément à la volée : Fendi ! Tiffany ! Bergdof Goodman ! Cartier ! Les Éditions Doubleday et Compagnie ! Le Sherry Netherland Hotel ! Il vit un couloir interminable, avec du lino marron au sol, et il sut qu'il s'agissait du Pentagone. Il vit des portes, au moins un millier de portes, s'ouvrant toutes en même temps, créant un courant d'air extraordinaire, un véritable ouragan.

Cependant, cette porte en face de lui, la seule porte qui comptait, demeura close.

Ouais, mais…

Elle tremblait dans son cadre. Il l'entendait parfaitement.

— Vas-y, petit ! lança Eddie, les dents serrées. Si tu n'arrives pas à l'ouvrir, fous-moi cette connasse par terre !

— Aidez-moi ! hurla Jake. *Aidez*-moi, bon Dieu ! *Vous tous !*

Dans la grotte, l'énergie sembla soudain multipliée par deux. Il sembla à Jake que le bourdonnement se mettait à vibrer jusque dans sa boîte crânienne. Il sentait ses dents claquer. De la sueur lui coula dans les yeux, lui brouillant la vue. Il vit deux Henchick adresser un signe de tête à quelqu'un derrière lui : Hedron. Et derrière Hedron, Thonnie. Et derrière Thonnie, tout le reste, toute la file serpentant jusque sur le sentier, sur plusieurs mètres.

— Tiens-toi prêt, mon goujat, fit Henchick.

Jake sentit la main d'Hedron se glisser derrière sa chemise et lui attraper la ceinture. Il eut l'impression qu'on le poussait, plutôt qu'on ne le tirait vers l'arrière. Dans sa tête, quelque chose bondit, et l'espace d'une seconde, il vit toutes les portes de milliers et de milliers de mondes s'ouvrir en même temps en coup de vent, dans un souffle si puissant qu'il aurait pu éteindre le soleil.

Et soudain il se sentit entravé. Il y avait quelque chose… quelque chose juste devant la porte…

L'hameçon ! C'est l'hameçon !

Il se glissa en avant, comme si son esprit et sa force de vie étaient une sorte de lasso. Dans le même temps, il sentit Hedron et les autres le tirer en arrière. La douleur fut instantanée, énorme, comme si on le pourfendait en deux. Puis vint la sensation d'être aspiré. Une sensation ignoble, comme si quelqu'un lui arrachait lentement les intestins, en les déroulant avec soin. Avec toujours, comme fond sonore dans ses oreilles et au cœur de son cerveau, ce bourdonnement infernal.

Il essaya de crier – *Non, arrêtez, lâchez-moi, c'est trop !* – et n'y parvint pas. Il essaya de hurler et il entendit son hurlement, mais uniquement à l'intérieur de son crâne. Mon Dieu, il était piégé. Pris par l'hameçon, en train de se faire déchirer en deux.

Pourtant, une créature entendit bel et bien son hurlement. Ote. Qui, aboyant comme un fou furieux, se précipita telle une flèche. Et au même instant, la Porte Dérobée s'ouvrit violemment, décrivant un arc de cercle en grinçant, juste sous le nez de Jake.

— *Regardez !* hurla Henchick d'une voix à la fois terrible et exaltée. *Regardez, la porte s'ouvre ! En-Delà-sam kammen ! Cantah, can-kavar kammen ! Au-Delà-can-tah !*

Les autres réagirent, mais alors Jake Chambers avait déjà été arraché à la main de Roland. Il volait, mais pas seul.

Le Père Callahan volait avec lui.

HUIT

Eddie eut juste le temps d'entendre New York, de *sentir* New York et de comprendre ce qui se passait. En un sens, c'est ce qui rendit les choses tellement horribles – il fut capable d'enregistrer que tout allait à l'encontre de ce qu'il souhaitait, avec une précision diabolique, mais il fut incapable de changer quoi que ce soit.

Il vit Jake se faire arracher au cercle et sentit la main de Callahan glisser dans la sienne ; il les vit voler jusqu'à la porte, faire un véritable looping en tandem, comme un couple de foutus acrobates. Un truc poilu hurlant comme un taré fila telle une flèche à côté de sa tête. Ote, qui fonçait, les oreilles aplaties et les yeux terrifiés semblant lui sortir de la tête.

Et ce n'était pas tout. Eddie se vit lâcher la main de Cantab et se précipiter vers la porte – vers *sa* porte, *sa* ville, et, quelque part au milieu de tout ça, *sa* femme, perdue et enceinte. Il prit conscience (avec une réelle volupté) de la main invisible qui le *repoussait en arrière*, et de cette voix qui lui parlait, mais sans former de mots. Ce qu'Eddie entendait était bien plus terrible que n'importe quels mots. Que des mots auxquels on pouvait répondre. Il s'agissait seulement d'une négation indistincte, et pour ce qu'Eddie en savait, elle venait de la Tour Sombre elle-même.

Jake et Callahan furent projetés comme des balles d'un revolver : propulsés dans les ténèbres remplies des sonorités exotiques des klaxons et des moteurs. Au loin, mais aussi distincte que les voix qu'on entend en rêve, Eddie perçut une voix haletante, précipitée, en pleine extase, répandant son message à la cantonade : « Dis *Diiieu*, mon frère, c'est cool, dis *Diiieu* sur la 2e Avenue, dis *Diiieu* sur l'Avenue B, dis *Diiieu* dans le Bronx, je dis *Diiieu*, je dis la bombe de *Diiieu*, je dis *Diiieu* ! » C'était la voix d'un authentique barjot new-yorkais comme Eddie en avait connus un certain nombre, et il sentit son cœur s'ouvrir. Il vit Ote s'engouffrer dans la porte comme un journal aspiré derrière une voiture filant à toute vitesse, puis la porte claqua, si fort et si rapidement qu'il dut plisser les yeux à cause du courant d'air, chargé du sable et de la poussière d'os qui tapissaient le sol de cette grotte pourrie.

Avant qu'il ait pu hurler sa colère, la porte s'ouvrit de nouveau. Cette fois-ci, Eddie se retrouva aveuglé par la lumière voilée du soleil, résonnant du chant des oiseaux. Il sentit l'odeur des pins, et perçut les ratés lointains d'un moteur de camion, semblait-il. Puis il fut aspiré par cet éclat vif, dans l'incapacité de crier que ça avait foiré, que c'était un vrai bord…

Quelque chose entra en collision avec sa tempe. L'espace d'un instant, il eut une conscience aiguë de son passage d'un monde à l'autre. Puis les coups de feu. Puis la fusillade.

SOLISTE : *Commala-ça-alors*
Le vent t'enverra dans le décor.
Il faudra aller là où le vent t'enverra
Rien d'autre à faire que ça.

CHŒUR : *Commala-un-deux !*
Rien d'autre, mon vieux !
Faudra aller là où t'enverra le vent du ka
Rien d'autre à faire que ça.

TROISIÈME COUPLET

TRUDY ET MIA

UN

Jusqu'au 1er juin 1999, Trudy Damascus avait été le genre de femme les pieds bien sur terre, affirmant que la plupart des OVNI étaient en fait des sondes météo (et les autres étaient inventés par des petits malins qui voulaient passer à la télé), que le saint suaire de Turin était une supercherie montée par un escroc du XIVe siècle, et que les revenants – y compris Bob Marley – n'étaient que les élucubrations d'esprits malades ou la conséquence directe d'une indigestion. Elle avait les pieds sur terre, elle s'en *félicitait* même, et elle n'était vraiment pas d'humeur « spirituelle » en descendant la 2e Avenue vers son bureau (un cabinet d'experts-comptables du nom de Guttenberg, Furth et Patel), avec son sac en toile et son sac à main sur l'épaule. L'un des clients du cabinet GFP était une firme de fabrication de jouets appelée Jeux d'Enfants et Jeux d'Enfants devait une coquette somme d'argent à GFP. Le fait qu'ils aient aussi été au bord de la banqueroute signifiait que dalle pour Trudy. Elle voulait ces 69 211,19 dollars et elle avait occupé la majeure partie de sa pause déjeuner (dans un des coins à l'écart de chez Dennis, Crêpes et Gaufres, qui s'appelait Mama Chow-Chow jusqu'en 1994), à passer en revue tous les moyens imaginables de les obtenir. Au cours des deux dernières années, elle avait fait diverses tentatives en vue d'ajouter Damascus au trio Guttenberg, Furth et Patel ; forcer Jeux d'Enfants à cracher au bassinet serait un pas de plus – un grand pas – dans cette direction.

Et ainsi, tandis qu'elle traversait la 46e Rue en direction de l'immense gratte-ciel en verre fumé qui trônait maintenant au coin de la 2e Avenue (là où se tenaient autrefois certaine Épicerie Artistique et certain terrain vague), Trudy ne pensait pas aux dieux, aux esprits ou aux revenants. Elle pensait à Richard Goldman, l'enfoiré de PDG d'une certaine compagnie de jouets, et au moyen de…

Mais c'est alors que la vie de Trudy bascula. À treize heures dix-neuf, heure d'été, pour être précis. Elle venait d'atteindre le bord de la chaussée. Elle s'apprêtait à monter sur le trottoir. Quand tout à coup une femme apparut, là, en face d'elle. Une Afro-Américaine, les yeux écarquillés. Des Noires, il y en avait un paquet dans les rues de New York, et Dieu sait qu'une bonne proportion se baladait les yeux écarquillés, mais Trudy n'en avait jamais vu une débouler comme ça de nulle part. Et il y avait autre chose, autre chose d'encore plus incroyable. Dix secondes auparavant, Trudy Damascus aurait éclaté de rire et prétendu qu'il ne pouvait *rien* exister de plus incroyable qu'une femme se matérialisant subitement sous son nez, sur un trottoir en plein Manhattan, et pourtant si. Si, ça existait bien.

Et à présent elle comprenait ce qu'avaient dû ressentir tous ces gens venus raconter qu'ils avaient vu des soucoupes volantes (sans parler des fantômes en panoplie complète, avec boulet et chaînes), la frustration qui avait été la leur, en se retrouvant en face d'irréductibles incrédules tels que… eh bien, tels que Trudy Damascus à treize heures dix-huit en cette journée de juin, celle qui avait dit adieu à un côté de la 46e Rue. Vous pouviez dire aux gens *Vous ne comprenez pas, ÇA S'EST VRAIMENT PRODUIT !* ça ne les impressionnait pas des masses. *Eh bien, elle a dû surgir de derrière l'arrêt de bus sans que tu la remarques* ou bien *Elle devait sortir de l'une de ces petites boutiques et tu ne l'as pas vue venir*. Vous pouviez bien répondre qu'il n'y avait *pas* d'arrêt de bus au coin de la 2e Avenue et de la 46e Rue (sur aucun des deux trottoirs, d'ailleurs), ça ne changeait rien. Vous pouviez ajouter qu'il n'y avait *pas* de petites boutiques dans ce coin, pas jusqu'au 2, Hammarskjöld Plaza, et que ça ne collait pas non plus. Trudy allait bientôt découvrir tout ça par elle-même, et tout ça la rendrait pratiquement folle. Elle n'avait pas l'habitude d'être considérée avec à peine plus d'intérêt qu'une chiure de pigeon.

Pas d'arrêt de bus. Pas de petites boutiques. Il y avait bien les quelques marches remontant vers Hammarskjöld Plaza, où trois ou quatre employés s'attardaient avec leurs sandwichs, mais la revenante n'était pas arrivée de là non plus. C'était un fait : quand Trudy Damascus avait posé sa tennis gauche sur le trottoir, la voie était entièrement libre. Et lorsqu'elle avait fait passer son poids sur la jambe gauche et s'était apprêtée à lever le pied droit, une femme était apparue.

L'espace d'un instant, Trudy vit la 2e Avenue à travers elle, et aussi ce qui ressemblait à l'entrée d'une grotte. Puis la vision disparut et la femme se solidifia. Ça n'avait pas dû prendre plus d'une seconde ou deux, d'après l'estimation de Trudy ; plus tard, elle devait se rappeler cette expression *Pour un peu, on croirait avoir rêvé*, et elle regretterait de n'avoir pas rêvé. Parce qu'il n'y avait pas que cette matérialisation.

Les jambes de cette femme se mirent soudain à pousser, sous les yeux de Trudy Damascus.

Eh oui, des jambes.

Trudy n'avait aucun problème de perception, et plus tard elle dirait aux gens (mais les gens avaient de moins en moins envie de l'écouter) que chaque détail de cette rencontre furtive s'était imprimé dans sa mémoire comme un tatouage. L'apparition mesurait un peu plus d'un mètre vingt. Ça faisait un peu courtaud, pour une femme normale, c'est sûr, mais pas pour une qui s'arrêtait au niveau des genoux.

L'apparition portait une chemise blanche, éclaboussée soit de peinture marron, soit de sang séché, par-dessus un jean. Le jean était bien rempli, notamment à hauteur des cuisses, là où il contenait des *jambes*, mais au-dessous du genou, il pendait sur le trottoir comme une mue de serpent, d'un bleu étrange. Et puis, soudain, il s'était rempli. *Rempli*, le mot lui-même semblait dément, pourtant Trudy l'avait vu de ses yeux. Au même moment, la femme s'était relevée, passant de son mètre-vingt-sans-mollets à un bon mètre-soixante-dix-avec-tout-l'équipement. C'était comme regarder une série d'effets spéciaux dans un film, sauf que ce n'était pas un film, c'était la *vraie vie* de Trudy.

Sur l'épaule gauche, l'apparition portait une pochette doublée de tissu, qui paraissait faite d'osier. On aurait dit qu'il y avait des assiettes ou des plats à l'intérieur. De sa main droite, elle serrait fermement un sac rouge délavé, fermé par une cordelette. Au fond, on distinguait une forme avec des coins, qui se balançait d'avant en arrière. Trudy ne parvint pas à déchiffrer toute l'inscription sur le sac, mais crut voir les mots ENTRE-DEUX-QUILLES.

Puis la femme attrapa Trudy par le bras.

— Qu'est-ce que vous avez dans ce sac ? demanda-t-elle. Vous avez des chaussures ?

Trudy ne put s'empêcher de baisser les yeux vers les pieds de la femme noire, et alors elle vit une autre chose extraordinaire : cette femme afro-américaine avait les pieds *blancs*. Aussi blancs que ceux de Trudy.

Trudy avait déjà entendu parler de gens qui étaient restés sans voix. Voilà que maintenant ça lui arrivait à elle. Elle avait la langue collée au palais, et elle ne voulait plus redescendre. Ses yeux marchaient très bien, néanmoins. Elle voyait tout. Les pieds blancs. Des gouttelettes aussi sur le visage de la femme noire, sans doute du sang séché. L'odeur de sueur, comme si se matérialiser sur la 2e Avenue s'était fait au prix d'efforts éreintants.

— Si vous avez des chaussures, ma p'tite dame, je vous conseille de me les donner. Je n'ai aucune envie de vous tuer, mais je dois aller trouver des gens pour m'aider, avec mon p'tit gars, et je ne peux pas y aller pieds nus.

Pas un chat, sur cette petite portion de la 2e Avenue. Quelques badauds assis sur les marches du 2, Hammarskjöld Plaza, dont deux ou trois regardaient ouvertement Trudy et la femme noire (enfin, la femme *presque* noire), mais sans grand intérêt, et sans inquiétude. Mais bon sang, qu'est-ce qu'il leur prenait ? Ils étaient *aveugles*, ou quoi ?

Eh bien, pour commencer, ce n'est pas eux qu'elle tient par le bras. Et ensuite, ce n'est pas eux qu'elle menace de massac…

Elle sentit qu'on lui arrachait son sac Borders en toile contenant ses chaussures de travail (des escarpins à talons plats). La femme noire jeta un œil dedans, puis regarda de nouveau Trudy.

— C'est quelle pointure ?

La langue de Trudy finit par se décoller de son palais, mais ça ne changea pas grand-chose : elle tomba raide morte au fond, à la place.

— On s'en fout, Susannah dit qu't'as l'ai' de fai'e du 38. Ça fe'a l'af…

Le visage de l'apparition eut soudain l'air de miroiter. Elle leva la main – en une large boucle souple, avec le poignet souple lui aussi, comme si la femme elle-même ne maîtrisait pas vraiment le mouvement – et vint lui frapper le front, juste entre les yeux. Et soudain son expression changea. Trudy avait le câble, et la chaîne Comédie faisait partie de son bouquet, aussi avait-elle déjà vu des imitateurs changer subitement de visage, de la même façon.

Lorsque la femme noire reprit la parole, sa voix aussi avait changé. C'était maintenant celle d'une femme instruite. Et (Trudy l'aurait juré) d'une femme affolée, aussi.

— Aidez-moi, dit-elle. Je m'appelle Susannah Dean et je... je... oh non... ô mon *Dieu* –

Cette fois-ci, c'était la douleur qui lui tordait les traits, et elle s'attrapa le ventre à pleines mains. Elle baissa les yeux. Lorsqu'elle les releva, la première personnalité avait réapparu, la femme qui parlait de tuer pour une paire de chaussures. Pieds nus, elle fit un pas en arrière, tenant toujours le sac contenant les jolies ballerines Ferragamo de Trudy et son *New York Times*.

— Ô mon Dieu, dit-elle. Oh que ça fait mal ! *M'man !* Arrête ça. Je ne peux pas encore venir, pas là, en plein milieu de la rue, arrête ça un petit moment.

Trudy essaya de lever la voix, d'appeler un flic au secours. Mais il ne sortit rien d'autre qu'un vague petit soupir.

L'apparition lui braqua son doigt sous le nez.

— Tu ferais mieux de décamper sur-le-champ. Et si tu essaies d'appeler un policier ou de soulever un détachement, je te retrouverai, et je t'arracherai les seins.

Elle s'empara d'un des plats qu'elle portait dans sa sacoche en osier. Trudy s'aperçut que le bord incurvé du plat était en métal, aussi aiguisé qu'un couteau de boucherie, et se rendit compte qu'elle luttait pour ne pas mouiller son pantalon.

Je te retrouverai, et je t'arracherai les seins, ajouté à ce genre de matériel, voilà qui faisait son petit effet. Zip-zap, et une mastectomie instantanée, une. Ô juste ciel.

— Bonne journée à vous, madame, s'entendit prononcer Trudy.

On aurait dit un patient en train d'essayer de dire quelque chose au dentiste, avant que l'effet de la novocaïne ne se dissipe.

— Profitez bien de ces chaussures, portez-vous bien.

Non pas que l'apparition eût l'air de tellement bien se porter. Pas même avec ses nouvelles jambes et ses pieds tout blancs.

Trudy reprit son chemin. Elle descendit la 2e Avenue. Elle tenta de se convaincre (sans aucun succès) qu'elle n'avait *pas* vu cette femme débouler de nulle part en face du 2, Hammarskjöld Plaza, cet immeuble que les employés du coin appelaient pour rire la Tour Noire. Elle tenta de se dire (sans plus de succès) que c'était le prix à payer quand on mangeait trop de rôti et de frites. Elle aurait dû s'en tenir à son régime habituel, gaufre et œuf à cheval, c'est pour ça qu'on allait chez Dennis, crêpes et *gaufres*, pas pour se faire un bœuf rôti et des frites, et pour s'en convaincre, il suffisait de regarder ce qui venait de lui arriver, à elle. Elle voyait des apparitions afro-américaines, et…

Et son sac ! Son sac en toile Borders ! Elle avait dû le laisser tomber !

Pas si bête. Elle s'attendait depuis tout à l'heure à ce que la femme lui coure après, hurlant comme un chasseur de têtes tout droit sorti des jungles profondes de Papouasie. Elle avait dans le dos comme des pourmillements et des ficotements (elle savait que l'expression était *des fourmillements et des picotements*, pourtant ça lui paraissait mieux dans ce sens-là, plus froid, plus impersonnel), là où le plat de cette folle viendrait entailler sa chair, pour qu'elle puisse lui sucer le sang et lui dévorer un rein, avant de venir se planter, encore tout vibrant, dans les confins crayeux de sa colonne vertébrale. Elle l'entendrait venir, elle en était certaine sans savoir comment, ça ferait un sifflement, comme une toupie pour les gosses, avant de venir se ficher dans son corps et que du sang chaud lui gicle sur les fesses et l'arrière des cuisses…

Et alors elle cessa de lutter. Sa vessie se relâcha, l'urine jaillit, et l'avant de son pantalon (un pantalon de tailleur Norma Kamali *absolument rui-neux*) se décora soudain d'une triste auréole, plus sombre. Ce n'est qu'au croisement de la 2e Avenue et de la 45e Rue que Trudy – qui ne redeviendrait plus jamais la femme avec les pieds bien sur terre qu'elle avait cru être – se sentit enfin capable de s'arrêter, et de se retourner. Elle n'avait plus tellement de pourmillements et de ficotements. Juste cette chaleur à l'entrejambe.

Et la femme, la folle apparition, avait disparu.

DEUX

Trudy gardait quelques vêtements de sport – des T-shirts et un ou deux vieux jeans – dans le placard de son bureau. Lorsqu'elle fut de retour chez Guttenberg, Furth et Patel, sa première priorité fut de se changer. La seconde, d'appeler la police. C'est l'agent Paul Antassi qui prit son appel.

— Je m'appelle Trudy Damascus, et je viens de me faire agresser sur la 2e Avenue.

À l'autre bout du fil, l'agent Antassi se montra très compréhensif et Trudy se prit à imaginer une sorte de George Clooney italien. Ce qui se tenait, si on considérait le nom du policier, et les yeux et la chevelure sombres de Clooney. Antassi ne ressemblait pas le moins du monde à Clooney, mais bon, il ne fallait pas s'attendre à des miracles et à des stars de cinéma, on était dans la vie réelle. Encore que… après ce qui venait de lui arriver au coin de la 2e et de la 46e à treize heures dix-neuf, heure d'été…

L'agent Antassi vint vers trois heures et demie, et elle se retrouva à lui raconter tout ce qui lui était arrivé, *dans les moindres détails*, même la partie concernant les pourmillements et les ficotements, et cette certitude étrange que cette femme allait lui balancer son plat dans le dos…

— Un plat avec un bord aiguisé, vous dites ? demanda Antassi, tout en griffonnant des notes sur son carnet. Et lorsqu'elle répondit que oui, il hocha la tête avec compassion.

Ce hochement de tête eut pour elle quelque chose de bizarrement familier, mais à ce moment-là elle était trop impliquée dans son histoire pour creuser un peu plus loin. Plus tard, néanmoins, elle se demanderait comment elle avait pu être aussi naïve. C'était ce même hochement de tête compréhensif qu'elle avait vu dans les films où une pauvre fille pète un plomb, de *Une vie volée*, avec Winona Ryder, jusqu'à *La Fosse aux serpents*, avec Olivia de Havilland.

Mais à cet instant, elle était bien trop occupée. Trop occupée à raconter à l'agent Antassi comment le jean de l'apparition pendait sur le trottoir, en dessous du genou. Et quand elle eut terminé, c'est là qu'elle entendit pour la première fois l'hypothèse de la femme noire déboulant de derrière un abribus. Et aussi – trop bonne, celle-là – l'hypothèse de la femme noire sortant d'une de ces petites boutiques, il y en avait des milliards dans ce coin-là. Quant à Trudy, elle put inaugurer son petit laïus selon lequel il n'y avait *pas* d'arrêts de bus dans ce secteur, pas dans cette partie de la 46e Rue, ni de l'autre côté, d'ailleurs. Et aussi le laïus selon lequel toutes les petites boutiques avaient migré dans le centre depuis que le 2, Hammarskjöld Plaza avait poussé, et ça devait devenir un de ses petits numéros les plus rodés, elle finirait sans doute avec un sketch sur une foutue radio locale un de ces jours.

Pour la première fois, on lui demanda ce qu'elle avait pris pour le déjeuner avant de voir apparaître cette femme, et pour la première fois elle comprit qu'il s'agissait d'une version XXe siècle du repas d'Ebenezer Scrooge[1] avant l'apparition de son vieux (et défunt) associé : des pommes de terre et du rosbif. Sans parler d'une *bonne dose* de moutarde.

Elle ne pensa même pas à demander à l'agent Antassi si ça le tenterait de venir dîner un de ces soirs avec elle.

En fait, elle le mit carrément à la porte de son bureau.

Quelques minutes plus tard, Mitch Guttenberg passa la tête par l'embrasure.

— Ils pensent pouvoir retrouver votre sac, Tru...

— Allez au diable, dit Trudy sans lever la tête. Sur-le-champ.

Guttenberg remarqua son teint blême et ses dents serrées.

Et il ressortit sans dire un mot.

---

1. Vieillard radin, personnage principal du *Conte de Noël* de Charles Dickens. *(N.d.T.)*

TROIS

Trudy quitta le bureau à cinq heures moins le quart, ce qui pour elle était tôt. À pied, elle retourna au coin de la 2e et de la 46e, et malgré les pourmillements et les ficotements qui lui remontaient le long des jambes et dans l'estomac à mesure qu'elle se rapprochait de Hammarskjöld Plaza, elle n'hésita pas une seconde. Elle se tint debout au croisement, ignorant aussi bien le signal « PASSEZ PIÉTONS » blanc que le « ATTENDEZ PIÉTONS » rouge. Elle décrivit des petits cercles sur le trottoir, sans remarquer les passants qui la croisaient sur la 2e Avenue, sans un regard pour elle non plus.

— C'est ici, pile ici. Je le sais. Elle m'a demandé ma pointure, et avant que j'aie pu répondre – parce que j'aurais répondu, je lui aurais dit la couleur de mes sous-vêtements si elle avait voulu, j'étais en état de choc –, avant que j'aie pu répondre, elle a dit…

On s'en fout, Susannah dit qu't'as l'ai' de fai'e du 38. Ça fe'a l'affai'e.

Eh bien, non, elle n'avait pas complètement terminé sa phrase, mais Trudy était certaine que c'était ce qu'elle allait dire. Et c'est à ce moment-là que son visage avait changé. Comme celui d'un comique qui s'apprête à imiter Bill Clinton, ou Michael Jackson, ou peut-être même George Clooney. Et elle avait demandé de l'aide. Demandé de l'aide et dit son nom… c'était comment, déjà ?

— Susannah Dean, fit Trudy. Voilà comment elle s'appelait. J'ai oublié de le dire à l'agent Antassi.

Ouais, eh bien, il pouvait aller se faire foutre, l'agent Antassi. L'agent Antassi avec ses arrêts de bus et ses petites boutiques, qu'il aille se faire *foutre*.

Cette femme – Susannah Dean, Whoopi Goldberg, Coretta Scott King, quel que soit son nom – se croyait enceinte. Se croyait en plein travail. *Est-ce qu'elle t'a paru enceinte, Trudes ?*

— Non, répondit-elle.

Suspendu au-dessus de la 46e Rue, le « PASSEZ PIÉTONS » blanc vira une nouvelle fois au « ATTENDEZ PIÉTONS » rouge. Trudy se rendit compte qu'elle était en train de se calmer. Le fait de se tenir là, avec le 2 Dag Hammarskjöld Plaza à sa droite, avait quelque chose d'apaisant. Comme une main fraîche sur un front bouillant, ou une voix rassurante, qui vous dit qu'il n'y a aucune, mais *aucune* raison de ressentir des pourmillements et des ficotements.

Elle se rendit compte qu'elle entendait un bourdonnement. Un bourdonnement très doux.

— Pas un bourdonnement, dit-elle à voix haute, tandis que le « ATTENDEZ PIÉTONS » rouge revenait au « PASSEZ PIÉTONS » blanc (elle se rappela ce petit ami qu'elle avait eu au lycée, qui lui avait dit que la pire punition karmique pour lui, ce serait de se réincarner en feu de signalisation). Pas un bourdonnement, un *chant*.

Et alors, juste à côté d'elle – elle sursauta, mais sans avoir peur –, une voix d'homme se mit à lui parler.

— C'est exact, dit la voix.

Trudy se retourna et vit un homme d'une petite quarantaine d'années.

— Je viens ici tout le temps, rien que pour l'entendre. Et je vais vous dire une chose, puisque nous ne sommes que des navires se croisant dans la nuit, pour ainsi dire – quand j'étais jeune, j'avais des problèmes d'acné effroyables ; je crois que le fait de venir ici les a soignés, allez savoir comment.

— Vous croyez que le fait de vous tenir au coin de la 2e et de la 46e a soigné votre acné, répéta-t-elle.

Il sourit, d'un sourire faible mais très doux, puis hésita une seconde.

— Je sais que ça a l'air dingue…

— J'ai vu apparaître une femme, ici même, sortie de nulle part, dit Trudy. Il y a trois heures et demie, voilà ce que j'ai vu. Quand elle est apparue, elle n'avait plus de jambes, en dessous des genoux. Et puis elles ont repoussé. Alors qui est fou, déjà, l'ami ?

Il la dévisageait, les yeux écarquillés, pauvre insecte en transit, engoncé dans son costume, sa cravate desserrée, à la fin de sa journée de bureau. Et elle voyait effectivement les anciens cratères de l'acné sur ses joues et sur son front.

— C'est vrai ?

Elle leva la main droite.

— Croix de bois, croix de fer, si je mens, je vais en enfer. Cette salope m'a volé mes chaussures (elle hésita). Non, ce n'était pas une salope. Je ne crois pas que c'était une salope. Elle avait peur, elle était pieds nus et elle croyait être en travail. Je regrette juste de ne pas avoir eu le temps de lui donner mes tennis, plutôt que ces foutus escarpins ruineux.

L'homme la regardait d'un air circonspect, et Trudy Damascus se sentit soudain très fatiguée. Elle eut comme l'intuition que des regards comme celui-là, elle en verrait un paquet. Le feu passa de nouveau au « PASSEZ PIÉTONS », et l'homme qui lui avait parlé se mit à traverser, en balançant sa serviette.

— Hé ! Monsieur !

Il n'interrompit pas sa marche, mais jeta un œil par-dessus son épaule.

— Qu'est-ce qu'il y avait, ici, à l'époque où vous veniez soigner votre acné ?

— Rien. Rien qu'un terrain vague, derrière une palissade. Je pensais que ça s'arrêterait – ce chant merveilleux – quand ils ont commencé à construire, mais ça ne s'est jamais arrêté.

Il atteignit le trottoir d'en face. Se mit à descendre la 2e Avenue. Trudy resta sans bouger, perdue dans ses pensées. *Je pensais que ça s'arrêterait, mais ça ne s'est jamais arrêté.*

— Bon, à quoi ça peut bien rimer ? demanda-t-elle en se tournant vers le 2, Hammarskjöld Plaza. La Tour Noire. Le bourdonnement se faisait plus intense, à présent qu'elle se concentrait dessus. Plus doux, aussi. Non plus une seule voix, mais tout un ensemble. Comme un chœur. Et puis il se tut. Il disparut aussi soudainement que la femme noire était apparue.

Non, il n'a pas disparu. C'est juste moi qui ai perdu le coup de main, c'est tout. Si je restais debout ici assez longtemps, je parie que ça reviendrait. Je suis bien cinglée, *c'est officiel.*

Le croyait-elle elle-même ? La vérité, c'était que non. Tout à coup, le monde lui parut très éphémère, plus une idée qu'une chose réelle, sans aucune présence. Jamais elle ne s'était sentie les pieds si peu sur terre. En revanche, elle sentait ses genoux trembler et la nausée lui monter à l'estomac, elle était sur le point de s'évanouir.

QUATRE

Il y avait un petit parc, de l'autre côté de la 2e Avenue. Avec une fontaine ; et juste à côté, la statue d'une tortue, dont la carapace miroitait doucement sous le jet d'eau. Trudy se moquait des fontaines et des statues, mais il y avait aussi un banc.

On était revenu au « PASSEZ PIÉTONS ». Trudy traversa la rue en titubant, comme si elle avait quatre-vingt-trois ans au lieu de trente-huit, et alla s'asseoir. Elle se mit à inspirer lentement et profondément, et au bout d'environ trois minutes, elle commença à se sentir mieux.

À côté du banc se trouvait une poubelle ornée d'un petit panneau disant « NE PAS RENVERSER ». Et en dessous, à la bombe rose, un étrange petit graffiti : *Vois la TORTUE comme elle est ronde*. Trudy vit la tortue, mais ne la trouva pas particulièrement ronde ; c'était là une petite sculpture. Elle remarqua autre chose : un numéro du *New York Times*, roulé comme elle roulait toujours ses propres journaux, quand elle voulait les garder et qu'elle avait sur elle un sac dans lequel les glisser. Bien entendu, il y avait sans doute un million de *New York Times* du jour abandonnés dans les rues de Manhattan, mais celui-là, c'était le sien. Elle le savait avant même d'aller le repêcher dans la petite corbeille et de vérifier ce qu'elle savait déjà, en l'ouvrant à la page des mots croisés qu'elle avait presque terminés pendant le déjeuner, avec son stylo fétiche, à l'encre lilas.

Elle le replaça dans la poubelle et jeta un œil de l'autre côté de la 2e Avenue, là où avait basculé sa façon de voir la vie. Peut-être pour toujours.

Elle m'a pris mes chaussures. Elle a traversé la rue, elle est venue s'asseoir ici pour les enfiler. Elle a gardé mon sac, mais elle a jeté le

Times. *Pourquoi voulait-elle mon sac ? Elle n'avait pas de chaussures à elle à mettre dedans.*

Puis Trudy crut deviner pourquoi. Cette femme y avait rangé ses plats. Si un flic y jetait un œil, il se demanderait sans doute ce qu'on pouvait bien servir sur des plats tellement tranchants qu'on risquait d'y laisser un doigt, en les attrapant au mauvais endroit.

OK, et alors où est-ce qu'elle est allée ?

Il y avait un hôtel, au coin de la 1re et de la 46e. Autrefois, c'était l'hôtel Plaza de l'ONU. Trudy ne savait pas comment il s'appelait, à présent, et elle s'en moquait. Elle n'avait pas non plus envie d'aller jusque-là pour demander si une femme noire en jean et chemise blanche tachée n'y serait pas venue, quelques heures plus tôt. Elle avait cette intuition très forte que c'était précisément ce qu'avait fait sa version du fantôme de Jacob Marley[1], mais elle n'avait aucune intention d'aller vérifier son intuition. Mieux valait laisser couler. Des chaussures, ça se trouvait très facilement, dans cette ville, tandis que la *santé mentale*, *sa* santé mentale…

Il valait mieux rentrer tranquillement à la maison, prendre une bonne douche, et… laisser couler. Sauf que…

— Il y a quelque chose qui cloche, dit-elle, et un homme qui passait sur le trottoir tourna la tête vers elle.

Elle lui répondit par un regard de défi.

— Quelque part, il y a quelque chose qui cloche *vraiment*. Ça…

Penche est le mot qui lui vint naturellement, mais elle ne le prononça pas. Comme si ça risquait de faire basculer ce qui penchait.

L'été fut peuplé de cauchemars, pour Trudy Damascus. Dans certains apparaissait la femme, puis elle se mettait à *grandir*. Ceux-là étaient terribles, mais ce n'étaient pas les pires. Dans les plus horribles, elle se tenait dans le noir, et d'effroyables carillons résonnaient et elle sentait cette chose pencher, pencher de plus en plus, vers le point de non-retour.

SOLISTE : *Commala-la-clé*
Peux-tu me dire ce que tu vois ?

---

1. Défunt associé d'Ebenezer Scrooge, qui lui apparaît en revenant, à la veille de Noël. *(N.d.T.)*

Des fantômes, ou seulement ce miroir devant toi ?
Qui te fait fuir, dis-le-moi.

CHŒUR : *Commala-deux-trois !*
Je te prie, dis-le-moi !
Les fantômes, ou les ténèbres en toi ?
Qui te fait fuir, dis-le-moi.

QUATRIÈME COUPLET

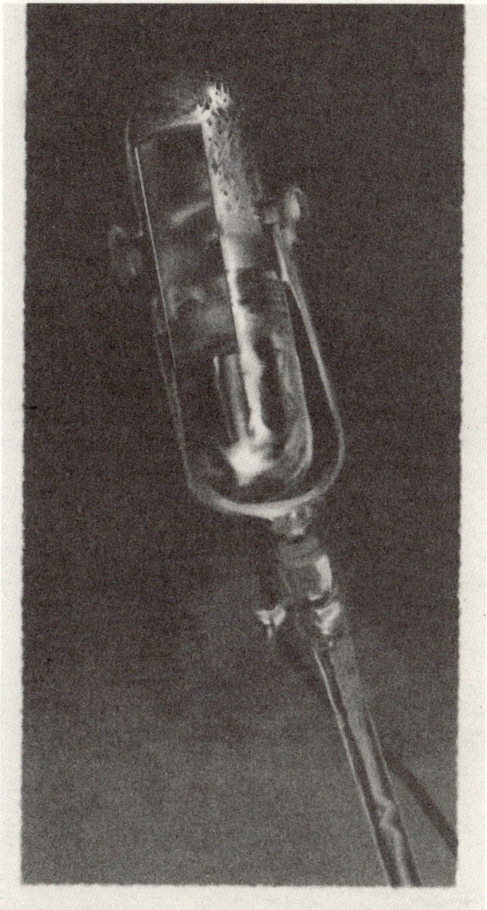

LE DOGAN DE SUSANNAH

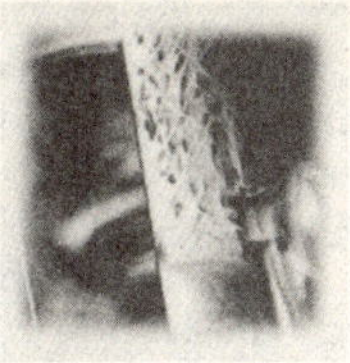

UN

La mémoire de Susannah était devenue désespérément lacunaire, totalement imprévisible, comme la transmission sur une vieille voiture. Elle se rappelait lc combat contre les Loups, et Mia qui attendait patiemment que ça se termine…

Non, ce n'était pas vrai. Pas équitable. Mia avait fait bien plus qu'attendre patiemment que ça se termine. Elle avait encouragé Susannah (et les autres), unissant son cœur de guerrière aux leurs. Elle tenait le travail en suspens pendant que la mère porteuse de son p'tit gars causait une hécatombe avec ses plats. Seulement les Loups s'étaient trouvés être des robots, alors pouvait-on vraiment dire que…

Oui. Oui, on pouvait le dire. Parce qu'ils étaient plus que des robots, bien plus, et qu'on les avait tués. On s'était comporté avec droiture, on leur avait explosé la tête.

Mais ce n'était plus le propos, c'était terminé, à présent. Et dès la seconde où ça s'était arrêté, elle avait senti les contractions revenir, en plus fort. Elle allait avoir ce gosse sur le bord de cette fichue route, si elle n'y prenait garde ; et alors il mourrait, parce qu'il avait faim, le p'tit gars de Mia, *lôvait faim*, et…

Aide-moi par pitié !

Mia. Et impossible de ne pas réagir à ses supplications. Même à cet instant, alors qu'elle sentait Mia la mettre à l'écart (tout comme Roland avait su mettre Detta Walker à l'écart), il lui était impossible de ne pas réagir au cri de panique de cette mère. En partie, se dit-elle, parce que c'était *son* propre corps qu'elles partageaient, et que ce corps s'était déclaré en faveur du bébé. Sans doute ne pouvait-il pas faire autrement. Aussi lui avait-elle donné son aide. Elle avait fait ce que Mia ne pouvait plus faire, elle avait retardé encore un peu l'accouchement.

Même si elle savait que cet état serait préjudiciable au p'tit gars (c'est drôle comme cette expression s'immisçait dans ses pensées, comme elle se l'appropriait au même titre que Mia l'avait faite sienne) s'il se maintenait trop longtemps. Elle se rappela cette histoire que lui avait racontée une fille de son dortoir, lors d'une longue soirée entre filles, à la fac de Columbia ; elles devaient être cinq ou six, assises en pyjama, à fumer et à faire tourner une bouteille de Wild Irish Rose – absolument *verboten*, et donc deux fois plus délicieux. L'histoire parlait d'une fille d'à peu près leur âge, au cours d'un voyage en voiture, d'une fille qui n'avait pas osé dire à ses amies qu'elle avait besoin de s'arrêter pour faire pipi. Dans l'histoire, la vessie de la fille avait éclaté, et elle en était morte. C'étaient le genre de récit dont on se disait à la fois que c'étaient des conneries, tout en le croyant à cent pour cent. Et le p'tit gars… le *bébé*…

Mais quel que fût le danger, elle avait su interrompre les contractions. Parce qu'il y avait des interrupteurs, pour ça. Quelque part.

(dans le Dogan)

Sauf que les machines à l'intérieur du Dogan n'avaient jamais été conçues pour ce qu'elle – ce qu'elles…

(nous)

lui faisaient faire. L'installation finirait par surchauffer et

(rupture)

toutes les machines prendraient feu et disparaîtraient en fumée. Les alarmes se mettraient à hurler. Les écrans de contrôle s'éteindraient. Combien de temps encore ? Susannah n'en savait rien.

Elle se rappelait vaguement avoir sorti son fauteuil roulant d'un *bucka* alors que personne ne faisait attention à elle, tous en train de fêter leur victoire et de pleurer leurs morts. Escalader et soulever n'étaient pas chose facile quand on n'avait pas de jambes, mais ce n'était pas aussi difficile que les gens se l'imaginaient parfois. Et puis, elle avait l'habitude des obstacles de tous les jours – de monter ou descendre des toilettes jusqu'à attraper un livre sur une étagère, un livre qui lui était autrefois accessible (elle avait un escabeau pour ce genre d'exercice, dans chacune des pièces de son appartement de New York). Quoi qu'il en soit, Mia se montrait insistante – en fait, c'est même elle qui l'avait guidée, comme un cow-boy guiderait un veau sans mère. Aussi Susannah s'était-elle hissée dans le *bucka*, en avait extrait son fauteuil, puis s'était glissée presque directement dedans. Pas aussi facile que de faire rouler une bûche, mais elle avait déjà fait bien pire, depuis qu'elle avait perdu environ cinquante centimètres de jambes.

Le fauteuil avait roulé sur environ un kilomètre, son dernier kilomètre, peut-être un peu plus (pas de jambes pour Mia, fille de personne, pas à La Calla). Puis il avait percuté un bloc de granit, l'éjectant du même coup. Heureusement, elle avait pu amortir sa chute avec les bras, épargnant ainsi son ventre agité et mécontent.

Elle se rappela s'être relevée – nuance : elle se rappela Mia relevant le corps pris en otage de Susannah Dean – et avoir remonté le sentier. Elle n'avait qu'un autre souvenir distinct de La Calla, c'était d'avoir essayé d'empêcher Mia de lui retirer le lien de cuir qu'elle portait autour du cou. Un anneau y était attaché, un magnifique anneau de bois léger qu'Eddie lui avait taillé. En constatant qu'il était trop grand pour elle (il voulait lui faire une surprise, et n'avait pas pu prendre la taille de son doigt), il avait été très déçu et avait promis de lui en faire un autre.

Fais comme tu voudras, avait-elle dit, *mais je porterai toujours celui-ci*.

Elle se l'était accroché autour du cou, en aimant le contact entre ses seins, et voilà qu'arrivait cette inconnue, cette *salope* qui essayait de le lui arracher.

Detta était de nouveau *passée devant*, s'était battue contre Mia. Detta avait été bien en mal de reprendre le contrôle, contre Roland, mais Mia n'avait pas la carrure d'un Roland de Gilead.

Les mains de Mia avaient lâché la lanière de cuir. Elle perdait un peu de son emprise. Au même moment, Susannah avait senti une autre contraction violente la ravager, la pliant en deux dans un grognement de douleur.

Il faut le retirer ! avait hurlé Mia. *Sinon ils auront aussi son odeur, en plus de la tienne ! Celle de ton mari ! Et ce n'est pas ce que tu souhaites, tu peux me croire !*

Qui ça, « ils » ? avait demandé Susannah. *De qui est-ce que tu parles ?*

Peu importe, on n'a pas le temps. Mais s'il décide de te suivre – et tu penses qu'il va essayer, je le sais – il ne faut pas qu'ils aient son odeur ! Je vais le laisser ici, et il le trouvera. Plus tard, si telle est la volonté du ka, *peut-être le porteras-tu à nouveau.*

Susannah avait pensé lui proposer de laver l'anneau, de laver l'odeur d'Eddie, mais elle savait que ce n'était pas seulement de l'odeur que Mia parlait. C'était un anneau d'amour, et cette odeur-là persisterait toujours.

Mais pour qui ?

Les Loups, se dit-elle. Les *vrais* Loups. Ceux de New York. Les vampires dont leur avait parlé Callahan, et aussi les ignobles. Ou bien y avait-il autre chose ? Quelque chose d'encore pire ?

Aide-moi ! hurla Mia, et de nouveau Susannah se vit dans l'impossibilité de résister à ce cri. Le bébé était peut-être de Mia, mais peut-être pas ; c'était peut-être un monstre, ou peut-être pas. Et son corps voulait accoucher de ce bébé. Ses yeux voulaient le voir, quel qu'il soit, et ses oreilles voulaient entendre ses cris, même si ces cris devaient être des grognements.

Elle avait retiré la bague, l'avait embrassée avant de la lâcher sur le bord du chemin, où Eddie ne manquerait pas de la trouver. Car il la suivrait au moins jusque-là, elle le savait.

Et ensuite ? Elle n'en savait rien. Elle crut se rappeler avoir remonté un sentier abrupt sur un engin quelconque, sans doute le sentier qui menait à la Grotte de la Porte.

Et puis, le noir.

(pas le noir)

Non, pas le noir *complet*. Il y avait des lumières qui clignotaient. L'éclat mat d'écrans de télévision qui, pour l'instant, ne diffusaient pas d'images, mais seulement une lumière grise et douce. Le ronronnement léger des moteurs, le cliquetis des relais. C'était

(le Dogan de Jake le Dogan)

une sorte de salle de contrôle. Peut-être un lieu qu'elle avait inventé elle-même, peut-être sa version imaginaire de la cabane que Jake avait découverte sur la rive ouest de la Whye.

La chose dont elle se souvenait ensuite clairement, c'est de s'être retrouvée à New York. Ses yeux étaient des fenêtres par lesquelles elle avait regardé Mia voler les chaussures d'une pauvre femme terrifiée.

Susannah était revenue *devant*, demandant de l'aide. Elle voulait aller plus loin, dire à cette femme qu'elle devait absolument se rendre à l'hôpital, voir un médecin, qu'elle allait accoucher et que quelque chose n'allait pas. Mais avant qu'elle ait pu en dire le premier mot, elle s'était fait terrasser par une nouvelle vague de douleur, une vague monstrueuse, plus intense que toutes les douleurs qu'elle avait éprouvées dans toute sa vie, plus violente encore que la douleur qu'elle avait ressentie en perdant ses jambes. Mais ça – *ça*…

— Ô mon Dieu, avait-elle dit.

Mais Mia avait repris les rênes avant qu'elle ait pu poursuivre, suppliant Susannah d'arrêter ça, et disant à la femme que si elle s'avisait de prévenir les flics, elle perdrait une paire bien plus précieuse que ses chaussures.

Mia, écoute-moi, lui avait dit Susannah, *je peux tout arrêter – je* le crois, *en tout cas – mais il va falloir que tu m'aides. Tu dois t'asseoir. Si tu ne te poses pas un peu, Dieu Lui-même ne pourra pas t'empêcher d'accoucher. Tu comprends ce que je te dis ? Tu m'entends ?*

Mia l'avait entendue. Elle s'était immobilisée un instant, observant la femme à qui elle avait volé ses chaussures. Puis, presque timidement, elle avait posé cette question : *Où je pourrais aller ?*

Susannah avait senti que sa ravisseuse prenait seulement conscience de l'immensité de la ville dans laquelle elle se trouvait maintenant, des bancs de piétons déferlant sur les trottoirs, des flots de véhicules métalliques (et un sur trois était recouvert de cette couleur jaune criarde), et de ces tours si hautes que, par temps nuageux, on n'en voyait pas le sommet.

Deux femmes contemplaient une cité inconnue à travers un seul regard. Susannah savait qu'il s'agissait de *sa* ville, et pourtant, par bien des aspects elle ne l'était plus. Elle avait quitté New York en 1964. Combien d'années s'étaient écoulées depuis ? Vingt ? Trente ? Peu importait. Ce n'était pas le moment de s'en soucier.

Leur regard commun s'arrêta sur le petit jardin de poche, de l'autre côté de la rue. Pour l'instant, les contractions avaient cessé, et lorsque le feu indiqua « PASSEZ PIÉTONS », la femme noire qui s'était présentée à Trudy Damascus (femme qui n'avait pas particulièrement l'air enceinte) traversa, d'un pas lent mais régulier.

Au fond du jardin se trouvaient un banc, une fontaine et une sculpture métallique. La vue de cette tortue réconforta quelque peu Susannah ; comme si Roland lui avait laissé un signe, ce que le Pistolero lui-même aurait appelé un *sigleu*.

Lui aussi viendra me chercher, dit-elle à Mia. *Et tu f'rais bien de te méfier de lui, ma vieille. Tu f'rais bien de sérieusement te méfier.*

Je ferai ce que j'ai à faire, répondit Mia. *Tu veux voir les feuilles de papier de cette femme. Pourquoi ?*

Je veux savoir quand on est. Le journal nous le dira.

Des mains sombres extirpèrent le journal roulé du sac en toile Borders, le déplièrent et le tinrent devant une paire d'yeux bleus qui s'étaient ouverts ce matin aussi bruns que la peau de ces mains. Susannah vit la date – 1er juin 1999 – et en fut éberluée. Ni vingt, ni même trente années, mais trente-cinq. Jusqu'à cet instant, elle ne s'était pas rendu compte qu'elle n'avait pas envisagé que ce monde puisse survivre aussi longtemps. Les contemporains qu'elle avait fréquentés dans son ancienne vie – connaissances de fac, défenseurs des droits civils, compagnons de beuveries, et *aficionados* de music folk – devaient à présent frôler la soixantaine. Certains étaient sans doute morts.

Ça suffit, s'exclama Mia en jetant le journal dans la poubelle, où il reprit sa forme de rouleau. Elle s'épousseta tant bien que mal la plante des pieds (à cause de la saleté, Susannah ne remarqua pas qu'ils avaient changé de couleur) puis enfila les chaussures volées. Elles étaient un peu serrées, et portées sans chaussettes, elle se dit qu'elles lui donneraient des ampoules si elle devait marcher beaucoup, mais...

Qu'est-ce que ça peut te faire ? se dit Susannah. *Après tout, c'est pas tes pieds.*

Et aussitôt qu'elle eut prononcé ces mots (parce que c'était bien une forme de discussion, ce que Roland appelait *palabrer*), elle pensa que peut-être elle se trompait. Il était vrai que ses pieds à elle, ceux qui avaient docilement porté Odetta Holmes (et parfois même, Detta Walker), avaient disparu depuis longtemps, livrés à la putréfaction ou – plus vraisemblablement – brûlés dans quelque incinérateur municipal.

Mais elle n'avait pas remarqué le changement de couleur. Plus tard, elle se dirait : *Tu l'avais remarqué, c'est sûr. Tu l'avais remarqué et tu l'avais refoulé. Parce que trop, c'est trop.*

Avant de pouvoir approfondir cette question, philosophique autant que physique, qui consistait à se demander à qui étaient les pieds qu'elle possédait à présent, elle fut percutée de plein fouet par une autre contraction. Elle lui tordit l'estomac, et son ventre devint dur comme la pierre, tandis que ses jambes se dérobaient sous elle. Pour la première fois, elle ressentit le besoin impérieux et terrifiant de *pousser*.

Arrête ça ! hurla Mia. *Femme, tu le dois ! Au nom du p'tit gars, et pour nous aussi !*

Oui, d'accord, mais comment ?

Ferme les yeux, lui dit Susannah.

Quoi ? Tu n'as pas entendu ce que je t'ai dit ? Il faut que tu...

Je t'ai entendue, répondit Susannah. *Ferme les yeux.*

Le jardin disparut. Le monde se fit ténèbres. Elle n'était plus qu'une femme de couleur, encore jeune et belle, c'était un fait, assise sur un banc à côté d'une fontaine et d'une tortue métallique à la carapace humide et miroitante. Elle aurait très bien pu être en train de méditer, en cette fin d'après-midi ensoleillée de juin 1999.

Je vais m'absenter un petit moment, dit Susannah. *Je vais revenir. Pendant ce temps, reste assise où tu es. Sans bouger. La douleur devrait s'apaiser, mais même dans le cas contraire, reste tranquillement assise. Si tu bouges, ça ne fera qu'aggraver les choses. Tu m'as bien comprise ?*

Mia avait beau avoir peur, et être bien décidée à n'en faire qu'à sa tête, elle n'était pas stupide pour autant. Elle ne posa qu'une seule question.

Où vas-tu ?

Je retourne au Dogan, répondit Susannah. *À mon Dogan à moi. Celui de l'intérieur.*

DEUX

Le bâtiment que Jake avait découvert sur la berge de la Whye était une sorte d'ancien avant-poste de surveillance et de transmission. Le garçon le leur avait décrit en détail, mais peut-être n'aurait-il pas reconnu la version imaginaire que s'en était faite Susannah, une version fondée sur une technologie largement dépassée treize ans plus tard, lorsque Jake avait quitté New York pour l'Entre-Deux-Mondes. Dans le *quand* de Susannah, c'était toujours Lyndon Johnson qui était président et la télé couleurs était encore une curiosité. Les ordinateurs étaient des engins monstrueux, qui remplissaient des immeubles entiers. Pourtant Susannah avait visité la cité de Lud et vu là-bas des merveilles, aussi Jake aurait-il *pu* reconnaître l'endroit où il s'était caché de Ben Slightman et d'Andy le Robot Messager, après tout.

En tout cas il aurait à coup sûr reconnu le sol recouvert de linoléum poussiéreux, avec ses motifs quadrillés rouge et noir, les chaises à roulettes alignées le long de consoles de commande remplies de lumières clignotantes et de cadrans rougeoyants. De même qu'il aurait reconnu le squelette dans le coin, souriant au-dessus du col élimé de sa vieille chemise d'uniforme.

Elle traversa la pièce et alla s'asseoir sur l'une des chaises. Au-dessus d'elle, des écrans de télé en noir et blanc diffusaient des dizaines d'images. Certaines étaient des vues de Calla Bryn Sturgis (la Pelouse, l'église de Callahan, l'épicerie générale, la Route de l'Est). D'autres étaient des plans fixes rappelant des photos de studio : une de Roland, une de Jake tout sourire, avec Ote dans les bras et une – elle en supporta à peine la vue – d'Eddie, avec son chapeau en arrière à la cow-boy, et son couteau à sculpter à la main.

Un autre moniteur montrait la jeune femme noire et mince assise sur son banc près de la tortue, jambes serrées, les mains croisées sur les cuisses, les yeux fermés, une paire de chaussures volées aux pieds. À présent, elle avait trois sacs : celui qu'elle avait volé à cette femme sur la 2e Avenue, la sacoche de jonc contenant les plats d'Oriza affûtés… et un sac de bowling. Il était d'un rouge fané, et on distinguait à l'intérieur un objet de forme carrée. Une boîte. En la voyant à l'écran, Susannah sentit la colère monter en elle – un sentiment de trahison – sans savoir pourquoi.

Ce sac était rose, de l'autre côté, se dit-elle. *Il a changé de couleur quand on a traversé, mais pas de beaucoup.*

Sur l'écran en noir et blanc au-dessus de la console, le visage de la femme se tordit de souffrance. Susannah ressentit comme un écho de la douleur qui traversait Mia, mais lointain et estompé.

Il faut que j'arrête ça. Et vite.

Mais la question demeurait : comment ?

De la même manière que de l'autre côté. Quand elle traînait sa foutue cargaison jusqu'à la grotte, aussi vite qu'elle le pouvait.

Mais ça lui paraissait très loin, à présent, dans une autre vie. Et d'ailleurs, pourquoi pas ? C'était bel et bien une autre vie, un autre monde, et si elle espérait y retourner un jour, c'est maintenant qu'il fallait qu'elle trouve quelque chose. Alors, qu'est-ce qu'elle avait fait ?

Tu t'es servie de ce truc, voilà ce que tu as fait. C'est uniquement dans ta tête, de toute façon – c'est ce que le professeur Overmeyer appelait « une technique de visualisation », en première année de psycho. Ferme les yeux.

Susannah ferma les yeux. À présent elles avaient toutes les deux les yeux fermés, les yeux physiques que Mia contrôlait à New York, et les yeux dans la tête de Susannah.

Visualise.

C'est ce qu'elle fit. Ce qu'elle essaya de faire.

Ouvre.

Elle ouvrit les yeux. Sur le panneau de commande en face d'elle, elle vit deux gros cadrans et un interrupteur à bascule, là où auparavant se trouvaient des rhéostats et des diodes clignotantes. Les cadrans semblaient être en bakélite, comme les boutons du four de sa mère, dans la maison où elle avait grandi. Elle n'en fut pas surprise outre mesure ; tout ce qu'on imagine, si exubérant que cela paraisse, n'est rien d'autre qu'une version déguisée de ce que l'on connaît déjà.

Le cadran à sa gauche portait la mention « TEMP. ÉMOTIONNELLE ». Les graduations allaient de 32 à 212 (32 en bleu, 212 en rouge vif). Il était en position sur 160. Le cadran du milieu portait quant à lui la mention « FORCE DE TRAVAIL ». Les chiffres allaient de 1 à 10, et il indiquait présentement 9. L'étiquette placée sous l'interrupteur disait seulement « P'TIT GARS », et il n'y avait que deux positions possibles : « RÉVEILLÉ », ou « ENDORMI ». Il était actuellement « RÉVEILLÉ ».

En levant les yeux, Susannah constata qu'un des écrans diffusait des images d'un fœtus *in utero*. Il s'agissait d'un garçon. D'un *beau* garçon. Son pénis minuscule flottait comme un brin de varech sous la boucle paresseuse de son cordon ombilical. Il avait les yeux ouverts, et bien que le reste de l'image fût en noir et blanc, ses yeux étaient d'un bleu perçant. Le regard du p'tit gars semblait se planter droit dans le sien.

Ce sont les yeux de Roland, pensa-t-elle, tellement ahurie qu'elle se sentit totalement idiote. *Comment est-ce possible ?*

Ça n'était *pas* possible, bien entendu. Ce n'était là rien d'autre que le travail de son imagination, une technique de visualisation, rien de plus. Mais si tel était le cas, pourquoi imaginerait-elle les yeux bleus de Roland ? Pourquoi pas les yeux noisette de son mari ?

Ça n'est pas le moment. Fais ce que tu as à faire.

Tout en se mordant la lèvre inférieure, elle tendit la main vers le cadran « TEMP. ÉMOTIONNELLE » (sur l'écran de contrôle montrant le banc dans le parc, Mia se mit elle aussi à se mordre la lèvre). Elle hésita, puis le fit tourner jusqu'à 72, exactement comme s'il s'agissait d'un thermostat. D'ailleurs, n'était-ce pas tout à fait ça ?

Elle sentit un grand calme l'envahir instantanément. Elle se détendit sur sa chaise, et ses dents libérèrent sa lèvre. Sur son banc, la femme fit de même. Très bien. Jusqu'ici, pas de problème.

Elle hésita de nouveau, la main en suspens au-dessus du cadran « FORCE DE TRAVAIL », puis se rabattit sur l'interrupteur « P'TIT GARS ». Elle le fit basculer en position « ENDORMI ». Les yeux du bébé se fermèrent sur-le-champ. Susannah s'en trouva étrangement soulagée. Ces yeux bleus la décontenançaient.

Bien. Retour à « FORCE DE TRAVAIL ». Susannah avait comme l'impression que c'était le plus important, ce qu'Eddie aurait appelé le Grand Casino. Elle saisit le cadran, lui imprima une légère rotation et ne fut pas surprise de constater que ce vieux truc résistait. Il ne voulait pas tourner.

Mais tu vas tourner, songea Susannah. *Parce qu'on a besoin que tu tournes. On en a* besoin.

Elle s'en empara fermement et se mit à le faire pivoter doucement, dans le sens inverse des aiguilles d'une montre. Une douleur lui vrilla la tête et elle fit la grimace. Elle se sentit momentanément la gorge serrée, comme si elle s'était coincé un os de poulet dans l'œsophage, puis les deux douleurs disparurent. À sa droite, tout un pan de diodes s'alluma, en orange pour la plupart, quelques-unes rouge vif.

« ATTENTION », fit une voix ressemblant sinistrement à celle de Blaine le Mono. « CETTE OPÉRATION POURRAIT NUIRE AUX PARAMÈTRES DE SÉCURITÉ. »

Sans déconner, Einstein, pensa Susannah.

Le cadran « FORCE DE TRAVAIL » était positionné sur 6. Lorsqu'elle descendit à 5, une autre série de diodes orange et rouges s'alluma brusquement et trois des moniteurs diffusant des vues de La Calla s'éteignirent d'un coup, dans un grésillement. Elle ressentit une nouvelle douleur dans la tête, comme si des doigts invisibles lui comprimaient le crâne. Quelque part sous elle, des moteurs ou des turbines se mirent en route en gémissant. Des gros, à en juger par le bruit. Elle en sentait la pulsation sous ses pieds, nus, bien sûr – c'était Mia qui avait pris les chaussures. *Très bien*, se dit-elle, *avant tout ça, je n'avais pas de pieds du tout, alors peut-être que j'ai une longueur d'avance, finalement*.

« ATTENTION, répéta la voix synthétique, CE QUE TU FAIS EST DANGEREUX, SUSANNAH DE NEW YORK. ENTENDS-MOI, JE TE PRIE. C'EST MAL DE VOULOIR ROULER MÈRE NATURE. »

Un des proverbes de Roland lui revint en mémoire : « Fais ce que *tu* as à faire, je ferai ce que *moi* j'ai à faire, et on verra qui gagnera l'oie. » Elle n'était pas certaine de la signification, mais ça lui paraissait adéquat, dans cette situation, aussi le répéta-t-elle à voix haute, tout en faisant pivoter le cadran sur 4, 3…

Elle espérait le faire descendre jusqu'à 1, mais la douleur qui lui traversa la tête lorsque ce stupide truc passa le 2 était tellement intense – et la nausée qui la submergea tellement violente – qu'elle retira sa main.

La douleur persista quelques instants – s'intensifia même – et elle crut qu'elle allait la tuer. Mia basculerait du banc sur lequel elle était assise, et elles se retrouveraient mortes toutes les deux avant que leur corps commun ne heurte le sol, au pied de la statue en forme de tortue. Le lendemain ou le surlendemain, ses restes atterriraient gentiment dans la fosse commune. Et que mettrait-on sur le certificat de décès ? Crise cardiaque ? Attaque ? Ou peut-être ce bon vieux classique du médecin pressé, « causes naturelles » ?

Mais la douleur décrut et Susannah constata qu'elle était toujours en vie. Elle était assise face au panneau de commande, avec ces deux cadrans et cet interrupteur ridicules, à prendre de longues inspirations et à éponger la sueur qui perlait sur ses joues et dans la paume de ses mains. Saperlipopette, pour ce qui était de sa technique de visualisation, elle pouvait s'inscrire pour les championnats du monde.

C'est plus que de la visualisation – tu en as conscience, pas vrai ?

Sans doute, oui. Quelque chose l'avait changée – les avait tous changés. Jake avait attrapé le don de *shining*, une sorte de télépathie. Eddie avait développé (et développait toujours) une faculté particulière de créer de puissants talismans – dont l'un leur avait déjà servi à ouvrir une porte entre deux mondes. Et elle ?

Moi, je... je vois. C'est tout. Si je vois assez fort, les choses deviennent réelles. Tout comme Detta Walker était devenue réelle.

Partout dans sa version du Dogan, des lumières orange s'étaient mises à clignoter. Sous ses yeux, certaines virèrent au rouge. Sous ses pieds – des pieds « invités d'honneur », comme elle les considérait –, le sol se mit à trembler, dans un raclement sonore. Encore un peu et des fissures lézarderaient le revêtement fatigué. Des fissures qui iraient en s'élargissant. Mesdames et messieurs, bienvenue dans la Maison Usher.

Susannah se leva de sa chaise et balaya la pièce du regard. Il fallait rentrer. Avait-elle autre chose à faire, auparavant ?

Et il lui sembla que oui.

TROIS

Susannah ferma les yeux et imagina un micro de radio. Lorsqu'elle les rouvrit, le micro était là, posé sur le tableau de commande, à droite des cadrans et de l'interrupteur. Elle avait imaginé un modèle Zenith, avec son logo en forme d'éclair, mais c'est NORTH CENTRAL POSITRONICS qui apparaissait sur le pied. Sa technique de visualisation avait donc rencontré des interférences. Ce qui lui parut extrêmement angoissant.

Sur le tableau de contrôle derrière le micro se trouvait un panneau semi-circulaire, tricolore, sous lequel on lisait les mots **Susannah-Mio**. Une aiguille était en train de passer du vert au jaune. Au-delà du segment jaune se trouvait le segment rouge, sur lequel se détachait un seul mot, en noir : **danger**.

Susannah saisit le micro et, ne voyant pas comment s'en servir, ferma de nouveau les yeux. Elle imagina un interrupteur à bascule comme celui portant les mentions « RÉVEILLÉ » et « ENDORMI », mais cette fois, sur le côté du micro. Lorsqu'elle rouvrit les yeux, l'interrupteur était apparu. Elle appuya dessus.

— Eddie, prononça-t-elle en se sentant un peu stupide, mais elle poursuivit néanmoins. Eddie, si tu m'entends, je vais bien, du moins pour l'instant. Je suis avec Mia, à New York. On est le 1er juin 1999, et je vais essayer de l'aider à accoucher. Je ne vois pas d'autre solution. S'il le faut, je m'en débarrasserai moi-même. Eddie, fais attention à toi. Je… – ses yeux s'emplirent de larmes – Je t'aime, trésor. Je t'aime tellement.

Les larmes roulèrent sur ses joues. Elle commença à les essuyer, puis s'arrêta. N'avait-elle pas le droit de pleurer pour son homme ? Comme n'importe quelle femme ?

Elle attendit une réponse, sachant qu'elle pouvait en trouver une, en insistant un peu, mais elle résista. Ce n'était pas le genre de situation où se parler à elle-même avec la voix d'Eddie serait d'un grand secours.

Soudain sa vision se dédoubla. Elle vit le Dogan tel qu'il était, une ombre irréelle. Au-delà de ses murs ne s'étendaient pas les terres perdues désertiques situées à l'est de la Whye, mais la 2e Avenue, avec sa circulation frénétique.

Mia avait ouvert les yeux. Elle se sentait mieux – *grâce à moi, ma grande, grâce à moi* – et était prête à repartir.

Susannah retourna auprès d'elle.

QUATRE

Une femme noire (qui se voyait toujours comme une « négresse ») était assise sur un banc de New York, au printemps 1999. Une femme noire avec ses sacs de voyage – son *gunna* – étalés autour d'elle. L'un d'eux était d'un rouge fané, et portait l'inscription RIEN QUE DES *STRIKES* À L'ENTRE-DEUX-QUILLES. Il était rose là-bas, de l'autre côté. De la couleur de la rose.

Mia se leva. Susannah se précipita *devant* et la fit se rasseoir.

Pourquoi tu as fait ça ? demanda Mia d'un air surpris.

Je ne sais pas, aucune idée. Mais profitons-en pour palabrer un peu. Pourquoi tu ne commencerais pas par me dire où tu veux aller ?

Il me faut un télé-faune. Quelqu'un doit m'appeler.

*Un télé*phone, la corrigea Susannah. *Et pendant qu'on y est, tu as du sang sur ta chemise, trésor, le sang de Margaret Eisenhart, et tôt ou tard quelqu'un va s'en rendre compte. Et tu seras où, alors ?*

Pour toute réponse, Susannah n'eut que le silence, et un sourire débordant de mépris. Ce qui mit la jeune femme hors d'elle. Cinq minutes plus tôt – ou peut-être quinze, difficile de conserver la moindre notion du temps quand on s'amuse – cette chienne de preneuse d'otage suppliait qu'on lui vienne en aide. Et maintenant qu'elle était tirée d'affaire, le sauveteur n'avait droit qu'à un sourire de mépris. Et le pire, c'était que cette garce avait raison : elle pourrait sans doute se balader en ville toute la sainte journée sans que personne lui demande si c'était bien du sang séché sur sa chemise, ou bien si elle s'était juste renversé de la crème au chocolat dessus.

D'accord, dit-elle, *mais même si personne ne vient t'embêter pour ces taches, où est-ce que tu vas entreposer tes affaires ?*

Puis une autre question lui vint, à laquelle elle aurait sans doute dû penser tout de suite.

Mia, comment vas-tu même reconnaître un téléphone ? Et ne me raconte pas qu'il y en a plein, là d'où tu viens.

Pas de réponse. Rien qu'une sorte de silence observateur. Mais elle avait réussi à faire disparaître le sourire du visage de cette peste ; au moins ça.

Tu as des amis, n'est-ce pas ? Ou du moins, tu penses que ce sont tes amis. Des gens avec qui tu as discuté, derrière mon dos. Des gens qui vont t'aider. Que tu crois.

Et toi, *tu vas m'aider, ou pas ?* Voilà qu'elle y revenait. Et pas aimable, avec ça. Mais sous la colère, c'était quoi ? De la panique ? C'était probablement trop fort, du moins pour l'instant. Mais de l'inquiétude, ça oui. *Combien de temps il me reste – il nous reste – avant que les contractions reprennent ?*

Susannah évalua le répit de six à dix heures – pas au-delà de minuit, et l'avènement du 2 juin, en tout cas – mais essaya de garder l'information pour elle.

Je n'en sais rien. Pas très longtemps.

Alors il faut qu'on se mette en route. Il faut que je trouve un téléfaune. Téléphone. *Dans un endroit discret.*

Susannah se rappela qu'il y avait un hôtel au bout de la 46e Rue, côté 1re Avenue, et là encore, elle essaya de garder l'information pour elle. Ses yeux se posèrent sur le sac, autrefois rose, rouge à présent, et soudain elle comprit. Pas tout, mais assez pour la plonger dans la fureur et le désarroi.

Je vais le laisser ici, avait dit Mia en parlant de l'anneau qu'Eddie lui avait fait. *Je vais le laisser ici, pour qu'il le trouve. Plus tard, si telle est la volonté du* ka, *peut-être le porteras-tu à nouveau.*

Pas exactement une promesse, non, pas directement, mais Mia avait bien *sous-entendu* que…

Une colère sourde monta dans l'esprit de Susannah. Non, elle n'avait rien promis. Elle s'était contentée d'engager Susannah dans une certaine direction, et Susannah avait fait le reste.

Elle ne m'a pas cozée ; elle m'a laissée me cozer moi-même.

Mia se leva de nouveau et, une fois encore, Susannah *bondit devant* pour la forcer à se rasseoir. Avec plus de poigne, cette fois-ci.

Quoi ? Susannah, tu avais promis ! Le p'tit gars…

Je t'aiderai, pour le p'tit gars, répondit Susannah avec amertume. Elle se baissa pour ramasser le sac rouge. Le sac contenant la boîte. Et à l'intérieur de la boîte ? Cette boîte en bois fantôme portant l'inscription DÉROBÉE écrite en runes ? Elle sentait son sinistre pouls, même à travers la couche de bois magique et de tissu. C'était la Treizième Noire, dans ce sac. Mia avait passé la porte avec. Et si c'était le cristal qui l'avait ouverte, comment Eddie pourrait-il la rejoindre, maintenant ?

J'ai fait ce que j'avais à faire, fit nerveusement Mia. *C'est mon bébé, mon p'tit gars, et tout le monde est contre moi, à présent. Tout le monde sauf toi, et tu ne m'aides que parce que tu n'as pas le choix. Rappelle-toi ce que je t'ai dit… si telle est la volonté du* ka, *j'ai dit…*

C'est la voix de Detta Walker qui répondit. Une voix brutale, grossière, qui ne souffrait aucune discussion.

— Rien à fout', du *ka*. Et tu f'ais bien d't'en souv'ni'. T'as des soucis, ma fille. T'as un polichinelle dans l'ti'oi', tu sais mêm'pas c'que c'est. T'as des gens qui disent qu'i'vont t'aider, tu sais mêm'pas qui c'est. Me'de, tu sais mêm'pas à quoi ça 'semble, un téléphone, et où ça s't'ouve. Alo's on va 'ester assises là, et tu vas m'di'e c'qui s'passe, maint'nant. On va palab'er, ma fille, et tant qu'tu joue'as pas f'anc jeu, on va 'ester là avec nos sacs jusqu'à la nuit noi'e, et pis tu pond'as ton p'tit chou su'ce banc, et tu l'nettoie'as dans cette foutue fontaine qu'est là.

La femme sur son banc découvrit les dents en un sourire ignoble, du Detta Walker tout craché.

— *Toi* tu l'aimes, ce p'tit gars… et Susannah, elle l'aime aussi *un p'tit peu*… mais moi, on m'a foutue deho's de c'co'ps, alo's c'est t'dire si je… m'en… FOUS.

Une femme avec une poussette (qui avait l'air aussi divinement légère que le fauteuil roulant que Susannah avait dû abandonner) lança un regard craintif en direction du banc puis se mit à pousser son propre bébé tellement vite qu'elle en courait presque.

— Alo's ! s'exclama Detta d'un air ravi. C'est coquet, ce p'tit coin, tu t'ouv'es pas ? Le temps 'êvé pour un p'tit b'in d'causette en plein ai'. Tu m'écoutes, maman ?

Aucune réaction de Mia, fille de personne et mère d'un seul. Mais Detta ne se laissa pas décontenancer ; son sourire s'élargit.

— Tu m'entends, je l'vois bien. Tu m'entends *nickel*. Alo's on va l'avoi', cette p'tite discussion. On va palab'er.

SOLISTE : *Commala-toc-toc*
Qu'est-c'tu fais donc à ma po'te ?

Si tu m'le dis pas illico
J't'étale pa'te'e comme i'faut.

CHŒUR : *Commala-trois-quat'e !*
J'peux t'étaler à quat' pattes !
Des comm' toi j'en ai maté des tas,
Et de belle'façon, c'ois-moi.

CINQUIÈME COUPLET

LA TORTUE

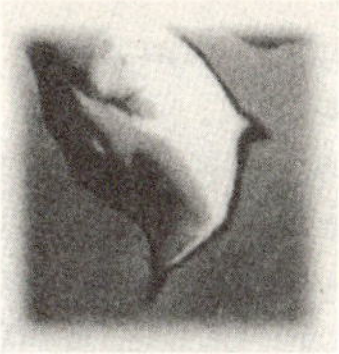

UN

Mia dit : *On parlera mieux – plus vite et plus facilement – si on le fait face à face.*

Mais comment ? demanda Susannah.

On va tenir palabre dans le château, répondit vivement Mia. *Le Château sur l'Abysse. Dans la salle de banquet. Tu te rappelles la salle de banquet ?*

Après une hésitation, Susannah acquiesça. Elle n'avait recouvré que récemment ses souvenirs de la salle de banquet, ils étaient donc encore vagues. Elle ne s'en plaignait pas, d'ailleurs. Mia avait bâfré là-bas… avec enthousiasme, pour le moins. Elle s'était servie dans tous les plats (avec les doigts, la plupart du temps) et avait bu dans plusieurs verres, le tout en parlant à des tas de fantômes, à chaque fois avec des voix d'emprunt. D'emprunt ? Bon sang, des voix *volées*, oui. Pour deux d'entre elles, Susannah les connaissait très bien. La première avait les accents nerveux – et le côté bêcheur – de la voix « mondaine » d'Odetta Holmes. La seconde rappelait plutôt le beuglement braillard à la « j'm'en fous pas mal » de Detta. L'usurpation de Mia avait gagné toutes les facettes de la personnalité de Susannah, semblait-il, et si Detta Walker était de retour, tellement remontée et prête à en découdre, c'était en grande partie dû à l'intervention de cette inconnue indésirable.

Le Pistolero m'a vue, là-bas, dit Mia. *Et le garçon, aussi.*

Elle marqua un temps d'arrêt, puis reprit :

Je les ai déjà rencontrés, tous les deux.

Qui ? Jake et Roland ?

Si fait, eux.

Où ? Quand ? Comment pourrais-tu les…

On ne peut pas parler, ici. S'il te plaît. Trouvons-nous un coin plus intime.

Un coin avec un téléphone, c'est ça que tu veux dire ? Pour que tes amis puissent t'appeler.

Je ne sais que peu de chose, Susannah de New York, mais le peu que je sache, je pense que tu serais heureuse de l'entendre.

C'était aussi ce que pensait Susannah. Et bien qu'elle n'eût pas particulièrement envie de voir Mia exaucer son souhait, elle aussi avait hâte de quitter la 2e Avenue. Pour un éventuel piéton, sa chemise avait peut-être l'air éclaboussée de crème au chocolat ou de café séché, mais Susannah elle-même avait une conscience aiguë de ce sang sur elle : pas n'importe quel sang, mais le sang d'une femme courageuse qui avait su se battre jusqu'au bout pour sauver les enfants de sa ville.

Et puis il y avait ces sacs, éparpillés à ses pieds. Elle avait vu des tas de *folken* à sacs, à New York, si fait. Maintenant elle avait l'impression d'en être une elle-même, et ça ne lui plaisait pas. Ce n'était pas comme ça qu'elle avait été élevée, aurait dit sa mère. À chaque fois qu'elle croisait le regard d'un passant sur le trottoir ou coupant par le petit parc, elle avait envie de lui dire qu'elle n'était pas folle, contrairement aux apparences – sa chemise tachée, son visage dégoûtant, ses cheveux trop longs et en désordre, sans sac à main, rien que ces trois sacs à ses pieds. Sans abri, si fait – pouvait-on être plus à la rue qu'elle ne l'était, non seulement sans lieu où aller, mais hors de tout temps ? Sans abri, mais avec toute sa tête. Il lui fallait palabrer avec Mia, comprendre ce qui se passait ici, voilà qui était certain. Quant à ce qu'elle *voulait*, c'était bien plus simple : se laver, enfiler des vêtements propres et se cacher des regards extérieurs pendant au moins un petit moment.

Autant vouloir décrocher la lune, trésor, se dit-elle à elle-même… et à Mia, si cette dernière l'écoutait. *L'intimité, ça coûte de l'argent. Tu te trouves dans une version de New York où le moindre hamburger te coûtera au minimum un dollar, si dingue que ça puisse paraître. Et tu n'as pas un sou sur toi. Rien qu'une douzaine de plats affûtés et une boule de cristal genre magie noire. Alors tu comptes faire quoi ?*

Avant qu'elle ait pu approfondir la question, New York fut balayé du décor et elle se retrouva dans la Grotte de la Porte. Lors de sa première visite, elle n'avait pratiquement pas prêté attention à ce qui l'entourait – c'était Mia qui était aux commandes, pressée de fuir par la porte – mais à présent, tout apparaissait très clairement. Le Père Callahan était là. Ainsi qu'Eddie. Et son frère, en un sens. Susannah entendait la voix d'Henry Dean remonter des profondeurs de la grotte, à la fois sarcastique et consternée.

— J'suis en enfer, frérot ! J'suis en enfer et je peux pas me faire un fix, *et tout ça c'est ta faute* !

Le sentiment de confusion de Susannah n'était rien, comparé à la fureur que déclencha en elle cette voix autoritaire et capricieuse.

— Presque tout ce qui est arrivé de mal à Eddie, c'était *ta faute, à toi* ! hurla-t-elle. Tu aurais mieux fait de rendre service à tout le monde, et de mourir jeune, Henry !

Les autres personnes présentes dans la grotte ne tournèrent même pas la tête vers elle. Qu'est-ce que ça voulait dire ? Était-elle venue vaadasch depuis New York, juste pour s'éclater un peu ? Si tel était le cas, pourquoi n'avait-elle pas entendu le carillon ?

Chut. Chut, mon amour. C'était la voix d'Eddie, dans sa tête, claire comme de l'eau de roche. *Regarde, plutôt.*

Tu l'entends ? demanda-t-elle à Mia. *Est-ce que tu...*

Oui ! Maintenant la ferme !

— Combien de temps va-t-on devoir rester là, d'après vous ? demanda Eddie à Callahan.

— Un bon moment, j'en ai peur, répondit ce dernier, et Susannah comprit qu'elle assistait à une scène qui s'était déjà produite.

Eddie et Callahan s'étaient rendus à la Grotte de la Porte pour essayer de localiser Calvin Tower et son ami, Deepneau. Juste avant l'épreuve de force avec les Loups. C'était Callahan qui avait passé la porte. La Treizième Noire s'était emparée d'Eddie, pendant l'absence du Père. Elle l'avait presque tué. Callahan avait reparu juste à temps pour empêcher Eddie de se jeter dans le ravin, en contrebas.

Maintenant, néanmoins, Eddie sortait le sac – rose, oui, elle savait qu'elle avait raison, du côté de La Calla, il était rose – de sous l'encombrante bibliothèque de livres rares de *sai* Tower, en le traînant au sol. Ils avaient besoin de la boule de cristal dans le sac, pour la même raison que Mia la voulait : parce qu'elle ouvrait la Porte Dérobée.

Eddie le souleva, pivota sur lui-même, puis s'immobilisa brusquement. Il fronçait les sourcils.

— Que se passe-t-il ? demanda le Père Callahan.

— Il y a quelque chose, là-dedans, répondit le jeune homme.

— La boîte…

— Non, dans le sac. Cousu dans la doublure. On dirait une sorte de petit caillou.

Soudain, Susannah eut l'impression qu'il la regardait bien en face, et elle se rendit compte qu'elle était assise sur ce banc, dans le parc. Elle n'entendait plus les voix de la grotte, mais le sifflement liquide de la fontaine. La grotte s'évanouit peu à peu. Eddie et Callahan s'évanouirent peu à peu. Elle entendit les dernières paroles d'Eddie comme si elles venaient d'outre-tombe :

— Peut-être qu'il y a une poche secrète.

Puis il disparut.

DEUX

Elle n'était pas du tout allée vaadasch, alors. Sa brève visite à la Grotte de la Porte avait été une espèce de vision. Était-ce Eddie qui la lui avait envoyée ? Et dans ce cas, est-ce que ça signifiait qu'il avait reçu le message qu'elle lui avait adressé, depuis le Dogan ? Susannah ne pouvait répondre à ces questions. Si elle devait le revoir un jour, elle le lui demanderait. Enfin, après l'avoir embrassé quelques milliers de fois, bien sûr.

Mia ramassa le sac rouge et passa lentement les mains le long du tissu. Elle sentait bien la forme de la boîte, à l'intérieur. Mais au milieu du sac, elle remarqua aussi une petite bosse sous ses doigts. Et Eddie avait raison : on aurait dit un caillou.

Elle – ou elles, peut-être, ça n'avait plus d'importance à ses yeux – déroula le tissu, essayant de ne pas tenir compte de la pulsation croissante que dégageait cette chose cachée à l'intérieur. Voilà, juste là, à l'intérieur… et on aurait dit une couture, aussi.

Elle se pencha plus près et constata qu'il ne s'agissait pas d'une couture, mais d'une sorte de fermeture. Elle ne reconnut pas la matière, Jake non plus n'aurait pas pu, mais Eddie leur aurait appris que c'était du Velcro. Elle-même avait entendu l'hommage d'un certain ZZ Top, une chanson intitulée « Velcro Fly ». Elle glissa un ongle dans la fermeture et tira du bout du doigt. Elle entendit comme un bruit lent de déchirure et une petite poche apparut à l'intérieur du sac.

Qu'est-ce que c'est ? demanda Mia, fascinée malgré elle.

Eh bien, c'est ce qu'on va voir.

Elle tendit la main et extirpa non pas un caillou mais une petite amulette en forme de tortue. En ivoire, apparemment. Tous les minuscules détails de la carapace étaient précisément ciselés, mais une éraflure miniature la zébrait comme un point d'interrogation. La tortue tendait le cou et sa tête sortait à demi de la carapace. Deux minuscules pointes noires d'une matière goudronneuse formaient les yeux, qui avaient l'air incroyablement vivants. Elle nota une autre imperfection dans le bec de l'animal – non pas une éraflure, mais plutôt une fissure.

— Elle est vieille, murmura-t-elle à voix haute. Tellement vieille.

Oui, répondit Mia dans un souffle.

La tenir procurait à Susannah une incroyable sensation de bien-être. Une sensation de… *sécurité*, étrangement.

Vois la tortue comme elle est grande, pensa-t-elle. *Le monde entier tient sur son dos*. C'était bien ça ? Dans son souvenir, elle n'était pas tombée trop loin. Et, bien sûr, c'était ce Rayon-là qu'ils avaient emprunté vers la Tour. L'Ours à une extrémité – Shardik. Et à l'autre, la Tortue – Maturin.

Elle baissa les yeux vers le totem miniature qu'elle avait trouvé dans la doublure du sac, puis le compara à celui de la fontaine. Mis à part la différence de matière – la tortue à côté de son banc était faite d'un métal sombre constellé d'éclats cuivrés scintillants – les deux animaux étaient rigoureusement identiques, jusqu'à l'éraflure sur la carapace et la petite fissure en biseau, dans le bec. L'espace d'une seconde, son souffle s'arrêta. Son cœur aussi. Dans cette aventure, elle progressait pas à pas – parfois même au jour le jour – sans trop réfléchir, en se laissant simplement porter par les événements, et ce *ka* auquel Roland tenait visiblement beaucoup. Et puis il survenait une chose de ce genre, qui lui laissait soudain entrevoir un tableau bien plus vaste, qui la tétanisait d'effroi et d'émerveillement. Elle pressentait des forces que son entendement ne pouvait saisir. Certaines, comme cette boule dans la boîte de bois fantôme, étaient maléfiques. Mais ça… *ça*…

— Ouah, fit quelqu'un. En soupirant presque.

Elle leva les yeux et vit un homme d'affaires – talentueux, visiblement, à en juger par son costume – qui se tenait debout près du banc. Il avait traversé le parc, en chemin vers un lieu aussi important qu'il l'était lui-même, une réunion ou un congrès quelconque, peut-être même aux Nations unies, qui se trouvaient tout près (sauf si ça aussi avait changé). Mais là, il s'était arrêté net. Sa mallette ruineuse pendait dans sa main droite. Il écarquillait ses yeux fixés sur la tortue posée sur la paume de Mia. Et un large sourire ravi, évoquant celui d'un drogué, flottait sur ses lèvres.

Range-la ! s'écria Mia, alarmée. Il va la voler !

J'aime'ais bien qu'il essaie un peu, pou'voi', répliqua Detta Walker, d'une voix détendue, plutôt amusée.

Le soleil s'était montré et elle – elle en entier – prit soudain conscience que, tout le reste mis à part, c'était une journée splendide. Précieuse. Magnifique.

— Précieuse, splendide et magnifique, fit l'homme d'affaires (ou peut-être était-il diplomate), qui avait complètement oublié ses affaires. Parlait-il de cette journée, ou de la petite tortue ?

Des deux, pensa Susannah. Et elle se dit soudain qu'elle comprenait. Jake aussi aurait compris – lui plus que quiconque ! Elle éclata de rire. À l'intérieur d'elle, Detta et Mia rirent aussi, Mia un peu contre son gré. Et l'homme d'affaires ou le diplomate, il se mit à rire, lui aussi.

— Oui, les deux, dit l'homme d'affaires.

Avec son léger accent scandinave, « deux » devenait *teu*.

— Quelle belle chose vous avez là !

Quelle pelle chosse fous afez là !

Oui, elle était belle, c'est vrai. Un ravissant petit trésor. Et un jour pas si ancien, Jake Chambers avait découvert quelque chose d'étrangement semblable. Dans la librairie de Calvin Tower, Jake avait acheté un livre intitulé *Charlie le Tchou-tchou*, de Beryl Evans. Pourquoi ? Parce que ce livre l'avait appelé. Plus tard – peu de temps avant que le *ka-tet* de Roland arrive à Calla Bryn Sturgis, en fait – le nom de l'auteur s'était changé en Claudia y Inez Bachman, l'intégrant ainsi au Ka-Tet de Dix-Neuf, un *ka-tet* en perpétuelle expansion. Jake avait glissé dans ce livre une clé, dont Eddie avait sculpté un double, dans l'Entre-Deux-Mondes. La clé de Jake avait fasciné les gens qui l'avaient vue, tout en les rendant extrêmement influençables. Tout comme cette clé, la tortue miniature avait son double ; Susannah était assise juste à côté. La question était de savoir si cette tortue présentait d'autres ressemblances avec la clé de Jake.

À en juger par l'air subjugué de l'homme d'affaires scandinave, Susannah était quasiment certaine que la réponse était oui. Elle se dit, *Hé copine, y a pas à s'inquiéter, tu n'es pas à la rue, car tu as la tortue !* Cette comptine était tellement grotesque qu'elle en rit toute seule, à voix haute.

Laisse-moi m'occuper de ça, dit-elle à Mia.

T'occuper de quoi ? Je ne comprends pas...

Je le sais bien. Alors laisse-moi faire. D'accord ?

Elle n'attendit pas la réponse de Mia. Elle se tourna vers l'homme d'affaires, lui décocha un sourire éclatant et plaça la main à hauteur de ses yeux, afin qu'il pût contempler la tortue à son aise. Elle la fit flotter de droite à gauche et constata que les yeux de l'homme en suivaient le mouvement, bien que sa tête, ornée d'une impressionnante crinière blanche, restât immobile.

— Comment vous appelez-vous, *sai* ? demanda Susannah.

— Mathiessen van Wyck, répondit-il, tandis que ses yeux roulaient dans leurs orbites, un peu comme ceux de la tortue. Je suis le deuxième assistant de l'ambassadeur de Suède aux Nations unies. Ma femme a un amant. Ça m'attriste. Mais j'ai de nouveau un transit intestinal normal, la tisane que m'a recommandée la masseuse de l'hôtel a marché, ce qui me rend heureux.

Il marqua une pause, puis ajouta :

— Votre *sköldpadda* me rend heureux.

Susannah était fascinée. Si elle demandait à cet homme de baisser son pantalon et de vider ses intestins à nouveau en état de marche sur le trottoir, le ferait-il ? Bien sûr que oui.

Elle jeta un regard rapide autour d'eux et ne vit personne à proximité. Ce qui était une bonne chose, mais elle se dit que ça ne la dispensait pas de transférer ses affaires ici aussi vite qu'elle le pourrait. Jake avait rameuté un paquet de monde, avec sa petite clé. Elle n'avait aucune envie de faire de même, si elle pouvait l'éviter.

— Mathiessen, commença-t-elle, vous avez dit que...

— Mats.

— Pardon ?

— Appelez-moi Mats, si vous le voulez bien. Je préfère.

— Très bien, Mats, vous avez parlé d'un...

— Vous parlez suédois ?

— Non.

— Alors poursuivons en français.

— Oui, j'aimerais autant...

— J'ai une situation très importante, ajouta Mats, sans quitter une seconde la tortue des yeux. Je rencontre plein de gens importants. Je me rends à des cocktails, où de belles femmes portent la fameuse « petite robe noire ».

— Ça doit être l'éclate, pour vous. Mats, je veux que vous la boucliez, et que vous ne l'ouvriez que quand je vous poserai une question directe. Vous voulez bien ?

Mats ferma la bouche. Il fit même une petite mimique comique, comme s'il se tirait une fermeture éclair en travers des lèvres, mais à aucun moment il ne quitta des yeux la tortue.

— Vous avez parlé d'un hôtel. Vous êtes à l'hôtel ?

— Yah, je suis à l'hôtel Hyatt Plaza-Park, au coin de la 1re et de la 46e. Bientôt j'aurai un appartement dans un complexe résidentiel…

Mats sembla soudain mesurer qu'une fois encore il en disait trop, et la ferma.

Susannah se mit à réfléchir furieusement, tenant la tortue à hauteur de sa poitrine, afin que son nouvel ami pût la voir distinctement.

— Mats, écoutez-moi bien, d'accord ?

— J'écoute pour entendre, maîtresse-*sai*, et j'entends pour obéir.

Ce qui la secoua d'un mauvais frisson, surtout dit avec le ravissant accent germanisant de Mats.

— Vous avez une carte de crédit ?

Mats sourit avec fierté.

— J'en ai plein. J'ai une American Express, une MasterCard, et une Visa. J'ai aussi une carte Euro-Gold. Et une…

— Bien. C'est bien. Je veux que vous retourniez au – l'espace d'une seconde, elle eut un blanc, puis la mémoire lui revint –, au Plaza-Park et que vous preniez une chambre. Une chambre pour la semaine. Si on vous pose la question, dites que c'est pour un de vos amis. Une de vos amies.

Et c'est alors que lui vint à l'esprit une perspective bien désagréable. On était à New York, au *nord*, en 1999, et on aimait à croire que les choses progressaient dans le bon sens, mais on n'était jamais trop prudent.

— Est-ce que le fait que je sois une négresse risque de poser problème ?

— Non, bien sûr que non, répondit-il d'un air surpris.

— Réservez la chambre à votre nom et dites à la réception que c'est une femme du nom de Susannah Mia Dean qui l'occupera. Vous avez compris ?

— Yah, Susannah Mia Dean.

Quoi d'autre ? L'argent, bien sûr. Elle lui demanda s'il en avait. Son nouvel ami sortit son portefeuille et le lui tendit. Tout en farfouillant d'une main dans le très joli modèle Lord Bruxton, de l'autre elle tenait toujours la tortue à hauteur du regard. Elle trouva une liasse de traveller's checks – qui ne lui seraient d'aucune utilité, avec cette signature de fou, complètement alambiquée – et environ deux cents dollars, en bonne vieille monnaie américaine. Elle s'empara de la somme et la plaça dans le sac Borders qui contenait auparavant les chaussures. En relevant les yeux, elle constata avec effroi que deux Jeannettes, d'environ quatorze ans et portant toutes deux des sacs à dos, avaient rejoint l'homme d'affaires. Elles contemplaient la tortue avec les yeux brillants et les lèvres humides. Susannah se rappela malgré elle le public le soir où Elvis Presley était passé au *Ed Sullivan Show*.

— Trop *coooooool*, lança l'une d'elles, presque dans un souffle.

— Top délire, ajouta l'autre.

— Retournez à vos affaires, les filles, fit Susannah.

Leurs visages s'affaissèrent, reflétant le même air triste. On aurait presque pu les prendre pour des jumelles de La Calla.

— On est obligées ? demanda l'une d'elles.

— *Oui !* insista Susannah.

— Grand merci-*sai*, que vos journées soient longues et vos nuits plaisantes, fit la seconde.

Des larmes lui roulaient sur les joues. Son amie se mit à pleurer elle aussi.

— Oubliez que vous m'avez vue ! leur lança Susannah tandis qu'elles s'éloignaient.

Elle les suivit d'un regard anxieux jusqu'à la 2e Avenue, où elles bifurquèrent vers les quartiers chics, puis reporta son attention sur Mats van Wyck.

— Vous aussi, secouez-vous, Mats. Bougez votre graisse jusqu'à l'hôtel, et réservez une chambre. Dites-leur que votre amie Susannah ne va pas tarder à débarquer.

— Que veut dire « bougez votre graisse » ? Je ne comprends…

— Ça veut dire « et qu'ça saute ».

Elle lui rendit son portefeuille, moins le liquide, regrettant de n'avoir pas pu regarder plus longuement ces cartes en plastique, car elle se demandait comment on pouvait en avoir autant.

— Une fois que vous aurez réglé cette histoire de chambre, retournez là où vous alliez. Et oubliez que vous m'avez vue.

Alors, comme les gamines en uniforme vert, Mats se mit à sangloter.

— Je dois aussi oublier la *skölpadda* ?

— Oui.

Susannah se remémora un hypnotiseur qu'elle avait vu dans une émission de télé quelconque, peut-être même le *Ed Sullivan Show*.

— Plus de tortue, mais vous vous sentirez bien pour le reste de la journée, vous m'entendez ? Comme si vous aviez…

Un million de dollars ne devait pas représenter tant que ça pour lui, et pour ce qu'elle en avait vu, un million de couronnes n'aurait pas suffi à lui offrir une coupe de cheveux.

— Vous allez vous sentir comme l'ambassadeur de Suède lui-même. Et vous arrêterez de vous inquiéter pour le jules de votre femme. Qu'il aille au diable, d'accord ?

— Yah, qu'il aille au *tiaple* ! s'écria Mats, et bien qu'il fût toujours en train de pleurer, un sourire perçait maintenant à travers ses larmes.

Ce sourire avait quelque chose de divinement enfantin. Quelque chose qui rendit soudain Susannah triste et joyeuse à la fois. Elle voulait faire plus pour Mats van Wyck, si elle le pouvait.

— Et pour vos intestins…

— Yah ?

— Comme sur des roulettes, jusqu'à la fin de vos jours, fit Susannah, relevant la tortue devant les yeux de l'homme. Quelle est votre heure, en général, Mats ?

— Je vais chuste après le petit déjeuner.

— Alors c'est là que ça se passera. Jusqu'à la fin de vos jours. Sauf si vous êtes très occupé. En retard pour un rendez-vous, par exemple. Vous n'aurez qu'à dire… hmmm… *Maturin*, et l'envie vous passera jusqu'au lendemain.

— Maturin.

— C'est ça. Maintenant allez-y.

— Je ne peux pas emporter la *skölpadda* ?

— Non, vous ne pouvez pas. Allez-y, maintenant.

Il s'éloigna, puis s'arrêta et se retourna vers elle. Il avait les joues humides, mais son visage exprimait plutôt l'espièglerie, et une pointe de sournoiserie.

— Peut-être que je devrais la prendre, dit-il. Peut-être qu'elle m'appartient de droit.

J'aime'ais bien voi'ça, sale 'culé d'cul blanc, répondit Detta en pensée, mais Susannah – qui se sentait de plus en plus responsable de ce trio de barjots, au moins pour l'instant – la fit taire.

— Qu'est-ce qui vous fait dire ça, mon ami ? Dites-le-moi, je vous prie.

Le regard demeura sournois.

Essaie pas d'embrouiller un embrouilleur, disait ce regard. Enfin, c'est ce que lisait Susannah, en tout cas.

— Mats, Maturin, dit-il. Maturin, Mats. Vous voyez ?

Susannah voyait, oui. Elle allait lui dire que ce n'était là qu'une coïncidence, puis elle se rappela *Calla, Callahan*.

— Je vois, mais la *skölpadda* n'est pas à vous. Ni à moi, d'ailleurs.

— À qui, alors ?

D'une voix plaintive. *Acquis*.

Et avant que son conscient ait pu l'arrêter (ou la censurer, au moins), Susannah se vit en train de dire toute la vérité, celle connue de son cœur et de son âme :

— Elle appartient à la Tour, *sai*. À la Tour Sombre. Et c'est là que je la rapporterai, si le *ka* le veut.

— Que les dieux vous accompagnent, dame-*sai*.

— Vous aussi, Mats. Que vos journées soient longues et vos nuits plaisantes.

Elle regarda le diplomate suédois s'éloigner, puis baissa les yeux vers la tortue miniature et dit :

— Voilà qui n'était pas commun, mon vieux pote Mats.

Mia ne se souciait guère de la tortue. Elle n'avait qu'une seule préoccupation.

Dans cet hôtel, dit-elle, *il y aura un téléphone ?*

TROIS

Susannah-Mia mit la tortue dans la poche de son jean et se força à attendre vingt minutes sur le banc du parc. Elle en passa la plus grande partie à admirer ses jambes toutes neuves (quel que fût leur propriétaire, elles étaient ravissantes) et à gigoter ses nouveaux doigts de pied dans ses nouvelles chaussures (*volées*).

Elle ferma aussi les yeux, essayant de convoquer la salle de contrôle du Dogan. D'autres diodes d'alerte s'étaient allumées entre-temps, et en sous-sol, les machines vibraient de plus en plus fort, pourtant l'aiguille du cadran **Susannah-Mio** avait à peine pénétré dans le jaune. Des fissures étaient apparues au sol, comme elle l'avait prévu, mais jusque-là rien de très sérieux. La situation n'était pas des plus reluisantes, mais elle se dit qu'ils pourraient s'en accommoder, pour le moment.

Qu'est-ce que tu attends ? s'impatienta Mia. *Pourquoi reste-t-on assises ici ?*

Je laisse au Suédois la possibilité de se charger de notre petite course à l'hôtel, et ensuite de déguerpir, répondit Susannah.

Et lorsqu'elle estima qu'elle lui avait laissé assez de temps, elle réunit ses sacs, se leva, traversa la 2e Avenue et se mit à descendre la 46e Rue en direction de l'hôtel Plaza-Park.

QUATRE

Le grand hall était baigné de la belle lumière de l'après-midi, que reflétaient les angles de verre vert. Jamais Susannah n'avait vu de pièce aussi splendide – en dehors de Saint-Patrick, bien sûr – mais elle avait aussi quelque chose d'étrange, de décalé.

C'est parce que c'est l'avenir, se dit-elle.

Dieu sait que les signes sautaient aux yeux. Les voitures paraissaient plus petites, et complètement différentes. La plupart des jeunes femmes qu'elles croisaient se promenaient le ventre à l'air, et on voyait les bretelles de leur soutien-gorge. Susannah dut voir le phénomène se répéter cinq ou six fois le long de la 46e Rue avant de se convaincre qu'il s'agissait là d'un effet de mode bizarre, et non d'une négligence. De son temps, une femme qui aurait exposé sa bretelle (ou encore un centimètre carré de combinaison qui *allait voir du pays*, comme on disait) se serait précipitée dans les toilettes publiques les plus proches pour tout remettre en place, et au pas de charge. Quant à montrer un ventre nu…

On se serait fait arrêter partout, sauf peut-être à Coney Island, se dit-elle. *Aucun doute là-dessus*.

Mais la chose qui lui fit la plus forte impression fut aussi la plus difficile à définir : la ville paraissait tout simplement *plus grande*. Elle tonnait et bourdonnait autour d'elle. Elle vibrait. Chaque bouffée d'air portait la signature de son odeur intime. Les femmes attendant un taxi à la sortie des hôtels (avec ou sans bretelles apparentes) étaient bien des New-Yorkaises, impossible de se méprendre. Les portiers (non pas un, mais deux par entrée) interpellant lesdits taxis ne pouvaient être que des portiers new-yorkais. Les taxis (elle était éberluée par le nombre de Noirs qu'elle voyait au volant, et elle en aperçut même un coiffé d'un *turban*) ne pouvaient être que des taxis new-yorkais, mais ils étaient tous... différents. Le monde avait changé. C'était comme si son New York, celui de 1964, était un club de foot amateur. Et là, on jouait pro.

Une fois dans le hall, elle fit une pause, pour sortir la tortue miniature de sa poche et se repérer dans les lieux. À sa droite, elle remarqua un salon. Deux femmes y étaient assises, en train de discuter, et Susannah les observa un moment, ne pouvant croire qu'on puisse montrer autant de jambe sous une jupe (*quelle* jupe, au fait ?). Et il ne s'agissait ni d'adolescentes ni d'allumeuses ; c'étaient des femmes de trente ans, au moins (même si elle ne put s'empêcher de se dire qu'elles avaient aussi bien la *soixantaine*, qui savait ce que les progrès de la science avaient été capables d'accomplir, en trente-cinq ans ?).

À droite, une petite boutique. Quelque part dans l'ombre, derrière elle, un piano égrenait un air délicieusement familier – « Night and Day » – et Susannah savait qu'en suivant la mélodie, elle trouverait des tas de fauteuils en cuir, de bouteilles étincelantes, et un monsieur en veste blanche qui serait ravi de la servir, même si on n'était encore qu'au beau milieu de l'après-midi. Et tout ça était très réconfortant.

Juste en face d'elle se trouvait le guichet de la réception et, derrière, la créature la plus exotique que Susannah ait vue de sa vie. Elle avait l'air à la fois blanche, noire, chinoise, le tout battu ensemble. En 1964, on aurait traité cette femme de bâtarde, peu importait sa beauté. Alors qu'ici, elle se retrouvait dans un tailleur magnifique, à l'accueil d'un grand hôtel. La Tour Sombre avait beau trembler sur ses fondations, et le monde être en train de changer, pour Susannah cette hôtesse était la preuve (si besoin était) que *tout* ne s'écroulait pas et que tout n'allait pas dans la mauvaise direction. La femme parlait avec un client se plaignant de sa note de câble – Dieu seul savait de quoi il s'agissait.

Peu importe, c'est l'avenir, se dit une fois de plus Susannah. *C'est de la science-fiction, comme la cité de Lud. Autant s'en tenir à ça.*

Je me fiche de ce que c'est, et de la date, l'interrompit Mia. *Tout ce que je veux, c'est trouver un téléphone. Je veux voir mon p'tit gars.*

Susannah passa devant un panneau posé sur un trépied, puis fit marche arrière et y regarda de plus près.

À partir du 1er juillet 1999, l'hôtel Hyatt Plaza-Park de New York change de nom, et devient l'hôtel Regal-Plaza des Nations unies. Encore un projet gagnant de Sombra/North Central !

Et Susannah se dit : *Sombra, comme dans le complexe immobilier de la Baie de la Tortue... qui ne s'était jamais construit, à en juger par cette aiguille en verre noir, là derrière. Et North Central, comme dans North Central Positronics. Intéressant.*

Un élancement lui vrilla soudain la tête. Un élancement ? Bon sang, un coup de poignard, oui. Elle en eut les larmes aux yeux. Et elle sut qui en était à l'origine. Mia, qui n'avait cure de Sombra Corporation, de North Central Positronics, ou de la Tour Sombre même, s'impatientait. Susannah sut qu'il lui faudrait y remédier, au moins essayer. Mia était obnubilée par son p'tit gars, mais si elle voulait *garder* ce p'tit gars, elle avait intérêt à élargir un tout petit peu son champ de vision.

Ell'va pas t'lâcher d'une semelle, intervint Detta, d'une voix pleine d'astuce, de force et de bonne humeur. *Tu l'sais, pas v'ai ?*

Elle le savait.

Susannah attendit que l'homme avec son problème de câble ait fini d'expliquer qu'il avait commandé le film *Classé X* par accident, et qu'il se moquait de le payer, tant qu'il n'apparaissait pas sur sa facture, puis elle s'approcha du comptoir. Son cœur battait à tout rompre.

— Je crois que mon ami Mathiessen van Wyck a réservé une chambre à mon nom, dit-elle.

Elle vit l'employée jeter un œil à sa jupe tachée avec un air de désapprobation polie, et elle rit nerveusement.

— J'ai vraiment hâte de prendre une bonne douche et de me changer. J'ai eu un petit accident. Au déjeuner.

— Oui, madame. Une seconde, je vous prie.

Elle vit l'employée se tourner vers ce qui ressemblait à un petit écran de télé avec une machine à écrire accrochée dessous. Elle appuya sur quelques touches, regarda le moniteur, puis demanda :

— Susannah Mia Dean, c'est bien cela ?

Un *vous dites vrai, je dis grand merci* lui monta aux lèvres, et elle le censura in extremis.

— Oui, c'est exact.

— Puis-je voir une pièce d'identité, je vous prie ?

L'espace d'une seconde, Susannah eut le sifflet coupé. Et puis elle fouilla dans son sac et en sortit un Oriza, en prenant garde de le saisir par le bord non tranchant. Elle se remémora subitement une phrase qu'elle avait entendu Roland dire à Wayne Overholser, le gros rancher de La Calla : *Notre affaire à nous, c'est le plomb*. Les 'Rizas n'étaient pas des balles, mais ils les valaient largement. D'une main elle maintint le plat en hauteur, et de l'autre, la petite tortue sculptée.

— Est-ce que ça fera l'affaire ? demanda-t-elle d'une voix avenante.

— Qu'est-ce que – commença la belle employée, puis elle se tut et son regard passa du plat à la tortue.

Alors ses yeux s'arrondirent et se mirent à briller légèrement. Ses lèvres, recouvertes d'un intéressant revêtement rose brillant (Susannah se fit la réflexion que ça ressemblait plus à du bonbon qu'à du rouge à lèvres), s'entrouvrirent. Un doux soupir s'éleva : *ohhhh*...

— C'est mon permis de conduire, ajouta Susannah. Vous voyez ?

Par chance, il n'y avait personne alentour, pas même un porteur de bagages. Les clients qui avaient quitté leur chambre le jour même attendaient sur le trottoir, se battant pour un taxi. Dans le hall, l'ambiance était feutrée. Dans le bar derrière la boutique de cadeaux, une version introspective et paresseuse de « Stardust » succéda à « Night and Day ».

— Permis de conduire, acquiesça l'employée dans ce même soupir émerveillé.

— Bien. Faut-il que vous écriviez quelque chose ?

— Non... M. van Wyck a réservé la chambre... il faut seulement que je... puis-je tenir la tortue, madame ?

— Non, répondit Susannah, et alors la jeune femme se mit à pleurer.

Susannah observait ce phénomène avec perplexité. Elle ne se rappelait pas avoir fait pleurer tant de gens depuis son récital de violon (une catastrophe), à l'âge de douze ans.

— Non, je ne peux pas la prendre, dit l'employée, laissant libre cours à ses larmes. Non, non, je ne peux pas, je ne peux pas la prendre, ah, Discordia, je ne peux pas...

— Arrêtez un peu les pleurnicheries, fit Susannah, et la femme se tut immédiatement. Donnez-moi la clé de la chambre, s'il vous plaît.

Mais au lieu d'une clé, elle lui tendit une carte en plastique, dans un petit étui. À l'intérieur de l'étui – pour le cacher aux yeux d'éventuels voleurs, sans doute – était inscrit le nombre 1919. Ce qui ne surprit pas du tout Susannah. Bien entendu, Mia s'en moquait éperdument.

Elle vacilla légèrement sur ses jambes. Se balança d'avant en arrière. Elle dut agiter la main pour retrouver son équilibre (celle tenant le « permis de conduire »). Pendant une seconde, elle crut qu'elle allait tomber par terre, puis tout rentra dans l'ordre.

— Madame ? fit l'employée, l'air distraitement – *très* distraitement – inquiet. Vous vous sentez bien ?

— Ouais, répondit Susannah. C'est juste que… j'ai failli perdre l'équilibre, pendant une seconde.

Qu'est-ce qui a bien pu se passer ? se demanda-t-elle intérieurement. Oh, mais elle savait très bien ce qui s'était passé. C'était Mia qui contrôlait les jambes, *Mia*. Susannah avait beau être aux commandes depuis leur rencontre avec ce bon vieux M. Pourrais-je-prendre-la-*skölpadda*, son corps était en train de revenir à son état premier, la version sans mollets. Incroyable mais vrai. Son corps lui faisait un coup à la Susannah.

Mia, on se réveille. À toi de prendre le relais.

Je ne peux pas. Pas encore. Dès qu'on sera seules, je le ferai.

Et, doux Jésus, Susannah reconnut bien ce ton. Cette garce faisait sa *timide*.

Elle se tourna vers l'employée.

— Qu'est-ce que c'est que ce truc ? Une clé ?

— Eh bien – oui, *sai*. Elle vous servira aussi dans l'ascenseur. Vous la glissez dans la fente, dans le sens de la flèche. Puis vous la retirez rapidement. Quand la petite lumière sur la porte passe au vert, vous pouvez entrer. J'ai un peu plus de huit mille dollars, dans le tiroir de mon bureau. Je vous les donnerai volontiers, en échange de cette jolie petite chose que vous avez là, votre tortue, votre *skölpadda*, votre *tortuga*, votre *kawit*, votre…

— Non, dit Susannah, chancelant une nouvelle fois.

Elle s'accrocha au bord du comptoir. C'en était fini de son équilibre.

— Je vais monter, maintenant.

Elle avait pensé commencer par une visite à la boutique de l'hôtel, histoire de dépenser un peu du fric de Mats pour s'acheter une chemise propre, s'ils avaient ce genre de marchandise, mais il faudrait que ça attende. *Tout* allait devoir attendre.

— Oui, *sai*.

Plus de « madame », plus maintenant. La tortue agissait sur elle, comblant les interstices entre les mondes.

— Oubliez que vous m'avez vue, d'accord ?

— Oui, *sai*. Dois-je mettre votre téléphone en dérangement ?

Mia se mit à vociférer. Susannah ne prit même pas la peine de l'écouter.

— Non, ne faites pas ça. J'attends un appel.

— Comme vous voudrez, *sai*.

Les yeux vissés sur la tortue. Toujours sur la tortue.

— Bon séjour au Plaza-Park. Voulez-vous qu'un porteur vous aide à monter vos bagages ?

J'ai une t'onche à avoi' besoin d'aide, pou' po'ter ces t'ois malheu'euses me'des ? pensa Detta, mais Susannah se contenta de secouer la tête.

— Très bien.

Susannah se retourna, mais fit volte-face en entendant l'employée prononcer :

— Bientôt viendra le Roi, avec son Œil.

Susannah fixait la jeune femme, bouche bée, presque en état de choc. Elle sentit la chair de poule remonter le long de ses bras. Cependant, le beau visage en face d'elle demeurait serein. Des yeux noirs posés sur la tortue miniature. Des lèvres entrouvertes, miroitantes de salive autant que de gloss. *Si je reste ici une minute de plus*, se dit Susannah, *elle va se mettre à baver*.

Susannah aurait donné cher pour creuser cette histoire de Roi et d'Œil – parce que c'était *son* histoire –, et elle le pouvait, après tout c'était elle qui était aux commandes, mais de nouveau elle vacilla et sut qu'elle ne pouvait rien faire… à moins de ramper à quatre pattes jusqu'à l'ascenseur, son jean vide en dessous du genou traînant derrière elle. *Plus tard, peut-être*, se promit-elle, sachant que c'était peu probable ; à présent les choses bougeaient trop vite.

Elle traversa le hall, titubant avec dignité. Dans son dos, elle entendit la voix de la jeune employée, pleine d'aimable regret, rien de plus.

— Quand le Roi viendra et que la Tour s'effondrera, *sai*, toutes les jolies choses comme celle que vous avez là seront brisées.

Puis viendront les ténèbres et rien d'autre que le mugissement de Discordia, et les cris des can toi.

Susannah ne répondit pas, bien que la chair de poule eût à présent gagné sa nuque, et qu'elle sentît son cuir chevelu rétrécir littéralement sur son crâne. Ses jambes (les jambes de *quelqu'un*, en tout cas) perdaient rapidement toute sensibilité. Si elle avait pu jeter un œil à sa peau nue, aurait-elle constaté que ses jolies jambes toutes neuves étaient en train de devenir transparentes ? Aurait-elle vu le sang coulant dans ses veines, rouge vif en descendant, plus sombre et épuisé en remontant vers le cœur ? Et les entrelacs compliqués des muscles ?

Elle pensait que oui.

Elle appuya sur le bouton MONTÉE, puis rangea l'Oriza dans son sac, priant pour que l'une des trois portes s'ouvre avant qu'elle ne s'évanouisse. Le pianiste avait opté pour « Stormy Weather[1] ».

La porte du milieu coulissa. Susannah-Mia entra et appuya sur le 19. La porte se referma, mais l'engin ne bougea pas.

La carte en plastique, se rappela-t-elle. *Il faut que tu te serves de la carte*.

Elle aperçut la fente et glissa la carte dedans, en prenant garde à la direction de la flèche. Cette fois, lorsqu'elle appuya sur le 19, la touche s'alluma. Quelques secondes plus tard, elle se retrouva violemment écartée, et Mia *repassa devant*.

Susannah se réfugia à l'arrière de son propre esprit avec une sorte de soulagement fatigué. Oui, que quelqu'un prenne le relais, pourquoi pas ? Que quelqu'un d'autre prenne les commandes, un petit moment. Elle sentait force et solidité revenir dans ses jambes, et c'est tout ce qui comptait, pour l'instant.

1. Littéralement : « Temps orageux ». *(N.d.T.)*

CINQ

Mia avait beau se retrouver étrangère en pays inconnu, elle apprenait vite. Dans le hall du dix-neuvième étage, elle localisa le panneau 1911-1923 et descendit le couloir d'un pas rapide, jusqu'au numéro 1919. La moquette, un truc vert et épais, délicieusement mou, chuchotait sous ses chaussures

(*volées*).

Elle inséra la carte-clé dans le mur, ouvrit la porte et entra. Il y avait deux lits. Sur l'un d'eux, elle posa les sacs, puis promena sur la pièce un regard distrait, jusqu'à ce qu'il rencontre le téléphone.

Susannah !

Impatiente.

Quoi ?

Comment faire pour qu'il sonne ?

Susannah partit d'un rire sincère.

Chérie, cette question-là, tu n'es pas la première à te la poser, tu peux me croire. On a été des millions, avant toi. Ou bien il sonnera, ou bien il ne sonnera pas. Le moment venu. En attendant, pourquoi tu ne ferais pas le tour du propriétaire ? Histoire de trouver un coin où ranger ton gunna.

Elle s'attendait à une dispute, mais rien ne vint. Mia arpenta la pièce (sans prendre la peine d'ouvrir les rideaux, alors que Susannah aurait donné cher pour voir la ville d'aussi haut), passa la tête par la porte de la salle de bains (un vrai palais, avec ce qui ressemblait à un lavabo en marbre, et des miroirs partout), puis jeta un œil dans le placard. Là, au-dessus d'une étagère où étaient posés des sacs en plastique pour le pressing, se trouvait un coffre-fort. Il y avait un panneau, mais Mia ne pouvait le déchiffrer. Roland se retrouvait parfois confronté au même problème, mais c'était dû aux différences entre l'alphabet de ce monde et les « Grandes Lettres » du Monde de l'Intérieur. Susannah se doutait bien que les problèmes de Mia étaient beaucoup plus élémentaires. Si sa ravisseuse connaissait de toute évidence les chiffres, Susannah avait comme l'impression que la mère du p'tit gars était bien incapable de lire une ligne.

Susannah *passa* de nouveau *devant*, mais pas complètement. Pendant une seconde elle regarda deux panneaux à travers deux paires d'yeux, sensation tellement étrange qu'elle en eut la nausée. Puis l'image se précisa et elle put lire le message :

Ce coffre-fort vous est fourni gracieusement pour conserver vos objets personnels. La direction de l'hôtel Hyatt Plaza-Park décline toute responsabilité en cas de vol. Nous vous recommandons de confier l'argent liquide et les bijoux au coffre de l'hôtel, au rez-de-chaussée. Pour enregistrer votre code, tapez quatre chiffres, puis validez par la touche « entrée ». Pour ouvrir, tapez votre code à quatre chiffres et appuyez sur « ouvrir ».

Susannah se recula pour laisser Mia choisir son code. Elle opta pour un 1 suivi de trois 9. C'était l'année en cours, probablement l'une des premières combinaisons que tenterait un voleur, mais au moins ce n'était pas exactement le numéro de la chambre. De plus, c'étaient de bons chiffres. Des chiffres puissants. Un *sigleu*. Et elles le savaient toutes deux.

Mia programma le coffre et vérifia qu'il fermait bien, puis elle suivit les instructions pour le rouvrir. Dans une sorte de vrombissement interne, la porte s'entrouvrit. Dans le coffre, Mia déposa le sac rouge fané aux armes de L'ENTRE-DEUX-QUILLES – la boîte qu'il contenait tenait juste sur la planche à l'intérieur – puis celui contenant les plats d'Oriza. Elle verrouilla de nouveau la porte, vérifia en tirant sur la poignée, puis hocha la tête. Le sac Borders était toujours sur le lit. Elle en retira la liasse de billets et la glissa dans la poche avant droite de son jean, avec la tortue.

Il faut te trouver une chemise propre, rappela Susannah à son invitée indésirable.

Mia, fille de personne, ne répondit rien. À l'évidence, elle n'en avait *rien à carrer* des chemises, propres ou sales. Mia fixait le téléphone. Pour l'instant, maintenant que ses contractions étaient en suspens, ce téléphone était tout ce qui comptait pour elle.

Maintenant, on palabre, dit Susannah. *Tu me l'as promis, et c'est une promesse que tu vas tenir. Mais pas dans cette salle de banquet.* Elle frémit. *À l'extérieur, entends-moi, je te prie. J'ai besoin d'air frais. Cette salle de banquet puait la mort.*

Mia ne protesta pas. Susannah eut vaguement conscience que l'autre femme passait en revue les différents pans de sa mémoire – analysant, classant, analysant, classant – pour enfin trouver un souvenir utilisable.

Comment on s'y rend ? demanda Mia d'un air indifférent.

La femme noire qui était (à nouveau) double s'assit sur l'un des lits et croisa les mains sur ses cuisses. *Comme sur un traîneau*, répondit la partie Susannah. *Je pousse, tu diriges. Et rappelle-toi, Susannah-Mio, si tu veux que je coopère, tu dois me donner des réponses claires.*

Je le ferai, répondit l'autre. *Mais ne t'attends pas à les apprécier. Ni même à les comprendre.*

Qu'est-ce que tu…

Peu importe ! Dieux, je n'ai jamais rencontré personne *qui pose autant de questions ! Le temps presse ! Quand ce téléphone sonnera, notre palabre prendra fin ! Alors si tu veux palabrer un tant soit peu…*

Susannah ne prit pas la peine de la laisser terminer. Elle ferma les yeux et se laissa tomber en arrière. Le lit ne vint pas arrêter sa chute ; elle le traversa directement. Elle tombait pour de vrai, à travers l'espace. Elle entendait le carillon du vaadasch, au loin, assourdi.

Me revoilà, pensa-t-elle. Puis : *Eddie, je t'aime.*

SOLISTE :
Commala-quatre-cinq
Quel délice d'être vivant, n'est-ce pas ?
Pour chercher Discordia
Quand la Lune du Démon paraîtra.

CHŒUR :
Commala-quatre-cinq !
Même quand se lèvent les ombres !
Voir et parcourir le monde
Nous rend heureux de belle façon.

SIXIÈME COUPLET

L'ALLURE DU CHÂTEAU

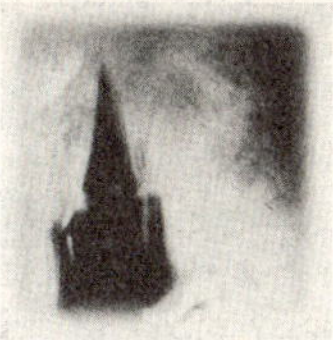

UN

Tout à coup elle tomba de nouveau dans son corps, et cette sensation appela un souvenir d'un éclat aveuglant : Odetta Holmes à seize ans, assise sur son lit, en combinaison, dans un rayon de soleil incandescent, enfilant un bas de soie. Tant que le souvenir subsista, elle sentit le parfum White Shoulders et le savon de beauté Pond, tous deux empruntés à sa mère, et elle assez adulte pour avoir le droit de porter du parfum, et se disant : *C'est le bal de printemps ! Et j'y vais avec Nathan Freeman !*

Puis la vision disparut. Les doux effluves de savon Pond furent remplacés par une brise nocturne froide et propre (et un peu humide), et il ne resta plus que la sensation, étrange et parfaite, de s'étirer à l'intérieur d'un nouveau corps comme s'il s'agissait d'un bas qu'on tire le long du mollet et du genou.

Elle ouvrit les yeux. Le vent soufflait en rafales, lui balayant le visage d'un voile de sable. Elle grimaça et leva un bras, comme pour se protéger d'un coup.

— Par ici ! appela une voix de femme.

Ce n'était pas la voix à laquelle se serait attendue Susannah. Pas d'échos stridents, pas de croassement triomphal.

— Par ici, à l'abri du vent !

Elle regarda et aperçut une grande et belle femme, qui lui faisait signe. Le premier regard que Susannah porta sur Mia, en chair et en os, la stupéfia, parce que la mère du p'tit gars était *blanche*. De toute évidence, Odetta-qui-fut avait aussi une personnalité à peau claire, ce qui devait exaspérer la susceptibilité raciale de Detta Walker !

Elle-même se retrouvait de nouveau privée de ses jambes, assise dans une sorte de charrette sommaire à une place. Elle était garée dans le recoin d'un mur bas. Du regard elle balaya le paysage le plus effrayant et le plus inhospitalier qu'elle ait vu de sa vie. De gigantesques formations rocheuses se détachaient sur fond de ciel et se dédoublaient à l'horizon. Elles scintillaient comme des os étranges, sous l'éclat d'une lune féroce en forme de faucille. Derrière ce sourire lunaire difforme, des milliards d'étoiles brûlaient telle de la glace en fusion. Au milieu des rochers escarpés, striés de fissures béantes, un étroit sentier solitaire serpentait vers l'horizon. À le regarder, Susannah se dit qu'un groupe qui l'emprunterait ne pourrait le faire qu'en file indienne. *Et en emportant beaucoup de vivres. Pas de champignons sur le bord de la route ; pas de maquereines non plus.* Et au loin – faible et lugubre, montant d'un point caché derrière l'horizon – une lumière d'un cramoisi sombre croissait et décroissait en une pulsation lente. *Le cœur de la rose*, se dit-elle. Puis : *Non, ce n'est pas ça. C'est la forge du Roi.* Elle contempla un instant la sinistre lumière qui palpitait, avec une fascination impuissante et horrifiée. Contraction... décontraction. Croissance... décroissance. Une infection se déclarant à la face du ciel.

— Si tu dois venir à moi, viens maintenant, Susannah de New York.

Elle portait un poncho épais, et ce qui ressemblait à un pantalon en cuir qui s'arrêtait juste au-dessous du genou. Ses tibias étaient couverts de cicatrices et d'éraflures. Aux pieds, elle avait des *huaraches* à grosses semelles.

— Car le Roi peut captiver, même de loin. Nous sommes du côté Discordia du Château. Tu aimerais finir tes jours empalée au pied de ce mur ? S'il te captive et t'ordonne de sauter, c'est ce que tu feras. Tes amis pistoleros ne sont plus là pour faire la loi et venir te prêter main-forte, maintenant, pas vrai ? Non pas, non pas. Tu es toute seule, voilà la vérité.

Susannah tenta de détourner le regard de l'effroyable lumière rouge qui pulsait, et tout d'abord n'y parvint pas. Elle sentit la panique gagner son esprit

(*s'il te captive et t'ordonne de sauter*)

et s'en empara comme d'une matière brute, la comprimant et la modelant en forme de cale, afin de l'enfoncer dans son immobilisme tétanisé. Au début il ne se passa rien, puis elle se projeta en arrière dans la petite charrette miteuse avec une telle violence qu'elle dut s'accrocher au montant pour éviter de basculer sur les pavés. Le vent soufflait à nouveau par rafales, lui fouettant le visage et les cheveux de sable et de gravillons, comme pour se moquer d'elle.

Mais cette attraction… cette fascination… ce *glam*… quel que fût son nom, il avait disparu.

Elle jeta un œil au dog-cart (c'est ainsi qu'elle l'appelait, à tort ou à raison) et comprit instantanément comment il marchait. C'était assez simple, pour tout dire. Sans mule pour le tirer, c'était *elle*, la mule. On était aux antipodes du fauteuil pratique et léger qu'ils avaient dégoté à Topeka, et à des années-lumière d'une balade sur des jambes entières comme celles qui l'avaient portée depuis le petit square jusqu'à l'hôtel. Mon Dieu, comme ces jambes lui manquaient ! Elles lui manquaient déjà.

Mais il fallait faire avec.

Elle attrapa les roues en bois de la charrette, poussa. Rien ne se produisit, aussi elle poussa plus fort. Au moment où elle avait décidé de s'extirper de l'engin pour ramper honteusement jusqu'à Mia, les roues se mirent à tourner en crissant et en couinant. Elle avança en bringuebalant jusqu'à la jeune femme, qui l'attendait derrière un pilier de pierre trapu. Il y en avait un grand nombre, alignés dans le noir, dessinant une courbe. Susannah se dit qu'autrefois (avant que le monde change), des archers devaient venir se mettre à l'abri derrière, pendant que l'armée ennemie chargeait à coups de flèches et de boulets enflammés, quel que soit le nom qu'on leur donnait. Puis ils se glissaient dans les recoins et tiraient à leur tour. Combien de temps auparavant ? Quel était ce monde ? À quelle distance se trouvait-il de la Tour Sombre ?

Tout près, lui soufflait son intuition.

Elle poussa la charrette récalcitrante et peu maniable à l'abri du vent et leva les yeux vers la femme dans son poncho, honteuse de se trouver aussi essoufflée après avoir parcouru moins de dix mètres, mais incapable de s'empêcher de haleter. Elle prit quelques profondes inspirations de cet air humide sentant la pierre. Elle laissa à sa droite les piliers – elle croyait se rappeler qu'on les appelait des merlons, ou quelque chose dans le genre. À gauche se détachait une flaque sombre et circulaire, cerclée de murs de pierre à demi écroulés. De l'autre côté, deux hautes tours se dressaient contre le mur du fond, mais l'une d'elles avait été brisée, comme par un éclair d'explosif très puissant.

— Cet endroit où nous sommes s'appelle l'allure. Le chemin de ronde sur les remparts du Château sur l'Abysse, autrefois connu sous le nom de Château Discordia. Tu as dit que tu voulais de l'air frais. J'espère que ça te sied, comme on dit à La Calla. On en est bien loin, Susannah, on est en plein Monde Ultime, près de là où s'achève votre quête, pour le meilleur ou pour le pire.

Elle marqua une pause, puis reprit :

— Pour le pire, très probablement. Pourtant je ne m'en soucie pas une seconde, ça non, pas moi. Je suis Mia, fille de personne, mère d'un seul. J'aime mon p'tit gars, rien d'autre. Mon p'tit gars me suffirait bien, si fait ! Tu veux palabrer ? Très bien. Je te dirai ce que je peux, et je serai sincère. Pourquoi pas ? Quelle différence ça peut bien faire, pour moi ?

Susannah balaya les alentours du regard. Lorsqu'elle se retrouva face au château – à la cour centrale, semblait-il –, elle perçut un relent de vieille moisissure. Mia la vit plisser le nez et ne put s'empêcher de sourire.

— Si fait, tout est mort depuis bien longtemps, et les machines que les suivants ont laissées derrière eux se sont presque toutes arrêtées, mais l'odeur de leur agonie subsiste, n'est-ce pas ? C'est toujours comme ça, avec l'odeur de la mort. Demande à ton ami pistolero, le *vrai* Pistolero. Il le sait bien, parce qu'il en a eu sa part. Il a une lourde responsabilité, Susannah de New York. Il porte autour du cou la culpabilité des mondes, comme un cadavre en putréfaction. Pourtant il est allé assez loin, avec sa robustesse et sa détermination aride, pour attirer sur lui le regard des grands. Il sera détruit, si fait, lui et tous ceux qui l'accompagnent. Je porte cette malédiction dans mon propre ventre, mais peu m'importe.

Dans l'obscurité étoilée, elle redressa fièrement la tête. Sous le poncho, ses seins avaient gonflé… et, comme le constata Susannah, son ventre s'était arrondi. Dans ce monde, du moins, Mia était visiblement enceinte. Prête à éclater, pour tout dire.

— Pose tes questions, à l'attaque ! lança Mia. Rappelle-toi que nous existons aussi dans l'autre monde, celui dans lequel nous sommes liées. Nous sommes allongées sur ce lit, à l'auberge, comme endormies… mais nous ne dormons pas, n'est-ce pas, Susannah ? Non pas. Et quand le téléphone sonnera, quand mes amis appelleront, nous quitterons cet endroit pour les rejoindre. Si tu as posé tes questions et obtenu des réponses, parfait. Dans le cas contraire, c'est bien aussi. Demande. Ou bien… n'es-tu pas pistolero ?

Elle retroussa les lèvres en un sourire dédaigneux. Susannah la trouvait coquine, oui, coquine. Surtout pour quelqu'un qui serait bien incapable de dénicher la 46e Rue, dans le monde où elles retourneraient.

— Alors *tire* ! devrais-jc dire.

Une fois de plus, Susannah jeta un regard en direction du trou obscur qui constituait le cœur tendre du château, où se cachaient ses donjons et ses lices, ses barbacanes et ses meurtrières, et Dieu savait quoi d'autre. Elle avait suivi un cours d'histoire médiévale, et connaissait certains des termes employés, mais c'était longtemps auparavant. Il y avait certainement une salle de banquet, quelque part là-bas, une salle qu'elle avait elle-même remplie de nourriture, du moins pendant un temps. Mais c'en était fini de son rôle de traiteur. Si Mia tentait de la pousser trop fort ou trop loin, elle verrait à qui elle avait affaire.

En attendant, elle décida de commencer par quelque chose de relativement facile.

— Si cet endroit est bien le Château sur l'Abysse, où se trouve ce fameux Abysse ? Je ne vois rien dans le coin, à part un champ de mines jonché de cailloux. Et cette lumière qui rougeoie à l'horizon.

Mia, sa longue chevelure noire voletant autour d'elle (des cheveux comme la soie, sans un seul nœud, contrairement à ceux de Susannah), désigna du doigt le gouffre qui s'ouvrait sous leurs pieds et courait jusqu'au mur du bout, d'où s'élevaient les tours, le long de l'allure qui poursuivait sa courbe.

— C'est le donjon intérieur, dit-elle. Au-delà se trouve le village de Fedic, aujourd'hui désert ; tous ses habitants sont morts de la Mort Rouge, il y a mille ans, ou plus. Plus loin…

— La Mort Rouge ? demanda Susannah, alarmée (et apeurée, malgré elle), comme le Masque de la Mort Rouge, de *Poe* ? Comme dans l'histoire ?

Et pourquoi pas ? Ils avaient déjà erré dans l'Oz de Frank L. Baum – et ils en étaient revenus. Et ensuite ? Le Lapin Blanc et la Reine Rouge ?

— Jeune dame, je ne sais pas. Tout ce que je peux te dire, c'est qu'au-delà du village désert se trouve le rempart extérieur, et plus loin encore, une énorme crevasse dans la terre, remplie de monstres qui cozent, qui entourloupent, qui se multiplient, et qui complotent pour s'échapper. Autrefois il y avait un pont par-dessus, mais il s'est écroulé il y a bien longtemps. « Avant le grand décompte », comme on dit. Ce sont des horreurs, qui rendraient une femme ou un homme normal complètement fou au premier regard.

Elle décocha d'ailleurs à Susannah un de ses regards à elle. Satirique, impossible de se méprendre.

— Mais pas un *pistolero*. Certainement pas un pistolero tel que *toi*.

— Pourquoi te moques-tu de moi ? demanda calmement Susannah.

Mia eut un petit sursaut, puis prit un air sombre.

— C'était mon idée, de venir ici, peut-être ? Dans ce coin triste et glacial, où l'œil du Roi salit l'horizon et souille la joue même de la lune de sa lueur répugnante ? Non pas, jeune dame ! C'était la tienne, aussi ne me harcèle pas de ta langue de vipère !

Susannah aurait pu lui répondre que ce n'était pas elle qui avait eu la bonne idée de se faire engrosser par un démon, mais ce n'était décidément pas le moment de se lancer dans une dispute du genre « c'est toi/non c'est toi ».

— Je ne te grondais pas, lui précisa Susannah. Je voulais juste savoir.

Mia fit un geste impatient de la main, comme pour dire : « Ne commence pas à chercher la petite bête », puis se détourna à demi. Et entre ses dents, elle susurra :

— Je ne suis pas allée à Morehouse, je ne suis allée dans *aucune* maison, pourtant quoi qu'il arrive j'aurai mon p'tit gars, tu m'entends ?

Et soudain Susannah comprit beaucoup de choses. Mia se montrait ironique parce qu'elle avait peur. Elle avait beau s'en défendre, une bonne partie d'elle *était* Susannah.

Je ne suis pas allé à Morehouse, ni dans aucune autre maison, par exemple. C'était tiré de *L'Homme invisible*, de Ralph Ellison. Quand Mia s'était introduite en Susannah, elle avait récolté (au moins) deux personnalités pour le prix d'une. Après tout, c'était Mia qui avait fait sortir Detta de sa retraite (ou peut-être de son hibernation profonde) et c'était Detta qui adorait cette réplique, qui en disait tellement long sur ce sentiment longtemps refoulé par les nègres, ce sentiment de mépris et de suspicion à l'égard de ce qu'on appelait « la bonne éducation nègre d'après-guerre ». Ni à Morehouse, ni dans *aucune* maison ; en d'autres termes, je sais ce que je sais, je l'ai appris par mes propres moyens, j'ai des oreilles qui traînent, le téléphone arabe, ça me connaît.

— Mia, ce p'tit gars, il est de qui ? Ce démon, son père, qui est-il ? Tu le sais ?

Mia eut un rictus. Un rictus que Susannah n'aimait pas du tout. Un rictus qui rappelait trop Detta ; qui savait trop de choses, plein de rire et d'amertume.

— Si fait, je le sais, jeune dame. Et tu as raison. C'est un démon qui t'a abusée, un très grand démon, à la vérité ! Un démon humain ! Il fallait bien qu'il le soit, car ne sais-tu pas que les véritables démons, ceux échoués sur les rives de ces mondes qui gravitent autour de la Tour quand le *Prim* s'est retiré, ces démons sont stériles. Et cela, pour une excellente raison.

— Alors comment…

— C'est ton *dinh*, le père de mon p'tit gars, répliqua Mia. Roland de Gilead, si fait, lui et personne d'autre. Steven Deschain a fini par l'avoir, son héritier, même s'il n'en sait rien, puisqu'il pourrit dans son caveau.

Susannah la fixait avec des yeux écarquillés, sans se soucier du vent froid qui fouettait les terres perdues de Discordia.

— *Roland… ?* Ce n'est pas possible ! Il était à mes côtés, quand le démon se trouvait *en* moi, il ramenait Jake de cette foutue baraque de Dutch Hill, et baiser était vraiment le *cadet* de ses soucis…

Elle laissa ses pensées errer, pensant au bébé qu'elle avait vu dans le Dogan. Elle revoyait ses yeux. Ces yeux bleus de bombardier. *Non. Non, je refuse de le croire.*

— Comme tu voudras, mais Roland est bien le père, insista Mia. Et quand le p'tit gars sera là, je lui donnerai le nom que tu as en tête, Susannah de New York. Celui que tu as appris du temps des merlons et des trébuchets et des barbacanes. Et pourquoi pas ? C'est un beau nom, un nom noble.

L'Introduction à l'Histoire médiévale *du professeur Murray, voilà de quoi elle parle.*

— Je vais l'appeler Mordred, ajouta-t-elle. Il grandira vite, mon garçon chéri, plus vite que les humains, du fait de sa nature de démon. Il deviendra grand et fort. L'incarnation du pistolero dans toute sa splendeur. Et alors, comme le Mordred de ton conte, il tuera son père.

Et sur ces mots, Mia, fille de personne, leva les bras vers le ciel constellé d'étoiles et poussa un hurlement, de chagrin, de terreur ou de joie, Susannah ne sut le dire.

DEUX

— Accroupis-toi, ordonna Mia. Regarde ce que j'ai.

De sous son poncho, elle sortit une grappe de raisin et un sac en papier rempli de maquereines orange aussi rebondies que son propre ventre. D'où pouvaient bien venir ces fruits ? Leur corps commun faisait-il du somnambulisme, au beau milieu du Plaza-Park ? Y avait-il là-bas une corbeille de fruits qu'elle n'avait pas remarquée ? Ou bien n'était-ce là que les fruits de son imagination ?

Peu importait, pour tout dire. Elle avait totalement perdu l'appétit, ou plutôt la révélation de Mia le lui avait coupé. Le fait même que ce fût impossible ne faisait qu'ajouter à l'aspect monstrueux de la situation. Et elle ne pouvait s'empêcher de repenser au bébé qu'elle avait vu *in utero*, sur l'un de ces écrans de télé. À ces yeux bleus.

Non. Ce n'est pas possible, tu m'entends ? Pas possible !

Le vent qui s'engouffrait dans les ébréchures entre les merlons lui glaçait les sangs. D'un coup de hanche, elle s'extirpa du siège de la charrette et se cala contre le mur de l'allure, à côté de Mia, à écouter la plainte incessante du vent et à contempler les étoiles étrangères.

Mia enfournait des grappes entières de raisin. Le jus lui dégoulinait du coin des lèvres, tandis qu'elle recrachait les pépins avec la rapidité et la régularité d'une mitraillette. Elle avala, s'essuya le menton et dit :

— Si. Ça l'est. Non seulement c'est possible, mais c'est la vérité. Es-tu toujours heureuse d'être venue, Susannah de New York, ou bien regrettes-tu d'avoir apaisé ta curiosité ?

— Si je dois avoir un bébé sans même avoir baisé, je veux tout savoir dans les moindres détails. Tu as bien compris ?

Mia grimaça aux propos volontairement crus de Susannah, puis acquiesça.

— Comme tu voudras.

— Dis-moi comment il pourrait être de Roland. Et si tu veux que je croie ce que tu me raconteras à l'avenir, tu ferais mieux de commencer par être convaincante là-dessus.

Mia planta l'ongle dans la peau d'une maquereine et l'éventra d'un geste vif, puis avala le fruit goulûment. Elle songea à en ouvrir un deuxième, puis se ravisa et se contenta de le rouler entre les paumes de ses mains (ces paumes d'une blancheur déconcertante), pour le réchauffer. Au bout d'un moment, Susannah le savait, le fruit s'ouvrirait de lui-même. C'est alors qu'elle commença son récit.

TROIS

— Combien de Rayons existe-t-il, Susannah de New York ?

— Six, répondit cette dernière. Du moins, au début. Je crois savoir qu'il n'en reste que deux qui...

Mia agita la main en signe d'impatience, comme pour dire : *Ne me fais pas perdre mon temps*.

— Si fait, six. Et quand ces Rayons ont été créés dans la grande Discordia, le grand creuset de la Création que certains (y compris les Manni) nomment l'En-Delà et d'autres le *Prim*, qui les a faits ?

— Je n'en sais rien, répondit Susannah. C'était Dieu, d'après toi ?

— Peut-être y a-t-il un Dieu, mais ces Rayons ont jailli du *Prim* par la seule force de la magie, Susannah, la magie véritable, disparue il y a bien longtemps. Est-ce Dieu qui a créé la magie, ou la magie qui a créé Dieu ? Je ne sais pas. C'est là une question pour les philosophes, et mon métier à moi, c'est celui de mère. Mais, il y a bien longtemps, tout n'était que Discordia, et de là, s'élevant fièrement et s'unissant en un seul et même point, naquirent les six Rayons. Pour les tenir debout pour l'éternité, il y avait la magie, mais quand la magie a disparu, il n'est plus resté que la Tour Sombre comme dernier bastion, cette Tour que certains appellent Can Calyx, le Hall du Retour Éternel, et les hommes ont désespéré. Lorsque l'Ère de la Magie s'est achevée, est venue l'Ère des Machines.

— North Central Positronics, murmura Susannah. Les ordinateurs dipolaires. Les turbos à transmission lente – elle marqua une pause –, Blaine le Mono. Mais pas dans notre monde.

— Ah non ? Tu crois que ton monde a été épargné ? Et ce panneau, dans le hall de l'hôtel ?

La maquereine éclata. Mia l'ouvrit et l'engloutit, laissant couler le jus à travers son sourire averti.

— Je me disais bien que tu ne savais pas lire, fit Susannah.

Ça n'avait rien à faire ici, mais c'est tout ce qui lui vint à l'esprit. Elle tournait et retournait dans sa mémoire l'image du bébé ; de ses yeux bleus étincelants. Des yeux de pistolero.

— Si fait, mais je sais compter, et pour ce qui est de ton esprit à toi, je sais lire dedans comme dans un livre ouvert. Ne me dis pas que tu as oublié ce panneau. Tu prétends l'avoir oublié ?

Bien sûr que non, elle ne l'avait pas oublié. À en croire ce panneau, le Plaza-Park allait intégrer un groupe du nom de Sombra/North Central, dans un mois tout juste. Et lorsqu'elle avait dit *Pas dans notre monde*, elle pensait bien sûr à celui de 1964 – le monde de la télévision en noir et blanc, de ces ordinateurs ridicules qui auraient rempli une pièce entière, et des flics d'Alabama trop contents de lâcher les chiens sur les manifestants noirs pour le droit de vote. Les choses avaient beaucoup changé, au cours des trente-cinq années qui avaient suivi. L'espèce de télé avec un clavier de l'employée eurasienne de l'hôtel en était un bon exemple – qu'est-ce qui permettait à Susannah de dire qu'il ne s'agissait pas d'un ordinateur dipolaire, contrôlé par un turbo à transmission lente quelconque ? Rien du tout.

— Continue, dit-elle à Mia.

Mia haussa les épaules.

— Vous vous condamnez vous-mêmes, Susannah. Vous avez l'air tellement décidés à y arriver, et l'issue est toujours la même : la foi vous fait défaut, et vous la remplacez par la pensée rationnelle. Mais il n'y a aucun amour dans la pensée, rien qui puisse survivre, dans la déduction, il n'y a que mort dans le rationalisme.

— Quel est le rapport avec ton p'tit gars ?

— Je ne sais pas. Il y a beaucoup de choses que je ne sais pas.

Elle leva la main, prévenant une éventuelle intervention de Susannah.

— Et *non*, je n'essaie pas de gagner du temps, ni de t'éloigner des questions que tu désires poser. Je parle comme me le dicte mon cœur. Veux-tu l'entendre, ou non ?

Susannah acquiesça. Elle voulait l'entendre… encore un peu, au moins. Mais si elle ne revenait pas rapidement sur le sujet du bébé, elle prendrait les devants.

— La magie a disparu. Maerlyn s'est retiré dans sa grotte dans un monde, l'épée d'Arthur l'Aîné a cédé le pas aux pistolets des pistoleros dans un autre, et la magie a disparu. Et dans ce grand saut du temps, de grands alchimistes, de grands scientifiques et de grands – techniciens, je dirais ? De grands hommes de la pensée, en tout cas, c'est ce que je voulais dire – de grands hommes de la *déduction* se sont réunis pour créer des machines qui maintiennent les Rayons en place. C'étaient des machines puissantes, de belles mécaniques, mais *mortelles*. Ils ont remplacé la *magie* par des *machines*, tu l'intuites, et maintenant les machines déraillent. Dans certains mondes, de grands fléaux ont décimé des populations entières.

Susannah hocha la tête.

— Nous avons vu l'un d'eux, dit-elle à voix basse. Ils appelaient ça la supergrippe.

— Les Briseurs du Roi Cramoisi ne font qu'accélérer un processus déjà engagé. Les machines deviennent folles. Vous l'avez vu par vous-mêmes. Les hommes ont cru qu'il y aurait toujours des hommes comme eux, pour fabriquer d'autres machines. Aucun d'entre eux n'avait prévu ce qui s'est passé. Cet... cet épuisement universel.

— Le monde a changé.

— Si fait, jeune dame. Et il n'a laissé personne pour remplacer les machines qui maintiennent les dernières bribes de magie de toute la création, car le *Prim* s'est retiré il y a bien longtemps. La magie est morte et les machines se meurent. Bientôt la Tour Sombre s'écroulera. Peut-être aurons-nous le temps de nous offrir un sublime instant de pensée rationnelle avant que les ténèbres nous envahissent pour toujours. Est-ce que ce ne serait pas magnifique ?

— Le Roi Cramoisi, est-ce qu'il ne va pas être détruit, lui aussi, quand la Tour tombera ? Lui et toute sa clique ? Ces types avec des trous sanguinolents dans le front ?

— On lui a promis son propre royaume, dont il sera le souverain éternel, dégustant ses petits plaisirs personnels.

Le dégoût s'était insinué dans la voix de Mia. La peur aussi, semblait-il.

— Promis ? Promis par qui ? Qui est plus puissant que lui ?

— Je ne le sais, jeune dame. Peut-être se l'est-il seulement promis à lui-même.

Mia haussa les épaules. Elle évita de regarder Susannah dans les yeux.

— Est-ce que rien ne peut empêcher la chute de la Tour ?

— Rien, pas même les espoirs de ton ami pistolero de la *prévenir*, de la ralentir en libérant les Briseurs et – peut-être – en tuant le Roi Cramoisi. Mais la sauver ! La *sauver*, ô délice ! Est-ce qu'il t'a jamais dit que c'était là sa quête ?

Susannah y réfléchit une seconde et secoua la tête. Si Roland avait jamais dit une chose pareille, clairement, en tout cas elle ne s'en souvenait pas. Et elle était certaine qu'elle s'en serait souvenue, dans le cas contraire.

— Non, reprit Mia, parce qu'il ne mentira pas à son *ka-tet*, à moins d'y être forcé. C'est sa grande fierté. Tout ce qu'il veut, c'est *voir* la Tour.

Puis elle ajouta, avec une pointe d'amertume :

— Oh, peut-être qu'il voudra entrer, et grimper jusqu'à la pièce du sommet, son ambition ira peut-être jusque-là. Peut-être rêve-t-il de se tenir sur l'allure tout comme nous nous tenons sur celle-ci, pour y déclamer le nom de ses camarades déchus, et de toute sa lignée, en remontant jusqu'à Arthur l'Aîné. Mais la *sauver* ? Oh que non ! Seul un retour de la magie pourrait la sauver, et – comme tu le sais très bien – l'affaire de votre *dinh*, c'est le plomb.

Jamais depuis qu'elle traversait les mondes Susannah n'avait entendu la vocation de Roland décrite sous un jour aussi mesquin. Elle se sentit triste et en colère ; mais elle dissimula ses sentiments de son mieux.

— Dis-moi comment ton p'tit gars pourrait être le fils de Roland, car je suis curieuse de le savoir.

— Si fait, c'est un bon tour, mais les anciens de River Crossing auraient pu te l'expliquer, sans aucun doute.

Susannah sursauta.

— Comment sais-tu *tellement* de choses, à mon sujet ?

— Parce que tu es possédée, répondit Mia, et que je suis celle qui te possède, sois-en sûre. Je peux passer en revue chacun de tes souvenirs, si je le veux. Je déchiffre ce que tes yeux voient. Maintenant tais-toi et écoute, si tu veux apprendre, car je sens que nous allons manquer de temps.

QUATRE

Voici ce que le démon de Susannah lui raconta.

— Il y a six Rayons, comme tu l'as dit, mais douze Gardiens, postés chacun à une extrémité d'un Rayon. Celui sur lequel nous sommes – car nous sommes toujours dessus – est le Rayon de Shardik. Si vous deviez aller au-delà de la Tour, il deviendrait le Rayon de Maturin, la grande tortue sur la carapace de laquelle repose le monde. De même, il n'y a que six démons élémentaires, un pour chaque Rayon. Au-dessous d'eux s'étend tout le monde invisible, que ces créatures ont laissé sur la plage de l'existence, quand le *Prim* s'est retiré. Ce sont des démons qui parlent, des démons familiers que certains nomment fantômes, des démons malades que certains – les constructeurs de machines et les adorateurs de la grande déesse fantoche de la Raison, si cela te sied – appellent maladies. De nombreux démons mineurs, mais seulement six démons majeurs. Néanmoins, comme il y a douze Gardiens pour six Rayons, il existe douze *aspects* démoniaques, car chaque démon élémentaire est à la fois mâle et femelle.

Susannah commençait à comprendre où elle voulait en venir, et sentit soudain ses entrailles se contracter. Du bouquet d'aiguilles rocheuses qui se dressait au-delà de l'allure, dans ce que Mia appelait la Discordia, monta un éclat de rire sec et fébrile. Ce comique invisible fut bientôt rejoint par un deuxième, puis par un troisième, un quatrième et un cinquième. Soudain il lui sembla que le monde entier se moquait d'elle. Et à raison, peut-être, car c'était vraiment une bonne blague. Mais comment aurait-elle pu prévoir ?

Sur fond de jacassements de hyènes – ou de quelque créature que ce fût –, elle dit à Mia :

— Tu dis que les démons élémentaires sont hermaphrodites. C'est pourquoi ils sont stériles, parce qu'ils sont des deux sexes.

— Si fait. Sur le lieu de l'Oracle, ton *dinh* a copulé avec l'un des démons majeurs pour lui arracher des informations, ce qu'on appelle *prophétie*, en Haut Parler. Il n'avait aucune raison de soupçonner que ce démon était autre chose qu'un succube, comme il en existe souvent dans ces lieux désolés...

— Ben voyons, l'interrompit Susannah. Dans la famille des démons, je demande la bombe sexuelle de base.

— En quelque sorte, répondit Mia en tendant une maquereine à Susannah.

Cette dernière l'accepta et se mit à la rouler entre ses paumes, pour en réchauffer la peau. Elle n'avait toujours pas faim, mais elle avait la bouche sèche. Tellement sèche.

— Sous sa forme femelle, ce démon a pris la semence du Pistolero, et il te l'a redonnée sous sa forme mâle.

— Quand on était dans l'anneau de parole, termina Susannah, effondrée.

Elle se remémora la pluie battante labourant son visage tourné vers le ciel, cette sensation de mains invisibles posées sur ses épaules, et puis l'engorgement de cette chose qui la remplissait, en même temps qu'elle avait l'impression de se faire éventrer. Le pire avait été le froid glacial de cet énorme sexe en elle. Sur le coup, c'était comme se faire baiser par un glaçon géant.

Et comment s'en était-elle sortie ? En invoquant Detta, bien sûr. En appelant cette garce, sortie vainqueur d'une centaine de petites escarmouches sexuelles dans des parkings de snacks ou de bastringues. Detta, qui l'avait piégé...

— Il a essayé de s'enfuir, raconta-t-elle à Mia. Une fois qu'il a compris que sa bite se retrouvait coincée dans un foutu étau, il a essayé de s'enfuir.

— S'il avait voulu s'enfuir, dit doucement Mia, il y serait arrivé.

— Pourquoi prendre la peine de me le faire croire ? demanda Susannah, tout en sachant qu'elle n'avait pas besoin que Mia lui réponde, plus maintenant.

Parce que le démon avait besoin d'elle, bien entendu. Il avait besoin d'elle pour porter le bébé.

Le bébé de *Roland*.

La perte de Roland.

— Tu sais tout ce que tu dois savoir, à propos du p'tit gars, dit Mia. N'est-ce pas ?

Sans doute. Un démon femelle avait prélevé la semence de Roland ; il l'avait gardée, puis, devenu mâle, il l'avait réinjectée à l'intérieur de Susannah Dean. Mia avait raison. Elle savait tout ce qu'il y avait à savoir.

— J'ai tenu parole. Rentrons. Ce froid n'est pas bon pour le p'tit gars.

— Encore une minute, fit Susannah.

Elle lui montra sa maquereine. La pulpe dorée perlait à présent à travers la peau orange et craquelée.

— Mon fruit vient d'éclater. Laisse-moi le manger. J'ai une dernière question.

— Mange et parle, mais fais vite.

— Qui es-tu ? Vraiment, je veux dire ? Es-tu ce démon ? Et a-t-il un nom, d'ailleurs ? Il et elle, ils ont un nom ?

— Non, répondit Mia. Les démons premiers n'ont pas besoin de noms ; ils sont ce qu'ils sont. Suis-je un démon ? C'est ce que tu veux savoir ? Oui-là, je suppose que oui. Ou je l'étais. Tout ça est très vague, à présent, comme un rêve.

— Et tu n'es pas… moi, n'est-ce pas ?

Mia ne répondit pas. Et Susannah comprit qu'elle n'en savait sans doute rien.

— Mia ?

À voix basse, songeuse.

Mia était accroupie contre le merlon, son poncho serré entre les genoux. Susannah voyait ses chevilles enflées et l'espace d'une seconde, ressentit de la pitié à l'égard de cette femme. Puis elle la fit voler en éclats. Ce n'était pas le moment de ressentir de la pitié, parce qu'elle n'avait rien de vrai.

— Tu n'es rien d'autre que la nounou.

Elle obtint exactement la réaction qu'elle escomptait, et qui dépassa même ses espérances. Sur le visage de Mia elle lut le choc, puis de la colère. Bon Dieu, de la *fureur*, même.

— Tu *mens* ! Je suis la *mère* de ce p'tit gars ! Et quand il viendra, Susannah, plus besoin d'écumer le monde en quête de Briseurs, parce que mon p'tit gars sera le plus grand de tous, il pourra briser les deux Rayons restants d'un claquement de doigts !

Dans sa voix perçait une fierté dangereusement proche de la folie.

— Mon Mordred ! Tu m'entends ?

— Oh oui, fit Susannah, je t'entends. Et tu vas aller gentiment te livrer à ceux dont le seul but est de mettre à bas la Tour, c'est ça ? Ils t'appellent, et toi tu rappliques.

Elle marqua un temps d'arrêt, puis reprit, sur un ton volontairement plus doux :

— Et quand tu te livreras, ils prendront ton p'tit gars, merci beaucoup, et puis ils te renverront dans le pétrin d'où tu viens.

— Nenni ! C'est moi qui l'élèverai, ils me l'ont promis !

Mia croisa les bras sur son ventre d'un air protecteur.

— Il est à moi, je suis sa mère et c'est moi qui l'élèverai !

— Ma fille, tu ne voudrais pas revenir à la *réalité*, une seconde ? Tu penses qu'ils vont *tenir leur promesse* ? *Eux ?* Comment peux-tu à la fois voir tant de choses et être aveugle à ce point ?

Susannah connaissait la réponse à cette question, bien entendu. La maternité l'avait induite en erreur.

— Pourquoi ils ne me laisseraient pas l'élever ? demanda Mia d'une voix glaciale. Qui pourrait le faire mieux que moi ? Mieux que Mia, qui n'est faite que pour deux choses : porter un fils et l'élever ?

— Mais tu n'es pas seulement ça, lui rappela Susannah. Tu es comme les enfants de La Calla, et tu fais partie de tout ce que nous avons vu depuis le début de notre quête, mes amis et moi. Tu es une *jumelle*, Mia ! Je suis ton autre moitié, ta ligne de vie. Tu vois le monde à travers mes yeux et tu respires par mes poumons. J'ai dû porter le p'tit gars, parce que tu ne le pouvais pas, n'est-ce pas ? Tu es aussi stérile qu'une pierre. Et une fois qu'ils auront ton gosse, leur Bombe Atomique sur pied, ils se débarrasseront de toi, si ça leur permet de se débarrasser de moi, par la même occasion.

— Ils m'ont donné leur parole, répéta-t-elle, le visage baissé, l'air obstiné.

— Retourne la situation. Retourne-la, imagine-toi à ma place, qu'est-ce que tu penserais de cette promesse, à ma place ?

— Je te dirais d'arrêter ce bavardage stupide !

— Qui es-tu, en vérité ? Où sont-ils allés te chercher, pour l'amour du ciel ? C'était du genre petite annonce dans un journal, et tu as répondu ? « Cherche mère porteuse, grosse récompense, contrat de courte durée » ? Qui es-tu ?

— La ferme !

149

Susannah se pencha en avant, en appui sur les hanches. En général, cette position était une torture subtile, pour elle, mais elle avait oublié son inconfort, autant que la maquereine qu'elle tenait à la main.

— Vas-y ! lança-t-elle avec l'accent haletant de Detta Walker. Vas-y, 'eti'e-moi ce foutu bandeau que tu as su' les yeux, t'ésor, comme tu m'as 'eti'é le mien ! Dis la vérité et c'ache dans l'œil du diable ! *Qui es-tu, putain ?*

— *Je n'en sais rien !* hurla Mia, et en dessous d'elles, les chacals cachés dans les rochers hurlèrent en réponse, un rire tonitruant.

— *Je ne sais pas, je ne sais pas qui je suis. Tu es contente ?*

Non, Susannah n'était pas contente, et elle avait bien l'intention de pousser Mia à la confidence, quand Detta Walker prit la parole.

CINQ

Voici ce que l'autre démon de Susannah lui dit.

— *Poupée, faut qu'tu 'éfléchisses un peu, i'm'semble. Elle peut pas, elle est niaise, elle sait pas li', elle sait à peine déchiff'er deux lignes, elle est pas allée à Mo'house, elle est allée dans* aucune *maison, mais toi si, Mam'zelle Oh-Detta Holmes, elle a fait Co-lum-biiiia, s'il vous plaît m'dame, la pe'le de la Côte, n'est-ce pas me'veilleux. Essaie de 'éfléchir à comment elle est tombée enceinte, déjà. Elle dit qu'elle a baisé Roland, qu'elle lui a piqué la pu'ée, qu'elle s'est changée en mâle, en Démon de l'Anneau, et qu'elle te l'a 'efou'gué, et alo's c'est toi qu'as dû l'po'ter, et avaler tous ces t'ucs dégueulasses qu'elle t'a fait bouffer, et maint'nant où elle est, hein, c'est c'que Detta aim'ait bien savoi'. Et qu'est-ce qu'*elle *fait là, enceinte sous sa couve'tu'toute g'aisseuse ? C'est enco'ton t'uc de… comment t'appelles ça… ta technique de visualisation ?*

Susannah ne savait pas. Tout ce qu'elle savait, c'est que Mia la regardait soudain avec des yeux rétrécis. Elle enregistrait probablement une partie de ce monologue. Combien ? Pas beaucoup, Susannah aurait été prête à le parier. Peut-être un mot par-ci par-là, mais pour la plupart, c'était du charabia. Et de toute façon, Mia *jouait le rôle* de la mère de cet enfant. Mordred le bébé ! On aurait dit une BD de Charles Addams.

Voilà c'qu'elle fait, reprit Detta d'un air songeur. *Elle* fait semblant *d'êt'une moman, e's'est collée dans l'ôle jusqu'au cou, tu peux m'c'oi'.*

Mais peut-être était-ce seulement sa nature, se dit Susannah. Peut-être qu'au-delà de l'instinct maternel, Mia n'existait pas.

Une main froide lui saisit le poignet.

— Qui est-ce ? C'est cette sale langue de vipère ? Si c'est elle, renvoie-la. Elle me fait peur.

Susannah elle-même en avait toujours un peu peur, pour tout dire, mais pas autant que le jour où elle avait enfin accepté le fait que Detta était bel et bien réelle. Elles n'étaient pas devenues amies, et ne le seraient sans doute jamais, mais il était évident que Detta Walker pouvait faire une alliée de poids. Elle était plus que vicieuse. Derrière son accent de demeurée à la Butterfly McQueen[1], elle était monstrueusement habile.

Cette Mia aussi c'est une alliée d'poids, si t'a'ives à t'la mett'dans la poche. Y a p'esque 'ien d'plus teigneux dans la vie qu'une moman qu'en a ras l'cul.

— On rentre, dit Mia. J'ai répondu à tes questions, le froid est mauvais pour le bébé, et cette vicieuse est revenue.

Mais Susannah se dégagea en secouant le poignet et recula un peu, hors d'atteinte de Mia. Dans les interstices entre les merlons, le souffle glacial venait la poignarder à travers sa chemise fine, mais elle avait l'impression que le froid lui rafraîchissait les idées et rendait son raisonnement plus clair.

Une partie d'elle est moi, parce qu'elle a accès à mes souvenirs, à l'anneau d'Eddie, aux anciens de River Crossing, à Blaine le Mono. Mais il faut bien qu'elle soit plus *que moi, aussi, parce que... parce que...*

Vas-y, ma fille, t'es pas bête, mais t'es lente.

Parce qu'elle sait aussi tout le reste. *Elle connaît les démons, les petits et les premiers. Elle sait comment les Rayons sont apparus – enfin, presque – et le creuset de la création, le* Prim. *Pour autant que je sache, une* prime, *c'est un truc qu'on te donne comme récompense. Et ce mot-là, ce n'est pas à moi qu'elle l'a pris.*

Et soudain elle vit la véritable nature de cette conversation : on aurait dit des parents discutant de leur nouveau bébé. De leur p'tit gars. Il a ton nez, oui mais il a tes yeux à toi, et bon sang, où est-ce qu'il est allé chercher tous ces cheveux ?

Detta répondit :

Et elle a des potes à New York, oublie pas ça. En tout cas, elle veut c'oi' que c'est ses potes.

Alors elle est quelqu'un ou quelque chose en elle-même, aussi. Un être venu du monde invisible des démons familiers et des mabouls de service. Mais qui ? Est-elle vraiment un des démons premiers ?

Detta éclata de rire.

---

1. Actrice américaine (1911-1995) ayant joué notamment dans *Autant en emporte le* vent et dans *Mosquito Coast. (N.d.T.)*

C'est c'qu'elle dit, mais elle 'aconte des c'aques, ché'ie ! Je l'sais !

*Alors qu'est-elle ? Qu'*était*-elle, avant d'être Mia ?*

Soudain une sonnerie de téléphone, amplifiée au point de vriller les tympans, se mit à résonner. Elle paraissait tellement déplacée, sur fond de château abandonné, que Susannah ne comprit d'abord pas de quoi il s'agissait. Les créatures de la Discordia – les chacals, les hyènes, peu importait – qui s'étaient calmées se remirent à glapir de plus belle.

Néanmoins, Mia, fille de personne, mère de Mordred, reconnut immédiatement la sonnerie. Elle *passa devant*. Susannah sentit instantanément le monde vaciller et perdre de sa réalité. Il parut se figer, en une sorte de tableau. Plutôt une croûte, d'ailleurs.

— Non ! cria-t-elle en se jetant sur Mia.

Mais Mia – enceinte ou non, égratignée ou non, chevilles gonflées ou pas – eut le dessus sans peine. Roland leur avait montré un certain nombre de tours de corps-à-corps (la partie Detta en elle s'était ouvertement réjouie de leur perversité), mais ils ne furent d'aucune utilité contre Mia. Elle contra chacun de ses gestes à peine amorcés.

Ben voyons, évidemment, elle connaît tes moindres mouvements à l'avance, de même qu'elle connaît Tantine Talitha de River Crossing et Topsy le Marin, de Lud, parce qu'elle a accès à tes souvenirs, parce que, dans une certaine mesure, elle est toi...

Et c'est là que ses pensées s'interrompirent, car Mia lui avait tordu les bras dans le dos et ô mon Dieu ce que ça faisait mal.

T'es v'aiment qu'une sal'gamine, espèce de salope ! fit Detta avec un mépris haletant et presque engageant à la fois, et avant que Susannah ait pu ajouter quoi que ce soit, il se produisit une chose incroyable : le monde se déchira en deux comme une feuille de papier desséché. La déchirure s'étendait des pavés sales de l'allure jusqu'au merlon le plus proche, puis remontait vers le ciel. Elle fusa dans le firmament tout injecté d'étoiles, coupant nettement le croissant de lune en deux.

Pendant une seconde, Susannah se dit que ça y était, que l'un des deux, ou les deux derniers Rayons avaient lâché et que la Tour s'était effondrée. Puis, par la déchirure, elle aperçut deux femmes allongées sur l'un des lits jumeaux de la chambre 1919 du Plaza-Park. Elles se tenaient enlacées et avaient les yeux fermés. Elles portaient toutes deux le même jean, la même chemise tachée de sang. Leurs traits étaient semblables, mais l'une avait des jambes, des cheveux raides et soyeux et la peau blanche.

— Ne me cherche pas ! lui haleta Mia à l'oreille (Susannah sentit un mince filet de salive lui chatouiller la peau). Ne nous cherche pas, moi et mon p'tit gars. Parce que c'est moi la plus forte, tu m'entends ? *Je suis la plus forte !*

Il n'y avait aucun doute là-dessus, se dit Susannah en se sentant propulsée vers le trou qui allait en s'élargissant. Du moins pour l'instant.

Elle fut précipitée dans la fissure, dans le monde réel. Pendant une seconde, il lui sembla que sa peau était à la fois en feu et recouverte d'une pellicule de glace. Quelque part, le carillon du vaadasch résonnait, et alors…

SIX

… elle se redressa sur le lit. Une femme, non pas deux, mais au moins une femme avec des jambes. Elle envoya rouler Susannah en arrière. C'était Mia qui se trouvait aux commandes. Mia qui se précipitait vers le téléphone, le saisissait à l'envers, avant de comprendre comment l'engin fonctionnait.

— Allô ? Allô !

— Bonjour, Mia. Je m'appelle…

Elle l'interrompit.

— Est-ce que vous allez me laisser garder mon bébé ? Cette garce en moi me dit que non !

Il y eut un blanc, à l'autre bout. Long. Bien trop long. Susannah sentait la peur de Mia, un petit ruisseau qui devenait un raz-de-marée. *Tu n'as pas à te sentir effrayée*, tenta-t-elle de lui dire, *c'est toi qui as ce qu'ils veulent, ce dont ils ont* besoin, *tu ne vois pas ça ?*

— Allô, vous êtes là ? Grands dieux, *vous êtes toujours là* ? *JE VOUS EN PRIE, DITES-MOI QUE VOUS ÊTES ENCORE LÀ !*

— Je suis là, dit calmement la voix d'homme. Pouvons-nous reprendre de zéro, Mia, fille de personne ? Ou devrai-je raccrocher, en attendant que vous vous soyez… ressaisie ?

— Non ! Non, ne faites pas ça, ne faites pas ça, je vous prie !

— Vous ne m'interromprez plus ? Parce que cette inconvenance n'a pas lieu d'être.

— Promis !

— Je m'appelle Richard P. Sayre.

Ce nom était familier à Susannah, mais elle ne savait plus d'où.

— Vous savez où vous devez vous rendre, n'est-ce pas ?

— Oui.

Empressée. Empressée de faire plaisir – au Cochon du Sud, au coin de la 66e et de Lexingworth.

— Lexing*ton*, corrigea Sayre. Odetta Holmes vous aidera à trouver les lieux, je n'en doute pas.

Susannah eut envie de hurler *Ce n'est pas mon nom !* Mais elle demeura silencieuse. Ce Sayre aurait aimé l'entendre hurler, pas vrai ? Il aurait aimé qu'elle perde les pédales.

— Vous êtes là, Odetta ? demanda-t-il sur un ton de provocation plaisante. Vous êtes là, espèce d'emmerdeuse ?

Elle ne répondit rien.

— Elle est bien là, dit Mia. Je ne sais pas pourquoi elle ne répond pas. Je ne la retiens pas, là.

— *Moi*, je crois que je sais pourquoi, répondit Sayre avec indulgence. Pour commencer, elle n'aime pas ce nom.

Puis, faisant une allusion que Susannah ne comprit pas :

— Qu'on ne m'appelle plus Clay, Clay est mon nom d'esclave, appelez-moi Mohammed Ali ! C'est bien cela, Susannah ? Ou bien était-ce après votre époque ? Un peu après, il me semble. Désolé. Le temps est source de confusion, parfois, n'est-ce pas ? Peu importe. J'aurai quelque chose à vous dire d'ici une minute ou deux, très chère. Cela ne vous plaira pas beaucoup, je le crains, mais je pense que vous devriez être mise au courant.

Susannah ne dit toujours rien. Ce qui devenait de plus en plus difficile.

— Pour ce qui est de l'avenir immédiat de notre p'tit gars, Mia, je m'étonne même que vous posiez la question, ajouta Sayre.

C'était un beau parleur, il fallait le reconnaître, il mettait dans sa voix la dose exacte d'indignation requise.

— Le Roi tient ses promesses, contrairement à d'autres que je ne nommerai pas. Et sans même parler de notre intégrité, réfléchissez aux questions *pratiques* ! Qui d'autre pourrait avoir la garde de ce qui sera sans doute l'enfant le plus important de toute l'Histoire… *Y compris* le Christ, Bouddha et le prophète Mahomet ? Au sein de qui d'autre pourrions-nous confier sa bouche, si je puis me permettre l'image ?

Elle boit du petit-lait, constata Susannah. *C'est tout ce qu'elle rêvait d'entendre. Et pourquoi ? Parce qu'elle est Mère.*

— À moi, vous me le confieriez à moi ! s'écria Mia. Rien qu'à moi, bien sûr ! Merci ! *Merci !*

Susannah finit par prendre la parole. Par lui dire de ne pas faire confiance à cet homme. Mia, bien entendu, l'ignora royalement.

— Je ne pourrais pas plus vous mentir que rompre une promesse faite à ma propre mère, fit la voix au téléphone.

(*T'es sû' que t'en avais une, T'ésor ?* voulut savoir Detta.)

— Même si parfois la vérité fait mal, les mensonges se retournent toujours contre nous, n'est-ce pas ? Dans le cas présent, la vérité, c'est que vous n'aurez pas votre p'tit gars pour vous très longtemps, Mia, son enfance sera différente de celle des autres enfants, des enfants normaux...

— Je sais ! Oh, je sais !

— Mais pendant les cinq années où vous l'aurez bel et bien... peut-être même sept, avec un peu de chance... il aura tout ce qui se fait de mieux. Il le recevra de vous, bien sûr, mais aussi de nous. Notre intervention sera discrète...

Detta Walker *se précipita devant*, aussi rapide qu'une sale petite musaraigne. Elle ne put prendre possession des cordes vocales de Susannah Dean que pour un court instant, mais ce fut un instant *précieux*.

— C'est ça, biquet, pou'sû', glouss-t-elle. C'est sû'qu'il va pas v'ni'vous taper su'les ne'fs !

— *Fais* TAIRE *cette garce !* lança Sayre comme un coup de fouet, et Susannah se sentit secouée quand Mia repoussa violemment Detta, cul par-dessus tête – mais toujours en train de glousser – à l'arrière de leur esprit commun. Au trou, une fois de plus.

— *N'empêche, j'ai dit c'que j'avais à di'e, bon Dieu !* cria Detta. *J'lui ai* dit, *à c'culé de cul'd'Blanc !*

Dans le combiné, la voix de Sayre se fit froide et distincte.

— Mia, vous maîtrisez la situation, ou non ?

— Oui ! Bien sûr que oui !

— Alors que cela ne se reproduise plus.

— C'est promis !

Et quelque part – elle aurait dit que c'était au-dessus d'elle, même s'il était difficile de se repérer, dans un cerveau qu'on partageait avec d'autres – une porte sembla claquer. Avec un bruit métallique.

On est bel et bien *au trou*, dit-elle à Detta, mais Detta ne s'arrêta pas de rire.

Susannah pensa : *Je suis presque certaine de savoir qui elle est. En plus de moi, je veux dire.*

La vérité lui avait sauté aux yeux. Cette partie de Mia qui n'était ni Susannah ni quelque créature surgie du monde du néant à l'appel du Roi Cramoisi… cette troisième partie, c'était forcément l'Oracle, démon élémentaire ou non. La force femelle qui avait d'abord essayé de s'en prendre à Jake, avant de se rabattre sur Roland. Cet esprit triste et éperdu. Il avait fini par obtenir ce corps dont il avait besoin. Un corps capable de porter un p'tit gars.

— Odetta ? fit la voix de Sayre, taquine et cruelle. Ou Susannah, si vous préférez ? Je vous ai promis des nouvelles fraîches, n'est-ce pas ? Ce sont plutôt de bonnes nouvelles-mauvaises nouvelles, j'en ai bien peur. Vous voulez en savoir plus ?

Susannah ne dit mot.

— La mauvaise nouvelle, c'est que le p'tit gars de Mia ne sera peut-être pas en mesure d'accomplir la glorieuse destinée à laquelle il est promis en tuant son père, finalement. La bonne nouvelle, c'est que Roland sera très probablement mort dans les minutes qui viennent. Quant à Eddie, j'ai bien peur que la question ne se pose même pas. Il n'a ni les réflexes ni l'expérience du terrain de votre *dinh*. Ma chère, vous allez vous retrouver veuve très bientôt. C'est la mauvaise nouvelle.

Elle ne put se retenir plus longtemps, et Mia la laissa s'exprimer.

— Menteur ! Vous mentez sur *tout* !

— Pas du tout, répondit Sayre d'un ton calme, et Susannah se rappela où elle avait entendu ce nom : à la fin du récit de Callahan. À Detroit. Lorsqu'il avait violé le commandement le plus sacré de son Église et qu'il s'était suicidé, pour ne pas tomber aux mains des vampires. Callahan avait sauté à travers la baie vitrée d'un gratte-ciel pour éviter de finir de cette façon. Il avait d'abord atterri dans l'Entre-Deux-Mondes, et de là, par la Porte Dérobée, il avait rejoint les terres frontalières de La Calla. Et à ce moment précis, ce qu'avait pensé le Père, et il le leur avait raconté, c'était : *Il ne devait pas les laisser gagner, il ne pouvait pas les laisser gagner*. Et il avait raison là-dessus, *raison*, bon sang. Mais si Eddie mourait…

— Nous savions où votre *dinh* et votre mari atterriraient sans doute, s'ils empruntaient une certaine porte, lui dit Sayre. Et il a suffi d'appeler quelques personnes, des gens comme ce type, un certain Enrico Balazar, et je vous assure que c'était extrêmement *facile*, Susannah, vous pouvez me croire.

Susannah reconnut dans sa voix les accents de la sincérité. S'il ne pensait pas ce qu'il disait, alors elle avait affaire à un surdoué du mensonge.

— Comment avez-vous découvert un truc pareil ? demanda Susannah.

Elle ne reçut pas de réponse, aussi s'apprêta-t-elle à répéter la question. Mais elle se retrouva violemment repoussée en arrière. Peu importe ce que Mia avait été auparavant, car à l'intérieur de Susannah, elle avait développé une puissance incroyable.

— Elle est partie ? demandait Sayre.

— Oui, partie, à l'arrière.

Servile. Soucieuse de faire plaisir.

— Alors venez à nous, Mia. Plus tôt vous viendrez à nous, plus tôt vous pourrez regarder votre p'tit gars en face !

— Oui ! s'écria Mia, ivre de joie.

Et Susannah aperçut soudain comme un petit éclat brillant. Comme si elle jetait un œil sous la toile de tente d'un chapiteau de cirque, pour contempler une attraction fabuleuse. Ou funeste.

Ce qu'elle vit fut aussi simple que terrible : le Père Callahan, en train d'acheter du salami dans une épicerie. Une épicerie *de Nouvelle-Angleterre*. Une certaine épicerie générale située dans la ville d'East Stoneham, dans le Maine, en 1977. Callahan leur avait raconté toute son histoire, dans le presbytère... *et Mia avait tout écouté*.

La soudaine compréhension des événements surgit en elle comme le soleil se levant sur un champ de bataille où des milliers de cadavres mutilés gisaient. Susannah *se précipita de nouveau devant*, sans se soucier de la puissance de Mia, hurlant comme une démente :

— Garce ! Traîtresse ! Espèce de sale garce meurtrière ! Tu leur as dit où la Porte allait les conduire ! Où elle enverrait Eddie et Roland ! Oh, espèce de SALOPE !

SEPT

Mia avait beau être puissante, cet assaut la prit de court. Assaut qui fut d'autant plus violent que Detta avait uni sa propre énergie meurtrière à l'entendement de Susannah.

Pendant une seconde, l'intruse fut repoussée en arrière, les yeux écarquillés. Dans la chambre d'hôtel, le combiné tomba des mains de Mia. Elle avança en titubant à travers la pièce, faillit se renverser en butant sur l'un des lits, puis s'affala en tourbillonnant comme une danseuse ivre. Susannah la gifla, et des marques rouges apparurent sur ses pommettes, comme des points d'exclamation.

Je me gifle moi-même, voilà ce que je suis en train de faire, se dit-elle. *Je détériore le matériel, si c'est pas complètement crétin, ça ?* Mais elle ne pouvait pas s'en empêcher. L'énormité de ce que Mia avait fait, l'énormité de cette *trahison*...

À l'intérieur, sur ce ring qui n'était pas que physique (mais pas que mental non plus), Mia finit par reprendre le dessus ; elle attrapa Susannah/Detta par la gorge et la tira en arrière. Les yeux de Mia étaient toujours agrandis par le choc, devant la férocité de l'attaque. Et peut-être par la honte, aussi. Susannah espérait qu'elle était en mesure de ressentir de la honte, qu'elle n'était pas encore au-delà de ça.

J'ai fait ce que j'avais à faire, répétait Mia en forçant Susannah à rentrer au trou. *C'est mon p'tit gars, tout le monde est contre moi, j'ai fait ce que j'avais à faire.*

Tu as bradé Eddie et Roland contre ton monstre, voilà ce que tu as fait ! hurla Susannah. *À cause de ce que tu as entendu en espionnant, et que tu es allée répéter, Sayre était certain qu'ils allaient se servir de la Porte, pour retrouver Tower, pas vrai ? Et combien il en a envoyé, contre eux ?*

La seule réponse fut le claquement métallique. Sauf que cette fois-ci, il fut suivi d'un deuxième. Et d'un troisième. Mia avait senti les mains de son hôtesse serrées autour de sa gorge, et elle était bien décidée à ne plus prendre aucun risque. Cette fois-ci, la porte du trou avait été verrouillée à triple tour. Du trou ? Bon Dieu, autant l'appeler le Trou Noir de Calcutta.

Quand je sortirai d'ici, je retournerai au Dogan et j'éteindrai tous les interrupteurs ! s'écria-t-elle. *Je ne peux pas croire que j'aie essayé de t'aider ! Eh bien va te faire foutre ! Tu peux accoucher dans la rue, en ce qui me concerne !*

Tu ne peux pas *sortir*, répondit Mia, en ayant presque l'air de s'excuser. *Plus tard, si je le peux, je te laisserai en paix...*

Quel genre de paix y aura-t-il pour moi, si Eddie est mort ? Pas étonnant que tu aies voulu que je retire son anneau ! Comment aurais-tu pu en supporter le contact sur ta peau, sachant ce que tu avais fait ?

Mia ramassa le combiné et écouta, mais Richard P. Sayre n'était plus là. Il avait sans doute des rendez-vous, des maladies à répandre, et Susannah ne savait quoi d'autre.

Mia raccrocha le téléphone et inspecta du regard la chambre vide et stérile, comme le font ceux qui savent qu'ils ne reviendront pas dans un endroit, et qui veulent s'assurer qu'ils n'y ont rien oublié d'important. Elle tapota l'une des poches de son jean et y sentit la petite liasse de billets. Elle toucha l'autre et sentit la bosse de la tortue, de la *skölpadda*.

Je suis désolée, dit Mia. *Je dois prendre soin de mon p'tit gars. Tout le monde est contre moi, à présent.*

C'est faux, lança Susannah depuis la cellule dans laquelle l'avait enfermée Mia. Et où se trouvait-elle, d'ailleurs ? Dans les cachots les plus profonds et les plus noirs du Château sur l'Abysse ? Probablement. Quelle importance ? *J'étais de ton côté. Je t'ai aidée. J'ai interrompu tes foutues contractions quand tu en as eu besoin. Et regarde ce que tu as fait. Comment as-tu pu te montrer aussi lâche et aussi vile ?*

La main sur la poignée de la porte, Mia s'immobilisa. Ses joues prirent une teinte rouge brique. Oui, elle avait honte, c'était déjà ça. Mais la honte ne l'arrêterait pas. *Rien* ne l'arrêterait. Jusqu'au jour, bien sûr, où elle serait à son tour trahie par Sayre et ses sbires.

C'était inévitable, et pourtant cette certitude ne réconforta pas Susannah le moins du monde.

Tu es condamnée, dit-elle. *Tu en as conscience, au moins ?*

— Je m'en moque, répondit Mia. L'éternité en enfer, ce n'est pas cher payé, pour avoir l'occasion de voir mon p'tit gars de mes yeux. Entends-moi bien, je te prie.

Et alors, emmenant Susannah et Detta avec elle, Mia ouvrit la porte de la chambre d'hôtel, pénétra de nouveau dans le couloir et prit la direction du Cochon du Sud, où de terribles chirurgiens n'attendaient que de la libérer de son p'tit gars, tout aussi terrible.

SOLISTE : *Commala-kif-kif*
Te voilà dans un sale pétrin !
Si dans son gant le traître te tend la main
Dans la tienne elle deviendra brindilles

CHŒUR : *Commala-cinq-six !*
Rien que les épines et les brindilles !
Quand dans le gant du traître tu sens ta main
Tu es vraiment dans un sale pétrin.

SEPTIÈME COUPLET

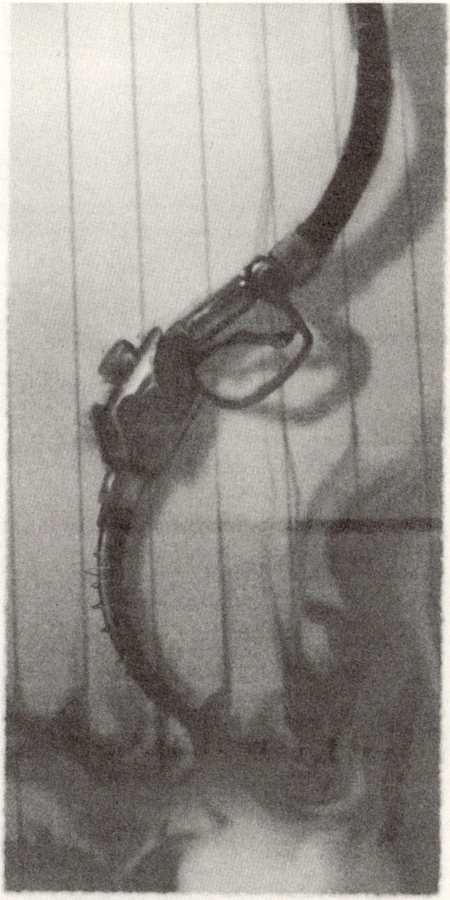

L'EMBUSCADE

UN

Roland Deschain était l'ultime survivant de la dernière fratrie guerrière de Gilead, et ce pour une bonne raison : fort de son étrange nature romantique, de son manque d'imagination et de ses mains redoutables, il avait toujours été le meilleur d'entre eux. À présent il était attaqué par l'arthrite, mais l'arthrite sèche n'avait pas gagné ses yeux et ses oreilles. Il entendit la tête d'Eddie cogner contre la Porte Dérobée au moment où ils passaient à travers (et ce n'est qu'en s'accroupissant au tout dernier moment qu'il évita de se faire lui-même broyer le crâne contre le montant supérieur de la Porte). Il entendit le chant des oiseaux, d'abord étrange et distant, comme des oiseaux entendus en rêve, puis soudain clairs et réalistes, totalement réels. La lumière du soleil qui vint lui baigner le visage aurait dû l'aveugler complètement, après l'obscurité de la grotte. Mais Roland avait plissé les yeux, les réduisant à deux minces fentes, à la seconde où il avait aperçu la lueur vive, et il l'avait fait sans même y réfléchir. Sans ce réflexe, il aurait sans doute raté l'éclair lumineux circulaire situé à deux heures, lorsqu'ils atterrirent sur le sol tassé, assombri par l'huile. Eddie serait mort, sans l'ombre d'un doute. Peut-être seraient-ils morts tous les deux. D'après l'expérience de Roland, il n'y avait que deux choses, pour briller de cette façon particulière : les lunettes, et le viseur d'une arme à feu.

Le Pistolero saisit Eddie sous le bras aussi inconsciemment qu'il avait plissé les yeux pour protéger ses pupilles de l'afflux de lumière blanche. Il avait senti les muscles du jeune homme se contracter quand leurs pieds avaient quitté le sol jonché de cailloux et d'ossements de la Grotte de la Porte, et se relâcher lorsque la tête d'Eddie était entrée en contact avec le montant de la Porte Dérobée. Mais Eddie grognait, essayait toujours de parler, aussi était-il au moins partiellement conscient.

— *Eddie, à moi !* rugit Roland en se remettant sur pied tant bien que mal.

Une douleur proche de la torture lui déchira la hanche droite et fusa jusqu'à son genou, mais il n'en montra rien. Il y prit à peine garde, même. Il traîna Eddie en direction d'un immeuble, un immeuble quelconque, et passa devant ce qu'il reconnut comme étant des pompes à essence. Elles portaient l'inscription MOBIL au lieu de CITGO, ou SUNOCO, deux autres noms familiers pour le Pistolero.

Eddie était à peine conscient. Sa joue gauche dégoulinait de sang, coulant d'une lacération au cuir chevelu. Néanmoins, il fit redémarrer ses jambes du mieux qu'il put et gravit les trois marches en bois de ce que Roland identifia comme une épicerie générale. Elle était largement plus petite que celle de Took, mais à part ça, assez sembl...

Un claquement de fouet éclata quelque part derrière eux, venant de la droite. Le tireur était assez près pour que Roland soit sûr, s'il entendait la détonation, que l'homme à la carabine avait manqué son coup.

Quelque chose fila à deux centimètres à peine de son oreille, avec un son parfaitement limpide : *Mizzzzzz !* La porte vitrée de la petite épicerie éclata vers l'intérieur de la boutique. L'enseigne accrochée (**NOUS SOMMES OUVERTS, VENEZ DONC NOUS RENDRE UNE PETITE VISITE**) sauta et se retourna.

— Roland...

La voix d'Eddie, faible et distante, semblait lui parvenir à travers de la bouillie.

— Roland... qu'est-ce q... qui... OUUUUUF !

La dernière exclamation de surprise lui échappa au moment où Roland l'étala par terre dans la boutique, avant de s'affaler sur lui de tout son long.

Les claquements de fouet reprirent de plus belle ; il y avait dans les parages un artilleur avec une arme extrêmement puissante. Roland entendit quelqu'un s'exclamer : « Bordel ! Laisse tomber ça, Jack ! » et quelques secondes plus tard, un fusil à rafales (ce qu'Eddie et Jake appelaient une mitraillette) se mit à tirer. De part et d'autre de la porte, les vitrines crasseuses explosèrent en éclats de verre acérés. Les prospectus qui se trouvaient derrière – des dépliants touristiques, pour ce que Roland put en voir – volèrent.

Deux femmes et un homme d'âge mûr étaient les seuls clients dans la boutique. Tous trois se tournèrent vers l'entrée – vers Roland et Eddie – et le Pistolero lut sur leurs visages cet air d'éternelle incompréhension du civil sans armes. Roland le comparait parfois à cet air ahuri des mangeurs d'herbe, comme si ces gens – ici ou à Calla Bryn Sturgis, il ne voyait pas grande différence – étaient non pas des hommes, mais des moutons.

— *À terre !* brailla Roland, toujours affalé sur son compagnon à demi conscient et hors d'haleine. *Pour l'amour de vos dieux,* COUCHEZ-VOUS *!*

L'homme d'âge mûr, qui portait une chemise à carreaux en flanelle malgré la chaleur ambiante, lâcha la boîte de conserve qu'il tenait à la main (avec une étiquette représentant une tomate) et se jeta à terre. Les deux femmes n'eurent pas son réflexe, et le tir de mitraillette suivant les tua toutes les deux, trouant la poitrine de la première et scalpant la deuxième. La femme au torse perforé s'effondra comme un sac de grain. L'autre fit deux pas à l'aveuglette en direction de Roland, le sang jaillissant de son crâne ouvert comme de la lave d'un volcan en éruption. À l'extérieur, deux autres mitraillettes ouvrirent le feu, emplissant le ciel de leur vacarme et zébrant l'air au-dessus d'eux de limaces incandescentes et meurtrières. La femme sans tête fit deux tours sur elle-même en un ultime pas de danse, les bras battant l'air, puis s'écroula. Roland chercha son pistolet à tâtons, et se réjouit de le sentir dans son holster : le contact rassurant de la crosse de bois de santal. C'était toujours ça de réussi ; il avait gagné son pari. Et Eddie et lui n'étaient certainement pas venus vaadasch. Les artilleurs les avaient vus, et bien vus.

Plus encore, ils les *attendaient*.

— Allez, bougez-vous, hurlait une voix. Bougez-vous, bougez-vous, leur laissez pas une chance de trouver leurs feux ! Bougez-vous, espèces de *catzarros* !

— Eddie ! rugit Roland. Eddie, il faut que tu m'aides, maintenant !

— Tout d… ?

Assourdi. Perplexe. Eddie le fixait avec un seul œil, le droit. Le gauche était momentanément noyé dans le sang qui coulait de sa blessure au crâne.

Roland tendit le bras et gifla Eddie assez fort pour faire gicler du sang de sa chevelure.

— Des *écumeurs* ! Venus nous tuer ! Tuer tout ce qui bouge !

L'œil visible d'Eddie s'éclaircit. Très vite. Roland perçut l'effort que ça lui coûtait – non pas de retrouver ses esprits, mais de les retrouver aussi vite, et cela en dépit des élancements monstrueux qui devaient lui marteler la tête – et s'autorisa quelques secondes pour mesurer sa fierté à l'égard du jeune homme. Il était de nouveau Cuthbert Allgood, Cuthbert à s'y méprendre.

— Qu'est-ce qui se passe, bordel ? s'exclama quelqu'un, d'une voix fêlée et pleine d'excitation. Mais qu'est-ce qui se passe, *bordel de bordel* ?

— À terre, fit Roland sans même regarder. Si vous tenez à la vie, couchez-vous.

— Fais ce qu'il dit, Chip, répondit quelqu'un d'autre – sans doute l'homme à la boîte de conserve décorée d'une tomate.

Roland se mit à ramper parmi les bris de verre de la porte, sentant la piqûre des éclats qui lui coupaient les phalanges et les genoux, mais s'en moquant. Une balle siffla près de sa tempe. Roland l'ignora, elle aussi. Dehors, la journée était magnifique. En arrière-plan, il apercevait les deux pompes MOBIL. D'un côté était garée une vieille voiture, sans doute celle d'une des deux clientes (qui n'en aurait jamais plus l'usage), ou de M. Chemise en Flanelle. Au-delà des pompes et de l'asphalte graisseux du parking, il vit une petite route pavée, et de l'autre côté, un petit groupe d'immeubles d'un gris uniforme. L'un portait un panneau indiquant MAIRIE, l'autre BRIGADE DES POMPIERS D'EAST STONEHAM. Le troisième (le plus grand) était le GARAGE DE LA VILLE. Les parkings devant les immeubles étaient aussi bitumés (*métallés*, selon le terme de Roland), et un grand nombre de véhicules y étaient actuellement garés, dont l'un de la taille d'un gros chariot bucka. De derrière déboulaient plus d'une demi-douzaine d'hommes, au pas de charge. Roland reconnut l'un d'eux, à la traîne : il s'agissait de l'horrible bras droit d'Enrico Balazar, Jack Andolini. Le Pistolero avait vu cet homme mourir, blessé par balles, puis dévoré vivant par les homarstruosités carnivores qui peuplaient les eaux peu profondes de la Mer Occidentale, pourtant il était de retour. Parce que des mondes infinis tournaient autour de l'axe de la Tour Sombre, et ils se trouvaient dans un autre. Pourtant, un seul de ces mondes était vrai ; un seul dans lequel les choses étaient achevées, dans lequel elles *restaient* achevées. Peut-être était-ce celui-là ; peut-être pas. Quoi qu'il en soit, ce n'était pas le moment de s'en préoccuper.

Se redressant sur les genoux, Roland ouvrit le feu, réamorçant le chien de son revolver de la tranche de sa main droite osseuse, visant d'abord les types avec leurs fusils à rafales. L'un d'eux tomba raide mort sur la ligne blanche centrale de la route, le sang bouillonnant hors de sa gorge. Le deuxième, un trou entre les yeux, s'envola vers l'arrière jusqu'au bord poussiéreux de la route.

Et soudain Eddie était à côté de lui, lui aussi en appui sur les genoux, rechargeant l'autre revolver de Roland. Il rata au moins deux de ses cibles, ce qui n'avait rien d'étonnant, étant donné son état. Trois autres tombèrent sur la route, deux morts et le troisième hurlant : « J'suis touché ! Ah, Jack, aide-moi, j'suis touché au bide ! »

Roland sentit qu'on lui attrapait l'épaule, sans doute un type qui n'avait pas conscience du danger qu'on courait, à faire une chose pareille à un pistolero, surtout en pleine fusillade.

— Monsieur, bon sang, qu'est-ce...

Roland jeta un regard rapide, vit un type d'une quarantaine d'années portant une cravate et un tablier de boucher, et il eut le temps de se dire : *Un commerçant, sûrement celui qui a indiqué la poste au Père*, avant de le repousser violemment en arrière. À peine une seconde plus tard, du sang jaillit de la partie gauche de la tête du type. Une éraflure, rien de grave, du moins pour l'instant. Mais si Roland ne l'avait pas poussé...

Eddie rechargeait. Roland en fit autant, un peu moins rapidement, du fait de ses doigts manquants à la main droite. Deux des écumeurs survivants s'étaient mis à couvert derrière l'une des vieilles voitures, garées de leur côté de la route. Trop près. Pas bon. Roland entendit le vrombissement d'un moteur à l'approche. Il se retourna vers l'homme qui avait eu la présence d'esprit de se jeter à terre quand Roland le lui avait ordonné, lui évitant ainsi de connaître le même sort que ces dames.

— Vous ! lui lança le Pistolero. Vous avez une arme ?

L'homme en chemise de flanelle secoua la tête. Il avait les yeux d'un bleu éclatant. Apeurés, à ce que put voir Roland, mais pas paniqués. En face de ce client, l'épicier se tenait assis, les jambes écartées, contemplant avec une stupéfaction écœurée les gouttes de sang qui venaient dessiner une auréole sur son tablier blanc.

— Hé, l'épicier ! Vous avez une arme, ici ? demanda Roland.

Avant que le commerçant ait pu répondre – en était-il même capable ? –, Eddie saisit Roland par l'épaule.

— Charge de la Brigade Légère, dit-il.

Les mots étaient un peu mâchés – *chage d'la bigade lé'ère* – mais Roland n'aurait pas compris l'allusion, de toute façon. L'important, c'était qu'Eddie avait repéré six autres hommes traversant la route en courant. Cette fois-ci, ils s'étaient dispersés et zigzaguaient d'un côté à l'autre de la route.

— *Vai, vai, vai !* glapissait Andolini dans leur dos, en agitant les mains dans l'air.

— Bon Dieu, Roland, c'est Tricks Postino !

Tricks trimballait une fois de plus une arme gigantesque, mais Eddie n'était pas sûr qu'il s'agissait de son M-16 énorme, sa « Merveilleuse Rambo Machine ». Quoi qu'il en soit, il n'eut pas plus de chance ici que lors de la fusillade à la Tour Penchée : Eddie fit feu et Tricks s'affala sur l'un des types déjà étendus sur la route, leur tirant toujours dessus avec son fusil d'assaut dans sa chute. Ce n'était sans doute là rien de plus héroïque que quelques spasmes des doigts, les signaux ultimes envoyés par un cerveau mourant, toujours est-il que Roland et Eddie s'aplatirent une nouvelle fois au sol, et les cinq hors-la-loi restants se jetèrent derrière les véhicules au bord de la route – véhicules dans lesquels ces types étaient arrivés, Roland le savait – et seraient bientôt en mesure de transformer cette petite boutique en stand de tir, le tout sans prendre trop de risques.

Tout ça ressemblait trop à ce qu'il avait vécu à Jericho Hill.

Il était temps de battre en retraite.

Le bruit de moteur s'intensifiait – un *gros* moteur, tractant un gros chargement, à en juger par l'ampleur du son. À gauche de l'épicerie, en haut d'un promontoire, apparut un énorme camion chargé de troncs d'arbres géants. Roland vit les yeux du chauffeur s'écarquiller et sa mâchoire s'affaisser, et quoi de surprenant là-dedans ? Là, devant cette petite épicerie de campagne où il avait l'habitude de venir boire une bière à la fin d'une longue journée de canicule dans les bois, gisait une demi-douzaine de cadavres sanguinolents, éparpillés sur la route comme des soldats tués sur le champ de bataille. Et c'est exactement ce qu'ils étaient, Roland le savait trop bien.

Les freins avant du gros camion hurlèrent. De l'arrière monta la fumée des freins à air comprimé, comme le souffle d'un dragon furieux. Le tout accompagné du crissement de pneus monstrueux se bloquant d'abord, puis laissant sur la surface métallée de la route de larges bandes noires calcinées et fumantes. Sur le dos du monstre, le chargement de plusieurs tonnes se mit à déraper de côté. Roland vit des éclats de bois voler des troncs et s'éparpiller dans l'air, tandis que de l'autre côté de la route, les hors-la-loi continuaient de tirer sans y prêter attention. La scène avait presque quelque chose d'hypnotique, comme si l'on regardait l'une des Bêtes Ignobles d'Eld débouler du ciel avec ses ailes en feu.

L'attelage sans chevaux du camion roula sur le premier cadavre. Des entrailles volèrent en chapelet vermillon et vinrent éclabousser la poussière du bas-côté. Des bras et des jambes furent arrachés. Une roue écrabouilla la tête de Tricks Postino, et en explosant, son crâne imita le bruit d'un marron éclatant dans le feu. Le chargement du camion glissa de biais et commença à vaciller. Les roues, qui seraient arrivées à hauteur d'épaule de Roland, se mirent à creuser le sol, faisant voler des nuages de poussière sanglante. Le camion dériva devant l'épicerie avec une lenteur spectaculaire et majestueuse. Dans la cabine, on ne distinguait plus le conducteur. Pendant un moment, le monstre fit écran entre la boutique et le feu nourri, de l'autre côté de la route. L'épicier – Chip – et le client survivant – M. Chemise en Flanelle – contemplèrent le camion à la dérive avec une expression semblable de stupéfaction impuissante. Le commerçant s'essuya distraitement une traînée de sang sur la tempe et l'envoya claquer au sol comme si c'était de la sueur. Sa blessure était plus grave que celle d'Eddie, estima Roland, pourtant il ne semblait pas en avoir conscience. Peut-être que ça valait mieux.

— Sortie arrière, lança le Pistolero à Eddie. Maintenant.

— Excellente suggestion.

Roland attrapa l'homme en chemise de flanelle par le bras. Le regard de l'homme se détourna immédiatement du camion, pour se poser sur le Pistolero. D'un signe de tête, Roland lui indiqua l'arrière de la boutique, et le vieil homme acquiesça. Sa rapidité inconditionnelle était un cadeau inattendu.

Dehors, le chargement du camion finit par se renverser, broyant littéralement l'une des voitures (ainsi que les écumeurs réfugiés derrière, espéra vivement Roland), répandant d'abord les rondins en haut de la pile, puis tous les troncs. On entendit un bruit épouvantable et interminable de raclement sur du métal, à côté duquel la fusillade faisait l'effet d'une musique d'ambiance.

DEUX

Eddie attrapa l'épicier au moment même où Roland s'occupait de l'autre homme, mais Chip ne montra pas la même rapidité, ou le même instinct de survie. Il se contenta de fixer le trou béant qui avait été sa porte et sa vitrine, les yeux écarquillés par le choc, tandis que le camion entamait le dernier mouvement de son ballet d'autodestruction, la cabine se détachant du reste du corps et dévalant la colline en contrebas de la boutique en rebondissant, jusque dans les bois. Le chargement lui-même se mit à glisser le long du bas-côté droit de la route, créant une énorme coulée de poussière et laissant derrière lui un profond sillon, une Chevrolet aplatie, et deux autres écumeurs tout aussi aplatis.

Il en restait visiblement un bon nombre, cependant. La fusillade ne cessait pas.

— Allez, Chip, il faut filer, l'exhorta Eddie.

Cette fois-ci, lorsqu'il le tira par la manche, l'épicier le suivit à l'arrière de la boutique, sans oublier de regarder par-dessus son épaule, en s'essuyant distraitement le visage.

Derrière, sur la gauche, une annexe servait de salle de restaurant, avec un comptoir, quelques tabourets au siège rapiécé, trois ou quatre tables et un vieux casier à homards suspendu au-dessus d'un porte-revues qui semblait contenir essentiellement de la presse féminine périmée. Alors qu'ils atteignaient l'arrière-salle, les coups de feu redoublèrent. Puis ils furent de nouveau éclipsés, cette fois par une explosion. Le réservoir du camion, pensa Eddie. Il perçut le sifflement d'une balle et vit apparaître un trou noir dans un tableau accroché au mur, représentant un phare.

— C'est *qui* ces types ? demanda Chip le plus simplement du monde. Et vous, qui êtes-vous ? Est-ce que je suis blessé ? Mon fils a fait le Vietnam, vous savez ? Vous avez vu ce camion ?

Eddie ne répondit à aucune de ses questions, il se contenta de sourire, de hocher la tête et de presser Chip en direction de Roland. Il n'avait absolument aucune idée de l'endroit où ils allaient, ni comment ils allaient se sortir de ce merdier. La seule chose dont il était certain, c'est que Calvin Tower n'était pas là. Ce qui n'était pas plus mal. Tower n'était peut-être pas directement responsable de cette cavale infernale, mais en tout cas, tout tournait bien autour de ce bon vieux Cal, Eddie n'avait aucun doute à ce sujet. Si seulement ce bon vieux Cal avait...

Une aiguille bouillante vint subitement lui perforer le bras, et Eddie poussa un cri de surprise et de douleur mêlées. Une seconde plus tard, une autre le frappa au mollet. Le bas de sa jambe droite fut pris dans une explosion de douleur *affreuse*, et il poussa un second cri.

— Eddie ! fit Roland en hasardant un regard en arrière. Est-ce que tu...

— Ouais, ça va, avance, avance !

Devant eux se trouvait à présent un mur de contreplaqué percé de trois portes. Elles portaient respectivement les inscriptions HAMEÇONS, MOUETTES et RÉSERVÉ AU PERSONNEL.

— « RÉSERVÉ AU PERSONNEL », cria Eddie.

Il baissa les yeux et vit un trou cerclé de rouge dans son jean, à une dizaine de centimètres en dessous de son genou. La balle n'avait pas explosé le genou même, ce qui était une bonne nouvelle, mais oh maman, ça faisait quand même un putain de mal de chien.

Au-dessus de lui, un globe lumineux vola en éclats. Du verre lui tomba en pluie sur la tête et les épaules.

— Je suis assuré, mais Dieu sait si ça va couvrir un truc comme *ça*, fit Chip, toujours de sa voix la plus calme.

Il essuya une nouvelle coulée de sang sur son visage, puis le fit de nouveau gicler par terre, où il alla dessiner une tache de Rorschach. Des balles sifflèrent autour d'eux. Le regard d'Eddie portait juste au-dessus du col de Chip. Quelque part derrière eux, Jack Andolini – cette bonne vieille Triple Mocheté – braillait en italien. Eddie n'avait pas franchement l'impression qu'il suggérait de battre en retraite.

Roland et le client à chemise en flanelle passèrent la porte RÉSERVÉ AU PERSONNEL. Eddie les suivit, gonflé à l'adrénaline, et traînant toujours Chip derrière lui. Il s'agissait d'une arrière-boutique, de bonne taille. Eddie sentait les odeurs mêlées de différentes céréales, un relent mentholé et, surtout, le café.

À présent, M. Chemise en Flanelle avait pris la tête. Roland le suivit rapidement le long de l'allée centrale de la réserve, entre les palettes surchargées de boîtes de conserve. Eddie continua d'avancer hardiment en boitant, tractant toujours l'épicier derrière lui. Ce vieux Chip avait perdu beaucoup de sang et Eddie s'attendait à le voir s'évanouir à tout moment, mais Chip paraissait… eh bien, en grande forme. Il demandait à Eddie ce qui était arrivé à Ruth Beemer et à sa sœur. S'il voulait parler des deux femmes qui se trouvaient dans la boutique (ce qu'Eddie avait toutes les raisons de penser), le jeune homme espérait que Chip ne recouvrerait pas subitement la mémoire.

Au fond se dessina une autre porte. M. Chemise en Flanelle l'ouvrit et s'apprêta à la franchir. Roland le retint par la chemise et entreprit de passer lui-même, en se baissant. Eddie cala Chip près de M. Chemise en Flanelle et se plaça en face d'eux. Derrière eux, les balles venaient se planter dans la porte RÉSERVÉ AU PERSONNEL, y creusant des yeux de lumière vive.

— Eddie ! grogna Roland. À moi !

Eddie sortit en boitant. Il se retrouva sur une aire de chargement, et au-delà, aperçut un arpent de sol morne et retourné. Sur la droite, des bidons d'ordures étaient entassés au hasard et il y avait deux conteneurs à déchets sur la gauche, mais il ne semblait pas à Eddie Dean qu'on avait pris grand soin de mettre les ordures à leur place. Il vit aussi des tas de canettes de bière, qui lui évoquèrent l'image de tas de fumier archéologiques. *Rien de tel qu'un moment de détente à l'arrière, après une rude journée au magasin*, pensa Eddie.

Roland pointait son arme en direction d'une nouvelle pompe à essence, plus ancienne et plus rouillée que les deux autres à l'avant.

— Diesel, dit Roland, est-ce que ça signifie « carburant » ? C'est bien ça, n'est-ce pas ?

— Ouais, fit Eddie. Chip, la pompe diesel, elle marche ?

— Bien sûr, bien sûr, répondit-il d'un ton absent. Y a plein de gars qui font le plein, par là.

— Je sais la faire marcher, monsieur, proposa M. Chemise en Flanelle. Vous feriez bien de me laisser faire – elle est capricieuse. Vous pouvez me couvrir, vous et votre copain ?

— Oui, acquiesça Roland. Versez-le là-dedans, dit-il en indiquant la réserve avec le pouce.

— Hé ! Non ! lança Chip, alarmé.

Combien de temps prit le tout ? Eddie n'aurait su le dire. Tout ce dont il avait conscience, c'est de cette clarté qu'il n'avait connue qu'une fois, auparavant : à bord de Blaine le Mono. Elle envahissait tout de son éclat, même la douleur lancinante dans son mollet, là où son tibia avait peut-être été ébréché par la balle. Il avait conscience de la puanteur qui les entourait – cette odeur de viande pourrie et de moisissure, un relent de levure et de laisser-aller – et du parfum divin des pins dans les bois, juste au-delà du périmètre de cette petite épicerie crasseuse de bord de route. Il entendait le vrombissement d'un moteur d'avion, dans un coin reculé du ciel. Il savait qu'il aimait M. Chemise en Flanelle parce que M. Chemise en Flanelle était *ici*, *avec* eux, relié à Roland et à Eddie par le lien le plus fort qui fût, pendant ces quelques minutes. Mais le temps ? Non, il n'avait aucune notion réelle du temps. Toute l'opération ne dut pourtant pas prendre beaucoup plus de quatre-vingt-dix secondes, depuis le moment où Roland avait sonné la retraite, sinon ils se seraient sans doute retrouvés débordés, avec ou sans l'accident de camion.

Roland pointa le bras vers la gauche, puis se tourna vers la droite. Lui et Eddie se tenaient dos à dos sur l'aire de chargement, à une distance d'environ deux mètres, l'arme à hauteur de visage, comme des hommes sur le point de se battre en duel. Aussi leste qu'un criquet, M. Chemise en Flanelle sauta du remblai, et saisit la manivelle chromée sur le côté de la vieille pompe à essence. Il commença à la faire tourner rapidement. Dans leurs petites fenêtres, les chiffres se mirent à défiler en arrière, mais au lieu de revenir tous à zéro, ils s'immobilisèrent sur le nombre **0019**. M. Chemise en Flanelle tenta de faire repartir la manivelle. Lorsqu'elle refusa de tourner, il haussa les épaules et secoua le tuyau pour l'extirper de son râtelier rouillé.

— John, non ! s'écria Chip.

Il se tenait toujours dans la porte de la réserve, les mains levées, dont l'une était intacte et l'autre maculée du sang qui avait coulé jusqu'à son coude.

— Dégage de là, Chip, ou tu vas te…

Deux hommes se ruèrent par le côté de l'Épicerie Générale d'East Stoneham. Ils portaient tous deux un jean et une chemise en flanelle, mais à la différence de celle de Chip, les leurs avaient l'air flambant neuves, avec encore le pli sur la manche. Achetées pour une occasion très spéciale, pensa Eddie. Et il reconnut parfaitement l'un des deux guignols ; il l'avait vu pour la dernière fois dans le Restaurant Spirituel de Manhattan, la librairie de Calvin Tower. Eddie l'avait tué, celui-là aussi. Dix ans dans l'avenir, si incroyable que ça puisse paraître. À La Tour Penchée, la boîte de Balazar, et avec ce même pistolet qu'il tenait en ce moment même. Une bribe d'une vieille chanson de Bob Dylan lui revint subitement en mémoire, ça parlait du prix à payer pour éviter d'avoir à tout revivre une deuxième fois.

— Hé ! Gros Blair ! s'écria Eddie (comme il était visiblement condamné à le faire dès qu'il croisait cette espèce de grosse ordure). Comment ça va, mon pote ?

À vrai dire, George Biondi n'avait pas l'air en grande forme. Sa propre mère l'aurait trouvé à peine présentable, même dans un bon jour (ce tarin monstrueux), et il avait les traits bouffis et décolorés par des hématomes qui commençaient à peine à s'estomper. Le pire d'entre eux se situait pile entre les deux yeux.

C'est moi qui ai fait ça, se rappela Eddie. *Dans l'arrière-boutique de la librairie de Tower.*

C'était vrai, mais ça lui semblait aussi dater d'un millier d'années.

— *Toi*, lança George Biondi, apparemment trop sonné pour même lever son arme. *Toi. Ici.*

— Moi ici, acquiesça Eddie. Quant à toi, tu aurais mieux fait de rester à New York.

Sur ces bonnes paroles, il fit sauter la tête de George Biondi. Celle de son copain aussi.

Chemise en Flanelle appuya sur la gâchette de la pompe et du carburant sombre gicla du tuyau. Il éclaboussa Chip, qui fit un bond en arrière d'un air indigné, et pénétra à reculons sur l'aire de chargement.

— *Ça brûle !* cria-t-il. *Vingt dieux ! C'que ça brûle ! Arrête ça, John !*

Mais John n'arrêta pas. Trois autres hommes déboulèrent du côté de Roland, aperçurent le visage terrible et serein du Pistolero et entreprirent de faire machine arrière. Ils tombèrent raides morts avant d'avoir pu poser leurs nouvelles chaussures de marche sur le bitume. Eddie repensa à la demi-douzaine de voitures et au gros Winnebago garés de l'autre côté de la route et eut le temps de se demander combien d'hommes Balazar avait bien pu envoyer, pour cette petite expédition. Pas seulement sa garde rapprochée, à l'évidence. Comment avait-il payé les renforts ?

Il n'a pas eu besoin de le faire, se dit le jeune homme. *Quelqu'un l'a blindé de thune et lui a dit d'aller leur régler leur compte. Autant d'hommes de main qu'il pourrait en trouver, en dehors de la ville. Et il avait même réussi à les convaincre que les types qu'ils allaient liquider méritaient bien ce grand déballage.*

De l'intérieur de la boutique monta un martèlement sourd et percutant. De la suie jaillit de la cheminée et se fit absorber par le nuage plus sombre et huileux issu du camion éventré. Eddie imagina que quelqu'un avait dû lancer une grenade. La porte de la réserve sauta hors de ses gonds dans un nuage de fumée, fit un bond de plusieurs mètres dans l'allée centrale et tomba à plat au milieu de la pièce. Bientôt, le type qui avait balancé la grenade en lancerait une autre, et avec la mare d'essence qui recouvrait à présent le sol de la réserve…

— Fais en sorte de le ralentir, si tu peux, dit Roland. Le sol n'est pas encore assez arrosé.

— Ralentir Andolini ? demanda Eddie. Et je suis censé faire comment ?

— Avec ta grande *bouche* ! cria Roland, et Eddie aperçut une vision merveilleuse, qui lui regonfla le cœur de courage : Roland souriait de toutes ses dents. Il riait presque. En même temps, il regardait Chemise en Flanelle en lui faisant un grand signe de la main, un moulinet qui signifiait : *Continue à pomper.*

— Jack ! s'écria Eddie.

Il n'avait aucune idée de l'endroit où se trouvait Andolini, aussi se contenta-t-il de brailler aussi fort qu'il le put. Sachant qu'il avait grandi en traînant dans les rues les moins fréquentables de Brooklyn, il parvint à un résultat plutôt convaincant.

Il y eut un silence. La fusillade ralentit, puis s'arrêta complètement.

— Hé ! répondit Jack Andolini, d'un air surpris, mais visiblement de bonne humeur.

Mais Eddie avait du mal à croire qu'il était vraiment surpris, et il n'avait aucun doute sur ce que voulait Jack : sa vengeance. Il avait été blessé, dans l'arrière-boutique de la librairie de Tower, mais ce n'était pas le pire. Il avait aussi été humilié.

— Hé, Grande Gueule ! C'est toi le type qui voulait faire voler ma cervelle jusqu'à Hoboken, et qui m'a collé une arme sous le menton ? Vieux, j'ai une sacrée marque !

Eddie le voyait faire son petit discours contrit tout en déployant ses hommes. Combien en restait-il ? Huit ? Dix, peut-être ? Ils en avaient déjà éliminé un paquet, pourtant. Et où était le reste ? Un ou deux à gauche de la boutique. Quelques-uns sur la droite. Le reste avec M. Joujou la Grenade. Et quand Jack serait prêt, ces types passeraient à l'attaque. Tout droit dans la mare de diesel.

En tout cas c'était ce qu'Eddie espérait.

— Je l'ai avec moi aujourd'hui, ce pistolet ! lança-t-il à Jack. Cette fois je pensais te l'enfoncer dans le cul, qu'est-ce que tu en dis ?

Jack éclata de rire. Un rire souple, détendu. De la comédie, mais de la bonne. Jack était sur la corde raide : rythme cardiaque à au moins cent trente, tension à dix-sept. On y était, il ne s'agissait pas seulement de se venger d'un petit voyou qui avait voulu lui faire de l'ombre mais du plus gros coup de la carrière de ce gros lard puant, son Super Bowl.

Balazar avait beau donner les ordres, sur le terrain régnait Jack Andolini. C'était lui, l'opérationnel, et cette fois le boulot ne consistait pas seulement à tabasser un tenancier de bar abruti qui ne voulait pas payer sa petite contribution ou à convaincre un bijoutier youpin de Lenox Avenue qu'il avait besoin de protection. Cette fois, c'était la guerre. Jack était malin – du moins, comparé à la plupart des truands qu'Eddie avait croisés au cours de ses années de défonce et de cavale avec son frère Henry – mais Jack avait aussi cette forme de stupidité fondamentale, qui n'avait rien à voir avec son QI. Ce voyou qui le titillait en ce moment même lui avait déjà mis une raclée une fois, et sans trop d'efforts, mais Jack Andolini s'était débrouillé pour l'oublier.

Le carburant huileux se répandait silencieusement sur le sol, formant des vaguelettes le long des vieilles planches tordues de la remise. John, alias Chemise en Flanelle yankee, lança à Roland un regard interrogateur. Le Pistolero répondit d'abord en secouant la tête, puis en reprenant son moulinet de la main : *Encore*.

— Où est le type de la librairie, Grande Gueule ?

Toujours aussi aimable, mais plus proche. Il avait traversé la route, alors. Eddie évalua qu'il devait se trouver juste devant la boutique. Dommage que l'essence ne soit pas plus répandue.

— Où est Tower ? Livre-le-nous et on vous laisse tranquilles, toi et ton copain, jusqu'à la prochaine fois.

Ben voyons, pensa Eddie, et il se remémora une expression employée un jour par Susannah (avec un grognement à la Detta Walker) pour exprimer son incrédulité la plus totale : *C'est sûr que tu m'auras pas sur le dos et je te tap'rai pas sur les nerfs.*

Cette embuscade avait été conçue tout spécialement pour des pistoleros en visite, Eddie en était presque certain. Les méchants savaient peut-être où se trouvait Tower (ou peut-être pas – il n'avait aucune confiance dans ce qui sortait de la bouche de Jack Andolini), mais en tout cas quelqu'un savait très précisément où, quand et comment la Porte Dérobée allait déposer Eddie et Roland, et il avait vendu la mèche à Balazar. *Vous voulez le type qui a mis* votre *gars dans l'embarras, monsieur Balazar ? Le gamin qui a mis la pâtée à Jack Andolini et à George Biondi avant que Tower ait pu vous balancer les infos que vous vouliez ? Très bien. Voilà où il va se pointer. Lui et un autre. Ah, et au fait, voilà un bon paquet de cash, histoire de vous payer une armée de mercenaires en pompes à talonnettes. Ça ne suffira peut-être pas. C'est un dur, le gamin, et son copain est pire encore, mais vous aurez peut-être de la chance. Même dans le cas contraire, même si le dénommé Roland en réchappe en laissant un tas de cadavres derrière lui… l'essentiel c'est de choper le gamin. Et puis, on pourra toujours trouver des fines gâchettes, pas vrai ? Le monde en est rempli.* Les *mondes.*

Et Jake et Callahan ? Est-ce qu'eux aussi avaient eu droit au comité d'accueil, quelque trente-deux ans après ce *quand* ? Le petit poème sur la palissade entourant le terrain vague suggérait que, s'ils avaient suivi sa femme, c'était le cas – SUSANNAH-MIO, MA CHÉRIE DIVISÉE, disait le poème, A GARÉ SON SEMI-REMORQUE AU COCHON DU SUD, L'ANNÉE '99. Et si un comité d'accueil les attendait bien, se pouvait-il qu'ils soient encore en vie ?

Eddie se raccrocha à une seule idée : si un membre du *ka-tet* mourait – Susannah, Jake, Callahan, ou même Ote –, lui et Roland le sauraient. Et s'il se racontait des histoires, s'il cédait à quelque illusion romantique, alléluia.

TROIS

Roland perçut le regard de l'homme en chemise de flanelle et porta la tranche de sa main à sa gorge. John hocha la tête et relâcha immédiatement la gâchette de la pompe. Chip, le propriétaire de la boutique, se tenait à présent à côté de l'aire de chargement et la partie de son visage qui n'était pas maculée de sang avait viré au gris. Roland se dit qu'il ne tarderait pas à s'évanouir. Ce qui ne changerait pas grand-chose.

— Jack ! s'écria le Pistolero. Jack Andolini !

Sa prononciation du nom italien était ravissante, à la fois précise et gazouillante.

— T'es le grand frère de Grande Gueule ?

Il avait l'air amusé. Et plus bien loin. Roland l'imagina devant la boutique, peut-être à l'endroit précis où Eddie et lui étaient arrivés. Il ne tarderait pas à bouger ; c'était la campagne, mais il y avait encore du monde, dans les parages. Le plumet de fumée noire qui s'élevait du camion renversé devait déjà avoir alerté les environs. Bientôt ils entendraient les sirènes.

— Je suppose qu'on pourrait dire que je suis son contremaître, fit Roland.

Il désigna le pistolet dans la main d'Eddie, puis indiqua la direction de la réserve, avant de revenir sur lui-même : *Attends mon signal.* Eddie acquiesça.

— Pourquoi tu ne nous l'envoies pas, *mi amigo* ? Ça n'a rien à voir avec toi. Je le prends lui, et je te laisse partir. C'est à Grande Gueule que je veux parler. Lui arracher les réponses dont j'ai besoin sera un véritable plaisir.

— Vous ne nous aurez jamais, répondit Roland d'une voix charmante. Vous avez oublié le visage de votre père. Vous n'êtes qu'un sac de merde sur pied. Votre propre *ka-papa* est un dénommé Balazar, et vous lui léchez son gros cul répugnant. Les autres le savent et ils se moquent de vous. « Regarde un peu, Jack, disent-ils, toute cette lèche, ça le rend encore plus moche. »

Il y eut un court silence. Puis :

— Vous avez une langue bien mal pendue, monsieur.

La voix d'Andolini restait imperturbable, mais toute sa bonne humeur feinte avait plié bagage. Idem pour le rire.

— Mais vous savez ce que j'ai à vous dire ?

Au loin, enfin, une sirène résonna. Roland adressa un signe de tête tout d'abord à John (qui attendait son signal d'un œil alerte), puis à Eddie. *Bientôt*, disait ce hochement de tête.

— Vous ne serez plus qu'un tas d'os dans un trou sans nom que Balazar construira encore ses châteaux de cartes, Jack. Certains rêves esquissent le destin, mais pas les vôtres. Les vôtres ne sont que des rêves.

— La ferme !

— Vous entendez les sirènes ? Votre heure est bientôt ven…

— *Vai !* cria Jack Andolini. *Vai ! Attrapez-les ! Je veux la tête de cette ordure, vous m'entendez ? Je veux sa tête !*

Un projectile rond et noir décrivit un arc de cercle paresseux par le trou de l'ancienne porte RÉSERVÉ AU PERSONNEL. Une autre grenade. Roland s'y attendait. Il tira une fois, à hauteur de hanche, et la grenade explosa en plein vol, transformant le mur entre la réserve et la salle de restaurant en un tourbillon d'éclats de bois meurtrier. On entendit des cris de surprise et de douleur.

— *Maintenant, Eddie !* hurla Roland, en se mettant à tirer sur la nappe de carburant.

Eddie se joignit à lui. Roland pensa d'abord qu'il ne se passerait rien, puis une vaguelette paresseuse de flamme bleue apparut dans l'allée centrale et serpenta jusqu'à l'ancien emplacement du mur du fond. Pas assez ! Bons dieux, comme il regrettait que ce ne soit pas du super, comme on l'appelait !

Roland tapota le canon de son arme, en délogeant les douilles vides qui s'éparpillèrent à ses pieds, puis rechargea.

— À votre droite, monsieur, dit John sur un ton distrait, et Roland s'aplatit au sol.

Une balle passa à l'endroit même où il se tenait, une seconde plus tôt. La deuxième attrapa la pointe de ses cheveux longs. Il eut à peine le temps de recharger trois des six chambres de son revolver, mais c'était toujours une balle de plus que ce dont il avait besoin. Les deux écumeurs s'envolèrent en arrière avec un trou identique au milieu du front, juste au-dessous de la racine des cheveux.

Un autre truand déboula au coin de la boutique du côté d'Eddie et aperçut ce dernier qui l'attendait, avec sur son visage sanguinolent un grand sourire. Le gars lâcha immédiatement son arme et commença à lever les mains. Eddie lui logea une balle dans la poitrine avant qu'elles aient atteint la hauteur de ses épaules.

Il est en train d'apprendre, pensa Roland. *Les dieux lui viennent en aide, mais il est en train d'apprendre.*

— Ce feu est un peu mou, à mon goût, fit John en sautant sur l'aire de déchargement.

On distinguait à peine la boutique, derrière l'écran de fumée tourbillonnante causée par la grenade déviée, mais les balles continuaient de voler au travers. John semblait ne pas les remarquer, et Roland remercia le *ka* d'avoir mis un tel homme sur son chemin. Un homme aussi bon et aussi fort.

John sortit un objet métallique et carré de sa poche de pantalon, en fit sauter le couvercle et, d'une pichenette du pouce sur une petite roue, fit jaillir une haute flamme. Il lança la petite poudrière enflammée dans la réserve. Des flammes explosèrent tout autour dans un grand *wouuuufffff*.

— *Mais qu'est-ce que vous foutez ?* hurla Andolini. *Attrapez-les !*

— Viens donc le faire toi-même ! répondit Roland.

En même temps, il tira John par un pan de son pantalon. John sauta de l'aire de chargement et trébucha. Roland le rattrapa. C'est le moment que choisit Chip l'épicier pour s'évanouir, basculant vers l'avant jusqu'au sol jonché de débris avec un grognement tellement léger que c'était presque un soupir.

— Ouais, viens donc ! le provoqua Eddie. Viens donc, *Grande Gueule*, qu'est-c'tu fous, *Grande Gueule*, envoie pas un gamin faire un boulot d'homme, ça te dit quelque chose ? Combien t'avais de types, là-bas, deux douzaines ? Et on est toujours là ! Alors viens ! Viens le faire toi-même ! Ou alors tu veux passer le reste de ta vie à lécher le cul d'Enrico Balazar ?

De nouvelles balles trouèrent la fumée et les flammes, mais les écumeurs dans la boutique ne montrèrent aucun enthousiasme à l'idée de charger au milieu du feu grandissant. Personne n'arriva par le côté non plus.

Roland fit un geste en direction du mollet droit d'Eddie, celui blessé. Eddie leva les pouces pour indiquer que tout allait bien, mais il lui semblait que, sous le genou, son jean était trop plein – gonflé – et quand il bougeait, sa bottillonne faisait un bruit de succion. La douleur s'était stabilisée en un élancement violent qui semblait se calquer sur les battements de son cœur. Mais il avait tendance à croire que la balle avait manqué l'os. *Peut-être*, finit-il par s'avouer, *parce que c'est ce que j'ai envie de croire*.

La première sirène avait été rejointe par deux ou trois autres, et elles se rapprochaient.

— *Allez-y* ! brailla Jack – il avait à présent l'air au bord de la crise d'hystérie – *Allez-y, bande d'enculés de poules mouillées, allez me les chercher !*

Roland se dit que ce qu'il restait de méchants aurait peut-être attaqué quelques minutes plus tôt – peut-être même trente secondes plus tôt – si Andolini avait personnellement mené l'assaut. Mais à présent l'option « attaque frontale » n'était plus de mise, et Andolini savait forcément que, s'il conduisait ses hommes par le côté de la boutique, Eddie et Roland les cueilleraient comme des pigeons d'argile au stand de tir. Les seules stratégies viables qu'il lui restait étaient le siège, ou bien un long mouvement latéral par les bois, et Jack n'avait de temps pour aucun des deux. Mais se contenter de tenir leur position pouvait présenter quelques problèmes aussi. Par exemple, avoir à s'expliquer avec les autorités locales, ou avec les pompiers, s'ils se pointaient les premiers.

Roland attira John vers lui afin de pouvoir lui parler à voix basse.

— Il faut qu'on sorte d'ici au plus vite. Vous pouvez nous aider ?

— Oh, pour sûr, je pense, oui.

Le vent changea. Un courant d'air s'engouffra par la vitrine brisée de la boutique, balaya la pièce et l'ancien emplacement du mur du fond, puis ressortit par la porte de derrière. La fumée d'essence était noire et huileuse. John toussa et l'écarta de la main.

— Suivez-moi. D'un bon pas.

John se rua sur le terrain morne à l'arrière de la boutique, enjambant une grue en morceaux et zigzaguant entre un incinérateur rouillé et un tas de pièces détachées plus rouillées encore. Sur la plus grosse, Roland lut un nom qu'il avait déjà vu, au cours de ses pérégrinations : JOHN DEERE.

Roland et Eddie reculèrent, couvrant John par l'arrière, jetant de petits regards par-dessus l'épaule pour éviter de trébucher. Roland n'avait pas complètement abandonné l'espoir que Jack Andolini tenterait un dernier assaut et qu'il pourrait le tuer, comme il l'avait déjà fait une fois. Sur la plage au bord de la Mer Occidentale, et voilà qu'il était de retour, non seulement de retour, mais *plus jeune de dix ans*.

Tandis que moi, constata Roland, *j'ai vieilli d'au moins mille ans*.

Pourtant, ce n'était pas tout à fait vrai. Oui, il endurait à présent – enfin – les douleurs auxquelles pouvait s'attendre un homme vieillissant. Mais il avait un *ka-tet* pour le protéger, et pas n'importe quel *ka-tet*, un *ka-tet* de *pistoleros*, et ils avaient apporté un nouveau souffle à sa vie, un nouveau souffle totalement inattendu pour lui. Tout avait à nouveau du sens, à ses yeux, pas seulement la Tour Sombre, mais *tout* le reste. Alors il voulait qu'Andolini vienne. Et s'il tuait Andolini dans ce monde-ci, il avait comme l'impression qu'Andolini resterait mort. Parce que ce monde était différent. Il avait une résonance qui manquait à tous les autres, même au sien. Il la sentait dans le moindre de ses os et de ses nerfs. Roland leva les yeux et vit exactement le tableau qu'il attendait : des nuages alignés. Au bout du terrain désolé, un sentier dont le commencement était marqué par deux volumineux blocs de granit pénétrait dans les bois en serpentant. À cet endroit précis, le Pistolero remarqua des ombres dessinant des chevrons, se chevauchant mais pointant toutes dans la même direction. Il fallait regarder attentivement pour le voir, mais une fois qu'on l'avait remarqué, impossible de le manquer. Comme dans la version de New York où ils avaient trouvé le sac vide dans le terrain vague et où Susannah avait vu les morts errants, celui-ci était le monde réel, celui dans lequel le temps ne filait jamais que dans un sens. Ils parviendraient peut-être à faire un bond dans l'avenir, si seulement ils trouvaient une porte, comme Jake et Callahan l'avaient fait, il n'en doutait pas (car Roland se rappelait aussi le poème de la palissade, et il en comprenait maintenant au moins une partie), mais jamais ils ne pourraient retourner dans le passé. C'était le monde véritable, celui dans lequel on ne pouvait relancer les dés, le monde le plus proche de la Tour Sombre. Et ils se trouvaient toujours sur le Sentier du Rayon.

John les mena sur le chemin des bois, qu'ils descendirent sans traîner, les éloignant des colonnes d'épaisse fumée noire et du gémissement croissant des sirènes.

QUATRE

Ils n'avaient pas parcouru trois cents mètres quand Eddie aperçut des reflets bleus, à travers les arbres. Les aiguilles de pin qui jonchaient le sentier le rendaient glissant, et lorsqu'ils atteignirent la dernière descente – celle débouchant sur un lac long et étroit d'une beauté éblouissante – Eddie remarqua que quelqu'un avait bâti une rambarde en bouleau. Au-delà, ils virent un court appontement s'avançant dans l'eau. Un bateau à moteur était amarré au quai.

— Il est à moi, fit John. J'étais venu ici faire mes courses et déjeuner sur le pouce. Je m'attendais pas à un tel cirque.

— Eh bien vous l'avez eu quand même, commenta Eddie.

— Pour sûr, voilà qui est bien dit. Attention à ce coin-là, si vous ne voulez pas vous retrouver sur le derrière.

John dévala prestement la dernière portion du chemin, s'accrochant à la rambarde pour ne pas perdre l'équilibre, glissant plus qu'il ne marchait. Il portait une paire de vieux godillots éraflés qui auraient tout à fait eu leur place dans l'Entre-Deux-Mondes, pensa Eddie.

Il fut le suivant à passer, prenant garde à sa jambe abîmée. Roland ferma la marche. De derrière eux retentit une violente explosion, aussi fracassante et fluide que les premiers tirs, mais beaucoup plus puissante.

— Ça doit être le propane de Chip, fit John.

— J'implore votre pardon ? demanda Roland.

— Du gaz, répéta Eddie calmement. Il veut dire du gaz.

— Pour sûr. Du gaz pour la cuisinière, acquiesça John.

Il monta dans le bateau, s'empara du câble du démarreur de l'Evinrude et tira dessus avec force. Le moteur, un vigoureux petit vingt-chevaux qui rappelait une machine à coudre, démarra au quart de tour.

— Montez là-dedans, les gars, qu'on vide les lieux, grogna-t-il.

Eddie grimpa à bord. Roland fit une pause, le temps de se tapoter trois fois la gorge. Eddie l'avait déjà vu accomplir ce rituel, avant de traverser un cours d'eau ; il se promit de demander des détails à Roland. Il ne devait plus jamais en avoir l'occasion. Avant que la question se présente de nouveau, la mort se serait glissée entre eux.

CINQ

L'embarcation avançait aussi silencieusement et aussi gracieusement sur l'eau que le pouvait un engin à moteur, glissant sur son propre reflet, sous un ciel d'été bleu cobalt. Derrière eux, le panache de fumée noire souillait ce bleu, s'élevant de plus en plus haut, gagnant toujours plus sur le ciel. Des dizaines de curieux, pour la plupart en short ou en maillot de bain, se tenaient sur les berges de ce petit lac, tournés vers la colonne de fumée, les mains en visière pour se protéger du soleil. Peu d'entre eux remarquèrent le passage discret et feutré du bateau à moteur. Peut-être même aucun.

— C'est l'Étang de Keywadin, au cas où vous vous demanderiez, leur précisa John.

Il tendit la main devant lui, où venait d'apparaître un autre appontement. Au bout se profilait un petit hangar à bateaux, blanc avec des finitions vertes, dont la porte coulissante était ouverte. À mesure qu'ils approchaient, Eddie et Roland purent distinguer un canoë et un kayak, attachés à l'intérieur.

— Ce hangar à bateaux, il est à moi aussi, ajouta l'homme en chemise de flanelle.

Sa diction (surtout sur *bateaux*) était impossible à imiter (quelque chose comme *beuteu*), mais les deux hommes reconnurent bien les intonations. C'étaient celles de La Calla.

— Il a l'air bien entretenu, fit remarquer Eddie, essentiellement pour dire *quelque chose*.

— Oh, pour sûr. Je fais un peu d'entretien, un peu de menuiserie, aussi. Ça ferait pas sérieux pour les affaires, si mon propre hangar tombait en ruine, pas vrai ?

Eddie sourit.

— Sûrement pas, non.

— J'habite à environ cinq cents mètres du rivage. Je m'appelle John Cullum.

Il tendit sa main droite à Roland, tout en continuant de guider le bateau de l'autre, loin du panache de fumée et en direction du hangar à bateaux.

Roland prit la main, qui était agréablement rêche.

— Je suis Roland Deschain, de Gilead. Que vos journées soient longues et vos nuits plaisantes, John.

À son tour, Eddie tendit la main.

— Eddie Dean, de Brooklyn. Enchanté.

John lui serra volontiers la main, mais l'observa d'un œil attentif. Quand leurs mains se séparèrent, il dit :

— Jeune homme, est-ce qu'il vient de se passer quelque chose ? Oui, n'est-ce pas ?

— Je ne sais pas, répondit-il.

Pas complètement honnêtement.

— Pas mis les pieds à Brooklyn depuis un bail, pas vrai, fiston ?

— Je ne suis pas allé à Morehouse, ni dans *aucune* maison, fit Eddie Dean, et avant que ça lui échappe de nouveau : Mia a enfermé Susannah. Elle l'a enfermée, en 1999. Suze peut bien se rendre au Dogan, mais ça ne sert à rien. Mia a verrouillé les commandes. Suze ne peut rien y faire. Elle s'est fait enlever. Elle… elle…

Il s'interrompit. L'espace d'un instant, tout lui avait paru tellement *clair*, comme un rêve une seconde avant le réveil. Et puis, comme il se produit fréquemment avec les rêves, il s'était évanoui. Il ne savait même plus s'il s'était agi d'un vrai message de Susannah, ou d'un pur fantasme.

Jeune homme, est-ce qu'il vient de se passer quelque chose ?

Ainsi Cullum l'avait senti, lui aussi. Ça n'était pas son imagination, alors. Plus vraisemblablement une forme de *shining*.

John attendit, et quand il comprit qu'Eddie n'en dirait pas plus, se tourna vers Roland.

— Il fait souvent ce genre de coup, votre copain ?

— Pas souvent, non, *sai*… Monsieur, je veux dire. Monsieur Cullum, je vous remercie de nous avoir aidés quand nous avions besoin d'aide. Je vous dis grand merci beaucoup-beaucoup. Il serait monstrueusement impudent de notre part de demander plus, mais…

— Mais c'est ce que vous allez faire. Pour sûr, je me disais bien.

John procéda à une minuscule correction de trajectoire vers le petit hangar, avec sa bouche grande ouverte. Roland estima qu'ils y seraient dans les cinq minutes. C'était parfait pour lui. Il ne voyait aucune objection à cette petite excursion en bateau à moteur (même s'il n'avançait pas bien vite, avec trois hommes à son bord), mais l'Étang de Keywadin était bien trop exposé à son goût. Si Jack Andolini (ou son successeur, s'il devait être remplacé) cuisinait suffisamment les badauds sur la rive, il finirait par en trouver un ou deux pour se rappeler la petite yole avec trois hommes à son bord. Et le hangar avec ses petites finitions vertes. *Le hingar à beuteu de John Cullum, si ça vous sied*, diraient les témoins. Mieux vaudrait alors qu'ils soient plus avant sur le Sentier du Rayon, et John Cullum en lieu sûr. Par « sûr », Roland entendait dans ce cas précis à trois regards au moins vers la ligne d'horizon, ou à une centaine de roues. Il ne doutait pas que Cullum, un parfait inconnu pour eux, leur avait sauvé la vie en débarquant au bon endroit au bon moment. La dernière chose au monde qu'il souhaitait, c'était qu'il le paie de la sienne.

— Eh bien, je ferai ce que je peux pour vous, c'est déjà décidé, mais faut d'abord que je vous demande quelque chose, tant que je peux.

Eddie et Roland échangèrent un regard furtif. Roland le mit en garde :

— Nous répondrons si nous le pouvons. Ce qui veut dire, John d'East Stoneham, si nous jugeons que la réponse sera inoffensive pour vous.

John acquiesça. Il parut se ressaisir.

— Je sais bien que vous n'êtes pas des revenants, parce qu'on vous a tous vus, dans la boutique, et que je viens de vous toucher pour vous serrer la main. Je vois bien vos ombres, aussi.

Du doigt il les désigna, à côté du bateau.

— Y a pas plus réel. Alors ma question est la suivante : est-ce que vous êtes des entrants ?

— Des entrants, répéta Eddie.

Il se tourna vers Roland, mais constata que ce dernier était totalement perdu. Eddie regarda donc de nouveau John Cullum, assis à la poupe de son bateau, le barrant en direction du hangar.

— Désolé, mais je…

— Y en a plein, dans le coin, depuis quelques années. À Waterford, Stoneham, East Stoneham, Lovell, Sweden… Même jusqu'à Bridgton et Denmark.

Ce dernier nom de ville sonna plutôt comme *Denmaa-aaak*.

Il vit qu'ils n'avaient pas l'air plus au courant.

— Les entrants sont des gens qui *apparaissent*, comme ça, ajouta-t-il. Parfois ils portent des costumes démodés, comme s'ils venaient de… *autrefois*, on pourrait dire. Y en avait un nu comme un ver, qui est apparu en plein milieu de la Route 5. Junior Angstrom l'a vu. En novembre dernier, c'était. Parfois ils parlent des langues bizarres. Il y en a un qui a déboulé chez Don Russert, à Waterford. Il était assis là, dans la cuisine ! Donnie est un ancien prof d'histoire à la retraite, il enseignait au Vanderbilt College et il a enregistré ce type. Le type a baragouiné un petit moment, et puis il est allé dans la buanderie. Donnie s'est dit qu'il avait dû prendre ça pour les toilettes et il a voulu le prévenir, mais le type était déjà reparti. Y avait pas de porte, pourtant il était bien reparti.

Donnie a fait écouter la cassette à tout le monde ou presque au Département de Linguistique de Vandy (*Dépaaa-art'ment*) et aucun d'eux a reconnu ce que c'était. Y en a un qui a dit que c'était peut-être une langue complètement inventée, comme l'espéranto. Vous captez, l'espéranto, les gars ?

Roland fit non de la tête. Eddie tenta, avec précaution :

— J'en ai entendu parler, mais je ne sais pas exactement ce que…

— Et parfois, poursuivit John en baissant la voix, tandis qu'ils pénétraient dans l'ombre du hangar, parfois ils sont blessés. Ou défigurés. Crânés.

Roland fit un tel bond que le bateau tangua. Pendant une seconde, il menaça réellement de verser.

— Quoi ? Qu'est-ce que vous avez dit ? Répétez, John, parce que je vous entendrais très bien.

John sembla penser que c'était purement une question de compréhension, car il s'employa à prononcer le terme plus précisément.

— *Cramés*. Comme des types qui auraient connu une guerre nucléaire, ou des retombées radioactives, quelque chose comme ça.

— Des lents mutants, en déduisit Roland. Je pense qu'il parle de lents mutants. Ici, dans cette ville.

Eddie acquiesça, repensant aux Gris et aux Ados de Lud. Et aussi à la ruche tordue et à ses monstrueux pensionnaires, rampant par-dessus.

John coupa le petit moteur Evinrude, mais pendant un moment aucun des trois ne bougea, ils restèrent à écouter l'eau clapoter contre les flancs d'aluminium de l'embarcation.

— Des lents mutants, répéta le vieil homme, avec l'air lui aussi de goûter de nouveaux mots. Pour sûr, je suppose que ça leur va aussi bien qu'autre chose. Mais y a pas qu'eux. Y a eu des animaux, aussi, et des sortes d'oiseaux que personne avait jamais vus dans le coin. Mais c'est surtout les entrants qui inquiètent les gens, qui les font parler entre eux. Donnie Russert a appelé un type qu'il connaissait, à l'Université de Duke, et ce type a demandé à quelqu'un de leur Département des Études Parapsychologiques – incroyable, qu'ils aient un service pareil, dans une vraie université, mais apparemment c'est du sérieux –, et aux Études Parapsychologiques, la dame leur a dit que c'était comme ça qu'on les appelait : des entrants. Et ensuite, quand ils disparaissent à nouveau – ce qu'ils finissent toujours par faire, sauf un type là-bas, à East Conway Village, lui il est mort –, alors on les appelle des *sortants*. La dame a dit que les scientifiques qui étudient ces phénomènes – j'imagine qu'on peut dire « des scientifiques », même si j'en connais beaucoup qui y trouveraient à redire –, ils pensent que ces entrants sont des extraterrestres, qu'ils viennent d'autres planètes, que des vaisseaux les déposent puis viennent les rechercher, mais la plupart pensent qu'ils voyagent dans le temps, ou qu'ils viennent de Terres différentes, dans l'alignement de la nôtre.

— Depuis combien de temps ça dure ? demanda Eddie. Depuis combien de temps ces entrants apparaissent-ils ?

— Oh, deux ou trois ans. Et on peut pas dire que ça s'arrange. J'en ai vu deux moi-même, et une fois une femme chauve avec un œil tout sanguinolent au milieu du front. Mais ils étaient loin, à chaque fois, et vous autres, vous êtes tout près.

John se pencha vers eux en pliant ses genoux cagneux, les yeux (qu'il avait aussi bleus que ceux de Roland) tout brillants. L'eau clapotait mollement contre le bateau. Eddie ressentit une forte envie de serrer de nouveau la main de John Cullum, pour voir s'il se passerait autre chose. Il se remémora des bribes d'une autre chanson de Dylan, « Visions of Susannah[1] ». Ce qu'Eddie voulait, ce n'était pas une vision de Susannah, mais pour le nom au moins, ça n'était pas loin.

— Pour sûr, disait John, vous autres, vous êtes tout près, et bien proches. Maintenant, je vais vous aider à retrouver votre chemin si je peux, parce que je sens pas la moindre onde mauvaise autour d'aucun de vous (même si je vais vous dire tout net que j'avais *jamais* vu une fusillade pareille), mais je veux savoir : vous êtes des entrants, oui ou non ?

Une fois de plus, Roland et Eddie échangèrent un regard, et ce fut Roland qui répondit :

— Oui, je suppose qu'on peut dire ça.

— Vingt dieux ! murmura John (dans son effroi, même son visage sillonné de rides rappelait celui d'un enfant). Des entrants ! Et d'où est-ce que vous venez, vous pouvez me le dire ?

Il regarda Eddie, éclata de rire comme le font ceux qui trouvent qu'on leur en a raconté une bien bonne, puis ajouta :

— Pas de *Brooklyn*.

— Mais je suis *vraiment* de Brooklyn, affirma Eddie.

La seule chose, c'est que ce n'était pas le Brooklyn de ce monde-ci, et il le savait, à présent. Dans le monde d'où il venait, un livre pour enfants intitulé *Charlie le Tchou-tchou* avait été écrit par une femme du nom de Beryl Evans ; dans celui-ci, elle s'appelait Claudia y Inez Bachman. Beryl Evans, ça faisait vrai, alors que Claudia y Inez Bachman faisait aussi faux qu'un billet de trois dollars, pourtant Eddie en venait de plus en plus à croire que Bachman était la clé. Et pourquoi ça ? Parce que ça faisait partie de ce monde.

— Je suis de Brooklyn, c'est vrai. Pas le… enfin… pas le même, c'est tout.

John Cullum les contemplait toujours avec cette expression d'enfant effaré.

— Et ces autres types ? Ceux qui vous attendaient ? Est-ce qu'ils sont… ?

— Non, répondit Roland. Pas eux. On n'a plus le temps, John – plus le temps pour l'instant.

Il se mit debout avec précaution, s'accrocha à une poutre au-dessus de lui et sortit du bateau avec une petite grimace de

1. Littéralement : « Visions de Susannah ». *(N.d.T.)*

douleur. John le suivit et Eddie ferma la marche. Les deux hommes durent l'aider. L'élancement régulier dans son mollet droit s'était un peu calmé, mais toute la jambe était devenue raide et insensible, difficile à maîtriser.

— Allons chez vous, suggéra Roland. Il y a un homme que nous devons trouver. Avec un peu de chance, vous pourrez peut-être nous y aider.

Il pourrait bien nous aider à tout un tas de choses, pensa Eddie en les suivant dans la lumière du soleil, les dents serrées, boitant de sa patte folle.

À cet instant précis, Eddie se dit qu'il aurait tué un saint à mains nues pour une douzaine de cachets d'aspirine.

SOLISTE : *Commala-pain au levain-belle michette*
Ils vont au paradis ou en enfer !
Quand les armes ont tiré et que le feu brûle l'air
Il faudra bien au four les mettre.

CHŒUR : *Commala-six-sept !*
Du sel pour les michettes !
Réchauffez-les, assommez-les
Pour qu'au four roussissent les michettes.

HUITIÈME COUPLET

À PILE OU FACE

UN

Au cours de l'hiver 1984-1985, quand Eddie était gentiment en train de prendre un aller simple du pays de l'Héroïne Récréative jusqu'au royaume du Pas Tiré d'Affaire, Henry Dean rencontra une fille, dont il tomba brièvement amoureux. Eddie voyait Sylvia Goldover comme un Skank *El Supremo* (aisselles nauséabondes et haleine de dragon filtrant à travers une paire de lèvres à la Mick Jagger), mais il n'en dit rien, parce que Henry la trouvait belle, lui, et qu'Eddie ne voulait pas faire de peine à Henry. Cet hiver-là, les tourtereaux passèrent beaucoup de temps à se promener sur la plage venteuse à Coney Island, ou à aller au cinéma à Times Square, où ils s'asseyaient dans le noir au dernier rang et se branlaient l'un l'autre une fois qu'ils avaient englouti le pop-corn et la boîte géante de biscuits.

Concernant cette nouvelle venue dans la vie d'Henry, Eddie se montrait philosophe ; si Henry réussissait à faire l'impasse sur cette haleine ignoble et à se livrer à la danse des langues avec Sylvia Goldover, tant mieux pour lui. Eddie lui-même passa la majeure partie de ces trois mois gris tout seul et défoncé dans l'appartement de la famille Dean. Il s'en moquait ; en fait, ça lui plaisait même plutôt. Si Henry avait été là, il aurait insisté pour regarder la télé et il aurait passé son temps à charrier Eddie sur ses histoires-fleuves sur cassettes. (« Matez un peu ! Eddie va écouter ses salades débiles sur les *elfes* et les *ogs* et ces petits *nains* tout trognons ! ») Il s'entêtait à appeler les orques des *ogs* et les Elfes les « *chichiteux* sur pied ». Henry trouvait que toute cette merde inventée, c'étaient des trucs louches. Eddie avait parfois tenté de lui expliquer qu'il n'y avait rien de plus « inventé » que toutes ces saloperies diffusées l'après-midi à la télé, mais

Henry ne voulait rien entendre. Henry savait tout des méchants jumeaux de *General Hospital*[1] et de la belle-mère tout aussi maléfique de *The Guiding Light*[2].

Par de nombreux aspects, la grande histoire d'amour d'Henry Dean – qui se termina lorsque Sylvia Goldover vola quatre-vingt-dix dollars dans son portefeuille, laissant à la place un petit mot disant *Désolée, Henry*, et reprit ni vu ni connu son histoire avec son *ancien* petit ami – fut un soulagement pour Eddie. Il restait assis sur le canapé du salon, il mettait les cassettes de John Gielgud lisant la trilogie du *Seigneur des Anneaux*, le tout en se faisant éclater la peau le long de l'intérieur du bras, avant de s'assoupir au milieu de la Forêt Noire ou des Mines de la Moria, avec Frodon et Sam.

Il avait adoré les Hobbits, il s'était dit qu'il aurait volontiers passé tout le reste de sa vie à Hobbiton, où la pire drogue en circulation était le tabac, et où les grands frères n'occupaient pas leurs journées à charrier leurs petits frères, et la petite chaumière de John Cullum le ramena à ces jours anciens et à cette histoire sombre avec une force étonnante. Parce que la chaumière avait un faux air de terrier de Hobbit. Les meubles du salon étaient rares, mais parfaits : un canapé et deux fauteuils bien rembourrés, avec ces petits napperons blancs sur les accoudoirs et là où reposait la tête. La photo en noir et blanc accrochée au mur dans son cadre doré devait représenter les parents de Cullum, et en face, ce devait être ses grands-parents. Il y avait aussi un Diplôme d'Honneur de la Brigade des Pompiers Bénévoles de la Ville d'East Stoneham, et aussi une perruche en cage, qui gazouillait gentiment, et un chat devant la cheminée. Il leva la tête en les entendant entrer, observa les inconnus de son regard vert pendant quelques instants, puis parut se rendormir. Un cendrier sur pied se dressait à côté de ce qui devait être le fauteuil fétiche de Cullum, et deux pipes étaient posées dessus – la première, une pipe de maïs, et l'autre, une pipe de bruyère. Un vieux transistor-tourne-disque Emerson (avec une large bande numérotée et un gros bouton à molette pour choisir sa fréquence), mais pas de poste de télévision. Dans la pièce régnait une douce odeur de tabac et de pot-pourri. Il avait beau être

1. Série télévisée-fleuve, doyenne des *soap operas* américains. *(N.d.T.)*
2. Série télévisée américaine, dont la première diffusion remonte à 1952. *(N.d.T.)*

exceptionnellement bien rangé, il suffisait d'un regard sur ce salon pour deviner que c'était là l'antre d'un vieux garçon. L'intérieur de John Cullum était une ode pudique aux joies du célibat.

— Comment va votre jambe ? demanda-t-il. On dirait que ça saigne plus, au moins, mais vous avez un sacré trou dans votre futal.

Eddie éclata de rire.

— Ça fait un mal de chien, cette saloperie, mais j'arrive à marcher, alors j'imagine que j'ai de la chance.

— La salle de bains est là, si vous voulez nettoyer la plaie, fit Cullum en désignant une porte du doigt.

— Je ferais mieux, effectivement.

Le nettoyage fut douloureux, mais lui procura un véritable soulagement. La blessure était profonde, mais la balle avait raté l'os, et de loin. Le bras ne posait quasiment aucun problème ; la balle était passée à travers, Dieu soit loué, et Cullum avait de l'eau oxygénée dans son armoire à pharmacie. Eddie en versa dans le trou, découvrant les dents sous l'effet de la douleur, puis il entreprit d'en appliquer aussi sur sa jambe et son cuir chevelu lacéré, avant de perdre courage. Il essaya de se rappeler si Frodon et Sam avaient dû affronter les horreurs de l'eau oxygénée, et rien ne lui vint. Ouais, évidemment, ils avaient les elfes, pour les soigner, pas vrai ?

— J'ai peut-être quelque chose qui pourrait servir, lança Cullum quand Eddie réapparut.

Il passa dans la pièce à côté et en revint avec une petite bouteille marron contenant trois comprimés. Il les déposa dans la paume d'Eddie en expliquant :

— C'était quand je suis tombé sur le verglas, l'hiver dernier, et que je me suis explosé cette foutue clavicule. Du Percodan, ça s'appelle. Je sais pas s'ils sont encore bons, mais...

Le visage d'Eddie s'illumina.

— Du Percodan, hein ? demanda-t-il en engouffrant les trois cachets avant même que John Cullum ait fini sa phrase.

— Tu veux pas de l'eau, avec ça, fiston ?

— Nan, répondit Eddie en mâchant avec enthousiasme. Nature, c'est un régal.

Une vitrine pleine de balles de base-ball trônait sur une table près de la cheminée, et Eddie alla y jeter un œil.

— Ô mon Dieu ! s'exclama-t-il, vous en avez une dédicacée par Mal Parnell ! Et une Lefty Grove ! Bon Dieu de merde !

— Et encore, ça c'est rien, fit Cullum en prenant sa pipe de bruyère. Regarde un peu sur l'étagère du haut.

Il alla chercher un sachet de tabac Prince Albert dans le tiroir d'une petite table et se mit à bourrer sa pipe. Ce faisant, il croisa le regard de Roland.

— Vous fumez ?

Roland fit signe que oui. De sa poche de chemise, il sortit un seul morceau de feuille.

— Je vais peut-être m'en rouler une.

— Oh, je peux faire mieux que ça, fit Cullum en quittant de nouveau le salon.

La pièce d'à côté était un bureau à peine plus grand qu'un placard. Le bureau ancien en son centre n'était pas bien grand, pourtant Cullum dut se mettre de profil pour le contourner.

— Bon Dieu ! s'exclama de nouveau Eddie, en apercevant la balle dont voulait sans doute parler Cullum. Un autographe du Babe !

— Pour sûr, acquiesça leur hôte. Pas quand il jouait pour les Yankees, j'en ai rien à faire, d'une balle signée par un Yankee. Celle-là, il l'a signée quand il portait encore le maillot des Red Sox… (il s'interrompit). Les voilà, je savais bien qu'il m'en restait. Elles sont peut-être plus très fraîches, mais, comme disait ma mère, c'est toujours plus frais que quand y en a pas du tout. Et voilà, monsieur. C'est mon neveu qui les a laissées. De toute façon, il est trop jeune pour fumer.

Cullum tendit au Pistolero un paquet de cigarettes aux trois quarts plein. Roland les fit tourner dans sa main d'un air songeur, puis désigna le nom inscrit sur le paquet.

— Je vois le dessin d'un dromadaire, mais ça n'est pas ça qui est écrit, n'est-ce pas ?

Cullum sourit à Roland avec une sorte d'étonnement prudent.

— Non. Ce mot, c'est *Camel*, qui veut dire « chameau ». C'est presque la même chose.

— Ah, fit Roland en essayant de prendre l'air d'avoir compris.

Il extirpa une cigarette du paquet, en étudia le filtre, puis mit l'autre extrémité entre ses lèvres.

— Non, dans l'autre sens, lui indiqua Cullum.

— Vraiment ?

— Pour sûr.

— Bon sang, Roland ! Il a une Bobby Doerr… deux Ted Williams… une Johnny Pesky… une Frank Malzone…

— Ces noms… ils ne vous disent rien du tout, pas vrai ? demanda Cullum à Roland.

— Non, répondit-il. Mon ami… merci.

Il approcha sa cigarette de l'allumette que lui tendait *sai* Cullum.

— Mon ami n'est plus venu par ici depuis un bon moment. Je pense que ça lui manque.

— Vingt dieux, fit Cullum. Des entrants ! Des entrants *chez moi* ! J'ai du mal à le croire !

— Où est Dewey Evans ? demanda Eddie. Vous n'avez pas de balle de Dewey Evans.

— Pardon ? fit Cullum (*Paaa-aaadon* entendirent-ils).

— Peut-être qu'on ne l'appelle pas encore comme ça, fit Eddie, presque pour lui-même. Dwight Evans ? L'ailier droit ?

— Oh, acquiesça Cullum. Eh bien, je n'ai que les meilleurs, ici, tu vois bien.

— Dewey joue dans la cour des grands, vous pouvez me croire. Peut-être qu'il ne mérite pas encore sa place au palmarès chez John Cullum, mais attendez quelques années. Attendez 1986. Et d'ailleurs, John, puisque vous êtes un grand fan, je voudrais vous dire deux mots. Vous êtes d'accord ?

— Bien sûr.

À l'oreille, on se serait cru à La Calla (*B'in sû-eu*).

Pendant ce temps, Roland se mit à fumer. Il expira la fumée et regarda sa cigarette d'un air perplexe.

— Ces deux mots sont *Roger Clemens*, fit Eddie. N'oubliez pas ce nom.

— Clemens, répéta Cullum d'un air dubitatif.

Au loin, en provenance de l'autre rive de l'Étang de Keywadin, monta le son de nouvelles sirènes.

— Roger Clemens, pour sûr, je m'en souviendrai. C'est qui ?

— Vous voudrez l'ajouter à votre collection, pour résumer, dit le jeune homme en tapotant l'étagère. Peut-être même juste à côté du Babe.

Les yeux de Cullum se mirent à briller.

— Dis-moi une chose, fiston. Est-ce que les Red Sox ont tout gagné, déjà ? Est-ce qu'ils ont…

— Ce n'est pas une cigarette, c'est juste de l'air un peu terreux, fit Roland.

Il lança à Cullum un regard de reproche qui ne lui ressemblait tellement pas qu'il fit sourire Eddie.

— Aucun goût, pour ainsi dire. Est-ce que les gens les *fument*, vraiment ?

Cullum prit la cigarette des mains de Roland, la cassa à hauteur du filtre, et la lui rendit.

— Essayez comme ça, dit-il en se concentrant de nouveau sur Eddie.

— Alors ? Je vous ai tirés d'un mauvais pas, là-bas, vous me devez bien ça. Est-ce qu'ils ont gagné le Championnat ? Jusqu'à ton départ, du moins ?

Le sourire d'Eddie s'évanouit et il adressa au vieil homme un regard sérieux.

— Si vous voulez vraiment une réponse, je vous la donnerai, John. Mais est-ce que vous la voulez ?

John réfléchit en tirant sur sa pipe. Puis il finit par répondre.

— Non, je pense que non. Ça gâcherait le plaisir.

— Je vais vous donner une piste, fit Eddie d'un ton jovial – les pilules que lui avait refilées John lui avaient redonné un coup de fouet, et il se *sentait* d'humeur joviale… un peu, du moins –, ce serait trop bête de mourir avant 1986. Ça va être royal, je peux vous dire.

— Pour sûr ?

— Je dis bien vrai, absolument.

Puis Eddie se tourna vers le Pistolero.

— Qu'est-ce qu'on va faire, pour notre *gunna*, Roland ?

Roland n'y avait pas pensé une seconde. Le peu de biens qu'il leur restait, depuis le couteau à tailler d'Eddie, acheté chez Took, jusqu'au vieux sac-serre de Roland, que lui avait donné son père, par-delà l'horizon lointain du temps, étaient restés de l'autre côté, quand ils avaient franchi la porte. Quand ils s'étaient fait *projeter* à travers la porte. Le Pistolero imaginait que leur *gunna* reposait quelque part, sur la poussière, devant la boutique d'East Stoneham, même s'il n'avait pas de souvenirs précis ; il était trop préoccupé de mettre Eddie (et lui-même) à l'abri, afin que le tireur à la carabine ne leur fasse pas sauter le caisson. Repenser à tous ces vieux compagnons de route, calcinés dans l'incendie qui avait dû détruire la boutique, fit mal à Roland. C'était pire encore de les imaginer aux mains de Jack Andolini. Roland eut une vision fugitive mais très vivace de son sac-serre accroché à la ceinture d'Andolini comme un sac banane (ou le scalp d'un ennemi) et cette vision le fit grimacer.

— Roland ? Et notre...

— Nous avons nos armes, c'est tout ce dont nous avons besoin, dit Roland, plus sèchement qu'il l'aurait voulu. Jake a le livre *Tchou-tchou*, et je peux nous confectionner une nouvelle boussole, si le besoin se présente. Sinon...

— Mais...

— Si tu veux parler de vos affaires, fiston, je peux faire ma petite enquête, le moment venu, proposa Cullum. Mais pour l'instant, je dirais que ton ami a raison.

Eddie *savait* que son ami avait raison. Son ami avait presque *toujours* raison, et ça restait une des rares choses qu'Eddie détestait chez lui. Il voulait son *gunna*, bon sang, et pas seulement pour avoir un jean et une chemise propres. Pas non plus pour les munitions ou son couteau, si beau fût-il. Il gardait une mèche de cheveux de Susannah dans son sac à malice en cuir, et elle portait encore un peu de son odeur. Voilà ce qui lui manquait. Mais impossible de revenir en arrière.

— John, fit-il, quel jour sommes-nous ?

L'homme haussa ses sourcils gris et broussailleux.

— Tu es sérieux ?

Et quand Eddie hocha la tête :

— Le neuf juillet. De l'an de grâce mil neuf cent soixante-dix-sept.

Eddie émit un sifflement silencieux à travers ses lèvres.

Roland s'était rendu à la fenêtre pour jeter un œil dehors, tenant entre ses doigts le bout rougeoyant de sa cigarette Dromadaire. À l'arrière de la maison, rien que des arbres et quelques alléchantes bribes bleues de ce que Cullum appelait « le Keywadin ». Mais la colonne de fumée noire était toujours visible dans le ciel, comme pour lui rappeler que la sensation de paix que pouvaient susciter en lui ces lieux n'était qu'une illusion. Il fallait qu'ils partent. Et quelle que fût sa peur panique concernant Susannah Dean, maintenant qu'ils étaient ici, il leur fallait trouver Calvin Tower et en terminer avec lui. Et vite. Parce que...

Comme s'il lisait dans ses pensées, Eddie compléta la phrase :

— Roland ? Le temps presse. Le temps de ce côté-ci s'accélère.

— Je sais.

— Ce qui veut dire que, quoi qu'on fasse, on a intérêt à le faire bien du premier coup, parce que, dans ce monde, on ne sait jamais si on peut revenir plus tôt. Il n'y a pas de seconde chance.

Ça aussi, Roland le savait.

DEUX

— Cet homme que nous recherchons est de New York, expliqua Eddie à John Cullum.

— Pour sûr, il en vient plein dans le coin, l'été.

— Il s'appelle Calvin Tower. Il est avec un de ses amis, Aaron Deepneau.

Cullum ouvrit la vitrine contenant les balles de base-ball, en prit une marquée du nom de Carl Yastrzemski en travers, de cette écriture bizarrement parfaite dont seuls semblaient capables les athlètes de haut niveau (pour ce qu'Eddie en avait vu, c'était plutôt l'orthographe qui leur posait problème), et se mit à jouer avec, la faisant passer d'une main à l'autre.

— À partir du mois de juin, il s'entasse ici des gens venus de partout – tu es au courant, pas vrai ?

— Oui, je sais, fit Eddie, déjà découragé.

Il se dit qu'il était possible que Triple Mocheté ait déjà mis la main sur Cal Tower. Peut-être l'embuscade à la boutique avait-elle été le dessert, pour ce vieux Jack.

— J'imagine que vous ne pouvez pas…

— Si je peux pas, autant me mettre tout de suite au vert, fit Cullum avec une pointe d'humour, en lançant la balle Yaz à Eddie.

Il la tint dans la main droite, tout en lissant les coutures rouges des doigts de l'autre main. Le contact de la balle lui fit monter une boule dans la gorge qui le prit par surprise. Si une balle de base-ball ne lui procurait pas le sentiment d'être chez lui, rien d'autre ne le pourrait. Sauf qu'il n'était plus chez lui, dans ce monde. John disait vrai, il n'était qu'un entrant.

— Que voulez-vous dire ? demanda Roland.

Eddie lui lança la balle, et le Pistolero l'attrapa sans même détacher les yeux de John Cullum.

— Je ne m'embarrasse pas des noms, mais ça ne m'empêche pas de connaître tout le monde qui entre dans cette ville, dit-il. Je les connais de vue. C'est le boulot de n'importe quel gardien digne de ce nom, j'imagine. De savoir qui entre dans son territoire.

Roland hocha la tête, indiquant qu'il comprenait parfaitement ce sentiment.

— Dites-moi à quoi il ressemble, ce type.

Ce fut Eddie qui répondit.

— Il mesure à peu près un mètre soixante-quinze et il doit peser dans les… cent dix kilos.

— Plutôt costaud, alors.

— Pour sûr. Ah oui, et il n'a presque plus de cheveux, sur les côtés du front.

Eddie porta les mains à son propre front et repoussa ses cheveux en arrière, découvrant ses tempes – dont l'une, depuis le passage fatal à travers la Porte Dérobée, laissait toujours suinter du sang. La douleur dans l'avant-bras gauche le fit grimacer, mais là, au moins, le saignement s'était presque interrompu. Eddie s'inquiétait plus de la balle qu'il avait prise dans la jambe. Pour l'instant, le Percodan de Cullum faisait effet contre la douleur, mais si la balle était encore à l'intérieur – et Eddie avait toutes les raisons de le croire – il faudrait bien qu'elle finisse par en ressortir.

— Quel âge il a ? demanda Cullum.

Eddie jeta un regard à Roland, qui se contenta de secouer la tête. Roland avait-il seulement déjà vu Tower ? En cet instant précis, Eddie ne s'en souvenait pas. Il aurait dit que non.

— La cinquantaine, je dirais.

— C'est le collectionneur de livres, c'est ça ?

Cullum éclata de rire en voyant l'expression de surprise sur le visage d'Eddie.

— Je vous le disais, je veille au grain, les vacanciers, je les surveille. Faut essayer de repérer les pique-assiettes. Voire les voleurs. Une fois, il y a huit ou neuf ans, on a eu cette femme du New Jersey, une pyromane – Cullum secoua la tête – ; elle avait l'air d'une gentille bibliothécaire de province, le genre qui n'ose jamais ouvrir le bec, et elle mettait le feu aux granges dans tout le patelin. Stoneham, Lovell et Waterford.

— Comment savez-vous qu'il est marchand de livres ? demanda Roland en renvoyant la balle à Cullum, qui la fit immédiatement passer à Eddie.

— *Ça*, je ne le savais pas. Je savais qu'il les collectionnait, parce qu'il l'a dit à Jane Sargus. Jane tient une petite boutique sur Dimity Road, à l'embranchement de la Route 5. C'est à un ou deux kilomètres d'ici, au sud. C'est d'ailleurs sur Dimity Road que ce type et son ami logent, si on parle bien des mêmes. On dirait bien.

— Son ami s'appelle Deepneau, fit Eddie en renvoyant la balle Yaz à Roland.

Le Pistolero l'attrapa, la relança à Cullum, puis se rendit près de la cheminée et jeta le mégot de sa cigarette sur le petit tas de branchages empilés dans l'âtre.

— Comme je vous ai dit, vous embarrassez pas de noms, mais le copain de ce type est maigre et il a dans les soixante-dix ans. Il marche comme un gars qui a mal aux hanches. Il porte des lunettes à monture métallique.

— C'est lui, pas de doute, confirma Eddie.

— Janey a une petite boutique, Antiquités du Terroir, elle l'a appelée. Elle a mis deux trois meubles dans une grange, des commodes et des armoires, ce genre de choses, mais elle est surtout spécialisée dans le patchwork, la vaisselle et les vieux livres. C'est ce que dit l'enseigne, à l'entrée.

— Alors Cal Tower… quoi ? Il est entré comme ça et il a commencé à regarder ?

Eddie ne pouvait le croire, et en même temps, ça lui paraissait tout à fait plausible. Tower avait essayé de feinter, quand il s'était agi de quitter New York, même après que Jack et George Biondi avaient menacé de mettre le feu à ses livres les plus précieux, juste sous ses yeux. Et une fois que Deepneau et lui étaient arrivés à destination, cet idiot avait signé un formulaire de poste restante au bureau local – ou du moins son ami Aaron l'avait fait pour lui, et pour les méchants, ça revenait au même. Callahan lui avait laissé un mot lui ordonnant d'arrêter de faire de la publicité dans tout East Stoneham. *Comment peut-on être aussi stupide ???*, c'était le dernier signe du Père à *sai* Tower, et la réponse semblait être : très facilement, il suffit d'y mettre un peu de bonne volonté.

— Pour sûr, dit Cullum. Sauf qu'il a fait beaucoup plus que jeter un œil (ses yeux, aussi bleus que ceux de Roland, scintillaient). Il en a acheté pour deux cents dollars, de la lecture.

Il a payé en traveller's checks. Et alors il lui a demandé une liste des autres librairies d'occasion de la région. Ça en fait quelques-unes, si on compte Notions, à Norway, et Corbeilles et Merveilles, à Fryeburg. Et il lui a aussi fait écrire le nom des gens du coin qui ont des collections de livres, et qui font parfois des vide-greniers. Jane était terriblement excitée. Elle en a parlé dans toute la ville, pour sûr.

Eddie se porta la main au front et poussa un grognement éloquent. C'était bien le type qu'il avait rencontré, c'était bien Calvin Tower tout craché. Mais qu'est-ce qui lui était passé par la tête ? Qu'est-ce qu'il avait cru ? Qu'une fois arrivé au nord de Boston, il était tiré d'affaire ?

— Vous pouvez nous dire où le trouver ? demanda Roland.

— Oh, je peux même faire mieux que ça. Je peux vous mener directement à eux.

Roland jouait avec la balle, la faisant passer d'une main à l'autre. Il s'interrompit et secoua la tête.

— Non, vous, vous irez ailleurs.

— Où ça ?

— N'importe où où vous serez en sécurité, dit Roland. Je ne veux rien savoir d'autre, *sai*, aucun de nous ne veut savoir.

— Et moi je dis, bon sang, je suis pas sûr d'aimer beaucoup ça.

— Peu importe. Le temps presse.

Roland réfléchit un instant.

— Vous avez une cartomobile ?

Cullum eut l'air un peu déstabilisé, puis répondit, avec un grand sourire :

— Ouaip, une cartomobile et aussi une camionnobile. Je suis blindé.

Qui sonna comme *blandé*.

— Alors vous allez nous conduire à Dimity Road, chez Tower, dans l'un des deux, et pendant ce temps Eddie... – il marqua une pause –, Eddie, tu sais toujours conduire ?

— Roland, tu me fais de la peine, là.

Roland, qui n'avait jamais eu beaucoup d'humour, même au mieux de sa forme, ne sourit pas. Il reporta plutôt son attention sur le dan-tete – le petit sauveur – que le *ka* avait placé sur leur chemin.

— Une fois que nous aurons trouvé Tower, vous partirez de votre côté, John. Ce qui veut dire : n'importe où où nous ne serons pas. Prenez des petites vacances, si cela vous sied. Deux jours devraient suffire, puis vous pourrez reprendre vos affaires.

Roland espérait que leurs affaires à eux, à East Stoneham, seraient réglées avant le coucher du soleil, mais il ne voulait pas s'attirer la poisse en le disant à voix haute.

— Vous n'avez pas l'air de comprendre… c'est la période pleine, pour moi, dit Cullum.

Il tendit les mains, et Roland lui lança la balle.

— J'ai un hangar à peindre… et une grange dont les bardeaux ont besoin d'être retapés…

— Si vous restez avec nous, l'interrompit Roland, vous pourriez bien ne plus jamais voir un bardeau de votre vie.

Cullum le considéra en fronçant les sourcils, essayant visiblement de mesurer jusqu'à quel point il était sérieux. Le résultat ne lui fit pas plaisir.

Pendant ce temps, Eddie se surprit à se demander une nouvelle fois si Roland avait déjà vu Tower de ses propres yeux. Et il se rendit compte qu'il s'était trompé dans sa réponse la première fois – Roland l'avait bel et bien vu.

Bien sûr, qu'il l'a vu. C'est Roland qui a fait passer la bibliothèque remplie des premières éditions de Tower dans la Grotte de la Porte. Roland le regardait bien en face. Sa vision était peut-être un peu déformée, mais…

Eddie perdit le fil de son raisonnement, et par association d'idées, ses pensées revinrent inévitablement sur les livres précieux de Tower, des raretés telles que *Le Dogan*, de Benjamin Slightman Jr, et *Salem*, de Stephen King.

— Je prends juste mes clés et on est partis, dit Cullum, mais avant qu'il ait pu se retourner, Eddie lui lança :

— Attendez.

Cullum lui jeta un regard interrogateur.

— On a encore deux ou trois choses à éclaircir, il me semble.

Et il leva les mains, attendant la balle.

— Eddie, notre temps presse, lui rappela Roland.

— Je le sais, répondit le jeune homme. *Et je le sais sans doute mieux que toi, parce que c'est contre ma femme que l'horloge tourne.* Si je pouvais, je laisserais ce connard de Tower aux mains de Jack et je mettrais toute mon énergie à retrouver Susannah. Mais le *ka* ne me laissera pas faire. Ton foutu *ka*.

— Il nous faut…

— La ferme.

Jamais il n'avait parlé ainsi à Roland, mais à présent les mots sortaient tout seuls, et il ne ressentit aucune urgence de les retenir. En esprit, Eddie entendit résonner un vieux chant de La Calla : *Comme à Commala, la palabre ne s'achève pas là*.

— Qu'est-ce que tu as derrière la tête ? lui demanda Cullum.

— Un homme du nom de Stephen King. Ça vous dit quelque chose ?

Et aux yeux de Cullum, il vit que oui.

TROIS

— Eddie, tenta Roland d'une voix étrangement humble, que le jeune homme ne lui avait jamais entendue.

Il est aussi paumé que moi.

Pas rassurant, comme perspective.

— Andolini est peut-être toujours à notre recherche. Et surtout, il est sans doute à la recherche de Tower, maintenant qu'on lui a filé entre les doigts… et comme *sai* Cullum nous l'a dit clairement, Tower a fait en sorte de ne pas être trop difficile à trouver.

— Écoutez-moi, répliqua Eddie. Je joue à l'intuition, sur ce coup-là, mais il n'y a pas que de l'intuition. On a rencontré un homme, Ben Slightman, et cet homme a écrit un livre, dans un autre monde. Dans le monde de Tower. Dans *ce monde-ci.* Et on en a rencontré un autre, Donald Callahan, qui est le *personnage* d'un livre d'un autre monde. De ce monde-ci, encore une fois.

Cullum lui avait renvoyé la balle et Eddie la lança à Roland, sournoisement, et fort. Le Pistolero l'attrapa sans peine.

— Ç'aurait pu me paraître insignifiant, sauf qu'on est littéralement *hantés* par les livres, pas vrai ? *Le Dogan. Le Magicien d'Oz. Charlie le Tchou-tchou.* Et même la composition de fin d'année de Jake. Et maintenant, *Salem.* Je me dis que si ce Stephen King est réel…

— Oh, il est bien réel, fit Cullum.

Il jeta un œil par la fenêtre, en direction de l'Étang de Keywadin, balayé par les hurlements des sirènes, sur l'autre rive. Il contempla la colonne de fumée, qui maculait à présent tout le ciel bleu de sa noirceur hideuse. Puis il leva la main, attendant la balle de base-ball. Roland la lui lança en un long arc de cercle dont l'apogée effleura presque le plafond.

— Et ce livre qui vous met dans tous vos états, je l'ai lu. Je l'ai acheté à la ville, chez Bookland. J'ai trouvé que c'était une histoire fumante, aussi.

— Une histoire de vampires.

— Pour sûr, je l'ai entendu en parler à la radio. Il dit que l'idée lui est venue de *Dracula*.

— Vous avez entendu l'auteur à la radio, répéta Eddie.

Il ressentait de nouveau cette sensation d'euphorie cosmique, d'impatience et d'excitation. Il l'attribua au Percodan. Sans succès. Soudain il se sentit étrangement irréel, comme une ombre au travers de laquelle on pourrait voir, aussi légère que... eh bien, que la page d'un livre. Rien ne servait de comprendre que ce monde, celui de l'été 1977, sur le Rayon du temps, semblait réel, réel comme ne l'était aucun des autres *où* et *quand* – y compris les siens propres. Et ce sentiment était totalement subjectif, pas vrai ? Si on allait au fond des choses, comment pouvait-on être sûr qu'on n'était pas tous des personnages de romans ? Ou des pensées fugitives, passant par la tête d'un guignol assis dans le bus ? Ou une poussière éphémère dans l'œil de Dieu ? Ces pensées avaient quelque chose de fou, et avec un petit effort, elles pouvaient même vous *rendre* fou...

Et pourtant...

Hé copain, y a pas à s'inquiéter, pas de souci, tu as la clé.

Les clés, ma spécialité, pensa Eddie. Puis : *King, le Roi, c'est une clé, pas vrai ? Calla, Callahan. Le Roi Cramoisi, Stephen King. Stephen King est-il le Roi Cramoisi de ce monde ?*

Roland s'était apaisé. Eddie était certain que ça lui avait été difficile, mais le difficile, c'était la spécialité de Roland.

— Si tu as des questions à poser, vas-y, dit-il en faisant son mouvement de moulinet avec la main droite.

— Roland, je ne sais même pas par où commencer... ces idées que j'ai, elles sont tellement énormes... tellement... *effrayantes*, si tu regardes bien...

— Mieux vaut que tu ailles au plus simple, alors.

Roland attrapa la balle que lui lança Eddie, mais il avait maintenant l'air un peu moins patient.

— Il faut *vraiment* qu'on change de décor.

Eddie le savait, ô combien. Il aurait bien posé sa question en route, s'ils avaient pu voyager dans la même voiture. Mais tel n'était pas le cas, et Roland n'avait jamais conduit un véhicule à moteur, ce qui empêchait Eddie et Cullum de faire le trajet ensemble.

— D'accord. Qui est-il ? Commençons par là. Qui est Stephen King ?

— Un écrivain, répondit Cullum, en regardant Eddie d'un air qui voulait dire : *Tu es demeuré, fiston, ou quoi ?* Il vit à Bridgton, avec sa famille. Un gars sympa, à ce qu'on dit.

— Bridgton, c'est loin d'ici ?

— Oh... à trente ou quarante kilomètres.

— Quel âge a-t-il ? tâtonna fébrilement Eddie, conscient que les bonnes questions étaient sans doute tout près, même s'il ne les formulait pas encore précisément.

John Cullum cligna d'un œil et parut calculer.

— Pas si vieux, je dirais. S'il a trente ans, c'est bien le maximum.

— Ce livre, là... *Salem*... ça s'est bien vendu ?

— J'en sais rien. Des tas de gens le lisent, par ici, c'est tout ce que je peux te dire. Mais ça se passe dans le Maine. Et puis il y a eu les pubs à la télé, tu vois. Et puis ils ont fait un film, à partir de son premier livre. Mais je suis pas allé le voir, ça avait l'air trop sanglant.

— Quel était le titre ?

Cullum réfléchit, puis secoua la tête.

— Impossible de m'en souvenir. C'était en un seul mot. Le nom de l'héroïne, je peux pas dire mieux. Peut-être que ça me reviendra.

— Ce n'est pas un entrant, d'après vous ?

Cullum éclata de rire.

— Il est né et a grandi dans l'État du Maine. J'imagine que ça fait de lui un *résident*.

Roland observait Eddie avec une impatience grandissante, et le jeune homme décida de jeter l'éponge. C'était pire que de jouer au ni oui ni non. Mais bon sang, le Père Callahan était bien *réel*, et il était aussi le personnage d'un livre de fiction écrit par ce King, et ce King vivait précisément dans une zone que Cullum décrivait lui-même comme un repaire d'entrants. L'un de ces entrants ressemblait beaucoup à un serviteur du Roi Cramoisi, selon Eddie. Une femme chauve avec un œil sanguinolent au milieu du front, avait dit John.

Mieux valait oublier ça pour l'instant, et se concentrer sur Tower. Il avait beau être exaspérant, il restait propriétaire d'un certain terrain vague où poussait en liberté la rose la plus précieuse de tout l'univers. Et il savait aussi tout un tas de trucs sur les livres rares et ceux qui les avaient écrits. Il en savait vraisemblablement plus sur l'auteur de *Salem* que *sai* Cullum. L'heure était venue de lâcher prise. Mais...

— OK, fit-il en renvoyant la balle au gardien. Remettez ce truc sous clé et filons à Dimity Road, si ça vous sied. Juste une ou deux questions, pour finir.

Cullum haussa les épaules et remit la balle Yaz dans sa vitrine.

— La balle est dans ton camp.

— Je sais, fit Eddie...

Et soudain, pour la deuxième fois depuis qu'il avait passé la porte, Susannah lui parut étrangement proche. Il la vit assise dans une pièce remplie d'équipement de surveillance datant des calendes grecques. Le Dogan de Jake, de toute évidence... à la manière dont Susannah l'imaginait. Il la vit parler dans un micro, et bien qu'il ne pût l'entendre, il voyait bien son ventre gonflé et son visage apeuré. Elle était *très* enceinte, à présent. Enceinte et prête à éclater. Il savait trop bien ce qu'elle disait : *Viens, Eddie, sauve-moi, Eddie, sauve-nous toutes les deux, fais vite, avant qu'il soit trop tard.*

— Eddie ? appela Roland. Tu as viré au gris. C'est ta jambe.

— Ouais, fit Eddie, bien qu'en cet instant précis sa jambe ne le fît pas du tout souffrir.

Il repensa à la clé à sculpter. À cette responsabilité redoutable, de savoir qu'il fallait tomber juste, au millimètre près. Et il se retrouvait là, quasiment dans la même situation. Il tenait quelque chose, il le savait... mais quoi ?

— Ouais, ma jambe.

Du revers de sa manche, il essuya la sueur sur son front.

— John. À propos du titre de ce livre. *Salem*. C'est le diminutif de Jerusalem's Lot, n'est-ce pas ?

— Pour sûr.

— C'est le nom de la ville, dans le livre.

— Pour sûr.

— Dans le deuxième livre de Stephen King.

— Pour sûr.

— Dans son deuxième *roman*.

— Eddie, fit Roland, ça devrait suffire.

Eddie le repoussa d'un geste du bras, mais la douleur le fit grimacer. Son attention se portait sur John Cullum.

— Jerusalem's Lot, ça n'existe pas, n'est-ce pas ?

Cullum dévisagea Eddie comme s'il était fou à lier.

— Bien sûr que non. C'est une histoire inventée, avec des gens inventés, dans une ville inventée. Ça parle de *vampires.*

Oui, pensa Eddie, *et si je te disais que j'ai de bonnes raisons de croire que les vampires sont bien réels... sans parler des démons invisibles, des boules magiques, et des sorcières... tu serais prêt à jurer que je suis bon à enfermer, je me trompe ?*

— Est-ce que par hasard vous sauriez si Stephen King a toujours habité dans cette ville de Bridgton ?

— Non. Lui et sa famille se sont installés ici il y a deux, peut-être trois ans. Je crois qu'avant ils étaient à Windham, au nord de l'État. Ou peut-être que c'était Raymond. Enfin, l'une de ces villes-là, c'est sûr.

— Est-ce qu'il serait juste de dire que les entrants dont vous nous avez parlé ont commencé à se manifester quand ce type s'est pointé dans le coin ?

Les sourcils broussailleux de Cullum s'arquèrent, puis se rejoignirent. De l'eau monta le vacarme rythmé d'une trompe, comme une corne de brume.

— Tu sais, finit par dire Cullum, tu tiens peut-être quelque chose là, fiston. C'est peut-être qu'une coïncidence, mais peut-être pas.

Eddie acquiesça. Il se sentait émotionnellement vidé, comme un avocat à la fin d'un contre-interrogatoire long et ardu.

— Faisons péter la baraque, dit-il à Roland.

— Ça pourrait être une bonne idée, dit Cullum, puis il fit un signe de tête en direction de l'étang, où se déchaînait la fanfare des cornes de brume.

— C'est le rafiot de Teddy Wilson. C'est le policier du comté. Il est aussi garde-chasse.

Cette fois-ci, il lança à Eddie un jeu de clés de voiture, en guise de balle de base-ball.

— Je te confie la boîte automatique. Au cas où tu serais vraiment rouillé. La camionnette a un levier de vitesse. Tu me suis, et en cas de pépin, tu appuies sur le klaxon.

— Je le ferai, vous pouvez me croire.

Tandis qu'ils quittaient la maison derrière Cullum, Roland demanda :

— C'était encore Susannah ? C'est pour ça que tu es devenu livide ?

Eddie hocha la tête.

— Nous l'aiderons, si nous le pouvons. Mais c'est sans doute le seul moyen d'arriver jusqu'à elle.

Eddie le savait. Il savait aussi que, le temps qu'ils la rejoignent, il serait peut-être trop tard.

SOLISTE : *Commala-ka-cata*
Te voilà entre les mains du destin.
Que tu sois réel ou pas
Le temps n'attendra pas demain.

CHŒUR : *Commala-sept-huit !*
Le temps n'attendra pas demain !
Que ton ombre soit courte ou longue, pfuit !
Te voilà entre les mains du destin.

NEUVIÈME COUPLET

EDDIE TIENT SA LANGUE

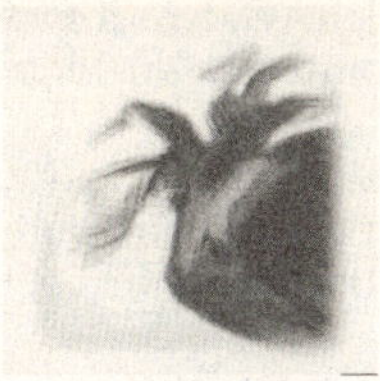

UN

Le Père Callahan avait rendu une brève visite au bureau de poste d'East Stoneham presque deux semaines avant la fusillade à la boutique de Chip McAvoy, et c'est là que le prêtre de la paroisse de Jerusalem's Lot avait griffonné son petit mot à la hâte.

Tower...

Je suis un ami du type qui vous a tiré d'affaire, avec Andolini. Où que vous soyez, il faut que vous en partiez immédiatement. Trouvez une grange, un refuge abandonné, ou même un cabanon s'il le faut. Vous n'y serez pas bien installé, mais rappelez-vous que c'est ça ou être mort. Et je pèse mes mots ! Laissez des lumières allumées là où vous vous trouvez actuellement et ne déplacez pas votre voiture, qu'elle reste au garage ou dans l'allée. Laissez un mot avec des indications sur le lieu où vous êtes, sous le tapis de sol de votre voiture, côté conducteur, ou sous la marche du porche, à l'arrière de la maison. Nous vous contacterons. Rappelez-vous que nous sommes les seuls à pouvoir vous soulager du fardeau que vous portez. Mais si vous voulez notre aide, il vous faut nous aider aussi.

Callahan, de la lignée d'Eld.

Et que ce soit votre DERNIER passage par la poste. Comment peut-on être aussi stupide ? ? ?

Callahan avait risqué sa vie pour déposer ce mot, et Eddie, sous l'emprise maléfique de la Treizième Noire, avait bien failli perdre la sienne. Et quel était le profit net de ces risques et de ces tentatives ? Eh bien, Calvin Tower était allé gambader joyeusement dans la campagne du Maine, à la recherche de livres rares ou épuisés.

Tout en suivant John Cullum sur la Route 5, avec Roland assis silencieusement à ses côtés, puis en tournant dans Dimity Road, Eddie sentit que, nerveusement, il n'était pas loin de la zone de danger.

Il va falloir que je me mette les mains dans les poches et que je tienne ma langue, se dit-il. Mais dans ce cas précis, il n'était même pas certain que les bonnes vieilles recettes fonctionneraient.

DEUX

Environ trois kilomètres après avoir quitté la Route 5, la Ford F-150 de Cullum prit un virage à droite, dans Dimity Road, indiqué par deux panneaux accrochés sur un poteau rouillé. Celui du haut disait : ROCKET RD[1] ; l'autre, plus rouillé encore, faisait miroiter des CABANES BORD LAC, LOCATION WE, MOIS OU SAISON. Rocket Road était à peine plus qu'un petit sentier serpentant entre les arbres et Eddie colla au train de Cullum, pour éviter le panache de poussière que laissait derrière lui le vieux camion de leur nouvel ami. La « cartomobile » était également un modèle Ford, une trois-portes anonyme qu'Eddie n'aurait su nommer sans vérifier l'inscription chromée à l'arrière ou le manuel du conducteur. Mais conduire de nouveau lui procurait un plaisir presque mystique, avec non pas un seul cheval sous les fesses, mais plusieurs centaines prêts à bondir au moindre frémissement de son pied droit. C'était agréable aussi d'entendre le brouhaha des sirènes s'évanouir au fur et à mesure.

L'ombre des frondaisons les engloutissait. Le parfum des pins et de la sève était à la fois doux et vif.

— Charmante région, fit remarquer le Pistolero. On rêverait de venir s'y installer.

Ce fut son seul commentaire.

Le camion de Cullum croisa des allées numérotées. Sous chaque numéro apparaissait une petite légende, LOCATIONS JAFFORDS. Eddie songea à signaler à Roland qu'ils avaient connu un Jaffords à La Calla, qu'ils l'avaient même très bien connu, mais il se ravisa. C'était enfoncer une porte ouverte.

1. Littéralement : « Route de la Fusée ». *(N.d.T.)*

Ils dépassèrent les numéros 15, 16 et 17. Cullum marqua un temps d'arrêt devant le 18 puis, après réflexion, passa la main par la vitre de son camion et leur fit signe de continuer. Eddie avait déjà enclenché la vitesse, sachant pertinemment que ce n'était pas le numéro 18 qui les intéressait.

Cullum s'engagea dans l'allée suivante. Eddie le suivit, et les pneus de la berline firent chuchoter l'épais tapis d'aiguilles de pin. Des éclats bleus se mirent à apparaître entre les arbres, mais quand ils atteignirent le bungalow numéro 19 avec sa vue sur le lac, Eddie constata qu'il s'agissait d'un vrai plan d'eau, contrairement à l'Étang de Keywadin. Probablement pas plus grand qu'un terrain de football. La cabane elle-même ne devait pas avoir plus de deux pièces. Elle comprenait aussi une véranda couverte qui donnait sur l'étang, avec deux rocking-chairs fatigués mais à l'air confortable. Un tuyau en zinc sortait du toit. Il n'y avait ni garage ni voiture garée devant la cabane, même si Eddie croyait deviner où elle était passée. Mais avec le tapis d'aiguilles de pin, c'était difficile à dire.

Cullum coupa le moteur du camion. Eddie l'imita. On n'entendait plus à présent que le clapotis de l'eau sur les rochers, le soupir de la brise à travers les pins, et le gazouillis léger des oiseaux. En tournant la tête vers la droite, Eddie vit le Pistolero assis, ses longs doigts de génie croisés paisiblement sur ses genoux.

— Ça te paraît comment ? demanda Eddie.

— Calme – à la mode de La Calla : *Côlme*.

— Il y a quelqu'un ?

— Je dirais que oui.

— Du danger ?

— Oui-là. Juste à côté de moi.

Eddie le fixa en fronçant les sourcils.

— Toi, Eddie. Tu veux le tuer, pas vrai ?

Au bout d'un moment, Eddie dut bien admettre qu'il disait vrai. Cette partie de sa nature, à découvert, dans sa simplicité et sa sauvagerie, le mettait parfois mal à l'aise, mais il ne pouvait la renier. Et après tout, qui l'avait réveillée et aiguisée à ce point ?

Roland hocha la tête.

— Un jour, après des années d'errance dans le désert, solitaire comme tout ermite digne de ce nom, j'ai vu entrer dans ma vie un jeune homme pleurnicheur et égoïste, dont l'unique ambition était de continuer à consommer une drogue qui le faisait renifler et somnoler toute la journée. Une sorte de rustre prétentieux, fort en gueule, qui n'avait pas grand-chose pour lui...

— Mais beau gosse, intervint Eddie. N'oublie pas ça. Ce gars, c'était une véritable sex-*môchine*.

Roland le considéra sans sourire.

— Si j'ai réussi à ne pas te tuer à cette époque-là, Eddie de New York, tu dois pouvoir réussir à ne pas tuer Calvin Tower aujourd'hui.

Et sur ces mots, Roland ouvrit la portière et sortit.

— Eh bien, c'est *toi* qui le dis, répondit le jeune homme à l'intérieur de la voiture de Cullum, avant de sortir à son tour.

TROIS

Cullum était toujours au volant de son camion, lorsque Roland, puis Eddie le rejoignirent.

— Ça m'a l'air vide, mais j'ai vu de la lumière dans la cuisine.

— Hein-hein, fit Eddie. John, j'ai…

— Laisse-moi deviner. Tu as une autre question. La seule personne que je connaisse qui en pose plus que toi, c'est mon petit-neveu, Aidan. Il vient d'avoir trois ans. Vas-y, pose-la.

— Pourriez-vous localiser précisément le centre de l'activité des entrants, dans le coin, ces dernières années ?

Eddie ne savait absolument pas pourquoi il posait cette question, mais tout à coup, ça lui paraissait vital.

Cullum réfléchit, puis répondit :

— C'est le Chemin du Dos de la Tortue, à Lovell.

— Vous avez l'air bien sûr de vous.

— Pour sûr. Je t'ai parlé de cet ami, Donnie Russert, ça te revient ? Le prof d'histoire à Vandy ?

Eddie acquiesça.

— Eh bien, après avoir rencontré un de ces types en personne, il s'est intéressé au phénomène. Il a écrit plusieurs articles là-dessus, mais il disait qu'aucun magazine digne de ce nom ne les publierait, même très bien documentés. Il disait qu'écrire au sujet des entrants dans l'ouest du Maine lui avait appris une vérité qu'il ne s'attendait pas à découvrir, à son âge : qu'il y a des choses que les gens ne veulent pas croire, même si on leur en apporte la preuve. Il citait ce poète grec, qui dit : « Le pilier de la vérité a un trou en son milieu. » Bref, il avait établi une carte de la zone entourant les sept villes, et il l'avait affichée sur le mur de son bureau : Stoneham, East Stoneham, Waterford,

Lovell, Sweden, Fryeburg, et East Fryeburg. Avec des épingles, plantées là où des entrants avaient été signalés, tu vois ?

— Je vois fort bien, grand merci, confirma Eddie.

— Et je dois dire que… ouais, le Chemin du Dos de la Tortue était le centre. Faut dire, il y avait six ou huit épingles, et ce bout de patelin doit pas faire beaucoup plus de trois kilomètres. Ça fait une boucle, qui descend de la Route 7, le long du Lac Kezar, et puis elle remonte vers la Route 7.

Roland observait la maison. Il se tourna vers la gauche, marqua un temps d'arrêt et porta la main gauche sur la crosse en bois de santal de son pistolet.

— John, c'était une heureuse rencontre que la nôtre, mais il est temps pour vous de déguerpir d'ici.

— Pour sûr ? Vous êtes certain ?

Roland hocha la tête.

— Les hommes qui sont venus ici sont des idiots. Ça sent encore l'idiot, c'est entre autres à ça que je sais qu'ils sont encore là. Vous n'êtes pas ce genre de personne.

John Cullum esquissa un léger sourire.

— J'espère bien que non, mais je dois vous remercier pour le compliment.

Puis il s'interrompit et gratta sa tête grise.

— Si c'est bien un compliment.

— Ne reprenez pas la route principale et commencez par vous dire que je ne pensais pas ce que je viens de vous dire. Mieux, dites-vous que nous ne sommes jamais venus ici, que nous n'étions qu'un rêve. Ne retournez pas chez vous, pas même pour prendre une chemise de rechange. Vous n'y êtes plus en sécurité. Allez ailleurs. À au moins trois regards vers l'horizon.

Cullum ferma un œil et parut calculer mentalement.

— Dans les années 1950, j'ai passé dix ans comme gardien de la prison d'État du Maine, dix années malheureuses. Mais là-bas j'ai rencontré un type fabuleux, qui s'appelait…

Roland secoua la tête et posa sur ses lèvres les deux doigts qui lui restaient à la main droite. Cullum hocha la tête.

— Eh bien, on dirait que j'ai oublié son nom, mais je sais qu'il vit dans le Vermont, et je vais finir par m'en souvenir… et aussi de là où il habite… dès que j'aurais franchi la frontière de l'État du New Hampshire.

Quelque chose dans son discours frappa Eddie, quelque chose de faux, mais il n'aurait pas su dire quoi, exactement ; il finit par se dire qu'il avait juste une petite poussée de paranoïa. John Cullum était un type carré… pas vrai ?

— Bon vent, dit-il en attrapant la main du vieil homme. Que vos journées soient longues et vos nuits plaisantes.

— Pareil pour vous, les gars, répondit Cullum, avant de serrer la main de Roland.

Il retint un peu la main à trois doigts du Pistolero dans la sienne.

— Est-ce que c'est Dieu qui m'a sauvé la vie, là-bas, d'après vous ? Quand les balles ont commencé à voler ?

— Oui-là, répondit Roland. Si vous voulez. Puisse-t-il vous accompagner maintenant.

— Et pour ma vieille Ford…

— Ou bien ici, ou bien dans le coin, fit Eddie. Vous la retrouverez, ou quelqu'un la retrouvera. Ne vous inquiétez pas.

Cullum eut un grand sourire.

— C'est à peu près ce que j'allais vous dire moi-même.

— *Vaya con Dios*, conclut Eddie.

Cullum sourit de nouveau.

— J'en ai autant à votre service à tous les deux, fiston. Faites bien attention à ces entrants. Certains ne sont pas très sympas. Tout le monde est d'accord là-dessus.

Cullum mit son camion en route et partit. Roland le regarda s'éloigner et dit :

— Dan-tete.

Eddie acquiesça. Dan-tete. Petit sauveur. Ça résumait bien qui était John Cullum – qui à présent avait quitté leur vie, tout comme les anciens de River Crossing. Car il avait bel et bien disparu, n'est-ce pas ? Pourtant il y avait quelque chose, dans sa façon de parler de son ami du Vermont…

De la paranoïa.

De la simple paranoïa.

Eddie se sortit ça de la tête.

QUATRE

Puisqu'il n'y avait pas de voiture garée, et donc pas de tapis de sol côté conducteur sous lequel aller regarder, Eddie entreprit de vérifier sous la marche du porche. Mais il n'avait pas fait un pas dans cette direction que Roland le saisit par l'épaule et tendit le bras. Eddie vit une bande de terre broussailleuse qui descendait jusqu'à l'eau, et le toit d'un hangar à bateaux dont les bardeaux verts étaient recouverts d'une couche d'aiguilles de pin séchées.

— Il y a quelqu'un, là-bas, fit Roland en bougeant à peine les lèvres. Sans doute le moins idiot des deux. Et il nous regarde. Lève les bras.

— Roland, tu penses que c'est bien prudent ?

— Oui.

Roland mit les mains en l'air. Eddie pensa lui demander sur quel fondement il bâtissait cette certitude, mais il connaissait la réponse : l'intuition. La spécialité de Roland. Avec un soupir, Eddie leva lui aussi les mains à hauteur d'épaule.

— Deepneau ! s'écria Roland en direction du hangar. Aaron Deepneau ! Nous venons en amis, et le temps nous presse ! Si c'est vous, montrez-vous ! Nous devons palabrer !

Il y eut une pause, puis une voix de vieil homme demanda :

— Quel est votre nom, monsieur ?

— Roland Deschain, de Gilead et de la lignée d'Eld. Je pense que vous le savez.

— Quelles affaires vous occupent ?

— Mon affaire, c'est le plomb ! cria Roland, et Eddie sentit la chair de poule lui recouvrir les bras.

Long silence. Puis :

— Est-ce qu'ils ont tué Calvin ?

— Pas à notre connaissance, répondit Eddie. Si vous savez quelque chose que nous ne savons pas, pourquoi vous ne venez pas ici nous le raconter ?

— Est-ce que vous êtes le type qui s'est pointé pendant que Cal marchandait avec ce con d'Andolini ?

Eddie ressentit une nouvelle poussée de colère en entendant le mot *marchander*. À cette nouvelle interprétation de ce qui s'était réellement passé dans l'arrière-boutique de Tower.

— Un marchandage ? C'est comme ça qu'il vous a présenté les choses ?

Puis, sans attendre la réponse d'Aaron Deepneau.

— Ouais, c'est bien moi. Sortez de là, qu'on discute.

Pas de réponse. Il s'écoula vingt secondes. Eddie prit une inspiration et s'apprêta à appeler de nouveau Deepneau. Roland lui posa la main sur le bras et secoua la tête. Vingt secondes passèrent encore, puis ils entendirent le crissement rouillé d'un ressort – une porte grillagée qui s'ouvrait. Un grand homme maigre sortit du hangar, clignant des yeux comme une chouette. D'une main il tenait un gros revolver automatique, par le barillet. Il le leva au-dessus de sa tête.

— C'est un Beretta. Il n'est pas chargé. Je n'ai qu'un chargeur, et il est dans la chambre. Sous mes chaussettes. Les armes à feu me rendent nerveux, OK ?

Eddie roula des yeux ronds. Ces *folken* étaient leurs ennemis les plus redoutables, comme aurait dit Henry.

— Très bien, fit Roland. Venez, c'est tout.

Et – comme quoi un miracle était toujours possible – Deepneau s'exécuta.

CINQ

Le café qu'il leur fit était meilleur que tous ceux qu'ils avaient bus à Calla Bryn Sturgis, meilleur même que tous ceux que Roland avait bus depuis l'époque de Mejis, quand il chevauchait sur le bord de l'Aplomb. Et il y avait aussi des fraises. Deepneau soutenait qu'elles avaient été cultivées de manière industrielle, mais Eddie fut transporté de joie par leur goût. Ils se retrouvèrent tous trois assis dans la cuisine de la location Jaffords numéro 19, à boire du café en plongeant de grosses fraises dans un bol de sucre en poudre. À la fin de leur palabre, ils avaient l'air de trois assassins qui auraient trempé le bout des doigts dans le sang de leur dernière victime. L'arme vide de Deepneau reposait sur le rebord de la fenêtre.

Deepneau était allé faire un tour sur Rocket Road quand il avait entendu le bruit d'une fusillade, puis des explosions. Il s'était empressé de rentrer à la cabane (aussi vite que le lui permettait son état actuel, précisa-t-il) et quand il avait vu de la fumée s'élever au sud, il avait décidé qu'il était sans doute plus sage de retourner se réfugier dans le hangar, tout compte fait. À ce moment-là, il était persuadé que c'était le truand italien, Andolini, alors…

— Qu'est-ce que vous voulez dire par *retourné* au hangar ? demanda Eddie.

Sous la table, Deepneau bougea les pieds. Il était extrêmement pâle, avec des taches violacées sous les yeux et seulement quelques touffes de cheveux fins et ébouriffés sur le crâne, comme du duvet. Eddie se rappela que Tower lui avait dit que Deepneau avait eu un cancer, quelques années plus tôt. Aujourd'hui il n'avait pas l'air en grande forme, mais Eddie avait vu des gens – notamment dans la Cité de Lud – beaucoup plus mal en point. Gasher, le vieux pote de Jake, en était un excellent exemple.

— Aaron ? demanda Eddie. Qu'est-ce que vous voulez dire par…

— J'ai entendu la question, dit-il, un peu irrité. Nous avons reçu un mot, par la poste restante, ou plutôt c'est Cal qui l'a reçu, suggérant que nous quittions la cabane pour trouver une autre planque dans le coin, en veillant à ne pas nous faire remarquer. Ça venait d'un dénommé Callahan. Vous le connaissez ?

Roland et Eddie acquiescèrent.

— Ce Callahan… on pourrait dire qu'il a mis Cal sur les dents.

Cal, Calla, Callahan, pensa Eddie, et il poussa un soupir.

— Cal est un type bien, sous de nombreux aspects, mais il n'aime pas qu'on le mette sur les dents. On s'est installés dans le hangar à bateaux pour quelques jours…

Deepneau marqua un temps d'arrêt, livrant peut-être un petit combat intérieur avec sa conscience. Puis il ajouta :

— Pendant deux jours, en fait. Deux seulement. Et alors Cal a dit qu'on devenait fous, que rester dans ce trou humide était mauvais pour son arthrite, et qu'il m'entendait siffler quand je respirais. « Si ça continue, je vais devoir te laisser dans cet hosto de merde à Norway », il a dit, « avec une pneumonie, en plus du cancer. » Il a dit qu'il n'y avait pas l'ombre d'un risque qu'Andolini nous déniche ici, tant que le jeune type – vous, dit-il en pointant un doigt accusateur et teinté de fraise vers Eddie – la fermait. « Ces truands de New York, ils sont incapables de trouver leur chemin au nord de Westport sans une boussole », il a dit.

Eddie grogna. Pour la première fois de sa vie, il *détestait* l'idée d'avoir raison.

— Il a dit qu'on avait fait très attention. Et quand j'ai dit : « Il y a bien *quelqu'un* qui nous a trouvés, ce Callahan, il nous a trouvés », Cal a répondu : « Eh bien, évidemment. »

De nouveau, il pointa vers Eddie un doigt véhément.

— C'est *vous* qui avez dit à M. Callahan où chercher le code postal, et après ça, c'était facile. Et puis Cal a dit : « Et la poste, il n'a pas pu faire mieux, pas vrai ? Crois-moi, Aaron, on est à l'abri, ici. Personne ne sait où on est, à part la fille de l'agence immobilière, et elle est à New York. »

Deepneau leur lança un regard de sous ses sourcils broussailleux, puis trempa une fraise dans le sucre et croqua dedans.

— C'est comme ça que vous nous avez trouvés ? Par l'agence immobilière ?

— Non, fit Eddie. Par quelqu'un du coin. C'est lui qui nous a menés directement à vous, Aaron.

Deepneau recula dans son fauteuil.

— Aïe.

— Aïe, c'est le mot. Alors vous vous êtes réinstallés dans la cabane, et Cal est allé acheter des livres dans toute la région, au lieu de se cacher ici en en lisant un. J'ai raison ?

Deepneau baissa les yeux vers la nappe.

— Il faut que vous compreniez. Cal est un vrai passionné. Les livres, c'est toute sa vie.

— Non, rectifia Eddie. Cal n'est pas passionné. Cal est *obsédé*, voilà ce qu'il est, Cal.

— J'ai cru comprendre que vous étiez légaliste, dit Roland, prenant la parole pour la première fois, depuis que Deepneau les avait fait entrer.

Il s'était allumé une autre des cigarettes de Cullum (après en avoir détaché le filtre, comme le lui avait montré le gardien) et il était assis là à fumer. Il paraissait flagrant à Eddie qu'il n'en tirait aucune satisfaction.

— Légaliste ? Je ne…

— Avocat.

— Oh. Eh bien, oui. Mais je ne pratique plus le droit depuis…

— Il faut que vous vous y remettiez assez longtemps pour établir un certain document.

Et Roland entreprit de lui expliquer de quel document il s'agissait. Deepneau se mit tout de suite à hocher la tête et Eddie en déduisit que Tower avait déjà raconté à son ami cette partie de l'aventure. Ce qui était plutôt bien. Ce qu'il aimait moins, c'était l'expression sur le visage du vieil homme. Il laissa cependant Roland finir. Il n'avait pas oublié le b.a.-ba de la relation clients, semblait-il, retraité ou pas retraité.

Lorsqu'il fut certain que Roland en avait bien terminé, Deepneau répondit :

— Je crois de mon devoir de vous informer que Calvin a décidé de conserver cette propriété un peu plus longtemps.

Eddie se frappa la tempe, en veillant bien à taper du côté intact de sa tête, et à utiliser sa main droite pour cette petite comédie. Son bras gauche était raidi, et les élancements dans sa jambe avaient repris, entre le genou et la cheville. Il se dit qu'il n'était pas impossible que ce bon vieux Deepneau se trimballe avec une cargaison de calmants et nota de penser à lui en demander quelques-uns, si c'était le cas.

— J'implore votre pardon, mais j'ai pris un coup sur la tête, en arrivant dans cette charmante petite ville, et je crois bien que ça m'a bousillé les oreilles. J'ai cru que vous disiez que *sai*… que M. Tower avait décidé de ne plus nous vendre le terrain.

Deepneau sourit avec une certaine lassitude.

— Vous savez parfaitement ce que j'ai dit.

— Mais il était censé nous le vendre ! Il avait une lettre de Stefan Toren, son arrière-arrière-grand-père, qui lui disait de nous le vendre !

— Reprenez donc une fraise, monsieur Dean, suggéra gentiment Aaron.

— Non, merci !

— Reprends une fraise, Eddie, dit Roland en lui en tendant une.

Eddie la prit. Il songea à l'écrabouiller sur la tronche du bonhomme, rien que pour rigoler, mais il commença par la tremper dans la crème, pour la rouler ensuite dans le sucre. Il se mit à manger. Et bon sang, difficile de rester amer avec un goût aussi sucré dans la bouche. Roland (et Deepneau) devait en avoir conscience.

— D'après Cal, il n'y avait rien d'autre dans l'enveloppe que le nom de ce type, dit-il en inclinant sa tête presque chauve en direction de Roland. Le testament de Toren – ce qu'on appelait autrefois ses « dernières volontés » – avait disparu depuis longtemps.

— Je savais ce qu'il y avait dans l'enveloppe, s'exclama Eddie. Il me l'a demandé, et *je le savais* !

— C'est ce qu'il m'a dit, confirma Deepneau, l'air impassible. Il a aussi dit que c'était le genre de tour à la portée de n'importe quel illusionniste de bazar.

— Il vous a aussi dit qu'il nous avait *promis* de nous vendre ce terrain, si je parvenais à lui dire ce nom ? Qu'il l'avait *promis*, putain ?

— Il prétend avoir subi une pression considérable, au moment où il vous a fait cette promesse. Et je suis certain qu'il dit vrai.

— Est-ce que ce salopard s'imagine qu'on essaie de le rouler ?

Eddie sentait le sang lui battre aux tempes. S'était-il déjà senti aussi furieux ? Une fois, sans doute. Quand Roland avait refusé de le laisser retourner à New York pour aller choper de la poudre.

— C'est ça ? Parce que ça n'est pas notre intention. On lui donnera tout ce qu'il voudra, jusqu'au dernier centime, et même plus. Je le jure sur le visage de mon père ! Et sur le cœur de mon *dinh* !

— Écoutez-moi attentivement, jeune homme, parce que c'est important.

Eddie se tourna vers Roland. Lequel hocha doucement la tête, avant d'écraser son mégot sur le talon de sa botte. Eddie adressa à Deepneau un regard silencieux mais noir.

— Il dit que c'est précisément *ça*, le problème. Il dit que vous comptez lui payer une somme ridicule et symbolique – un dollar, c'est ce qui est d'usage, dans ce genre de circonstances – et que vous allez le rouler pour le reste. Il prétend que vous avez essayé de l'hypnotiser, pour lui faire croire que vous étiez un être surnaturel, ou qui avait *accès* aux êtres surnaturels... sans parler des millions des Laboratoires Holmes... mais il n'a pas été dupe.

Eddie le regardait bouche bée.

— Voilà ce que dit Calvin, poursuivit Deepneau sur le même ton calme, mais ce n'est pas nécessairement ce qu'il *croit*.

— Qu'est-ce que vous voulez dire par là, bon sang ?

— Calvin a du mal à abandonner les choses, expliqua Deepneau. Il est très doué pour dénicher des livres anciens ou introuvables, vous savez – un vrai Sherlock Holmes de la littérature –, et il a un besoin compulsif de les acquérir. Je l'ai vu de mes yeux *harceler* le propriétaire d'un livre qui l'intéressait – j'ai bien peur que ce soit le seul terme qui convienne – jusqu'à ce que le vendeur cède et se sépare de son bien. Parfois, c'est simplement pour que Cal arrête de l'appeler nuit et jour, j'en suis sûr.

« Compte tenu de son talent, de son emplacement et de la somme considérable qu'il a reçue le jour de ses vingt-six ans, Cal aurait dû devenir l'un des vendeurs de livres rares les plus en vue de New York, voire de tout le pays. Son problème, ce n'est pas d'acheter, mais de vendre. Une fois qu'il possède un article qu'il tenait vraiment à acquérir, il déteste avoir à s'en séparer. Je me rappelle le jour où un collectionneur de livres de

San Francisco, un type presque aussi compulsif que Cal lui-même, a fini par venir à bout de Cal et par lui arracher une édition dédicacée de *Moby Dick*. Cal a gagné soixante-dix mille dollars sur cette transaction, mais il n'en a pas dormi pendant une semaine.

« Il ressent la même chose à l'égard de ce terrain vague, au coin de la 2e et de la 46e. En dehors de ses livres, c'est la seule chose qui soit encore à lui. Et il a réussi à se convaincre que vous vouliez la lui voler.

Il y eut un court moment de silence, puis Roland prit la parole :

— Et dans le secret de son cœur, sait-il ce qu'il en est vraiment ?

— Monsieur Deschain, je ne comprends pas ce que…

— Si fait, vous comprenez, l'interrompit Roland. Alors, le sait-il ?

— Oui, finit par admettre Deepneau. Je crois qu'il le sait.

— Dans le secret de son cœur, sait-il que nous sommes des hommes de parole qui lui paierons son bien, sauf si la mort nous en empêche ?

— Oui, sans doute. Mais…

— Comprend-il que, s'il nous transfère la propriété de ce terrain, et que si nous signifions clairement cette transaction au *dinh* d'Andolini – à son patron, un dénommé Balazar…

— Je connais ce nom, fit sèchement Deepneau. Il apparaît dans les journaux, de temps à autre.

— Qu'alors ce Balazar laissera votre ami tranquille ? Dans ce cas, il suffira de lui faire savoir que *sai* Tower n'est plus le propriétaire du bien qu'il convoite, et que toute tentative de représailles contre lui coûtera très cher à Balazar lui-même ?

Deepneau croisa les bras sur son torse étroit et attendit. Il observait Roland avec une sorte de fascination troublée.

— En clair, si votre ami Calvin Tower nous vend le terrain vague, ses ennuis prendront fin. Pensez-vous qu'il sache *ça*, dans le secret de son cœur ?

— Oui, répondit Deepneau. C'est juste qu'il a ce… ce blocage, quand il s'agit de se séparer des choses.

— Faites-nous un document, dit Roland. Dont l'objet sera le terrain vague situé au croisement de ces deux rues. Vendeur : Tower. Acheteur : nous.

— La Tet Corporation, compléta Eddie.

Deepneau secoua la tête.

— Je pourrais établir ce document, mais vous ne le convaincrez pas de vendre. Sauf si vous disposez d'une bonne semaine, et que l'idée de la torture ne vous rebute pas. Lui brûler les pieds au fer rouge, par exemple. Voire les couilles.

Eddie marmonna quelque chose entre ses dents, que Deepneau lui demanda de répéter. Eddie n'en fit rien. Il avait dit *ça me paraît bien.*

— Nous saurons le convaincre, affirma Roland.

— Je n'en serais pas si sûr, à votre place, l'ami.

— Nous saurons le convaincre, répéta le Pistolero.

Le ton de sa voix était sans appel.

Dehors, une petite voiture anonyme (un petit modèle de location Hertz, pour autant qu'Eddie pouvait en juger) s'engagea dans la clairière et s'arrêta.

Tiens ta langue, tiens ta langue, se répéta Eddie, mais au moment où Calvin Tower sortait prestement de la voiture (lançant au nouveau véhicule apparu dans l'allée un vague regard hâtif), Eddie sentit de nouveau le sang battre à ses tempes. Il serra les poings, et lorsque ses ongles s'enfoncèrent dans la paume de ses mains, la douleur lui fit monter aux lèvres un grand sourire de satisfaction amère.

Tower ouvrit le coffre de sa Chevrolet de location et en sortit un gros sac. *Sa dernière prise*, se dit le jeune homme. Tower jeta un bref regard vers le sud et la colonne de fumée dans le ciel, puis il haussa les épaules et se dirigea vers le bungalow.

C'est très bien, pensa Eddie, *très bien, espèce de salope, il y a juste un peu le feu, mais qu'est-ce que ça peut bien te faire ?* Malgré les élancements de douleur qui remontaient dans son bras blessé, Eddie serra plus fort les poings, plantant ses ongles plus profond.

Tu ne peux pas le tuer, Eddie, dit Susannah. *Tu le sais, pas vrai ?*

Le savait-il ? Et même s'il le savait, pouvait-il écouter la voix de Suze ? La voix de la raison, en l'occurrence ? Eddie n'en savait rien. Ce qu'il savait, c'était que la véritable Susannah était partie, qu'elle avait sur l'épaule une guenon du nom de Mia et qu'elle avait disparu dans la gueule béante de l'avenir. Tower, d'un autre côté, était bien là. Ce qui avait un sens, finalement. Eddie avait lu quelque part que les seuls survivants de la guerre nucléaire seraient très vraisemblablement les cafards.

Peu importe, trésor. Tiens ta langue encore un peu et laisse Roland se charger de ça. Tu ne peux pas le tuer !

Non, sans doute pas.

Pas tant que *sai* Tower n'aurait pas signé en bas de la feuille. Après ça, cependant… après ça…

SIX

— Aaron ! appela Tower en montant les marches du perron.

Roland intercepta le regard de Deepneau et posa un doigt sur ses lèvres.

— Aaron ! Hé ! *Aaron !*

Tower avait l'air fort et heureux d'être en vie – pas le profil du type en cavale, plutôt le type qui profite de ses vacances pour poursuivre ses petites affaires.

— Aaron, je suis allé chez cette veuve d'East Fryeburg, et tu ne le croiras pas, elle avait tous les romans écrits par Herman Wouk, tous ! Pas les éditions club, en plus, alors que je m'attendais à ça, mais…

Le *scroink* de la porte grillagée qui s'ouvrait fut suivi par des bruits de semelles sur les planches.

— Premières éditions Doubleday ! *Le Souffle de la guerre ! Ouragan sur le Caine !* Je dirais qu'il y en a de l'autre côté de ce lac qui feraient bien de vérifier qu'ils ont payé leur assurance incendie, parce que…

Il entra. Vit Aaron. Vit Roland assis en face de Deepneau, qui le fixait calmement de ce regard bleu effrayant, avec les pattes-d'oie au coin des yeux. Et, pour finir, il vit Eddie. Mais Eddie ne le vit pas. Au dernier moment, Eddie Dean avait baissé ses mains serrées entre ses genoux, puis la tête, si bien que son regard se fixait sur le plancher en dessous d'eux. Il tenait sa langue. Il se la mordait presque, pour tout dire. Deux gouttes de sang étaient apparues au coin de son pouce droit. Il concentra son regard dessus. Il fixa chaque iota de son attention sur ces deux gouttes de sang. Parce que, s'il levait les yeux sur le propriétaire de cette voix joviale, Eddie allait très certainement le massacrer.

Il a vu notre voiture. Il l'a vue, mais il n'est même pas allé vérifier. Il n'a pas non plus appelé son ami pour savoir qui était là, ou si tout allait bien. Parce que tout ce qu'il avait en tête, c'était ce Herman Wouk, pas en édition club, le vrai truc. Pas de soucis, mon pote. Parce que tu vois pas plus loin que Jack Andolini lui-même. Toi et Jack, vous êtes rien d'autre qu'une bande de cafards en loques, qui galopez sur le sol de l'univers. On garde un œil sur le gros lot, pas vrai ? Un œil sur ce putain de gros lot.

— *Vous*, dit Tower, et toute joie, toute excitation avait disparu de sa voix. Le type de...

— Le type de nulle part, fit Eddie sans relever la tête. Le type qui vous a débarrassé de Jack Andolini quand vous étiez à deux doigts de chier dans votre froc. Et voilà comment vous me remerciez. Vous faites un drôle de bonhomme, pas vrai ?

Dès qu'il eut fini, il se força à serrer les dents et à tenir sa langue. Ses mains serrées tremblaient. Il s'attendait à voir Roland intervenir – il le ferait, forcément, Eddie n'allait pas devoir s'occuper de ce monstre d'égoïsme tout seul, il en était incapable –, mais Roland ne dit rien.

Tower se mit à rire. D'un rire nerveux et cassant, comme sa voix quand il avait compris qui se trouvait dans la cuisine de sa cabane de location.

— Oh, monsieur... monsieur Dean... je pense réellement que vous avez exagéré la gravité de la situation.

— Tout ce que je me rappelle, fit Eddie, toujours sans lever les yeux, c'est l'odeur d'essence. J'ai tiré avec l'arme de mon *dinh*, vous vous en souvenez ? J'imagine qu'on a de la chance qu'il n'y ait pas eu de vapeurs, et que j'aie tiré dans la bonne direction. Ils ont versé de l'essence partout, dans le coin de votre bureau. Ils allaient mettre le feu à vos livres préférés... ou, devrais-je dire, à vos meilleurs amis, à votre famille ? Parce que c'est ce qu'ils sont pour vous, pas vrai ? Et Deepneau, vous le mettez où, bordel ? C'est rien d'autre qu'un pauvre vieux avec un cancer, qui part en cavale avec vous quand vous avez juste besoin d'un compagnon de cavale ? Vous le laisseriez crever dans le fossé, si quelqu'un vous proposait une première édition de Shakespeare ou un Hemingway un peu rare.

— Voilà qui est injuste ! s'écria Tower. Il se trouve que j'ai appris que ma librairie avait été brûlée et, par mégarde, je n'ai pas pris d'assurance ! Je suis ruiné, et par votre faute ! Je vous ordonne de sortir d'ici !

— Tu as résilié cette assurance parce que tu avais besoin de liquide pour acheter cette collection d'Hopalong Cassidy, dans la succession Clarence Mulford, l'année dernière, dit doucement Aaron Deepneau. Tu m'as dit que la suspension de l'assurance n'était que provisoire, mais…

— Elle l'était !

Il avait l'air à la fois blessé et surpris, comme si la trahison de ce côté le prenait totalement au dépourvu. C'était peut-être le cas.

— Elle *était* temporaire, bon sang !

— … mais s'en prendre à ce jeune homme, poursuivit Deepneau sur le même ton calme mais plein de regret, voilà qui me paraît très injuste.

— Je vous ordonne de sortir ! lança Tower à Eddie, en retroussant les lèvres. Vous et votre ami ! Je n'ai aucune intention de faire affaire avec vous ! Et si vous avez cru le contraire, c'était… un *malentendu* !

Il s'accrocha à ce dernier mot comme à un trophée, et le cria presque.

Eddie serra les mains plus fort. Jamais il n'avait eu une conscience aussi vive de l'arme qu'il portait ; elle avait acquis une espèce de sinistre poids vivant. Le jeune homme empestait la sueur ; il la sentait. Et à présent, les gouttes de sang se mettaient à suinter entre ses paumes et venaient s'écraser sur le sol. Il sentait ses dents s'enfoncer lentement dans sa langue. Enfin, c'était toujours un bon moyen d'oublier la douleur dans son mollet gauche. Eddie décida de donner à sa langue une brève seconde de répit.

— Ce que je me rappelle le mieux, le jour où je vous ai rendu cette petite visite…

— Vous avez des livres qui m'appartiennent, l'interrompit Tower. Je veux les récupérer. J'*insiste* pour…

— La ferme, Cal, fit Deepneau.

— *Quoi ?*

Tower n'avait plus l'air surpris, mais choqué. Presque sans voix.

— Arrête tes gesticulations. Tu n'as pas volé ces réprimandes, et tu le sais bien. Avec un peu de chance, tu t'en tireras avec juste les réprimandes. Alors ferme-la, et pour une fois dans ta vie, comporte-toi comme un homme.

— Entendez-le bien, confirma Roland d'un ton sec.

— Ce que je me rappelle le plus clairement, répéta Eddie, c'est à quel point vous étiez horrifié par ce que j'ai dit à Jack – que mes amis et moi, on remplirait de cadavres le Grand Army Plaza. Avec parmi eux pas mal de femmes et d'enfants. Ça ne vous a pas plu du tout, mais vous savez quoi, Cal ? Jack Andolini est là, en ce moment même, à East Stoneham.

— Vous *mentez* ! dit Tower en inspirant, transformant ses mots en une sorte de cri dégluti.

— Mon Dieu, comme j'aimerais. J'ai vu deux innocentes mourir, Cal. Dans l'épicerie. Andolini avait monté une embuscade, et si vous étiez croyant – je suppose que non, sauf si vous sentiez que vous allez perdre une édition originale, bien sûr – vous tomberiez à genoux et vous prieriez le dieu des libraires malhonnêtes, négligents, intéressés, obsessionnels et égoïstes que ce soit une femme du nom de *Mia* qui ait informé le *dinh* de Balazar de l'endroit où nous allions, *elle*, pas vous. Parce que si c'est *vous* qu'ils ont suivi, Calvin, c'est *vous* qui avez le sang de ces deux innocentes sur les mains !

La voix d'Eddie montait progressivement, et bien qu'il s'obstinât à regarder le sol, tout son corps s'était mis à trembler. Il sentait ses yeux jaillir de leurs orbites, et les tendons de son cou se crisper. Il sentait ses couilles toutes rétrécies, dures comme des noyaux de pêche. Et il ressentait la pulsion irrépressible de bondir à travers la pièce, avec la légèreté d'une ballerine, et d'enfoncer ses mains dans la gorge blanche et grasse de Calvin Tower. Il attendait que Roland intervienne – il *espérait* qu'il interviendrait – mais le Pistolero n'en fit rien, et Eddie monta insensiblement la voix, jusqu'à l'inévitable hurlement de rage.

— La première de ces femmes, elle est tombée d'un seul coup, mais l'autre… elle est restée debout quelques secondes. Une balle lui a arraché le dessus de la tête. Une balle de mitraillette, je dirais, et pendant les quelques secondes où elle est restée debout, on aurait dit un volcan en éruption. Sauf que c'était du sang, à la place de la lave. Mais bon, c'est sans doute Mia qui a cafté. J'ai comme une intuition que c'est ça. Ça n'a rien de logique, mais heureusement pour vous, c'est *fort*, comme intuition. Mia qui a utilisé ce que Susannah savait, pour protéger son p'tit gars.

— Mia ? Jeune homme – Monsieur Dean – je ne connais pas de…

— La ferme ! s'écria Eddie. La ferme, espèce de rat ! Espèce de fouine menteuse, sans parole ! Espèce de sous-homme, de porc cupide ! Pourquoi vous n'avez pas planté deux trois panneaux ? SALUT, MOI C'EST CAL TOWER ! JE SUIS SUR ROCKET ROAD, À EAST STONEHAM ! VENEZ DONC NOUS RENDRE VISITE, À MOI ET À MON AMI AARON ! N'HÉSITEZ PAS À PRENDRE VOS ARMES !

Et, très doucement, Eddie releva les yeux. Des larmes de fureur lui coulaient sur les joues. Tower avait reculé contre le mur, à côté de la porte, les yeux humides et écarquillés au milieu de son visage rond. De la sueur perlait à son front. Il tenait fermement contre lui son sac rempli de livres, comme un bouclier.

Eddie le regarda sans ciller. Le sang gouttait entre ses mains serrées. La tache de sang sur sa manche de chemise recommençait à s'étendre. Un filet de sang lui coulait à présent du coin de la bouche. Et il se dit qu'il comprenait le silence de Roland. C'était à Eddie Dean de faire ce boulot. Parce qu'il connaissait Tower comme sa poche, pas vrai ? Il le connaissait très bien. Et il n'y avait pas si longtemps, ne trouvait-il pas que rien ne valait la peine, dans ce monde, hormis l'héroïne ? N'avait-il pas pensé que tout ce qui n'était pas de l'héroïne était bon à vendre ? N'en était-il pas arrivé à un point où il aurait littéralement mis sa propre mère sur le trottoir pour obtenir son prochain fix ? Est-ce que ce n'était pas là la raison de sa colère ?

— Ce terrain au coin de la 2ᵉ et de la 46ᵉ ne vous a jamais appartenu, reprit Eddie. Ni à votre père ni au père de votre père, en remontant jusqu'à Stefan Toren. Vous n'avez été que des gardiens, de même que je ne suis que le gardien de l'arme que je porte.

— Je m'inscris en faux !

— Ah oui ? souligna Aaron. Comme c'est étrange. Je t'ai entendu tenir exactement le même discours, quasiment mot pour mot…

— *Aaron, la ferme !*

—… de nombreuses fois, termina Aaron de son ton imperturbable.

Il y eut un petit bruit. Eddie fit un bond, faisant fuser une onde de douleur depuis le trou dans son tibia jusqu'en haut de sa jambe. C'était une allumette. Roland s'allumait une nouvelle cigarette. Le filtre reposait sur la nappe, à côté de deux autres. On aurait dit des petites gélules.

— Voici ce que vous m'avez dit, poursuivit Eddie, devenu soudain très calme.

Toute cette rage avait jailli de lui comme du venin des dents d'un serpent à sonnette. Roland l'avait laissé faire, et en dépit de ses paumes et de sa langue en sang, il lui en était reconnaissant.

— Quoi que j'aie dit... j'étais sous pression... j'avais peur que vous me tuiez vous-même !

— Vous disiez avoir une enveloppe datant de mars 1846. Vous avez dit qu'elle contenait une feuille de papier, avec un nom inscrit dessus. Vous avez dit...

— *Je m'inscris en...*

— Vous avez dit que si je pouvais citer le nom écrit sur ce morceau de papier, vous me vendriez le terrain. Pour un dollar. Avec ce sous-entendu que vous en obtiendriez beaucoup plus – des millions – entre maintenant et... 1985, disons.

Tower eut un rire qui ressemblait à un aboiement.

— Pourquoi ne pas me faire miroiter le pont de Brooklyn, pendant que vous y êtes ?

— Vous avez promis. Et à présent que vous essayez de rompre cette promesse, votre père vous observe.

Calvin Tower se mit à hurler :

— JE M'INSCRIS EN FAUX CONTRE CHACUNE DE VOS PAROLES !

— Inscrivez-vous autant que vous voudrez, et allez au diable ! s'exclama Eddie. Et laissez-moi vous dire une bonne chose, Cal, une chose que me dicte mon cœur cabossé mais encore bien vivant. Vous vous préparez des lendemains difficiles. Seulement, vous ne le savez pas, parce qu'on vous a raconté que c'étaient des lendemains qui chantent, et que vous êtes du genre crédule.

— Je ne sais absolument pas de quoi vous parlez ! Vous êtes fou !

— Non, intervint Aaron. Il n'est pas fou. C'est toi qui es fou, si tu ne l'écoutes pas. Je crois... je crois qu'il te donne une chance de redonner un peu de dignité à ta vie.

— Laissez tomber, fit Eddie. Pour une fois, écoutez l'ange, pas le démon. Parce que le deuxième vous hait, Cal. Tout ce qu'il veut, c'est vous tuer. Croyez-moi, je sais de quoi je parle.

Pas un bruit dans la cabane. De l'étang monta le cri d'un huard. Et de l'autre rive, le gémissement moins charmant des sirènes.

Calvin Tower s'humecta les lèvres et dit :

— Vous dites la vérité, à propos d'Andolini ? Il est vraiment en ville ?

— Oui.

Il entendait à présent le brassement des pales d'un hélicoptère à l'approche. Une équipe de télé ? N'était-il pas trop tôt, d'au moins cinq ans, pour ce genre de choses, surtout dans un bled comme celui-ci ?

Le regard du libraire se porta sur Roland. Tower était surpris, la culpabilité lui avait fait un croche-pied, il se retrouvait avec une vengeance sur les épaules, mais déjà il reprenait une contenance. Eddie le voyait bien, et il songea (ce n'était pas la première fois) combien la vie serait simple si les gens restaient sagement dans leur trou. Il ne voulait pas perdre plus de temps à se dire que Calvin Tower était un homme courageux, ou que dans un recoin très enfoui de sa conscience sommeillait un type bien, mais peut-être les deux étaient-ils vrais. Qu'il aille au diable.

— Vous êtes réellement Roland de Gilead ? ?

Roland l'observa à travers le panache de fumée de cigarette.

— Vous dites vrai, je dis grand merci.

— Roland, de la lignée d'Eld ?

— Oui.

— Fils de Steven ?

— Oui.

— Grand-fils d'Alaric ?

Roland cligna des yeux, probablement sous l'effet de la surprise. Eddie lui-même n'en revenait pas, mais il ressentait surtout une sorte de soulagement fatigué. Dans la bouche de Tower, ces questions ne pouvaient avoir que deux sens. Ou bien il en savait plus que le simple nom et la vocation de Roland. Ou bien il était en train de changer d'avis.

— D'Alaric, si fait, fit Roland, à la chevelure rousse.

— Pour sa chevelure, je ne suis pas au courant, mais je sais pourquoi il est allé à Garlan. Et vous ?

— Pour tuer un dragon.

— Et il a réussi ?

— Non, il est arrivé trop tard. Le dernier dragon dans cette partie du monde avait été tué par un autre roi, qui fut plus tard assassiné.

Et alors, à la grande surprise d'Eddie, Tower s'adressa à Roland dans une langue très éloignée du français, sur un rythme saccadé. Eddie entendit quelque chose du genre *A chu, Rol-uh, fa chu hak, fa-a arme ?*

Roland hocha la tête et répondit dans la même langue, avec lenteur et précaution. Lorsqu'il eut terminé, Tower s'affaissa contre le mur et lâcha son sac de livres, devenu soudain sans intérêt.

— Quel idiot j'ai fait, dit-il.

Personne ne vint le contredire.

— Roland, vous voulez bien m'accompagner dehors, une seconde… J'ai besoin… besoin de…

Et Tower se mit à pleurer. Il ajouta quelque chose dans cette langue étrange, achevant une fois encore sa phrase sur une inflexion ascendante, comme s'il formulait une question.

Roland se leva sans répondre. Eddie fit de même, grimaçant à cause de la douleur qui se réveilla dans sa jambe. Il y avait bien une balle là-dedans, il la sentait. Il saisit le bras de Roland, le tira vers le bas, et lui chuchota à l'oreille :

— N'oublie pas que Tower et Deepneau ont rendez-vous à la laverie de la Baie de la Tortue, d'ici quatre ans. Parle-lui de la 47e, entre la 1re et la 2e. Il connaît sans doute les lieux. Tower et Deepneau étaient… sont… *seront* les sauveurs de Don Callahan. J'en suis presque certain.

Roland hocha la tête, puis rejoignit Tower de l'autre côté de la pièce. L'homme commença par avoir un mouvement de recul, avant de se redresser, dans un effort visible. Roland lui prit la main à la manière de La Calla, puis le conduisit dehors.

Lorsqu'ils furent sortis, Eddie dit à Deepneau :

— Préparez le contrat. Il va vendre.

Deepneau le considéra d'un air sceptique.

— Vous croyez vraiment ?

— Oui, répliqua Eddie. J'en suis sûr.

SEPT

Établir le contrat ne prit pas longtemps. Deepneau trouva un bloc dans la cuisine (un castor farceur était dessiné en en-tête de chaque feuille, accompagné de la légende « À faire avant d'être débordé ») et le rédigea sur la première feuille, en marquant une pause de temps à autre pour poser une question à Eddie.

Lorsqu'il eut terminé, Deepneau jeta un œil au visage brillant de sueur du jeune homme et lui proposa :

— J'ai des cachets de Percocet. Vous en voulez ?

— Si j'en veux ?

En les prenant sur-le-champ, il pensait – il espérait – pouvoir être prêt pour le retour de Roland, et ce qu'il voulait lui faire faire. La balle était toujours là-dedans, là et bien là, et il faudrait qu'elle sorte.

— Vous en auriez quatre ?

Le regard de Deepneau le jaugea.

— Je sais ce que je fais, fit Eddie – avant d'ajouter : Malheureusement.

HUIT

Aaron dégota deux pansements adhésifs pour enfants dans l'armoire à pharmacie de la cabane (Blanche-Neige souriait sur le premier, Bambi gambadait sur le second) et les colla sur le trou dans le bras d'Eddie, après avoir de nouveau désinfecté les points d'entrée et de sortie de la balle. Puis, tandis qu'il versait un verre d'eau pour qu'Eddie avale les anti-inflammatoires, il lui demanda d'où il venait.

— Parce que, bien que vous portiez cette arme avec autorité, à vous entendre, on dirait beaucoup plus Cal et moi que lui.

Eddie eut un large sourire.

— Il y a une excellente raison à ça. C'est que j'ai grandi à Brooklyn. À Co-op City.

Et il se dit :

Imagine que je te dise que j'y suis en ce moment même, en fait ? Eddie Dean, l'ado de quinze ans le plus excité de la planète, déchaîné, dans les rues de la ville ? Pour cet Eddie Dean-là, le plus important c'est de baiser. Des trucs comme la chute de la Tour Sombre ou un méchant du nom de Roi Cramoisi ne vont pas franchement me tracasser avant…

Puis il vit comment Aaron Deepneau le regardait et se ressaisit immédiatement.

— Quoi ? J'ai une crotte de nez géante qui pend de la narine, c'est ça ?

— Co-op City ne se trouve pas à Brooklyn, fit Deepneau, mais dans le Bronx. Depuis toujours.

— C'est – commença Eddie.

Il allait ajouter *ridicule*, mais avant qu'il ait pu le prononcer, le mot sembla vaciller autour de son axe. De nouveau, Eddie se sentit assailli par un sentiment de fragilité, ce sentiment que l'univers tout entier (ou un *continuum* tout entier d'univers) était fait de cristal au lieu d'acier. Il n'y avait aucune manière rationnelle d'expliquer ce qu'il ressentait, parce qu'il n'y avait rien de rationnel dans ce qu'il se passait.

— Il existe d'autres mondes que celui-ci, dit-il. C'est ce que Jake a dit à Roland, juste avant de mourir. Allez-vous-en – il existe d'autres mondes que celui-ci. Et il devait avoir raison, parce qu'il est revenu.

— Monsieur Dean ? (Deepneau avait l'air inquiet). Je ne comprends pas un mot de ce que vous dites, mais vous êtes devenu très pâle, tout à coup. Je pense que vous devriez vous asseoir.

Eddie s'autorisa à s'allonger un moment dans la cuisine-salle à manger de la cabane. Comprenait-il lui-même ce qu'il disait ? Ou comment Aaron Deepneau – sans doute new-yorkais depuis toujours – pouvait affirmer avec tant d'assurance et de désinvolture que Co-op City se situait dans le Bronx, alors qu'Eddie savait très bien que c'était à Brooklyn ?

Il ne comprenait pas tout, mais il en comprenait assez pour paniquer complètement. D'autres mondes. Peut-être une infinité de mondes, tournant tous autour de cet axe qu'était la Tour. Ils étaient tous semblables, mais il existait bel et bien des différences. Des hommes politiques différents sur les billets de banque. Des marques de voitures différentes – des Takuro *Spirit* à la place des Datsun, par exemple – et des équipes de base-ball différentes. Dans ces mondes, dont l'un avait été décimé par un fléau du nom de supergrippe, on pouvait faire des bonds dans le temps, en avant ou en arrière, dans le passé et dans l'avenir. Parce que…

Parce que, d'une manière vitale, ils ne sont pas le monde réel. Ou s'ils le sont, ils ne sont pas le monde-clé.

Oui, on se rapprochait. Lui venait d'un de ces autres mondes, il en était convaincu. Ainsi que Susannah. Et Jake, première et deuxième versions, celui qui était tombé dans le gouffre et celui qu'ils avaient sauvé et littéralement arraché à la bouche du monstre.

Mais ce monde-ci était le monde-clé. Et il le savait parce qu'il était lui-même un *faiseur de clés*, par nature : *Hé copain, y a pas à s'inquiéter, pas de souci, tu as la clé.*

Beryl Evans ? Pas tout à fait réelle. Claudia y Inez Bachman ? Réelle.

Le monde où Co-op City se trouvait à Brooklyn ? Pas tout à fait réel. Celui avec Co-op City dans le Bronx ? Réel, même si c'était très difficile à avaler.

Et il avait comme l'impression que Callahan avait traversé la limite entre le monde réel et un des autres mondes bien avant de s'embarquer sur ses autoroutes occultes. Qu'il l'avait traversée à son insu. Il leur avait raconté le jour où il avait officié aux obsèques de ce jeune garçon, et à partir de ce jour...

— À partir de ce jour, il dit que tout a changé, fit Eddie en s'asseyant. Que *tout avait changé*.

— Oui, oui, dit Aaron Deepneau en lui tapotant l'épaule. Restez tranquillement assis, maintenant.

— Père a quitté son séminaire de Boston pour celui de Lovell, réel. 'Salem's Lot, pas réel. Inventé par un écrivain appelé...

— Je vais aller vous chercher une compresse froide à mettre sur le front.

— Bonne idée, dit le jeune homme en fermant les yeux.

Son esprit tourbillonnait. Réel, pas réel. En direct, Memorex. Le professeur à la retraite de John Cullum avait raison : le pilier de la vérité avait *bel et bien* un trou au milieu.

Eddie se demanda si quelqu'un connaissait la profondeur du trou.

NEUF

C'est un tout autre Calvin Tower qui revint avec Roland un quart d'heure plus tard, un Calvin Tower calme et assagi. Il demanda à Deepneau s'il avait rédigé un contrat de vente et lorsque ce dernier hocha la tête, Tower ne dit pas un mot, et hocha la tête à son tour. Il se dirigea vers le réfrigérateur et en revint avec plusieurs boîtes de bière Blue Ribbon, qu'il distribua. Eddie refusa, ne voulant pas mélanger alcool et Percodan.

Tower ne porta pas de toast, mais avala la moitié de sa bière en une seule gorgée.

— Ce n'est pas tous les jours que je me fais traiter de rebut de l'humanité par un type qui promet de faire de moi un milliardaire et de me soulager du même coup du fardeau le plus lourd que mon cœur ait eu à porter. Aaron, est-ce que ça pourra tenir, ce truc, devant un tribunal ?

Aaron Deepneau acquiesça. Presque à regret, remarqua Eddie.

— D'accord, alors, reprit Tower.

Puis, après une pause :

— D'accord, allons-y.

Mais il ne signait toujours pas.

Roland s'adressa à lui dans l'autre langue. Tower tressaillit, puis signa de son nom en bas de la page, en un gribouillis rapide, les lèvres tellement serrées que sa bouche semblait presque avoir disparu. Eddie signa au nom de la Tet Corporation et le contact du stylo dans sa main lui parut proprement incroyable – il ne pouvait se rappeler quand il en avait tenu un pour la dernière fois.

Quand ce fut fait, *sai* Tower fit soudain machine arrière – il se tourna vers Eddie et se mit à geindre d'une voix fêlée qui tendait vers le hurlement :

— Et voilà ! Je suis à la rue ! Donnez-moi mon dollar ! On m'a promis un dollar ! J'ai comme une envie de chier qui monte, et je cherche avec quoi m'essuyer le cul !

Puis il porta les mains à son visage. Il resta assis, comme ça, pendant quelques secondes, pendant que Roland pliait le papier signé (Deepneau s'était porté témoin pour les deux signatures) et le mettait dans sa poche.

Lorsque Tower baissa les mains, il avait les yeux secs et les traits composés. Une touche de rouge semblait même colorer ses joues blêmes.

— Je crois que je me sens un peu mieux, pour tout dire.

Il se tourna vers Aaron.

— Tu crois que ces deux *cockus* pourraient avoir raison ?

— Je pense que ça fait partie des possibilités, répondit Aaron en souriant.

Pendant ce temps, Eddie avait réfléchi au moyen de déterminer avec certitude s'il s'agissait ou non des deux hommes qui allaient sauver Callahan des griffes des Frères Hitler. L'un d'eux avait dit…

— Écoutez, dit-il. Il y a une expression, en yiddish, je crois. *Gai cocknif en yom*. Vous savez ce que ça veut dire ? L'un ou l'autre ?

Deepneau renversa la tête en arrière et éclata de rire.

— Oui, c'est du yiddish, on peut dire ça. Ma m'man utilisait cette expression à tour de bras, quand elle était en rogne contre nous. Ça veut dire : va chier dans l'océan.

Eddie adressa un signe de tête à Roland. Dans les années qui suivraient, l'un de ces hommes – probablement Tower – achèterait une chevalière portant l'inscription *Ex Libris* gravée dessus. Peut-être même – quelle idée de *dingue*, quand on y pensait – que c'était Eddie Dean en personne qui avait fait germer cette idée dans la tête de Cal Tower. Et Tower – cette espèce de radin, d'obsédé des livres et d'égoïste de Calvin Tower – sauverait la vie du Père Callahan avec cette chevalière au doigt. Il serait complètement terrifié (et Deepneau aussi), mais il allait le faire quand même. Et…

Et c'est alors qu'Eddie considéra le stylo avec lequel Tower avait signé l'acte de vente, un Bic parfaitement ordinaire, et la vérité monumentale de ce qui venait de se passer le frappa soudain. Ils en étaient propriétaires. Ils étaient propriétaires du terrain vague. *Eux*. Pas La Sombra Corporation. *Ils possédaient la rose !*

Il eut l'impression qu'il venait de recevoir un énorme coup de massue sur la tête. La rose appartenait à la Tet Corporation, société de Deschain, Dean, Dean, Chambers et Ote. Elle était maintenant leur responsabilité, pour le meilleur et pour le pire. Ils avaient gagné cette bataille-là. Ce qui ne changeait rien au fait qu'il avait toujours une balle dans la jambe.

— Roland, il faut que tu fasses un truc pour moi.

DIX

Cinq minutes plus tard, Eddie était allongé sur le linoléum de la cabane, dans ses culottes ridicules à la mode de La Calla, lui arrivant aux genoux. D'une main, il tenait une ceinture de cuir, qui dans une autre vie avait retenu divers pantalons d'Aaron Deepneau. À ses côtés était posée une bassine remplie d'un liquide marron foncé.

Le trou dans sa jambe se situait à environ dix centimètres au-dessus du genou, légèrement à droite du tibia. La chair tout autour avait gonflé, formant un petit cône dur au toucher. La caldeira de ce volcan miniature était en ce moment plongée dans un caillot de sang écarlate et luisant. Le mollet d'Eddie reposait sur deux serviettes pliées.

— Tu vas m'hypnotiser ? demanda-t-il à Roland.

Puis il regarda la ceinture qu'il tenait entre les mains et marmonna :

— Ah, merde, tu vas faire sans, c'est ça ?

— Pas le temps.

Roland fourrageait dans le tiroir fourre-tout situé à gauche de l'évier. Il s'approcha d'Eddie avec une paire de tenailles dans une main et un couteau à éplucher dans l'autre. Eddie se fit la remarque que l'ensemble était du plus mauvais goût.

Le Pistolero mit un genou en terre, à côté d'Eddie. Tower et Deepneau se tenaient dans la partie salon, l'un à côté de l'autre, et les observaient avec des yeux ronds.

— Il y a une chose que Cort nous a dite, quand nous étions enfants. Veux-tu que je te la répète, Eddie ? demanda Roland.

— Si tu penses que ça peut aider, ne te gêne pas.

— La douleur monte. Du cœur à la tête, la douleur monte. Plie la ceinture de *sai* Aaron et fourre-la-toi dans la bouche.

Eddie obéit, se sentant très effrayé et très bête. Dans combien de westerns avait-il assisté à une scène de ce genre ? Parfois c'était John Wayne qui mordait un bâton et parfois Clint Eastwood qui serrait une balle entre ses dents, et il crut se rappeler que, dans une série télé, c'était Robert Culp qui avait mordu dans une ceinture.

Mais bien sûr, il faut retirer la balle, pensa Eddie. *Pas de western digne de ce nom sans au moins une scène où on…*

Un souvenir soudain, d'une clarté presque choquante, lui traversa l'esprit, et la ceinture lui tomba de la bouche. Il se mit à hurler.

Roland était sur le point de tremper ses instruments de boucher dans la bassine, où il avait versé ce qu'il restait de désinfectant. Il se tourna vers Eddie, inquiet.

— Qu'est-ce qui ne va pas ?

Pendant un moment, Eddie ne put répondre. Il avait le souffle littéralement coupé, ses poumons aussi plats que des vieilles chambres à air percées. Il se remémorait un film que les fils Dean avaient regardé à la télé, un après-midi, dans leur appartement. Il se passait

(À Brooklyn)

(Dans le Bronx)

à Co-op City. C'était toujours Henry qui choisissait le programme télé, parce qu'il était le plus vieux, et le plus grand. Eddie ne bronchait pas souvent, et pas très fort ; il idolâtrait son grand frère. (Quand il protestait un peu trop fort, il avait droit à la bonne vieille Brûlure indienne ou au coup de latte sur la nuque). Et ce qu'Henry préférait, c'étaient les westerns. Le genre de films dans lesquels, tôt ou tard, un personnage est contraint de serrer un bâton, une ceinture ou une balle entre ses dents.

— Roland, dit-il d'une voix à peine plus audible qu'un sifflement assourdi. Roland, écoute.

— Je t'entends très bien.

— Il y avait un film. Je t'ai déjà parlé des films, pas vrai ?

— Des histoires qu'on raconte avec des images qui bougent.

— Parfois, Henry et moi, on restait à la maison à regarder des films, à la télé. En gros, la télé, c'est une machine à films pour la maison.

— Une machine à merde, on pourrait dire, intervint Tower.

Eddie ignora l'intrusion.

— Dans un des films qu'on a vus, il y avait des paysans mexicains – des *folken*, si ça te sied – qui engageaient des pistoleros pour les protéger des *bandidos* qui venaient chaque année piller leur village et leur voler leurs récoltes. Ce film s'intitulait *Les Sept Mercenaires*, et au fait, Roland, combien on était ce jour-là dans le fossé, à attendre les Loups ?

— Ça vous ennuierait de nous dire de quoi vous parlez, les gars ? demanda Deepneau.

Mais il avait beau le demander poliment, aussi bien Eddie que Roland l'ignorèrent.

Roland prit une seconde pour rassembler ses souvenirs, puis il compta à voix haute :

— Toi, moi, Susannah, Jake, Margaret, Zalia, et Rosa. Il y en avait d'autres – les jumeaux Tavery, le garçon de Ben Slightman – mais seulement sept combattants.

— Oui. Et ce lien que je n'arrivais pas à faire, c'était le lien avec le réalisateur de ce film. Quand on fait un film, il faut un réalisateur ou une réalisatrice, pour tout diriger. C'est lui ou elle, le *dinh*.

Roland hocha la tête.

— Le *dinh* des *Sept Mercenaires* était un type du nom de John Sturges.

Roland resta assis un moment, à réfléchir. Puis il lâcha :

— Le *ka*.

Eddie éclata de rire. Impossible de s'en empêcher. Roland avait toujours réponse à tout.

ONZE

— Et pour attraper la douleur, poursuivit le Pistolero, il faut mordre dans la ceinture au moment où tu la sens passer. Tu comprends ? *À l'instant précis*. La trucider avec tes dents.

— Pigé. Fais vite, c'est tout.

— Je ferai de mon mieux.

Roland commença par tremper les tenailles, puis le couteau, dans le désinfectant. Eddie attendait, la ceinture dans la bouche. Oui, une fois qu'on avait vu le dessin, impossible de voir autre chose, pas vrai ? Roland était le héros de l'histoire, le vieux guerrier grisonnant qui aurait été interprété par une vieille star grisonnante mais incontournable, dans la version hollywoodienne – Paul Newman, ou peut-être Eastwood. Lui était le jeune chien fou, joué par un jeune premier sexy du moment. Tom Cruise, Emilio Estevez, Rob Lowe, des gars de ce genre. Et on se retrouvait dans un décor bien connu des amateurs, la cabane en pleine forêt, et une situation bien rebattue elle aussi, toujours aussi délectable, le coup du « Il Faut Retirer la Balle ». Tout ce qui manquait, c'était le roulement de tambour inquiétant, au loin. Eddie pensa tout à coup que, si on n'avait pas droit aux tambours, c'était sans doute parce qu'on les avait déjà entendus plus tôt dans l'histoire : les tambours des dieux. Après vérification, il s'agissait de l'intro à la batterie d'un titre de ZZ Top, poussée à fond dans les haut-parleurs de la Cité de Lud. Il devenait de plus en plus difficile de nier l'évidence : *ils étaient les personnages d'une histoire, écrite par quelqu'un*. Ce monde tout entier…

Je refuse de croire une chose pareille. Je refuse de croire que j'ai été élevé à Brooklyn simplement parce qu'un écrivain s'est trompé, le genre de chose qu'on corrige dans les épreuves. Hé, Père, je suis avec vous – je refuse de croire que je suis un personnage. *C'est ma putain de* vie !

— Vas-y, Roland, dit-il. Vire-moi ce truc de là.

Le Pistolero versa du désinfectant sur la plaie dans le tibia d'Eddie, puis se servit de la pointe du couteau pour faire sauter le caillot hors de la plaie. Une fois cela fait, il baissa les tenailles.

— Tiens-toi prêt à mordre la douleur, Eddie, murmura-t-il, et une seconde plus tard, c'est ce qu'il fit.

DOUZE

Roland savait ce qu'il faisait, il l'avait déjà fait, et la balle n'était pas allée profond. L'opération fut bouclée en quatre-vingt-dix secondes, mais ce fut la minute et demie la plus longue de la vie d'Eddie. Roland finit par tapoter une des mains d'Eddie avec la pince. Quand le jeune homme réussit à déplier les doigts, le Pistolero lui déposa sur la paume une douille aplatie.

— En souvenir. Elle s'est arrêtée pile sur l'os. C'était ça, le raclement que tu as entendu.

Eddie considéra le fragment de métal écrasé, puis le balança d'une pichenette sur le linoléum, comme une bille.

— J'en veux pas, dit-il en s'essuyant le front.

Tower, en éternel collectionneur, ramassa la douille rabougrie. Deepneau, pendant ce temps, examinait dans un silence fasciné les traces de dents dans sa ceinture.

— Cal, fit Eddie en se redressant sur les coudes. Vous aviez un livre, dans votre bibliothèque…

— Je veux récupérer ces livres, répliqua immédiatement Tower. Vous feriez mieux d'en prendre soin, jeune homme.

— Je suis sûr qu'ils sont en parfait état, fit Eddie, en se tenant prêt à tenir de nouveau sa langue, s'il le fallait.

Ou à attraper la ceinture d'Aaron pour se la fourrer dans la bouche, au besoin.

— Il vaudrait mieux, jeune homme, parce qu'ils sont tout ce qu'il me reste.

— Bien sûr, avec les quarante ou cinquante autres que tu gardes dans divers coffres, dit Aaron Deepneau en ignorant complètement le regard noir que lui lançait son meilleur ami. Le mieux, c'est sans doute le *Ulysse* dédicacé, mais il y a quelques jolis Shakespeare en in-folio, une série complète de Faulkner signés…

— Aaron, tu voudrais bien te taire ?

— … et un *Huckleberry Finn* qui pourrait se convertir en coupé Mercedes en un clin d'œil, termina Deepneau.

— Quoi qu'il en soit, l'un d'eux était un ouvrage intitulé *Salem*, reprit Eddie. D'un écrivain du nom de…

— Stephen King, compléta Tower.

Il jeta un dernier regard vers la douille, la déposa sur la table de la cuisine, près du sucrier.

— J'ai entendu dire qu'il vivait près d'ici. J'ai récupéré deux exemplaires de *Salem* et aussi trois de son premier roman, *Carrie*. J'espérais pouvoir faire un saut à Bridgton et les lui faire signer. Je suppose que ce n'est plus d'actualité, maintenant.

— Je ne comprends pas ce qui lui donne une telle valeur, fit Eddie. Puis : Ouch, Roland, ça fait mal !

Roland était en train de vérifier le bandage de fortune qui entourait la blessure sur la jambe d'Eddie.

— Reste tranquille, dit-il simplement.

Tower ne prêtait aucune attention à la scène. Eddie l'avait conduit une fois de plus sur son terrain de prédilection, son obsession, sa folie douce. Sans doute ce que le Gollum de Tolkien aurait appelé « mon précieux ».

— Vous vous rappelez ce que je vous ai dit, quand nous avons parlé du *Hogan*, monsieur Dean ? Ou du *Dogan*, si vous préférez. J'ai dit que ce qui faisait la valeur d'un livre rare – comme d'une pièce de monnaie ou d'un timbre rare – tient à diverses choses. Parfois, il suffit d'un autographe…

— Votre exemplaire de *Salem* n'est pas signé.

— Non, parce que cet auteur en particulier est très jeune et peu connu. Peut-être qu'un jour il vaudra quelque chose, ou peut-être pas.

Tower haussa les épaules, comme pour dire que tout ça dépendait du *ka*.

— Mais ce livre, ce livre-là… eh bien il n'a d'abord été tiré qu'à sept mille cinq cents exemplaires, et presque tous vendus en Nouvelle-Angleterre.

— Pourquoi ? Parce que le type qui l'a écrit est originaire de Nouvelle-Angleterre ?

— Oui. Et comme cela arrive souvent, la valeur du livre s'est créée de manière totalement accidentelle. Une chaîne locale a décidé de faire du matraquage publicitaire. Ils ont même produit une publicité à la télé, ce qui est quasiment du jamais-vu, à l'échelle locale. Et ça a marché. Le Bookland du Maine a commandé cinq mille exemplaires de la première édition – presque soixante-dix pour cent – et ils ont tout vendu, jusqu'au dernier. Et aussi, comme avec le *Hogan*, il y a eu des coquilles en couverture. Pas dans le titre, en l'occurrence, mais sur le rabat de la couverture. On reconnaît une première édition de *Salem* au fait qu'ils ont retiré le prix – à la dernière minute, Doubleday a décidé de monter le prix de 7,95 à 8,95 – et aussi au nom du prêtre, sur le rabat.

Roland leva les yeux.

— Qu'est-ce qu'il a, le nom du prêtre ?

— Dans le livre, c'est le Père Callahan. Mais sur le rabat de la couverture, quelqu'un a écrit « le Père *Cody* », qui est en fait le nom du médecin de la ville.

— Et ça a suffi à faire grimper le prix de neuf dollars à neuf cent cinquante, conclut Eddie avec émerveillement.

Tower acquiesça.

— C'est tout – la rareté, le prix coupé, la faute de frappe. Mais dans le fait de collectionner des livres rares, il intervient aussi une notion de spéculation, que je trouve tout à fait... excitante.

— C'est une façon de dire les choses, j'imagine, répliqua sèchement Eddie.

— Par exemple, supposons que ce King devienne célèbre, ou que la critique l'encense ? J'admets que la probabilité est faible, mais supposez que ça se produise. Les premières éditions de cet ouvrage en circulation sont tellement rares qu'au lieu de valoir neuf cent cinquante dollars, la mienne pourrait bien en rapporter dix fois plus.

Il se tourna vers Eddie et fronça les sourcils.

— Alors vous feriez bien d'en prendre très grand soin.

— Je suis sûr que tout va bien se passer, répondit le jeune homme, en se demandant ce que penserait Calvin Tower, s'il savait que l'un des personnages du roman le gardait sur une étagère de son presbytère indéniablement fictif. Le presbytère en question situé dans la ville jumelle de celle servant de décor à un vieux film avec Yul Brynner (dans le rôle du jumeau de Roland), et Horst Buchholz (dans le rôle d'Eddie).

Il penserait que tu es dingue, voilà ce qu'il penserait.

Eddie se remit sur ses pieds, tangua un peu, et s'agrippa à la table de la cuisine. Au bout de quelques secondes, le monde se stabilisa.

— Tu peux marcher en t'appuyant dessus ? demanda Roland.

— J'y arrivais avant, pas vrai ?

— Oui, mais avant, personne n'était allé creuser dedans.

Eddie tenta quelques pas expérimentaux, puis hocha la tête. À chaque fois qu'il faisait reposer le poids de son corps sur sa jambe droite, son tibia se mettait à flamber de douleur, mais oui – il pouvait marcher en s'appuyant dessus.

— Je vais vous donner ce qui me reste de Percocet, dit Aaron. Je peux m'en procurer d'autres.

Eddie ouvrit la bouche pour dire : Ouais, super, aboule, et il intercepta le regard de Roland. Si Eddie acceptait l'offre de Deepneau, le Pistolero ne dirait rien, et le jeune homme ne perdrait pas la face… mais : oui, son *dinh* l'observait.

Eddie réfléchit au discours qu'il avait servi à Tower, à toutes ces images poétiques sur les lendemains difficiles. Poétique ou pas poétique, c'était vrai. Mais ça n'empêchait visiblement pas Eddie de suivre la même pente. D'abord un premier Percodan, puis quelques Percocet. Tous les deux un peu trop proches de la poudre pour qu'il se sente vraiment à l'aise. Alors combien de temps encore, avant qu'il en ait assez du touche-pipi et qu'il se dégote un truc qui soulage *vraiment* ?

— Je crois que je vais faire l'impasse sur les Percs, fit Eddie. On va à Bridgton…

Roland le considéra avec surprise.

— Ah oui ?

— Oui. Je pourrais trouver de l'aspirine en chemin.

— De l'astine, dit Roland avec une indubitable pointe de tendresse.

— Vous êtes sûr ? demanda Deepneau.

— Ouais, je suis sûr.

Il marqua une pause, puis ajouta :

— Grand pardon.

TREIZE

Cinq minutes plus tard, ils se tenaient tous les quatre sur le pas de la porte, sur un tapis d'aiguilles de pin, à écouter les sirènes et à contempler la colonne de fumée, qui commençait désormais à se disperser. Eddie faisait rebondir les clés de John Cullum dans sa main, avec impatience. Roland lui avait demandé deux fois si ce crochet par Bridgton était réellement nécessaire et Eddie lui avait répondu les deux fois qu'il était pratiquement certain que oui. La seconde, il avait même ajouté (avec une pointe d'espoir) qu'en tant que *dinh*, Roland pouvait rejeter la proposition, s'il le souhaitait.

— Non, si tu penses qu'on doit aller voir ce fileur d'histoires, on le fera. J'espère juste que tu sais *pourquoi*.

— M'est avis que quand on arrivera là-bas, on le comprendra tous les deux.

Roland hocha la tête, mais sans paraître plus satisfait.

— Je sais que tu as autant hâte que moi de quitter ce monde – ce niveau de la Tour. Si tu tiens à aller contre ça, ce doit être poussé par une intuition forte.

C'était le cas, mais il y avait autre chose, aussi : il avait eu des nouvelles de Susannah, un message en provenance de sa version à elle du Dogan. Elle était prisonnière au sein de son propre corps – du moins, c'est ce qu'Eddie *pensait* qu'elle essayait de lui faire comprendre – mais elle était en 1999 et elle allait bien.

Le contact s'était produit pendant que Roland remerciait Tower et Deepneau pour leur aide. Eddie se trouvait dans la salle de bains. Il y était allé pisser, mais ça lui était sorti de la tête entre-temps et il s'était simplement assis sur le couvercle des toilettes, la tête baissée, les yeux fermés. Essayant de lui envoyer un message. De lui dire de ralentir Mia, si elle le pouvait. Il avait perçu la lumière du jour autour d'elle – New York, en plein après-midi – et ce n'était pas bon signe. Jake et Callahan avaient passé la Porte Dérobée et s'étaient retrouvés à New York la nuit ; Eddie l'avait vu de ses propres yeux. Peut-être seraient-ils en mesure de l'aider, mais seulement si elle ralentissait Mia.

Fais-lui perdre la journée, lui envoya-t-il comme consigne… du moins essaya-t-il. *Il faut que tu gaspilles la journée, avant qu'elle t'emmène là où elle doit aller pour accoucher. Tu m'entends ? Suze, tu m'entends ? Réponds, si tu m'entends ! Jake et le Père Callahan arrivent, il faut que tu tiennes le coup !*

Juin, répondit une voix, dans un souffle. *Juin 1999. Les filles se baladent le ventre à l'air et…*

Puis Roland frappa à la porte de la salle de bains, et Eddie l'entendit lui demander s'il était prêt à décoller. Avant la fin du jour, ils se rendraient au Chemin du Dos de la Tortue, dans la ville de Lovell – à l'endroit où les entrants étaient monnaie courante, à en croire John Cullum, et la réalité promettait d'être tout aussi évanescente –, mais ils allaient d'abord faire un saut à Bridgton, dans l'espoir de rencontrer l'homme qui semblait avoir créé Donald Callahan et la ville de Salem's Lot.

Imagine le délire, si King était parti au fin fond de la Californie, en train d'écrire le scénario du film, un truc dans ce genre, pensa Eddie, mais il ne croyait pas vraiment à cette hypothèse. Ils se trouvaient toujours sur le Sentier du Rayon, sur la voie du *ka*. *Sai* King, aussi, probablement.

— Il va falloir que vous soyiez très prudents, les gars, leur dit Deepneau. Il va y avoir un paquet de flics, dans le coin. Sans parler de Jack Andolini et de ce qui restera de sa joyeuse petite bande.

— En parlant d'Andolini, intervint Roland, je pense que l'heure est venue pour vous deux de vous rendre dans un endroit où il n'est pas, pour une fois.

Tower se hérissa. Eddie l'aurait prédit.

— Partir ? *Maintenant ?* Vous voulez rire ? J'ai là une liste d'une bonne dizaine de personnes dans la région, qui collectionnent des livres – achat, vente, échange. Certains savent ce qu'ils font, mais il y en a d'autres…

Il fit le geste de couper quelque chose, comme s'il tondait un mouton invisible.

— Des gens qui vendent des vieux livres dans des vide-greniers, il y en aura aussi dans le Vermont, fit remarquer Eddie. Et rappelez-vous avec quelle facilité on vous a trouvés. C'est vous qui nous avez mâché le travail, Cal.

— Il a raison, dit Aaron.

Et comme Calvin Tower ne répondait rien, se contentant de baisser la tête et de contempler ses chaussures d'un air boudeur, Deepneau se tourna de nouveau vers Eddie.

— Mais au moins, Cal et moi avons notre permis de conduire, si la police nous arrêtait et voulait contrôler notre identité. Je suppose qu'aucun de vous n'en a.

— Supposition bien fondée, acquiesça Eddie.

— Et je doute que vous possédiez un permis pour ces pistolets gigantesques, aussi.

Eddie jeta un œil vers le gros revolver – incroyablement ancien – qui pendait juste en dessous de sa hanche, puis releva les yeux vers Deepneau.

— Encore un point pour vous, dit-il avec une pointe d'amusement.

— Alors faites attention. Une fois sortis d'East Stoneham, ça devrait aller.

— Merci, fit Eddie en tendant la main. Que vos journées soient longues et vos nuits plaisantes.

Deepneau la serra.

— C'est tout à fait charmant de votre part, fiston, mais malheureusement mes nuits n'ont pas été particulièrement plaisantes, ces derniers temps. Et si le tableau médical ne s'éclaire pas, je crains que mes jours ne soient pas très longs non plus.

— Ils seront plus longs que vous ne pourriez le penser, le corrigea Eddie. J'ai de bonnes raisons de croire que vous avez encore au moins quatre ans devant vous.

Deepneau porta un doigt à sa bouche, puis le pointa en direction du ciel.

— Des lèvres de l'homme à l'oreille de Dieu.

Pendant que Roland serrait la main de Deepneau, Eddie se tourna vers Calvin Tower. L'espace d'un instant, Eddie crut que le libraire ne voudrait pas serrer la sienne, mais il finit par céder. À contrecœur.

— Que vos journées soient longues et vos nuits plaisantes, *sai* Tower. Vous avez pris la bonne décision.

— J'y ai été contraint et vous le savez, répondit Tower. Ma boutique partie en fumée… ma propriété disparue… et on va me priver des seules vraies vacances que j'aie prises en dix ans…

— Microsoft, dit sèchement Eddie. Puis : Les Lénine.

Tower cligna des yeux.

— Je vous demande pardon ?

— *Les Lénine*, répéta Eddie, puis il partit d'un grand éclat de rire.

QUATORZE

Vers la fin de sa vie essentiellement inutile, le grand sage & éminent junkie Henry Dean aimait deux choses, par-dessus tout : se shooter ; et se shooter en racontant comment il allait faire un malheur, en Bourse. En matière d'investissements, il se considérait comme un *trader* de génie.

— Y a bien une chose dans laquelle j'investirais *jamais*, frérot, lui avait dit Henry, un jour où ils étaient montés sur le toit – peu de temps avant la petite excursion d'Eddie aux Bahamas, comme passeur –, y a bien une chose dans laquelle je mettrai pas un centime aussi longtemps que je saurai comment je m'« apple », c'est toute cette merde d'ordinateurs, Microsoft, Macintosh, Sanyo, Sankyo, Pentium, tout ce bordel.

— Ça a l'air de marcher, pourtant, avait hasardé Eddie.

Non pas qu'il s'y soit particulièrement intéressé, mais bon sang, on avait bien le droit de discuter.

— Microsoft, surtout. C'est la valeur qui monte.

Henry avait éclaté d'un rire condescendant, en mimant une branlette.

— Mon con, c'est la valeur qui monte.

— Mais…

— Ouais, ouais, je sais, les gens se *ruent* littéralement sur cette merde. Ils ont fait monter tous les prix. Et quand j'observe ce qui se passe, tu sais ce que je vois ?

— Non, quoi ?

— Des Lénine !

— Des Lénine ? avait demandé Eddie.

Il croyait suivre le raisonnement de Henry, mais là il se retrouvait perdu pour de bon. Bien sûr, le coucher de soleil avait été magnifique, ce soir-là, et il s'était fait avoir dans les grandes largeurs.

— Tu m'as parfaitement entendu ! avait lancé Henry, s'échauffant sensiblement. Des putains de Lénine ! On t'a donc rien appris, à l'école, frérot ? Les Lénine sont des petits animaux qui vivent en Suisse, ou quelque part dans ce coin-là. Et de temps en temps – il me semble que c'est tous les dix ans, je suis pas sûr – ils sont pris de pulsions suicidaires et ils se balancent de la falaise[1].

— Oh, avait répliqué Eddie, se mordant l'intérieur des joues pour ne pas exploser littéralement de rire. Tu veux dire ces Lénine-*là*, je croyais que tu parlais de ceux qui se baladaient avec des petits livres rouges.

— Que des conneries, fit Henry, mais sur ce ton plein d'indulgence que les grands et éminents réservent parfois aux petits et aux ignorants. Bref, ce que je veux *dire*, c'est que tous ces gens qui se précipitent pour investir dans du Microsoft, du Macintosh et du, je sais pas, moi, ce putain de Père Lapatate, le Roi de la Frite Minute, tout ce qu'ils vont réussir à faire, c'est à enrichir ces putain de Bill Gates et de Steve Jobs. Cette merde d'ordinateurs va se casser la gueule d'ici à 1995, tous les experts sont d'accord, et les gens qui ont investi là-dedans ? Des putains de Lénine, qui vont se jeter de la falaise dans ce putain d'océan.

— Rien que des putains de Lénine, avait acquiescé Eddie en s'allongeant sur le toit encore chaud, pour qu'Henry ne puisse pas voir qu'il perdait complètement pied. Il voyait des milliards de petits bonshommes en train de trottiner vers ces hautes falaises, tous vêtus de shorts rouges et de petites baskets blanches, comme les M & M's, dans la pub télé.

— Oui, mais je regrette de pas être entré dans l'affaire Microsoft en 1982, avait grommelé Henry. Tu te rends compte que les actions que se vendaient quinze billets, à l'époque, elles sont à trente-cinq, aujourd'hui ? Bon Dieu !

---

1. La légende veut que les lemmings, petits rongeurs des contrées nordiques, se livrent toutes les décennies environ à des « suicides collectifs », se jetant dans la mer depuis le haut des falaises, pour éviter un phénomène de surpopulation au sein de la communauté. Des études ont établi que des « sous-groupes » de lemmings quittaient en réalité la tribu pour aller peupler d'autres territoires. Habitués à traverser les rivières à la nage, ils se jetaient dans l'eau sans mesurer la hauteur des falaises. *(N.d.T.)*

— Des Lénine, avait répondu Eddie d'une voix embrumée, en regardant s'évanouir les couleurs du coucher de soleil. À cette date, il lui restait moins d'un mois à vivre dans ce monde – celui dans lequel Co-op City se trouvait à Brooklyn, et ce, depuis toujours – et Henry avait moins d'un mois à vivre tout court.

— Ouais, avait fait Henry en s'allongeant à côté de lui. Mais, mon pote, je donnerais cher pour retourner en 1982.

QUINZE

À présent, la main toujours dans celle de Tower, il dit :

— Je viens de l'avenir, vous le savez, n'est-ce pas ?

— Je sais que c'est ce que *lui* il dit, oui.

Tower fit un mouvement de la tête en direction de Roland, puis essaya de retirer sa main de celle d'Eddie. Eddie tint bon.

— Écoutez-moi, Cal. Si vous écoutez ce que je vous dis et que vous agissez en conséquence, vous pourrez gagner l'équivalent de cinq, peut-être dix fois la valeur de votre terrain vague, sur le marché de l'immobilier.

— De belles paroles, de la part d'un homme qui ne porte même pas de chaussettes, fit Tower, en essayant une nouvelle fois de libérer sa main.

Une fois de plus, Eddie ne lâcha pas prise. Il se dit qu'autrefois il n'aurait sans doute pas été capable de faire une chose pareille, mais ses mains étaient devenues plus fortes, à présent. De même que sa volonté.

— De belles paroles de la part d'un homme qui a vu l'avenir, corrigea-t-il. Et l'avenir, c'est les ordinateurs, Cal. L'avenir, c'est Microsoft. Vous vous souviendrez de ça ?

— *Moi* oui, dit Aaron. Microsoft.

— Jamais entendu parler, dit Tower.

— Non, acquiesça Eddie. Je ne crois même pas que ça existe encore. Mais ça va venir, très bientôt, et ça va devenir énorme. Les ordinateurs, OK ? Des ordinateurs pour tous, ou du moins c'était le projet. Ce *sera* le projet. Le type responsable de tout ça s'appelle Bill Gates. Toujours Bill, pas William.

L'idée lui traversa brièvement l'esprit que, puisque ce monde était différent de celui dans lequel lui et Jake avaient grandi – le monde de Claudia y Inez Bachman, au lieu de Beryl Evans –, peut-être le grand génie de l'informatique ne *serait pas* Gates. Il pourrait aussi bien s'appeler Harry Cossec. Mais Eddie savait aussi que c'était peu probable. Car ce monde-ci était très proche du sien : mêmes voitures, mêmes grandes marques (Coca et Pepsi, et non pas Nozz-A-La), mêmes têtes sur les billets de banque. Il pensait pouvoir compter sur Bill Gates (et sur Steve Jobs, ça allait de soi) pour se montrer en temps et en heure.

En un sens, il s'en fichait totalement. Sur bien des plans, Calvin Tower était une vraie tête de con. D'un autre côté, Tower avait tenu bon face à Andolini et à Balazar le temps nécessaire. Il s'était accroché à ce terrain vague. Et à présent, Roland avait l'acte de vente dans sa poche. Ils devaient rendre à Tower la monnaie de sa pièce, pour le leur avoir vendu. Ça n'avait rien à voir avec sa sympathie (ou son antipathie) pour le type lui-même, ce qui était sans doute une bonne chose pour ce vieux Cal.

— Ce truc Microsoft, poursuivit Eddie, vous pourrez acheter des actions à quinze dollars pièce, en 1982. En 1987 – date à laquelle je suis parti en congé permanent, pourrait-on dire –, ces actions en vaudront trente-cinq pièce. Ce qui représente un gain de cent pour cent. Un peu plus, même.

— C'est vous qui le dites, dit Tower en réussissant finalement à libérer sa main.

— S'il le dit, trancha Roland, c'est la vérité.

— Grand merci, fit Eddie.

Il se rendit compte qu'il attendait de Tower qu'il risque tout ce qui lui restait sur les conseils d'un junkie, mais il se dit aussi que, dans le cas présent, il pouvait se le permettre.

— Allons-y, suggéra Roland en accompagnant l'ordre d'un mouvement de moulinet avec ses doigts. Si on doit aller voir cet écrivain, c'est maintenant.

Eddie se glissa derrière le volant de la voiture de John Cullum, soudain persuadé qu'il ne reverrait jamais ni Tower ni Aaron Deepneau. À l'exception du Père Callahan, aucun d'eux ne devait les revoir. L'heure des adieux était venue.

— Portez-vous bien, leur dit-il. Bon vent.

— Vous aussi, répondit Deepneau.

— Oui, fit Tower, pour une fois sans la moindre trace d'amertume. Bonne chance à vous deux. Que vos jours soient longs et vos nuits heureuses, enfin, comme vous dites, quoi.

Il y avait juste assez de place pour tourner sans faire demi-tour, et Eddie s'en réjouit – il n'était pas prêt pour la marche arrière, du moins pas encore.

Tandis qu'il reprenait la direction de Rocket Road, Roland regarda par-dessus son épaule et agita la main. C'était là un comportement très inhabituel, de sa part, et cette évidence dut se lire sur le visage d'Eddie.

— On arrive à la fin de la partie, à présent, dit Roland. Tout ce à quoi j'ai travaillé, tout ce que j'ai attendu pendant toutes ces années interminables. La fin est proche. Je le sens. Pas toi ?

Eddie fit oui de la tête. C'était comme dans un morceau de musique, quand tous les instruments se précipitent vers l'inévitable point d'orgue.

— Susannah ? demanda Roland.

— Toujours en vie.

— Mia ?

— Toujours aux commandes.

— Le bébé ?

— Toujours en route.

— Et Jake ? Le Père Callahan ?

Eddie s'arrêta au croisement, regarda des deux côtés, puis tourna.

— Non, pas de nouvelles d'eux. Et toi ?

Roland secoua la tête. Venant de Jake, quelque part dans l'avenir accompagné seulement d'un prêtre catholique défroqué et d'un bafou-bafouilleux pour seule protection, il ne recevait que le silence. Roland espérait que le garçon allait bien.

Pour l'instant, il ne pouvait rien faire de plus.

SOLISTE : *Commala-à moi-à moi*
Pas question de s'écarter du chemin.
Quand on reçoit enfin ce dont on a besoin
On se sent tellement bien.

CHŒUR : *Commala-huit-neuf !*
On se sent tellement bien !
Mais si on veut recevoir ce dont on a besoin
Pas question de s'écarter du chemin.

DIXIÈME COUPLET

SUSANNAH-MIO, MA CHÉRIE DIVISÉE

UN

« John Fitzgerald Kennedy est mort cet après-midi à l'hôpital Parkland Memorial. »

Cette voix, celle de Walter Conkrite, dans un rêve.

« Le dernier pistolero d'Amérique est mort. Ô Discordia ! »

DEUX

Tandis que Mia quittait la chambre 1919 du New York Plaza-Park (qui deviendrait sous peu le Regal-Plaza des Nations unies, projet de Sombra/North Central, ô Discordia), Susannah eut une sorte d'évanouissement. De l'inconscience, elle sombra dans un cauchemar brutal peuplé de nouvelles brutales.

TROIS

La voix suivante est celle de Chet Huntley, coprésentateur du *Huntley-Brinkley Show*. C'est aussi – dans des tournures qu'elle ne comprend pas – celle d'Andrew, son chauffeur.

— Diêm[1] et Nehru[2] sont morts, dit cette voix. À présent faites entrer les chiens de guerre, que commence le récit des malheurs. D'ici à Jericho Hill, le chemin est pavé de péché et baigné de sang. Ah, Discordia ! Charyou Tri ! Vienne la moisson !

Où suis-je ?

Elle regarde autour d'elle et voit un mur de béton entièrement recouvert d'un imbroglio de noms, de slogans et de dessins obscènes. Au milieu, où quiconque assis sur le trottoir ne peut le rater, s'étale un message de bienvenue : SALUT NEGRO BIENVENUE À OXFORD TRAÎNE PAS DANS LE COIN APRÈS LE COUCHER DU SOLEIL !

L'entrejambe de son pantalon est humide ; en dessous, ses sous-vêtements sont carrément trempés, et elle se rappelle pourquoi : la mise en liberté sous caution avait beau avoir été communiquée en avance, les flics les ont gardés aussi longtemps qu'ils ont pu, ignorant joyeusement le chœur croissant des supplications de ceux qui voulaient aller aux toilettes. Pas de toilettes dans les cellules. Pas de lavabos. Pas même un seau. Pas besoin d'être le grand gagnant de *Questions pour un champion* pour piger : ils étaient censés se pisser dessus, c'était prévu. Ils étaient censés reprendre contact avec leur nature animale

1. Ngô Dinh Diêm, président du Vietnam, jusqu'à sa mort en novembre 1963. *(N.d.T.)*

2. Jawaharlal Nehru : homme politique indien, Premier ministre de l'Indépendance en 1947, jusqu'à sa mort en 1964. *(N.d.T.)*

essentielle, et c'est ce qu'elle avait fini par faire, elle, Odetta Holmes…

Non, se dit-elle, *Je suis Susannah. Susannah Dean. On m'a de nouveau faite prisonnière, jetée en prison, mais je suis toujours moi.*

Elle entend des voix au-delà du mur de cellules, des voix qui pour elle résument le présent. Elle est censée croire qu'elles viennent d'un poste de télé dans le bureau de la prison, mais c'est forcément un piège. Ou bien une blague bien abjecte, dans son genre. Sinon, pourquoi Frank McGee dirait-il que Bobby, le frère du président Kennedy, est mort ? Pourquoi Dave Garroway, qui anime l'émission *Today*, dirait-il que le *petit garçon* du président est mort, que John-John s'est tué dans un accident d'avion ? Entendre ce mensonge monstrueux, assise dans la cellule puante d'une prison du sud des États-Unis, quand on a les sous-vêtements qui vous collent à l'entrejambe ! Pourquoi « Buffalo » Bob Smith de l'émission télévisée *Howdy Doody* hurle-t-il « Cowabunga, les gosses, Martin Luther King est mort » ? Et tous les gosses qui répondent en hurlant : « Commala-*hourra* ! On adore c'que tu dis, mon gars ! Un bon nègre, c'est un nègre mort, alors descends-en un *fissa* ! »

La caution ne va pas tarder à arriver. C'est à ça qu'il faut qu'elle se raccroche, à *ça*.

Elle s'approche des barreaux et s'y agrippe. Oui, elle est bien à Oxford Town. Retour à Oxford, deux morts à la nuit tombée, il ferait mieux de faire une enquête vite fait. Mais elle va sortir, et elle s'envolera loin, très loin, chez elle, et juste après ça elle aura un tout nouveau monde à explorer, avec une nouvelle personne à aimer, et une nouvelle personne à *être*. Commala-quelle-veine, le voyage commence à peine.

Oh, mais c'est un mensonge. Le voyage est presque fini. Son cœur le sait.

Dans le couloir une porte s'ouvre et elle entend des pas claquer, qui viennent vers elle. Elle regarde dans leur direction – pleine d'enthousiasme, espérant voir arriver la caution, ou un garde avec un jeu de clés –, au lieu de quoi elle voit une femme noire, avec aux pieds une paire de chaussures volées. C'est son vieux moi. C'est Odetta Holmes. Elle est peut-être pas allée à Morehouse, mais elle est allée à Columbia. Et dans tous ces cafés, là-bas, dans le Village. Et au Château sur l'Abysse, elle est allée dans cette maison-là aussi.

— Écoute-moi, lui dit Odetta. Personne ne pourra te sortir de là à part toi-même, ma grande.

— T'as inté'êt à p'ofiter d'ces jambes tant qu'tu les as, ma choute !

La voix qu'elle entend sortir de sa propre bouche est rude, et agressive, une voix qui cherche la bagarre, mais où perce la peur. La voix de Detta Walker.

— Passque tu vas les pe'd'bientôt, j'te l'dis ! Coupées pa'l't'ain A ! Le fameux t'ain A ! Ce type, Jack Mo't, il va te pousser d'ssous, à la station de Ch'istopher St'eet !

Odetta la regarde calmement et répond :

— La ligne A ne passe pas par là. Elle n'est *jamais* passée par là.

— De qui tu m'pa'les, espèce de *salope* ?

Odetta ne se laisse pas leurrer par la voix ordurière et blasphématoire. Elle sait de qui elle parle. Et elle sait de quoi elle parle. Le pilier de la vérité a un trou en son milieu. Ce ne sont pas les voix du gramophone mais celles de nos amis morts. Il y a des fantômes, dans les chambres de la ruine.

— Retourne au Dogan, Susannah. Et rappelle-toi ce que je te dis : il n'y a que toi qui puisses te sauver. Il n'y a que toi qui puisses te sortir de Discordia.

QUATRE

Cette fois-ci, c'est la voix de David Brinkley, annonçant qu'un certain Stephen King s'est fait renverser par une camionnette alors qu'il se promenait près de chez lui, et qu'il est mort. King avait cinquante-deux ans, il ajoute qu'il est l'auteur de nombreux romans, notamment *Le Fléau*, *Shining* et *Salem*. Ah, Discordia, dit Brinkley, le monde s'enfonce dans les ténèbres.

CINQ

Odetta Holmes, cette femme que Susannah était autrefois, passe le bras entre les barreaux et pointe le doigt derrière elle en répétant :

— Il n'y a que toi qui puisses te sauver. Mais la voie des armes est la voie de la damnation autant que du salut ; à la fin, il n'y a plus de différence.

Susannah se retourne pour regarder ce que désigne son doigt, et le spectacle la remplit d'effroi. Ce sang ! Mon Dieu ! Tout ce *sang* ! Elle voit un récipient rempli de sang, et baignant dedans, une chose morte monstrueuse, un bébé mort, mais un bébé pas humain, l'a-t-elle tué elle-même ?

— Non ! hurle-t-elle. Jamais ! *JAMAIS DE LA VIE !*

— Alors le Pistolero mourra et la Tour Sombre s'effondrera, dit la terrible femme debout dans le couloir, cette femme qui porte les chaussures de Trudy Damascus.

— Discordia, assurément.

Susannah ferme les yeux. Peut-elle se *forcer* à s'évanouir ? Peut-elle s'évanouir et quitter cette cellule, ce monde terrible ?

C'est ce qu'elle fait. Elle tombe dans les ténèbres et le bip ouaté des machines, et la dernière voix qu'elle entende est celle de Walter Conkrite, annonçant que Diêm et Nehru sont morts, que l'astronaute Alan Shepard est mort, que Lyndon Johnson est mort, que Richard Nixon est mort, qu'Elvis Presley est mort, que Rock Hudson est mort, que Roland de Gilead est mort, qu'Eddie de New York est mort, que Jake de New York est mort, que le monde est mort, *les* mondes, que la Tour s'effondre, qu'un trilliard d'univers sont en train de fusionner, et que tout n'est que Discordia, tout n'est que ruine, tout a pris fin.

SIX

Susannah ouvrit les yeux et jeta un regard frénétique autour d'elle, cherchant désespérément de l'air. Elle faillit tomber de la chaise sur laquelle elle était assise. C'était un de ces engins qui roulent, positionné devant le panneau de commande recouvert de boutons, d'interrupteurs et de lumières clignotantes. Au-dessus d'elle pendaient les écrans de télé en noir et blanc. Elle était de retour au Dogan. Oxford

(*Diêm et Nehru sont morts*)

n'avait été qu'un rêve. Un rêve dans un rêve, si vous préférez. Celui-ci en était un autre, mais un peu mieux, à tout prendre.

Sur la plupart des écrans qui diffusaient des images de Calla Bryn Sturgis la dernière fois qu'elle était venue, elle ne voyait que de la neige ou des images-tests. L'un d'eux, cependant, montrait le couloir du dix-neuvième étage du Plaza-Park. La caméra glissa vers les ascenseurs, et Susannah comprit que c'était à travers les yeux de Mia qu'elle regardait.

Mes yeux, rectifia-t-elle. Sa colère n'était pas costaude, mais elle sentait qu'elle pouvait être nourrie. Il *faudrait* qu'elle soit nourrie, si Susannah voulait pouvoir regarder dans les yeux cette chose innommable qu'elle avait vue en rêve. Cette chose dans le coin de sa cellule de la prison d'Oxford. Cette chose dans la bassine remplie de sang.

Ce sont mes yeux. Elle les a pris en otages, c'est tout.

Un autre écran montrait Mia arrivant dans le hall, examinant les boutons de l'ascenseur, puis appuyant sur le bouton avec une flèche vers le bas.

On est en route pour aller voir la sage-femme, se dit Susannah en fixant l'écran d'un air sévère, puis elle éclata d'un rire bref et sans joie. *Oh, on va voir la sage-femme, la merveilleuse sage-femme d'Oz. Parce que parce que parce-QUEEEEE... parce qu'elle fait des merveilles !*

Elle avait sous les yeux les cadrans qu'elle avait déréglés, en se donnant un mal considérable – bon Dieu, cette *douleur*. TEMP ÉMOTIONNELLE était toujours sur 72. L'interrupteur à bascule marqué P'TIT GARS était toujours sur ENDORMI, et sur le moniteur au-dessus, l'image du fœtus était en noir et blanc, comme tout le reste. Aucun signe de ces yeux bleus dérangeants. L'absurde FORCE DE TRAVAIL était resté sur 2, mais elle constata que la plupart des diodes orange dans cette pièce étaient passées au rouge. De nouvelles fissures étaient apparues dans le sol et le vieux soldat dans son coin avait perdu la tête : la vibration sourde et croissante des machines en sous-sol avait fait basculer le crâne par terre, et il souriait à présent de toutes ses dents à l'intention des loupiotes fluorescentes au plafond.

L'aiguille **Susannah-Mio** avait atteint la limite de la zone jaune ; sous les yeux de Susannah, elle pénétra dans le rouge. Danger, danger, Diêm et Nehru sont morts. Papa Doc Duvallier est mort. Jackie Kennedy est morte.

Elle essaya de faire bouger les indicateurs une nouvelle fois, mais en vain : ils étaient toujours bloqués. Mia n'avait peut-être pas su agir sur les commandes, mais bloquer les indicateurs dans la position qui lui convenait ? Elle devait au moins savoir faire ça.

Les haut-parleurs au-dessus d'elle se mirent à grésiller puis à brailler, assez fort pour la faire sursauter. Et, entre deux explosions de parasites, la voix d'Eddie.

Suze !... née !... Gaspille... née ! Avant qu'elle... mène... doit aller... coucher. Tu m'entends ?

Sur l'écran qu'elle avait identifié comme étant la vision de Mia, les portes de l'ascenseur central s'ouvrirent. Cette chienne de preneuse d'otage en cloque y entra. Susannah le remarqua à peine. Elle s'empara du micro et poussa l'interrupteur sur le côté.

— Eddie ! hurla-t-elle. Je suis en 1999 ! Les filles se baladent le ventre à l'air et leurs bretelles de soutien-gorge...

Mon Dieu, mais qu'est-ce qui lui prenait de débiter des âneries pareilles ? Elle fit un effort colossal pour retrouver ses esprits.

— Eddie, je ne comprends pas ce que tu dis ! Répète, trésor !

Pendant quelques secondes elle n'entendit rien d'autre que les parasites, ainsi que du larsen à vous faire dresser les cheveux sur la tête. Elle s'apprêtait à reprendre le micro quand la voix d'Eddie revint, un peu plus claire, cette fois-ci.

Perdre... journée ! Jake et... Père Cal... tiens le coup ! Gaspille... avant qu'elle... là où... accoucher. Ponds, si tu m'entends !

— Je t'entends, c'est tout ce que je peux te dire ! s'écria-t-elle.

Elle serrait le manche argenté du micro tellement fort qu'il tremblait entre ses doigts.

— Je suis en 1999 ! Juin 1999 ! Mais je ne comprends pas tout ce que tu dis, trésor ! Répète ! Et dis-moi si tu vas bien !

Mais Eddie avait disparu.

Après avoir essayé de l'appeler une demi-douzaine de fois, pour ne recevoir en réponse qu'une salve de grésillements, elle reposa le micro et tenta de déchiffrer ce qu'il avait essayé de lui dire. Elle tenta aussi de mettre de côté la joie de savoir qu'Eddie était encore en état d'essayer de lui dire *quoi que ce soit*.

— Gaspille la journée.

Cette partie-là au moins était claire.

— Gaspille la journée. Comme « tue le temps ».

Elle se dit qu'elle avait dû saisir l'idée d'ensemble. Eddie voulait qu'elle ralentisse Mia. Peut-être parce que Jake et le Père Callahan allaient venir ? Pour ce qui était de cette information, elle était moins sûre, et ça ne lui plaisait pas beaucoup, de toute façon. Jake était pistolero, d'accord, mais il n'était aussi qu'un gamin. Et Susannah avait comme l'intuition que la clientèle du Cochon du Sud serait plutôt du genre ignoble.

Pendant ce temps, sur Télé-Mia, les portes de l'ascenseur s'ouvraient de nouveau. Cette chienne de preneuse d'otage en cloque avait atteint le grand hall. Pour le moment, Susannah remit Eddie, Jake et le Père Callahan dans un coin de sa tête. Elle se rappelait que Mia avait refusé de *passer devant*, même quand leurs jambes de Susannah-Mio étaient sur le point de disparaître de sous leur corps partagé de Susannah-Mio. Parce que, pour détourner un vieux poème en passant, elle était seule et apeurée dans un monde qu'elle n'avait jamais créé.

Parce qu'elle était *timide*.

Et, bon sang, on peut dire que les choses avaient changé, dans le hall de l'hôtel Plaza-Park, pendant que la chienne de preneuse d'otage en cloque était en haut, à attendre son coup de téléphone. Les choses avaient changé *du tout au tout*.

Susannah se pencha en avant, les coudes en appui sur le bord du panneau de commande, le menton posé sur les paumes de ses mains.

Voilà qui promettait d'être intéressant.

SEPT

Mia sortit de l'ascenseur, puis essaya d'y rentrer immédiatement. Mais elle se cogna aux portes, assez fort pour qu'on entende le tintement d'ivoire de ses dents qui s'entrechoquaient. Elle regarda autour d'elle, perplexe, se demandant visiblement comment la petite pièce qui montait et descendait avait pu disparaître comme ça.

Susannah ! Qu'est-ce qu'elle est devenue ?

Pas de réponse de la femme à peau sombre dont elle portait à présent le visage, mais Mia comprit vite qu'elle n'avait pas besoin de réponse. Elle observa l'emplacement de la porte de la cabine. Si elle appuyait de nouveau sur le bouton, la porte se rouvrirait probablement, mais il lui fallait d'abord vaincre cette impulsion soudaine de retourner dans la chambre 1919. Elle en avait fini, là-bas. Sa *véritable* tâche l'attendait, quelque part au-delà des portes de ce hall.

Elle regarda en direction de ces portes avec ce désarroi de petite fille susceptible de dégénérer en pure panique à la moindre parole un peu vive ou au moindre regard un peu dur.

Elle n'était restée en haut qu'un peu plus d'une heure, mais pendant ce temps, l'accalmie de l'après-midi dans le hall avait pris fin. Une petite dizaine de taxis en provenance des aéroports de La Guardia et Kennedy s'étaient garés devant l'hôtel quasiment en même temps. De même qu'un car de touristes japonais arrivant de l'aéroport de Newark. Le circuit avait démarré de Sapporo, et la cinquantaine de couples avaient réservé au Plaza-Park. À présent, le hall se remplissait rapidement de gens qui jacassaient. La plupart avaient des yeux noirs étirés en amande, des cheveux noirs et brillants, et des rectangles étranges autour du cou, au bout d'une sangle. De temps à autre l'un d'eux soulevait cet objet et le dirigeait vers quelqu'un d'autre. Il y avait un éclair lumineux, des rires, des cris (*Domo ! Domo !*). Trois files d'attente s'étaient formées au guichet. La ravissante jeune femme qui avait accueilli Mia en des temps plus sereins avait été rejointe par deux autres employés et tous travaillaient comme des galériens. La hauteur sous plafond était telle que les rires et les échos de conversations mêlés résonnaient en une langue étrange qui rappelait à Mia le gazouillis des oiseaux. Les enfilades de miroirs ajoutaient à la confusion générale en faisant paraître le vestibule deux fois plus plein qu'il ne l'était vraiment.

Indécise, Mia eut un mouvement de recul.

— Suivant ! hurla un des employés en faisant tinter une cloche.

Il sembla à Mia que le son traversait ses pensées confuses comme une flèche d'argent.

— Suivant, s'il vous plaît !

Un homme arborant un large sourire – les cheveux noirs plaqués sur le crâne, la peau jaune, des yeux bridés derrière des lunettes rondes – se précipita vers Mia, tenant une de ces boîtes-à-éclairs rectangulaires. Mia s'arma de courage, résolue à le tuer s'il l'attaquait.

— Vous pouvoir prende photo moi et ma femme, OK ?

En lui tendant la boîte-à-éclairs. Pour qu'elle la lui prenne. Mia eut un mouvement de recul, se demandant s'il y avait des radiations, si les éclairs pourraient être nocifs pour son bébé.

Susannah ! Qu'est-ce que je fais ?

Pas de réponse. Bien sûr, comment pouvait-elle espérer l'aide de Susannah après ce qui venait de se passer ? Mais…

L'homme au grand sourire essayait toujours de lui donner sa boîte-à-éclairs. Il avait l'air un peu perplexe, mais ne se laissait pas démonter.

— Vous prende photo, OK ?

En lui mettant la chose rectangulaire dans la main. Il recula et plaça son bras autour des épaules d'une dame qui lui ressemblait comme une sœur, sauf pour les cheveux, qu'elle avait aussi noirs et brillants, mais coupés sur le front « à la petite fille », se dit Mia. Même leurs lunettes rondes étaient identiques.

— Non, dit Mia. Non, j'implore votre pardon… non.

À présent la panique était très proche, et très vive, elle tourbillonnait et baragouinait là, juste devant elle

(*vous prende photo, nous tuer bébé*)

et Mia eut le réflexe de lâcher le clignoteur rectangulaire par terre. Mais ça risquait de le casser, et de libérer le maléfice qui lançait des éclairs.

Elle décida donc de le poser avec précaution, avec un sourire d'excuse à l'intention du couple japonais surpris (l'homme avait toujours le bras autour des épaules de sa femme), et se dirigea avec empressement vers la petite boutique de souvenirs. Même le piano avait changé d'air ; aux mélodies apaisantes avait succédé un morceau syncopé et dissonant, martelé comme une migraine musicale.

Il me faut une chemise, parce qu'il y a du sang sur celle-ci. Je vais prendre la chemise et puis je me rendrai au Cochon du Sud, au coin de la 61ᵉ et de Lexingworth... Lexington, je veux dire, Lexington... et là j'aurai mon bébé. J'aurai mon bébé et toute cette confusion prendra fin. Je repenserai à la peur que j'ai eue et j'en rirai.

Mais la boutique aussi était pleine de monde. Des Japonaises examinaient les souvenirs et babillaient entre elles dans leur langue d'oiseaux pendant que leurs maris étaient allés remplir les papiers. Mia apercevait un comptoir croulant sous les chemises, mais il y avait des femmes tout autour, qui les dépliaient pour les regarder. Et il y avait une autre queue à la caisse.

Susannah, qu'est-ce que je dois faire ? Il faut que tu m'aides !

Pas de réponse. Elle était là-dedans, Mia la sentait, mais elle ne voulait pas l'aider.

Et franchement, est-ce que je le ferais, dans sa situation ? se dit-elle.

Eh bien, peut-être que oui. Bien sûr, il faudrait lui faire miroiter une récompense digne de ce nom, mais...

La seule récompense que je veuille de toi, c'est la vérité, lui dit froidement Susannah.

Quelqu'un bouscula Mia dans l'entrée de la boutique et elle fit volte-face, mettant les mains en garde. Si c'était un ennemi pour elle ou pour son p'tit gars, elle allait lui arracher les yeux.

— Paldon, fit une femme souriante à chevelure noire.

Comme l'homme croisé dans le hall, elle portait une de ces boîtes-à-éclairs rectangulaires. Au milieu miroitait une sorte d'œil en verre circulaire qui fixait Mia. Elle voyait son propre visage reflété dedans, petit, sombre et désemparé.

— Vous prende photo, OK ? Prende photo moi et amie ?

Mia n'avait aucune idée de ce que racontait cette femme ou de ce qu'elle voulait, ou encore de ce que les boîtes-à-éclairs étaient censées faire. Tout ce qu'elle savait, c'est qu'il y avait trop de monde, il y en avait partout, une vraie maison de fous. À travers la vitrine de la boutique, elle voyait que le spectacle était le même devant l'entrée de l'hôtel. Elle apercevait des voitures jaunes et de longues voitures noires avec des vitres à travers lesquelles on ne voyait pas (les gens à l'intérieur devaient pouvoir regarder, eux), et un énorme véhicule argenté qui grondait, le long du trottoir. Deux hommes en uniforme vert se tenaient dans la rue, soufflant dans des sifflets argentés. Tout près, quelque chose se mit à marteler bruyamment. Pour Mia, qui n'avait jamais entendu un marteau piqueur, le son rappelait celui d'une arme à rafales, mais personne à l'extérieur ne se jetait à plat ventre sur le trottoir ; personne n'avait même l'air alarmé.

Comment était-elle censée se rendre au Cochon du Sud par elle-même ? Richard P. Sayre avait dit qu'il était certain que Susannah pourrait l'aider à le trouver, mais Susannah s'était murée dans son silence borné et stupide, et Mia elle-même était sur le point de perdre complètement les pédales.

C'est alors que Susannah se remit à parler.

Maintenant je vais t'aider un petit peu – trouve-toi un coin tranquille où reprendre ton souffle et débrouille-toi pour m'arranger cette chemise – tu es prête à me donner des réponses claires ?

À quel propos ?

À propos du bébé, Mia. Et de sa mère. De toi.

C'est ce que j'ai fait !

Je ne crois pas, non. Je ne crois pas que tu sois plus démoniaque que… eh bien, que moi. Je veux la vérité.

Pourquoi ?

Je veux la vérité, répéta Susannah, puis elle se tut de nouveau, refusant de répondre plus longtemps aux questions de Mia. Et lorsqu'un énième petit bonhomme souriant s'approcha avec une énième boîte-à-éclairs, les nerfs de Mia lâchèrent. À cet instant précis, le simple fait de traverser le hall de l'hôtel lui paraissait au-delà de ses forces ; alors comment était-elle censée aller jusqu'au Cochon du Sud toute seule ? Après toutes ces années passées

(*à Fedic*)

(*à Discordia*)

(*au Château sur l'Abysse*)

se retrouver au milieu de tous ces gens lui donnait envie de hurler. Et après tout, pourquoi ne pas raconter à la femme à peau noire le peu de chose qu'elle savait ? Elle – Mia, fille de personne, mère d'un seul – avait bien les choses en main. Quel mal y avait-il à dire un peu la vérité ?

Très bien, abdiqua-t-elle. *Je ferai ce que tu me demandes, Susannah, Odetta, ou qui que tu sois. Aide-moi, c'est tout. Sors-moi d'ici.*

C'est Susannah Dean qui *passa devant*.

HUIT

Il y avait des toilettes pour femmes, près du bar de l'hôtel, derrière le coin du piano. Deux des femmes à cheveux noirs et à peau jaune avec des yeux fendus se tenaient devant les lavabos, l'une se lavant les mains, l'autre se recoiffant, toutes les deux jacassant leurs cui-cui. Aucune ne prêta attention à la dame *kokujin* qui passait à côté d'elles, se rendant jusqu'aux cabines. Quelques secondes plus tard, elles sortirent, rendant la pièce à un silence béni, hormis le discret fond musical diffusé par les haut-parleurs accrochés en hauteur.

Mia comprit comment marchait le verrou et le ferma. Elle allait s'asseoir sur la cuvette quand Susannah intervint :

Retourne-la.

Quoi ?

La chemise, ma fille. Retourne-la, au nom de ton père !

La chemise en question était une *callum-ka* en tissu grossier, le genre de vêtement porté indifféremment par les hommes et par les femmes dans la campagne de rizières, quand le temps se rafraîchissait. Elle avait ce qu'Odetta Holmes aurait appelé un col bénitier. Pas de boutons, alors oui, on pouvait très facilement la retourner, mais…

De nouveau Susannah, s'impatientant visiblement :

Tu vas rester commala-lune comme ça toute la journée ? Retourne-la ! Et rentre-la dans ton jean, cette fois-ci.

P… pourquoi ?

Ça te donnera un air différent, répondit vivement Susannah.

Mais ce n'était pas la raison principale. Ce qu'elle voulait, c'était se regarder en dessous de la taille. Si ses jambes étaient celles de Mia, elles étaient probablement blanches. Elle était fascinée (et un peu écœurée) à l'idée qu'elle était devenue une sorte d'hybride bicolore.

Mia marqua une pause, frottant les taches les plus visibles, au-dessus de son sein gauche. Au-dessus de son cœur. Retourne-la ! Dans le hall, quelques idées sans queue ni tête lui avaient traversé l'esprit (hypnotiser les clients de la boutique à l'aide de la tortue miniature était de loin la plus viable), mais retourner tout bonnement cette fichue chemise n'en faisait pas partie. Ce qui démontrait simplement combien elle s'était laissé gagner par la panique. Mais à présent...

Avait-elle besoin de Susannah, pendant cette brève période où elle se trouverait dans cette cité surpeuplée et déroutante, si différente des salles silencieuses du château et des rues calmes de Fedic ? Simplement pour se rendre d'ici au coin de la 61ᵉ et de Lexingworth ?

*Lexing*ton, corrigea la femme emprisonnée à l'intérieur d'elle. *Lexing*ton. *Incapable de te le rappeler, pas vrai ?*

Si, si, elle se rappelait. Et il n'y avait aucune raison d'oublier une chose aussi simple, elle avait beau ne pas être allée à Morehouse, ni dans aucune maison, elle n'était pas stupide pour autant. Alors pourquoi...

Quoi ? demanda-t-elle subitement. *Qu'est-ce qui te fait sourire ?*

Rien, fit la femme à l'intérieur...

Mais elle souriait toujours. Elle était presque hilare. Mia le sentait, et ça ne lui plaisait pas. Là-haut, dans la chambre 1919, Susannah lui avait hurlé dessus, dans un mélange de terreur et de rage, l'accusant d'avoir trahi l'homme que Susannah aimait, et l'homme qu'elle suivait. Il y avait assez de vrai là-dedans pour faire honte à Mia. Elle n'avait pas aimé ce sentiment, mais elle préférait la femme à l'intérieur quand elle hurlait comme une hystérique et qu'elle était complètement chamboulée. Alors que ce sourire la rendait nerveuse. Cette version de la femme à peau brune essayait de renverser les rôles ; peut-être même pensait-elle les avoir *réellement* renversés. Ce qui était impossible, bien sûr, puisqu'elle était sous la protection du Roi, mais...

Dis-moi pourquoi tu souris !

Oh, pour pas grand-chose, répondit Susannah.

Sauf que maintenant elle avait la même voix que l'autre, celle qui s'appelait Detta. Mia ne pouvait vraiment pas la supporter, celle-là. Elle en avait un peu peur, de celle-là.

Je 'epense juste à ce type, Sigmund F'eud, mon chou – un sal''culé d'cul blanc, mais pas stupide. Il disait que quand quelqu'un oubliait tout l'temps que'qu'chose, c'est p't-êt' pasque cette pe'sonne, elle veut *l'oublier.*

C'est idiot, répondit froidement Mia.

Derrière la porte de la cabine où se jouait cette petite conversation mentale, elle entendit entrer deux – non, au moins trois, peut-être même quatre – autres femmes, gazouillant toujours, et leurs gloussements firent grincer les dents de Mia.

Pourquoi est-ce que je voudrais oublier le lieu où on m'attend pour m'aider à avoir mon bébé ?

Eh ben, ce F'eud – ce sale g'os culé d'cul blanc viennois avec son ciga'e – il 'aconte qu'on a un esp'it en dessous *de l'esp'it, il appelle ça l'inconscient, ou le subconscient, ou cette salope'ie de conscient que'qu'chose. Maintenant, je dis pas que ça existe, j'dis que* lui *il le dit.*

(Gaspille la journée, *lui avait dit Eddie, de ça au moins elle était certaine, et elle allait faire de son mieux, espérant seulement qu'elle n'allait pas conduire Jake et le Père Callahan à la mort, ce faisant.*)

C'bon vieux sal'culé d'cul blanc d'F'eud, il dit que pou'plein d'choses, le subconscient ou l'inconscient, il est plus malin *que celui du d'ssus. Qu'il 'enifle les conne'ies* plus vite *que celui du d'ssus. Et p't-êt'que l'tien, il comp'end c'que j't'ai dit depuis l'début, que ton copain Say'e, c'est 'ien d'aut'e qu'un sale conna'd de menteu'qui va t'voler ton bébé et, j'sais pas, p't-êt'le découper dans cette bassine et pis l'donner à bouffer aux vampi'es comme si c'étaient des chiens et qu'ton moufla'd c'était du canigou spécial Vamp...*

La ferme ! Ferme ta sale figure de menteuse !

De l'autre côté, aux lavabos, les femmes-oiseaux riaient comme des hystériques, à tel point que Mia sentit ses yeux trembler et menacer de se liquéfier dans leurs orbites. Elle voulait sortir de sa cabine comme une furie, se précipiter sur elles, leur attraper la tête et la flanquer contre le miroir encore et encore jusqu'à ce que le sang gicle et qu'il y en ait partout sur le mur jusqu'au plafond et que leur *cervelle*...

On se calme, on se calme, fit la femme à l'intérieur, et elle reconnut à nouveau la voix de Susannah.

Elle ment ! Cette garce, elle MENT *!*

Non, répondit Susannah, et elle mit tant de conviction dans ce simple mot qu'elle réussit à envoyer une flèche de peur dans le cœur de Mia. *Elle a son franc-parler, je ne dis pas le contraire, mais elle ne ment pas. Allez, Mia, retourne ta chemise.*

Dans un dernier éclat de rire à vous mettre les larmes aux yeux, les femmes-oiseaux quittèrent les toilettes. Mia retira sa chemise par-dessus la tête, dénudant la poitrine de Susannah, couleur café, avec juste une goutte de lait. Ses tétons, qu'elle avait toujours eus aussi petits que des framboises, avaient beaucoup grossi. Des tétons attendant désespérément une bouche.

De l'autre côté de la chemise, à peine quelques auréoles bordeaux étaient visibles. Mia la renfila, puis déboutonna son jean afin de la glisser à l'intérieur. Susannah examina, fascinée, le point situé juste au-dessus de la toison pubienne. La peau s'était éclaircie, et avait plutôt la couleur du lait, avec juste une goutte de café. En dessous, elle vit les jambes blanches de la femme qu'elle avait rencontrée sur l'allure du château. Susannah savait que, si Mia baissait son pantalon jusqu'en bas, elle verrait les mollets écorchés qu'elle avait déjà vus quand Mia – la *véritable* Mia – observait la lumière rouge qui pulsait dans le ciel, au-delà de Discordia, indiquant l'emplacement du château du Roi.

Il y avait là quelque chose de terrifiant pour Susannah, et après un temps de réflexion (il lui fallut à peine quelques secondes), elle en comprit la raison. Si Mia n'avait remplacé que la partie des jambes qu'Odetta Holmes avait perdue sous ce métro, quand Jack Mort l'avait poussée sur la voie, elles auraient été blanches seulement sous le genou. Mais elle avait aussi les *cuisses* blanches, et le bas-ventre était en train de blanchir aussi. De quel genre d'étrange lycanthropie s'agissait-il là ?

Le gen'e vol de co'ps, répliqua Detta d'un ton jovial. *T'ès bientôt tu vas t' 'et'ouver avec un bidon tout blanc… des nichons blancs… un cou blanc… des joues blanches…*

Arrête, la prévint Susannah, mais Detta Walker avait-elle jamais écouté ses mises en garde ? Les siennes ou celles de qui que ce soit d'autre ?

Et pis, pou' fini', tu vas t't'imballer un ce'veau *blanc, ma fille ! Un ce'veau de Mia ! Ça se'a poilant, pas v'ai ? Pou' sû'! Tu se'as une v'aie Mia ! Pe'sonne pou'a plus t'emme'der si tu veux monter à l'avant du bus !*

Puis la chemise glissa sur les hanches et le jean fut reboutonné. Mia s'assit sur la lunette des toilettes. Face à elle, gribouillé sur la porte, s'étalait un graffiti :

BANGO SKANK ATTEND LE ROI !

Qui est ce Bango Skank ? demanda Mia.

Pas la moindre idée.

Je crois...

C'était difficile, mais Mia se força.

Je crois que je te dois un mot de remerciement.

La réaction de Susannah fut instantanée et glaciale.

La vérité sera mon seul remerciement.

Commence par me dire pourquoi tu m'aiderais, une fois que...

Cette fois-ci, Mia ne put terminer. Elle aimait se dire qu'elle avait du courage – autant qu'il lui en fallait pour être au service de son p'tit gars, du moins – mais elle ne parvint pas à terminer.

Après que tu as trahi l'homme que j'aime pour des types qui ne sont finalement rien d'autre que des serviteurs du Roi Cramoisi, si on va au fond des choses ? Après que tu as décidé qu'ils pouvaient bien tuer les miens, tant que ton p'tit gars était sain et sauf ? C'est ça que tu veux savoir ?

Mia détesta la façon dont elle formulait les choses, mais dut bien le supporter. De gré ou de force.

Oui, jeune dame, si tu veux.

C'est l'autre qui répondit, cette fois-ci, avec cette voix – rude, croassante, riante, triomphante, et chargée de haine – encore plus détestable que les piaillements des femmes-oiseaux. Largement plus détestable.

Passque mes gars s'en sont so'tis, voilà pou'quoi ! Z'ont baisé ces 'culés d'culs blancs, et p'op'ement ! Ceux qui z'ont pas butés, i'zont volé en mille mo'ceaux !

Mia se sentit soudain très mal à l'aise. Qu'elle dise vrai ou pas, cette sorcière hilare *croyait* ce qu'elle racontait. Et si Roland et Eddie Dean étaient toujours là, se pouvait-il que le Roi Cramoisi ne fût pas aussi fort, aussi puissant qu'on le lui avait affirmé ? Était-il possible qu'on l'ait *vraiment* trompée à propos de...

Arrête, arrête, tu ne peux pas penser des choses pareilles !

Il y a une autre raison qui justifie mon aide.

La sorcière était repartie, et l'autre était de retour. Du moins pour le moment.

Quelle raison ?

C'est aussi mon bébé, dit Susannah. *Je ne veux pas qu'on le tue.*

Je ne te crois pas.

Pourtant, elle la croyait. La femme à l'intérieur avait raison : Mordred Deschain de Gilead et de Discordia leur appartenait à toutes les deux. La sorcière s'en fichait peut-être, mais l'autre, Susannah, sentait très clairement la force d'attraction du p'tit gars. Et si elle avait raison, concernant Sayre, ou qui que ce soit qui l'attendait au Cochon du Sud… s'ils n'étaient que des menteurs et des cozeurs…

Arrête. Arrête. Je n'ai nulle part où aller, je n'ai qu'eux.

Mais si, lui dit vivement Susannah. *Avec la Treizième Noire, tu peux aller où tu veux.*

Tu ne comprends pas. Il me suivrait. Il le *suivrait.*

Tu as raison, je ne comprends pas.

Elle comprenait parfaitement, du moins elle le croyait, mais… *gaspille la journée*, avait-il dit.

D'accord, je vais essayer de t'expliquer. Moi-même je ne comprends pas tout – il y a des choses que je ne sais pas – mais je vais t'en dire autant que je peux.

Merc…

Avant qu'elle ait pu finir, Susannah se sentit de nouveau tomber, comme Alice dans le terrier du lapin. Dans les toilettes, à travers le sol, dans les tuyaux souterrains, jusque dans un autre monde.

NEUF

Pas de château à l'autre bout, pas cette fois-ci. Roland leur avait raconté des épisodes de ses années de vagabondage – les infirmières vampires et les petits docteurs d'Élurie, les leçons de Cort et, bien sûr, l'histoire de son premier amour sacrifié – et c'était un peu comme tomber dans l'un de ces récits. Ou, peut-être, dans l'un de ces feuilletons (des « westerns pour adultes », comme on les appelait) sur la chaîne récemment créée, ABC-TV : *Pied Tendre*, avec Try Hardin, *Maverick*, avec James Garner, ou encore – le chouchou d'Odetta Holmes – *Cheyenne*, avec Clint Walker. (Odetta avait même envoyé un courrier à la chaîne, leur suggérant qu'ils pourraient conquérir un tout nouveau public s'ils diffusaient une série dont le héros serait un cow-boy solitaire noir, dans les années qui avaient suivi la guerre de Sécession. Elle n'avait jamais reçu de réponse. Elle s'était dit que le fait même d'écrire cette lettre était ridicule, une véritable perte de temps.)

Il y avait une écurie de louage, avec une enseigne disant SELLERIE RÉPARATIONS PAS CHER. La pancarte de l'hôtel promettait CHAMBRES CALMES, BONS LIES. Il y avait au moins cinq saloons. Devant l'un d'eux, un robot rouillé roulant sur des chenilles qui hurlaient balançait sa tête d'ampoule d'avant en arrière en glapissant à la cantonade son message de bienvenue, qui sortait d'un haut-parleur en forme de tuyau planté au milieu de sa tête grossière. Sa voix métallique résonnait dans la ville déserte : « Des filles, des filles, des *filles* ! Des humaines, des robotes, on s'en fiche, qu'est-ce que ça peut faire, on voit pas la différence, elles vous feront ce que vous voudrez sans rechigner, "pas question" fait pas partie de leur vo-CA-bu-laire, elles vous donneront satisfaction tout le long ! Des filles, des filles, des filles ! Des humaines ou des robotes, venez toucher vous-même, on sent pas la différence ! Elles font tout ce que vous voulez ! Elles veulent tout ce que *vous* voulez ! »

Marchant à côté d'elle, Susannah vit la belle jeune femme blanche avec le ventre arrondi, les jambes égratignées et les cheveux noirs aux épaules. Alors qu'elles franchissaient toutes les deux la façade criarde en trompe-l'œil du SALOON « LE BON TEMPS » DE FEDIC, BAR ET PALAIS DE LA DANSE, Susannah vit qu'elle portait une robe écossaise délavée qui mettait en avant son état, au point que son apparence avait quelque chose d'effroyable, comme un signe annonciateur de l'Apocalypse. Les *huaraches* de l'allure du château avaient été remplacés par des bottillonnes éraflées et usées. Elles portaient toutes les deux des bottillonnes, dont les talons claquaient sur les planches en un son creux.

Un peu plus haut dans la rue, de l'une des salles de bar désertes montait un air saccadé de jazz, et une bribe d'un vieux poème revint à la mémoire de Susannah : *Une bande de gars faisait la noce au Malamute Saloon !*

Elle regarda par-dessus les portes battantes et ne fut pas surprise le moins du monde de voir apparaître les mots : MALAMUTE SALOON.

Elle ralentit assez longtemps pour jeter un œil au-delà des portes et aperçut un piano chromé qui jouait tout seul, ses touches poussiéreuses se soulevant et s'abaissant au rythme de la mélodie, une simple boîte à musique mécanique construite sans aucun doute par la très populaire North Central Positronics, essayant de distraire un public inexistant, à l'exception d'un robot mort et, au fond de la salle, de deux squelettes au dernier stade de la décomposition, entre os et poussière.

Plus loin, au bout de l'unique rue de la ville, se dressaient les remparts. Ils étaient si hauts et si larges qu'ils masquaient presque tout le ciel.

Susannah se frappa subitement la tête du poing. Puis elle tendit les mains devant elle et claqua des doigts.

— Que fais-tu ? demanda Mia. Dis-le-moi, je te prie.

— Je vérifie que je suis bien là. Physiquement, je veux dire.

— Tu es bien là.

— On dirait, oui. Mais comment est-ce possible ?

Mia secoua la tête, signifiant par là qu'elle n'en savait rien. Sur ce sujet, du moins, Susannah avait tendance à la croire. Et Detta ne manifesta pas non plus d'avis contraire.

— Ce n'est pas ce à quoi je m'attendais, dit Susannah en regardant autour d'elle. Ce n'est pas du tout ce à quoi je m'attendais.

— Non pas ? demanda sa compagne de route (et sans beaucoup d'enthousiasme).

Mia avançait de cette démarche de canard qui se dandine, à la fois maladroite et bizarrement attendrissante, qui semble convenir le mieux aux femmes en fin de grossesse.

— Et à quoi t'attendais-tu exactement, Susannah ?

— À quelque chose de plus médiéval, j'imagine. Plus dans ce style-là.

Elle pointa le doigt en direction du château.

Mia haussa les épaules, comme pour dire : « C'est à prendre ou à laisser », puis répondit :

— Est-ce que l'autre est avec toi ? Langue Pendue ?

Elle voulait parler de Detta. Bien sûr.

— Elle est toujours avec moi. Elle fait partie de moi, tout comme ton p'tit gars fait partie de toi.

Même si Susannah aurait donné un bras pour savoir comment c'était Mia qui avait pu se retrouver enceinte alors que c'était elle qui s'était fait baiser.

— Mais moi je serai bientôt libérée, fit remarquer Mia. Serastu jamais libérée de ton fardeau à toi ?

— J'ai cru l'être, répondit sincèrement Susannah. Et puis elle est revenue. Principalement pour s'occuper de toi, je dirais.

— Je la déteste.

— Je sais.

Et il n'y avait pas que ça, que Susannah savait. Mia avait peur de Detta, aussi. Elle en avait peur beaucoup-beaucoup.

— Si elle parle, c'est la fin de notre palabre.

Susannah haussa les épaules.

— Elle vient quand elle veut et elle parle quand elle décide de parler. Elle ne me demande pas la permission.

Devant elles, de leur côté de la rue, un panneau était accroché sur un montant en arc de cercle :

GARE DE FEDIC
MONO PATRICIA, LIGNE INTERROMPUE
LECTEUR TACTILE HORS SERVICE
VEUILLEZ PRÉSENTER VOTRE BILLET
NORTH CENTRAL POSITRONICS VOUS REMERCIE
DE VOTRE PATIENCE

Le panneau n'intéressa pas Susannah autant que les deux objets gisant sur le quai crasseux, derrière : une poupée, tellement décomposée que seuls la tête et un bras restaient identifiables et, plus loin, un masque. Bien qu'il parût fait de métal, il semblait avoir pourri comme de la chair. Les dents qui saillaient du rictus étaient des crocs de chien. Les yeux étaient en verre. Des objectifs, Susannah en était certaine, eux aussi sortant des usines North Central Positronics. Autour du masque elle aperçut quelques fibres de tissu vert, le reste de la capuche de cette chose. Susannah n'eut aucun mal à faire le rapprochement entre les restes de la poupée et les restes du Loup. Comme Detta aimait parfois à le répéter à la cantonade (particulièrement à ces gars excités qu'elle entraînait dans les parkings des bars), sa m'man n'avait pas élevé une imbécile.

— C'est là qu'ils les emmenaient, dit-elle. C'est là que les Loups emmenaient les jumeaux enlevés à Calla Bryn Sturgis. C'est là qu'ils les – quoi, d'ailleurs ? –, qu'ils les transformaient.

— Pas seulement à Calla Bryn Sturgis, dit Mia d'un air indifférent. Mais si fait. Et une fois que les babés étaient arrivés jusqu'ici, ils les emmenaient là-bas. Vers un lieu que tu reconnaîtras aussi, j'en suis certaine.

Elle tendit le doigt en direction de la rue principale de Fedic, et au-delà. Le dernier bâtiment avant le point où les remparts marquaient brutalement la limite de la ville était une longue baraque préfabriquée en tôle, aux parois métalliques crasseuses et ondulées et au toit incurvé rongé de rouille. Les fenêtres sur le côté visible par Susannah avaient été condamnées avec des planches. Une barre d'attache métallique courait le long du bâtiment. Environ soixante-dix chevaux y étaient attachés, tous gris. Certains étaient tombés et restaient couchés à terre, les jambes tendues en l'air. Un ou deux avaient tourné la tête en direction des voix de femmes et semblaient s'être figés dans cette position. C'était là un comportement peu typique d'un cheval, mais, bien entendu, il ne s'agissait pas de vrais chevaux. C'étaient des robots, ou des cyborgs, ou toute autre appellation que Roland aurait pu leur donner. Bon nombre d'entre eux s'étaient visiblement arrêtés, usés jusqu'à la corde.

Sur la façade de ce bâtiment un disque métallique indiquait :

NORTH CENTRAL POSITRONICS
Quartier Général de Fedic
Gare expérimentale de l'Arc 16

Sécurité maximale
CODE VERBAL D'ENTRÉE EXIGÉ
EMPREINTE OCULAIRE EXIGÉE

— C'est un autre Dogan, n'est-ce pas ? demanda Susannah.

— Eh bien, oui et non, répondit Mia. C'est le Dogan de tous les Dogans, en fait.

— Là où les Loups amenaient les enfants.

— Si fait, et où ils les amèneront encore, ajouta Mia. Car la tâche du Roi se poursuivra, une fois rattrapé le petit contretemps engendré par l'intervention de ton ami le Pistolero. Je n'en doute pas une seconde.

Susannah la regarda avec une curiosité non feinte.

— Comment peux-tu tenir des propos si cruels, tout en gardant l'air si serein ? Ils amènent des enfants ici, et ils leur récurent le cerveau comme… comme des calebasses. Des enfants, qui n'ont jamais fait de mal à personne ! Et ce qu'ils renvoient, ce sont des grandes gigues débiles qui atteignent leur taille maximale en traversant un véritable calvaire et meurent souvent de la même manière. Est-ce que tu te montrerais aussi optimiste, Mia, s'il s'agissait de *ton* enfant qu'on emmenait sur une de ces selles, et qu'il hurlait ton nom en tendant les bras vers toi ?

Mia rougit violemment, mais fut capable de croiser le regard de Susannah.

— Chacun doit suivre la voie sur laquelle l'engage le *ka*, Susannah de New York. La mienne, c'est de porter mon p'tit gars, de l'élever, et ainsi de mettre fin à la quête de ton *dinh*. Et à sa vie.

— C'est merveilleux comme tout le monde a l'air de savoir ce que le *ka* signifie pour lui, dit Susannah. Tu ne trouves pas ça merveilleux ?

— Mon avis, c'est que tu essaies de te moquer de moi parce que tu as peur, dit Mia d'une voix égale. Si grâce à ça tu te sens mieux, alors si fait, vas-y.

Elle tendit les bras et esquissa une petite révérence ironique, au-dessus de son ventre protubérant.

Elles s'étaient arrêtées sur le trottoir en bois, devant une boutique **CHAPEAUX ET ARTICLES POUR DAMES**, située en face du Dogan de Fedic. Susannah pensa : *Gaspille la journée, n'oublie pas que c'est l'autre tâche que tu as à accomplir ici. Tuer le temps. Retiens ce corps singulier que nous avons à présent l'air de partager aussi longtemps que tu pourras dans ces toilettes pour femmes.*

— Je ne me moque pas, répliqua Susannah. Je te demande seulement de te mettre à la place de toutes ces autres mères.

Mia secoua la tête avec colère, faisant voler ses cheveux d'encre, qui lui balayaient les épaules.

— Ce n'est pas moi qui ai scellé leur destin, jeune dame, de même qu'elles n'ont pas scellé le mien. Je vais épargner mes larmes, merci beaucoup. Veux-tu entendre mon récit, ou non ?

— Oui, s'il te plaît.

— Alors asseyons-nous, car mes jambes fatiguées me font souffrir.

DIX

Dans le Gin-Puppie Saloon, situé à quelques devantures déglinguées de là, plus bas dans la rue, elles trouvèrent des chaises encore capables de supporter leur poids, mais aucune des deux femmes n'avait envie de rester dans le saloon même, qui empestait la mort et la poussière. Elles traînèrent les chaises dehors, sur le passage de planches, où Mia s'assit avec un soupir de soulagement éloquent.

— Bientôt, bientôt tu seras libérée, Susannah de New York, et moi avec toi.

— Peut-être, mais je ne comprends rien à tout ça. Surtout pas pourquoi tu te précipites dans les bras de ce Sayre, alors que tu sais très bien qu'il sert le Roi Cramoisi.

— Silence ! ordonna Mia.

Elle était assise, les jambes écartées, son énorme ventre saillant devant elle, le regard vagabondant le long de la rue déserte.

— C'est un homme du Roi qui m'a donné une chance d'accomplir la seule destinée que le *ka* m'ait laissée. Pas Sayre, mais un bien plus haut placé que lui. Quelqu'un à qui Sayre doit rendre des comptes. Un homme du nom de Walter.

Le nom du vieil ennemi mortel de Roland fit sursauter Susannah. Mia la regarda et lui adressa un sourire sombre.

— Tu connais ce nom, à ce que je vois. Eh bien, peut-être que ça nous épargnera quelques explications. Les dieux savent qu'on a déjà beaucoup trop parlé à mon goût ; je ne suis pas faite pour ça. Je suis faite pour porter mon p'tit gars et l'élever, rien de plus. Et rien de moins.

Susannah ne sut quoi répondre. Elle était censée tuer, tuer le temps, c'était sa corvée du jour, mais pour tout dire elle commençait à trouver l'obsession de Mia quelque peu pénible. Et effrayante, aussi.

Comme si elle parvenait à lire dans ses pensées, Mia dit :

— Je suis ce que je suis, et ça me va bien. Si ça ne plaît pas aux autres, qu'est-ce que ça peut me faire ? Je leur crache à la figure !

Du Detta Walker dans toute sa splendeur, pensa Susannah, mais elle ne répondit rien. Il lui parut plus prudent de se taire.

Après une pause, Mia reprit :

— Pourtant, je mentirais si je disais que me retrouver ici ne réveille pas... certains souvenirs. Oui-là !

Et, contre toute attente, elle se mit à rire. Et, encore plus surprenant, ce rire était mélodique et cristallin.

— Raconte-moi ton histoire, l'encouragea Susannah. Cette fois-ci, raconte-la-moi en entier. Nous avons du temps, avant que les contractions reprennent.

— Tu crois ?

— Je le sais. Raconte.

Pendant un moment, Mia resta là à contempler la rue, avec son épaisse couche d'oggan poussiéreux, et son air d'abandon sinistre et ancestral. Tandis que Susannah attendait son histoire, elle prit conscience pour la première fois de l'immobilité de Fedic, et de l'absence d'ombres. Elle voyait tout très clairement, et il n'y avait pas de lune dans le ciel sur l'allure du château, pourtant elle n'aurait pas dit que c'était le plein jour.

C'est le non-temps, murmura une voix en elle – une voix qu'elle ne connaissait pas. *C'est un lieu de l'entre-deux, Susannah ; un lieu où les ombres s'annulent et où le temps retient son souffle*.

Et alors Mia commença son récit. Il était plus court que Susannah l'aurait cru (plus court qu'elle ne l'avait souhaité, sachant la mission que lui avait confiée Eddie), mais il expliquait beaucoup de choses. En fait, il livrait plus de clés que Susannah n'en espérait. Elle écouta avec une fureur croissante, et où était le mal ? Elle n'avait pas seulement été violée, semblait-il, dans cet anneau de pierre et d'os. On l'avait aussi volée – le vol le plus étrange auquel une femme ait jamais été soumise.

Et il se poursuivait.

ONZE

— Regarde par là, s'il te sied, dit la femme à gros ventre assise à côté de Susannah sur le passage de planches. Regarde et vois Mia avant qu'elle gagne son nom.

Susannah regarda dans la rue. Elle ne vit d'abord rien d'autre qu'un wagon abandonné, un abreuvoir fendu et asséché depuis bien longtemps, et un objet argenté en forme d'étoile qui ressemblait à un débris d'éperon de cow-boy.

Puis, lentement, une silhouette brumeuse se dessina. C'était celle d'une femme nue. Elle était d'une beauté époustouflante – Susannah put le dire avant même que la forme fût complètement apparue. Elle n'avait pas d'âge. Sa chevelure noire lui balayait les épaules. Elle avait le ventre plat et son nombril formait une petite coupe coquine dans laquelle n'importe quel homme aurait aimé tremper la langue. Susannah (ou peut-être était-ce Detta) pensa : *Bon sang, j'y tremperais bien la mienne*. Entre les cuisses de la femme-fantôme se cachait une fente astucieuse. Et une force d'attraction toute différente.

— C'est moi, quand je suis arrivée ici, dit la version enceinte assise à côté de Susannah. Elle parlait presque comme une femme montrant des photos de ses vacances. *Là c'est moi au Grand Canyon, là c'est à Seattle, et puis à la Grande Coulée ; oh, et là je suis dans la grand-rue de Fedic, si cela vous sied*. La femme enceinte était belle elle aussi, mais pas la même beauté surnaturelle que cette ombre dans la rue. La femme enceinte avait un âge bien défini, par exemple – fin de la vingtaine –, et son visage portait les marques de l'expérience. Douloureuse, en majeure partie.

— J'ai dit que c'était un démon élémentaire – celui qui a fait l'amour à ton *dinh* – mais j'ai menti. Je croyais que tu t'en doutais. Je n'ai pas menti pour en tirer le moindre avantage, mais seulement… je ne sais pas… j'ai pris mes désirs pour des réalités, j'imagine. Je voulais que le bébé soit le mien aussi de cette manière…

— Le tien, depuis les origines.

— Si fait, depuis les origines – tu dis vrai.

Elles regardèrent la femme nue remonter la rue, les bras se balançant au rythme de la marche, les muscles de son long cou mouvant sous la peau, les hanches ondulant d'un côté à l'autre dans cet éternel mouvement d'oscillation. Elle ne laissait aucune trace sur l'oggan.

— Je t'ai dit que les créatures du monde invisible étaient restées derrière, quand le *Prim* s'était retiré. La plupart sont mortes, comme les poissons ou les animaux marins, lorsqu'ils se retrouvent sur la plage, à étouffer dans cet air inconnu. Mais il y a aussi celles qui se sont adaptées, et j'ai été une de ces malheureuses. J'ai erré, sans relâche. Et quand je croisais des hommes dans les terres perdues, je prenais la forme que tu vois là.

Comme un mannequin sur le podium (qui aurait oublié d'enfiler le dernier modèle de haute couture parisienne qu'elle est censée porter), la femme pivota sur les talons, ses fesses se tendant avec une aisance soyeuse et charmante, créant d'éphémères creux et déliés. Elle reprit sa marche en sens inverse, ses yeux sous la ligne droite de sa frange fixés sur l'horizon lointain, sa chevelure se balançant derrière ses oreilles sans bijoux.

— Dès que je trouvais quelqu'un avec une bite, je le baisais, expliquait Mia. C'était effectivement un point commun avec le démon élémentaire qui a d'abord essayé de lier commerce avec votre *soh*, puis qui a *eu* commerce avec ton *dinh*, ce qui explique aussi mon mensonge, sans doute. Et j'ai trouvé ton *dinh* plutôt attirant.

Un accent rauque de gourmandise passa fugitivement dans sa voix. La Detta à l'intérieur de Susannah le trouva excitant. La Detta à l'intérieur de Susannah découvrit les dents en un sourire de complicité épouvantable.

— Je les baisais, et quand ils ne parvenaient pas à se libérer, je les baisais jusqu'à ce que mort s'ensuive.

Très factuel. *Après la Grande Coulée, on est allé à Yosemite.*

— Voudrais-tu bien dire quelque chose pour moi à ton *dinh*, Susannah ? Si tu le revois un jour ?

— Si fait, si tu veux.

— Il a connu autrefois un homme – un homme mauvais – du nom d'Amos Depape, frère de Roy Depape, qui faisait la loi avec Eldred Jonas, à Mejis. Ton *dinh* croit qu'Amos Depape a été piqué par un serpent et qu'il en est mort ; en un sens, c'est ce qui s'est passé… mais ce serpent, c'était moi.

Susannah ne dit rien.

— Je ne les baisais pas pour le sexe, je ne les baisais pas pour les tuer, même si je me fichais qu'ils meurent et que leur bite rétrécissait et sortait de mon corps comme de la glace fondue. En vérité, je ne savais pas *pourquoi* je les baisais, jusqu'à mon arrivée ici, à Fedic. En ces jours lointains, il restait des hommes et des femmes ici. La Mort Rouge n'était pas venue, tu intuites. La faille dans le sol courait déjà sous la ville, mais le pont qui l'enjambait tenait bon. Ces gens étaient entêtés, ils essayaient de résister coûte que coûte, même quand a commencé à courir la rumeur que le Château de Discordia était hanté. Les trains continuaient d'arriver, même si les horaires étaient devenus imprécis…

— Les enfants ? demanda Susannah. Les jumeaux ?

Elle marqua une pause.

— Les Loups ?

— Non pas, tout ça s'est passé vingt-quatre siècles plus tard. Ou plus. Mais écoute-moi avec attention : il y a un couple à Fedic qui a eu un *bébé*. Tu n'as pas idée, Susannah de New York, de la rareté d'une telle merveille, à cette époque où la plupart des gens étaient aussi stériles que les élémentaires eux-mêmes, et où ceux qui ne l'étaient pas donnaient en général naissance à des lents mutants ou à des monstres tellement hideux que les parents les tuaient à la naissance, s'ils n'étaient pas mort-nés. Mais ce *bébé* !

Elle joignit les mains et ses yeux se mirent à briller.

— Il était tout rond et tout rose, sans une seule imperfection, pas même une tache de vin – parfait –, et au premier regard, j'ai su pour quoi j'étais faite. Je ne baisais pas pour le sexe, ni parce que dans le coït je devenais presque mortelle, ou parce que ça signifiait la mort pour la plupart de mes partenaires. C'était pour avoir un bébé comme le leur. Comme leur Michael.

Elle baissa légèrement la tête :

— Je l'aurais pris, tu sais. Je serais allée trouver cet homme, je l'aurais baisé jusqu'à le rendre fou, et alors je lui aurais glissé à l'oreille de tuer sa chère et tendre. Et quand elle aurait atteint la clairière au bout du sentier, je serais revenue le baiser à mort, et alors le bébé – ce merveilleux petit bébé tout rose – aurait été à moi. Tu vois ?

— Oui, répondit Susannah.

Elle se sentait nauséeuse. En face d'elles, au milieu de la rue, la femme-fantôme fit une nouvelle pirouette et reprit sa marche. Plus bas, le robot bonimenteur continuait de déverser son baratin criard et éternel : *Des filles, des filles, des filles ! Des humaines, des robotes, on s'en fiche, qu'est-ce que ça peut faire, on voit pas la différence !*

— J'ai découvert que je ne pouvais pas les approcher, poursuivit Mia. Comme si un cercle magique avait été dessiné autour d'eux. C'était ce bébé, je suppose.

Et puis est venu le fléau. La Mort Rouge. Des gens ont prétendu que quelque chose avait été ouvert dans le château, un pot contenant une entité démoniaque, qui aurait dû rester fermé à jamais. D'autres ont dit que le fléau était sorti de la faille – qu'on appelle le Cul du Diable. Quoi qu'il en soit, ce fut la fin de toute vie à Fedic, de toute vie au bord de Discordia. Beaucoup sont partis à pied ou en wagon. Michael, le bébé, est resté avec ses parents, espérant qu'un train les emmènerait. Chaque jour j'attendais de les voir tomber malades – de voir apparaître les taches rouges sur le cher visage du bébé et sur ses petits bras rebondis – mais ça ne s'est jamais produit. Aucun des trois n'a été touché. Peut-être qu'ils étaient *vraiment* dans un cercle magique. Moi, je crois que oui. Et un train a fini par venir. C'était Patricia. Le Mono. Tu intuites…

— Oui, la coupa Susannah.

Elle savait tout ce qu'elle avait besoin de savoir, au sujet de l'homologue de Blaine le Mono. Autrefois son itinéraire devait passer par ici, ainsi qu'à Lud.

— Si fait. Ils l'ont pris. Je les ai regardés depuis le quai de la gare, essuyant mes larmes invisibles et poussant mes gémissements inaudibles. Ils l'ont pris, avec leur petit trésor… sauf qu'à l'époque il avait déjà trois ou quatre ans, il marchait et il parlait. Et ils sont partis. J'ai essayé de les suivre et, Susannah, je n'y suis pas arrivée. J'étais prisonnière, ici. Je l'étais devenue parce que j'avais compris quel était mon but.

Susannah se demanda ce qu'elle voulait dire, mais décida de ne pas faire de commentaire.

— Des années et des décennies se sont écoulées. Il ne restait plus à cette époque que des robots à Fedic, et des cadavres à l'air libre, laissés par la Mort Rouge, devenus des squelettes, puis retournés à la poussière. Puis les hommes sont revenus, mais je n'osais pas m'approcher d'eux, parce que c'étaient *ses* hommes.

Elle marqua un temps d'arrêt.

— Les hommes de cette chose.

— Le Roi Cramoisi.

— Si fait, ceux avec le trou qui ne s'arrête jamais de saigner, au milieu de leur front. Ils sont allés là-bas.

Du doigt elle désigna le Dogan de Fedic – la Gare expérimentale de l'Arc 16.

— Et bientôt, leurs maudites machines se sont remises en route, comme s'ils croyaient toujours que leurs machines allaient tenir le monde debout. Non pas que le maintenir debout soit leur but principal, tu intuites ! Non, non, non, pas eux ! Ils ont apporté des lits...

— Des lits ! s'exclama Susannah, alarmée.

La femme-fantôme dans la rue pivota une nouvelle fois sur les talons, dessinant une pirouette gracieuse.

— Si fait, pour les enfants, pourtant c'était encore de nombreuses années avant que les Loups commencent à les amener ici, et longtemps avant que tu entres dans l'histoire de ton *dinh*. Pourtant cette heure est venue, et Walter m'a trouvée.

— Peux-tu faire disparaître cette femme dans la rue ? demanda Susannah brusquement (et un peu sèchement). Je sais qu'elle est une version de toi, j'ai bien compris ça, mais elle me rend... je ne sais pas... nerveuse. Tu peux la faire disparaître ?

— Si fait, si tu le souhaites.

Mia arrondit les lèvres et souffla. La beauté troublante – cet esprit sans nom – disparut comme de la fumée.

Pendant quelque temps, Mia demeura silencieuse, essayant de retrouver le cours de son histoire. Puis elle reprit son récit :

— Walter... il m'a vue. Pas comme les autres hommes. Même ceux que je baisais à mort ne voyaient que ce qu'ils voulaient voir. Ou ce que *je* voulais qu'ils voient.

Elle sourit, apparemment visitée par une réminiscence désagréable.

— J'en ai fait mourir certains en leur faisant croire qu'ils étaient en train de baiser leur propre mère ! Tu aurais dû voir leur tête !

Son sourire s'évanouit.

— Mais Walter m'a *vue*, lui.

— À quoi il ressemblait ?

— Difficile à dire, Susannah. Il portait un capuchon et, dessous, on voyait qu'il souriait – un sourire immense – et il a palabré avec moi. Là.

Elle indiqua le Saloon du Bon Temps de Fedic, d'un doigt qui tremblait légèrement.

— Pas de marque sur le front, pourtant ?

— Nenni, j'en suis certaine, il ne fait pas partie de ceux que le Père Callahan appelle les ignobles. Leur boulot, ce sont les Briseurs. Les Briseurs, rien d'autre.

Susannah sentit de nouveau la colère la gagner, mais elle essaya de la dissimuler. Mia avait accès à tous ses souvenirs, ce qui signifiait à tous les rouages les plus intimes et les plus secrets de leur *ka-tet*. C'était comme découvrir qu'elle avait un voleur chez elle, qui avait essayé ses sous-vêtements, volé son argent et lu toutes ses lettres.

C'était horrible.

— Walter est ce que tu appellerais le Premier ministre du Roi Cramoisi, je dirais. Il avance souvent masqué et il est connu sous d'autres noms dans les autres mondes, mais il sourit toujours. Un homme qui sourit, qui rit...

— Je l'ai rencontré brièvement, dit Susannah, sous le nom de Flagg. J'espère bien le rencontrer de nouveau.

— Si tu le connaissais vraiment, tu n'espérerais jamais une telle chose.

— Ces Briseurs dont tu parles – où sont-ils ?

— Voyons... à Tonnefoudre, ne le sais-tu donc pas ? Dans les terres d'ombre. Pourquoi cette question ?

— Par simple curiosité, répondit Susannah.

Et elle crut entendre Eddie : *Pose n'importe quelle question à laquelle elle voudra bien répondre. Gaspille la journée. Donne-nous une chance de te rattraper*. Elle espérait que Mia ne pouvait lire dans ses pensées, lorsqu'elles étaient séparées ainsi. Si elle le pouvait, ils allaient très probablement tous finir dans la merde jusqu'au cou, sans bouée.

— Revenons à Walter. Tu peux me parler un peu de lui ?

Mia exprima une réticence à laquelle Susannah ne voulut croire tout à fait. Depuis combien de temps Mia n'avait-elle pas eu une oreille disposée à écouter les récits qu'elle était prête à faire ? Pour Susannah, la réponse était : probablement une éternité ; elle n'avait même sans doute jamais été écoutée. Et ces questions que posait Susannah, les doutes qu'elle formulait... ils avaient bien dû traverser l'esprit de Mia. Elle avait dû les bannir immédiatement, les considérer comme blasphématoires, mais allons, quand même, elle était loin d'être stupide. Sauf si l'obsession pouvait rendre stupide. Susannah se dit qu'on pouvait plaider en faveur de cette hypothèse.

— Susannah ? Le bafouilleux t'a mangé la langue ?

— Non, je me disais juste que ç'avait dû être un énorme soulagement pour toi, de le voir arriver.

Mia y réfléchit, puis sourit. Le sourire la changeait, lui donnait l'air d'une petite fille, timide et ingénue. Susannah dut faire un effort pour se rappeler qu'elle ne pouvait se fier à cette apparence.

— Oui ! Bien sûr ! Bien sûr que c'était un soulagement !

— Après avoir découvert ton but dans l'existence, et t'être retrouvée prisonnière ici... après avoir vu les Loups s'apprêter à entasser des enfants pour les charcuter... après tout ça, Walter arrive. C'est le diable, en fait, mais il te voit, lui. Lui il écoute ton triste récit. Et il te fait une offre.

— Il a dit que le Roi Cramoisi allait me donner un enfant, confirma Mia en posant doucement les mains sur le gros globe de son ventre. Mon Mordred, dont l'heure est enfin venue.

DOUZE

Mia tendit une nouvelle fois le doigt en direction de la Gare expérimentale de l'Arc 16. Ce qu'elle appelait le Dogan des Dogans. Un dernier vestige de sourire s'attardait sur ses lèvres, mais toute joie ou tout amusement en avait disparu. Elle avait les yeux brillants de peur et – peut-être – d'admiration craintive.

— C'est là qu'ils m'ont changée, qu'ils m'ont rendue mortelle. Autrefois il y avait des tas d'endroits comme celui-là – il y en avait forcément des tas – mais je jurerais par ma montre et mon billet que c'est le seul qui reste dans tout le Monde de l'Intérieur, l'Entre-Deux-Mondes et le Monde Ultime. C'est un lieu à la fois merveilleux et terrible. Et c'est là qu'ils m'ont emmenée.

— Je ne comprends pas ce que tu veux dire.

Susannah repensait à son Dogan à elle. Lui-même fondé, bien sûr, sur le Dogan de *Jake*. C'était assurément un lieu étrange, avec ses éclairs lumineux et ses multiples écrans de télé, mais pas effrayant.

— En sous-sol courent des souterrains qui mènent au château. Au bout de l'un d'eux se trouve une porte qui ouvre sur Tonnefoudre, côté La Calla, juste en dessous du dernier croissant de ténèbres. C'est celui qu'empruntent les Loups, pour leurs rafles.

Susannah hocha la tête. Voilà qui expliquait beaucoup de choses.

— Est-ce qu'ils remmènent les gosses par le même chemin ?

— Non pas, jeune dame, ne t'en déplaise ; comme bon nombre de portes, celle qui transporte les Loups de Fedic à Tonnefoudre est à sens unique. Une fois passé de l'autre côté, on ne la voit plus.

— Parce que ce n'est pas une porte *magique*, c'est ça ?

Mia sourit et opina de la tête en se tapotant le genou.

Susannah la considéra avec une excitation croissante.

— C'est encore une histoire de jumeau.

— Dis-tu ainsi ?

— Oui. Sauf que cette fois-ci, Pince-mi et Pince-moi sont respectivement la science et la magie. Le rationnel et l'irrationnel. La santé et la folie. Peu importe quelle dichotomie tu choisis, c'est toujours bel et bien une fichue paire.

— Si fait ? Tu dis ainsi ?

— Oui ! Les portes *magiques* – comme celle qu'Eddie a trouvée, par laquelle tu m'as forcée à revenir à New York – sont à double sens. Les portes conçues par North Central Positronics pour les remplacer quand le *Prim* s'est retiré et que la magie s'est évanouie... elles sont à sens unique. Est-ce que j'ai raison ?

— Je crois bien, si fait.

— Peut-être qu'ils n'ont pas eu le temps de découvrir les secrets de la téléportation, qu'ils n'ont pas trouvé l'autoroute à deux voies à temps, avant que le monde change. Quoi qu'il en soit, les Loups se rendent à Tonnefoudre côté La Calla par une porte, et ils rentrent à Fedic par le train. Exact ?

Mia acquiesça.

Susannah n'avait plus l'impression d'essayer simplement de tuer le temps. Cette information pourrait se révéler très utile, par la suite.

— Et une fois que les hommes du Roi, les ignobles du Père Callahan, ont récuré le cerveau de ces enfants, qu'advient-il ? Ils repassent la porte avec eux, je suppose. Celle située sous le château. Ils retournent au quartier général des Loups. Et de là un train les remmène jusque chez eux.

— Si fait.

— Pourquoi prennent-ils la peine de les ramener ?

— Jeune dame, je n'en sais rien.

Puis la voix de Mia chancela.

— Il y a une autre porte sous le Château Discordia. Une autre porte dans les chambres de la ruine. Une qui va...

Elle s'humecta les lèvres.

— Qui va vaadasch.

— Vaadasch ?... je connais ce terme, mais je ne comprends pas. Qu'est-ce qu'il y a de si terrible à...

— Il existe des mondes infinis, ton *dinh* a raison à ce propos, mais même lorsque ces mondes sont proches – comme certains des multiples New York – il existe des espaces infinis entre eux. Ils sont comparables aux espaces qui s'étendent entre les murs intérieurs et les murs extérieurs d'une maison, par exemple. Des endroits toujours plongés dans le noir. Mais ce n'est pas parce qu'il fait noir quelque part que c'est le vide. N'est-ce pas, Susannah ?

Il y a des monstres dans les ténèbres vaadasch.

Qui avait dit ça ? Roland ? Elle n'était pas certaine de se le rappeler, et quelle importance ? Elle crut comprendre ce que disait Mia, et si c'était bien ce qu'elle supposait, c'était effroyable.

— Des rats dans les murs, Susannah. Des *chauves-souris* dans les murs. Toutes sortes d'insectes suçant et mordant, dans les murs.

— Arrête, je crois que je vois le tableau.

— Cette porte sous le château – c'est une erreur qu'ils ont commise, j'en suis sûre –, elle ne va *nulle part*. Elle ouvre sur les ténèbres entre les mondes. L'espace vaadasch. Mais pas vide.

Sa voix baissa encore d'un ton.

— Cette porte est réservée aux ennemis les plus farouches du Roi Rouge. Ils sont envoyés dans des ténèbres où ils peuvent exister – aveugles, errant et déments – pendant des années. Mais à la fin, quelque chose finit toujours par les trouver et par les dévorer. Des monstres que des esprits comme les nôtres sont même incapables de concevoir.

Susannah se surprit à essayer de se représenter une telle porte, et ce qui attendait derrière. Elle ne le voulait pas, mais ne réussit pas à s'en empêcher. Elle eut soudain la bouche sèche.

Sur ce même ton de confidence ignoble, Mia ajouta :

— Il y avait des tas d'endroits où les anciens tentaient de réunir la magie et la science, mais celui-là pourrait bien être le dernier, dit-elle avec un mouvement de tête en direction du Dogan. C'est là que Walter m'a emmenée, pour me rendre mortelle et me placer pour toujours hors de la voie du *Prim*.

« Pour me faire telle que toi.

TREIZE

La femme enceinte ne savait pas tout, mais pour ce que Susannah put en constater, Walter/Flagg avait offert à cet esprit qui devait plus tard s'appeler Mia l'avatar des marchés faustiens. Si elle était capable de renoncer à son état d'immortelle – bien que désincarnée – pour devenir mortelle, alors elle pouvait bien être enceinte et porter un enfant. Walter avait été franc avec elle concernant le peu qu'elle recevrait, en échange de tout ce qu'elle aurait abandonné. Ce bébé ne grandirait pas comme les bébés normaux – comme Michael le bébé avait grandi, sous les yeux invisibles mais humides d'adoration de Mia – et il se pouvait tout à fait qu'elle ne l'ait pour elle que pendant ses sept premières années, mais oh, quelles années merveilleuses ce seraient !

Après ça, Walter s'était tu avec tact, laissant Mia se faire ses propres images : comment elle changerait les couches du bébé, lui donnerait le bain, sans oublier les petits plis tendres derrière les genoux et les oreilles ; comment elle embrasserait ce petit coin tout doux entre les petites ailes naissantes de ses omoplates ; comment elle se promènerait avec lui, tenant ses deux petites mains dans les deux siennes en l'aidant à avancer ; les livres qu'elle lui lirait, les choses qu'elle lui apprendrait, tendant le doigt vers la Vieille Mère et le Vieil Astre, en lui racontant comment Sam le Rouilleau avait volé la meilleure miche de pain de la veuve ; la façon qu'elle aurait de le serrer contre elle et de lui baigner les joues de ses larmes de reconnaissance quand il prononcerait son premier mot – qui serait, bien sûr, *Maman*.

Susannah écouta ce récit plein d'extase avec un sentiment mêlé de pitié et de cynisme. Walter avait vraiment fait du très bon boulot, en lui vendant cette idée, et comme toujours, le moyen le plus sûr de ferrer le poisson avait été de laisser faire son imagination. Il lui avait même fait miroiter une période de propriété carrément satanique : sept ans. *Vous n'avez qu'à signer en bas, madame, et ne vous souciez pas de ce relent de soufre ; c'est incroyable comme ça colle aux vêtements, cette odeur.*

Susannah comprenait le marché, et avait toujours du mal à l'avaler. Cette créature avait reçu le don d'immortalité, et elle l'avait bradé contre les nausées matinales, des seins gonflés et douloureux et, dans les six dernières semaines de sa grossesse, l'envie de faire pipi approximativement toutes les douze minutes. Et attendez, Mesdames et Messieurs, ce n'est pas tout ! Deux ans et demi passés à changer des couches gorgées de pisse et plombées de merde ! À se lever la nuit au moindre hurlement du gosse, qui se tord de douleur à cause de sa première dent qui perce (et réjouis-toi, M'man, plus que trente et une !). Et ce premier jet magique ! Le premier jet d'urine tout chaud qu'on reçoit en pleine figure quand le petit se lâche, juste au moment où on change sa couche !

Et : oui, il y aurait de la magie. Bien que n'ayant jamais eu d'enfant elle-même, Susannah savait qu'il y aurait de la magie jusque dans les couches sales et les coliques, si cet enfant était le fruit d'une union d'amour. Mais avoir un enfant, puis se le faire enlever au moment où ça devient vraiment bien, juste quand cet enfant approche de ce que la plupart des gens appellent l'âge de raison, l'âge fiable et responsable ? Pour le voir livrer au Roi Cramoisi ? C'était là une idée effroyable. Mia était-elle hypnotisée par sa maternité imminente au point de ne pas voir que le *peu* qu'on lui avait promis était déjà rogné ? Walter/Flagg était venu à elle à Fedic, sur les décombres de la Mort Rouge, pour lui promettre sept années avec son fils. Cependant, au Plaza-Park, Richard Sayre n'avait parlé au téléphone que de cinq ans, à peine.

Quoi qu'il en soit, Mia avait accepté les conditions de l'homme en noir. Et sérieusement, quelle jouissance avait-il pu en tirer, voyant combien c'était facile ? Elle était faite pour être mère, elle s'était relevée du *Prim* avec cet impératif, elle en avait eu conscience elle-même depuis qu'elle avait aperçu son premier bébé humain parfait, le petit Michael. Comment aurait-elle pu refuser ? Même si l'offre n'avait été que de trois ans, ou même d'une seule année, comment refuser ? Autant attendre d'un junkie de longue date qu'il refuse une seringue pleine qu'on lui tendait.

On avait emmené Mia à la Gare expérimentale de l'Arc 16. Toujours souriant et sarcastique (et sans aucun doute effrayant), Walter lui avait fait faire le tour du propriétaire – Walter qui se faisait parfois appeler Walter du Monde Ultime, ou encore Walter des Tous-Mondes. Elle avait vu la grand-salle remplie de lits, attendant les enfants qui viendraient les remplir ; à la tête de chaque couchette, un casque en acier était accroché, relié à un tuyau chromé articulé. Elle se sentit mal à l'aise, en pensant à l'usage qui serait fait de pareil équipement. On lui avait aussi montré certains des passages sous le Château sur l'Abysse, elle avait vu des endroits où rôdait l'odeur âcre et suffocante de la mort. Elle – il y avait eu comme un grand noir teinté de rouge et elle…

— Tu étais déjà devenue mortelle, à ce moment-là ? demanda Susannah. À t'entendre, on dirait que c'était peut-être le cas.

— Je l'étais presque. C'était un processus que Walter appelait la *devenance*.

— D'accord. Continue.

Mais c'est là que les souvenirs de Mia se perdaient en une sombre fugue – pas le vaadasch, mais rien d'agréable. Une sorte d'amnésie, une amnésie *rouge*. Couleur dont Susannah avait appris à se méfier. La transition de cette femme entre le monde des esprits et celui de la chair – son voyage vers Mia – s'était-elle accomplie par une autre forme de porte ? Elle-même ne semblait pas le savoir. Tout ce qu'elle se rappelait, c'était un moment de ténèbres – d'inconscience, en avait-elle déduit – puis elle s'était réveillée…

—… telle que tu me vois. Pas encore enceinte, bien sûr.

D'après Walter, Mia ne pouvait pas réellement faire un bébé, même une fois devenue mortelle. Le porter, oui. Le concevoir, non. Mais il se trouva que l'un des démons élémentaires avait rendu un fier service au Roi Cramoisi en prélevant la semence de Roland en tant que femelle et en la transmettant à Susannah en tant que mâle. Et il y avait aussi une autre raison à ça, que Walter n'avait pas mentionnée, mais Mia l'avait senti.

— C'est la prophétie, dit-elle en scrutant la rue déserte et sans ombres de Fedic.

De l'autre côté, un robot ressemblant à Andy de La Calla se tenait debout en silence, en train de rouiller devant le Fedic Café, qui promettait de BONS REPAT PAS CHER.

— Quelle prophétie ? demanda Susannah.

— « Celui qui achèvera la lignée de l'Aîné concevra un enfant de l'inceste avec sa sœur ou sa fille, et cet enfant sera marqué, on le reconnaîtra à son talon rouge. C'est lui qui sonnera le glas du dernier guerrier. »

— Femme, je ne *suis pas* la sœur de Roland, ni sa fille ! Il y a un détail qui a dû t'échapper, une différence minuscule mais incontournable, à savoir qu'il a la peau *blanche* et que la mienne est *noire*.

Pourtant elle se dit qu'elle voyait assez bien ce que la prophétie signifiait, malgré tout. Il y avait des tas de façons de faire une famille. Le sang n'en était qu'une parmi d'autres.

— Il ne t'a pas expliqué ce que *dinh* veut dire ? demanda Mia.

— Bien sûr que si. Ça veut dire chef. S'il était à la tête de tout un pays, et non pas d'un groupe de trois jeunes chiens fous débraillés, ça signifierait « roi ».

— Chef et roi, bien entendu. Maintenant, Susannah, tu vas me soutenir que ces termes ne sont pas de pâles substituts d'un autre ?

Susannah ne répondit pas.

Mia hocha la tête comme si elle avait obtenu sa réponse, puis grimaça sous le coup d'une nouvelle contraction. Quand elle fut passée, Mia reprit.

— Le sperme était celui de Roland. Je pense qu'il a dû être conservé d'une manière ou d'une autre, grâce à la science des Grands Anciens, pendant que le démon premier se retournait et passait de l'état femelle à l'état mâle, mais ce n'est pas le plus important. Le plus important, c'est que ce sperme a survécu et qu'il a trouvé son complément, comme le *ka* en avait décidé.

— Mon ovule.

— Ton ovule.

— Quand j'ai été violée, dans l'anneau de parole.

— Tu dis vrai.

Susannah s'assit, perdue dans ses pensées. Elle finit par relever les yeux.

— Il me semble bien que c'est ce que j'ai déjà dit. Ça ne t'a pas plu à l'époque, et ça ne te plaira pas plus maintenant, mais, ma fille, tu n'es rien de plus que la nounou.

Cette fois, il n'y eut pas d'accès de fureur. Mia se contenta de sourire.

— Qui a continué à avoir ses règles, même quand elle avait des nausées le matin ? C'est toi. Et qui a le ventre rond, maintenant ? C'est *moi*. S'il y a bien eu une nounou, Susannah de New York, c'est toi.

— Mais comment est-ce possible ? Est-ce que tu le sais ?

Mia le savait.

QUATORZE

Le bébé, lui avait dit Walter, serait *transmis* à Mia. Il lui serait envoyé cellule par cellule, tout comme on envoie un fax ligne après ligne.

Susannah ouvrit la bouche pour dire qu'elle ne savait pas ce qu'était un fax, puis la referma. Elle comprenait l'*esprit* de ce que Mia lui expliquait, ce qui suffit à la remplir d'un horrible sentiment de rage mêlée d'effroi. Elle *avait été* enceinte. Elle l'était en ce moment même, au sens propre du terme. Mais on était en train de

(*faxer*)

d'envoyer le bébé à Mia. Le processus avait-il démarré rapidement pour ralentir ensuite, ou bien l'inverse ? S'accélérait-il maintenant ? Plutôt la deuxième solution, se dit-elle, parce que avec le temps elle s'était sentie de moins en moins enceinte, contre toute attente. Le petit renflement de son ventre avait presque complètement disparu. Et elle comprenait à présent pourquoi elle et Mia ressentaient un attachement équivalent au p'tit gars : en fait, il leur appartenait à toutes les deux. Il leur avait été transmis comme… comme une transfusion sanguine.

Sauf que quand on veut te prendre ton sang pour le mettre dans quelqu'un d'autre, on te demande la permission. S'il s'agit d'un médecin, je veux dire, et pas de l'un des vampires du Père Callahan. Et tu es beaucoup plus près des seconds que des premiers, Mia, tu en as conscience ?

— Science ou magie ? demanda Susannah. Laquelle vous a permis de me voler mon bébé ?

La question fit légèrement rougir Mia, mais lorsqu'elle se retourna vers Susannah, elle fut capable de soutenir son regard sans ciller.

— Je ne sais pas, dit-elle. Probablement un mélange des deux. Et arrête de te montrer aussi suffisante ! C'est en moi qu'il est, pas en toi. C'est de mes os et de mon sang qu'il se nourrit, pas des tiens.

— Et alors ? Tu penses que ça change quoi que ce soit ? Tu m'as volé mon enfant, avec l'aide d'un magicien abject.

Mia secoua la tête avec véhémence, ses cheveux noirs lui fouettant le visage comme un orage de jais.

— Ah non ? demanda Susannah. Alors comment se fait-il que ce ne soit pas *toi* qui te sois retrouvée à manger des grenouilles dans les marécages et des porcelets dans l'étable et Dieu sait quelles autres horreurs encore ? Comment se fait-il que tu aies besoin de tout ce cinéma, de toute cette mise en scène de salle de banquet dans le château, où tu pouvais prétendre que c'était toi qui mangeais ? Pour résumer, chérie, comment se fait-il que la nourriture de ton p'tit gars soit passée par *ma* bouche ?

— Parce que… parce que…

Susannah vit les yeux de Mia se remplir de larmes.

— Parce que cette terre est désolée ! Cette terre est maudite ! C'est la terre de la Mort Rouge, la limite de Discordia ! Je ne pouvais pas nourrir mon p'tit gars ici !

C'était là une bonne réponse, Susannah dut bien l'admettre, mais ce n'était pas la réponse *complète*. Mia le savait, elle aussi. Parce que Michael le bébé, le bébé parfait, avait été conçu ici même, qu'il avait lutté ici même, et qu'il luttait toujours quand Mia l'avait vu pour la dernière fois. Et si elle était si sûre d'elle, que faisaient donc ces larmes au bord de ses yeux ?

— Mia, ils te mentent, au sujet de ton p'tit gars.

— Tu n'en sais rien, alors ne sois pas si haineuse !

— Je le *sais*, crois-moi.

Et c'était vrai. Mais elle n'avait aucune preuve, bons dieux ! Comment prouver un sentiment, même aussi fort que celui-ci ?

— Flagg – Walter, si tu préfères – t'a promis sept années. Sayre te dit que tu en auras peut-être cinq. Et si, quand tu arriveras au Cochon du Sud, ils te tendent une carte qui dit : BON POUR TROIS ANS DE POUPONNAGE ? Tu vas encore tomber dans le panneau ?

— Ça n'arrivera pas ! Tu es aussi mauvaise que la sorcière ! La ferme !

— Tu as du culot, de me traiter de mauvaise, *moi* ! Toi qui n'as qu'une hâte, c'est de mettre au monde un enfant censé assassiner son propre père.

— Je m'en fiche !

— Tu es toute troublée, ma fille, tu confonds ce que tu veux qui arrive, et ce qui arrivera *réellement*. Comment sais-tu qu'ils ne vont pas le tuer avant même qu'il ait pu pousser son premier cri, qu'ils ne vont pas le broyer menu, et le donner en pâture à ces salauds de Briseurs ?

— *La... ferme !*

— Comme dessert super-vitaminé ? Ça ferait d'une pierre deux coups !

— *La ferme*, j'ai dit, *la* FERME !

— Le problème, c'est que tu ne sais rien. Tu n'es que la nounou, la fille au pair. Tu sais qu'ils mentent, tu sais qu'ils donnent la farce mais pas la friandise, et pourtant tu continues. Et tu veux que *moi* je la ferme.

— Oui ! *Oui !*

— Eh bien, je ne la fermerai pas, dit Susannah d'un air sévère, en saisissant Mia par les épaules.

Elles lui parurent étonnamment osseuses sous sa robe, mais chaudes aussi, comme si la femme avait de la fièvre.

— Je ne me tairai pas, parce qu'en vérité il est à moi, et que tu le sais. C'est pas parce que t'as rangé des choses dans le tiroir que c'est forcément un polichinelle.

Très bien, elles en étaient finalement revenues à la bonne vieille agressivité tous azimuts. Les traits de Mia se tordirent, lui donnant un air horrible et triste. Dans les yeux de Mia, il sembla à Susannah qu'elle pouvait voir la créature éternelle, insatiable et éplorée qu'avait été autrefois cette femme. Et autre chose, aussi. Une étincelle qui pourrait allumer le feu de la croyance. Avec un peu de temps.

— C'est *moi* qui vais te faire taire, lança Mia.

Et soudain, la rue principale de Fedic s'ouvrit, tout comme l'allure s'était ouverte. Derrière apparaissait une sorte de trou noir saillant. Noir mais pas vide. Oh non, pas vide, Susannah le ressentit très clairement.

Elles tombèrent. Mia les *précipita* vers le trou noir. Susannah essaya de les retenir, mais sans aucun succès. Tandis qu'elles dégringolaient dans le noir, elle entendit dans sa tête une pensée psalmodiée, tournant et retournant en un cercle infini et inquiétant : *Ô, SUSANNAH-MIO, ma chérie divisée, a garé son SEMI-REMORQUE.*

QUINZE

dans le COCHON *du* SUD, *l'année…*

Avant que ce petit leitmotiv exaspérant (mais tellement important) achève sa dernière boucle dans la tête de Susannah-Mio, la tête en question alla cogner contre un obstacle, assez fort pour faire exploser une galaxie entière d'étoiles dans son champ de vision. Lorsqu'elles finirent par se dissiper, elle vit, en très gros, apparaître sous ses yeux :

NK ATT

Elle recula et vit BANGO SKANK ATTEND LE ROI !

C'était le graffiti inscrit sur la porte, dans la cabine des toilettes. Sa vie était hantée par les portes – et ce, semblait-il, depuis que la porte de sa cellule s'était refermée sur elle à Oxford, Mississippi – mais celle-ci était fermée. Bien. Elle en arrivait à croire que les portes fermées présentaient moins de problèmes. Bientôt celle-ci s'ouvrirait et les problèmes recommenceraient.

Mia : *Je t'ai dit tout ce que je savais. Maintenant, tu vas m'aider à me rendre au Cochon du Sud, ou je vais devoir y arriver par mes propres moyens ? Je le peux, s'il le faut, surtout avec la tortue pour m'aider.*

Susannah : *Je t'aiderai.*

Même si l'aide que Mia recevrait d'elle dépendait en quelque sorte de l'heure qu'il était. Combien de temps avaient-elles passé là-dedans ? Elle ne sentait plus du tout ses jambes en dessous des genoux – ni ses fesses, d'ailleurs – et elle se dit que c'était bon signe, mais sous ces lumières fluorescentes, Susannah se dit qu'il devait toujours être quelque part entre deux heures.

Qu'est-ce que ça peut bien te faire ? demanda Mia d'un air suspicieux. *Qu'est-ce que ça peut bien te faire, l'heure qu'il est ?*

Susannah chercha tant bien que mal une explication.

Pour le bébé. Tu sais que ce que j'ai fait ne le retiendra pas très longtemps, n'est-ce pas ?

Bien sûr que je le sais. C'est pour ça que j'ai voulu qu'on se remette en route.

Très bien. Voyons un peu l'oseille que nous a laissée ce bon vieux Mats.

Mia sortit la petite liasse de billets et les regarda sans comprendre.

Prends celui sur lequel il y a écrit Jackson.

Je... Embarrassée. *Je ne sais pas lire.*

Laisse-moi passer devant. Moi *je le lirai.*

Non !

D'accord, d'accord, calme-toi. C'est le type avec les longs cheveux blancs coiffés en arrière, un peu à la Elvis.

Je ne sais pas qui est cet Elvis...

Peu importe, c'est celui juste sur le dessus. Bien. Maintenant remets le reste des billets dans ta poche, bien à l'abri. Garde celui de vingt dans la paume de ta main.

OK, on va faire péter la baraque.

Mia, la ferme.

SEIZE

Lorsqu'elles pénétrèrent de nouveau dans le hall – à pas lents, sur des jambes toutes picotées par les fourmis – Susannah se sentit quelque peu réconfortée en constatant que le soir tombait. Elle n'avait pas réussi à gaspiller toute la journée, visiblement, mais elle en avait épuisé la majeure partie.

Le hall était encore en effervescence, mais la frénésie était retombée. La belle Eurasienne qui les avait accueillies était partie, ayant fini son service. Sous le dais de l'entrée, deux nouveaux hommes en costume de pingouin vert sifflaient pour appeler les taxis, pour des clients pour la plupart en smoking ou robe du soir à paillettes.

Ils vont à des soirées, dit Susannah. *Ou peut-être au théâtre.*

Susannah, je m'en moque. Est-ce qu'il nous faut obtenir un de ces véhicules jaunes d'un de ces hommes en costume vert ?

Non. On va prendre un taxi au coin.

C'est ainsi que tu dis ?

Oh, arrête un peu avec tes soupçons. Je suis certaine que tu vas droit à la mort de ton gamin, ou à la tienne, mais je reconnais ton intention de bien faire et je tiendrai ma promesse. Alors oui, c'est ainsi que je dis.

Très bien.

Sans un mot de plus – et certainement sans un mot d'excuse – Mia quitta l'hôtel, tourna à droite et reprit la direction de la 2e Avenue, vers le 2, Hammarskjöld Plaza, et la belle chanson de la rose.

DIX-SEPT

Au coin de la 2e et de la 46e, un wagon métallique d'un rouge fané était garé le long du trottoir. Le trottoir était jaune, à cette hauteur, et un homme en costume bleu – un Garde du Guet, à en juger par son arme de poing – semblait en pleine discussion avec un grand homme à barbe blanche, à ce propos.

À l'intérieur d'elle-même, Mia sentit une agitation, comme un sursaut d'excitation.

Susannah ? Que se passe-t-il ?

Cet homme !

Le Garde du Guet ? Lui ?

Non, celui à barbe ! Il ressemble presque trait pour trait à Henchick ! Henchick des Manni ! Tu ne vois donc pas ?

Mia ne voyait pas, et s'en moquait éperdument. Elle en déduisit simplement que, bien qu'il fût interdit de garer des wagons le long du trottoir jaune, et bien que le vieil homme parût le comprendre, il était bien décidé à ne pas bouger. Il continua à sortir des chevalets et à poser des toiles dessus. Mia perçut qu'il s'agissait d'une vieille querelle entre les deux hommes.

— Il va falloir que je vous mette une amende, Révérend.

— Faites ce que vous avez à faire, agent Benzyck. Dieu vous aime.

— Bien. Je suis ravi de l'entendre. Pour ce qui est de l'amende, vous allez la déchirer. Je me trompe ?

— Rendez à César ce qui est à César ; rendez à Dieu ce qui est à Dieu. Ainsi dit la Bible, béni soit le Saint Livre du Seigneur.

— Je veux bien fermer les yeux pour cette fois, dit Benzyck de la Garde.

Il sortit un épais bloc de sa poche arrière et se mit à gribouiller dessus. Là encore, elle eut l'impression d'un vieux rituel.

— Mais je vais vous dire une bonne chose, Harrigan – à force de vous moquer de la loi comme ça, vous allez vous faire coincer. Un de ces jours la mairie vous demandera des comptes, et ce jour-là ils vont se faire un plaisir de vous botter le *cul*. Et j'espère bien que je serai dans le coin pour voir ça.

Il déchira une feuille de son bloc, s'avança jusqu'au wagon métallique et glissa le papier sous une barre noire posée sur la vitre avant du véhicule.

Susannah, d'un air amusé :

Il se prend une amende. Et à en juger par leur petit dialogue, ce n'est pas la première.

Mia, distraite un instant, malgré elle :

Qu'est-ce qui est écrit, sur le côté du wagon, Susannah ?

Il y eut comme un glissement, pendant lequel Susannah *passa* presque *devant*, puis comme l'impression de loucher. C'était une drôle de sensation pour Mia, comme si on la chatouillait à l'intérieur du cerveau.

Susannah, toujours du même ton amusé :

Il est écrit : ÉGLISE DE LA BOMBE DIVINE, *Rév. Earl Harrigan. Ça dit aussi :* DONNEZ, DIEU VOUS LE RENDRA AU CENTUPLE AU PARADIS.

Le Paradis, qu'est-ce que c'est ?

C'est une autre façon de dire la clairière au bout du sentier.

Ah.

Benzyck de la Garde du Guet parcourait le trottoir, les mains croisées derrière le dos, son énorme derrière se balançant sous le pantalon bleu de son uniforme, mais avec le sens du devoir accompli. Pendant ce temps, le Révérend Harrigan disposait ses chevalets. Sur l'un d'eux il posa un tableau représentant un homme que libérait de prison un autre homme en robe blanche. La tête de Tunique-Blanche rayonnait de lumière. Sur le tableau suivant, Tunique-Blanche se détournait d'un monstre à peau rouge, avec des cornes sur la tête. Le monstre à cornes jetait un regard massacrant à *sai* Tunique-Blanche.

Susannah, cette chose rouge, c'est ainsi que les gens de ce monde voient le Roi Cramoisi ?

Susannah :

J'imagine, oui. C'est Satan, si tu préfères – le seigneur des enfers. Fais en sorte que l'illuminé te dégote un taxi, tu veux bien ? Sers-toi de la tortue.

De nouveau, d'un ton suspicieux (visiblement, Mia ne pouvait pas s'en empêcher) :

Tu dis ainsi ?

Je dis vrai ! Si fait ! Par Jésus-Christ, femme !

D'accord, d'accord.

Mia avait l'air un peu gêné. Elle se dirigea vers le Révérend Harrigan, tout en sortant la figurine de sa poche.

DIX-HUIT

Susannah eut soudain un éclair de lucidité, et sut exactement ce qu'elle devait faire. Elle se retira en Mia (si cette fille ne pouvait pas dénicher un taxi avec la tortue magique, il n'y avait plus d'espoir) et, les yeux fermés très serré, elle visualisa le Dogan. Lorsqu'elle les rouvrit, elle y était. Elle se saisit du micro qu'elle avait utilisé pour appeler Eddie et appuya sur le bouton.

— Harrigan ! lança-t-elle dans le micro. Révérend Earl Harrigan, vous êtes là ? Vous me recevez, trésor ? *Vous me recevez ?*

DIX-NEUF

Le Révérend Harrigan marqua un temps d'arrêt au milieu de sa tâche, et regarda la femme noire – un joli petit lot, gloire à Dieu – monter dans un taxi. Le taxi s'éloigna. Il avait beaucoup à faire, avant son sermon du soir – son petit sketch avec l'agent Benzyck n'était qu'une mise en bouche –, pourtant il resta là à contempler les feux arrière du taxi qui scintillaient et qui rétrécissaient.

Venait-il juste de lui arriver quelque chose ?

Juste là ? Était-il possible que… ?

Le Révérend Harrigan tomba à genoux sur le pavé, sans se soucier une seconde des passants qui défilaient (de même qu'eux ne se souciaient pas de lui). Il serra ses grosses et vieilles mains de serviteur de Dieu l'une contre l'autre et les porta à son menton. Il savait ce que disait la Bible, que la prière était une affaire privée, à accomplir dans le secret de son alcôve, et il avait passé une bonne partie de sa vie à genoux tout seul, gloire au Très Haut, mais il croyait aussi que Dieu voulait que les gens voient ce qu'était un homme de prière, de temps à autre, parce que pour la plupart – bon *Diou* – ils avaient oublié à quoi ça ressemblait. Et il n'y avait pas meilleur endroit, pas lieu plus *agréable* pour s'adresser à Dieu qu'ici même, au coin de la 2ᵉ Avenue et de la 46ᵉ Rue. Il y avait comme un chant, ici, un chant clair et doux. Il élevait l'âme, clarifiait l'esprit… et, incidemment, il clarifiait aussi la peau. Ce n'était pas la voix de Dieu, et le Révérend n'avait pas l'esprit assez stupide ou assez sacrilège pour croire le contraire, mais il avait comme l'impression qu'il s'agissait d'anges. Oui, bon *Diou*, bombe divine, la voix des sé-ra-phins !

— Dieu, viens-Tu de lâcher une de tes petites bombes divines sur moi ? Je voudrais savoir, cette voix que je viens d'entendre, c'était la Tienne ou la mienne ?

Pas de réponse. Toutes ces questions, et pas de réponses. Il faudrait qu'il y réfléchisse. En attendant, il avait un sermon à préparer. Un spectacle à faire, si on voulait dire les choses de manière crue.

Le Révérend Harrigan se rendit à sa camionnette, se gara le long du trottoir jaune comme à son habitude, et ouvrit les portes du coffre. Puis il sortit du véhicule les pamphlets, l'assiette de collection recouverte de soie qu'il avait posée à côté de lui sur le trottoir, et le cube de gros bois. La boîte à savon sur laquelle il se tiendrait debout, levez les mains bien haut et criez Alléluia !

Et, oui, mon frère, pendant que vous y êtes, si vous poussiez un petit amen ?

SOLISTE : *Commala-int'huit !*
C'est encore l'autre qui revient par ici.
Tu peux connaître son nom et son visage joli
Ça ne fera pas d'elle ton amie.

CHŒUR : *Commala-neuf-dix !*
Sache qu'elle n'est pas ton amie !
Si tu la laisses, près de toi elle se glisse
Et à nouveau il faut craindre pour ta vie.

ONZIÈME COUPLET

L'AUTEUR

UN

Le temps d'atteindre le petit centre commercial de la ville de Bridgton – un supermarché, une laverie et un drugstore étrangement grand, proportionnellement – Roland comme Eddie l'avaient senti : pas seulement le chant, mais aussi la puissance qui se rassemblait. Elle les emportait, vers le haut, comme une sorte d'ascenseur fou et merveilleux. Eddie se surprit à penser à la poudre magique de la Fée Clochette et à la plume magique de Dumbo. C'était comme se rapprocher de la rose, sans ressembler vraiment à ça. Rien dans cette petite ville de Nouvelle-Angleterre n'évoquait la sainteté ou la sanctification, mais il s'y passait *quelque chose*, et quelque chose de puissant.

Sur la route qui les amenait depuis East Stoneham, suivant les panneaux indiquant Bridgton, de petite route de campagne en petite route de campagne, Eddie avait aussi senti autre chose : l'aspect incroyablement *précis* de ce monde. Les sous-bois verts des forêts de pins étaient d'une justesse qu'il n'avait jamais rencontrée auparavant, dont il n'avait même jamais soupçonné l'existence. Les oiseaux qui s'ébattaient dans le ciel estival le laissaient le souffle coupé, jusqu'aux moineaux les plus ordinaires. Même les ombres sur le sol semblaient posséder une épaisseur bien à elles, une couche de velours, comme si on pouvait les toucher, les ramasser, si on le désirait.

Eddie finit par demander à Roland s'il le ressentait, lui aussi.

— Oui, répondit le Pistolero. Je le sens, je le vois, je l'entends... Eddie, je le *touche*, même.

Eddie acquiesça. Lui aussi. Ce monde était réel au-delà de toute réalité. Il était... *anti*-vaadasch. C'était ce qu'il avait inventé de mieux. Et ils se trouvaient exactement au cœur du

Rayon. Eddie le sentait qui les portait comme un fleuve s'engouffrant dans une gorge, droit vers une cascade.

— Mais j'ai peur, reconnut Roland. J'ai le sentiment qu'on approche du centre de tout – de la Tour elle-même, peut-être bien. C'est comme si, après toutes ces années, la quête était devenue pour moi une fin en soi, et l'achèvement en est effrayant.

Eddie hocha la tête. Il pouvait bien comprendre ça. Lui aussi avait peur, aucun doute. Si ce n'était pas la Tour qui diffusait cette force prodigieuse, alors il s'agissait de quelque créature surpuissante et terrible, comparable à la rose. Mais pas identique. Une *jumelle* de la rose ? C'était possible.

Roland regarda dehors, scrutant le parking et les gens qui allaient et venaient sous le ciel estival parsemé de gros nuages dérivant lentement, apparemment inconscients du monde qui autour d'eux chantait avec force, inconscients du mouvement des nuages, qui suivaient toujours la même voie ancestrale dans les cieux. Inconscients de leur propre beauté.

Le Pistolero dit :

— Je pensais autrefois que le pire serait d'atteindre la Tour Sombre pour trouver la pièce du sommet vide. Le Dieu de tous les univers, mort, ou inexistant, tout simplement. Mais à présent... suppose qu'il y ait quelqu'un là-haut, Eddie ? Quelqu'un d'omnipotent, qui se trouverait être...

Il ne put terminer.

Eddie lui vint en aide.

— Quelqu'un qui ne serait autre qu'un truand de plus ? C'est ça ? Un Dieu non pas mort, mais juste imbécile et malveillant ?

Roland opina de la tête. Ce n'était pas exactement ce dont il avait peur, mais il se dit qu'Eddie n'était pas tombé loin.

— Comment ce serait possible, Roland ? Avec ce qu'on ressent ?

Roland haussa les épaules, comme pour dire que tout était possible.

— Quoi qu'il en soit, quel choix avons-nous ?

— Aucun, dit Roland d'un ton morne. Toutes choses servent le Rayon.

Quelle que fût cette force immense et chantante, elle semblait venir de la route qui partait du centre commercial vers l'ouest, en direction des bois. La Route du Kansas, à en croire le panneau, ce qui rappela à Eddie Dorothy et Toto, et Blaine le Mono.

Il enclencha la première de leur Ford d'emprunt et démarra. Son cœur battait à tout rompre, avec une lenteur et une force éloquentes. Il se demanda si Moïse avait ressenti le même genre de chose en approchant du buisson ardent dans lequel apparaissait Dieu. Il se demanda si Jacob avait ressenti le même genre de chose, en trouvant à son réveil un inconnu dans son campement, un inconnu à la fois rayonnant et magnifique – l'ange contre lequel il devrait lutter. Il se dit que c'était probablement le cas. Il était certain qu'une autre partie de leur périple était sur le point de toucher à sa fin – une autre réponse les attendait.

Dieu vivrait sur la Route du Kansas, dans la ville de Bridgton, dans le Maine ? Ça avait l'air fou, dit comme ça, mais ça ne l'était pas.

Ne me foudroie pas maintenant, pensa Eddie en tournant vers l'ouest. *Je dois retrouver ma chérie, alors s'il te plaît ne me foudroie pas, qui ou quoi que Tu sois.*

— Bon Dieu, j'ai tellement peur, dit-il.

Roland lui prit la main et la serra brièvement.

DEUX

À cinq kilomètres du centre commercial, ils débouchèrent sur un chemin de terre qui coupait à travers la pinède, à leur gauche. Il y avait d'autres chemins écartés, qu'Eddie avait croisés sans même ralentir, s'en tenant à une vitesse de croisière de cinquante kilomètres à l'heure, mais à ce dernier croisement, il choisit de s'arrêter.

Les deux vitres avant étaient baissées. Ils entendaient le vent dans les arbres, l'appel grincheux d'un corbeau, le ronronnement pas si lointain d'un hors-bord, sur fond de grondement de moteur de la vieille Ford. Hormis les quelque cent mille voix qui chantaient en une harmonie grossière, c'étaient les seuls sons autour d'eux. Le panneau indiquant le tournant mentionnait seulement : ALLÉE PRIVÉE. Malgré tout, Eddie hochait la tête.

— C'est là.

— Oui, je sais. Comment va ta jambe ?

— Ça fait mal. Ne t'inquiète pas pour moi. On va vraiment le faire ?

— Il le *faut*, répondit Roland. Tu as eu raison de nous amener ici. Ici se trouve la seconde moitié de *ceci*.

Il tapota le papier dans sa poche, celui octroyant la propriété du terrain vague à la Tet Corporation.

— Tu penses que ce King est le jumeau de la rose.

— Tu dis vrai.

Roland sourit en entendant l'expression qui lui était venue naturellement. Eddie avait rarement vu sourire plus triste.

— Nous avons adopté les us de La Calla, pas vrai ? D'abord Jake, puis chacun d'entre nous. Mais ça va nous passer.

— Il faut poursuivre la route, fit Eddie.

Ce n'était pas une question.

— Si fait, et elle sera dangereuse. Pourtant… c'est peut-être ici le plus dangereux. On y va ?

— Une minute. Roland, tu te rappelles quand Susannah nous a parlé d'un certain Moses Carver ?

— Un négocieux… ce qui veut dire un homme d'affaires. C'est lui qui a repris l'entreprise de son père, quand *sai* Holmes est mort. C'est exact ?

— Oui, et il était aussi le parrain de Suze. Elle disait qu'on pouvait lui faire pleinement confiance. Tu te rappelles la colère qu'elle a piquée, quand Jake et moi avons suggéré qu'il avait peut-être volé de l'argent à la compagnie ?

Roland hocha la tête.

— Je fais confiance à son jugement. Et toi ?

— Moi aussi.

— Si Carver est effectivement honnête, on pourrait peut-être lui confier certaines des tâches qu'on doit accomplir dans ce monde ?

Rien de tout ça ne semblait très important, comparé à la force qu'Eddie sentait croître tout autour de lui, pourtant il croyait que ça l'était. Ils pourraient bien n'avoir qu'une seule chance de protéger la rose et d'assurer sa survie, pour plus tard. Il fallait qu'ils le fassent bien, et Eddie savait que, pour le faire bien, il leur faudrait forcer la volonté du destin.

Du *ka*, en un mot.

— Suze dit que les Industries Dentaires Holmes valaient huit à dix millions, quand tu l'as kidnappée de New York, Roland. Si Carver est aussi bon que je l'espère, la boîte doit en valoir douze ou quatorze, à l'heure qu'il est.

— C'est beaucoup ?

— *Delah*, répondit le jeune homme en tendant sa main ouverte vers l'horizon, et Roland hocha la tête. Ça paraît aberrant, de parler d'utiliser les profits d'un brevet dentaire pour sauver l'univers, pourtant c'est bien de ça que je parle. Et l'argent que la petite souris lui a laissé n'est sans doute qu'un début. Microsoft, par exemple. Tu te rappelles que j'ai mentionné ce nom à Tower ?

Roland fit oui de la tête.

— Moins vite, Eddie. Calme-toi, je te prie.

— Désolé.

Eddie inspira profondément.

— C'est à cause de cet endroit. Du chant. Des *visages*... est-ce que tu vois les visages dans les arbres ? Dans les ombres ?

— Je les vois très clairement.

— Tout ça me rend gentiment fou. Mais je te demande juste un peu de patience. Ce que je propose, c'est de faire fusionner les Industries Dentaires Holmes avec la Tet Corporation, puis de profiter de ce que nous savons de l'avenir pour en faire l'une des compagnies les plus riches de l'histoire mondiale. Des revenus de taille à concurrencer ceux de Sombra Corporation... peut-être même de North Central Positronics.

Roland haussa les épaules, puis leva la main, comme pour demander à Eddie comment il pouvait parler d'argent en présence d'une force aussi prodigieuse se déversant le long du Rayon et à travers eux, leur faisant dresser les cheveux sur la tête, leur faisant fourmiller les sinus, faisant apparaître dans l'ombre de chaque arbre un visage attentif... comme si une multitude s'était réunie ici pour les regarder jouer une scène cruciale de leur pièce.

— Je sais ce que tu ressens, pourtant *c'est* important, insista Eddie. Crois-moi. Supposons par exemple qu'on se développe assez vite pour racheter North Central Positronics avant qu'ils prennent une envergure pareille, dans ce monde ? Roland, on serait en mesure de les détourner, comme on détournerait le fleuve le plus gigantesque rien qu'en donnant un coup de pelle à la source, là où il n'est encore qu'un petit ruisseau.

C'est alors que les yeux de Roland se mirent à briller.

— On les rachète, dit le Pistolero. On les détourne de leur but, pour qu'ils ne servent plus la cause du camp du Roi Cramoisi, mais la nôtre. Oui, ça pourrait se faire.

— Que ça puisse se faire ou non, il ne faut pas qu'on oublie qu'on ne joue pas seulement pour 1977, ou 1987 (d'où je viens), ou 1999, où Suze est allée.

Dans ce monde-là, pensa soudain Eddie, Calvin Tower était peut-être mort et Aaron Deepneau l'était certainement, et leur dernière scène dans la pièce intitulée *La Tour Sombre* – dans laquelle ils sauvaient Donald Callahan des griffes des Frères Hitler –, jouée depuis longtemps. Balayés de la scène, tous les deux. Dans la clairière au bout du sentier, avec Gasher et Hoots, Benny Slightman et Susan Delgado

(*Calla, Callahan, Susan, Susannah*)

et l'Homme Tic-Tac, et même Blaine et Patricia. Roland et son *ka-tet* passeraient aussi par cette clairière, tôt ou tard. Et à la fin – s'ils étaient fantastiquement chanceux ou d'un courage suicidaire – seule la Tour Sombre tiendrait. S'ils pouvaient tuer North Central Positronics dans l'œuf, peut-être pourraient-ils sauver tous les Rayons qui s'étaient brisés. Et même s'ils échouaient, il suffirait peut-être de deux Rayons pour maintenir la Tour en place : la rose de New York et un homme du nom de Stephen King dans le Maine. Eddie n'avait aucune preuve rationnelle que tout ça eût le moindre sens... mais son cœur le croyait.

— Roland, on joue pour l'éternité, ici.

Roland ferma la main et frappa doucement du poing sur le tableau de bord poussiéreux de la vieille Ford de John Cullum. Il hocha la tête.

— Ils peuvent faire n'importe quoi de ce terrain vague, tu en as conscience ? *N'importe quoi*. Un immeuble, un parc, un monument. L'Institut National Gramophone. Du moment que la rose reste là. Ce type, Carver, il peut légaliser la Tet Corporation, peut-être en collaboration avec Aaron Deepneau...

— Oui, confirma le Pistolero. Je l'aime bien, ce Deepneau. Il a un visage sincère.

Eddie était du même avis.

— De toute façon, ils peuvent rédiger des papiers légaux pour protéger la rose – la rose doit rester là pour toujours, quoi qu'il advienne. Et j'ai comme l'impression que c'est ce qui va se passer. En 2007, 2057, 2525, 3700... bon sang, en l'an 19000... je pense qu'elle sera toujours là. Parce qu'elle a beau être fragile, je la crois aussi immortelle. Il faut qu'on le fasse tant qu'on en a encore l'occasion. Parce que ce monde est le monde-clé. Dans ce monde-ci, on n'a aucune chance de pouvoir tailler encore un peu, si la clé ne tourne pas dans la serrure. Dans ce monde-ci, pas de seconde chance.

Roland réfléchit un instant, puis pointa le doigt en direction du chemin de terre qui menait dans les bois. Dans une forêt de visages attentifs et de voix qui chantaient. Un harmonium de tout ce qui donnait de la valeur et du sens à la vie, de ce qui se rattachait à la vérité, de ce qui reconnaissait la suprématie du Blanc.

— Et l'homme qui vit au bout de cette route, Eddie ? Si c'est bien un homme.

— Je pense que c'en est un, pas seulement à cause de ce qu'a dit John Cullum. C'est ce que je ressens, ici.

Eddie se tapota la poitrine, juste au-dessus du cœur.

— Moi aussi.

— Tu dis vrai, Roland ?

— Si fait. Est-il immortel, lui aussi, d'après toi ? Parce que j'ai vu beaucoup de choses au cours des ans, et j'ai entendu plus de rumeurs encore, mais jamais d'un homme ou d'une femme pouvant vivre pour l'éternité.

— Je ne crois pas qu'il ait besoin d'être immortel. Je crois que tout ce qu'il lui faut, c'est écrire la bonne histoire. Parce que certaines histoires sont immortelles.

La compréhension alluma une petite flamme dans les pupilles de Roland. *Enfin*, pensa Eddie. *Enfin, il voit*.

Mais combien de temps lui avait-il fallu à lui, pour voir, et ensuite pour admettre ? Dieu sait qu'il aurait dû s'en rendre compte plus tôt, avec toutes les merveilles qu'il avait vues, pourtant il avait buté sur la dernière marche. Constater *de visu* que le Père Callahan était tout droit sorti d'un roman intitulé *Salem* n'avait pas suffi à lui faire franchir le pas. Ce qui avait finalement précipité les choses, ç'avait été d'apprendre que Co-op City se situait dans le Bronx, et pas à Brooklyn. Dans ce monde-ci, du moins. Et c'était le seul qui importait.

— Peut-être qu'il n'est pas chez lui, suggéra Roland, alors qu'autour d'eux le monde entier attendait. Peut-être que cet homme qui nous a créés n'est pas chez lui.

— Tu sais bien que si.

Roland acquiesça. Et la vieille flamme luisait dans ses yeux, la lueur d'un feu qui ne s'était jamais éteint, celui qui avait éclairé sa route le long du Rayon, depuis Gilead.

— Alors allons-y ! Démarre ! lança-t-il vivement, d'une voix rauque. Démarre, au nom de ton père ! S'il est Dieu – notre Dieu – je Le regarderai dans les yeux et Lui demanderai le chemin de la Tour !

— Tu ne voudrais pas Lui demander le chemin vers Susannah, d'abord ?

Dès qu'il eut prononcé cette phrase, Eddie la regretta et pria pour que le Pistolero la laisse passer.

Ce que Roland fit. Il se contenta de faire mouliner les doigts restant à sa main droite : *Allez, allez*.

Eddie enclencha la première et tourna dans le chemin poussiéreux. Il les mena au cœur d'un grand chant qui semblait les traverser comme un souffle de vent, les transformant en des entités aussi impalpables qu'une pensée, ou qu'un rêve dans l'esprit d'un dieu endormi.

TROIS

Au bout de trois cents mètres, la route se divisait en deux. Eddie prit sur la gauche, bien que le panneau pointant dans cette direction indiquât ROWDEN, non KING. La poussière soulevée par leurs roues collait au rétroviseur. Le chant faisait un doux brouhaha, se déversait en lui comme un alcool. Il sentait ses cheveux se hérisser, et tous ses muscles trembler. Si Eddie devait dégainer à la seconde, il se dit qu'il lâcherait sans doute ce maudit engin. Et même s'il réussissait à le garder en main, viser lui serait impossible. Il ne comprenait même pas comment cet homme qu'ils cherchaient pouvait vivre si près du son et réussir à manger ou à dormir, sans parler d'écrire des histoires. Mais bien entendu, King n'était pas seulement *proche* du son ; si Eddie ne se trompait pas, King était *la source* du son.

Mais s'il a une famille, comment font-ils ? Et même s'il vit seul, comment font les voisins ?

Une allée, sur la droite, et...

— Eddie, arrête-toi.

C'était bien Roland, pourtant sa voix était méconnaissable. Son bronzage de La Calla ressemblait à une fine couche de peinture étalée sur un visage d'une pâleur cadavérique.

Eddie s'arrêta. Roland trouva à tâtons la poignée de la portière, ne parvint pas à l'actionner, se hissa à hauteur de la vitre, jusqu'à la taille (Eddie entendit le cliquetis de sa boucle de ceinture contre la gaine chromée de la portière), et se pencha pour vomir sur l'oggan. Lorsqu'il retomba en arrière dans son siège, il avait l'air à la fois épuisé et exalté. Il roula des yeux, et le regard qu'il posa sur Eddie était d'un bleu immémorial et étincelant.

— En route.

— Roland, tu es sûr que…

Roland fit son moulinet avec les doigts, regardant droit devant lui, à travers le pare-brise poussiéreux de la Ford.

Avance, avance. Au nom de ton père !

Eddie reprit la route.

QUATRE

C'était le genre de maison que les agents immobiliers appellent un ranch. Eddie n'en fut pas surpris. Ce qui le surprit, en revanche, ce fut la simplicité des lieux. Puis il se rappela que tous les écrivains n'étaient pas forcément *riches*, ce qui devait être d'autant plus vrai des auteurs *jeunes*. Une coquille heureuse avait fait un malheur dans le milieu des bibliomaniaques, mais King ne devait pas toucher de commission sur ce genre de boulettes. Ni de droits d'auteur, si c'était bien l'expression d'usage.

Pourtant, la voiture garée dans l'allée, une Jeep Cherokee visiblement neuve, avec une chouette bande sur l'aile, à l'indienne, suggérait que King ne mourait pas exactement de faim quand même. Une cabane en bois trônait au milieu de la cour, entourée de jouets en plastique jonchant le sol. Leur vue fit vaciller le cœur d'Eddie. Une des délicieuses leçons qu'il avait retenues de leur aventure à La Calla, c'est que les gosses, ça compliquait les choses. Et ici vivaient des gosses *petits*, à en juger par les jouets. Et voilà que débarquent chez eux deux types avec des durs calibres. Des types qui, au moins à l'heure actuelle, ne sont pas tout à fait bien dans leur tête.

Eddie coupa le moteur de la Ford. Un corbeau poussa un cri. Un hors-bord – plus gros que celui qu'ils avaient entendu auparavant, d'après le bruit – se mit à ronronner. Au-delà de la maison, un soleil éclatant faisait miroiter l'eau bleue. Et les voix chantaient : *Comme-à-Commala*.

Un bruit métallique annonça que Roland venait d'ouvrir sa portière. Il sortit, en se tordant un peu plus que nécessaire : mauvaise hanche, arthrite sèche. Eddie lui-même avait l'impression d'être debout sur des bouts de bois.

— Tabby ? C'est toi ?

La voix provenait du côté droit de la maison. Et, précédant l'homme qui venait de parler, apparut une ombre au sol. Jamais Eddie n'avait été saisi d'une telle peur mêlée de fascination, à la simple vue d'une ombre. Il se dit, avec une certitude absolue :

Voilà que s'avance mon créateur. Le voilà, si fait, je dis vrai.

Et les voix reprirent de plus belle :

Commala-deux-trois, c'est lui, le voilà.

— Tu as oublié quelque chose, chérie ?

Le dernier mot traîna un peu en longueur, comme John Cullum l'aurait prononcé (*Chéééé-lie*). Et c'est ainsi qu'apparut le propriétaire de la maison, c'est ainsi qu'il apparut. Il les vit et s'immobilisa. Les voix se turent instantanément, et même le bruit de moteur du hors-bord disparut. L'espace d'une seconde, le monde entier resta en suspens sur ses gonds. Puis l'homme se retourna et se mit à courir. La seconde d'avant, cependant, Eddie eut le temps de voir l'expression d'horreur qui s'était peinte sur son visage. Il les avait reconnus.

Roland bondit derrière lui en un éclair, comme un chat après un oiseau.

CINQ

Mais *sai* King était un homme, pas un oiseau. Il ne savait pas voler, et il n'avait vraiment nulle part où s'enfuir. La pelouse descendait en pente douce, interrompue seulement par une plaque de béton qui devait recouvrir un puits ou un système d'évacuation quelconque. Elle débouchait sur une plage miniature jonchée elle aussi de jouets de toutes sortes. Au-delà, le lac. L'homme atteignit la rive, atterrit les pieds dans l'eau, et se retourna avec une telle maladresse qu'il faillit tomber par terre.

Roland s'immobilisa sur le sable, en dérapant. Lui et Stephen King se tenaient face à face, à s'observer. Eddie s'était arrêté à une dizaine de mètres derrière Roland, et il les regardait tous les deux. Le chant avait repris, de même que le ronronnement du bateau. Peut-être n'avaient-ils jamais cessé, mais Eddie était convaincu que si.

L'homme dans l'eau porta les mains à ses yeux, comme un enfant.

— Vous n'êtes pas vraiment là, dit-il.

— Si, je suis là, *sai*, dit Roland d'une voix à la fois douce et remplie d'une admiration effrayée. Retire les mains de tes yeux, Stephen de Bridgton. Retire-les et regarde-moi bien.

— Je fais peut-être une dépression, dit l'homme dans l'eau, mais il baissa lentement les mains.

Il portait d'épaisses lunettes, avec des montures noires austères. L'une des branches tenait grâce à un morceau de sparadrap. Il avait les cheveux noirs ou brun très foncé. Sa barbe était bien noire, et quelques poils blancs y scintillaient déjà. Il portait un jean, et un T-shirt portant l'inscription : THE RAMO-

NES[1] et ROCKET TO RUSSIA et GABBA-GABBA-HEY. Il était visiblement en train de prendre de l'embonpoint, pourtant il n'était pas encore gros. Il était grand, et aussi pâle que Roland. Eddie constata sans grand étonnement que Stephen King *ressemblait* à Roland. Compte tenu de la différence d'âge, on ne pouvait pas les prendre pour des jumeaux, mais pour un père et son fils ? Oui. Facilement.

Roland se tapota trois fois la gorge, puis secoua la tête. Ça ne suffisait pas. Ça ne suffirait pas. Eddie regarda avec fascination et horreur le Pistolero se mettre à genoux au milieu des jouets en plastique, et porter son poing à son front.

— Aïle, fileur de contes. Voici venir à toi Roland de Gilead-qui-fut, et Eddie Dean de New York. Nous ouvriras-tu ton cœur, si nous t'ouvrons le nôtre ?

King éclata de rire. Sachant le pouvoir des paroles de Roland, Eddie trouva sa réaction choquante.

— Je... bon sang, je dois être en train de rêver.

Puis, à lui-même :

— Ou non ?

Roland, toujours à genoux, poursuivit comme s'il n'avait pas entendu l'homme debout dans l'eau, comme s'il n'avait ni parlé ni ri.

— Nous considères-tu pour ce que nous sommes, et acceptes-tu ce que nous faisons ?

— Si vous étiez réels, vous seriez pistoleros.

King observa Roland à travers ses épaisses lunettes.

— Des pistoleros en quête de la Tour Sombre.

Nous y voilà, pensa Eddie en entendant les voix monter d'un ton, et en voyant le soleil faire miroiter l'eau bleue. *Il a compris*.

— Tu dis vrai, *sai*. Nous sommes venus te demander assistance et secours, Stephen de Bridgton. Nous les accorderas-tu ?

— Monsieur, je ne sais pas qui est votre ami, mais pour ce qui est de vous... bon sang, c'est moi qui vous ai *fait*. Vous ne pouvez pas vous tenir *là*, parce que le seul endroit où vous existiez vraiment, c'est *ici*.

Du poing, il se cogna le milieu du front, comme s'il parodiait le geste de Roland. Puis il tendit le bras en direction de sa maison. De sa maison genre ranch.

---

1. L'un des principaux groupes punk de la scène new-yorkaise, au milieu des années 1970. *(N.d.T.)*

— Et là-bas. Vous existez aussi là-bas, j'imagine. Dans un tiroir de mon bureau, ou peut-être une boîte dans le garage. Vous faites partie des projets inachevés. Je n'ai plus repensé à vous depuis… depuis…

Sa voix s'était faite toute petite. Soudain il se mit à vaciller comme quelqu'un qui entend une musique assourdie mais délicieuse, et ses genoux lâchèrent. Il s'écroula par terre.

— Roland ! s'écria Eddie, se décidant finalement à plonger vers l'avant. Ce type nous fait une crise cardiaque !

Il savait déjà (ou peut-être l'espérait-il) qu'il se trompait. Parce que jamais le chant n'avait été aussi présent. Jamais les visages dans les arbres et dans les ombres n'avaient été aussi distincts.

Le Pistolero se baissa et attrapa King – qui commençait déjà à se débattre faiblement – sous les aisselles.

— Il s'est seulement évanoui. Et comment lui en vouloir ? Aide-moi à le porter à l'intérieur.

SIX

La chambre principale jouissait d'une vue splendide sur le lac et d'un tapis mauve hideux au sol. Eddie s'assit sur le lit et contempla King par l'embrasure de la porte de la salle de bains, tandis qu'il retirait ses tennis et ses vêtements mouillés, passant une seconde entre la porte et le mur carrelé pour changer de sous-vêtements. Il n'avait pas soulevé d'objection en voyant Eddie l'accompagner dans la chambre. Depuis qu'il était revenu à lui – et il n'était resté dans les limbes qu'à peine trente secondes –, il faisait preuve d'un calme presque inquiétant.

Il sortit de la salle de bains et se dirigea vers la commode.

— C'est une blague, c'est ça ? demanda-t-il en farfouillant, à la recherche d'un jean et d'un T-shirt secs.

Pour Eddie, la maison de King sentait l'argent – pas mal d'argent, au moins. Dieu seul savait ce que sentait ses fringues.

— Un truc monté par Mac McCutcheon et Floys Calderwood, c'est ça ?

— Je ne connais pas ces hommes, et il ne s'agit pas d'une blague.

— D'accord, mais ce type ne peut pas être réel.

King enfila son jean. Il parlait à Eddie sur un ton raisonnable.

— Je veux dire, j'ai *écrit* son histoire !

Eddie opina de la tête.

— C'est ce que j'ai cru comprendre. Mais il n'en est pas moins réel. Je le suis depuis – depuis combien de temps ? Eddie n'en savait rien –, depuis un bout de temps. Vous avez écrit sur lui, mais pas sur moi ?

— Vous vous sentez rejeté, c'est ça ?

Eddie éclata de rire, mais la vérité, c'est qu'il se sentait effectivement rejeté. Un peu, en tout cas. Peut-être que King n'en était pas encore arrivé à lui. Si tel était le cas, il n'était pas vraiment en sécurité, pas vrai ?

— Ça ne ressemble pas vraiment à une dépression, fit remarquer King, mais j'imagine qu'on ne sait jamais à quoi ça ressemble.

— Vous ne faites pas une dépression, mais j'ai de la compassion pour ce que vous ressentez, *sai*. Cet homme…

— Roland. Roland de… Gilead ?

— Vous dites vrai.

— Je ne sais pas si j'ai la partie Gilead, dit King. Il faudrait que je vérifie dans mes pages, si je peux les retrouver. Mais c'est bon. Ça fait très « arche perdue ».

— Je ne vous suis pas.

— Pas de problème, moi non plus.

King trouva un paquet de Pall Mall sur la commode et s'en alluma une.

— Finissez ce que vous étiez en train de dire.

— Il m'a traîné à travers une porte entre ce monde et le sien. Moi aussi j'ai cru faire une dépression.

Ce n'était pas de ce monde-ci qu'Eddie s'était fait arracher, pas loin mais pas raccord, et à l'époque il zonait pour trouver de l'héroïne – il zonait dans les grandes largeurs – mais la situation était déjà assez compliquée comme ça sans qu'il rajoute cette partie-là. Pourtant il lui restait une question à poser avant de rejoindre Roland et que la vraie palabre commence.

— Dites-moi une chose, *sai* King. Vous savez où se trouve Co-op City ?

King était en train de transférer ses fonds de poche (des pièces de monnaie et ses clés) de son jean mouillé à son jean sec, clignant de l'œil droit à cause de la fumée de la cigarette qu'il s'était calée au coin de la bouche. Il s'interrompit et regarda Eddie en haussant les sourcils.

— C'est une question piège ?

— Non.

— Et vous n'allez pas me descendre avec le pistolet que je vois là, si je me trompe ?

Eddie eut un petit sourire. King n'était pas un mauvais bougre, pour un dieu. Puis il se rappela que Dieu avait tué sa petite sœur, en se servant d'un chauffard saoul, et aussi son frère Henry. Dieu avait conçu Enrico Balazar et fait brûler Susan

Delgado au bûcher. Son sourire s'évanouit. Néanmoins il répondit :

— Personne ne se fera descendre ici, *sai*.

— Dans ce cas, je crois que Co-op City se trouve à Brooklyn. Là d'où vous venez, à en juger par votre accent. Alors, j'ai gagné l'oie de la Fête ?

Eddie sursauta comme si on venait de lui planter une épingle dans la peau.

— Quoi ?

— Ma mère répétait ça tout le temps. Quand mon frère Dave et moi on avait fini nos corvées et qu'on n'avait pas eu à s'y reprendre à deux fois, elle disait : « Les garçons, c'est vous qui gagnez l'oie de la Fête. » C'était une blague. Alors, j'ai gagné ?

— Oui, fit Eddie. Aucun doute.

King hocha la tête, puis écrasa sa cigarette.

— Vous êtes OK, vous. C'est votre copain que je n'aime pas beaucoup. Je l'ai jamais beaucoup aimé. Je pense que ça doit être en partie pour ça que j'ai laissé cette histoire en plan.

Ce qui fit de nouveau sursauter Eddie. Il se leva précipitamment du lit, pour le dissimuler.

— *Laissé en plan* ?

— Ouais. *La Tour Sombre*, ça s'appelait. Ça devait être mon *Seigneur des Anneaux* à moi, ma grande saga, mon ce-que-vous-voudrez. Un des avantages, quand on a vingt-deux ans, c'est qu'on ne manque jamais d'ambition. Mais il ne m'a pas fallu longtemps pour voir que c'était tout simplement trop gros pour mon petit cerveau. Trop… je ne sais pas… outrancier ? On peut dire ça, oui. Et puis, ajouta-t-il sèchement, j'ai perdu le plan.

— Vous avez *quoi* ?

— Ça paraît fou, pas vrai ? Mais parfois, écrire, c'est de la folie pure. Vous saviez qu'une fois Ernest Hemingway avait perdu un recueil complet de nouvelles dans un train ?

— Vraiment ?

— Vraiment. Il n'avait aucune copie de secours, pas de brouillon. C'est un peu ce qui m'est arrivé. Un soir bien arrosé – ou peut-être que j'avais forcé sur la mescaline, je ne m'en souviens plus – j'ai fait un plan complet de cette épopée fantastique en cinq à dix mille pages. C'était un bon plan, je crois. Qui donnait forme à l'histoire. Qui lui donnait du style. Et puis je l'ai perdu. Il s'est probablement envolé du porte-bagages de ma moto, pendant que je revenais d'un de ces foutus bars. Ça ne m'est jamais plus arrivé. D'habitude je suis au moins soigneux, avec mon travail.

— Hein-hein, fit Eddie.

Une seconde, il pensa ajouter :

Et vous auriez pas vu par hasard des types habillés dans des tenues criardes, le genre de types qui conduisent des voitures tape-à-l'œil, aux environs de l'heure de la disparition ? Des ignobles, pour dire les choses crûment ? Ou quelqu'un avec comme une marque rouge en plein front, qui ressemble à un petit cercle de sang ? N'importe quoi, un indice, pour résumer, qui laisserait penser qu'on vous a peut-être volé *votre plan ? Quelqu'un qui aurait intérêt à s'assurer que* La Tour Sombre *ne serait jamais achevée ?*

— Redescendons à la cuisine. Il faut qu'on palabre.

Eddie aurait juste aimé savoir *de quoi* ils étaient censés palabrer. Il valait mieux pour eux ne pas tomber à côté, parce que c'était le monde réel, celui dans lequel il n'y avait pas de seconde chance.

SEPT

Roland n'avait aucune idée du fonctionnement de la machine à café posée sur le comptoir, mais il trouva une vieille cafetière cabossée sur l'une des étagères, assez semblable à celle que transportait Alain Johns dans son *gunna*, il y avait bien bien long, quand trois garçons s'étaient présentés à Mejis, pour faire le décompte du bétail. Le poêle de *sai* King fonctionnait à l'électricité, mais même un enfant aurait pu faire marcher les brûleurs. Quand Eddie et King apparurent dans la cuisine, la cafetière était juste chaude.

— Personnellement, je ne bois pas de café, dit King en se rendant directement à la boîte-à-froid (mais en faisant un grand détour pour ne pas trop s'approcher de Roland), et en général je n'attaque pas la bière avant cinq heures, mais je crois que je vais faire une petite exception, aujourd'hui. monsieur Dean ?

— Du café, ça m'ira très bien.

— Monsieur Gilead ?

— C'est Deschain, *sai* King. Moi aussi, je prendrai du café, grand merci.

L'écrivain ouvrit la boîte en métal à l'aide d'un anneau collé sur le dessus (un procédé qui parut à Roland malin en apparence, et complètement crétin, au vu du gaspillage). Il y eut un sifflet d'air, suivi d'une agréable odeur

(*comme-à-commala*)

de levure et de houblon. King but au moins la moitié de la boîte en une fois, essuya l'écume sur sa moustache, puis posa sa bière sur le comptoir. Il était toujours pâle, mais il paraissait calme, et en pleine possession de ses moyens. Le Pistolero trouvait qu'il s'en tirait plutôt bien, du moins jusqu'ici. Était-il possible que, dans les recoins les plus cachés de son esprit et de son cœur, King se soit attendu à leur visite ? Les avait-il attendus ?

— Vous avez une femme et des enfants, dit Roland. Où sont-ils ?

— La famille de Tabby habite au nord, près de Bangor. Ma fille est allée passer la semaine avec son papi et sa mamie. Tabby a emmené le plus jeune – Owen, c'est encore un bébé – et ils sont partis devant, il y a une heure. Je suis censé aller chercher mon autre fils – Joe – dans…

Il consulta sa montre.

— … dans une heure environ. Je voulais finir ce que j'étais en train d'écrire, alors cette fois-ci nous y allons à deux voitures.

Roland réfléchit. Ça pouvait être vrai. C'était sans doute aussi un moyen pour King de leur faire savoir que, s'il lui arrivait quelque chose, ça se remarquerait très vite.

— Je n'y crois pas, je ne crois pas à ce qui arrive. Je l'ai déjà dit quinze fois ? De toute façon, ça ressemble trop à une de mes histoires pour être réellement en train de se passer.

— À *Salem*, par exemple, suggéra Eddie.

King arqua un sourcil.

— Alors vous êtes au courant. Ils ont le *Magazine Littéraire*, là d'où vous venez ?

Il finit le reste de sa bière. Roland se fit la remarque qu'il buvait comme un homme doué pour ça.

— Il y a une heure ou deux, j'ai entendu des sirènes, de l'autre côté du lac, et j'ai vu cet énorme panache de fumée. Je le voyais même de mon bureau. Sur le coup, j'ai cru à un feu de broussailles, peut-être à Harrison ou à Stoneham, mais maintenant je me demande… ça n'aurait pas quelque chose à voir avec vous, les gars ? Si, hein ?

Eddie se tourna vers le Pistolero :

— Il est en train de l'écrire, Roland. Ou bien il l'était. Il dit qu'il a arrêté. Mais ça s'appelle *La Tour Sombre*, alors il sait.

King sourit, mais pour Roland il avait surtout l'air profondément effrayé, pour la première fois. Mis à part l'instant où il était apparu au coin de sa maison et où il les avait vus. Où il avait vu sa création.

C'est ce que je suis ? Sa création ?

C'était un sentiment positif et négatif à la fois. Y réfléchir lui donna mal à la tête, et il avait l'impression que son estomac était devenu tout glissant.

— Il sait, dit King. Je n'aime pas trop comment vous dites ça, les gars. Dans une histoire, quand quelqu'un dit « il sait », ça sous-entend « il en sait trop », et en général la réplique qui suit, c'est « il va falloir le faire taire ».

— Croyez-moi, dit Roland avec une emphase inhabituelle, vous tuer est bien la dernière chose que nous souhaiterions, *sai* King. Vos ennemis sont nos ennemis, et ceux qui vous aident le long du chemin sont nos amis.

— Amen, conclut Eddie.

King ouvrit sa boîte-à-froid et en sortit une nouvelle bière. Roland vit qu'il y avait tout un tas de boîtes, là-dedans, au garde-à-vous, toutes gelées. Des bières, essentiellement.

— Dans ce cas, vous feriez mieux de m'appeler Steve.

HUIT

— Racontez-nous l'histoire, mon histoire, demanda Roland.

King s'appuya contre le comptoir de la cuisine, et le sommet de son crâne se glissa dans un rayon de soleil. Il avala une gorgée de bière et réfléchit à la requête de Roland. Et c'est alors qu'Eddie le vit pour la première fois, très faiblement – un effet de contraste dû au soleil, peut-être. Quelque chose, une ombre noire et poussiéreuse, formait comme un halo autour de l'homme. *Dim*. À peine visible. Mais bien là. Comme les ténèbres qui se cachaient derrière les choses, quand on allait vaadasch. Était-ce la même chose ? Eddie en doutait.

À peine visible.

Mais bien là.

— Vous savez, dit King, je ne suis pas très bon pour raconter des histoires. Ça peut paraître paradoxal, pourtant c'est vrai. C'est pour ça que je les écris.

Est-ce que c'est comme Roland, ou comme moi, qu'il parle ? se demanda Eddie. Impossible de le dire. Beaucoup plus tard, il devait se rendre compte que King parlait comme *eux tous*, même Rosa Munoz, la femme à tout faire du Père Callahan, à La Calla.

Puis le visage de l'auteur s'éclaira.

— Je vais vous dire, pourquoi j'essaierais pas de trouver ce manuscrit ? J'ai quatre ou cinq cartons d'histoires foutues, en bas. *La Tour Sombre* doit dormir dans l'un d'entre eux.

Foutues. Des histoires foutues. Eddie n'aimait pas du tout sa façon de tourner les choses.

— Vous pourriez en lire des passages pendant que je vais chercher mon garçon.

Il sourit, dévoilant de grandes dents tordues.

— Peut-être que quand je rentrerai, vous serez partis et je pourrai me remettre à écrire en pensant que vous n'êtes jamais venus.

Eddie adressa un regard à Roland, qui secoua légèrement la tête. Sur le poêle, la première bulle de café cligna dans l'œil de la cafetière.

— *Sai* King – commença Eddie.

— Steve.

— Steve, d'accord. Il nous faut régler cette affaire maintenant. Mis à part la question de confiance, nous sommes extrêmement pressés.

— Bien sûr, d'accord, la course contre la montre, dit King, puis il se mit à rire.

Il y avait dans ce rire un côté niais assez charmant. Eddie soupçonna que la bière commençait à faire son effet, et il se demanda si ce type n'était pas un peu poivrot. Impossible d'en être certain, au bout de si peu de temps, mais il présentait certains des signes. Il ne se rappelait pas grand-chose, de ses cours de littérature au lycée, mais il revoyait très bien le prof leur dire qu'il y avait bien une chose que les écrivains appréciaient particulièrement, c'était la bouteille. Hemingway, Faulkner, Fitzgerald. Le type du « Corbeau »[1]. Les écrivains aimaient boire.

— Je ne me moque pas de vous, les gars. En fait, c'est contre ma religion, de me moquer d'hommes armés. C'est juste que c'est exactement le genre de bouquins que j'écris, des personnages toujours en train de courir contre la montre. Vous voulez entendre la première phrase de *La Tour Sombre* ?

— Bien sûr, si vous vous en souvenez, répondit le jeune homme.

Roland ne dit rien, mais ses yeux brillaient, sous ses sourcils maintenant parsemés de blanc.

— Oh, ça, pour m'en souvenir. C'est sans doute la meilleure première phrase que j'aie écrite.

King repoussa sa bière, puis leva les deux mains, le pouce et l'index courbés, comme s'il dessinait des guillemets dans l'air :

— « L'homme en noir fuyait à travers le désert, et le Pistolero le suivait. » Le reste, c'était peut-être de la poudre aux yeux, mais, mon vieux, ça c'était bon.

Il laissa retomber ses mains et reprit sa bière.

---

1. Edgar Allan Poe, romancier et nouvelliste américain (1809-1849), auteur, entre autres, de « La Chute de la Maison Usher » et « Le Masque de la Mort Rouge ». King fait plusieurs fois référence à cet auteur dans ce volume. *(N.d.T.)*

— Pour la quarante-neuvième fois aujourd'hui : est-ce que tout ça est bien réel ?

— L'homme en noir, il s'appelait Walter ? demanda Roland.

La bière de King vacilla et rata sa bouche, et il s'en renversa sur le menton et sur sa chemise propre. Roland hocha la tête, comme si c'était la réponse qu'il attendait.

— Nous refaites pas le coup de l'évanouissement, recommanda Eddie, un peu durement. Une fois a suffi à m'impressionner.

King acquiesça, reprit une gorgée de bière tout en essayant visiblement de se ressaisir. Il jeta un œil à la pendule.

— Messieurs, vous me laisserez vraiment aller chercher mon garçon ?

— Oui, confirma Roland.

— Vous...

King fit une pause, parut réfléchir, puis sourit.

— Vous en jureriez, par votre montre et votre billet ?

Sans sourire, Roland répondit :

— Oui, j'en jurerais.

— OK, alors. *La Tour Sombre*, version courte à la Reader's Digest. Rappelez-vous que l'oral n'est pas mon truc. Je vais faire de mon mieux.

NEUF

Roland écouta ce récit comme si tous les mondes en dépendaient, ce dont il était convaincu. King avait commencé sa version de la vie de Roland par les feux de camp, ce qui ravit le Pistolero, parce qu'ils confirmaient le caractère essentiellement humain de Walter. Puis, d'après King, l'histoire revenait à la rencontre de Roland avec un drôle de fermier du bout du monde, au bord du désert. Brown, de son nom.

Longue vie à vos récoltes, entendit Roland à travers l'écho des ans, *Longue vie aux vôtres*. Il avait oublié Brown, et son corbeau apprivoisé Zoltan, mais cet inconnu s'en souvenait.

— Ce qui me plaisait, glissa King, c'est que j'avais l'impression que l'histoire allait à reculons. D'un point de vue purement technique, c'était très intéressant. Je commence par vous dans le désert, puis je recule un chouïa, et vous rencontrez Brown et Zoltan. Zoltan, c'était le nom d'un chanteur et guitariste que j'ai connu à l'Université du Maine, au fait. Bref, de la baraque du frontalier, l'histoire se décale encore d'un chouïa, et vous arrivez dans la ville de Tull... du nom d'un groupe de rock...

— Jethro Tull, s'exclama Eddie. Mais bon sang, c'est bien sûr ! Je savais bien que ce nom m'était familier ! Et ZZ Top, Steve ? Vous les connaissez ?

Eddie fixa King, lut l'incompréhension sur son visage et sourit.

— J'imagine que ce n'est pas encore tout à fait leur *quand*. Ou alors, vous ne les connaissez pas encore.

Roland fit tourner ses doigts en moulinets : *On continue, on continue*. Et lança à Eddie un regard qui lui intimait de ne plus interrompre King.

— Quoi qu'il en soit, quand Roland arrive à Tull, nouvelle digression pour raconter comment Nort, le mangeur d'herbe, est mort avant de se faire ressusciter par Walter. Vous voyez ce qui m'a tellement plu, pas vrai ? C'est qu'une fois encore, on commence par la fin, et on remonte…-en-l'air.

Roland n'était pas intéressé le moins du monde par l'aspect technique qui fascinait apparemment King. C'était de sa vie qu'on parlait, après tout, de sa *vie*, et pour lui elle s'était déroulée dans le bon sens. Du moins, jusqu'au moment où il avait atteint le rivage de la Mer Occidentale, et qu'il avait tiré le jeu de ses compagnons de voyage.

Mais Stephen King ne savait rien des portes, semblait-il. Il avait déjà écrit la scène du relais, et la rencontre de Roland avec Jake Chambers. Ainsi que leur traversée sous la montagne. Il avait écrit la trahison de Jake par cet homme à qui il avait donné sa confiance et son amour.

King remarqua la façon qu'avait Roland de placer sa tête, pendant cette partie du récit, et se mit à raconter avec une douceur étrange.

— Pas besoin de prendre un air aussi honteux, monsieur Deschain. Après tout, c'est moi qui vous ai fait faire une chose pareille.

Mais une fois encore, Roland se demanda s'il disait vrai.

King avait aussi écrit la palabre de Roland avec Walter, dans le golgotha poussiéreux et jonché d'ossements, la prédiction du Tarot et la terrible vision de Roland, cette sensation de traverser la voûte de l'univers. Il avait écrit le réveil de Roland après cette longue nuit de bonne aventure, pour se retrouver beaucoup plus âgé, et Walter réduit à un tas d'os. Pour finir, leur dit King, il avait fait avancer Roland jusqu'au bord de l'eau, et l'avait assis là.

— Et là, vous avez dit : « Je t'aimais, Jake. »

Roland hocha la tête et commenta d'un ton neutre :

— Je l'aime toujours.

— Vous parlez comme s'il existait vraiment.

Roland lui adressa un regard impassible.

— Est-ce que moi j'existe ? Et vous ?

King ne répondit rien.

— Et alors, que s'est-il passé ? demanda Eddie.

— Et alors, *Señor*, je me suis retrouvé à sec – ou intimidé, si vous préférez. Et je me suis arrêté.

Eddie aussi désirait s'arrêter. Il voyait les ombres qui commençaient à s'allonger sur le sol et les murs de la cuisine, et il voulait partir à la recherche de Susannah avant qu'il soit trop tard. Pour lui, Roland et lui avaient une idée assez précise de la manière de sortir de ce monde, et il soupçonnait Stephen King lui-même de savoir parfaitement les conduire au Chemin du Dos de la Tortue, à Lovell, où le réel ne tenait plus qu'à un fil – à en croire John Cullum, du moins – et où les entrants couraient les rues, dernièrement. Et King serait trop heureux de les guider. Trop heureux de se débarrasser d'eux. Mais ils ne pouvaient partir tout de suite et, malgré son impatience, Eddie en était parfaitement conscient.

— Vous vous êtes arrêté parce que vous avez perdu votre plan, dit Roland.

— Mon plan. Oh non, pas vraiment.

King s'était servi une troisième bière, et Eddie ne trouvait pas étonnant que le type commence à se ramollir un peu du ciboulot. Il venait d'avaler l'équivalent calorique d'un pain entier, et il attaquait actuellement la deuxième miche.

— Je travaille rarement à partir d'un plan. En fait… ne me prenez pas au mot, mais ça a sans doute été la seule fois. Et c'est devenu trop gros pour moi. Trop étrange. Et puis *vous* avez commencé à poser problème, monsieur, ou *sai*, quels que soient les fichus surnoms que vous vous donniez.

King fit la grimace.

— Cette façon de parler, ce n'est pas moi qui l'ai inventée.

— Pas encore, en tout cas, fit remarquer Roland.

— Vous avez commencé cette histoire comme une version de l'Homme sans Nom, de Sergio Leone.

— Dans les westerns spaghettis, fit Eddie. Jésus, bien sûr ! J'ai dû en voir cent, au Majestic, avec mon frère Henry, avant qu'il quitte la maison. Quand il était au Vietnam, j'y allais tout seul, ou avec un copain à moi, Chuggy Coter. C'étaient des films de *mecs*.

King exhibait un large sourire.

— Ouais, acquiesça-t-il. Mais ma femme en est complètement fana, allez comprendre.

— Trop cool, ta femme ! s'exclama Eddie.

— Ouais, Tabby, c'est le genre de nana cool.

King se tourna de nouveau vers Roland.

— Pour ce qui est de l'Homme sans Nom – une version imaginaire de Clint Eastwood –, vous avez raison. L'association promettait une bonne tranche de rigolade.

— C'est comme ça que vous voyez les choses ?

— Oui. Et puis vous avez changé. Là, sous mes doigts. À tel point que je ne savais plus si vous étiez le héros, l'antihéros, ou pas un héros du tout. Quand vous avez lâché le gosse, c'était le bouquet.

— Vous disiez que c'était vous qui m'aviez fait faire ça.

Il regarda Roland droit dans les yeux – du bleu croisé sur du bleu, sur fond de chœur enchanteur – ; King dit :

— J'ai menti, mon frère.

DIX

Il y eut un temps de silence, pendant lequel ils réfléchirent tous à ce qu'ils venaient de se dire. Puis King reprit la parole :

— Vous avez commencé à me faire peur, alors j'ai arrêté d'écrire sur vous. Je vous ai enfermé dans une boîte et rangé dans un tiroir, et puis j'ai continué le recueil de nouvelles que j'ai ensuite vendu à divers magazines.

Il réfléchit un instant, puis hocha la tête.

— Après que je vous ai mis au rancart, les choses se sont mises à changer, pour moi, mon ami, en bien. Mes trucs ont commencé à se vendre. J'ai demandé Tabby en mariage. Peu de temps après, j'ai commencé un livre intitulé *Carrie*. Ce n'était pas mon premier roman, mais c'est le premier que j'aie vendu, et il m'a fait passer directement en tête. Tout ça après avoir dit au revoir à Roland, à la revoyure, bonne route à toi. Et alors qu'est-ce qui se passe ? Je tourne au coin de ma maison six ou sept ans plus tard, et je vous trouve dans ma putain d'allée, Gros-Jean comme devant, comme aurait dit ma mère. Et tout ce que je peux dire maintenant, c'est que vous prendre pour une hallucination causée par le surmenage serait la conclusion la plus optimiste que je pourrais trouver. Et je n'y crois pas une seconde. Comment je pourrais y croire ?

King levait peu à peu la voix, tout en montant dans les aigus. Eddie ne prit pas ça pour de la peur ; c'était de l'indignation.

— Comment je pourrais le croire, quand je vois votre ombre sur le sol, le sang sur votre jambe – fit-il en pointant le doigt en direction d'Eddie – et la poussière sur votre visage (à Roland, cette fois-ci) ? Vous avez éliminé tous les foutus choix qui me restaient, et je sens mon esprit en train de... je ne sais pas... en train de basculer ? C'est comme ça qu'on dit ? Je dirais que oui. En train de basculer.

— Vous n'avez pas seulement arrêté, dit Roland en ignorant totalement la dernière saillie de King, un tas d'idioties nombrilistes et déplacées.

— Ah non ?

— Je pense que raconter des histoires, c'est comme pousser quelque chose. Pousser pour résister contre la non-création, peut-être. Et un jour, pendant que vous faisiez ça, vous avez senti une résistance, vous avez senti que ça poussait, en face.

King réfléchit à l'hypothèse, et le temps parut extrêmement long à Eddie. Puis il opina du chef.

— Vous avez peut-être raison. Ça allait plus loin que l'habituel sentiment de panne, c'est certain. J'ai l'habitude, de ça, même si ça m'arrive moins souvent qu'avant. C'est... je ne sais pas, un jour on commence à trouver ça moins drôle, de rester assis là, à tapoter sur les touches d'un clavier. On commence à voir moins clair. On commence à se sentir moins excité, à l'idée de raconter *soi-même* l'histoire. Et puis, pour tout arranger, il déboule une idée *nouvelle*, une idée toute belle et toute brillante, tout droit sortie de la vitrine, sans une égratignure. Complètement vierge, du moins pour l'instant. Et puis... comment dire...

— Et puis vous avez senti que ça résistait, répéta Roland du même ton monocorde.

— Ouais.

La voix de King était devenue tellement grave qu'Eddie l'entendit à peine.

— DÉFENSE D'ENTRER. ON NE PASSE PAS. LIGNES À HAUTE TENSION.

Il marqua une pause.

— Peut-être même DANGER DE MORT.

Quelque chose me dit que tu n'aimerais pas cette ombre que je vois tourbillonner autour de toi, pensa Eddie. *Ce halo noir. Non,* sai, *je ne pense pas que tu aimerais ça, pas du tout, et qu'est-ce que je vois ? Les cigarettes ? La bière ? Une autre substance dont tu pourrais être dépendant, éventuellement ? Un accident de voiture, un soir de beuverie ? Dans combien de temps ? En années ?*

Il jeta un œil à la pendule posée sur la table de cuisine des King et fut consterné de lire qu'ils approchaient de quatre heures moins le quart de l'après-midi.

— Roland, il se fait tard. Ce type doit aller chercher son gosse.

Et nous devons trouver ma femme avant que Mia accouche du bébé qu'elles ont l'air de partager, et que le Roi Cramoisi n'ait plus aucun besoin de la partie Susannah.

Roland répondit :

— Encore un tout petit peu.

Et il baissa la tête, sans rien ajouter. Pour réfléchir. Essayer de décider quelles questions étaient les bonnes. Une seule question, peut-être, mais la bonne. Et c'était important, Eddie le savait car jamais ils ne pourraient revenir en ce neuvième jour du mois de juillet 1977. Peut-être revisiteraient-ils cette journée dans un autre monde, mais pas dans celui-ci. Et Stephen King existerait-il seulement, dans ces autres mondes ? Peut-être pas. *Sans doute* pas.

Pendant que Roland réfléchissait, Eddie demanda à King si le nom de Blaine lui évoquait quelque chose.

— Non. Pas particulièrement.

— Et Lud ?

— Comme les Luddites ? C'était une sorte de secte religieuse anti-machines, c'est ça ? Au XIXe, je crois bien, ou peut-être même qu'ils s'y sont mis plus tôt que ça. Si je ne m'abuse, ceux du XIXe siècle pénétraient de force dans les usines pour réduire les machines en miettes.

Il fit un grand sourire, découvrant ses dents tordues.

— Les Greenpeace de leur époque, je dirais.

— Beryl Evans ? Ce nom vous dit quelque chose ?

— Non.

— Henchick ? Henchick des Manni ?

— Non. C'est quoi, les Manni ?

— Trop compliqué à expliquer maintenant. Et Claudia y Inez Bachman ? Est-ce que celui-là vous évoque…

King explosa de rire, faisant sursauter Eddie. Se faisant sursauter lui-même, à en juger par l'expression sur son visage.

— La femme de Dicky ! s'exclama-t-il. Comment diable êtes-vous au courant de ça ?

— Je ne suis *pas* au courant. Qui est Dicky ?

— Richard Bachman. Je me suis mis à publier certains de mes romans de jeunesse en grand format, sous un pseudonyme. Bachman. Une nuit, alors que j'étais bien bourré, je lui ai concocté une vraie biographie, jusqu'à la façon dont il avait courageusement vaincu une leucémie, hourra, Dicky. Bref, Claudia, c'est sa femme. Claudia Inez Bachman. Le *y*, ça… je ne sais pas.

Eddie eut l'impression qu'un énorme caillou invisible venait de rouler de sa poitrine, et de sortir définitivement de sa vie. *Claudia Inez Bachman* ne comptait que dix-huit lettres. Quelque chose avait donc ajouté ce *y*, et dans quel but ? Pour faire dix-neuf, bien sûr. Claudia Bachman n'était qu'un nom. Claudia y Inez Bachman, en revanche… *elle* était *ka-tet*.

Eddie eut le sentiment qu'ils venaient de trouver au moins une des choses pour lesquelles ils étaient venus ici. Oui, Stephen King les avait créés. Du moins avait-il créé Roland, Jake, et le Père Callahan. Il n'était pas encore arrivé au reste. Et il avait déplacé Roland comme un pion sur un échiquier : un petit tour à Tull, Roland, couche avec Allie, Roland, pourchasse Walter à travers le désert, Roland. Mais même quand il déplaçait son personnage principal sur le plateau de jeu, *King lui-même* s'était fait déplacer. Cette lettre ajoutée au nom de la femme de son pseudonyme le prouvait très clairement. Quelque chose avait voulu rendre Claudia Bachman *dix-neuf*. Alors…

— Steve…

— Oui, Eddie de New York, répondit King avec un sourire gêné.

Eddie sentait son cœur battre à tout rompre dans sa poitrine.

— Le chiffre dix-neuf, il vous inspire quoi ?

King considéra la question. Dehors, le vent murmurait dans les arbres, les bateaux gémissaient et le corbeau – celui-là ou un autre – croassait. Bientôt, au bord de ce lac, ce serait l'heure des barbecues, peut-être aussi d'une virée en ville et d'un concert sur la place, tout ça dans le meilleur des mondes possibles. Ou peut-être seulement le plus réel.

King finit par secouer la tête et Eddie laissa échapper un soupir de frustration.

— Désolé. C'est un nombre premier, mais c'est tout ce qui me vient pour l'instant. Les nombres premiers me fascinent, en quelque sorte, depuis le cours d'algèbre de M. Soychak, au lycée de Lisbon High. Et je crois que c'est l'âge que j'avais quand j'ai rencontré ma femme, mais peut-être qu'elle me contredirait. Elle est de nature à contredire.

— Et quatre-vingt-dix-neuf ?

King y réfléchit de nouveau, puis parut compter des objets sur ses doigts.

— C'est sacrément vieux. « Quatre-vingt-dix-neuf ans sur un vieux tas de pierres. » C'est dans une chanson, une chanson qui s'appelle – je crois – « L'Épave de quatre-vingt-dix-neuf ans ». Sauf qu'en parlant d'épave, c'est peut-être à « L'épave de l'*Hesperus*[1] », que je pense. « Quatre-vingt-dix-neuf bouteilles de bière sur le mur, on en a pris une et on l'a fait tourner, ça fait plus que quatre-vingt-dix-huit bouteilles de bière sur le mur. » En dehors de ça, *nada*.

Cette fois-ci, c'est King lui-même qui regarda en direction de la pendule.

— Si je ne pars pas bientôt, Betty Jones va appeler pour vérifier que je n'ai pas *oublié* que j'avais *un fils*. Et après avoir récupéré Joe, je suis censé enchaîner deux cents kilomètres de route en direction du nord. Ce qui sera sans doute plus facile si je laisse tomber la bière. Ce qui sera plus facile si je n'ai plus une paire de revenants armés, assis dans ma cuisine.

Roland approuva d'un hochement de tête. Il porta la main à son ceinturon, en extirpa une balle, qu'il se mit à faire distraitement rouler entre le pouce et l'index de sa main gauche.

— Juste une dernière question, si cela vous sied. Puis nous reprendrons notre route et vous laisserons reprendre la vôtre.

King fit oui de la tête.

— Posez-la, alors.

Il considéra sa troisième canette de bière, puis alla la vider dans l'évier avec un air de regret.

— C'est vous qui avez écrit *La Tour Sombre* ?

Pour Eddie, cette question n'avait aucun sens, mais les yeux de King s'allumèrent et un sourire radieux lui illumina le visage.

— *Non !* s'écria-t-il. Et si jamais un jour je fais un livre sur l'écriture – et je pourrais sans doute, c'est la matière que j'enseignais, avant de me retirer ici pour écrire – je le dirai. Pas ça, pas ça exactement. Je sais qu'il y a des écrivains qui *écrivent* vraiment, mais que je n'en fais pas partie. En fait, quand je me retrouve à court d'inspiration et que je me raccroche à une intrigue, l'histoire sur laquelle je travaille tourne en eau de boudin, en général.

— Je n'ai pas la moindre idée de quoi il parle, fit remarquer Eddie.

— C'est comme… Eh ! Génial !

---

1. Site de plongée des Bahamas, aussi appelé « Épave de la Tortue », car l'ancien navire héberge des colonies de tortues. *(N.d.T.)*

La douille roulant entre le pouce et l'index du Pistolero avait sauté sans effort sur le dos de ses doigts, où elle semblait se promener sur les jointures en montagnes russes de Roland.

— Oui. Génial, n'est-ce pas ?

— C'est comme ça que vous avez hypnotisé Jake, au relais. Quand vous lui avez fait se remémorer sa mort.

Et Susan, pensa Eddie. *Il a hypnotisé Susan de la même manière, sauf que tu ne le sais pas encore,* sai *King. Ou peut-être que si. Peut-être que quelque part à l'intérieur de toi, tu sais déjà tout.*

— J'ai essayé, l'hypnose, raconta King. En fait, un type m'a fait monter sur scène, à la Foire de Topsham, quand j'étais gamin. Il a essayé de me faire caqueter comme une poule. Ça n'a pas marché. C'est à peu près à l'époque de la mort de Buddy Holly. Et du Big Bopper. Et de Ritchie Valens. *Vaadana*. Ah, Discordia !

Il secoua soudain la tête, comme pour la vider, puis son regard passa de la balle dansante au visage de Roland.

— Quoi ? J'ai dit quelque chose ?

— Non, *sai*.

Roland baissa les yeux sur la balle acrobate – elle allait et venait, allait et venait –, ce qui très naturellement ramena aussi le regard de King sur elle.

— Que se passe-t-il, quand vous inventez une histoire ? l'interrogea Roland. *Mon* histoire, par exemple ?

— Ça vient tout seul, c'est tout.

La voix de King avait de nouveau baissé. Il avait l'air perplexe.

— Ça me traverse, comme un souffle d'air – ça c'est la partie chouette –, et puis ça ressort quand je bouge les doigts. Ça ne vient jamais de la tête. Ça sort du nombril, ou dans le coin. Il y avait un chroniqueur… je crois que c'était Maxwell Perkins… qui appelait Thomas Wolfe…

Eddie savait ce que Roland était en train de faire, et donc que l'interrompre n'était pas une bonne idée, mais il ne put s'en empêcher.

— Une rose. Une rose, une pierre, une porte dérobée.

Le visage de King s'illumina de plaisir, mais ses yeux ne quittèrent pas la balle qui dansait sur les jointures du Pistolero.

— En fait, c'est une pierre, une *feuille*, une porte, corrigea-t-il. Mais ça me plaît encore plus avec la rose.

Il était complètement envoûté. Eddie crut presque entendre le bruit de succion, au moment où l'esprit conscient de King fut aspiré. L'idée le traversa soudain qu'une simple sonnerie de téléphone à cet instant critique pourrait changer tout le cours de leur existence. Il se leva et – se déplaçant en silence malgré sa jambe raidie et douloureuse – se dirigea vers le combiné accroché au mur. Il enroula le fil entre ses doigts et appuya jusqu'à ce qu'il l'entendît céder.

— Une rose, une pierre, une porte dérobée, acquiesça King. Ça pourrait être de Wolfe, aucun doute. Maxwell Perkins[1] l'appelait le « vent du carillon divin ». Ô, perdu, et pleuré par le vent ! Tous ces visages oubliés ! Ô Discordia !

— Comment l'histoire vous vient-elle, *sai* ? demanda Roland d'une voix posée.

— Je n'aime pas ces types New Age… les types avec leur pendule en cristal… tout ce « pas d'importance, y a qu'à tourner la page »… sauf qu'ils appellent ça « canaliser », et c'est… c'est l'impression que ça donne… comme quelque chose qui passe dans un canal…

— Ou dans un rayon ? suggéra Roland.

— Toutes choses servent le Rayon, dit l'auteur, et il soupira. Ce soupir était d'une tristesse insondable. Dans toute son impuissance, Eddie sentit un immense frisson lui parcourir le dos.

---

1. Maxwell Perkins : critique littéraire et rédacteur pour les éditions Scribner dans les années 1920, ami de bon nombre d'auteurs américains de l'entre-deux-guerres, parmi lesquels Hemingway et Fitzgerald. *(N.d.T.)*

ONZE

Stephen King se tenait debout dans un rayon de soleil poussiéreux de fin d'après-midi. La lumière lui baignait les joues, la courbe de l'œil gauche et la fossette au coin de la bouche. Elle dessinait sur sa joue gauche des filaments brillants dans sa barbe, là où couraient des poils blancs. Il se tenait *debout* dans la lumière, ce qui rendait encore plus visible l'ombre qui l'entourait. Sa respiration s'était ralentie, descendant à trois ou quatre inspirations par minute.

— Stephen King, articula Roland. Me voyez-vous ?

— Aïle, Pistolero, je vous vois très bien.

— Quand m'avez-vous vu pour la première fois ?

— Aujourd'hui même.

Roland parut surpris, et un peu frustré. De toute évidence, ce n'était pas la réponse qu'il attendait. Puis King reprit :

— C'est Cuthbert que j'ai vu, pas vous (une pause). Vous et Cuthbert, vous avez mis des miettes de pain sous le gibet. C'est dans la partie déjà écrite.

— Si fait, nous avons rompu le pain. Pendant que Hax le cuisinier se balançait au bout de la corde. Nous n'étions que des goujats. C'est Bert qui vous a raconté cette histoire ?

Mais King ne répondit pas.

— J'ai vu Eddie. Je l'ai vu très clairement (une pause). Cuthbert et Eddie sont jumeaux.

— Roland – intervint Eddie à voix basse.

Roland le fit taire d'un violent mouvement de la tête, et posa sur la table la balle qu'il avait utilisée pour envoulter King. King continuait de fixer l'endroit où le Pistolero l'avait tenue entre ses doigts, comme si elle était toujours là. Sans doute la voyait-il toujours. Des particules de poussière dansaient autour de sa chevelure noire et hirsute.

— Où étiez-vous, quand vous avez vu Cuthbert et Eddie ?

— Dans la grange.

La voix de King se brisa. Ses lèvres s'étaient mises à trembler.

— Tantine m'y avait envoyé parce qu'on avait essayé de s'enfuir.

— Qui avait tenté de s'enfuir ?

— Moi et mon frère Dave. Ils nous ont pris et ils nous ont ramenés. Ils ont dit qu'on était très très méchants.

— Et vous avez dû aller dans la grange.

— Oui, pour scier du bois.

— C'était votre punition.

— Oui.

Une larme perla au coin de l'œil droit de King. Elle dévala le long de sa joue et s'arrêta au bord de sa barbe.

— Les poulets sont morts.

— Les poulets dans la grange ?

— Oui, ceux-là.

D'autres larmes parurent.

— Qu'est-ce qui les a tués ?

— L'Oncle Oren, il dit que c'est la grippe aviaire. Ils ont les yeux ouverts. Ça… ça fait un peu peur.

Ou peut-être pas qu'un peu, pensa Eddie en voyant les larmes sur les joues pâles de cet homme.

— Vous ne pouviez pas sortir de la grange ?

— Pas avant d'avoir fini de scier ma part de bois. David a fait la sienne. C'est mon tour. Il y a des araignées dans les poulets. Des araignées dans leurs tripes, des petites rouges. Comme du poivre rouge, ça fait. Si elles me viennent dessus, je vais attraper la grippe et je vais mourir. Mais alors, je reviendrai.

— Pourquoi ?

— Parce que je serai un vampire. Je serai son esclave, à *lui*. Son scribe, peut-être bien. Son écrivain domestique.

— Le scribe de qui ?

— Du Seigneur des Araignées. Du Roi Cramoisi. En-Touré.

— Mon Dieu, Roland, chuchota Eddie.

Il tremblait. Qu'avaient-ils découvert là ? Quel nid venaient-ils de mettre au jour ?

— *Sai* King, *Steve*, quel âge aviez-vous – quel âge *as*-tu ?

— J'ai sept ans (une pause). Je mouille mon pantalon. Je ne veux pas que les araignées me piquent. Les araignées rouges. Et c'est alors que tu es venu, toi, Eddie, et j'ai été libéré.

Un sourire enchanteur ralluma ses traits, plissant ses joues ruisselantes de larmes.

— Êtes-vous endormi, Stephen ? demanda Roland.

— Si fait.

— Allez plus profond.

— D'accord.

— Je vais compter jusqu'à trois. À trois, vous dormirez aussi profondément que vous le pourrez.

— D'accord.

— Un… deux… trois.

À *trois*, la tête de King roula et son menton alla reposer sur sa poitrine. Un filament argenté de bave pendait de sa lèvre comme un pendule.

— À présent, on sait quelque chose, dit Roland à Eddie. Peut-être même quelque chose de crucial. Il a été contacté par le Roi Cramoisi alors qu'il n'était qu'un enfant, mais il semble qu'on l'ait gagné à notre cause. Que *tu* l'aies gagné à notre cause, Eddie. Toi et mon vieil ami Bert. Quoi qu'il en soit, ça fait de lui une sorte d'élu.

— Je serais plus à l'aise avec cet acte héroïque si seulement je m'en souvenais, glissa Eddie. Avant d'ajouter : Tu te rends compte que quand ce type avait sept ans, je n'étais même pas né ?

Roland sourit.

— Le *ka* est une roue. Tu tournes avec elle, sous différentes identités, depuis bien bien long. Cuthbert est l'une d'elles, semble-t-il.

— Qu'est-ce que c'est que cette histoire de Roi Cramoisi « entouré » ?

— Je n'en ai pas la moindre idée.

Roland se tourna de nouveau vers Stephen King.

— Combien de fois le Seigneur de Discordia a-t-il essayé de vous tuer, d'après vous, Stephen ? De vous tuer pour faire taire votre plume ? Pour faire taire votre bouche de petit fauteur de troubles ? Depuis cette première fois, dans la grange de votre oncle et de votre tante ?

King essaya visiblement de compter, puis secoua la tête.

— Delah, dit-il. *Beaucoup*.

Eddie et Roland échangèrent un regard.

— Et est-ce que quelqu'un s'interpose toujours ? demanda Roland.

— Nenni, *sai*, ne croyez pas ça. Je ne suis pas impuissant. Parfois je me mets à l'abri.

Roland ne put s'empêcher de rire – le bruit sec d'un bâton qu'on casse en deux sur le genou.

— Savez-vous ce que vous êtes ?

— D'abord un père. Ensuite un mari. Puis un écrivain. Et un frère. Après le frère, je sèche, okay ?

— Non, pas « oookay ». Savez-vous ce que vous êtes ?

Il y eut un long silence.

— Non. Je vous ai dit tout ce que je savais. Arrêtez de me poser des questions.

— J'arrêterai quand vous direz la vérité. Savez-vous…

— Oui, d'accord, je vois où vous voulez en venir. Satisfait ?

— Pas tout à fait. Dites-moi ce que…

— Je suis Gan, ou je suis *possédé* par Gan, je ne sais pas, mais peut-être que ça revient au même.

King se mit à pleurer. Des larmes silencieuses, insupportables.

— Mais ce n'est pas Dis, je me suis détourné de Dis, je *répudie* Dis, ça devrait suffire mais visiblement ça ne suffit pas, le *ka* n'est jamais satisfait, ce bon vieux *ka* est avide, c'est bien ce qu'elle a dit, n'est-ce pas ? C'est ce qu'a dit Susan Delgado avant que vous la tuiez, ou que je la tue, ou que Gan la tue. « Comme je le déteste, ce vieux *ka* avide. » Peu importe qui l'a tuée, c'est moi qui lui ai fait dire ça, *moi*, par pure haine pour le *ka*. Je rue dans les brancards du *ka*, et je ruerai jusqu'au jour où j'irai dans la clairière au bout du sentier.

Roland s'assit à la table. Le nom de Susan l'avait fait blêmir.

— Et toujours le *ka* vient à moi, il vient *de* moi, je ne fais que le traduire, je suis *fait* pour cette traduction, le *ka* jaillit de mon nombril comme un ruban. Je ne suis pas le *ka*, je ne suis pas ce ruban, il ne fait que passer à travers moi, et je le déteste, je le déteste ! Les poulets étaient remplis d'*araignées*, vous comprenez ça ? Remplis d'*araignées* !

— Arrêtez de pleurnicher, ordonna Roland (avec un manque remarquable de compassion, nota Eddie), et King se tut.

Le Pistolero resta assis là à réfléchir, puis il releva la tête.

— Pourquoi avoir arrêté d'écrire l'histoire au moment où j'atteins la Mer Occidentale ?

— Mais vous êtes stupide, ou quoi ? *Parce que je ne veux pas être Gan !* Je me suis bien détourné de Dis, je devrais être capable de me détourner de Gan. J'aime ma femme. J'aime mes gosses. J'aime écrire des histoires, mais je ne veux pas écrire *la vôtre*. Je passe mon temps à avoir peur. Il me cherche. L'Œil du Roi.

— Mais plus depuis que vous avez arrêté, conclut Roland.

— Non. Depuis il ne me cherche point, il ne me voit point.

— Néanmoins, vous devez poursuivre.

Les traits de King se tordirent, comme s'il était frappé d'une douleur vive et soudaine, puis son visage reprit l'apparence lisse du sommeil.

Roland leva sa main droite mutilée.

— Quand vous vous y remettrez, reprenez à la scène où j'ai perdu mes doigts. Vous vous rappelez ?

— Les homarstruosités, fit King. Arrachés.

— Comment savez-vous ce qui s'est passé ?

King eut un petit sourire et fit glisser l'air entre ses lèvres, émettant un doux sifflement.

— Le vent souffle.

— Gan a accouché du monde puis il a fait changer le monde, répliqua Roland. C'est ce que vous essayez de dire ?

— Si fait, et le monde aurait chu dans l'abysse, sans la grande tortue. Au lieu de tomber, il a atterri sur son dos.

— C'est ce qu'on nous a dit, et nous en disons tous grand merci. Reprenez à la scène des homarstruosités sur la plage, quand elles m'arrachent les doigts.

— *Est-ce que chèque, Oie-ce que choix*, ces foutus homards vous ont bouffé les doigts, lança King, puis il éclata de rire.

— Oui.

— Ça m'aurait épargné tout un tas d'ennuis, si vous étiez mort là-bas, Roland, fils de Steven.

— Je sais. À Eddie et à mes autres amis aussi.

L'ombre d'un sourire passa au coin des lèvres du Pistolero.

— Ensuite, après la scène des homarstruosités…

— Eddie arrive, Eddie arrive, l'interrompit King, en accompagnant ses paroles d'un petit geste rêveur de la main droite, comme pour dire qu'il savait déjà tout ça, et que ce n'était pas la peine que Roland perde son temps à tout lui expliquer. Le

Prisonnier Le Pousseur la Dame d'Ombres. Le boulanger le pâtissier le vendeur de bistèques (il sourit). C'est comme ça que dit mon fils Joe. Quand ?

Pris par surprise, Roland fronça les sourcils.

— Quand, quand, *quand* ?

King leva la main, et Eddie vit avec stupéfaction le grille-pain, le moule à gaufres et l'égouttoir rempli de vaisselle propre se soulever et flotter dans la lumière.

— Vous me demandez quand vous devez reprendre l'écriture ?

— Oui, oui, *oui* !

Un couteau s'éleva de l'égouttoir et traversa toute la pièce. Pour aller se planter dans le mur, où la lame tremblota quelques secondes. Puis tout reprit sa place.

Roland répondit :

— Guettez le chant de la Tortue, et le cri de l'Ours.

— Chant de la Tortue, cri de l'Ours. Maturin, comme dans les romans de Patrick O'Brian. Et Shardik, comme dans le roman de Richard Adams.

— Oui. Si vous le dites.

— Les Gardiens du Rayon.

— Oui.

— De *mon* Rayon.

Roland le regarda avec intensité.

— Vous dites ainsi ?

— Oui.

— Qu'il en soit ainsi, alors. Quand vous entendrez le chant de la Tortue ou le cri de l'Ours, alors vous devrez vous y remettre.

— Quand j'ouvrirai les yeux sur votre monde, il me verra.

King marqua une pause.

— *Ça* me verra.

— Je le sais. Nous essaierons de vous protéger, dans ces moments-là, tout comme nous avons l'intention de protéger la rose.

King sourit.

— Je l'aime, cette rose.

— Vous l'avez vue ? demanda Eddie.

— Bien sûr, que je l'ai vue, à New York. Dans la rue qui part de l'hôtel Plaza de l'ONU. À l'époque, elle était dans l'épicerie, chez Tom et Jerry. À l'arrière. Maintenant elle est à l'emplacement de la boutique. Dans le terrain vague.

— Vous raconterez notre histoire jusqu'à ce que vous vous sentiez fatigué, expliqua Roland. Quand vous ne pourrez plus la raconter, quand le chant de la Tortue et le cri de l'Ours deviendront lointains et faibles à votre oreille, alors vous prendrez du repos. Et quand vous serez prêt à vous y remettre, vous vous y *remettrez*. Vous…

— Roland ?

— *Sai* King ?

— Je ferai ce que vous dites. Je guetterai le chant de la Tortue et à chaque fois que je l'entendrai, je poursuivrai le récit. Si je survis. Mais il faut que vous écoutiez, vous aussi. Guettez son chant à *elle*.

— Qui ça, elle ?

— Susannah. Le bébé la tuera, si vous ne faites pas vite. Et vous devrez dresser l'oreille.

Eddie adressa à Roland un regard effrayé. Roland hocha la tête. Il était temps de partir.

— Écoutez-moi, *sai* King. Ce fut une heureuse rencontre que la nôtre, à Bridgton. Mais l'heure est venue pour nous de vous quitter.

— Très bien, dit King avec un soulagement tellement criant qu'Eddie faillit éclater de rire.

— Vous allez rester ici, exactement là où vous vous trouvez, pendant dix minutes. Vous comprenez ?

— Oui.

— Ensuite vous vous réveillerez. Vous vous sentirez très bien. Vous ne vous rappellerez pas que nous sommes venus, sauf dans les confins les plus enfouis de votre mémoire.

— Dans les trous de vase.

— Dans les trous de vase, si cela vous sied. En surface, vous croirez juste avoir fait un petit somme. Un merveilleux petit somme, réparateur. Vous irez chercher votre fils et vous irez là où vous êtes censé aller. Vous vous sentirez bien. Vous reprendrez le cours de votre vie. Vous écrirez de nombreuses histoires, mais chacune sera plus ou moins reliée à celle-ci. Vous comprenez ?

— Oui-là, fit King, et sa voix ressemblait tellement à celle de Roland quand ce dernier était bourru et fatigué qu'Eddie sentit la chair de poule lui courir une nouvelle fois sur l'échine.

— Parce que ce qui a été vu ne peut être rendu au néant, ni ce qui est su rendu à l'ignorance.

Il marqua une pause.
— Sauf peut-être dans la mort.
— Si fait, peut-être. Chaque fois que vous entendrez le chant de la Tortue – si c'est à ça que ça ressemble, pour vous – vous reprendrez notre histoire. La seule histoire véritable que vous ayez à raconter. Et nous essaierons de vous protéger.
— J'ai peur.
— Je sais, mais nous essaierons de…
— Pas de *ça*. J'ai peur de ne pas pouvoir finir.
Il baissa la voix.
— J'ai peur que la Tour s'effondre, et qu'on m'en tienne pour responsable.
— C'est le *ka* qui décide, pas vous, dit Roland. Ni moi. Je suis en paix avec moi-même, sur ce point. Et maintenant…
Il adressa un signe de tête à Eddie, et se leva.
— Attendez, fit King.
Roland le regarda, les sourcils arqués.
— J'ai droit à une lettre, rien qu'une seule.
On dirait un gamin en colo, songea Eddie. Puis il commenta, à voix haute :
— Et qui vous donne droit à une lettre, Steve-O ?
King fronça les sourcils.
— Gan ? demanda-t-il. Est-ce que c'est Gan ?
Puis, comme si la lumière du soleil venait de percer un épais brouillard matinal, son front redevint lisse et un sourire éclaira son visage.
— Je crois que c'est *moi* ! Je peux m'envoyer une lettre à moi-même… peut-être même un petit paquet… mais rien qu'une fois.
Son sourire se fit plus accentué et plus attachant encore.
— Tout ça… c'est un peu comme un conte de fées, pas vrai ?
— Oui, tout à fait, fit Eddie, se remémorant le palais de verre sur lequel ils étaient tombés, au beau milieu de l'autoroute du Kansas.
— À qui ? demanda Roland. À qui voudriez-vous envoyer du courrier ?
— À Jake, s'empressa de répondre King.
— Et qu'aimeriez-vous lui dire ?
La voix de King devint identique à celle d'Eddie. Pas ressemblante : exactement *identique*. En l'entendant, Eddie se glaça.

— Hé copain, y a pas à s'inquiéter, chantonna King, pas de souci, tu as la clé !

Ils attendirent la suite, mais il semblait ne pas y avoir de suite. Eddie regarda Roland, et cette fois-ci, ce fut le tour du jeune homme d'imiter le geste du Pistolero, le moulinet de la main sous-titré « on y va ? ». Roland acquiesça et ils se dirigèrent vers la porte.

— C'était sacrément flippant, dans le genre, résuma Eddie.

Roland ne répondit rien.

Eddie l'arrêta en lui posant une main sur le bras.

— Une autre chose me vient à l'esprit, Roland. Pendant qu'il était envoulté, tu aurais peut-être dû lui dire d'arrêter de boire et de fumer. Surtout les clopes. Il est infernal, avec ça. Tu as vu cet endroit ? Des foutus cendriers partout.

Roland eut l'air amusé.

— Eddie, si on attend que les poumons soient complètement formés, le tabac prolonge la vie, il ne la raccourcit pas. C'est pourquoi à Gilead, tout le monde fume hormis les miséreux, et même eux ont leurs spathes. Le tabac préserve des vapeurs de maladie, pour commencer. Et de beaucoup d'insectes dangereux, aussi. Tout le monde sait ça.

— Le ministre de la Santé des États-Unis serait ravi d'apprendre ce que tout le monde à Gilead a l'air de savoir, fit sèchement Eddie. Et la picole, alors ? Imagine qu'il mette sa Jeep dans le fossé, une nuit de beuverie, ou qu'il prenne l'autoroute à contresens, et qu'il heurte quelqu'un de plein fouet ?

Roland considéra la situation, puis secoua la tête.

— J'ai touché à son esprit – et au *ka* – autant que je le souhaitais. Autant que je l'*osais*. Il faudra qu'on vienne vérifier de temps en temps, de toute… quoi ? Pourquoi est-ce que tu secoues la tête comme ça ? C'est *lui* qui déroule le conte !

— C'est bien possible, mais on ne sera pas en mesure de venir vérifier avant vingt-deux ans, à moins qu'on décide d'abandonner Susannah… et je ne ferai jamais ça. Une fois qu'on aura fait le saut jusqu'en 1999, pas de retour en arrière. Pas dans ce monde-ci.

Pendant un moment, Roland resta silencieux et se contenta de fixer cet homme appuyé contre le comptoir de sa cuisine, dormant debout les yeux ouverts et les cheveux en bataille sur le front. D'ici sept à huit minutes, King se réveillerait sans aucun souvenir de Roland et d'Eddie… à supposer qu'ils soient partis, bien sûr. Eddie ne croyait pas pour de bon que Roland laisserait Susannah sur la corde raide trop longtemps… mais il avait aussi laissé tomber Jake, pas vrai ? Il avait lâché Jake dans le gouffre, autrefois.

— Alors il va falloir qu'il y arrive tout seul, conclut Roland, et Eddie poussa un soupir de soulagement. *Sai* King.

— Oui, Roland.

— Rappelez-vous – quand vous entendrez le chant de la Tortue, vous devrez interrompre tout le reste et reprendre notre histoire.

— Je le ferai. J'essaierai, du moins.

— Bien.

Puis l'écrivain dit :

— Il faut retirer la boule du plateau de jeu, et la briser.

Roland fronça les sourcils.

— Quelle boule ? La Treizième Noire ?

— Si elle se réveille, elle deviendra la chose la plus dangereuse de l'univers. Et elle est en train de se réveiller. Ailleurs. Dans un autre *où* et un autre *quand*.

— Merci pour votre prophétie, *sai* King.

— Un-deux-trois, trois petits tours. Menez la boule à la double Tour.

À ces paroles, Roland secoua la tête, tellement perplexe qu'il ne sut quoi répondre.

Eddie porta le poing à son front et s'inclina légèrement.

— Aïle, romancero.

Un petit sourire se dessina sur les lèvres de Roland, comme s'il trouvait l'expression ridicule, mais il ne fit aucun commentaire.

— Que vos journées soient longues et vos nuits plaisantes, lui dit Roland. Ne pensez plus aux poulets, ce n'est plus la peine.

Une expression d'espoir à fendre le cœur se peignit sur le visage barbu de Stephen King.

— Vraiment ? Vous dites ainsi ?

— Oui, vraiment. Et fasse la providence que nous nous rencontrions de nouveau avant la clairière au bout du sentier.

Sur ces paroles, le Pistolero tourna les talons et quitta la maison de l'auteur.

Eddie jeta un regard ultime au grand homme un peu courbé, debout avec son bassin étroit appuyé contre le comptoir. Et il se dit : *La prochaine fois que je te verrai, Stevie – s'il m'est donné de te revoir –, tu auras la barbe presque blanche et des rides sur le visage… et moi je serai toujours jeune. Comment va ta tension,* sai *? Assez bonne pour tenir encore vingt-deux ans ? J'espère bien. Et le palpitant ? Des antécédents de cancer, dans la famille ? Et si oui, combien ?*

Il n'avait plus le temps pour ces questions, bien entendu. Ni pour celles-là ni pour aucune autre. Très bientôt, l'écrivain se réveillerait et il reprendrait sa vie d'avant. Eddie suivit son *dinh* dans l'après-midi finissant, en refermant la porte derrière lui. Il commençait à se dire qu'en les envoyant ici plutôt qu'à New York, le *ka* savait peut-être ce qu'il faisait, finalement.

DOUZE

Eddie s'arrêta près de la voiture de John Cullum, côté conducteur, et adressa au Pistolero un regard par-dessus le toit.

— Tu as remarqué ce truc autour de lui ? Ce halo noir ?

— La vaadana, oui. Remercie ton père qu'elle ne soit encore que très légère.

— La vaadana ? Qu'est-ce que c'est ? Ça commence comme « vaadasch ».

Roland opina de la tête.

— C'est une variante du même mot. Ça veut dire sac de mort. Il a été marqué.

— Doux Jésus.

— Puisque je te dis qu'elle est légère.

— Mais elle est là.

Roland ouvrit sa portière.

— On ne peut rien y faire. Le *ka* inscrit le temps de chaque homme et de chaque femme. Allons-y, Eddie.

Mais à présent qu'ils étaient réellement prêts à reprendre la route, Eddie se trouvait bizarrement réticent. Il avait le sentiment d'avoir laissé les choses inachevées, avec *sai* King. Et il détestait l'idée même de cette aura noire.

— Et le Chemin du Dos de la Tortue ? Et les entrants ? Je voulais lui demander…

— On la trouvera bien.

— Tu en es certain ? Parce que je pense qu'il faut absolument qu'on y aille.

— Moi aussi, c'est ce que je pense. Viens. Il nous reste beaucoup à faire.

TREIZE

Les feux arrière de la vieille Ford avaient à peine disparu de l'allée d'arrivée que Stephen King ouvrit les yeux. Son premier réflexe fut de consulter la pendule. Presque quatre heures. Il aurait dû partir chercher Joe il y a déjà dix minutes, mais ce petit somme lui avait fait du bien. Il se sentait dans une forme éblouissante. Requinqué. Comme nettoyé, bizarrement. *Si tous les petits sommes pouvaient faire cet effet-là, le petit somme deviendrait un devoir civique*, se dit-il.

Peut-être bien, mais en attendant, Betty Jones allait se faire un sang d'encre, si elle ne voyait pas la Cherokee s'engager dans sa cour avant quatre heures et demie. King attrapa le téléphone pour l'appeler, mais ses yeux se posèrent sur le bloc-notes sur le bureau. L'en-tête disait : LES GUIGNOLS À RAPPELER. Un petit cadeau de l'une de ses belles-sœurs.

Un voile passa de nouveau sur son visage, et King attrapa le bloc et le stylo posé à côté. Il se pencha et écrivit :

Hé copain, y a pas à s'inquiéter, pas de souci, tu as la clé.

Il marqua une pause, fixant les mots sur la feuille, puis ajouta :

Hé l'ami, faudrait pas se tromper, elle est bien en plastique, cette clé.

Il contempla ce qu'il avait écrit avec un grand élan d'affection. Presque de l'amour. Dieu tout-puissant, qu'il se sentait bien ! Ces phrases ne voulaient rien dire du tout, pourtant les écrire lui avait procuré une satisfaction proche de l'extase.

King déchira la page.

En fit une boule.

Et la mangea.

Elle resta quelques secondes coincée dans sa gorge, et puis – gloups – elle descendit tout droit. Parfait ! Il attrapa la

(*y a pas à s'inquiéter*)

clé de la Jeep sur le petit présentoir en bois (qui avait lui-même la forme d'une clé) et se précipita dehors. Il irait chercher Joe, ils reviendraient faire leur sac, ils prendraient quelque chose à grignoter au passage, chez Mickley, à South Paris. Oups, Mic*key*. Il avait l'impression qu'il pourrait avaler un bœuf à lui tout seul ! Avec des frites, bien sûr. *Bon sang*, ce qu'il se sentait bien !

En atteignant la Route du Kansas et en tournant en direction de la ville, il alluma la radio et tomba sur les McCoy qui chantaient « Hang On, Sloopy » – toujours excellent. Son esprit vagabonda, comme ça lui arrivait souvent quand il écoutait la radio, et il se surprit à repenser aux personnages de cette vieille histoire, *La Tour Sombre*. On ne pouvait pas dire qu'il en restait des masses ; s'il se rappelait bien, il en avait tué la plupart, même le gosse. Sans doute qu'il n'avait pas su quoi en faire d'autre. C'est souvent pour cette raison qu'on se débarrassait des personnages, parce qu'on ne savait plus quoi en faire. Comment il s'appelait, déjà ? Jack ? Non, ça c'était le papa fou de *Shining*. Le gamin de *La Tour Sombre*, c'était Jake. Très bon choix de nom, pour une histoire sur fond de décor western, quelque chose de Wayne D. Overholser ou de Ray Hogan, peut-être. Est-ce qu'il serait possible de faire revenir Jake dans cette histoire, comme fantôme, peut-être ? Bien sûr que c'était possible. Ce qu'il y avait de bien avec ces histoires surnaturelles, se fit remarquer King, c'est que personne n'avait à mourir *pour de bon*. Ils pouvaient toujours revenir, comme ce type, Barnabas, dans *Dark Shadows*[1]. Barnabas Collins était un vampire.

— Peut-être que ce gamin pourrait revenir en vampire, dit King, puis il éclata de rire. Fais gaffe, Roland, Madame est servie, et le dîner, c'est toi !

Mais ça ne collait pas. Bon, quoi, alors ? Rien ne lui vint, mais c'était sans importance. Ça viendrait peut-être, avec le temps. Sans doute au moment où il s'y attendrait le moins ; quand il

---

1. Série télévisée diffusée de 1966 à 1971. *(N.d.T.)*

serait en train de nourrir le chat ou de changer le bébé, ou tout simplement en train de faire les cent pas d'un air morne, comme disait Auden[1] dans ce poème sur la souffrance.

Pas de souffrance aujourd'hui. Aujourd'hui il se sentait *en pleine forme*.

Oui-là, appelez-moi Tony le Tigre.

À la radio, les McCoy cédèrent la place à Troy Shondell, qui chantait « This Time ».

Ce truc de *La Tour Sombre*, c'était quand même intéressant. Et King se dit : *Peut-être que, quand on reviendra du nord, ça vaudrait le coup que je le ressorte de son tiroir. Pour y jeter un coup d'œil.*

Ça n'était pas une mauvaise idée.

SOLISTE : *Commala-vienne l'appel*
Nous acclamons celui qui nous fit tous,
Qui fit les hommes et les douces donzelles,
Qui fit les grands et les petits, les sages et les fous.

CHŒUR : *Commala-vienne l'appel !*
Il fit les grands et les petits, les sages et les fous !
Pourtant combien puissante la main du destin cruel
Qui nous dirige chacun et tous.

1. Wystan Hugh Auden (1907-1973) : poète américain d'origine anglaise, chef de file d'un groupe d'artistes engagés, et dont l'œuvre est imprégnée d'une grande inquiétude sociale et religieuse. *(N.d.T.)*

DOUZIÈME COUPLET

JAKE ET CALLAHAN

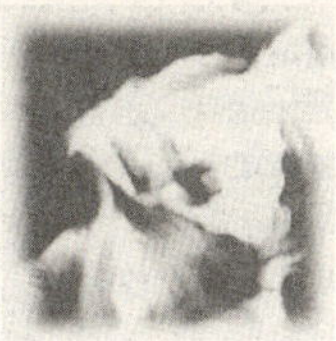

UN

Don Callahan avait souvent rêvé de retourner en Amérique. Son rêve commençait souvent de la même manière : il se réveillait sous le haut ciel du désert plein de nuages rebondis en forme de joueurs de base-ball (l'équipe des « Anges ») ou dans son lit du presbytère, dans la ville de Jerusalem's Lot, dans le Maine. Peu importait le lieu, il se sentait transporté de soulagement, et son premier instinct était de prier. *Oh merci, mon Dieu, ça n'était qu'un rêve et je me suis enfin réveillé.*

Mais là il était réveillé, aucun doute là-dessus.

Il fit un tour complet dans l'air et vit Jake faire exactement la même chose, en face de lui. Il perdit une de ses sandales. Il entendait Ote aboyer et Eddie pousser des rugissements de mécontentement. Il entendait aussi les klaxons des taxis, cette sublime musique de la rue new-yorkaise, et autre chose, aussi : un prêcheur. Bien lancé, à en juger par sa voix. En troisième, au moins. Peut-être même en surmultipliée.

La cheville de Callahan percuta le chambranle de la Porte Dérobée lorsqu'il la passa et un éclair violent de douleur lui éclata dans le pied. Puis sa cheville (et la zone qui l'entourait) devint insensible. Un trille de carillon du vaadasch fendit l'air, comme un trente-trois tours passé en quarante-cinq. Une bouffée de courants d'air contraire lui balaya le visage, il sentit soudain des relents d'essence et de gaz d'échappement, qui vinrent éclipser l'air rance de la Grotte de la Porte. D'abord la musique de la rue ; à présent, le parfum de la rue.

L'espace d'un instant, il y eut *deux* prêcheurs. « *Prenez garde, la porte s'est ouverte* », tempêtait derrière lui Henchick, et un autre devant tonnait des « *Dites Diiieu, mes frères, c'est ça, appelez* DIEU *sur la 2*^{e} *Avenue !* ».

Encore des jumeaux, se dit Callahan – il en eut à peine le temps – puis la porte derrière lui claqua dans un vacarme foudroyant et il ne resta plus qu'un illuminé, celui de la 2e Avenue. Callahan eut aussi le temps de se dire : *Bienvenue à la maison, mon salaud, bienvenue en Amérique*, et c'est alors qu'il atterrit.

DEUX

Ce fut un crash total, mais il réussit à amortir la chute à quatre pattes. Son jean protégea quelque peu le bas (malgré les déchirures), mais le trottoir lui arracha environ un hectare de peau sur les paumes (du moins lui sembla-t-il). Il entendit la rose, son chant impassible et tout-puissant.

Callahan roula sur le dos et regarda le ciel au-dessus de lui, tout en grimaçant de douleur, tenant ses mains en sang et bourdonnantes devant son visage. Une goutte de sang coula de la gauche et vint s'écraser sur sa joue comme une larme.

— Putain, tu tombes d'où, comme ça, l'ami ? demanda un Noir ébahi en treillis gris.

Il semblait être le seul à avoir remarqué le retour fracassant de Don Callahan en Amérique. Il fixait le prêtre étalé sur le trottoir avec des yeux comme des soucoupes.

— D'Oz, dit Callahan en s'asseyant.

Ses mains le piquaient violemment, et sa cheville était de retour, psalmodiant sa litanie de douleur (*won-won-won*), en parfaite synchronisation avec les battements de son cœur.

— Allez, mon pote. Faut pas rester là. Je vais bien, alors tu peux t'arracher.

— Comme tu voudras, mon frère. À plus.

L'homme en treillis gris – un portier qui venait de quitter son service, se dit Callahan – reprit son chemin. Il gratifia Callahan d'un regard d'adieu – toujours abasourdi, mais commençant à se demander s'il n'avait pas rêvé – puis alla se fondre dans le petit groupe qui écoutait le prêcheur. Une seconde plus tard, il avait disparu.

Callahan se remit sur pied et gravit l'une des marches qui menaient à Hammarskjöld Plaza ; il balaya les alentours du regard, à la recherche de Jake. Il ne le vit pas. Il regarda de l'autre côté, cherchant la Porte Dérobée, mais elle aussi avait disparu.

Maintenant, écoutez, mes amis ! Écoutez, je dis Dieu, je dis l'amour *de Dieu, je dis donnez-moi des Alléluias !*

— Alléluia, renchérit l'un des membres de la petite troupe qui s'était formée sur le trottoir.

Pas plus motivé que ça.

Je dis Amen, merci, mon frère ! Maintenant écoutez, parce que c'est l'heure du grand ORAL *pour l'Amérique, et l'Amérique est en train de le* RATER, *son* GRAND ORAL *! Ce qu'il faut à ce pays, c'est une* BOMBE, *pas une bombe nu-ké-laire, mais une* BOMBE DIVINE, *vous voulez bien dire alléluia ?*

— Jake ! s'écria le Père Callahan. Jake, où es-tu ? Jake !

— *Ote !*

C'était la voix de Jake, un hurlement. *Ote, FAIS ATTENTION !*

Il y eut un jappement, un aboiement excité que Callahan aurait reconnu entre mille. Puis le hurlement de pneus qui se braquent.

Un klaxon.

Et le choc, mat.

TROIS

Callahan oublia complètement sa cheville cabossée et ses paumes brûlantes. Il se précipita, contournant la petite bande du prêcheur (qui s'était tournée vers la rue comme un seul homme, et l'orateur s'était interrompu au beau milieu de sa diatribe), et il vit Jake debout au coin de l'avenue, face à un taxi jaune qui s'était immobilisé en crabe à trois centimètres à peine de ses jambes. De la fumée bleue s'élevait toujours des pneus arrière. Le visage du conducteur était livide, un O tétanisé, tendu en avant. Ote était recroquevillé entre les pieds de Jake. Callahan crut voir que le bafouilleux était affolé, mais sain et sauf.

Le bruit mat se répéta, encore et encore. C'était Jake, qui frappait de son poing fermé le capot du taxi.

— *Connard !* hurla le garçon au O blême de l'autre côté du pare-brise.

Bong !

— *Vous ne pouvez pas...*

Bong !

—*... regarder...*

BONG !

—*... où vous* ALLEZ, *bordel ? !*

BONG-BONG !

— Vas-y, te laisse pas faire, gamin ! s'écria quelqu'un de l'autre côté de la rue, où une trentaine de personnes s'étaient regroupées pour assister au spectacle.

La portière du taxi s'ouvrit. Le gigantesque engin qui s'extirpa du véhicule portait une tunique africaine sur un jean, et aux pieds une paire de baskets mutantes géantes avec des boomerangs sur le côté. Il était coiffé d'un fez, ce qui contribuait sans doute quelque peu à l'impression de taille immense, mais il n'y avait pas que ça. Callahan évalua que ce type devait bien mesurer deux mètres, avec une barbe de sauvage. Il lançait à Jake un regard noir. Callahan se rapprocha de la scène la mort dans l'âme, à peine conscient qu'il lui manquait une chaussure et que son pied nu claquait sur le bitume un pas sur deux. Le prêcheur de rue s'approchait lui aussi des acteurs, sentant la confrontation. Derrière le taxi immobilisé en plein carrefour, un autre automobiliste, que rien d'autre n'intéressait que ses projets pour la soirée, se mit à appuyer sur le klaxon des deux mains et se pencha par sa vitre ouverte.

— Bouge-toi de là, Abdoul, tu bloques tout le carrefour !

Jake n'y prêta aucune attention. Il était dans une rage absolue. Cette fois-ci, il abattit les deux poings sur le capot, comme "Ratso" Rizzo dans *Macadam Cowboy*[1] – *BONG ! « vous avez failli renverser mon ami, espèce de connard, est-ce que vous avez seulement REGARDÉ – "BONG !" – où vous ALLIEZ ? »*

Avant qu'il ne cogne une nouvelle fois le capot – ce qu'il avait visiblement l'intention de faire jusqu'à épuisement – le conducteur le saisit par le poignet droit.

— Arrête ça, espèce de voyou ! s'écria-t-il, scandalisé, d'une voix étrangement haut perchée. Je te dis d'…

Jake recula, se libérant de l'emprise du chauffeur de taxi. Puis, en un mouvement d'une fluidité telle que Callahan ne put le suivre du regard, le gosse dégaina le Ruger du croc de débardeur accroché sous son aisselle et le pointa sous le nez du conducteur.

— Vous me dites *quoi ?* vociféra Jake. Vous me dites *quoi ?* Que vous conduisiez trop vite et que vous avez failli écraser mon ami ? Que vous voulez pas mourir en pleine rue avec un trou dans la tête ? Vous dites *QUOI ?*

Une femme sur l'autre trottoir aperçut l'arme, ou bien ressentit la pulsion meurtrière dans les cris de Jake. Elle se mit à hurler et partit en courant. Plusieurs autres curieux suivirent son exemple. D'autres s'agglutinèrent au bord du trottoir, sentant l'odeur du sang. À peine croyable, l'un d'eux – un jeune homme portant sa casquette à l'envers – s'écria même : « Vas-y, gamin ! Atomise-moi ce vendeur de chameaux ! »

---

1. Film réalisé en 1969 par John Schlesinger. "Ratso" Rizzo y est interprété par Dustin Hoffman. *(N.d.T.)*

Les yeux agrandis par la peur, le chauffeur recula de deux pas. Il leva les mains à hauteur des épaules.

— Ne me tue pas, mon garçon ! Je t'en prie !

— Alors demandez pardon ! tonna Jake. Si vous voulez vivre, implorez mon pardon ! Et le sien ! Et le *sien* !

Jake était d'une pâleur cadavérique, à l'exception de deux taches minuscules, rouge vif, sur les pommettes. Ses yeux humides paraissaient immenses. Ce que Don Callahan vit le plus clairement, c'est le tremblement qui secouait le barillet du Ruger.

— Demandez pardon d'avoir conduit aussi mal, espèce d'enfoiré d'inconscient ! Tout de suite ! *Tout de suite !*

Ote se mit à gémir, et dit :

— Ake !

Jake baissa les yeux vers lui. C'est l'occasion que saisit le chauffeur de plonger sur l'arme. Callahan lui envoya un uppercut tout à fait honorable, qui l'étala de tout son long devant sa voiture, faisant rouler son fez sur le sol. Le conducteur derrière la voiture avait la voie libre des deux côtés, mais préféra continuer d'appuyer sur son klaxon en braillant : « *Bouge-toi, mon pote, bouge-toi !* » De l'autre côté de la 2e Avenue, certains spectateurs se mirent à applaudir comme s'ils suivaient un match à Madison Square Garden, et Callahan pensa : *Mais qu'est-ce que c'est que cette maison de fous ? Est-ce que c'était déjà comme ça de mon temps, et j'ai oublié, ou est-ce que je le découvre tout juste ?*

Le prêcheur de rue, un homme à barbe et longue chevelure blanche qui lui tombait aux épaules, était à présent aux côtés de Jake, et quand ce dernier fit mine de lever de nouveau le Ruger, l'homme lui posa une main douce et patiente sur le poignet.

— Rengaine-le, mon garçon. Planque-moi ça, pour l'amour de Dieu.

Jake le regarda, et vit ce qui avait frappé Susannah, peu de temps auparavant : un homme qui ressemblait à s'y méprendre à Henchick des Manni. Jake replaça l'arme dans son croc de débardeur, puis se baissa et prit Ote dans ses bras. Le bafouilleux poussa un gémissement, tendit son long cou vers le jeune garçon et se mit à lui lécher la joue.

Pendant ce temps, Callahan avait pris le chauffeur par le bras, et le reconduisait à sa monture. Il fouilla dans sa poche et lui glissa dans la paume un billet de dix dollars, qui représentait à peu près la moitié de la somme qu'ils avaient réussi à réunir pour leur petit safari.

— Terminé, dit-il au chauffeur, d'une voix qu'il espérait apaisante. Pas de mal, pas d'offense, vous reprenez votre route, il reprend la sienne…

Puis, se tournant vers le klaxonneur fou derrière le taxi, il hurla :

— Il marche, ce klaxon, espèce de barjot, alors pourquoi tu essaierais pas les phares, ça nous ferait des vacances ?

— Ce petit salaud m'a pointé une arme sous le nez, dit-il en se palpant le crâne, à la recherche de son fez.

— C'est un faux, répondit doucement Callahan. Le genre qu'on trouve en kit, il ne pourrait même pas tirer des plombs. Je vous assur…

— Hé, mon vieux ! l'interpella le prêcheur.

Quand le chauffeur de taxi regarda dans sa direction, il vit que le vieil homme tenait à la main son fez rouge délavé. Il le replaça sur sa tête, et sembla dès lors plus enclin à se montrer raisonnable. Plus enclin encore quand Callahan lui glissa le billet de dix dans la main.

Le type derrière était au volant d'une antiquité, une Lincoln datant de Mathusalem. Il s'était remis au concert de klaxon…

— Si tu venais plutôt goûter un coup de manivelle, monsieur Le Singe ! brailla le chauffeur de taxi, et Callahan faillit bien éclater de rire.

Il se dirigea vers le type en Lincoln. Quand le taxi fit mine de se joindre à lui, Callahan lui posa les mains sur les épaules pour l'arrêter.

— Laissez-moi faire, je suis un homme d'Église. Calmer le loup dans la bergerie, c'est mon métier.

Le prêcheur se joignit à eux juste à temps pour entendre la dernière réplique. Jake s'était mis à l'écart. Il se tenait à côté de la camionnette du prêcheur, à vérifier qu'Ote n'était pas blessé aux pattes.

— Mon frère ! lança le prêcheur à l'intention de Callahan. Puis-je vous demander votre obédience ? Votre, je dirais, alléluia, votre *vision* du *Tout-puissant* ?

— Je suis catholique, répondit Callahan. De ce fait, pour moi le Tout-puissant est plutôt un gars.

Le prêcheur lui tendit une grande pogne noueuse. Il s'ensuivit exactement le genre de poignée de main à laquelle s'attendait Callahan – fervente, à deux doigts du broiement de phalanges. La modulation de la voix de cet homme, combinée à son fort accent du Sud, rappela à Callahan Foghorn Leghorn[1] dans un dessin animé de la Warner Bros.

— Je m'appelle Earl Harrigan, dit le prêcheur sans s'arrêter pour autant de secouer les doigts de Callahan. Église de la Sainte Bombe Divine, Brooklyn et Amérique. C'est un plaisir de vous rencontrer, mon père.

— Je suis en quelque sorte en préretraite, le corrigea Callahan. Si vous voulez me donner un surnom, appelez-moi Père. Ou juste Don. Don Callahan.

— Gloire à Jésus, Père Don !

Callahan soupira et dut bien se résoudre au « Père Don ». Il alla jusqu'à la Lincoln. Le chauffeur de taxi, pendant ce temps, fila après avoir allumé son voyant FIN DE SERVICE.

Avant que Callahan ait pu dire un mot au conducteur de la Lincoln, le brave homme sortit de lui-même de son véhicule. C'était le soir des baraques, pour le Père Callahan. Celui-là devait bien mesurer son mètre quatre-vingt-dix, avec un ventre proéminent.

— C'est fini, lui dit Callahan. Je suggère que vous remontiez dans votre voiture et que vous quittiez les lieux.

— C'est pas fini tant que j'ai pas dit que c'était fini, répliqua M. Lincoln. J'ai pris le numéro de licence d'Abdoul ; et toi, la Flèche, je veux que tu me files le nom et l'adresse du gamin avec le chien. Je veux aussi jeter un œil à ce flingue qu'il – *aouh, aouh ! AOUH ! Arrêtez ça !*

Le Révérend Earl Harrigan avait saisi M. Lincoln par le poignet, et venait de le lui retourner derrière le dos. À présent il semblait prendre une initiative très créative avec le pouce du bonhomme. Callahan ne voyait pas exactement de quoi il s'agissait. Mais l'angle de torsion n'était pas correct.

— Et Dieu, Lui qui vous aime tellement, chuchota Harrigan à l'oreille de M. Lincoln, d'une voix posée. Et tout ce qu'Il demande en échange, espèce de sac à merde à grande gueule, c'est que tu me donnes un petit alléluia et que tu retournes d'où tu viens. Tu veux bien me faire un petit alléluia ?

---

1. Personnage de fouine à la voix nasillarde. *(N.d.T.)*

— *AOUH, AOUUUUH, lâchez-moi ! Police ! POLIIIICE !*

— Le seul policier susceptible de se trouver dans les parages, c'est l'agent Benzyck. Mais il m'a déjà donné mon PV du soir, et il a changé de décor. À l'heure qu'il est, il est sans doute chez Dennis, à s'envoyer une gaufre aux noix de pécan et un double hamburger avec bacon, Gloire à Dieu. Alors je veux que vous y réfléchissiez à deux fois.

Un craquement dans le dos de M. Lincoln fit grincer les dents de Callahan. Il n'aimait pas l'idée que c'était le pouce de M. Lincoln qui avait pu produire un son pareil, mais il ne voyait vraiment pas ce que ça pouvait être d'autre. M. Lincoln tordit son gros cou et tendit la tête vers le ciel en poussant un long gémissement de douleur à l'état pur – *Yaaaaaahhhhhh !*

— Il faut que tu me fasses un petit alléluia, mon frère, recommanda le Révérend Harrigan, ou bien, Gloire à Dieu, tu rentreras à la maison avec un pouce dans ta poche de chemise.

— Alléluia, chuchota M. Lincoln.

Son teint avait viré à l'ocre. Callahan se dit que ce devait en partie être dû aux réverbères orangés qui avaient remplacé les lampes fluorescentes de son époque. Mais il n'y avait pas que ça, assurément.

— Bien ! Maintenant, un petit amen. Tu te sentiras mieux après, crois-moi.

— A-amen.

— Gloire à Dieu, gloire à Jéééééé-suuuuuuus !

— Lâchez-moi... lâchez mon *pouce* – !

— Tu promets de partir d'ici et de libérer ce carrefour, si je te lâche ?

— Oui !

— Sans faire toute une comédie, gloire à Jésus ?

— *Oui !*

Harrigan se rapprocha encore de M. Lincoln, les lèvres à deux centimètres à peine du paquet de cérumen jaune orangé aggloméré dans le pavillon de l'oreille du type. Callahan l'observait avec une fascination et une concentration totales, oubliant pour un instant tous les problèmes à résoudre et les quêtes à mener. Le Père n'était pas loin de croire que, si Jésus avait compté Earl Harrigan parmi son équipe, c'est probablement ce vieux Ponce qui aurait fini sur la croix.

— Mon ami, les bombes vont bientôt se mettre à tomber : les bombes divines. Et il va falloir que tu choisisses dans quel camp tu seras. Est-ce que tu seras dans le ciel, gloire à Jésus, avec ceux qui *lâchent* ces bombes, ou dans les villages en dessous, qui se font réduire en miettes ? Mais je vois bien que ce n'est pour toi ni le moment ni le lieu pour faire le choix du Christ, mais est-ce que vous allez au moins réfléchir à la question, monsieur ?

La réponse de M. Lincoln dut paraître un tantinet tardive au Révérend Harrigan, car le saint homme fit subir un nouvel outrage à la main tordue dans le dos de M. Lincoln. Lequel émit un nouveau hurlement aigu et haletant.

— J'ai dit : est-ce que vous *réfléchirez* à la question ?

— Oui ! Oui ! Oui !

— Alors remontez dans votre voiture et que Dieu vous garde et vous bénisse.

Harrigan relâcha M. Lincoln. M. Lincoln recula, les yeux écarquillés, et remonta en voiture. Une seconde plus tard, il redescendait la 2e Avenue – à pleine vitesse.

Harrigan se tourna vers Callahan et dit :

— Les catholiques vont en enfer, Père Don. Des idolâtres, tous jusqu'au dernier. Ils se fourvoient dans le culte de Marie. Et le Pape ! Ne me lancez pas sur le sujet du *Pape* ! Pourtant j'en ai connu des bien, des catholiques, et vous êtes l'un d'eux, je n'ai aucun doute là-dessus. Peut-être qu'à force de prière, je pourrais vous persuader de changer de foi. Dans le cas contraire, je peux peut-être prier pour vous éviter les flammes de l'enfer.

Il se retourna vers le trottoir, à la hauteur du bâtiment qui semblait désormais s'appeler Hammarskjöld Plaza.

— On dirait que ma congrégation s'est dispersée.

— Vous m'en voyez désolé, dit Callahan.

Harrigan haussa les épaules.

— Les gens se convertissent très peu en été, de toute façon, dit-il d'un ton neutre. Ils font un peu de lèche-vitrine, et puis ils retournent à leurs vices. Le temps des vraies croisades, c'est l'hiver… il suffit de se trouver un petit coin de trottoir et de leur proposer un bol de soupe chaude et une ration de Saintes Écritures par une nuit froide.

Il baissa les yeux sur les pieds de Callahan.

— On dirait que vous avez perdu une de vos sandales, mon ami redresseur de torts.

Un klaxon leur résonna dans les oreilles et un taxi absolument incroyable – Callahan trouva qu'il ressemblait à une version moderne des minibus Volkswagen – les évita en zigzaguant, tandis que le passager leur hurlait quelque chose. Pas « joyeux anniversaire », sans doute.

— Et si on ne quitte pas cette rue, la foi pourrait bien ne pas suffire à nous protéger.

QUATRE

— Il n'a rien, dit Jake en reposant Ote sur le trottoir. J'ai flippé, pas vrai ? Je suis désolé.

— C'est parfaitement compréhensible, lui assura le Révérend Harrigan. Quel chien fascinant ! Je n'en ai jamais vu de ce genre-là, gloire à Jésus !

Et il se pencha vers Ote.

— C'est un croisement, dit Jake d'un ton tendu, et il n'aime pas les inconnus.

Ote montra combien il n'aimait pas les inconnus et combien il s'en méfiait en levant la tête vers la main d'Harrigan et en aplatissant les oreilles pour se rendre plus facile à caresser. Il adressa un large sourire au prêcheur, comme s'ils étaient de vieux, très vieux copains. Pendant ce temps, Callahan inspectait les alentours. On était à New York, et à New York les gens avaient tendance à s'occuper de leurs affaires et à vous laisser vaquer aux vôtres, mais Jake avait dégainé une arme en pleine rue. Callahan ne savait pas combien de personnes l'avaient vu, mais ce qu'il savait, en revanche, c'est qu'il suffisait d'une seule pour aller le signaler, peut-être même à cet agent Benzyck dont Harrigan avait parlé. Et pour leur créer des ennuis au moment où ça tombait le plus mal pour eux.

Il examina Ote et pensa : *Rends-moi service, ne dis rien, d'accord ? Jake peut peut-être te faire passer pour une nouvelle race de Corgi ou de collie dégénéré, mais à la seconde où tu te mettras à parler, ça sera complètement fichu. Alors fais-moi une faveur… et ferme-la.*

— Bon petit pote, fit Harrigan, et après qu'Ote eut miraculeusement *tu* le « Ote » qui lui venait immanquablement dans ce genre de circonstances, le prêcheur se redressa. J'ai quelque chose pour vous, Père Don. Une minute, je vous prie.

— Monsieur, il faut vraiment que nous...

— J'ai quelque chose pour toi aussi, fiston – gloire à Jésus, très cher Seigneur ! Mais d'abord... ça ne prendra qu'une seconde...

Harrigan courut ouvrir la portière latérale de sa camionnette Dodge garée en infraction, sauta à l'intérieur et se mit à farfouiller.

Callahan fit preuve de patience pendant un petit moment, puis eut une conscience aiguë des secondes qui défilaient.

— Monsieur, je suis désolé, mais...

— Les *voilà* ! s'exclama Harrigan en réémergeant de la camionnette, tenant une paire de mocassins marron fatigués par le pouce et les deux premiers doigts de la main droite.

— Si vous faites moins d'un 42, on pourra les bourrer de papier journal. Si vous faites plus, c'est pas de chance.

— 42, c'est exactement ma pointure, dit Callahan en hasardant même un « gloire à Dieu » pour accompagner son merci.

En fait, il était plus à l'aise dans un 41, mais on n'en était pas loin, et il enfila les chaussures avec une sincère gratitude.

— Et maintenant nous allons...

Harrigan se tourna vers le garçon et dit :

— La femme que vous cherchez est montée dans un taxi, pile à l'endroit de notre petite altercation. C'était il y a une demiheure à peine.

En voyant changer l'expression de Jake – d'abord de l'étonnement, puis un véritable ravissement –, il eut un grand sourire.

— Elle a dit que c'était l'autre qui était aux commandes, que vous sauriez de qui il s'agissait, et où l'autre l'emmenait.

— Ouais, au Cochon du Sud, confirma Jake. Au coin de Lex et de la 66ᵉ, Père, on a peut-être encore le temps de la rattraper, mais seulement si on part tout de suite. Elle...

— Non, fit Harrigan. La femme qui m'a parlé – elle a parlé à l'intérieur de ma tête, c'était clair comme de l'eau de roche, gloire à Jésus – a dit que vous deviez d'abord passer par l'hôtel.

— Quel hôtel ? demanda Callahan.

Harrigan indiqua du doigt l'hôtel Hyatt Plaza-Park, sur la 46ᵉ.

— C'est le seul, dans le quartier... et c'est de là qu'elle venait.

— Merci, répondit Callahan. A-t-elle dit pourquoi nous devions aller là-bas ?

— Non, fit Harrigan d'un ton serein. Je crois qu'entre-temps l'autre l'avait entendue et lui avait fermé son caquet. Et puis elle a sauté dans le taxi, et pfuit !

— En parlant de fuite – commença Jake.

Harrigan hocha la tête, mais leva aussi un doigt en signe d'avertissement :

— Faites donc, mais rappelez-vous que les bombes divines vont tomber. Peu importent toutes les bénédictions – c'est bon pour ces mauviettes de méthodistes et ces épiscopaliens à l'air louche ! Les *bombes* vont pleuvoir ! Et au fait, les gars ?

Ils se retournèrent vers lui.

— Je sais que vous autres, vous êtes des enfants du bon Dieu au même titre que moi, parce que j'ai senti votre sueur, gloire à Dieu. Mais cette dame ? *Ces* dames, d'ailleurs, parce qu'en fait je crois qu'elles étaient deux. *Elles*, c'est quoi ?

— La femme que vous avez rencontrée est avec nous, répondit Callahan après une brève hésitation. Tout va bien.

— Je me demande, dit Harrigan. Comme dit la Bible – gloire à Dieu et à Sa sainte parole –, il faut se méfier de la femme, car ses lèvres sont douces comme le miel, mais ses pieds descendent vers la mort et ses pas prennent appui sur l'enfer. Écarte ton chemin du sien et ne t'approche pas de la porte de sa maison.

Joignant le geste à la parole, il avait levé une main tordue en signe de bénédiction. Il la baissa et haussa les épaules.

— C'est pas vraiment exact, je n'ai pas une aussi bonne mémoire des Écritures que dans ma jeunesse, quand je prêchais là-bas, dans le Sud, avec mon Papa, mais je pense que vous avez saisi l'idée.

— C'est dans le Livre des Proverbes, fit Callahan.

Harrigan acquiesça.

— Chapitre cinq, gloire à *Diiiieu*.

Puis il se détourna et contempla l'immeuble qui se dressait derrière lui, se découpant sur fond de ciel nocturne. Jake fit mine de partir, mais Callahan l'arrêta en lui posant la main sur l'épaule. Quand le jeune garçon haussa les sourcils d'un air interrogateur, Callahan ne put que secouer la tête. Non, il ne savait pas pourquoi. Mais ils n'en avaient pas terminé avec Harrigan.

— Cette cité est rongée par le péché, elle est malade de ses vices, finit par dire le prêcheur. Sodome au rez-de-chaussée, Gomorrhe au troisième, tous prêts pour la bombe divine qui ne va pas manquer de tomber des cieux, alléluia, doux Jésus et amen. Mais ici, c'est un bon endroit. Un endroit *bon*. Vous le sentez, les gars ?

— Oui, répondit Jake.

— Vous l'*entendez* ?

— Oui, répondirent en chœur Jake et Callahan.

— Amen ! Je pensais que tout s'arrêterait quand ils ont détruit la petite épicerie qui se tenait là, il y a des années et des années de ça. Mais non. Ces voix angéliques...

— Ainsi parle Gan, le long du Rayon, dit Jake.

Callahan se tourna vers lui et vit que le garçon penchait la tête de côté, et que se lisait sur son visage un air d'extase sereine. Jake reprit :

— Ainsi parle Gan, et avec la voix des *can calah*, que certains appellent des anges. Gan renie les *can toi* ; avec le cœur joyeux des innocents, il renie le Roi Cramoisi et Discordia même.

Callahan le contemplait les yeux écarquillés – et le regard plein de crainte – mais Harrigan se contentait de hocher la tête d'un air impassible, comme s'il connaissait la chanson. Peut-être que c'était le cas.

— Après l'épicerie, il n'est resté qu'un terrain vague, et puis ils ont construit ça. Le 2, Hammarskjöld Plaza. Et je me suis dit : « Voilà, ça va tout détruire, alors je changerai de décor, car la poigne de Satan est ferme et ses pieds fourchus laissent des empreintes profondes dans le sol, et là nulle fleur ne s'épanouira et nulle graine ne germera. » Pouvez-vous dire *see*-lah ?

Il leva les bras et ses mains noueuses de vieillard, qui tremblaient des premiers signes de la maladie de Parkinson, et il les tourna vers le ciel, dans ce geste immémorial de louange et de soumission.

— Et pourtant elle chante toujours, dit-il en laissant retomber ses mains.

— Selah, fit Callahan. Vous dites vrai, nous vous disons grand merci.

— C'est bien une fleur, une vraie, reprit Harrigan, parce qu'une fois je suis entré voir. Dans le hall, alléluia, je dis bien dans le *hall*, entre la porte sur la rue et les ascenseurs montant vers ces étages où Dieu sait combien de baises tarifées se pratiquent tous les jours, il y a un petit jardin, baigné par la lumière du soleil qui tombe par la verrière, un jardin encadré par des cordes en velours, avec un panneau qui dit : DON DE LA TET CORPORATION, EN HOMMAGE À LA FAMILLE DURAYON, ET EN MÉMOIRE DE GILEAD.

— Vraiment ? demanda Jake, le visage illuminé d'un sourire heureux. Vous dites ainsi, *sai* Harrigan ?

— Mon garçon, croix de bois, croix de fer, Bombe divine ! Et au milieu de toutes ces fleurs, pousse une unique rose sauvage, tellement magnifique qu'en la voyant je me suis mis à sangloter, comme ceux arrivés sur le bord des fleuves de Babylone, qui coulent près de Sion. Et les hommes qui vont et viennent dans ce lieu, avec leurs attachés-cases remplis des paperasses de Satan, *eux aussi* sanglotaient. Ils ont sangloté avant de retourner à leurs œuvres putassières, comme s'ils n'avaient rien vu.

— Ils ont vu, dit Jake d'une voix douce. Vous savez ce que je crois, monsieur Harrigan ? Je crois que cette rose est un secret qu'ils gardent dans le plus profond de leur cœur, et que si quiconque le menaçait, ils se battraient pour le protéger. Sans doute jusqu'à la mort.

Il leva les yeux vers Callahan.

— Père, il faut y aller.

— Oui.

— Ça me paraît une bonne idée, acquiesça Harrigan. Car mes yeux voient revenir l'agent Benzyck, et il serait peut-être opportun que vous soyez partis quand il arrivera ici. Je me réjouis que ton ami à fourrure ne soit pas blessé, mon jeune garçon.

— Merci, monsieur Harrigan.

— Ce n'est pas plus un chien que moi une citrouille, pas vrai ?

— Non, monsieur, dit Jake avec un large sourire.

— Méfiez-vous de cette femme, les gars. Elle m'a mis une pensée dans la tête. Moi j'appelle ça de la sorcellerie. Et elle était *deux*.

— Jumeaux-dis-duox ! commenta Callahan.

Puis, apparemment sans même y réfléchir lui-même, il esquissa un signe de croix en face du prêcheur.

— Merci pour votre bénédiction, païenne ou pas, dit Earl Harrigan, visiblement touché.

Puis il se tourna vers l'agent de la police de New York, et l'interpella d'un air jovial.

— Agent Benzyck ! Quel plaisir de vous voir, et vous avez de la confiture sur votre col, juste là, gloire à Dieu !

Et pendant que l'agent Benzyck se tordait le cou pour examiner son col d'uniforme, Jake et Callahan s'esquivèrent.

CINQ

— Waaa-ouh, fit Jake à mi-voix, tandis qu'ils approchaient de l'entrée illuminée de l'hôtel.

Une limousine blanche au moins deux fois plus longue que n'importe quel modèle qu'il avait été donné à Jake de voir dans sa vie (et il en avait vu des tas ; une fois son père l'avait même emmené à la cérémonie des Oscar) déversait son chargement d'hommes en smoking et de femmes en robes de soirée, tous en train de rire. On aurait dit que le flot ne s'arrêterait jamais.

— Oui, hein ? acquiesça Callahan. On se croirait à la fête foraine, n'est-ce pas ?

— On n'est même pas censés *être* là, répondit Jake. C'était le boulot de Roland et d'Eddie. Nous, on devait aller chercher Calvin Tower.

— Quelque chose en a décidé autrement, apparemment.

— Ouais, ben quelque chose aurait dû y réfléchir à deux fois, dit le jeune garçon d'un air morne. Un gamin et un prêtre, avec en tout et pour tout un pistolet ? C'est à mourir de rire. Quelles chances on a, si le Cochon du Sud est rempli de vampires et d'ignobles venus se détendre un peu entre amis ?

Callahan ne trouva rien à répondre, bien que la perspective d'aller rechercher Susannah au Cochon du Sud le terrifiât littéralement.

— Qu'est-ce que c'était que cette histoire de Gan que tu nous as débitée ?

Jake secoua la tête.

— Pas la moindre idée – je me rappelle à peine ce que j'ai dit. J'imagine que ça fait partie du *shining*, Père. Et vous savez où je crois l'avoir attrapé ?

— C'est Mia ?

Le garçon opina du chef. Ote trottinait sagement à ses talons, son long museau lui touchant presque le mollet.

— Et j'ai aussi récolté autre chose. Je n'arrête pas de voir ce Noir, dans une cellule de prison. Il y a un bruit de radio en fond sonore, qui énumère tous ces morts – les Kennedy, Marilyn Monroe, George Harrison, Peter Sellers, Yitzhak Rabin, celui-là je ne sais pas qui c'est. Je me dis que ça doit être la prison d'Oxford, dans le Mississippi, où Odetta Holmes est restée enfermée quelque temps.

— Mais c'est un *homme*, que tu vois. Pas Susannah, un *homme*.

— Oui, avec une moustache en brosse, et il porte de drôles de petites lunettes cerclées d'or, comme un magicien dans un conte de fées.

Ils s'arrêtèrent juste devant le halo lumineux de l'entrée de l'hôtel. Un portier en queue-de-pie verte sifflait comme un perdu dans son petit sifflet argenté, pour appeler un taxi.

— C'est Gan, tu crois ? Cet homme noir dans sa cellule, c'est Gan ?

— Je ne sais pas, répondit Jake en secouant la tête d'un air frustré. Il y a aussi des images du Dogan, tout se mélange.

— Et ça te vient du *shining*.

— Oui, mais ça ne vient ni de Mia ou Susannah, ni de vous et moi. Je pense que…

Jake baissa la voix.

— Je pense que je ferais bien de comprendre qui est cet homme et ce qu'il nous veut, parce que j'ai bien l'impression que ce que je vois vient de la Tour elle-même.

Il adressa à Callahan un regard solennel.

— D'une certaine façon, nous arrivons tout près, et c'est pourquoi il est tellement dangereux pour le *ka-tet* d'être brisé comme il l'est actuellement.

— D'une certaine façon, on y est déjà.

SIX

C'est Jake qui prit complètement les choses en main, tout en douceur, à partir du moment où il franchit les portes à tambour avec Ote dans les bras. Puis il posa le bafou-bafouilleux sur le sol carrelé du hall. Callahan eut l'impression que le garçon ne s'en rendait pas même compte, et c'était probablement beaucoup mieux ainsi. S'il commençait à se regarder agir, sa confiance en lui pourrait bien s'écrouler.

Ote renifla délicatement son propre reflet vert dans l'un des murs vitrés, puis il suivit Jake jusqu'au guichet, ses griffes cliquetant faiblement sur le marbre noir et blanc en damier. Callahan marchait à côté de lui, conscient qu'il était en train de contempler l'avenir, et essayant de ne pas se faire remarquer en écarquillant trop les yeux.

— Elle est bien venue, dit Jake. Père, je la vois presque. Toutes les deux, elle et Mia.

Avant que Callahan ait pu répondre, Jake était au guichet.

— J'implore votre pardon, madame, je m'appelle Jake Chambers. Avez-vous un message pour moi, ou un paquet, quelque chose ? De la part de Susannah Dean, ou peut-être de Mlle Mia.

La jeune femme jeta un regard dubitatif en direction d'Ote. Ce dernier leva la tête et lui adressa un énorme sourire, qui lui découvrit presque toutes les dents. Peut-être cela déconcentra-t-il l'employée, car elle se détourna les sourcils froncés et examina son écran d'ordinateur.

— Chambers, vous dites ?

— Oui, madame.

Il avait pris sa meilleure voix possible, sa voix je-m'entends-très-bien-avec-les-adultes. Il y avait une éternité qu'il n'avait plus eu à s'en servir, mais elle était toujours là, et il se rendit compte qu'il n'avait aucun mal à reprendre les vieux accents.

— J'ai bien quelque chose pour vous, mais ça ne vient pas d'une femme. C'est d'un certain Stephen King.

Elle sourit.

— Pas l'écrivain célèbre, je suppose ? Vous le connaissez ?

— Non, madame, répondit Jake en glissant un regard de côté à Callahan.

Aucun d'eux n'avait jamais entendu le nom de Stephen King jusqu'à très récemment, mais Jake comprenait pourquoi ce nom pouvait donner la chair de poule à son compagnon de route actuel. Callahan n'avait pas particulièrement l'air d'avoir la chair de poule, mais sa bouche n'était plus qu'une fine ligne.

— Eh bien, ajouta la jeune femme, je suppose que c'est un nom courant, non ? Il y a probablement des Stephen King *normaux* aux quatre coins de ce pays, qui aimeraient juste qu'il... je ne sais pas... qu'il *fasse le mort*.

Elle eut un petit rire nerveux, et Callahan se demanda ce qui pouvait l'avoir mise mal à l'aise. Était-ce Ote, qui avait l'air de moins en moins canin, à mesure qu'on le regardait ? Peut-être, mais Callahan pensait qu'il était plus probable que ce soit en rapport avec Jake, quelque chose qui chuchotait *danger*. Peut-être même *pistolero*. À l'évidence, quelque chose en lui le distinguait des autres garçons. *Et pas qu'un peu*. Callahan le revit en train de dégainer le Ruger de son croc de débardeur et le coller sous le nez de ce malheureux chauffeur de taxi. *Dites-moi que vous conduisiez trop vite et que vous avez failli écraser mon ami !* avait-il hurlé, le doigt déjà blanc sur la détente. *Dites-moi que vous ne voulez pas mourir ici dans la rue, avec un trou dans la tête !*

Était-ce ainsi qu'était censé réagir un gamin de douze ans qui venait d'éviter de justesse de se faire renverser ? Callahan pensait que non. Il se dit que l'employée avait raison de se sentir nerveuse. Quant à lui, il se rendit compte qu'il se sentait un peu plus rassuré, quant à leurs chances de s'en tirer, au Cochon du Sud. Pas beaucoup plus, mais un peu.

SEPT

Jake, sentant peut-être ce que la situation avait d'un peu décalé, décocha à l'employée son sourire je-m'entends-très-bien-avec-les-adultes le plus éblouissant. Mais pour Callahan il rappelait vraiment celui d'Ote : trop de dents.

— Un instant, je vous prie, dit-elle en se détournant.

Jake adressa à Callahan un regard perplexe du genre *mais qu'est-ce qui lui prend, à cette fille ?* Callahan haussa les épaules et tendit les mains devant lui, en signe d'ignorance.

L'employée alla jusqu'à un placard, l'ouvrit, fouilla dans une boîte rangée à l'intérieur, et revint au guichet avec à la main une enveloppe estampillée du logo du Plaza-Park. Le nom de Jake – ainsi qu'une autre inscription – apparaissait sur l'enveloppe. Une partie était tapée à la machine, l'autre écrite à la main.

Jake Chambers
Ceci est la Vérité

Elle fit glisser l'enveloppe en direction de Jake, prenant bien garde que leurs doigts ne se touchent pas.

Jake la prit et la palpa sur toute la longueur. Il y avait un morceau de papier, à l'intérieur. Autre chose, aussi. Une bande étroite, rigide. Il déchira l'enveloppe et en sortit le contenu. Il découvrit, plié en deux, le rectangle blanc plastifié d'une carte magnétique d'hôtel. Un petit mot était griffonné sur un post-it humoristique portant l'inscription LES GUIGNOLS À RAPPELER. Le message lui-même ne comportait que trois lignes :

Hé copain, y a pas à s'inquiéter, pas de souci, tu as la clé.

Est-ce que chèque, regarde bien, Jake ! Elle est rouge, cette clé !

Jake examina la carte magnétique et vit comme un tourbillon de couleur apparaître au centre, la teignant presque instantanément en rouge sang.

Elle ne pouvait pas changer de couleur tant que je n'en avais pas vu la couleur, de ce message, se dit le garçon avec un petit sourire. Il leva les yeux pour voir si l'employée avait vu la clé magnétique virer au rouge et constata qu'elle avait trouvé une autre occupation à l'autre bout du comptoir. Et Callahan regardait avec attention deux femmes qui venaient d'entrer par la grande porte. Il avait beau être Père, se dit Jake, il gardait un œil bien entraîné, avec les dames.

Jake se concentra de nouveau sur le morceau de papier, et lut la dernière ligne :

Hé l'ami, faudrait pas se tromper, elle est bien en plastique, cette clé.

Quelques années auparavant, ses parents lui avaient offert un kit de magie, pour Noël. Avec l'aide du mode d'emploi, il avait confectionné de l'encre magique. Les mots qu'il avait écrits avec avaient disparu presque aussi rapidement que ceux du mot qu'il avait sous les yeux ; mais en y regardant de plus près, on distinguait encore le message qu'il avait inscrit à l'encre de magicien. Alors que celle-ci avait réellement *disparu*, et Jake savait pourquoi. Elle avait rempli son rôle. On n'en avait plus besoin. Idem pour le message concernant la clé qui devenait rouge. Et pas de doute, il était lui aussi en train de disparaître. Seule restait la première phrase, comme s'il fallait se la rappeler :

Hé copain, y a pas à s'inquiéter, pas de souci, tu as la clé.

Était-ce *réellement* Stephen King qui avait envoyé ce message ? Jake en doutait. Il était plus probable que l'un des joueurs de cette grande partie – peut-être même Roland ou Eddie – avait emprunté ce nom pour attirer son attention. Il demeurait que, depuis son arrivée ici, il avait croisé deux signes extrêmement encourageants. Le premier avait été le chant continu de la rose. Il était plus fort que jamais, bien qu'un gratte-ciel ait poussé sur le terrain vague. Le second, c'était que Stephen King était visiblement encore vivant, vingt-quatre heures après avoir créé le compagnon de route de Jake. Et il n'était plus seulement un écrivain. Il était un écrivain *célèbre*.

Super. Pour l'instant, les choses avançaient plutôt sur les bons rails, même s'ils étaient un peu branlants.

Jake saisit le Père Callahan par le bras et le mena jusqu'à la boutique de cadeaux et le piano de cocktail qui jouait dans son coin. Ote les suivit, à pas de loup juste derrière Jake, à hauteur de son genou. Le long du mur, ils trouvèrent une série de téléphones internes.

— Quand l'opératrice répondra, dites que vous voulez parler à votre amie Susannah Dean. Ou à *son* amie, Mia.

— Elle va me demander le numéro de chambre, objecta Callahan.

— Dites que vous avez oublié, mais que c'est au dix-neuvième étage.

— Comment est-ce que tu –

— Ce sera au dix-neuvième, faites-moi confiance.

— Je te fais confiance, dit Callahan.

Le téléphone sonna deux fois, puis l'opératrice demanda ce qu'elle pouvait faire pour eux. Callahan le lui dit. Elle le mit en relation, et dans une chambre du dix-neuvième étage, un téléphone se mit à sonner.

Jake regarda le Père parler dans le combiné, puis se remettre à écouter avec un petit sourire ébahi sur le visage. Au bout de quelques secondes, il raccrocha.

— Une machine qui répond ! s'exclama-t-il. Ils ont une *machine* qui prend les messages des clients et qui ensuite les enregistre. Quelle invention merveilleuse !

— Ouais, commenta Jake. Quoi qu'il en soit, on sait maintenant qu'elle est sortie, et on peut être presque certains qu'elle n'a laissé personne pour surveiller son *gunna*. Mais bon, juste au cas où…

Il tapota le devant de sa chemise, sous laquelle était à présent dissimulé le Ruger.

Tandis qu'ils traversaient le hall vers les ascenseurs, Callahan dit :

— Que va-t-on chercher, dans sa chambre ?

— Je ne sais pas.

Callahan lui posa la main sur l'épaule.

— Je crois que si.

Les portes de l'ascenseur du milieu s'ouvrirent d'un seul coup et Jake pénétra dans la cabine, Ote toujours sur ses talons. Callahan les suivit, mais Jake trouva qu'il traînait un peu les pieds, tout à coup.

— Peut-être, admit Jake quand la cabine se mit en branle. Et peut-être que vous aussi.

Soudain, Callahan eut l'impression d'avoir l'estomac très lourd, comme s'il sortait de table après un repas très copieux. Le poids de la peur, sans doute.

— Je croyais en être débarrassé, quand Roland l'a sortie de l'église, j'ai vraiment cru en être débarrassé.

— Il y a des guignes noires qui vous collent à la peau, dit Jake.

HUIT

Jake était prêt à essayer son unique clé rouge dans toutes les portes du dix-neuvième étage, s'il le fallait, mais il savait déjà que la 1919 serait la bonne, avant même d'essayer. Callahan aussi, et un voile de sueur apparut sur son front. Un voile fin et brûlant. Comme la fièvre.

Même Ote le savait. Le bafouilleux se mit à gémir d'inquiétude.

— Jake, dit Callahan. Il faut qu'on y réfléchisse un peu. Cette chose est dangereuse. Pire, elle est *maléfique*.

— C'est pour ça qu'il faut qu'on la prenne, dit Jake d'un air patient.

Il se tenait devant la porte 1919, et tambourinait des doigts sur sa carte magnétique. De derrière la porte – et de *sous* la porte, à travers la porte – montait un bourdonnement ignoble, comme la mélopée de quelque idiot chantant l'Apocalypse. Venait s'y mêler le chant d'un carillon strident et faux. Jake savait que le cristal avait le pouvoir d'envoyer vaadasch et dans ces espaces ténébreux et sans porte, dont il était plus que probable qu'on ne revenait jamais, et où l'on errait à jamais. Même en retrouvant le chemin d'une autre version de la Terre, on découvrait un décor balayé de ténèbres étranges, comme si le soleil était toujours sur le point de sombrer dans une éclipse totale.

— Tu l'as déjà vue ? demanda Callahan.

Jake secoua la tête.

— Moi si, fit Callahan d'un air lugubre, en essuyant du bras le film de sueur sur son front.

Ses joues étaient devenues de plomb.

— Elle a un Œil. Je pense que c'est l'œil du Roi Cramoisi. Je pense que c'est une partie de lui enfermée là pour toujours, une partie démente. Jake, emporter cette boule au milieu des vampires et des ignobles – tous serviteurs du Roi –, ce serait comme offrir une bombe nucléaire à Adolf Hitler pour son anniversaire.

Jake savait très bien que la Treizième Noire était capable de causer des dégâts gigantesques, peut-être même sans limites. Mais il savait aussi autre chose.

— Père, si Mia a laissé la Treizième Noire dans cette chambre et qu'elle s'apprête à se rendre là où ils sont, eux, ils le sauront assez vite. Et ils viendront la chercher dans l'une de leurs grosses voitures criardes avant qu'on ait le temps de dire ouf.

— On ne pourrait pas la laisser pour Roland ? suggéra Callahan d'un air malheureux.

— Si, répondit Jake. C'est une bonne idée, aussi bonne que celle de l'amener au Cochon du Sud est mauvaise. Mais on ne peut pas la lui laisser *ici*.

Sur ce, avant que Callahan ait pu ajouter quoi que ce soit, Jake glissa la carte magnétique rouge sang dans la fente au-dessus du bouton de la porte. Ils entendirent un grand « clic », et la porte s'ouvrit.

— Ote, tu restes ici, devant la porte.

— Ake !

Il s'assit, enroulant sa queue de dessin animé en tortillon autour de ses pattes, et leva vers Jake des yeux remplis d'angoisse.

Avant d'entrer, Jake posa une main fraîche sur le poignet de Callahan et prononça cette terrible phrase :

— Prenez garde à votre esprit.

NEUF

Mia avait laissé les lampes allumées, pourtant une étrange obscurité s'était insinuée dans la chambre 1919, depuis son départ. Jake ne se leurra pas sur sa nature : c'étaient les ténèbres vaadasch. Le bourdonnement ignoble et le carillon étouffé provenaient du placard.

Elle s'est réveillée, se dit-il avec un désespoir croissant. *Avant, elle dormait – elle somnolait, du moins – mais tout ce mouvement autour d'elle l'a réveillée. Que dois-je faire ? La boîte et le sac de bowling sont-ils une protection suffisante ? Est-ce que j'ai quoi que ce soit d'autre, par précaution ? Un charme, un* sigleu ?

Tandis que Jake allait ouvrir la porte du placard, Callahan se surprit à concentrer tous ses efforts de volonté – et ils étaient considérables – sur le simple fait de ne pas s'enfuir en courant. Ce bourdonnement atonal et le carillon lui heurtaient les oreilles, le cœur et l'esprit. Il se remémorait sans cesse la scène au relais, comme il s'était mis à hurler quand l'homme à capuche avait ouvert la boîte. Cette chose à l'intérieur était tellement *visqueuse* ! Elle reposait sur du velours rouge… et elle avait *roulé*. Elle l'avait *regardé*, et toute la folie maléfique contenue dans l'univers était résumée dans ce regard désincarné et concupiscent.

Je ne m'enfuirai pas. Je ne m'enfuirai pas. *Si ce gosse peut rester, je le peux aussi.*

Ah, mais ce gosse était un *pistolero*, ce qui faisait une grosse différence. Il n'était pas seulement l'enfant du *ka*. Il était aussi l'enfant de Roland de Gilead. Son fils adoptif.

Ne vois-tu pas combien il est pâle ? Il a tout aussi peur que toi, pour l'amour de Dieu ! Maintenant reprends-toi, mon vieux !

C'était peut-être pervers, mais voir de ses yeux la pâleur extrême de Jake l'apaisa un peu. Il se sentit plus apaisé encore quand il lui revint des bribes d'une vieille comptine, qu'il se mit à chantonner à voix basse :

« Autour du mûrier, le singe pourchassait la belette... le singe trouvait ça très drôle... »

Jake ouvrit le placard. À l'intérieur se trouvait un coffre-fort. Il essaya la combinaison 1919, mais rien ne se produisit. Il laissa au mécanisme du coffre le temps de se remettre à zéro, essuya la sueur sur son front à l'aide de ses deux mains (elles tremblaient) et fit une nouvelle tentative. Cette fois-ci, il tapa 1999, et la porte du coffre s'ouvrit, comme poussée par un ressort.

Le bourdonnement de la Treizième Noire et le tintement en contrepoint du carillon du vaadasch augmentèrent de concert. Ces sons leur firent l'effet de doigts glacés enserrant leur tête comme un étau.

Et elle peut nous emmener ailleurs, pensa Callahan. *Tout ce qu'on a à faire, c'est baisser la garde, rien qu'un petit peu... ouvrir le sac... ouvrir la boîte... et ensuite... oh, tous ces endroits qu'elle pourrait nous montrer ! Et hop là la belette !*

Il avait beau savoir que tout ça était vrai, une partie de lui *voulait* ouvrir ce coffret. *Convoitait* le contenu de ce coffret. Et il n'était pas le seul dans ce cas : sous ses yeux, Jake s'agenouilla devant le coffre-fort comme un fidèle devant l'autel. Callahan tendit le bras pour l'empêcher de sortir le sac, et ce bras lui parut incroyablement lourd.

Ça ne change rien, ce que tu fais, murmura une voix dans sa tête. Une voix qui donnait envie de dormir, une voix incroyablement convaincante. Néanmoins, Callahan tendit le bras. Il attrapa Jake par le col, et toute sensation semblait avoir disparu du bout de ses doigts.

— Non, dit-il. Ne fais pas ça.

Sa voix avait des accents de lassitude et de découragement. Lorsqu'il tira Jake sur le côté, le garçon parut basculer au ralenti, comme sous l'eau. La chambre semblait maintenant éclairée par cette lumière jaune malsaine qui baigne parfois les paysages, juste avant un orage dévastateur. En tombant à genoux devant le coffre-fort (il lui sembla que sa chute vers le sol durait une minute entière), Callahan entendit la voix de la Treizième Noire, plus forte que jamais. Elle lui disait de tuer le garçon, de lui trancher la gorge et d'offrir au cristal une bonne lampée réparatrice de son sang encore tout chaud de vie. Et alors Callahan pourrait même aller lécher les éclaboussures sur la fenêtre de la chambre.

Tu chanteras mes louanges jusque dans la 46ᵉ Rue, lui susurrait la Treizième Noire d'une voix à la fois saine et lucide.

— Faites-le, soupira Jake. Oh oui, faites-le, qu'est-ce qu'on en a à faire ?

— Ake ! aboya Ote, de l'autre côté de la porte. *Ake !*

Tous deux l'ignorèrent.

En tendant la main vers le sac, Callahan se remémora soudain sa dernière entrevue avec Barlow, le roi vampire – le Type Un, pour reprendre le jargon du Père –, qui était venu dans la petite ville de Salem's Lot. Il se remémora son dernier affrontement avec Barlow, dans la maison de Mark Petrie, avec les cadavres des parents du petit étalés sur le sol, aux pieds du vampire, leurs crânes enfoncés et leurs petits cerveaux tellement rationnels réduits en bouillie.

Pendant ta chute, je te laisserai murmurer le nom de mon *roi*, chuchota la Treizième Noire. *Le Roi Cramoisi*.

Callahan regarda ses mains se saisir du sac – Dieu sait ce qu'il avait contenu auparavant, avec son inscription RIEN QUE DES *STRIKES* À L'ENTRE-DEUX-QUILLES –, il repensa à son crucifix, qui avait commencé par rayonner d'une lumière d'un autre monde, faisant reculer Barlow… avant de virer au noir.

— Ouvrez-le ! ordonna Jake d'une voix impatiente. Ouvrez-le, je veux la voir !

À présent, Ote aboyait sans discontinuer. Dans le couloir, quelqu'un s'écria :

— Mais faites-moi taire ce chien !

En vain.

Callahan glissa le coffret en bois fantôme hors du sac – ce même coffret qui avait passé quelque temps caché sous la chaire de son église de Calla Bryn Sturgis, dans un sommeil béni. Maintenant il brûlait de l'ouvrir. Maintenant il brûlait d'observer la Treizième Noire dans toute sa splendeur répugnante.

Et puis il mourrait. Plein de reconnaissance.

DIX

C'est triste de voir la foi d'un homme échouer, avait dit Kurt Barlow le vampire, avant d'arracher le crucifix calciné et inutile des mains de Callahan. Comment avait-il été en mesure de faire une chose pareille ? Parce que – regardez un peu le paradoxe, voyez l'ironie de la situation – le Père Callahan *avait échoué en ne jetant pas la croix lui-même*. Parce qu'il avait failli, il n'avait pas vu la croix pour ce qu'elle était, rien que le symbole d'un pouvoir bien plus puissant, qui courait comme un fleuve sous l'univers, peut-être même sous un millier d'univers…

Je n'ai pas besoin de symbole, pensa Callahan. Puis : *Est-ce pour cette raison que Dieu m'a laissé en vie ? Me donnait-Il une seconde chance d'apprendre ça ?*

Possible, se dit-il en posant les mains sur le couvercle du coffret. Les secondes chances, c'était une spécialité de Dieu.

— Dites donc, il faut vraiment que vous fassiez *taire* ce chien, fit la voix grincheuse d'une femme de chambre, mais très loin. *Madre de Dios*, pourquoi il fait si *noir*, là-dedans ? Qu'est-ce que c'est que ce… que ce… b… b…

Peut-être essayait-elle de dire *bruit*. Quoi qu'il en soit, elle n'eut pas le loisir de terminer. Même Ote semblait s'être résigné à être envoûté par le cristal qui chantait et bourdonnait, car il abandonna ses protestations (et son poste de vigie, à la porte) et entra dans la chambre en trottinant. Callahan supposa que l'animal voulait se trouver aux côtés de Jake, quand viendrait la fin.

Le Père lutta pour suspendre le mouvement de ses mains suicidaires. La chose dans la boîte augmenta le volume de son chant d'idiot, et en réponse, ses doigts se mirent à tressauter.

Puis ils s'immobilisèrent de nouveau. *C'est toujours ça, une petite victoire pour moi*, se dit Callahan.

— Pas grave, j'vais l'faire *moi-même*, fit la voix de la femme de chambre, comme droguée, malade d'impatience. Je veux la voir. *Dios !* Je veux la *tenir* !

Jake avait l'impression que ses bras pesaient une tonne, mais il les força à attraper la femme de chambre, une Hispanique d'âge mûr qui ne devait pas peser plus de cinquante kilos.

Tandis qu'il luttait pour arrêter ses mains, Callahan luttait aussi pour prier.

Dieu, ce n'est pas ma volonté mais la Tienne. Je ne suis pas le potier, mais l'argile du potier. Si je ne dois rien faire d'autre, que je sois capable de la prendre dans mes bras et de sauter par la fenêtre, que je détruise cette horreur maudite des dieux, une fois pour toutes. Mais si Ta volonté est de l'apaiser – de la rendre au sommeil –, alors envoie-moi Ta force. Et aide-moi à me rappeler…

Jake était peut-être drogué par la Treizième Noire, mais une chose était certaine, il n'avait pas perdu son don de *shining*. Il alla chercher la fin de la supplique dans l'esprit du Père et l'énonça à voix haute, remplaçant seulement le mot choisi par Callahan par celui que Roland leur avait appris :

— Je n'ai pas besoin de *sigleu*, dit le garçon. Non pas le potier, mais l'argile du potier, *et je n'ai besoin d'aucun* sigleu !

— Mon Dieu, dit Callahan.

Le mot était aussi lourd qu'une pierre, mais une fois qu'il l'eut prononcé, le reste lui vint beaucoup plus facilement.

— Mon Dieu, si Vous êtes toujours là, si Vous m'entendez, c'est Callahan. Je Vous en prie, arrêtez cette chose, Seigneur. Je vous en conjure, rendormez-la. J'en fais la demande, au nom de Jésus.

— Au nom du Blanc, dit Jake.

— *An* ! jappa Ote.

— Amen, conclut la femme de chambre d'une voix d'ivrogne perplexe.

Pendant quelques secondes, l'odieux chant provenant du coffret gagna encore en intensité, et Callahan comprit que c'était sans espoir, que même Dieu Tout-puissant ne faisait pas le poids, en face de la Treizième Noire.

Puis le chant se tut.

— Dieu soit loué, murmura-t-il, et il se rendit compte que tout son corps était trempé de sueur.

Jake fondit en larmes et prit Ote dans ses bras. La femme de chambre se mit à sangloter elle aussi, mais elle n'avait personne pour la réconforter. Tandis que le Père Callahan enveloppait le coffret de bois fantôme dans le nylon (étrangement lourd, pour du tissu) du sac de bowling, Jake se tourna vers la femme et lui dit :

— Vous avez besoin d'un petit somme, *sai*.

C'est tout ce qui lui vint à l'esprit, et ça fonctionna. La femme de chambre se tourna et se dirigea vers le lit. Elle s'effondra dessus, tira sa jupe sur ses jambes et parut s'évanouir.

— Est-ce qu'elle va rester endormie ? demanda Jake à Callahan, à mi-voix. Parce que… mon Père… on est passés trop près.

Peut-être bien, mais Callahan se sentit soudain l'esprit libre – plus libre qu'il ne l'avait été depuis des années. Ou peut-être était-ce son cœur qui s'était libéré. Quoi qu'il en soit, il avait les idées très claires en reposant le sac en nylon sur le dessus du coffre-fort.

Il se rappela une certaine conversation, dans la ruelle derrière le Foyer. Entre lui, Frankie Chase et Magruder, pendant la pause cigarette. La discussion avait tourné autour de la façon de protéger ses biens, à New York, surtout si on devait s'absenter pendant un temps, et Magruder avait prétendu que le meilleur coffre-fort de New York… le coffre-fort le plus sûr…

— Jake, il y a aussi un sac de plats, dans le coffre.

— Des Orizas ?

— Oui. Prends-les.

Pendant ce temps, Callahan s'approcha de la femme de chambre allongée sur le lit et fouilla dans la poche gauche de sa jupe d'uniforme. Il en sortit toute une série de clés magnétiques en plastique, quelques clés classiques et des bonbons à la menthe dont il n'avait jamais entendu parler – Altoid.

Il la fit basculer sur le côté. Il eut l'impression de manipuler un cadavre.

— Qu'est-ce que vous faites ? chuchota Jake.

Il avait reposé Ote à terre, afin de pouvoir se passer la sangle de la poche en jonc autour du cou. Elle était lourde, mais il trouva ce poids rassurant.

— D'après toi ? Je lui fais les poches, répondit le Père d'un air furieux. Le Père Callahan, de l'Église romaine catholique, est en train de faire les poches d'une femme de chambre. Enfin, il aimerait bien, si seulement elle avait... ah !

Dans l'autre poche, il dénicha le petit rouleau de billets qu'il espérait trouver. Elle était en train de faire les lits, quand les aboiements d'Ote l'avaient interrompue. Faire la chambre incluait tirer la chasse d'eau, ouvrir les rideaux, changer les draps, et laisser « une friandise sur l'oreiller ». Parfois, les clients laissaient un pourboire. Celle-ci trimballait deux billets de dix dollars, trois de cinq et quatre d'un.

— Je vous rembourserai, si nos chemins se croisent de nouveau, dit Callahan à la femme inconsciente. Sinon, considérez ça comme votre denier du culte.

— *Blaaaaaannnnnnc*, dit la femme de chambre, avec le débit lent et indistinct de ceux qui parlent dans leur sommeil.

Callahan et Jake échangèrent un regard.

ONZE

Dans l'ascenseur qui les remmenait au rez-de-chaussée, Callahan portait le sac contenant la Treizième Noire, et Jake celui des 'Rizas. Il avait aussi leur argent. Qui s'élevait maintenant à un total de quarante-huit dollars.

— Est-ce que ça suffira ?

Ce fut sa seule question, après que le Père lui eut exposé son plan pour se débarrasser du cristal, un plan qui nécessiterait qu'ils fassent un autre arrêt.

— Je ne sais pas, et je m'en fiche, répondit Callahan.

Ils parlaient à voix basse, tels des conspirateurs, bien qu'ils fussent seuls dans l'ascenseur.

— Si je peux faire les poches d'une femme de chambre pendant son sommeil, entourlouper un chauffeur de taxi devrait être du gâteau.

— Ouais, acquiesça Jake.

Il se disait que Roland avait fait plus que voler quelques innocents, au cours de sa quête de la Tour Sombre. Il en avait tué pas mal, aussi.

— Débarrassons-nous de cette histoire, pour pouvoir trouver le Cochon du Sud.

— Pas la peine de t'inquiéter à ce point, tu sais, dit Callahan. Si la Tour s'écroule, tu seras un des premiers au courant.

Jake l'examina avec attention. Au bout de quelques secondes, un large sourire apparut sur les lèvres de Callahan. Impossible de s'en empêcher.

— Je ne vois pas ce que ça a de drôle, *sai*, dit Jake, avant de s'engouffrer dans la nuit de ce début d'été de l'année 1999.

DOUZE

Il était neuf heures moins le quart, et il restait quelques rayons de lumière sur l'Hudson, quand ils parvinrent au premier de leurs deux arrêts prévus. Le compteur du taxi affichait neuf dollars et cinquante *cents*. Callahan donna au chauffeur l'un des billets de dix de la femme de chambre.

— *Mon poute, j'vais pas 'epa'ti' au pays, avec ça*, fit l'homme avec son puissant accent jamaïcain. *Faud'ait pas que tu t'fasses du mal*.

— Fiston, réjouis-toi d'avoir quoi que ce soit. On visite New York avec un budget serré, répliqua Callahan.

— Ma femme aussi, elle a un budget se''é, fit le chauffeur avant de s'éloigner.

Jake était déjà le nez en l'air.

— Waouh, dit-il à mi-voix. J'avais oublié combien c'était *grand*, tout ça.

Callahan suivit son regard, puis reprit :

— Finissons-en.

Et, tandis qu'ils s'empressaient d'entrer, il demanda :

— Tu reçois quelque chose, de Susannah ?

— L'homme à la guitare, en train de chanter… je ne sais pas quoi. Mais je devrais. C'est encore une de ces coïncidences, comme le nom du propriétaire de la librairie, qui s'appelle Tower, ou le bouge de Balazar qui comme par hasard s'appelle « La Tour Penchée ». Une chanson… je devrais le savoir.

— Rien d'autre ?

Jake secoua la tête.

— C'est la dernière chose que j'aie reçue d'elle, et c'était juste quand on est montés dans le taxi, devant l'hôtel. Je pense qu'elle est entrée dans le Cochon du Sud, et qu'elle est hors de portée… avec sa portée.

Son jeu de mots le fit sourire faiblement.

Callahan se retourna vers le tableau des noms, au centre du hall gigantesque.

— Garde Ote près de toi.

— Ne vous inquiétez pas.

Il ne fallut pas longtemps à Callahan pour trouver ce qu'il cherchait.

TREIZE

Le panneau disait :

STOCKAGE LONGUE DURÉE
10-36 MOIS
UTILISER JETONS
PRENDRE CLÉ
LA DIRECTION DÉCLINE TOUTE RESPONSABILITÉ EN CAS DE PERTE OU DE VOL

En dessous, dans un cadre, ils aperçurent un règlement, qu'ils lurent avec attention. Sous leurs pieds passa un métro, qui fit trembler le sol. Callahan, qui n'avait plus mis les pieds à New York depuis presque vingt ans, n'avait aucune idée de quel train il s'agissait, de quelle était sa trajectoire, ou de la profondeur à laquelle il perforait les entrailles de la ville. Ils étaient déjà descendus de deux étages par l'escalator, d'abord jusqu'au niveau des boutiques, puis jusqu'ici. La station de métro était bien plus profonde.

Jake changea son sac d'Orizas d'épaule, et montra du doigt la dernière ligne du règlement.

— Si on était locataires, on aurait droit à une réduction, fit-il remarquer.

— Duction ! s'écria Ote d'un air morne.

— Si fait, mon petit gars, approuva Callahan. Et si les rêves étaient des chevaux, même les mendiants n'iraient plus à pied. On n'a pas besoin d'une réduction.

Certainement pas. Après avoir passé le détecteur de métaux (les Orizas ne firent pas un pli) et un flic intérimaire somnolant sur un tabouret, Jake décida qu'un casier des plus petits – ceux alignés sur le mur du fond de la grande pièce, sur la gauche –

conviendrait très bien au sac de L'ENTRE-DEUX-QUILLES contenant le coffret. Louer ce casier pour une durée maximale leur coûterait vingt-sept dollars. Le Père Callahan introduisit les billets avec précaution dans le distributeur de jetons, s'attendant déjà à une panne : de toutes les merveilles et de toutes les horreurs qu'il avait vues pendant leur bref retour dans la grande ville (les dernières incluant notamment une taxe de prise en charge de deux dollars dans les taxis), celle-ci était sans doute la plus difficile à se figurer, pour lui. Un distributeur qui acceptait les billets ? Il avait fallu un paquet de technologie sophistiquée, pour en arriver là, jusqu'à cette façade marron terne et ce voyant lumineux qui ordonnait au client d'INSÉRER BILLETS DANS CE SENS UNIQUEMENT ! L'image accompagnant cette directive montrait un billet à l'effigie de George Washington avec la tête tournée vers la gauche, mais les billets que Callahan glissa dans la machine semblaient marcher parfaitement, dans n'importe quel sens. Du moment que la tête apparaissait sur le dessus du billet. Callahan se sentit presque soulagé quand la machine eut bel et bien un raté, et refusa un vieux billet d'un dollar, tout froissé. Les billets de cinq, raisonnablement froissés eux aussi, étaient avalés sans le moindre scrupule, et échangés contre une petite pluie de jetons dans le panier en dessous. Callahan ramassa ses vingt-sept dollars de morceaux de plastique, rejoignit Jake qui l'attendait à l'écart, en se retournant quand même en cours de route, pour vérifier quelque chose. Il se pencha pour examiner le côté de cette incroyable machine mangeuse de billets (incroyable pour *lui*, du moins). Tout en bas, sur une série de petites plaques, il dénicha l'information qu'il cherchait. Il s'agissait d'un MONNAYEUR 2000, fabriqué à Cleveland, dans l'Ohio. Mais une quantité impressionnante d'entreprises y avaient collaboré : General Electric, DeWalt Electronics, Panasonic et, en tout dernier, en tout petit mais bien là, North Central Positronics.

Le serpent est dans le jardin, pensa Callahan. *Ce Stephen King qui est censé m'avoir imaginé, peut-être n'existe-t-il que dans un seul monde, mais qu'est-ce que tu paries que North Central Positronics existe dans* tous *? Évidemment, parce que c'est la plate-forme du Roi Cramoisi, tout comme Sombra est aussi sa plate-forme, et il aspire exactement à la même chose que tous les despotes assoiffés de pouvoir de l'Histoire : il veut être partout, tout posséder et, pour résumer, être à la tête de tout l'univers.*

— Ou l'entraîner dans les ténèbres, murmura-t-il.

— Père ! l'interpella Jake sur un ton impatient. *Père !*

— J'arrive, dit-il en s'empressant de rejoindre le jeune garçon, les mains pleines de jetons dorés et brillants.

QUATORZE

La clé ressortit du Casier 883, après que Jake eut inséré neuf jetons dorés, mais il continua de les enfourner, jusqu'à épuisement des vingt-sept dollars. C'est alors que le petit hublot en verre situé sous le numéro de casier passa au rouge.

— Plein à craquer, commenta Jake avec satisfaction.

Ils parlaient toujours à voix basse, du genre « ne pas réveiller le bébé », et cette longue salle caverneuse était en effet très silencieuse. Jake se doutait que ce devait être un boucan monstrueux, à huit heures du matin et à cinq heures du soir, les jours de semaine, avec tous ces gens qui allaient et venaient dans le métro sous eux, et dont certains entreposaient leurs affaires dans les consignes « courte durée » à pièces. Pour l'heure, on n'entendait que les échos fantomatiques de conversations dans le conduit de l'escalator, montant des boutiques encore ouvertes, dans la galerie marchande à l'étage du dessous. Un autre train à l'approche faisait trembler le sol.

Callahan glissa le sac de bowling dans l'étroite ouverture. Il le repoussa aussi loin qu'il put à l'intérieur, sous le regard anxieux de Jake. Puis il referma le casier et Jake fit tourner la clé. Puis, d'une voix angoissée :

— Est-ce qu'elle va continuer à dormir ?

— Je le crois, oui, répondit Callahan. Comme elle l'a fait dans mon église. Si un autre Rayon se rompt, elle pourrait se réveiller et faire des dégâts mais, de toute manière, si un autre Rayon cède…

— Si un autre Rayon cède, quelques dégâts ne feront pas une grosse différence, termina Jake pour lui.

Callahan acquiesça d'un hochement de tête.

— La seule chose, c'est que… eh bien, tu sais où l'on va, et tu sais ce qu'on pourrait bien y trouver.

Des vampires. Des ignobles. D'autres serviteurs du Roi Cramoisi, peut-être. Qui sait, Walter serait peut-être là, lui aussi. L'homme en robe noire à capuche, qui changeait parfois de forme et se faisait appeler Randall Flagg. Et le Roi Cramoisi en personne.

Oui, Jake le savait.

— Si tu as le don de *shining*, poursuivit Callahan, on peut en déduire que certains d'entre eux l'ont aussi. Il n'est pas impossible qu'ils viennent lire l'emplacement de cet endroit – et même le numéro de casier – dans notre esprit. Nous allons débarquer là-bas, essayer de la libérer, mais il nous faut admettre que les chances de réussite sont plutôt minces. Je ne me suis jamais servi d'une arme de ma vie et toi – pardonne-moi, Jake, mais toi tu n'es pas exactement ce qu'on pourrait appeler un vieux de la vieille.

— J'ai quelques heures de vol.

Il pensait à son expérience avec Gasher, et aux Loups, aussi.

— Mais là, ce sera sans doute différent, précisa Callahan. Ce que je veux dire, c'est que se faire prendre vivants ne sera sans doute pas une bonne idée. Si on en arrive là. Tu comprends ?

— Ne vous inquiétez pas, fit Jake d'une voix calme à faire froid dans le dos. Ne vous inquiétez pas pour ça, Père. Ça n'arrivera pas.

QUINZE

Et ils se retrouvèrent de nouveau dehors, à chercher un taxi. Grâce aux pourboires de la femme de chambre, Jake calcula qu'il leur restait juste assez pour se rendre au Cochon du Sud. Et il avait dans l'idée qu'une fois qu'ils seraient entrés, leurs besoins en liquide – ou en quoi que ce soit d'autre – deviendraient très limités.

— En voilà un, dit Callahan en agitant le bras comme un drapeau.

Pendant ce temps, Jake jeta un regard en arrière vers l'immeuble qu'ils venaient de quitter.

— Vous êtes sûr qu'elle sera en sécurité, là-dedans ? demanda-t-il à Callahan tandis que le taxi faisait un écart dans leur direction, donnant du klaxon contre les traînards qui le séparaient de ses clients.

— D'après mon vieil ami *sai* Magruder, c'est le coffre-fort le plus sûr de Manhattan. Cinquante fois plus sûr que les consignes des gares de Penn ou de Grand Central, d'après lui... et puis ici, on dispose de l'option « longue durée ». Il y a sans doute d'autres lieux de stockage à New York, mais on sera repartis avant qu'ils ouvrent – quoi qu'il arrive.

Le taxi se gara au bord du trottoir. Callahan ouvrit la portière et la tint pour que Jake monte, et Ote sauta juste derrière lui. Callahan jeta un regard d'adieu aux tours jumelles du World Trade Center avant de les rejoindre.

— C'est bon pour tenir jusqu'à juin 2002, sauf si quelqu'un ouvre le casier par effraction et la vole.

— Ou si l'immeuble s'effondre dessus, dit Jake.

Callahan éclata de rire, pourtant Jake n'avait pas essayé d'être drôle.

— Ça n'arrive jamais. Et même si ça arrivait, eh bien… une boule de verre sous dix étages d'acier et de béton ? Même une boule de verre aux pouvoirs magiques très puissants ? J'imagine que ce serait un moyen de se débarrasser de cette saleté, je dirais.

SEIZE

Jake avait demandé au chauffeur de les déposer au coin de Lexington et de la 59e, par simple mesure de précaution, et après avoir jeté un regard vers Callahan pour avoir son aval, il donna au *sai* tout ce qu'il leur restait, à l'exception de deux dollars.

Au coin de Lex et de la 60e, Jake indiqua du doigt un coin de trottoir jonché de mégots de cigarettes.

— C'est là qu'il était, dit-il. L'homme à la guitare.

Il se baissa, ramassa l'un des mégots et le garda dans sa paume pendant quelques secondes. Puis il hocha la tête, sourit d'un sourire sans joie et réajusta la bandoulière sur son épaule. Les Orizas tintèrent doucement à l'intérieur du sac de jonc. À l'arrière du taxi, Jake les avait comptés, et il n'avait pas été surpris d'en trouver dix-neuf tout rond.

— Pas étonnant qu'elle se soit arrêtée, dit Jake en laissant tomber le mégot et en s'essuyant la main sur sa chemise. Et soudain il se mit à chanter, à voix basse mais parfaitement juste : « *I am a man… of constant sorrow… I've seen trouble… all my days… I'm bound to ride… that Northern railroad… Perhaps I'll take… the very next train*[1]. »

Déjà bien à cran, Callahan sentit ses nerfs se tendre un peu plus. Bien sûr, il avait reconnu la chanson. Sauf que quand Susannah l'avait chantée ce soir-là, au Pavillon – ce même soir où Roland avait gagné le cœur des habitants de La Calla en dan-

---

1. Littéralement : « Je suis un homme / au chagrin éternel / j'ai eu des ennuis / toute ma vie / je suis condamné à voyager / à bord de ce train vers le nord / peut-être que je prendrai le prochain. » *(N.d.T.)*

sant le commala le plus endiablé qu'ils eussent jamais vu –, elle avait dit « maid », à la place de « man »[1].

— Elle lui a donné de l'argent, fit Jake, comme en rêve. Et elle a dit…

Il se tenait debout, la tête baissée, se mordant la lèvre, très concentré. Ote le regardait, captivé. Callahan ne l'interrompit pas. Il venait de comprendre une chose : lui et Jake allaient mourir au Cochon du Sud. Ils tomberaient au combat, mais c'est bien là-bas qu'ils mourraient.

Et il se dit aussi que ce n'était pas si terrible, de mourir. La perte du garçon allait briser le cœur de Roland… pourtant il continuerait. Tant que la Tour Sombre resterait debout, Roland continuerait.

Jake releva les yeux.

— Elle a dit : « Souvenez-vous de la lutte. »

— Susannah ?

— Oui. Elle est *passée devant*. Mia l'a laissée faire. Et cette chanson a ému Mia. Elle a pleuré.

— Tu dis vrai ?

— Je dis vrai. Mia, fille de personne, mère d'un seul. Et pendant que Mia était distraite… les yeux aveuglés par les larmes…

Jake observa les alentours. Ote en fit autant en même temps que lui, ne cherchant visiblement rien de précis, mais imitant son maître adoré. Callahan se remémorait cette nuit au Pavillon. Les lumières. Cette façon qu'avait eue Ote de se tenir sur ses pattes arrière pour saluer les *folken*. Susannah, qui chantait. Les lumières. La danse, Roland qui dansait le commala au milieu des lumières, les lumières colorées. Roland qui dansait dans le blanc. Toujours Roland. Et à la fin, après que tous les autres seraient tombés dans ces embuscades sanglantes, il resterait Roland.

Je peux vivre avec ça, se dit Callahan. *Et mourir, aussi*.

— Elle a laissé quelque chose, mais ça a *disparu* ! dit Jake d'une voix pleine de détresse, où affleuraient les larmes. Quelqu'un a dû le trouver… ou peut-être que le guitariste l'a vue le laisser tomber et l'a ramassé… Putain de ville ! Tout le monde vole tout le monde ! Ah, *merde !*

— Laisse, va.

1. Littéralement : « jeune fille » à la place d'« homme ». *(N.d.T.)*

Jake leva son visage pâle, fatigué et apeuré vers Callahan.

— Elle nous a laissé quelque chose, et on en a *besoin* ! Vous ne comprenez donc pas combien nos chances sont *minimes* ?

— Si. Et si tu veux faire machine arrière, Jake, c'est le moment ou jamais.

Le garçon secoua la tête sans aucun doute et sans l'ombre d'une hésitation, et Callahan se sentit furieusement fier de lui.

— Allons-y, Père.

DIX-SEPT

Ils firent un nouvel arrêt au coin de Lex et de la 61ᵉ. Jake tendit le bras. Callahan vit l'auvent vert de l'autre côté de la rue et acquiesça. Dessus était imprimé un porc de bande dessinée arborant un sourire d'extase, alors qu'il avait déjà viré au rouge vif et qu'il fumait de toutes parts. LE COCHON DU SUD était inscrit sur le rabat du store. Garées à la queue leu leu en face du bâtiment, cinq longues limousines attendaient sagement, leurs phares jaunes diffusant une lueur légèrement ouatée dans la pénombre. Pour la première fois, Callahan se rendit compte qu'un voile de brume remontait l'avenue.

— Tenez, fit Jake en lui tendant le Ruger.

Le garçon fouilla dans ses poches et en ressortit deux pleines poignées de cartouches. Elles brillaient d'un éclat mat dans la lumière orange et pénétrante des réverbères.

— Mettez-les toutes dans votre poche de chemise, Père. Elles seront plus faciles à attraper, vous voyez ?

Callahan acquiesça.

— Vous vous êtes déjà servi d'une arme à feu ?

— Non. Tu as déjà lancé un de ces plats ?

Les lèvres de Jake dessinèrent un large sourire.

— Avec Benny Slightman, on a balancé quelques-uns des plats d'entraînement, un soir. On a fait un match, au bord du fleuve. Il n'était pas très bon, mais…

— Laisse-moi deviner : toi, si.

Jake haussa les épaules, puis opina du chef. Il n'avait pas de mots pour décrire la satisfaction qu'il avait ressentie, avec ces plats dans la main. Une satisfaction parfaite et sauvage. Mais c'était peut-être naturel. Susannah aussi avait rapidement pris le pli, et était devenue une excellente lanceuse d'Orizas. Ce que le Père Callahan avait pu constater de ses yeux.

— D'accord. Quel est notre plan ? demanda Callahan.

À présent qu'il était résolu à mener toute cette histoire à son terme, c'est bien volontiers qu'il laissait le commandement au garçon. Après tout, c'était Jake, le pistolero.

Le garçon secoua la tête.

— On n'en a pas. Pas vraiment. J'y vais le premier. Vous entrez juste derrière moi. Une fois qu'on a passé la porte, on se sépare. Il faut qu'il y ait trois mètres entre nous, chaque fois qu'on pourra, Père – vous comprenez ? Pour que, peu importe combien ils sont et comment ils sont disposés, aucun d'eux ne puisse nous avoir tous les deux d'une seule balle.

C'était là l'enseignement de Roland, et Callahan le reconnut pour ce qu'il était. Il hocha la tête.

— Je pourrai la suivre grâce au *shining*, et Ote pourra me seconder grâce à son flair. Suivez-nous. Tirez sur tout ce qui doit être descendu, et sans hésiter, vous comprenez ?

— Si fait.

— Si vous tuez quelque chose qui a l'air d'avoir une arme utilisable, prenez-la. Si vous pouvez l'attraper dans le mouvement, bien sûr. Il ne faut pas qu'on s'arrête. Il faut qu'on les devance, toujours. Il faut qu'on soit impitoyables. Vous savez hurler ?

Callahan y réfléchit, puis acquiesça.

— Alors criez-leur dessus. J'en ferai autant. Et j'avancerai tout le temps. Peut-être en courant, mais plutôt en marchant vite, sans doute. Faites en sorte qu'à chaque fois que je tourne la tête sur ma droite, je voie votre profil.

— Tu le verras, dit Callahan, en pensant : *Jusqu'à ce que l'un d'eux me descende, bien entendu*. Et une fois qu'on l'aura sortie de là, Jake, est-ce que je serai un pistolero ?

Jake eut un sourire vorace, tous ses doutes, toutes ses peurs semblaient derrière lui.

— Khef, *ka*, et *ka-tet*. Regardez, c'est passé au vert. Allons-y.

DIX-HUIT

Le siège conducteur de la première limousine était inoccupé. Dans la deuxième, un type en casquette et uniforme était assis au volant, mais Callahan eut l'impression que le *sai* dormait. Un autre type en casquette et uniforme se tenait appuyé contre l'aile du troisième véhicule, côté trottoir. La pointe rouge d'une cigarette décrivit un arc de cercle paresseux jusqu'à sa bouche, puis redescendit. L'homme jeta un regard dans leur direction, mais sans montrer un intérêt particulier. Qu'y avait-il à voir ? Un homme plus vraiment dans la force de l'âge, un gamin qui allait vers l'adolescence, et un chien pas rassuré qui trottinait. La belle affaire.

Lorsqu'ils atteignirent l'autre côté de la 61ᵉ, Callahan désigna un panneau accroché à un montant chromé, devant le restaurant :

FERMÉ POUR CAUSE DE RÉCEPTION PRIVÉE

De quel genre de « réception privée » pouvait-il s'agir, ce soir, au Cochon du Sud ? se demanda Callahan. Un baptême ? Un anniversaire ?

— Et Ote ? fit-il à voix basse, à l'intention de Jake.

— Ote reste avec moi.

Quatre mots seulement, pourtant ils suffirent à convaincre Callahan que Jake savait ce qu'il faisait : c'était la nuit de leur mort, Callahan ne savait pas encore s'ils réussiraient à faire une sortie pleine de panache et d'étincelles, mais ils feraient une sortie, tous les trois. La clairière au bout du sentier ne leur était plus cachée que par un dernier tournant. Qu'ils prendraient dans quelques secondes, tous les trois de front. Et il avait beau ne pas vouloir mourir tant que ses poumons pouvaient encore respirer et que ses yeux pouvaient encore voir, Callahan mesurait aussi combien les choses auraient pu être pires. Ils avaient rendu la Treizième Noire aux ténèbres, à un autre lieu sombre où elle pourrait dormir, et si Roland restait en effet debout quand tout ce tohu-bohu prendrait fin, quand la bataille serait perdue et gagnée, alors il suivrait sa trace et s'en débarrasserait comme bon lui semblerait. En attendant…

— Jake, écoute-moi une minute. C'est important.

Jake hocha la tête, mais avec de l'impatience dans le regard.

— Comprends-tu que tu es en danger de mort, et demandes-tu le pardon de tes péchés ?

Le garçon comprit qu'on lui administrait les derniers sacrements.

— Oui.

— Regrettes-tu sincèrement ces péchés ?

— Oui.

— Te repens-tu ?

— Oui, Père.

Callahan esquissa un signe de croix en face de lui.

— *In nomine patris, et filii, et…*

Ote aboya. Une seule fois, mais vivement. Un aboiement un peu étouffé, car il avait trouvé quelque chose dans le caniveau qu'il tendait à Jake, entre ses dents. Le garçon se baissa et le prit.

— Quoi ? Qu'est-ce que c'est ?

— C'est ce qu'elle nous a laissé, répondit Jake.

On entendait dans sa voix un immense soulagement, presque une nouvelle lueur d'espoir. C'est ce qu'elle a laissé tomber pendant que Mia était distraite et émue par la chanson. Oh bon sang – on a peut-être une chance, Père. On a peut-être une chance de s'en sortir, après tout.

Il déposa le petit objet dans la paume du Père. Callahan fut surpris de le trouver si léger, puis fut ébahi par sa beauté. Il ressentit instantanément la même bouffée d'espoir. C'était sans doute stupide, mais c'était bien là.

Il approcha la tortue miniature de son visage et lissa de l'index l'entaille en forme de point d'interrogation, sur sa carapace. Il plongea son regard dans ses yeux sages et sereins.

— Comme elle est jolie, dit-il dans un souffle. C'est Maturin la Tortue ? C'est elle, n'est-ce pas ?

— Je ne sais pas, répondit Jake. Probablement. Elle l'appelle la *skölpadda*, et elle pourrait nous être utile, mais elle ne tuera pas les écumeurs qui nous attendent là-dedans, rappela-t-il avec un mouvement de tête en direction du Cochon du Sud. Il n'y a que nous qui puissions le faire, Père. Vous vous en sentez capable ?

— Oh oui, dit Callahan d'un ton calme.

Il glissa la tortue, la *skölpadda*, dans sa poche de chemise.

— Je tirerai jusqu'à épuisement de mes munitions, ou jusqu'à la mort. Si j'arrive à court de munitions avant qu'ils me tuent, je les rouerai de coups avec la crosse.

— Bien. Alors allons leur donner les derniers sacrements. À *eux*.

Ils dépassèrent le panneau FERMÉ accroché à son poteau chromé, Ote trottinant entre eux, la tête haute et le museau décoré d'un grand sourire, toutes dents dehors. Ils gravirent les trois marches qui menaient à la double porte sans l'ombre d'une hésitation. Arrivé en haut, Jake fouilla dans son sac et en sortit deux plats. Il les cogna l'un contre l'autre, opina du chef en les entendant tinter faiblement, puis dit :

— Voyons la vôtre.

Callahan leva le Ruger, en tenant le barillet près de sa joue droite, comme un duelliste son fleuret. Puis il toucha sa poche de chemise, bombée et alourdie par les balles.

Jake hocha la tête d'un air satisfait.

— Une fois à l'intérieur, on reste ensemble. Toujours groupés, avec Ote entre nous. À trois. Et une fois partis, on ne s'arrête plus. Jusqu'à la mort.

— On ne s'arrête plus.

— C'est ça. Vous êtes prêt ?

— Oui. L'amour de Dieu t'accompagne, mon garçon.

— Vous aussi, Père. Un… deux… *trois*.

Jake ouvrit la porte et ils pénétrèrent ensemble dans la semi-pénombre et l'odeur rance et doucereuse de porc grillé.

SOLISTE : *Commala-vienne ki*
Il y a un temps pour vivre et un temps pour mourir.
Quand on est au pied du mur, impossible de fuir
Les balles volent, il faut en finir.

CHŒUR : *Commala-vienne ki !*
Les balles volent, bientôt tout sera fini !
Ne pleurez pas pour moi, mes amis
Quand viendra mon heure de mourir.

TREIZIÈME COUPLET

AÏLE, MIA. AÏLE, MÈRE

UN

C'est peut-être le *ka* qui plaça là ce bus, lorsque le taxi de Mia s'arrêta – ou peut-être n'était-ce qu'une coïncidence. C'est le genre de question qui soulèverait un grand débat, aussi bien parmi le prêcheur de rue le plus humble (donnez-moi un alléluia) qu'entre grands pontes de la théologie (je vous demande un petit amen socratique). Certains jugeront sans doute qu'il s'agit là d'une question futile ; pourtant, les puissantes implications qu'elle soulève sont loin de l'être.

Un bus en route pour le centre-ville, à moitié vide.

Mais s'il ne s'était pas trouvé au coin de Lex et de la 61e, Mia n'aurait sans doute jamais remarqué l'homme à la guitare. Et si elle ne s'était pas arrêtée pour écouter l'homme à la guitare, qui sait combien ce qui suivit aurait été différent ?

DEUX

— Waouhhh, vieux, r'gardez-moi un peu *ça* ! s'exclama le chauffeur de taxi, en levant la main derrière le pare-brise, exaspéré. Un bus était garé au coin de Lex et de la 61e, son moteur diesel ronronnant et ses feux arrière clignotant, dans ce que Mia prit pour une sorte de code de détresse. Le chauffeur du bus se tenait près de l'une des roues arrière, et il contemplait l'épais nuage noir se dégageant du pot d'échappement du véhicule.

— Madame, proposa-t-il, ça vous dérangerait de descendre au coin de la 60e ? Ça vous irait ?

Ça m'irait ? Qu'est-ce que je dois répondre ?

Pas de problème, répondit Susannah d'un air distrait. *Au coin de la 60e, c'est parfait.*

La question de Mia l'avait ramenée du Dogan, où elle essayait d'entrer en contact avec Eddie. La chance n'avait pas vraiment été de son côté, et l'état des lieux l'avait littéralement affolée. Les fissures dans le sol étaient beaucoup plus profondes, et l'un des panneaux du plafond s'était effondré, entraînant dans sa chute les néons fluorescents et des câbles électriques longs de plusieurs mètres. Certains des tableaux de commande s'étaient éteints. D'autres laissaient échapper des filets de fumée. L'aiguille du cadran **Susannah-Mio** était complètement dans le rouge. Sous ses pieds, le sol vibrait et les machines hurlaient. Et se dire que rien de tout ça n'était réel, que ce n'était là qu'une technique de visualisation, c'était passer à côté de l'essentiel, non ? Elle avait interrompu un processus très puissant, et son corps était en train d'en payer le prix. La Voix du Dogan l'avait prévenue que ce qu'elle faisait était dangereux. Qu'il n'était pas prudent de jouer avec Mère Nature (on aurait dit une pub à la télé). Susannah ne savait absolument pas lesquels de ses organes ou de ses glandes étaient les plus touchés, mais ce dont elle était certaine, c'est qu'il s'agissait bien des siens. Pas ceux de Mia. Il était temps de mettre fin à cette folie, avant que tout n'explose.

Mais d'abord, elle avait essayé d'entrer en contact avec Eddie, de hurler son nom dans le micro estampillé North Central Positronics, en long en large et en travers. Rien. Elle avait aussi hurlé le nom de Roland, sans plus de résultat. S'ils étaient morts, elle le saurait. Elle en était certaine. Mais pouvoir entrer en contact avec eux, ça, elle n'en était pas certaine *du tout*… qu'est-ce que ça voulait dire ?

Ça veut di'e que qu'tu t'es fait baiser dans les g'andes la'geu's, ma biquette, lui dit Detta, avant de se mettre à glousser. *Voilà c'qui s'passe, à fo'ce de f'icoter avec les sales 'culés d'culs blancs.*

Je peux sortir d'ici ? demandait Mia, aussi timide qu'une débutante arrivant au bal. *Vraiment ?*

Susannah se serait bien frappé le front, si elle en avait eu un. Bon sang, dès qu'il s'agissait d'autre chose que de son bébé, ce que cette garce pouvait être *empotée* !

Oui, vas-y. On est à deux cents mètres à peine, et sur une avenue, c'est vite fait.

Le chauffeur… combien je dois donner au chauffeur ?

Donne-lui un billet de dix, et dis-lui de garder la monnaie. Attends, je vais te montrer…

Susannah sentit la réticence de Mia et eut une réaction de colère mêlée de lassitude. Ça avait son petit côté drôle, tout bien considéré.

Écoute-moi bien, ma chérie, je m'en lave les mains, de ce qui peut t'arriver. OK ? Donne-lui n'importe quel billet, j'en ai rien à foutre.

Non, non, ça va. Humble, tout à coup. Apeurée. *Je te fais confiance, Susannah.* Et elle tendit la liasse des billets de Mats à hauteur de ses yeux, disposés en éventail comme un jeu de cartes.

Susannah était à deux doigts de refuser, mais à quoi bon ? Elle *passa devant*, prit le contrôle des mains brunes qui tenaient l'argent, choisit un billet de dix, et le tendit au chauffeur.

— Gardez la monnaie.

— Merci, ma p'tite dame !

Susannah ouvrit la portière côté trottoir. Une voix synthétique se mit à parler au même moment, la faisant sursauter – les faisant sursauter toutes les deux. C'était quelqu'un du nom de

Whoopi Goldberg, qui lui rappelait qu'il ne fallait pas qu'elle oublie ses sacs. Pour Susannah-Mia, la question de son *gunna* était discutable. Elles n'avaient plus qu'un seul bagage, désormais, et Mia s'apprêtait à s'en libérer.

Elle entendit une mélodie à la guitare. Au même instant, elle sentit lui échapper le contrôle de la main qui remettait à la hâte les billets dans sa poche, et de la jambe qui sortait du taxi. Mia reprenait les rênes, à présent que Susannah avait résolu encore un de ses petits dilemmes new-yorkais. Susannah commença par lutter, instinctivement, contre cette odieuse usurpation

(mon *corps, bon sang,* le mien, *du moins au-dessus de la taille, et ça inclut la tête et le cerveau qu'elle contient !*)

puis laissa tomber. À quoi bon ? Mia était la plus forte. Susannah n'avait aucun sens de la logique de tout ça, mais c'était un fait, Mia était la plus forte.

Susannah Dean se sentit soudain submergée par une espèce d'étrange fatalisme. Ce calme incompréhensible qui gagne le conducteur d'une voiture devenue folle qui fonce droit sur un passage à niveau, ou le pilote d'un avion qui amorce son dernier plongeon après que ses réacteurs ont lâché… ou le pistolero sur le point de dégainer, dans sa dernière embuscade. Plus tard elle aurait peut-être à se battre, si le combat paraissait digne d'intérêt ou honorable. Elle se battrait pour se sauver ou sauver le bébé, mais pas Mia – elle en avait décidé ainsi. Mia avait épuisé tout son mérite et toutes ses chances d'être sauvée, aux yeux de Susannah.

Pour l'instant, il n'y avait rien à faire, sauf peut-être remettre le compteur « FORCE DE TRAVAIL » sur 10. Elle se dit qu'elle réussirait sans doute à prendre suffisamment le contrôle pour y arriver.

Mais avant ça… la musique. La guitare. Elle connaissait cette chanson, elle la connaissait même bien. Elle en avait même chanté une version aux *folken*, la nuit de leur arrivée à Calla Bryn Sturgis.

Après tout ce qu'elle avait traversé, depuis sa rencontre avec Roland, entendre « A Man of Constant Sorrow » à un coin de rue en plein New York ne lui parut pas une seconde dû au hasard. Et c'était une chanson merveilleuse, pas vrai ? Peut-être même la quintessence de toutes les chansons folk qu'elle avait aimées dans sa jeunesse, ces chansons qui l'avaient envoûtée, la conduisant pas à pas jusqu'à l'activisme, pour finir à Oxford, dans le Mississippi. C'était du passé – elle se sentait tellement plus vieille qu'à l'époque –, pourtant la simplicité triste de cette chanson l'attirait toujours autant. Le Cochon du Sud se situait à quelques dizaines de mètres de là. Une fois que Mia leur aurait fait passer ces portes, Susannah se trouverait dans le Pays du Roi Cramoisi. Elle n'avait aucun doute et ne se faisait aucune illusion, à ce sujet. Elle ne s'attendait pas à en revenir, n'espérait pas revoir ses amis ou son bien-aimé, et avait dans l'idée qu'il lui faudrait mourir avec pour seuls compagnons les hurlements d'une Mia trahie... mais rien de tout cela ne devait interférer avec le plaisir qu'elle avait à écouter cette chanson, en cet instant. Était-ce son chant du cygne ? Si tel était le cas, ça lui allait.

Susannah, fille de Dan, se dit que ç'aurait pu être bien pire.

TROIS

Le musicien des rues s'était installé devant un café, la Tortue Paresseuse. Il avait ouvert son étui à guitare à ses pieds, et la doublure en velours violet (exactement de la même couleur que le tapis dans la chambre de *sai* King, donnez-moi un petit amen) était jonchée de pièces et de billets, de manière que l'éventuel passant particulièrement innocent sache quoi faire. Le guitariste était assis sur un cube en bois, le frère jumeau de celui sur lequel avait grimpé le Révérend Harrigan, pour sa harangue.

À certains signes, on pouvait raisonnablement penser qu'il avait bientôt fini sa journée. Il avait enfilé son blouson, orné d'un écusson des Yankees, ainsi qu'une casquette sur laquelle un badge accroché au-dessus de la visière annonçait **JOHN LENNON EST VIVANT**. Il avait sans doute posé une pancarte en carton devant lui, mais il l'avait déjà rangée dans son étui, retournée. De toute façon, Mia n'aurait pas pu en déchiffrer un traître mot.

Il la regarda, sourit, et s'arrêta de jouer. Elle brandit un des billets qui lui restaient et dit :

— Il est pour vous si vous rejouez cette chanson. En entier, cette fois-ci.

Le jeune homme ne devait pas avoir plus de vingt ans, et s'il n'y avait rien de beau dans son teint pâle et boutonneux, son anneau doré dans la narine et sa cigarette au coin des lèvres, il avait un air attachant. Ses yeux s'agrandirent quand il reconnut la tête sur le billet.

— Ma bonne dame, pour cinquante je peux vous jouer tout le répertoire de Ralph Stanley que je connais… et j'en connais un paquet.

— Juste celle-ci, ça nous ira très bien, dit Mia en jetant le billet.

Il descendit comme une plume dans l'étui à guitare. Le musicien regarda le billet atterrir d'un air incrédule.

— Dépêchez-vous, ordonna Mia.

Susannah ne disait rien, mais Mia sentait bien qu'elle était tout ouïe.

— Mon temps est compté. Jouez.

Et alors le guitariste assis sur son cube de bois devant le café se mit à jouer une chanson que Susannah avait entendue pour la première fois dans un bar, une chanson qu'elle avait chantée elle-même dans Dieu sait combien de bouges, une chanson qu'elle avait aussi chantée une fois, derrière un motel, à Oxford, dans le Mississippi. La veille du jour où ils s'étaient tous retrouvés en prison. À cette date, les trois jeunes militants pour le droit de vote avaient disparu depuis presque un mois, disparu dans la terre noire du Mississippi aux alentours de Philadelphie (on avait fini par les retrouver dans la ville de Longdale, donnez-moi un petit alléluia, donnez-moi un petit amen). Le fameux Marteau Piqueur Blanc s'était remis à l'œuvre dans tous les bleds de bouseux, mais ça ne les avait pas empêchés de chanter. Odetta Holmes – Det, comme on l'appelait à l'époque – avait entonné cette chanson-là, et les autres s'étaient joints à elle, les garçons disaient *man* et les filles, *maid*. À présent, retenue dans ce Dogan qui était devenu son goulag, Susannah écoutait ce jeune homme, qui n'était même pas né en ces jours ignobles, la chanter à nouveau. Le bâtardeau de sa mémoire s'ouvrit une nouvelle fois à la volée et c'est Mia, peu préparée à la violence de ces souvenirs, qui fut emportée par la vague.

QUATRE

Dans le Pays des Souvenirs, le temps, c'est toujours *maintenant*.

Dans le Royaume de Jadis, les horloges font tic-tac… mais leurs aiguilles ne bougent jamais.

Il y a une Porte Dérobée
(Ô perdue)
et la mémoire est la clé qui seule peut l'ouvrir.

CINQ

Ils s'appellent Cheney, Goodman et Schwerner : ce sont eux qui tombent sous les coups du Marteau Piqueur Blanc, le 19 juin 1964.

Ô Discordia !

SIX

Ils sont descendus au motel La Lune Bleue, du côté nègre d'Oxford, Mississippi. Le propriétaire du motel s'appelle Lester Bambry, et son frère John est pasteur de la première Église méthodiste afro-américaine d'Oxford, donnez-moi un alléluia, je veux entendre un amen.

On est le 19 juillet, soit un mois jour pour jour après la disparition de Cheney, Goodman et Schwerner. Trois jours après leur disparition, aux environs de Philadelphie, une réunion a eu lieu dans l'église de John Bambry, et les activistes nègres locaux ont dit aux trente ou quarante Blancs du Nord qui restaient qu'à la lumière de ce qui s'était passé, ils étaient bien sûr libres de rentrer chez eux. Et certains d'entre eux sont bel et bien rentrés chez eux, gloire à Dieu, mais Odetta Holmes et dix-huit autres sont restés. Oui. Ils sont installés au motel La Lune Bleue. Et parfois, le soir, ils vont à l'arrière, Delbert Anderson prend sa guitare et ils chantent.

« Je serai libéré », ils chantent et

« John Henry », ils chantent, on va les battre à plates coutures (Dieu le très haut, vivent les bombes divines), et ils chantent

« Hesitation Blues », du Révérend Gary Davis, et ils éclatent tous de rire en entendant les rimes gentiment équivoques : un dollar est un dollar, appelons un chat un chat, j'ai une maison pleine de mouflards, et pas un n'est de moi, et ils chantent

« I ain't Marching Anymore » et ils chantent

au Pays des Souvenirs et au Royaume de Jadis ils chantent

avec le sang chaud de leur jeunesse, avec la force de leur corps, avec la confiance de leur esprit ils chantent

pour renier Discordia

pour renier les can toi

pour louer Gan le Créateur, Gan le Pourfendeur

ils ne connaissent pas ces noms-là
ils connaissent tous ces noms-là
le cœur chante ce qu'il doit chanter
le sang sait ce qu'il sait
sur le Sentier du Rayon nos cœurs connaissent tous les secrets
et ils chantent
et chantent
Odetta commence et Delbert Anderson joue ; elle chante

« I am a maid of constant sorrow… I've seen trouble all my days… I bid farewell… to old Kentucky[1]… »

---

1. Littéralement : « Je suis une jeune fille au chagrin éternel / j'ai eu des ennuis toute ma vie / j'ai dit adieu / à ce bon vieux Kentucky. » *(N.d.T.)*

SEPT

Ainsi Mia fut-elle invitée à passer la Porte Dérobée, à pénétrer dans le Pays des Souvenirs, et fut-elle transportée dans l'arrière-cour envahie par les herbes folles, derrière le motel La Lune Bleue de Lester Bambry, et c'est là qu'elle entendit…

(*entend*)

HUIT

Mia entend la femme qui deviendra Susannah, tandis qu'elle chante cette chanson. Elle entend les autres se joindre à elle, un par un, jusqu'à ce qu'ils soient tous en train de chanter en chœur, sous la lune du Mississippi, qui baigne leurs visages de sa riche lumière – des visages noirs, des visages blancs – et sur les rails d'acier glacial qui courent derrière l'hôtel, des rails qui courent vers le sud, qui courent jusqu'à Longdale, cette ville où, le 5 août 1964, on retrouverait les cadavres de leurs *amigos*, dans un sale état de décomposition – James Cheney, vingt et un ans ; Andrew Goodman, vingt et un ans ; Michael Schwerner, vingt-quatre ans ; ô Discordia ! Et vous qui préférez les ténèbres, recevez la joie de l'Œil rouge qui brille là-bas.

Elle les entend chanter.

All thro'this Earth I'm bound to ramble... Thro'storm and wind, thro'sleet and rain... I'm bound to ride that Northern railroad[1]...

Rien n'ouvre l'œil de la mémoire aussi bien qu'une chanson, et ce sont les souvenirs d'Odetta qui soulèvent Mia et qui la portent, tandis qu'ils chantent tous ensemble, Det et ses ka-mis sous la lune argentée. Mia les voit marcher bras dessus bras dessous, chantant

(*oh au fond de mon cœur... je crois...*)

une autre chanson, celle qui pour eux les représente le mieux. Dans la rue, les visages qu'ils croisent sont tordus par la haine. Les poings qui se tendent dans leur direction sont calleux. Les bouches des femmes qui crachent sur leurs joues souillent leurs

1. Littéralement : « Je suis condamnée à errer par le monde / à travers l'orage, le vent et la pluie / condamnée à voyager à bord du train en direction du nord. » *(N.d.T.)*

cheveux tachent leurs chemises sont sans rouge à lèvres, leurs jambes ne portent pas de bas et leurs chaussures sont grossières et usées. Il y a des hommes en salopettes (Bou diou d'bou diou, que quelqu'un me donne un alléluia). Il y a des petits jeunes en pulls blancs immaculés et cheveux gominés, et l'un d'eux crie à Odetta, en articulant bien chaque mot :

On va buter ! tous les foutus nègres ! qui mettront un pied ! sur le campus du vieux Mississippi ! un par un !

Et en réponse, la camaraderie, malgré la peur. *À cause* de la peur. Et ce sentiment qu'ils sont en train de faire quelque chose d'extrêmement important : quelque chose pour l'avenir. Qu'ils vont changer l'Amérique, et si le prix à payer doit être le sang versé, eh bien alors ils le paieront. Dites vrai, alléluia, gloire à Dieu, faites-moi un bel amen.

Et c'est alors qu'apparaît ce petit Blanc, Darryl, au départ il ne pouvait pas, il était tout mou et il ne pouvait pas, et plus tard il a pu et le double secret d'Odetta – cette autre hurlant, riant, tellement laide – ne s'en est pas approché. Darryl et Det ont passé la nuit ensemble, ils ont dormi l'un contre l'autre jusqu'au matin, sous la lune du Mississippi. À écouter les grillons. À écouter les hiboux. À écouter le doux murmure de la Terre en train de tourner sur son cardan, tournant et tournant encore, toujours plus avant dans le XXᵉ siècle. Ils sont jeunes, ils ont le sang chaud, pas une seconde ils ne doutent de leur aptitude à tout changer.

C'est l'heure des adieux, mon bel amant…

C'est sa chanson à elle dans les hautes herbes derrière le motel La Lune Bleue ; c'est sa chanson à elle sous la lune

Jamais plus je ne verrai ton visage…

C'est Odetta Holmes à l'apothéose de sa vie, et Mia est *là* ! Elle le voit, elle le sent, elle est perdue dans son espoir radieux – et stupide, d'aucuns diraient (ah mais je dis alléluia, et on dit tous bombe divine). Elle comprend combien le fait d'avoir peur tout le temps rend les amis plus précieux, rend chaque bouchée plus savoureuse, étire le temps jusqu'à faire croire que chaque journée dure une éternité, jusqu'à la nuit de velours, et ils *savent* que James Cheney est mort

(je dis vrai)

ils *savent* qu'Andrew Goodman est mort

(je dis alléluia)

ils *savent* que Michael Schwerner – le plus vieux d'entre eux, et pourtant encore un bébé – est mort.

(je veux entendre votre plus bel amen !)

Ils savent que n'importe lequel d'entre eux est sur la liste pour atterrir dans la vase de Longdale ou de Philadelphie. *N'importe quand*. La nuit qui suivra ces réjouissances à l'arrière de La Lune Bleue, la plupart d'entre eux (y compris Odetta) la passeront en prison. Et c'est alors que commencera pour elle le temps de l'humiliation. Mais ce soir elle est entourée de ses amis, de son amant, et ils ne font qu'un, et Discordia a été bannie. Ce soir ils chantent en se tenant par le bras.

Les filles chantent *maid* et les garçons chantent *man*.

Mia est submergée par l'amour qu'ils ressentent les uns pour les autres ; elle se sent exaltée par la simplicité de ce en quoi ils croient.

Au début, trop abasourdie pour rire ou pleurer, elle ne peut qu'écouter, captivée.

NEUF

Alors que le guitariste entonnait le quatrième couplet, Susannah se joignit à lui, d'abord timidement, puis – en voyant son sourire d'encouragement – avec entrain, posant sa voix en harmonie avec celle du jeune homme, un ton plus haut :

Pour le petit déjeuner, on bouffait de la vache enragée
Et à midi, des fayots et du pain
Les mineurs ça dîne jamais
Et leur lit c'est dans le foin

DIX

Le guitariste s'interrompit après ce couplet et dévisagea Susannah-Mia avec de la surprise et du respect dans le regard.

— Je croyais que j'étais le seul à la connaître, celle-là. C'est comme ça que les Freedom Riders[1] la chant…

— Non, corrigea doucement Susannah. Pas eux. C'étaient les défenseurs du droit de vote qui chantaient le couplet avec la vache enragée. Ceux qui sont allés à Oxford, à l'été 1964. Quand ces trois gosses se sont fait tuer.

— Schwerner et Goodman, reprit le jeune homme. Je me souviens pas du nom du…

— James Cheney, dit-elle, toujours d'une voix calme. Il avait une chevelure *magnifique*.

— Vous parlez comme si vous l'aviez connu, dit-il. Mais vous avez… quoi… même pas trente ans ?

Susannah avait comme l'impression d'avoir l'air beaucoup plus vieux, surtout ce soir, mais ce jeune garçon venait de voir

1. Groupe activiste luttant pour l'égalité raciale et le droit de vote pour tous. En avril 1964, sur les campus du nord des États-Unis, la Coalition pour les droits civiques lance une campagne nationale pour aider les électeurs noirs du Mississippi à s'inscrire sur les registres électoraux comme la loi le leur permet désormais. Des centaines de jeunes volontaires s'embarquent vers le Sud, pour le Mississippi. Le 21 juin 1964, à Philadelphia, les Freedom Riders Michael Schwerner, Andrew Goodman et James Cheney, deux adolescents blancs et un Noir, sont arrêtés par la police de Neshoba, prétendument pour excès de vitesse. On ne les reverra plus vivants. Le shérif prétend les avoir libérés le soir même, mais des témoins révèlent par la suite qu'ils ont été remis à un groupe du Klu Klux Klan, venu les récupérer à la prison. On retrouvera leurs corps un mois plus tard, torturés et criblés de balles. En 1988, Alan Parker racontera leur histoire dans un film, *Mississipi Burning*. *(N.d.T.)*

tomber du ciel cinquante dollars dans l'étui de sa guitare, ce qui avait peut-être altéré sa vision.

— Ma mère a passé l'été 1964 dans le comté de Neshoba, répondit Susannah.

Et ces deux mots qui lui étaient venus spontanément – *ma mère* – firent plus d'effet que prévu à sa ravisseuse. Ces mots ouvrirent une brèche dans le cœur de Mia.

— Balèze, la maman ! s'exclama le guitariste, avec un sourire.

Puis le sourire s'évanouit, et il alla rechercher le billet de cinquante dollars dans son étui. Il le lui tendit.

— Reprenez-le. C'était un vrai plaisir de chanter avec vous, madame.

— Je ne pourrai pas, vraiment, dit Susannah en souriant à son tour. Souvenez-vous de la lutte, ça me suffira largement. Et de Jimmy, d'Andy et de Michael, si cela vous sied. Je sais que ça me fera le plus grand bien.

— S'il vous plaît, insista le jeune homme.

Il souriait de nouveau, mais son sourire à présent était troublé, et il aurait pu être n'importe quel gamin du Royaume de Jadis, chantant au clair de lune, entre les bungalows pourris du motel de La Lune Bleue et les rails froids qui renvoyaient l'éclat lugubre de la lumière blanche. Il aurait pu être l'un d'entre eux, avec sa beauté et la douce insouciance de sa jeunesse, et combien Mia l'aimait, en cet instant. Même son p'tit gars lui apparaissait comme secondaire, dans ce halo. Elle savait que, par bien des aspects, ce halo était faux, influencé par les souvenirs de son hôte, et pourtant elle avait le pressentiment que, par d'autres aspects, il était bien réel. Il y avait une chose qu'elle savait avec certitude : seule une créature semblable à elle, qui avait possédé l'immortalité et y avait renoncé, pouvait apprécier à sa juste valeur le courage sauvage qu'il fallait, pour tenir tête aux forces de Discordia. Pour risquer cette beauté fragile en faisant passer les convictions avant sa sécurité individuelle.

Fais-lui plaisir, reprends-le, dit-elle à Susannah, mais elle ne voulait pas *passer devant* et forcer Susannah à obéir. Qu'elle choisisse, après tout.

Avant que Susannah ait pu répondre, l'alarme dans le Dogan se déclencha, submergeant leur cerveau commun de bruit et de lumière rouge.

Susannah se tourna dans cette direction, mais Mia la saisit par l'épaule, comme des griffes se refermant sur elle.

Qu'est-ce qui se passe ? Qu'est-ce qui cloche ?

Laisse-moi !

Susannah se libéra d'un coup d'épaule. Et avant que Mia ait pu de nouveau l'en empêcher, elle avait disparu.

ONZE

Dans le Dogan de Susannah, tous les voyants rouges clignotaient dans une atmosphère de panique totale. Un klaxon martelait une sorte de tatouage sonore dans les haut-parleurs suspendus. Tous les écrans de télé à part deux – l'un diffusait toujours des images du guitariste au coin de Lex et de la 60e, l'autre montrait le bébé endormi – avaient sauté. Le sol fendu bourdonnait sous les pieds de Susannah, envoyant des nuages de poussière dans la pièce. L'un des panneaux de contrôle s'était éteint et un autre était en flammes.

Ça allait mal.

Comme pour confirmer cet état des lieux, la voix synthétique ressemblant à celle de Blaine se déclencha de nouveau.

« ALERTE ! SURCHAUFFE DU SYSTÈME ! SI LE VOLTAGE N'EST PAS RÉDUIT DANS LA SECTION ALPHA, FERMETURE TOTALE DU SYSTÈME À PRÉVOIR, DANS 40 SECONDES ! »

Susannah ne se rappelait pas avoir entendu parler d'une Section Alpha lors de ses précédentes visites au Dogan, mais elle ne fut pas surprise de voir qu'entre-temps était apparu un nouveau cadran portant précisément cette mention. L'un des panneaux situés à proximité se mit à cracher des étincelles d'un orange criard, mettant le feu au dossier de la chaise. D'autres plaques tombèrent du plafond, entraînant des serpents de câbles.

« SI LE VOLTAGE N'EST PAS RÉDUIT DANS LA SECTION ALPHA, FERMETURE TOTALE DU SYSTÈME À PRÉVOIR, DANS 30 SECONDES ! »

Et le cadran « TEMP. ÉMOTIONNELLE » ?

— Oublie ça, marmonna-t-elle pour elle-même.

OK. Et « P'TIT GARS » ? J'en fais quoi, de celui-là ?

Après un instant de réflexion, Susannah fit basculer l'interrupteur de la position « ENDORMI » à la position « RÉVEILLÉ », et les yeux d'un bleu dérangeant s'ouvrirent de nouveau, fixant Susannah avec ce qui ressemblait à de la curiosité farouche.

L'enfant de Roland, pensa-t-elle avec un mélange d'émotions à la fois douloureuses et étranges. *Et le mien. Et Mia ? Ma pauvre, dans cette histoire, tu n'es rien d'autre qu'une* ka-mai. *Je suis désolée pour toi.*

Une *ka-mai*, oui. Pas seulement le fou du roi, mais le jouet du *ka* – le jouet du destin.

« SI LE VOLTAGE N'EST PAS RÉDUIT DANS LA SECTION ALPHA, FERMETURE TOTALE DU SYSTÈME À PRÉVOIR, DANS 25 SECONDES ! »

Ainsi, réveiller le bébé n'avait rien arrangé, du moins pour ce qui était d'empêcher l'implosion du système. Il était temps de passer au plan B.

Elle tendit la main vers l'absurde molette « FORCE DE TRAVAIL », celle qui ressemblait tellement au bouton en bakélite sur la cuisinière de sa mère. Le faire tourner jusqu'en position « 2 » lui avait paru difficile, et lui avait fait un mal de chien. Le faire tourner dans l'autre sens fut plus facile, et elle ne ressentit aucune douleur. Elle crut percevoir au contraire comme un *relâchement* soudain à l'intérieur de son crâne, comme si un réseau de muscles en état de tension pendant des heures se détendait subitement dans un petit gémissement de soulagement.

Le martèlement assourdissant du klaxon cessa.

Susannah fit tourner le cadran « FORCE DE TRAVAIL » jusqu'à 8, le laissa sur cette position et haussa les épaules. Qu'est-ce que ça pouvait bien faire, c'était l'heure du tout pour le tout, d'en finir avec tout ça. Elle poussa la molette jusqu'à 10. Dans la seconde qui suivit, une pointe de douleur aveuglante lui plomba l'estomac, puis la perfora plus bas, à hauteur du bassin. Elle dut serrer les lèvres pour ne pas hurler.

« RÉDUCTION DU VOLTAGE RÉUSSIE DANS LA SECTION ALPHA », fit la voix, avant de prendre un accent marqué à la John Wayne, que Susannah ne connaissait que trop bien. « MERCI D'TOUT CŒUR, GAMINE. »

Elle dut une fois encore serrer les lèvres pour retenir un nouveau cri – pas de douleur, cette fois-ci, mais de terreur pure. Elle avait beau se dire que Blaine le Mono était mort et que cette voix n'était que le fait d'un petit farceur malfaisant qui malmenait son subconscient, ça n'empêchait pas la peur.

« LE TRAVAIL… A COMMENCÉ », fit la voix dans les haut-parleurs, abandonnant l'imitation de John Wayne. « LE TRAVAIL… A COMMENCÉ. » Puis, avec des intonations nasales (et horribles) à la Bob Dylan qui fit grincer les dents de Susannah, la voix se mit à chanter : « JOYEUX ANNIVERSAIRE… BÉBÉ ! JOYEUX ANNIVERSAIRE ! JOYEUX… A-NNI-VER-SAIRE… CHER MORDRED… JOYEUX A-NNI-VER-SAIRE ! »

Susannah aperçut du coin de l'œil un extincteur accroché au mur derrière elle, et quand elle se retourna, il se trouvait, bien sûr, juste devant elle (ce n'était pas elle qui avait imaginé le petit écriteau « SEULS VOUS ET SOMBRA POUVEZ PRÉVENIR LES FEUX DE CONSOLES », néanmoins – tout comme le dessin de Shardik du Rayon avec un chapeau mou –, il s'agissait d'une autre farce d'un esprit pervers). Elle se précipita sur l'extincteur, zigzaguant entre les fissures et les bosses déformant le sol, contournant les panneaux du plafond écrasés au sol. C'est alors qu'elle fut assaillie d'une nouvelle vague de douleur, qui enflamma son ventre et ses cuisses, lui donnant envie de se courber en deux et d'appuyer de toutes ses forces sur l'odieux poids qui lui plombait les entrailles.

Il n'y en a plus pour longtemps, se dit-elle intérieurement, avec les voix mêlées de Susannah et de Detta. *Non, m'dame ! Ce p'tit gars, il nous a p'is l't'ain exp'ess !*

Mais la douleur s'atténua légèrement. Au même moment, elle arracha l'extincteur du mur et dirigea la mince trompe noire vers le panneau de commande en feu, et appuya sur la gâchette. De la mousse jaillit, étouffant les flammes. Elle entendit un sifflement sinistre, accompagné d'une odeur de cheveux brûlés.

« INCENDIE… MAÎTRISÉ », proclama la Voix du Dogan. « INCENDIE… MAÎTRISÉ. » Puis, en un clin d'œil, elle passa en mode « lord anglais grand teint » : « LAISSEZ-MOI VOUS DIRE, TRÈS CHÈRE SUSANNAH, QUE C'EST LÀ UNE PERFORMANCE AB-SO-LUMENT REMARQUABLE. »

Elle zigzagua de nouveau dans le champ de mines, s'empara du micro et appuya sur le petit interrupteur. Au-dessus d'elle, sur l'un des moniteurs encore en état de marche, elle vit que Mia s'était remise en route, et qu'elle traversait la 60e Rue.

Puis Susannah aperçut l'auvent vert avec le cochon de bande dessinée, et le désespoir l'envahit. Pas la 60e, la *61e*. Cette garce de mère preneuse d'otage était arrivée à destination.

— Eddie ! hurla-t-elle dans le micro. Eddie ou Roland !

Et puis au diable les précautions, autant ratisser large.

— Jake ! Père Callahan ! Nous sommes arrivées au Cochon du Sud, on va avoir ce foutu bébé ! Venez nous chercher, si vous le pouvez, mais soyez prudents !

Elle leva de nouveau les yeux vers l'écran. Mia était à présent sur le trottoir du Cochon du Sud, à contempler l'auvent vert. Pouvait-elle déchiffrer les mots COCHON DU SUD ? Sans doute pas, mais elle comprenait à coup sûr le petit dessin. Le cochon tout sourire, en train de rôtir. Et quoi qu'il en soit elle n'hésiterait pas longtemps, à présent que le travail avait commencé.

— Eddie, il faut que j'y aille. Je t'aime, trésor ! Quoi qu'il arrive, souviens-toi de ça ! Ne l'oublie jamais ! *Je t'aime !* C'est…

Son regard tomba sur le cadran semi-circulaire, sur le panneau près du micro. L'aiguille était sortie du rouge. Elle se dit qu'elle allait rester dans le jaune jusqu'à ce que les contractions s'achèvent, puis qu'elle passerait au vert.

Sauf en cas de problème, bien entendu.

Elle se rendit compte qu'elle tenait toujours le micro à pleines mains.

— Ici Susannah-Mio, je vous dis au revoir. Que Dieu vous accompagne, les garçons. Dieu et le *ka*.

Elle reposa le micro et ferma les yeux.

DOUZE

Susannah ressentit immédiatement la différence, à l'intérieur de Mia. Elle avait beau avoir atteint le Cochon du Sud et être au plus fort de ses contractions, elle avait pour une fois l'esprit ailleurs. Elle était concentrée sur Odetta Holmes, en fait, et sur ce que Michael Schwerner avait appelé le « Projet Été Mississippi » (quant à Michael lui-même, les bouseux d'Oxford l'avaient rebaptisé « le Youpin »). L'atmosphère émotionnelle dans laquelle se retrouva immergée Susannah était *tendue*, comme l'air immobile de septembre avant un violent orage.

Susannah ! Susannah, fille de Dan !

Oui, Mia.

J'ai dit oui à la mortalité.

C'est ce que tu m'as dit.

Et Mia avait bien eu l'air mortelle, à Fedic. Mortelle, et *terriblement* enceinte.

Pourtant j'ai raté presque tout ce qui fait la valeur de cette courte vie. N'est-ce pas ?

Le chagrin qui baignait sa voix était affreux ; l'expression de surprise était pire encore.

Et tu n'as pas le temps de me raconter. Pas maintenant.

Va ailleurs, répondit Susannah, sans aucun espoir. *Hèle un taxi, va à l'hôpital. On l'aura ensemble, Mia. Peut-être même qu'on peut l'élever ens…*

Si j'accouche ailleurs qu'ici, il mourra, et on mourra avec lui.

Elle parlait avec une certitude absolue.

Et je l'aurai, cet enfant, tu peux me croire. On m'a tout volé, sauf mon p'tit gars, et je l'aurai. Mais… Susannah… avant qu'on entre… tu as parlé de ta mère.

J'ai menti. C'était moi, à Oxford. Mentir était plus facile que d'essayer d'expliquer les voyages dans le temps et les mondes parallèles.

Montre-moi la vérité. Montre-moi ta mère. Montre-moi, je te prie !

Elle n'avait pas le temps de peser le pour et le contre. Il fallait trancher : le faire ou pas, à l'instinct.

Susannah décida de le faire.

Regarde, dit-elle.

TREIZE

Au Pays des Souvenirs, le temps, c'est toujours *maintenant*.

Il y a une Porte Dérobée

(Ô perdue)

et quand Susannah la trouva et l'ouvrit, Mia vit une femme aux cheveux noirs tirés en arrière et aux yeux gris étonnants. Elle porte une broche en camée au cou. Elle est assise à une table, dans une cuisine, cette femme, dans une trouée de lumière éternelle. Dans ce souvenir, il est toujours deux heures dix de l'après-midi, un jour d'octobre 1946, la Grande Guerre a pris fin, ils passent Irene Daye à la radio, et il y a toujours cette odeur de pain d'épices, dans la pièce.

— Odetta, viens donc t'asseoir près de moi, dit la femme à la table, celle qui est mère. Viens prendre un petit quelque chose. Tu as l'air *en pleine forme*, ma chérie.

Et elle sourit.

Ô, tout errant que tu sois, chagriné par le vent, fantôme, reviens-moi !

QUATORZE

Plutôt commun, me direz-vous, je n'en doute pas. Une jeune fille rentre de l'école avec son cartable dans une main et son sac de sport dans l'autre, elle porte son chemisier blanc et sa jupe plissée de Sainte-Anne, et ses chaussettes montantes avec les petits nœuds sur le côté (orange et noirs, aux couleurs de l'école). La mère, assise à la table, lève les yeux et tend à sa fille une part de pain d'épices tout juste sorti du four. Rien qu'un instant suspendu au milieu de millions d'autres instants, un atome errant dans une vie entière. Mais Mia en a le souffle coupé

(*tu as l'air* en pleine forme, *ma chérie*)

et elle vit de manière concrète qu'elle n'avait pas anticipé toute la richesse de la maternité... *Si*, bien sûr, on laissait à cette maternité le temps de s'épanouir.

Les récompenses ?

Innombrables.

Ce pourrait être *toi*, au bout du compte, cette femme assise dans son rayon de soleil. Toi qui escortes ton enfant tandis qu'il quitte courageusement le port de l'enfance. Tu pourrais être le vent qui souffle dans les voiles déployées de ton enfant.

Toi.

Odetta, viens donc t'asseoir à côté de moi.

Mia sentit l'air envahir de nouveau sa poitrine.

Viens prendre un petit quelque chose.

Ses yeux s'embuèrent, le cochon de bande dessinée sur son auvent vert se dédoubla, puis se dédoubla encore.

Tu as l'air en pleine forme, *ma chérie*.

Un peu de temps valait mieux que pas de temps du tout. Même cinq ans – ou trois ans – valaient mieux que pas de temps. Elle ne savait pas lire, elle n'était pas allée à Morehouse, ni dans *aucune* autre maison, mais elle savait faire ce calcul élémentaire : trois = mieux que zéro. Et même un = mieux que zéro.

Oh…

Oh, mais…

Mia pensa à un jeune garçon aux yeux bleus passant la porte, une porte trouvée et non plus dérobée. Elle se vit en train de lui dire *tu as l'air* en pleine forme, *mon garçon* !

Qu'est-ce que j'ai fait ? était une question terrible. *Qu'est-ce que j'aurais pu faire d'autre ?* était peut-être encore pire.

Ô Discordia !

QUINZE

C'était pour Susannah sa seule chance d'agir : maintenant, alors que Mia se tenait au pied des marches qui la menaient vers son destin. Susannah mit la main dans la poche de son jean et sentit la tortue, la *skölpadda*. Ses doigts bruns, séparés de la peau blanche des cuisses de Mia par la seule épaisseur du tissu de la doublure, se refermèrent sur la figurine.

Elle l'extirpa de la poche et la lança dans son dos, l'envoyant rouler dans le caniveau. De sa main sur les genoux du *ka*.

Puis elle se fit emporter en haut des trois marches, vers la double porte du Cochon du Sud.

SEIZE

Une semi-pénombre régnait à l'intérieur et Mia ne vit au début que des lumières d'un rouge orangé terne. Des *flambeaux* électriques comme ceux qui éclairaient toujours certaines salles du Château Discordia. Pour l'odorat, elle n'eut pas besoin d'un temps d'adaptation, et alors même qu'une violente contraction venait à l'assaut de son bas-ventre, son estomac ne put résister à l'odeur de porc grillé et se mit à crier famine. Son *p'tit gars* se mit à crier famine.

Ce n'est pas du porc, Mia, lui dit Susannah, en vain.

Alors que les portes se refermaient derrière elle – un homme, ou ce qui en avait l'apparence, se tenait de chaque côté de l'entrée –, elle commença à y voir plus clair. Elle se trouvait au bout d'une longue et étroite salle à manger. Du linge blanc luisait dans le noir. Sur chaque table, une bougie trônait dans un chandelier orange. Elles scintillaient toutes comme des yeux de renard. Dans le vestibule, le sol était de marbre noir, mais au-delà du pupitre du maître d'hôtel s'étalait un lourd tapis d'un cramoisi sombre.

Près du comptoir se tenait un *sai* d'une soixantaine d'années, les cheveux blancs tirés en arrière, son visage mince rappelant celui d'un prédateur. C'était là le visage d'un homme intelligent, mais sa tenue – la veste sport jaune vif, la chemise rouge et la cravate noire – était plutôt celle d'un vendeur de voitures d'occasion, ou d'un joueur spécialisé dans les arnaques au péquenaud dans les trous paumés. Au milieu de son front brillait un cercle rouge d'environ trois centimètres de diamètre, comme s'il s'était pris une balle à bout portant. Le sang bouillonnait à l'intérieur, mais sans couler sur la peau blême.

Près des tables de la salle à manger se tenaient debout une cinquantaine d'hommes et une petite trentaine de femmes. La plupart portaient des vêtements aussi (voire plus) criards que ceux du majordome à cheveux blancs. De grosses bagues étincelaient sur les doigts boudinés, et les diamants scintillaient aux oreilles, reflétant la lueur orange des *flambeaux*.

Certains étaient habillés de manière plus sobre – le jean et la chemise blanche semblaient l'uniforme de cette minorité-là. Ces *folken* étaient pâles et attentifs, leurs pupilles leur mangeaient les yeux. Autour de chacun d'eux, tourbillonnant avec une telle légèreté qu'elle était à peine visible, une aura bleue tremblotait. Aux yeux de Mia, ces créatures pâles et fantomatiques paraissaient un peu plus humaines que les ignobles. Il s'agissait de vampires – elle n'eut pas à chercher les crocs acérés que révélait leur sourire pour en être convaincue –, pourtant ils avaient l'air plus humains que la bande de Sayre. Peut-être parce qu'ils *avaient été* humains, autrefois. Alors que les autres…

Leurs visages ne sont que des masques, remarqua-t-elle avec un désarroi croissant. *Sous ceux que portent les Loups on découvre les hommes électriques – les robots – mais sous ceux-là ?*

Dans la salle à manger régnait un silence suspendu, pourtant en fond sonore résonnaient des rires et des bribes de conversation, des tintements de verres qui s'entrechoquaient et de couverts cognant les assiettes. On entendit couler du liquide – du vin ou de l'eau, se dit-elle – puis un éclat de rire tonitruant.

Un ignoble et une ignoble – lui en smoking à revers écossais et cravate en velours rouge, elle en fourreau lamé argenté sans bretelles, tous les deux hideusement obèses – se retournèrent pour regarder (avec un mécontentement visible) du côté d'où provenaient ces sons, vraisemblablement de derrière une sorte de tapisserie tape-à-l'œil représentant des chevaliers et leurs dames, en train de souper. Lorsque le gros couple se tourna, Mia vit leurs joues se plisser vers le haut comme une couche de caoutchouc et l'espace d'un instant, sous l'angle arrondi de leur mâchoire, elle aperçut un lambeau rouge sombre et poilu.

Susannah, c'était de la peau ? demanda Mia. *Juste ciel, est-ce que c'était leur* peau ?

Susannah ne répondit rien, même pas *Je t'avais prévenue* ou *Je te l'avais bien dit*. Les choses n'en étaient plus là. Il était trop tard pour se sentir exaspérée (et même pour des sentiments plus légers que ça) et Susannah était sincèrement désolée pour cette femme qui l'avait amenée ici. Oui, Mia avait menti et trahi. Oui, elle avait tout tenté pour faire tuer Eddie et Roland. Mais avait-elle eu vraiment le choix ? Susannah se rendit compte avec une infinie amertume qu'elle était à présent en mesure de définir précisément ce qu'était un *ka-mai* : c'était celui à qui on avait donné de l'espoir mais pas le choix.

Comme offrir une moto à un aveugle, se dit-elle.

Richard Sayre – mince, la quarantaine, beau dans son genre avec ses lèvres pleines et son grand front – se mit à applaudir. Les bagues à ses doigts firent voler de petits reflets de lumière. Son blazer jaune ressortait dans la semi-pénombre.

— Aïle, Mia ! s'écria-t-il.

— *Aïle, Mia !* reprirent les autres en chœur.

— Aïle, Mère !

— *Aïle, Mère !* répétèrent les ignobles et les vampires, en se mettant eux aussi à applaudir.

Ils y mettaient certes de l'enthousiasme, mais l'acoustique des lieux semblait étouffer les sons, ne laissant entendre qu'un chuintement, comme le battement d'ailes de chauves-souris. Un chuintement affamé, qui donna la nausée à Susannah. Au même moment, une nouvelle contraction la prit d'assaut, lui coupant les jambes. Elle bascula en avant en accueillant presque la douleur avec reconnaissance, parce qu'elle muselait en partie sa panique. Sayre s'avança et la saisit sous les aisselles avant qu'elle s'écroule. Elle aurait cru que ses doigts seraient froids comme la glace, mais ils étaient bouillants comme ceux d'une victime du choléra.

À l'arrière-plan, elle vit une haute silhouette sortir de l'ombre, une silhouette qui n'était ni celle d'un vampire ni celle d'un ignoble. L'homme portait un jean et une chemise blanche toute simple, mais du col de cette chemise émergeait une tête d'oiseau. Elle était recouverte de plumes d'un jaune foncé et lustré. Les yeux étaient noirs. La créature esquissa un bref applaudissement de politesse et elle vit – avec un désespoir encore plus grand – que ses mains avaient non pas des doigts mais des serres.

Une demi-douzaine de punaises déboulèrent de sous une table et la regardèrent avec des yeux plantés au bout d'antennes. Des yeux effroyablement intelligents. Leurs mandibules claquèrent avec un bruit qui ressemblait à un rire.

Aïle, Mia ! entendit-elle à l'intérieur de son crâne. Un bourdonnement insectile. *Aïle, Mère !* Et soudain ils disparurent de nouveau dans l'ombre.

Mia se tourna vers la porte et vit la paire d'ignobles bloquant le passage. Et oui, c'étaient bien des *masques* ; d'aussi près, impossible de se méprendre, de ne pas voir que les cheveux noirs et lustrés étaient peints. Mia se retourna vers Sayre, le cœur brisé.

Trop tard, à présent.

Il ne restait plus qu'à y aller.

DIX-SEPT

Dans son mouvement, elle fit glisser les mains de Sayre. Ce dernier resserra son emprise sur elle en lui saisissant la main gauche. Au même instant, on lui prit aussi la main droite. Elle pivota et vit la femme obèse en lamé argent. Son énorme poitrine avait tendance à déborder de sa robe bustier, qui se débattait hardiment pour endiguer le mouvement. La chair de ses bras ballottait mollement, diffusant autour d'elle un parfum de talc étouffant.

C'est par là qu'ils respirent, se dit Mia. *C'est par là qu'ils respirent, quand ils portent leurs...*

Dans son désespoir croissant, elle avait un peu oublié Susannah Dean, et tout à fait Detta Walker. Aussi, quand Detta Walker *passa devant* – bon sang, elle *sauta* plutôt, sur le devant de la scène –, Mia n'eut aucun moyen de l'arrêter. Elle vit ses bras se tendre, comme mus par une volonté qui leur était propre, et ses doigts se planter dans la joue rebondie de la femme en robe argentée. La femme se mit à vagir, mais curieusement tous les autres, y compris Sayre, se mirent à rire à gorge déployée, comme si c'était ce qu'ils avaient vu de plus drôle de toute leur vie.

Le masque de l'humanité se déchira autour de l'œil affolé de la femme ignoble, puis s'arracha complètement. Susannah pensa à ses derniers instants sur l'allure du château, quand tout s'était soudain figé et que le ciel s'était déchiré comme du papier.

Detta tira sur le masque, qui se décolla presque complètement. Des lambeaux de ce qui ressemblait à du latex lui pendaient au bout des doigts. Sous le masque était apparue la tête d'un énorme rat rouge, un mutant avec des dents jaunes qui lui poussaient à travers les joues et des vers blancs qui s'agitaient dans ses narines.

— Vilaine fille, fit le rat en secouant un doigt vengeur devant le visage de Susannah-Mio. De l'autre main, il tenait toujours la sienne. Le compagnon de cette chose – l'ignoble en smoking – riait tellement fort qu'il en était plié en deux. Mia vit quelque chose pointer à l'arrière de son pantalon. C'était trop dur pour être une queue, mais elle se dit que c'en était une quand même.

— Viens, Mia, ordonna Sayre, en l'entraînant vers l'avant.

Et c'est alors qu'il se pencha vers elle, la regardant dans les yeux avec l'intensité d'un amant.

— Ou bien est-ce toi, Odetta ? C'est toi, n'est-ce pas ? C'est *toi*, espèce de sale négresse insupportable avec sa foutue éducation.

— Nan, c'est *moi*, espèce de sal''culé d'cul blanc avec ta sale gueule de 'at ! glapit Detta en lui crachant au visage.

Sayre se retrouva bouche bée. Puis il fit claquer sa mâchoire et eut un affreux rictus amer. La pièce était redevenue silencieuse. Il essuya le crachat sur son visage – sur le *masque* qui lui tenait lieu de visage – et le regarda d'un air incrédule.

— Mia ? Mia, tu l'as laissée me faire *ça*, à *moi* ? Moi qui serai comme un parrain pour ton bébé ?

— T'es 'ien d'aut'e qu'un tas d'me'de ! brailla Detta. Tu peux sucer ta bite de *ka-papa* pendant qu'tu t'colles ton foutu doigt dans l't'ou d'balle, y a qu'à ça qu't'es bon ! Espèce de…

— Débarrasse-moi d'elle ! tonna Sayre.

Et sous les yeux attentifs du public de vampires et d'ignobles du Cochon du Sud, c'est exactement ce que fit Mia. Le résultat fut extraordinaire. La voix de Detta se mit à *décroître*, comme si elle se faisait escorter à la porte du restaurant (par le videur, et par la peau du cou). Elle abandonna toute velléité de discours et éclata d'un rire rauque, qui bientôt s'éteignit, lui aussi.

Sayre se tenait debout, les mains serrées devant lui, observant Mia d'un air solennel. Les autres non plus ne la quittaient pas des yeux. Quelque part derrière la tapisserie des chevaliers et de leurs dames en train de festoyer, les rires et les conversations d'un autre groupe se poursuivaient.

— Elle est partie, finit par dire Mia. La sorcière, elle est partie.

Même dans le silence de la pièce, sa voix était à peine audible, presque un murmure. Elle avait timidement baissé les yeux, et ses joues étaient blêmes.

— S'il vous plaît, monsieur Sayre... *sai* Sayre... maintenant que j'ai fait ce que vous demandiez, je vous en prie, dites-moi que vous m'avez dit la vérité, et que je pourrai élever mon p'tit gars. Je vous en prie, dites-le ! Si vous le dites, vous n'entendrez plus jamais parler de l'autre, je le jure sur le visage de mon père et sur le nom de ma mère, je le jure.

— Tu n'as eu ni l'un ni l'autre, assena Sayre.

Il s'adressait à elle sur un ton froid chargé de mépris. Toute trace de la compassion et de la pitié qu'elle lui réclamait était absente de ses yeux. Et sur son front, le trou rouge se remplissait et se remplissait encore, sans jamais déborder.

Une autre pointe de douleur, la plus forte depuis le début, planta ses crocs dans son ventre. Mia vacilla et, cette fois-ci, Sayre ne prit pas la peine de la soutenir. Elle tomba à genoux devant lui, posa les mains sur la surface brute et miroitante de ses bottes en peau d'autruche, et leva les yeux vers son visage pâle. Il lui rendit son regard, par-dessus le violent cri jaune de sa veste.

— Je vous en prie, gémit-elle. S'il vous plaît, je vous prie : *Tenez parole*.

— Peut-être, répondit-il. Ou peut-être pas. Tu sais, on ne m'a jamais léché les bottes. Tu te rends compte ? J'ai traversé toutes ces années sans jamais me faire faire un bon petit léchage de bottes à l'ancienne.

Quelque part, une femme gloussa.

Mia s'inclina.

Non, Mia, tu ne dois pas, gémit Susannah, mais Mia ne répondit pas. Même la douleur fulgurante qui lui déchira les entrailles ne suffit pas à l'arrêter. Elle sortit la langue et se mit à lécher le cuir râpeux des bottes de Richard Sayre. Susannah en sentit le goût, de loin. Un goût de cuir épais et poussiéreux, et cette saveur particulière du repentir et de l'humiliation.

Sayre la laissa poursuivre un petit moment, puis ordonna :

— Assez. Ça suffit.

Il la tira rudement par les bras pour la faire lever et resta planté en face d'elle, son visage impassible à quelques centimètres à peine de celui de Mia. Maintenant qu'elle les avait vus, il lui était impossible de ne pas remarquer les masques qu'ils portaient, lui et les autres. Les joues tendues étaient presque transparentes, et des boucles de poils d'un rouge sombre se devinaient à travers.

Ou peut-être qu'il fallait appeler ça de la fourrure, quand ça recouvrait tout le visage.

— Cette supplique ne te fait pas honneur, dit-il, bien qu'il me faille admettre que c'est une sensation extraordinaire.

— Vous avez promis ! s'écria-t-elle, essayant de se dégager de son emprise.

Puis une nouvelle contraction frappa et elle se plia en deux, faisant de son mieux pour ne pas hurler. Dès qu'elle sentit la douleur s'atténuer légèrement, elle repassa à l'attaque.

— Vous avez dit cinq ans... peut-être même sept... oui, sept... ce qu'il y a de mieux pour mon p'tit gars, vous avez dit...

— Oui, acquiesça Sayre. Il est en effet possible que ça me revienne, Mia.

Il fronça les sourcils, comme s'il se retrouvait confronté à un problème particulièrement épineux, puis son visage s'éclaira. Au coin de sa bouche, un petit fragment du masque forma un pli, puis il sourit, révélant une rangée de chicots jaunes poussant dans le creux où ses lèvres supérieure et inférieure se rejoignaient. Il la lâcha d'une main pour brandir l'index en un geste pédagogique.

— Ce qu'il y a de mieux, oui. La véritable question, c'est : penses-tu remplir ces conditions ?

Des petits rires d'appréciation accueillirent cette saillie. Mia se rappela qu'ils l'avaient appelée Mère et l'avaient saluée d'un *Aïle*, mais tout ça avait l'air très loin, déjà, comme un fragment de rêve qui a perdu son sens.

Pour c'qui était d'se l't'imballer, t'étais assez bonne, pas v'ai ? demanda Detta, depuis un recoin très enfoui, à l'intérieur d'elle - depuis le trou, en fait. *Ça ouais ! T'étais juste assez bonne pou'ça, sû'!*

— J'étais assez bonne pour le porter, n'est-ce pas ? cracha presque Mia à la face de Sayre. Assez bonne aussi pour envoyer l'autre gober des grenouilles dans les marécages en lui faisant croire qu'elles avaient un goût de caviar... *pour ça* j'étais assez bonne, n'est-ce pas ?

Sayre cligna des yeux, visiblement surpris par la véhémence de sa réaction.

Mia se radoucit.

— *Sai*, songez à tout ce à quoi j'ai dû renoncer !

— Foutaises ! Tu n'avais *rien* ! répliqua Sayre. Tu n'étais rien d'autre qu'un esprit insignifiant, dont le seul but dans l'existence était de baiser le cow-boy errant de passage. La pute des vents, c'est bien ainsi que t'appelait Roland, n'est-ce pas ?

— Alors repensez à l'autre, suggéra Mia. À celle qui se fait appeler Susannah. Je lui ai volé sa vie et sa quête, pour mon p'tit gars, et sur vos ordres.

Sayre se dédouana d'un vague geste de la main.

— Ta bouche ne te fait pas honneur, Mia. Aussi, ferme-la.

Il fit un signe de tête vers la gauche. Un ignoble avec un visage lunaire de bouledogue et une épaisse chevelure grise et bouclée s'avança. Le trou rouge dans son front à lui avait une forme en amande, un air vaguement chinois. Juste derrière lui venait un autre homme-oiseau, avec une tête de faucon brun sombre et féroce, émergeant de l'encolure ronde d'un T-shirt aux armes des DUKE BLUE DEVILS[1]. Ils empoignèrent Mia. L'emprise de la chose oiseau était répugnante – rugueuse et étrange.

— Tu as été un excellent gardien, fit Sayre. Là-dessus, nous sommes tous d'accord. Mais il ne faut pas oublier que c'est la gueuse de Roland de Gilead qui a réellement conçu cet enfant, n'est-ce pas ?

— *C'est un mensonge !* hurla-t-elle. *Mon Dieu, quel mensonge RÉPUGNANT !*

Il poursuivit, comme s'il ne l'avait pas entendue.

— Et des tâches distinctes requièrent des compétences distinctes. Il y en a pour tous les goûts, comme on dit.

— JE VOUS EN PRIE ! supplia Mia.

L'homme-faucon porta ses serres à ses tempes, comme rendu sourd par son cri. Cette petite pantomime spirituelle souleva des rires, et même quelques acclamations.

Susannah ressentit vaguement une onde de chaleur descendre le long de ses cuisses – les cuisses de *Mia* – et vit son jean s'obscurcir à l'entrejambe. Elle venait enfin de perdre les eaux.

— Allons-*yyyyyyyy*... Allons ACCOUCHER ! proclama Sayre sur le ton surexcité d'un présentateur de jeu télévisé.

Il y avait trop de dents dans son sourire, une double rangée, aussi bien en haut qu'en bas.

— Après ça, nous verrons. Je te promets que ta requête sera prise en compte. En attendant... Aïle, Mia ! Aïle, Mère !

— *Aïle, Mia ! Aïle, Mère !* répéta en chœur le reste de l'assemblée.

1. Équipe de basketball américaine. *(N.d.T.)*

Mia se retrouva subitement transportée vers le fond de la pièce, avec à sa gauche l'ignoble à tête de bouledogue et à sa droite l'homme-faucon, tous deux lui tenant fermement les bras. Le faucon émettait un sifflement déplaisant, à chaque fois qu'il expirait. Les pieds de Mia frôlaient à peine le tapis, alors qu'on la portait vers la créature oiseau à plumes jaunes. L'Homme Canari, le baptisa-t-elle.

Sayre la fit s'immobiliser d'un simple geste de la main et se mit à parler avec l'Homme Canari, tout en pointant le doigt en direction de la porte d'entrée du Cochon du Sud. Mia entendit prononcer le nom de Roland, et aussi celui de Jake. L'Homme Canari opina de la tête. Sayre agita de nouveau le doigt avec emphase, en direction de la porte, et secoua la tête. *Rien n'entre par là*, disait ce mouvement de la tête. *Rien* !

L'Homme Canari acquiesça une nouvelle fois et s'exprima par gazouillis confus qui donnèrent à Mia l'envie de hurler. Elle détourna le regard, qui se posa sur la tapisserie aux chevaliers et aux dames. Ils se trouvaient assis à une table qu'elle reconnut – c'était celle de la salle de banquet de Château Discordia. Arthur l'Aîné présidait, couronne au front, son épouse à sa droite. Ses yeux étaient d'un bleu qu'elle avait vu en rêve.

C'est sans doute le moment que choisit le *ka* pour faire glisser un souffle errant dans la salle à manger du Cochon du Sud et écarter légèrement la tapisserie. L'effet ne dura qu'une seconde ou deux, ce qui suffit à Mia pour apercevoir derrière la tenture une autre salle – une salle *privée*.

Installés autour d'une table en bois, sous les mille feux ardents d'un lustre en cristal, lui apparurent une douzaine d'hommes et de femmes, leurs visages de poupées de chiffon déformés et fripés par l'âge et la malveillance. Leurs lèvres retroussées révélaient de gros bouquets de dents vermoulues ; l'époque à laquelle ces monstres de la Nature pouvaient refermer la bouche était de l'histoire ancienne. Des coins de leurs yeux noirs suintait une substance goudronneuse et méphitique. Ils avaient la peau jaune, parsemée de dents et recouverte de plaques de fourrure galeuse.

— *Qu'est-ce que c'est ?* se mit à hurler Mia. *Qu'est-ce que c'est, pour l'amour des dieux ?*

Des mutants, lui répondit Susannah. *Ou peut-être que le mot « hybrides » serait plus juste. Et ça n'a pas d'importance, Mia. Tu as vu ce qui avait de l'importance, n'est-ce pas ?*

Elle l'avait vu, en effet, et Susannah le savait. Bien que la tenture ne se fût écartée qu'un instant, elles avaient toutes deux eu le temps d'apercevoir la rôtissoire installée au beau milieu de la table, et le cadavre décapité qui tournait sur la broche, sa peau brunissant et se plissant, dégorgeant des sucs de cuisson grésillants au fumet délicieux. Non, cette odeur dans l'air n'était pas celle du porc grillé. La chose tournant sur sa broche, marron comme un pigeonneau, était un bébé humain. Les créatures attablées glissaient leurs tasses en porcelaine fine sous le corps pour récupérer les gouttelettes de jus, trinquaient ensemble… et buvaient.

Le courant d'air s'évanouit. La tenture retomba en place. Et avant de se faire à nouveau saisir par les bras et emmener toujours plus profond, dans les entrailles de ce repaire à cheval sur de nombreux mondes traversés par le Rayon, la femme en plein travail vit l'astuce, dans la tapisserie. Ce n'était pas un pilon qu'Arthur l'Aîné portait à ses lèvres, comme pouvait le laisser croire un premier regard distrait ; c'était une jambe de bébé. Le verre que la Reine Rowena brandissait pour porter un toast n'était pas rempli de vin, mais de sang.

— Aïle, Mia ! s'exclama de nouveau Sayre.

Oh, il était d'humeur toute guillerette, à présent que le pigeon voyageur était de retour au bercail.

— *Aïle, Mia*, hurlèrent les autres, en réponse.

On se serait cru un soir de match de football, dans un asile de fous. L'assemblée derrière la tapisserie joignit ses cris aux leurs, bien que leurs voix ne fussent plus que des grondements diffus. Et, bien sûr, ils avaient la bouche pleine.

— Aïle, Mère ! fit Sayre en accompagnant cette fois-ci son apostrophe d'une petite révérence grotesque.

— *Aïle, Mère !* répétèrent les vampires et les ignobles, et elle fut emportée par la vague cynique de leurs applaudissements, d'abord vers la cuisine, puis dans l'office, puis dans les escaliers au-delà.

Et pour finir, bien sûr, il y eut la porte ultime.

DIX-HUIT

Susannah reconnut la cuisine du Cochon du Sud à ses odeurs de cuisson obscènes : pas du porc, certes, mais sans doute ce que les pirates du XVIIIe siècle appelaient du porc *sur pied*.

Depuis combien d'années cet avant-poste servait-il aux vampires et aux ignobles de New York ? Depuis l'époque de Callahan, dans les années 1970 et 1980 ? Depuis son époque à elle, dans les années 1960 ? Probablement bien plus loin encore. Susannah se doutait qu'il existait une version ou une autre du Cochon du Sud ici depuis le temps des Hollandais, ceux qui avaient acheté les Indiens avec de la verroterie et implanté leurs croyances chrétiennes meurtrières plus profondément qu'ils avaient planté leur drapeau dans le sol. Un peuple pragmatique, les Hollandais, avec un goût prononcé pour les côtes de porc et peu de patience à l'égard de la magie, qu'elle soit blanche ou noire.

Elle en vit assez pour constater que cette cuisine était la jumelle de celle qu'elle avait visitée dans les sous-sols de Château Discordia. C'est là que Mia avait tué un rat qui revendiquait ses droits sur la seule nourriture restante dans les lieux, un rôti de porc dans un des fours.

Sauf qu'il n'y avait ni rôti de porc ni four, se dit-elle. *Bon Dieu, ni même de cuisine. Il y avait un porcelet dans l'étable, qui appartenait à Tian et Zalia Jaffords. Et c'est moi qui l'ai tué et qui ai bu son sang encore chaud, pas elle. Mais à l'époque elle me possédait déjà presque, même si je ne le savais pas encore. Je me demande si Eddie...*

Tandis que Mia l'emmenait pour la dernière fois, l'arrachant à ses pensées et la précipitant dans les ténèbres, Susannah mesura combien cette garce gourmande et redoutable lui avait dérobé de sa vie. Elle savait pourquoi Mia l'avait fait – pour son p'tit gars. La question était plutôt de savoir pourquoi Susannah Dean l'avait laissée faire. Parce qu'elle avait déjà été possédée auparavant ? Parce qu'elle était accro à cette présence étrangère en elle comme Eddie l'avait été à l'héroïne ?

Elle craignit d'avoir vu juste.

Les ténèbres tourbillonnantes. Et quand elle rouvrit les yeux, ce fut pour voir cette lune sauvage veillant sur Discordia, et la lumière rouge pulsatile

(*forge du Roi*)

à l'horizon.

— Par ici ! lança une voix de femme, tout comme la première fois. Par ici, à l'abri du vent !

Susannah baissa les yeux et constata qu'elle était cul-de-jatte, et assise dans ce même chariot grossier que lors de sa première visite sur l'allure. La même femme, grande et belle, ses cheveux noirs flottant au vent, lui faisait signe. Mia, bien sûr. Et tout ça pas plus réel que les vagues souvenirs que Susannah gardait de la salle de banquet, comme en rêve.

Elle se dit : *Fedic, pourtant, était bien réel. Le corps de Mia est bien là-bas, de même que le mien en ce moment même se fait black-bouler dans l'arrière-cuisine du Cochon du Sud, où d'indescriptibles repas se préparent, pour des convives inhumains. L'allure du château est le décor du rêve de Mia, son refuge, son Dogan.*

— À moi, Susannah de l'Entre-Deux-Mondes ! Viens à l'abri du vent, et du pouls maléfique du Roi Rouge ! Viens à l'abri du vent, derrière ce merlon !

Susannah secoua la tête.

— Dis ce que tu as à dire, qu'on en finisse, Mia. Il faut qu'on accouche de ce bébé – si fait, d'une manière ou d'une autre, entre nous – et une fois qu'il sera sorti, nous serons quittes. Tu m'as empoisonné la vie, ô combien.

Mia la contempla avec une intensité chargée de désespoir, debout avec son ventre rond soulevant son poncho et le vent tirant ses cheveux en arrière.

— C'est toi qui as pris le poison, Susannah ! C'est toi qui l'as avalé ! Si fait, quand l'enfant n'était encore qu'une graine non éclose au creux de ton ventre !

Était-ce vrai ? Et si ça l'était, laquelle des deux avait invité Mia à entrer, comme le vampire qu'elle était, en réalité ? Était-ce Susannah, ou Detta ?

Aucune des deux, conclut Susannah.

Pour elle, c'était peut-être bien Odetta Holmes. Odetta, qui n'aurait jamais brisé l'assiette des grandes occasions de la vilaine vieille dame bleue. Odetta qui aimait ses poupées, même si la plupart d'entre elles étaient aussi blanches que ses culottes sages en coton blanc.

— Que me veux-tu, Mia, fille de personne ? Parle et qu'on en finisse !

— Bientôt nous serons réunies – si fait, réunies pour de bon, ensemble en couches. Et tout ce que je demande, c'est que, si se présente une occasion pour moi de m'échapper avec mon p'tit gars, tu me prêtes main-forte.

Susannah y réfléchit. Dans les étendues rocailleuses et crevassées, les hyènes gloussaient. Le vent tombait peu à peu, mais la douleur qui lui attrapa soudain le bas-ventre à pleines dents était effroyable. Elle vit se peindre sur les traits de Mia une douleur identique, et se répéta que sa vie n'était plus qu'un jeu de miroirs infini. Mais quel mal pouvait faire une promesse de ce genre ? Cette occasion ne se présenterait sans doute pas, mais dans le cas contraire, allait-elle laisser cette chose que Mia voulait appeler Mordred aux mains des hommes du Roi ?

— Oui, dit-elle. D'accord. Si je peux t'aider à en réchapper avec lui, je t'aiderai.

— N'importe où ! s'exclama Mia dans un chuchotement désespéré. Même…

Elle se tut soudain. Elle déglutit. Se força à poursuivre.

— Même dans les ténèbres vaadasch. Car si je devais errer pour toujours avec mon fils à mes côtés, ce ne serait pas une punition.

Peut-être pas pour toi, ma fille, pensa Susannah, mais elle s'abstint de le dire à voix haute. Pour tout dire, elle en avait assez des simagrées de Mia.

— Et s'il n'y a pas moyen de nous libérer, ajouta Mia, tue-nous.

Bien que tout fût silencieux là-haut, à l'exception du vent et des gloussements des hyènes, Susannah sentait son corps bouger, qu'on lui faisait descendre un escalier. Toute la matière du monde réel, séparé d'elles par une membrane diaphane. Pour que Mia ait réussi à la transporter dans ce monde-ci, particulièrement au beau milieu des tourments de l'accouchement, il fallait qu'il s'agisse d'un être d'une puissance hors du commun.

Dommage que cette puissance ne pût être domestiquée, d'une manière ou d'une autre.

Mia parut interpréter le silence prolongé de Susannah comme une certaine réticence, car elle se précipita le long du chemin de ronde circulaire de l'allure, dans ses solides *huaraches*, et fonça presque sur le chariot grossier et impraticable dans lequel Susannah était engoncée. Elle saisit la jeune femme par les épaules et se mit à la secouer.

— *Oui-là !* s'écria-t-elle avec véhémence. Tue-nous ! Mieux vaut être unis dans la mort que…

Elle s'interrompit, puis reprit, d'une voix morne et amère :

— Je me suis fait cozer, depuis le début. N'est-ce pas ?

Et à présent que le moment était venu, Susannah ne ressentait ni colère, ni compassion, ni chagrin. Elle se contenta de hocher la tête.

— Est-ce qu'ils ont l'intention de le manger ? De nourrir ces horribles croûtons avec son cadavre ?

— Je suis pratiquement certaine que non, répondit Susannah.

Pourtant il y avait bien du cannibalisme derrière tout ça. Quelque part. Son cœur le lui chuchotait.

— Ils se moquent totalement de moi, dit Mia. La nounou, rien de plus, n'est-ce pas comme ça que tu m'as appelée ? Mais même ça, ils ne vont pas me le donner, pas vrai ?

— Tu auras peut-être six mois pour t'occuper de lui, mais même ça…

Elle secoua la tête, puis se mordit la lèvre quand une nouvelle contraction la traversa, transformant tous les muscles de son ventre et de ses cuisses en filaments de verre. Dès que la douleur s'apaisa quelque peu, elle acheva sa phrase.

— J'en doute.

— Alors tue-nous, si on en arrive là. Dis que tu le feras, Susannah, je te prie !

— Et si je fais ça pour toi, Mia, que feras-tu pour moi ? Si tant est que je puisse croire la moindre parole qui sort de ta bouche de menteuse ?

— Je te libérerai, si j'en ai l'occasion.

Susannah y réfléchit, et décida qu'un marché de dupes valait mieux que pas de marché du tout. Elle attrapa les mains agrippées à ses épaules.

— Très bien. Je suis d'accord.

Et comme au cours de leur première palabre en ce lieu, c'est alors que le ciel se déchira, ainsi que le merlon derrière elles et l'air qu'elles échangeaient. Dans la fente, Susannah aperçut un couloir qui tanguait, de l'autre côté. L'image était floue et sombre. Elle comprit qu'elle regardait par ses propres yeux, qu'elle avait presque fermés. Bouledogue et Faucon la tenaient toujours. Ils l'emmenaient vers la porte au bout du couloir – toujours, depuis l'arrivée de Roland dans sa vie, il y avait eu une porte à atteindre – et elle se dit qu'ils devaient croire qu'elle s'était évanouie. Et elle se dit aussi que c'était le cas, en un sens.

Puis elle fut soudain de retour dans ce corps hybride, avec ses jambes blanches... qui savait quelle proportion de sa peau brune était maintenant devenue blanche ? Elle se réjouissait qu'au moins cette situation-là soit sur le point de prendre fin. C'est bien volontiers qu'elle échangerait ces jambes blanches, si fortes fussent-elles, contre un peu de tranquillité d'esprit.

Contre un peu de tranquillité *dans* son esprit.

DIX-NEUF

— Elle revient à elle, grommela quelqu'un.

Celui à tête de bouledogue, crut reconnaître Susannah. Non pas que ça ait la moindre importance. Sous le masque, ils avaient tous l'air de rats humanoïdes avec de la fourrure qui pointait à travers leur chair croustillante.

— Parfait, commenta Sayre, qui marchait derrière eux.

Elle regarda autour d'elle et constata que son escorte était constituée de six ignobles, de Faucon et d'un trio de vampires. Les ignobles portaient des pistolets dans des crocs de débardeurs… sauf que dans ce monde, on les appelait sans doute des holsters. À Rome, ma chère, il faut faire comme les Romains. Deux des vampires portaient des *bahs*, l'espèce d'arc typique des Calla. Le troisième avait un sabre électrique qui bourdonnait, assez proche du modèle que maniaient les Loups.

Dix contre un, pensa froidement Susannah. *Pas bon… Mais ça pourrait être pire.*

Peux-tu – la voix de Mia, quelque part à l'intérieur d'elle.

La ferme, lui ordonna Susannah. *Fini de parler.*

Devant elle, sur la porte dont ils s'approchaient, elle lut :

NORTH CENTRAL POSITRONICS
New York/Fedic

Sécurité maximale
CODE VERBAL D'ENTRÉE EXIGÉ

L'inscription lui était familière, et Susannah se rappela instantanément pourquoi. Elle avait vu un panneau similaire durant sa brève visite à Fedic. Fedic, où la Mia réelle – l'être qui avait endossé le destin des mortels dans ce qui devait être le pire marché de l'histoire de l'humanité – restait prisonnière.

Lorsqu'ils atteignirent la porte, Sayre la poussa, côté Faucon. Il se pencha vers la porte et émit un son guttural, un mot inconnu que Susannah n'aurait jamais su reproduire d'elle-même.

Peu importe, chuchota Mia. *Moi je sais le dire et, s'il le faut, je peux t'en apprendre un autre. Mais pour l'instant… Susannah, je te demande pardon pour tout. Adieu, porte-toi bien.*

La porte menant à la Gare expérimentale de l'Arc 16 de Fedic s'ouvrit. Susannah entendit comme un bourdonnement martelé, et sentit l'ozone. Nulle magie n'actionnait cette porte entre les mondes ; c'était l'œuvre des Grands Anciens, et leur erreur. Ceux qui l'avaient conçue avaient perdu foi en la magie, avaient renoncé à croire à la Tour. Pour remplacer la magie, ils avaient réalisé cette chose mourante et bourdonnante. Cette stupide chose mortelle. Et au-delà, Susannah aperçut une gigantesque pièce, remplie de lits. De centaines de lits.

C'est là qu'ils opèrent les enfants. Là qu'ils leur arrachent ce dont les Briseurs ont besoin.

Un seul des lits était occupé. Au pied se tenait une femme avec une de ces effroyables têtes de rats. Une infirmière, peut-être. À ses côtés, Susannah vit un être humain – elle ne pensait pas qu'il s'agissait d'un vampire, mais n'avait aucun moyen d'en être certaine, car ce qu'elle entrevoyait par la porte entrebâillée était aussi flou que l'air tremblotant au-dessus d'un incinérateur.

Il leva les yeux et les vit.

— Dépêchons ! s'écria-t-il. Bougez-vous ! Il faut qu'on les branche et qu'on en finisse, ou bien elle mourra ! Ils mourront tous les deux !

Le médecin – qui d'autre qu'un médecin aurait été capable d'une telle arrogance en présence de Richard P. Sayre ? – agitait les mains en petits gestes impatients, leur faisant signe d'approcher.

— Mettez-la là-dedans ! Vous êtes en retard, bon Dieu !

Sayre la poussa brutalement par la porte. Elle entendit un bourdonnement au plus profond de son crâne, et une brève mesure de carillon du vaadasch. Elle baissa les yeux, mais trop tard. Les jambes d'emprunt de Mia avaient déjà disparu et elle s'étala par terre, avant que Faucon et Bouledogue aient pu la suivre et la rattraper.

Elle se hissa sur les coudes et regarda vers le haut, consciente que, pour la première fois depuis Dieu savait combien de temps – probablement depuis qu'elle s'était fait violer dans le cercle de pierre –, elle ne s'appartenait qu'à elle-même. Mia n'était plus.

Puis, comme pour lui prouver le contraire, l'invitée surprise et indésirable de Susannah laissa échapper un cri. Susannah y ajouta le sien – la douleur était à présent trop insupportable pour être tue – et l'espace d'un instant, leurs voix chantèrent l'arrivée du bébé dans une harmonie parfaite.

— Doux Jésus, fit l'un des gardiens de Susannah – vampire, ignoble, comment savoir ? Est-ce que j'ai les oreilles en sang ? J'ai bien l'*impression* d'avoir les o...

— Ramasse-la, Haber ! aboya Sayre. Jey ! Remets-la debout ! Relevez-la, au nom de vos pères !

Bouledogue et Faucon – ou Haber et Jey, pour faire plus réaliste – l'attrapèrent sous les aisselles et lui firent remonter la travée au pas de course, faisant défiler les rangées de lits vides.

Mia se tourna vers Susannah et réussit à lui adresser un faible sourire épuisé. Elle avait le visage baigné de sueur et ses cheveux collaient à sa peau écarlate.

— Heureuse rencontre que la nôtre... heureuse et douloureuse, articula-t-elle tant bien que mal.

— Poussez-moi un lit par là ! hurla le médecin. Grouillez-vous, bons dieux ! Comment est-ce qu'on peut être aussi *lent* ?

Deux des ignobles qui avaient accompagné Susannah depuis le Cochon du Sud attrapèrent le lit vide le plus proche et le poussèrent à côté de Mia pendant que Haber et Jey la tenaient toujours entre eux. Sur le lit reposait ce qui ressemblait à un croisement entre un sèche-cheveux et le genre de casque de l'espace qu'on voyait dans les vieux épisodes de *Flash Gordon*. L'engin n'inspira rien de bon à Susannah. Il avait comme un air de suceur de cervelles.

Pendant ce temps, l'infirmière à tête de rat était penchée entre les jambes écartées de la patiente, examinant la zone située sous la blouse d'hôpital qu'elle portait désormais. Elle tapota le genou droit de Mia d'une main potelée et poussa une sorte de vagissement. L'intention en était très probablement de rassurer Susannah, pourtant elle frissonna.

— Ne restez pas plantés là comme des cons, glapit le médecin.

C'était un homme corpulent aux yeux marron et au teint rougeaud. Sa chevelure noire était tirée en arrière et chaque dent du peigne avait laissé un sillon bien net. Il portait une blouse blanche en nylon par-dessus un costume de tweed. Sa cravate écarlate était ornée d'un œil dessiné en plein milieu. Ce *sigleu* ne surprit pas Susannah outre mesure.

— Nous attendons votre feu vert, fit Jey, l'homme-faucon.

Il s'exprimait d'une voix étrange, inhumaine et monocorde, aussi déplaisante que le vagissement de l'infirmière à tête de rat, mais parfaitement compréhensible.

— Vous ne devriez même pas avoir *besoin* de mon feu vert ! aboya le médecin.

Il claqua des mains en un geste gaulois, censé exprimer du dégoût.

— Vos mères n'ont donc pas eu d'enfants qui aient survécu ?

— Je... tenta Haber, mais le médecin s'en prit immédiatement à lui. Il était visiblement remonté.

— Depuis combien de temps on attend ça, hein ? Combien de fois on a répété cette procédure ? Comment on peut être aussi *crétin*, bordel ? Aussi *lent* ? Grouillez-vous de l'allonger sur ce l...

Sayre bondit avec une rapidité que même Roland n'aurait sans doute pas pu égaler. Il se tenait à côté d'Haber, l'ignoble à tête de bouledogue, et la seconde d'après il avait fondu sur le médecin, lui plantant son menton dans l'épaule et lui retournant le bras dans le dos.

L'expression d'irascibilité et de condescendance qui se peignait sur le visage de l'homme un instant auparavant disparut en un clin d'œil et il se mit à gémir comme un enfant, d'une voix aiguë et déchirante. De la bave coula de sa lèvre inférieure et l'entrejambe de son pantalon de tweed fut bientôt noir d'urine.

— *Arrêtez !* brailla-t-il. *Je ne vous serai plus d'aucune utilité, si vous me cassez le bras ! Oh, arrêtez, ça fait* MAAAAL *!*

— Si vous n'étiez pas déjà un bras cassé et que je devais vous casser celui-là, Scowther, je ramasserais n'importe quel demeuré en blouse blanche pour finir le boulot, et je le tuerais ensuite. Et pourquoi pas ? Ce n'est jamais qu'une femme qui accouche, pas de la chirurgie du cerveau, pour l'amour de Gan !

Puis il relâcha légèrement son emprise. Scowther sanglotait et se contorsionnait en gémissant et en pouffant comme quelqu'un en train de copuler par 50 °C à l'ombre.

— Et quand ce serait fait et que vous n'auriez rien à voir là-dedans, poursuivit Sayre, c'est *vous* que je leur donnerais comme amuse-gueule, fit-il avec un mouvement du menton.

Susannah regarda dans la direction qu'il désignait et constata que tout le mur entre la porte et le lit sur lequel reposait Mia était recouvert d'insectes comme ceux qu'elle avait aperçus au Cochon du Sud. Leurs yeux gourmands et furieusement intelligents étaient fixés sur le médecin replet. Leurs mandibules cliquetaient.

— Qu'est-ce que… que dois-je faire, *sai* ?

— Implore mon pardon.

— J'im… j'implore votre pardon !

— Et le leur aussi, car tu les as insultés, eux aussi.

— Messieurs, je… j'implore…

— Docteur ! s'exclama l'infirmière à tête de rat.

Lorsqu'elle parlait, sa voix était épaisse, mais compréhensible. Elle était toujours penchée entre les jambes de Mia.

— Je vois la tête du bébé !

Sayre libéra le bras de Scowther.

— Allez, docteur Scowther. Faites votre devoir. Mettez cet enfant au monde.

Sayre se pencha en avant et caressa la joue de Mia avec une sollicitude extraordinaire.

— Gardez joie et espoir, dame-*sai*. Certains de vos rêves pourraient bien se réaliser.

Elle leva les yeux vers lui avec un air de gratitude épuisée qui déchira le cœur de Susannah.

Ne le crois pas, ses mensonges sont infinis, essaya-t-elle de lui faire entendre, mais pour l'instant, tout contact entre elles était rompu.

Elle se retrouva jetée comme un sac de grain sur le lit qu'on avait approché près de celui de Mia. On lui mit de force un des casques sur la tête, et elle fut dans l'incapacité de se débattre. Une nouvelle contraction la traversa, et une fois encore, les deux femmes hurlèrent à l'unisson.

Susannah entendait Sayre et les autres entre eux. En dessous et derrière elles, elle percevait aussi le cliquetis déplaisant des insectes. Dans le casque, des protubérances métalliques lui appuyaient sur les tempes, au point de lui faire mal.

Soudain, une voix de femme charmante s'éleva.

— Bienvenue dans le monde de North Central Positronics, filière du groupe Sombra ! « Sombra, là où le progrès ne s'arrête jamais ! » Veuillez patienter, liaison en cours.

Susannah entendit un fort bourdonnement. Tout d'abord dans ses oreilles, puis lui vrillant les deux côtés de la tête. Elle visualisa deux balles rougeoyantes se rapprochant l'une de l'autre.

Faiblement, comme de l'autre bout de la pièce et non du lit voisin du sien, elle perçut le hurlement de Mia.

— *Oh non, je vous en supplie, ça fait tellement mal !*

Le bourdonnement à gauche et le bourdonnement à droite se rejoignirent au centre du cerveau de Susannah, en une onde télépathique qui allait détruire toute capacité de réflexion, si elle durait trop longtemps. C'était une torture indescriptible, mais elle garda les lèvres serrées. Elle avait décidé de ne pas crier. Qu'ils voient les larmes qui suintaient de sous ses paupières closes, mais elle était un pistolero, et ils ne la feraient pas crier.

Au bout de ce qui lui parut une éternité, le bourdonnement se tut.

Susannah eut une seconde ou deux pour savourer ce silence béni dans sa tête, puis la vague de contractions suivante la frappa, ce coup-ci très bas dans le ventre, avec la force d'un typhon. Cette fois, elle s'autorisa à hurler sa douleur. Parce que c'était différent, étrangement. Hurler pour la venue du bébé était un honneur.

Elle tourna la tête et vit qu'on avait équipé Mia d'un casque similaire, fixé sur sa chevelure noire et trempée. Les tuyaux d'acier articulés sortant des deux casques étaient reliés au milieu. C'était le genre de gadgets dont ils se servaient avec les jumeaux volés, mais à présent ils remplissaient visiblement une autre fonction. Laquelle ?

Sayre se pencha vers elle, assez près pour qu'elle sente les effluves de son eau de Cologne. Cuir anglais, devina-t-elle.

— Pour accomplir la dernière phase du travail, et faire sortir le bébé, nous avons besoin de ce lien physique, expliqua-t-il. Vous amener jusqu'ici, à Fedic, était absolument vital.

Il lui tapota l'épaule.

— Bonne chance. Il n'y en a plus pour longtemps.

Il lui adressa un sourire engageant. Le masque qu'il portait se plissa vers le haut, découvrant une partie de l'horreur écarlate qui se cachait dessous.

— Après nous pourrons vous tuer.

Son sourire s'élargit.

— Et vous manger, bien sûr. Rien ne se perd, dans le Cochon... du Sud. Pas même une espèce de garce arrogante comme toi.

Avant que Susannah ait pu répondre quoi que ce soit, la voix de femme dans sa tête se remit à parler.

— Veuillez décliner votre nom lentement, à voix haute et distincte.

— Va te faire foutre ! glapit Susannah pour toute réponse.

— Vat Pher-Phut n'est pas un nom valide pour une personne d'origine non asiatique, commenta la voix de femme, toujours aussi charmante. Nous détectons des signes d'hostilité, et vous prions de nous excuser par avance pour la gêne occasionnée par la procédure en cours.

Pendant quelques secondes il ne se passa rien, puis le cerveau de Susannah s'embrasa de douleur, une souffrance inimaginable, bien au-delà de ce qu'elle avait eu à endurer de toute sa vie. Au-delà de ce qu'elle pensait pouvoir exister. Elle l'affronta pourtant les lèvres closes. Elle repensa à cette chanson, et l'entendit même à travers les roulements de tonnerre de la souffrance : *I am a maid... of constant sorrow... I've seen trials all my days...*

Puis le tonnerre se tut enfin.

— Veuillez décliner votre nom lentement, à voix haute et distincte, fit la voix de femme charmante au centre de son crâne. Ou bien cette procédure sera amplifiée de l'ordre de un à dix.

Pas besoin de ça, répliqua intérieurement Susannah à la voix de femme. *Tu m'as convaincue.*

— Suuuuu-zaaaa-nahhhh, prononça-t-elle. Suuuuu-zaaaa-nahhhh...

Ils se tenaient là à la regarder, tous sauf Mamzelle Tête-de-Rat, qui contemplait avec extase l'orifice par lequel surgissait de nouveau la tête couverte de duvet de bébé, entre les lèvres retroussées du vagin de Mia.

— Miiiii-aaaaahhh...

— Suuuu-zaaa...

— Miiii...

— Annnn-ahhhh

Quand pointa la contraction suivante, le Dr Scowther s'empara d'une paire de forceps. Les voix des deux femmes se fondirent en une seule, prononçant un mot, un nom qui n'était ni *Susannah* ni *Mia*, mais une combinaison des deux.

— La liaison a été établie, annonça la voix de femme charmante.

Elles entendirent un faible *clic*.

— Je répète, la liaison a été établie. Merci de votre coopération.

— Nous y sommes, messieurs, déclara Scowther.

Il semblait avoir oublié sa douleur et sa peur panique : il avait l'air surexcité. Il se tourna vers son infirmière.

— Il va peut-être pleurer, Alia. Si c'est le cas, laissez faire, au nom de votre père ! S'il ne crie pas, nettoyez-lui tout de suite la bouche !

— Oui, docteur.

Les lèvres de la chose se mirent à trembler, puis découvrirent une double rangée de crocs. S'agissait-il d'une grimace, ou d'un sourire ?

Scowther se tourna vers eux, retrouvant une once de son arrogance passée.

— Restez tous exactement où vous êtes, jusqu'à ce que je vous dise quoi faire. Aucun de nous ne sait précisément ce qui nous attend. Tout ce que nous savons, c'est que cet enfant appartient au Roi Cramoisi lui-même…

À ces mots, Mia poussa un hurlement strident. Un hurlement de douleur et de révolte mêlées.

— Espèce d'idiot, fit Sayre.

Il leva la main et gifla Scowther avec une telle force que ses cheveux voletèrent et que des gouttelettes de sang allèrent éclabousser le mur blanc.

— Non ! s'écria Mia.

Elle tenta de se redresser sur les coudes, échoua et retomba sur l'oreiller.

— Non ! Vous disiez que je pourrais l'élever ! Oh, s'il vous plaît… rien qu'un petit peu, pas longtemps, je vous en prie…

C'est alors que la douleur la plus atroce la chavira – les chavira toutes deux, les engloutissant complètement. Elles hurlèrent en tandem, et Susannah n'eut pas besoin d'attendre les commentaires de Scowther, qui lui ordonnait de *pousser*, de *pousser MAINTENANT* !

— Il arrive, docteur ! s'écria l'infirmière, à la fois nerveuse et extasiée.

Susannah ferma les yeux et poussa de toutes ses forces et lorsqu'elle sentit la douleur s'échapper d'elle comme de l'eau jaillissant en tourbillonnant dans un tuyau noir, elle ressentit le chagrin le plus intense qu'elle ait jamais connu. Car c'était en Mia que s'enfuyait le bébé. Les tout derniers mots du message vivant que le corps de Susannah avait été conçu pour transmettre. C'était la fin. Quoi qu'il se passe ensuite, c'était la fin de cette étape, et Susannah Dean émit un gémissement de soulagement et de regret mêlés. Un gémissement qui était presque un chant.

Et c'est ainsi, sur les ailes de ce chant, que Mordred Deschain, fils de Roland (et d'une autre, répétez tous Discordia), vint au monde.

SOLISTE : *Commala-vienne-kass !*
L'enfant est là enfin !
Entonne ton chant, chante-le bien
L'enfant est là, regarde-le bien.

CHŒUR : *Commala-vienne-kass,*
Le pire est en chemin.
La Tour tremble sur ses bases ;
L'enfant est là, enfin.

CODA

JOURNAL DE L'AUTEUR

EXTRAITS DU JOURNAL D'UN ÉCRIVAIN

12 juillet 1977

Bon sang, ça fait du bien d'être de retour à Bridgton. Ils sont toujours très sympas avec nous, à Nanaville, comme dirait Joe, mais Owen a été insupportable presque tout le long. Il va mieux depuis qu'on est arrivés. On ne s'est arrêtés qu'une fois, à Waterville, pour prendre de la bouffe à La Femme Silencieuse (d'ailleurs la qualité est plutôt en baisse, au passage).

Bref, j'ai tenu la promesse que je m'étais faite à moi-même et j'ai tout retourné pour retrouver cette histoire, *La Tour Sombre*, dès que je suis rentré. J'étais sur le point d'abandonner, quand j'ai mis la main sur les pages que je cherchais, au fin fond du garage, sous une caisse de vieux catalogues de Tab. Avec l'humidité, ça fait vraiment fonte des neiges, ce coin-là, et ces drôles de pages bleues sentent un peu le moisi, mais l'exemplaire est parfaitement lisible. J'ai fini de le parcourir, puis je m'y suis mis et j'ai ajouté un court passage à la partie du relais (quand le Pistolero rencontre Jake, le gamin). Je me suis dit que ça pourrait être rigolo de placer une pompe à eau qui marche à l'énergie atomique, alors je me suis empressé de le faire. Normalement, retravailler un vieux texte est aussi appétissant que l'idée de manger un sandwich au pain moisi, mais cette fois-ci ça m'a paru totalement naturel… comme remettre des vieilles chaussures.

Cette histoire, de quoi est-elle censée parler, en fait ?

Je ne me souviens de rien, sauf qu'elle m'est venue il y a très très longtemps. J'étais au volant, on revenait du Nord, toute la famille piquait un roupillon, et je me suis mis à penser au jour où David et moi on avait fugué de chez Tante Ethelyn. On avait prévu de rentrer dans le Connecticut, je crois. Les gramps (c'est-à-dire les grandes personnes) nous avaient pris, bien entendu, et ils nous avaient mis au boulot dans la grange, à scier du bois. La Corvée de Réparation, comme disait l'Oncle Oren. Il me semble qu'il m'était arrivé quelque chose d'effrayant à cette occasion, mais je suis bien infoutu de me rappeler quoi, sauf que c'était *rouge*. Et j'ai inventé un héros, un pistolero magique, pour me protéger du danger. Il y avait une histoire de magnétisme, aussi, de Rayons de Puissance. Je suis quasiment certain que ç'a été la genèse de cette histoire, mais c'est étonnant comme c'est flou. Mais bon, qui se rappelle tous les petits détails de l'enfance ? Qui le *souhaite*, d'ailleurs ?

Pas grand-chose d'autre. Joe et Naomi ont fait de la balançoire, et Tab a quasiment finalisé son projet de voyage en Angleterre. Bon sang, cette histoire de pistolero ne *veut pas* me sortir de la tête !

Je vais te dire ce qu'il lui faut, à ce bon vieux Roland : des amis !

19 juillet 1977

Je suis allé voir *La Guerre des Étoiles* en moto, ce soir, et je crois que ce sera ma dernière sortie sur cet engin, jusqu'à ce que les choses se calment un peu. J'ai avalé des tonnes d'insectes. Un vrai régime protéiné !

Pendant que j'étais à moto, je n'ai pas arrêté de penser à Roland, mon pistolero tiré du poème de Robert Browning (avec un petit clin d'œil au passage à Sergio Leone, bien sûr). Ce manuscrit est un roman, pas de doute – ou un bout de roman –, pourtant j'ai aussi l'impression que les chapitres sont indépendants les uns des autres. Ou presque. Je me demande si je pourrais les vendre à un de ces magazines de science-fiction ? Peut-être même à *Fantasy and Science Fiction*, autant dire le Saint-Graal du genre.

C'est sans doute une idée stupide.

À part ça, finale de la Coupe de base-ball (7 à 5 pour la National League). J'étais bien fracassé avant la fin. Tabby *pas* ravie...

9 août 1978

Kirby McCauley a vendu le premier chapitre de cette vieille *Tour Sombre* à *Fantasy and Science Fiction* ! Mon vieux, j'arrive à peine à y croire ! C'est vraiment trop cool ! Kirby dit que d'après lui, Ed Ferman (c'est le rédac-chef) voudra sans doute publier tout ce que j'ai, dans la série de la *TS*. Il va intituler le premier extrait (« L'homme en noir fuyait à travers le désert, et le Pistolero le suivait », etc. bla bla, bang bang) « Le Pistolero », ce qui n'est pas si bête.

Pas mal, pour une vieille histoire qui croupissait dans un recoin humide de mon garage, pas plus tard que l'année dernière. Ferman aurait dit à Kirby que Roland « faisait vrai », et que c'était rare dans les récits de S-F. Il demande même s'il y aura d'autres épisodes. Je suis sûr qu'il y a encore des tas d'aventures (ou qu'il y en *a eu*, ou qu'il y en *aura* – quel est le temps adéquat, quand on parle de récits pas encore écrits ?), même si je ne sais pas du tout lesquelles, encore. Tout ce que je sais, c'est que John « Jake » Chambers y fera son grand retour.

Journée pluvieuse, chaude et humide au bord du lac. Les gosses n'ont pas fait de balançoire. Ce soir, pendant qu'Andy Fulcher gardait les grands, Tab, Owen et moi on est allés au drive-in de Bridgton. Tabby a trouvé le film merdique (*The Other Side of Midnight*[1], qui date de *l'année dernière*, en fait), mais je ne l'ai pas entendue supplier qu'on la ramène à la maison. Pour ma part, je me suis surpris à repenser à ce fichu Roland. Cette fois, je réfléchissais à son amour perdu, « Susan, la jeune fille à la fenêtre ».

Je peux savoir qui c'est, celle-là ?

9 septembre 1978

J'ai reçu mon numéro d'octobre avec « Le Pistolero ». Mon vieux, c'est plutôt pas mal.

Burt Hatlen m'a appelé, aujourd'hui. Il parle de m'engager pour un an à l'Université du Maine, comme écrivain à demeure. Il n'y a vraiment que Burt pour penser à un écrivaillon comme

1. Film américain de Charles Jarrott (1977), avec Susan Sarandon, John Beck et Marie-France Pisier. *(N.d.T.)*

moi pour ce genre de boulot. Mais ça n'est pas inintéressant, comme idée.

29 octobre 1979

Et merde, encore bourré. Je vois à peine cette foutue page, mais je pense qu'il vaut mieux que j'écrive *quelque chose* avant d'aller comater. J'ai reçu une lettre d'Ed Ferman, de *F & SF*, aujourd'hui. Il va publier le deuxième chapitre de *La Tour Sombre* (celui dans lequel le Pistolero rencontre le gamin), sous le titre « Le Relais ». Il veut vraiment sortir toute la série, et je dois dire que ça me plaît pas mal. Je regrette juste de ne pas en avoir plus. Mais il faut aussi que je réfléchisse au *Fléau* – et puis il y a *Dead Zone*, bien sûr.

Mais tout ça me paraît presque secondaire, en ce moment. Je *déteste* me retrouver ici, à Orrington – je déteste qu'il y ait autant de passage sur la route, pour commencer. Owen a été à deux doigts de se faire renverser par un de ces camions Cianbro, aujourd'hui. Ça m'a foutu une trouille de tous les diables. Et ça m'a aussi donné une idée d'histoire, avec le petit cimetière animalier derrière la maison, « Simetierre », dit le panneau. Bizarre, non ? Ça fait sourire, mais ça fiche un peu la trouille, aussi. Ça fait très *Les Contes de la Crypte*.

19 juin 1980

Je viens de raccrocher d'avec Kirby McAuley. Il a reçu un appel de Donald Grant, qui publie plein de trucs de science-fiction sous son propre label (Kirby aime bien blaguer avec ça, en disant que Don est l'« homme qui a rendu Robert E. Howard tristement célèbre »). Bref, Don voudrait publier mes histoires du Pistolero, et sous le titre original, *La Tour Sombre* (sous-titre : « Le Pistolero »). Est-ce que c'est pas super ? Ma propre « édition limitée » ! Il en sortirait 10 000 exemplaires, plus 500 signés et numérotés. J'ai dit à Kirby de foncer et de conclure le marché.

Quoi qu'il en soit, on dirait que ma carrière dans l'enseignement est terminée, et je m'en suis mis une sévère, pour fêter ça. J'ai aussi ressorti le manuscrit de *Simetierre*, pour y jeter un œil. Mon Dieu, ce que c'est déprimant ! Je crois que les lecteurs me lyncheraient, s'il sortait, celui-là. Ce qui est sûr, c'est que voilà bien un livre qui ne verra jamais le jour…

27 juillet 1983

La revue *Publishers Weekly*[1] (que notre fils Owen appelle pour rire *Publishers Weakness*, et on peut dire qu'en règle générale c'est assez vrai) a publié une critique sur le dernier livre de Richard Bach… et une fois de plus, bébé, je me suis fait *descendre en flammes*. À les lire, c'est ennuyeux, et ça, mon ami, je sais que ça ne l'est pas. Oh, c'est sûr que de repenser à ça m'a facilité la tâche, quand il a fallu descendre à North Windham prendre 2 tonnelets de bière, pour fêter ça. Je les ai eus chez « Bibine en Gros ». Et puis je me suis remis à fumer, si tu veux savoir. J'arrêterai le jour de mes quarante ans, et ça n'est pas une promesse en l'air.

Oh, et puis *Simetierre* va sortir dans deux mois pile. Et là, ce sera vraiment la fin de ma carrière (je plaisante… du moins j'espère). Après réflexion, j'ai ajouté *La Tour Sombre* à la liste « du même auteur », au début du bouquin. Je me suis dit, après tout, pourquoi pas ? Oui, je sais que c'est épuisé – ils en avaient prévu que 10 000, nom de Dieu – mais c'était un vrai livre, et j'en suis fier. Je ne pense pas que je reviendrai sur les aventures de Roland le bon vieux Chevalier Errant qui Tire Plus Vite que Son Ombre, mais oui, je suis fier de ce livre.

C'est bien que je n'aie pas oublié la bière, moi.

21 février 1984

Mon vieux, j'ai reçu un appel *délirant* de Sam Vaughn, de chez Doubleday, cet après-midi (c'est lui qui a publié *Simetierre*, rappelle-toi). Je savais qu'il y avait des fans qui voulaient la suite de *La Tour Sombre* et qui étaient en rogne qu'elle ne soit pas écrite, parce que j'ai reçu du courrier, moi aussi. Mais Sam dit qu'eux en ont reçu plus de TROIS MILLE !! Et pourquoi, tu vas me demander ? Parce que j'ai été assez con pour mettre *La Tour Sombre* sur la liste de mes œuvres, dans l'édition de *Simetierre*. J'ai l'impression que Sam m'en veut un peu, et je dirais qu'il y a de quoi. Il dit que mentionner un livre que les fans attendent et qu'ils n'auront pas, c'est comme tendre un bout de viande à

1. Littéralement : « L'Hebdo des Éditeurs ». *Publishers Weakness* signifie « la faiblesse des éditeurs ». *(N.d.T.)*

un chien affamé, en lui disant : « Non non, tu ne l'auras pas, c'est bête, hein ? » D'un autre côté, par Dieu et Jésus l'Homme, les gens sont tellement *gâtés*, bordel ! Ils s'imaginent que, sous prétexte qu'il y a dans ce monde un livre qu'ils *veulent*, alors ça leur donne un droit particulier sur ce livre. Ça ferait tordre de rire les types du Moyen Âge, qui entendaient *parler* de livres, et qui n'en voyaient pas un seul de toute leur vie. Le papier était une denrée rare (ce serait pas mal, d'ailleurs, dans le prochain « Pistolero/Tour Sombre », si jamais je m'y remets un jour) et les livres des trésors qu'on protégeait avec sa propre vie. J'adore ça, de pouvoir gagner ma vie en écrivant des histoires, mais quiconque dira que ça n'a pas ses mauvais côtés racontera que des conneries. Un jour je ferai un roman sur un vendeur de livres rares psychopathe (rires !)

En attendant, c'était l'anniversaire d'Owen, aujourd'hui. Il a sept ans ! L'âge de raison ! J'ai du mal à croire que mon plus jeune fils ait sept ans, et que ma fille en ait treize, une ravissante jeune femme, déjà.

14 août 1984 (New York)

Je reviens juste d'une réunion avec Elaine Koster, de chez NAL et mon agent, ce bon vieux Kirboo. Ils ont tous les deux insisté pour faire une édition en grand tirage du *Pistolero*, mais j'ai dit non. Peut-être un jour, mais je ne veux pas donner à tant de gens l'occasion de lire quelque chose d'aussi inachevé, à moins que/jusqu'au jour où je me remettrai au boulot sur ce livre.

Ce que je ne ferai sans doute jamais. Mais bon, j'ai une idée pour un autre *long* roman, avec un clown qui est en fait le monstre le plus répugnant que la terre ait porté. C'est pas une si mauvaise idée ; les clowns, ça fait peur. À moi, en tout cas (les clowns et les poulets, va savoir pourquoi).

18 novembre 1984

La nuit dernière, j'ai fait un rêve qui pourrait bien mettre fin au blocage que j'avais, pour *Ça*. Mettons qu'il existe une espèce de Rayon qui soutienne la Terre (ou des Terres multiples) ? Et que le générateur de ce Rayon repose sur le dos d'une tortue ? Je pourrais en faire la clé de voûte du bouquin, au moins en partie. Je sais que ça a l'air dingue, dit comme ça, mais je suis certain d'avoir lu quelque part que, dans la mythologie hindoue, il y a une grosse tortue qui nous porte tous sur sa carapace, et qu'elle sert Gan, la superpuissance créatrice. Et je me rappelle aussi une anecdote, dans laquelle une dame dit à un célèbre scientifique : « Cette histoire d'évolution, c'est ridicule. Tout le monde sait que c'est sur le dos d'une tortue que repose l'univers tout entier. » À ça, le scientifique (je pourrais me rappeler son nom, mais peu importe) répond : « Peut-être bien, madame, mais sur quoi repose la tortue ? » La dame y va de son petit rire méprisant, et répond : « Oh, vous ne m'aurez pas ! Rien que des tortues, jusqu'en bas. »

Tenez, prenez *ça*, vous autres, avec toutes vos théories rationnelles !

Toujours est-il que j'ai un cahier vierge près de mon lit, ce qui fait que j'y note des tas de rêves ou de bribes de rêves, sans vraiment me réveiller. Ce matin, j'avais écrit : *Vois la* TORTUE *comme elle est ronde, sur son dos repose le monde. Son esprit, quoique lent, est toujours très gentil. Il tient chacun de nous dans ses nombreux replis.* Pas terrible, côté poésie, me direz-vous. D'accord, mais pas mal pour un type aux trois quarts endormi quand il a écrit ces lignes !

Tabby ne me lâche pas, elle dit que je bois trop. Elle a raison, j'imagine, mais...

10 juin 1986 (Lovell/Chemin du Dos de la Tortue)

Mon vieux, quelle chance j'ai qu'on ait acheté cette maison ! Au départ la somme m'a fait peur, mais je n'ai jamais aussi bien écrit qu'ici. Et – ça fout les jetons, mais c'est vrai – je crois que j'ai envie de me remettre à l'écriture de *La Tour Sombre*. Au fond de mon cœur, je pensais que ça ne se ferait jamais, mais hier soir, alors que j'allais acheter de la bière au centre commercial, j'ai presque entendu Roland me dire : « Il existe de nombreux mondes et de nombreux récits, mais le temps presse. »

J'ai fini par faire demi-tour et je suis rentré. Je ne me rappelle plus la dernière fois que j'ai passé une soirée sans une goutte d'alcool, mais celle-ci fait partie de cette espèce en voie de disparition. C'est le coup de massue, quand je me mets pas une mine. Ce qui est bien triste, je dirais.

13 juin 1986

Je me suis réveillé au beau milieu de la nuit, avec la gueule de bois et l'envie de pisser. Alors que je me tenais devant la cuvette, j'ai presque *vu* Roland de Gilead. Qui me disait de commencer par la scène des homarstruosités. C'est ce que j'ai fait.

Je sais parfaitement ce qu'ils sont.

15 juin 1986

J'ai commencé aujourd'hui le nouveau roman. J'ai du mal à croire que je me sois remis à la veine « Le Bon, la Brute et le Truand », mais dès la première page, c'est tombé juste. Merde, dès le premier *mot*. J'ai décidé de faire une structure assez proche de celle d'un conte de fées : Roland marche le long de la Mer Occidentale, il est de plus en plus mal en point, et il découvre une série de portes qui mènent à notre monde. Et derrière chacune d'entre elles, il y a un nouveau personnage. Le premier sera un junkie défoncé du nom d'Eddie Dean…

16 juillet 1986

Je n'y crois pas. Je veux dire, j'ai le manuscrit devant moi sur mon bureau, alors il faut bien le croire, mais je n'y arrive pas. J'en ai écrit 300 PAGES !! Rien que le mois dernier, et il y a tellement peu de corrections que c'en est flippant. *Jamais* je ne me suis pris pour un de ces auteurs qui se gargarisent en disant qu'ils ont anticipé chaque scène et chaque retournement de l'intrigue, mais je n'ai jamais non plus écrit de livre qui me vienne aussi naturellement. Il me monopolise complètement depuis le premier jour. Et tu sais, il me semble que plein de choses que j'ai écrites avant (tout particulièrement *Ça*) étaient comme des « coups d'essai », comme un entraînement me préparant à cette histoire-là. Jamais je n'avais repris un texte abandonné depuis quinze ans ! Je veux dire, j'ai un peu retravaillé les nouvelles qu'Ed Ferman a publiées dans *F & SF*, et j'ai remis une couche pour *Le Pistolero* quand Ed Grant l'a édité, mais ça n'avait rien à voir avec ce que je fais en ce moment. J'en *rêve* même, de cette histoire. Il y a des jours où j'aimerais réussir à arrêter de boire, mais je vais te dire une bonne chose : j'ai presque peur d'arrêter.

Je sais que l'inspiration ne coule pas de la bouteille, mais il y a quelque chose...

J'ai peur, d'accord ? J'ai l'impression qu'il y a quelque chose – *quelque chose* – qui veut m'empêcher de terminer ce livre. Qui ne voulait même pas que je le commence. Bon, je sais que c'est de la folie (« un truc d'horreur à la Stephen King », ha ha), mais en même temps ça m'a l'air très réel. Heureusement, personne ne lira sans doute jamais ce journal ; sinon ils me mettraient hors jeu. Qui voudrait d'un type complètement siphonné ?

Je vais l'intituler *Les Trois Cartes*, je pense.

19 septembre 1986

Ça y est. *Les Trois Cartes* est terminé. Je me suis saoulé, pour fêter ça. Défoncé, aussi. Et ensuite ? Eh bien, *Ça* va sortir dans un mois environ, et dans deux jours j'aurai trente-neuf ans. Bon sang, j'ai vraiment du mal à le croire. J'ai l'impression qu'il y a encore une semaine, on vivait encore à Bridgton et les gosses étaient bébés.

Ah, putain. Il est temps que je m'arrête. Voilà que l'écrivain donne dans la guimauve.

19 juin 1987

Aujourd'hui, Donald Grant m'a fait parvenir mon premier exemplaire des *Trois Cartes*. Le produit fini est vraiment beau. J'ai aussi décidé de poursuivre avec NAL et de faire paraître les deux volumes de *La Tour Sombre* en poche – donnons aux gens ce qu'ils attendent. Pourquoi pas, en fait ?

Bien sûr, je me suis saoulé pour fêter ça... Mais, de nos jours, qui a encore besoin d'un prétexte ?

C'est un bon bouquin, mais j'ai encore l'impression de ne pas en avoir écrit une ligne, qu'il s'est contenté de jaillir de moi, comme le cordon ombilical du nombril d'un nourrisson. Ce que j'essaie de dire, c'est que le vent souffle, le berceau se balance, et que parfois il me semble que *rien* là-dedans ne m'appartient, et que je ne suis rien d'autre que la putain de secrétaire de Roland de Gilead. Je sais que ça n'a pas de sens, mais une partie de moi y croit. Sauf que peut-être que Roland a un patron, lui aussi. Le *ka* ?

J'ai *effectivement* tendance à me sentir déprimé, quand je jette un regard sur ma vie : la picole, la drogue, le tabac. Comme si j'essayais bel et bien de me tuer. Ou comme si quelque chose…

19 octobre 1987

Ce soir je suis à Lovell, dans la maison du Chemin du Dos de la Tortue. Je suis venu me réfugier ici pour réfléchir à ma vie. Il faut que je change quelque chose, mon vieux, parce que sinon je ferais aussi bien de me faire sauter le caisson tout de suite.

Il faut que quelque chose change.

Ce qui suit, tiré de La Voix de la Montagne *de North Conway (New Hampshire), était collé dans le journal de l'écrivain, et daté du 12 avril 1988 :*

LES SOCIOLOGUES LOCAUX REJETTENT
LA THÉORIE DES « ENTRANTS »
PAR LOGAN MERRILL

Depuis au moins dix ans, les Montagnes Blanches regorgent de récits d'apparitions d'« entrants », ces créatures qui pourraient bien être des extraterrestres, des voyageurs dans le temps ou même des êtres « venus d'une autre dimension ». Au cours d'une conférence haute en couleur, hier soir à la Bibliothèque Municipale de High Conway, l'auteur notamment de *Pairs et origines des mythes*, le sociologue Henry K. Verdon, s'est servi du phénomène des Entrants comme illustration de la naissance et de la propagation des mythes. Il a notamment souligné le fait que les « Entrants » avaient probablement été inventés par des adolescents des villes limitrophes du Maine et du New Hampshire. Il a aussi émis l'hypothèse que le passage de clandestins à la frontière nord du Canada puis traversant la Nouvelle-Angleterre ait inspiré les mythes en question, devenus tellement répandus.

« Il me semble que nous savons tous, a précisé le professeur Verdon, que ni le Père Noël, ni la Petite Souris, ni les êtres surnommés "entrants" n'existent. Pourtant ces récits

(suite p. 8) »

Le reste de l'article manque. Il n'est fourni aucun élément permettant d'expliquer pourquoi King avait gardé ce texte.

19 juin 1989

Je rentre juste de ma réunion « anniversaire » des A.A[1]. Une année entière sans alcool ni drogues ! Je peux à peine y croire ! Aucun regret. La sobriété m'a sans doute sauvé la vie (en plus de sauver mon mariage), mais j'aimerais seulement qu'il soit moins difficile d'écrire. Les gens du « programme » me disent de ne pas forcer le rythme, que chaque chose viendra en son temps, mais il y a aussi une autre voix (moi, je l'appelle la Voix de la Tortue) qui me dit de me dépêcher, de m'y mettre, que le temps presse et qu'il me faut affûter mes instruments. Pour quoi ? Pour *La Tour Sombre*, bien sûr, et pas seulement parce qu'il arrive chaque jour du courrier de lecteurs des *Trois Cartes* qui veulent savoir ce qui se passe ensuite. Quelque chose en *moi* veut se remettre au travail et revenir à cette histoire, mais je veux bien être pendu si je sais comment m'y prendre.

12 juillet 1989

Il y a quelques trésors merveilleux, dans la bibliothèque de Lovell. Devine ce que j'ai trouvé ce matin, en cherchant quelque chose à lire ? *Shardik*, de Richard Adams. Pas l'histoire avec les lapins, mais celle de l'ours mythologique géant. Je crois que je vais le relire.

Je n'écris toujours rien de très bon…

21 septembre 1989

OK, ce qui suit est un peu barjot, alors tiens-toi prêt.

Vers dix heures ce matin, alors que j'étais en train d'écrire (en fait, je fixais mon traitement de texte en me disant que ce serait vraiment super de se taper une bonne pinte de Bud bien fraîche), on a sonné à la porte. C'était un type de « La Maison des Fleurs » de Bangor, avec une douzaine de roses. Pas pour Tab, mais pour moi. Sur le carton était écrit : *Joyeux anniversaire de la part des Mansfield – Dave, Sandy et Megan.*

J'avais complètement oublié, mais aujourd'hui, c'est moi le Grand Quatre-Deux. Bref, j'ai pris une des roses du bouquet et je me suis en quelque sorte perdu à l'intérieur. Je sais que ça a l'air étrange, mais crois-moi, c'est ce qui s'est passé. Il me semblait entendre ce doux bourdonnement, et je suis descendu

1. Alcooliques Anonymes. *(N.d.T.)*

de plus en plus bas, le long des courbes de la rose, comme si je pataugeais dans les gouttes de rosée qui me paraissaient aussi grandes que des flaques. Et tout le long, ce bourdonnement se faisait de plus en plus présent et de plus en plus doux, et la rose devenait... comment dire... de plus en plus *rose*. Et je me suis surpris à penser à Jake, du premier volume de *La Tour Sombre*, et à Eddie Dean, et à une librairie. Je me rappelle même son nom : Le Restaurant Spirituel de Manhattan.

Et puis *boum* ! Je sens une main sur mon épaule, je me retourne, et c'est Tabby.

Elle voulait savoir qui m'avait envoyé les roses. Et puis aussi si je m'étais endormi. J'ai répondu que non, pourtant c'est ce qui s'est produit, là, au beau milieu de la cuisine.

Tu sais à quoi ça ressemblait ? À cette scène au Relais, dans *Le Pistolero*, quand Roland hypnotise Jake avec une balle, quand il l'*envoulte*. Personnellement, je suis immunisé contre l'hypnose. Un type m'a fait monter sur scène, à la Foire de Topsham, quand j'étais gamin. Ça n'a pas marché. Je crois me rappeler que mon frère Dave était très déçu. Il voulait me voir caqueter comme une poule.

Tout ça pour dire que je crois que j'aimerais reprendre *La Tour Sombre*. Je ne sais pas si je suis prêt pour une entreprise aussi complexe – disons qu'après les quelques échecs de ces dernières années, j'ai quelques doutes – mais je veux au moins tenter le coup. J'entends ces personnages inventés qui m'appellent. Et qui sait ? Peut-être y aura-t-il dans celui-là une place pour un ours géant, comme Shardik dans le roman de Richard Adams !

7 octobre 1989

J'ai commencé aujourd'hui le nouveau volume de *La Tour Sombre* et – comme ç'avait déjà été le cas avec *Les Trois Cartes* – j'ai terminé cette première séance en me demandant pourquoi j'avais tant tardé à m'y remettre. Me retrouver avec Roland, Eddie et Susannah, c'est comme boire un verre d'eau fraîche. Ou croiser des amis après une longue absence. Et, une fois encore, j'ai ressenti cette impression que je n'écrivais pas l'histoire, mais que je servais juste de courroie de transmission. Et tu sais quoi ? Ça me va très bien. Je suis resté assis devant mon écran pendant quatre heures ce matin et pas une seconde je n'ai eu envie d'un verre ou de quelque drogue que ce soit. Je crois que celui-ci, je vais l'appeler *Les Terres Perdues*.

9 octobre 1989

Non – seulement *Terres Perdues*, deux mots, comme dans ce poème de T.S. Eliot (d'ailleurs je me demande si chez lui ça n'est pas *Terre Perdue*).

19 janvier 1990

Ai fini *Terres Perdues* ce soir, au bout d'une séance marathon de cinq heures. Les gens vont détester cette fin, sans réelle clôture du concours de devinettes, et moi-même je croyais devoir pousser le récit plus loin, mais ce n'est pas moi qui décide. J'ai entendu dans ma tête une voix me dire clairement (et une fois encore, elle ressemblait à celle de Roland) : « Tu en as fini pour l'instant – referme ton livre, romancero. »

Mis à part cette fin qui n'en est pas une, cette histoire me paraît bien mais, comme toujours, très différente de celles que j'écris d'habitude. Le manuscrit est un vrai *pavé* de plus de 800 pages, et j'ai accouché dudit pavé en seulement un peu plus de trois mois.

Incroyable mais vrai, putain.

Et encore, quasiment aucune rature, quasiment aucune correction. Il y a bien quelques pépins de continuité, mais compte tenu de la longueur du livre, je n'en reviens pas qu'il y en ait si *peu*. Et je n'en reviens pas non plus qu'à chaque fois que je manque d'inspiration, le bon livre semble me tomber entre les mains. Comme *Le Quinconce*, de Charles Palliser, avec tout son jargon délicieusement XVIIe siècle : les « Si fait, je vous prie », « mon louchon » et autres « j'implore votre pardon ». Cet argot paraissait tomber à pic dans la bouche de Gasher (pour moi, en tout cas). Et comme c'était chouette de voir revenir Jake dans l'histoire comme il l'a fait !

La seule chose qui me tracasse, c'est ce qui va advenir de Susannah Dean (qui était auparavant Detta/Odetta). Elle est enceinte, et j'ai peur de découvrir qui (ou quoi) est le père. Un démon quelconque ? Je ne crois pas, en fait. Peut-être que je n'aurai pas à m'en préoccuper avant un livre ou deux. Tout ce que je sais, par expérience, c'est que toutes les histoires longues où la femme est enceinte et où on ne sait pas qui est le père partent en eau de boudin. Je sais pas pourquoi, mais pour ce qui est de noyer le poisson, les grossesses, ça *craint* !

Oh, mais peut-être que ça n'a aucune importance. Pour l'instant, je suis fatigué de Roland et de son *ka-tet*. Je pense qu'il va couler de l'eau sous les ponts, avant que je leur rende à nouveau visite, même si les fans vont sans doute me maudire de finir le volume de cette manière, dans ce train quittant Lud. Et je ne plaisante pas.

Mais je suis content de l'avoir écrit, et à moi, la fin paraît très bien. Par de nombreux aspects, *Terres Perdues* me fait l'effet du point d'orgue de ma « vie d'emprunt ».

Encore plus que *Le Fléau*, peut-être bien.

27 novembre 1991

Tu te rappelles ce que je disais, à propos des fans qui allaient être dans une colère noire ? Eh bien, regarde un peu ce qui suit !

Suit une lettre de John T. Spier, de Lawrence, dans le Kansas :

Le 16 novembre 1991

Cher M. King,

Ou bien devrais-je tout simplement opter pour un « cher Trouduc » ?

Je peux pas croire que j'aie payé aussi cher pour une édition Donald Grant de votre épisode du PISTOLERO, Terres Perdues, *pour avoir* ÇA. *Mais le titre était bien, parce que pour être perdu, vous vous êtes bien égaré.*

Je veux dire, l'histoire est pas mal, super même, mais comment vous avez pu nous coller une fin pareille ? C'est pas du tout une fin, on dirait juste que vous vous êtes dit « Oh et puis merde, je vais pas me décarcasser à leur fignoler une fin, ces ploucs qui achètent mes livres, ils goberont n'importe quoi ».

J'allais le renvoyer, mais finalement je vais le garder, parce qu'au moins j'ai aimé les illustrations (surtout celles d'Ote). Mais cette histoire, c'est de la triche.

Vous savez épeler TRICHE, *monsieur King ?* M-O-N-C-U-L, *voilà comment ça s'écrit.*

Avec mes critiques sincères,

John T. Spier
Lawrence, Kansas

23 mars 1992

D'une certaine façon, je crois que celle-là me fait un effet encore pire.

Suit une lettre de Mme Coretta Vele, de Stowe, dans le Vermont :

Le 6 mars 1992

Cher Stephen King,

Je ne sais pas si cette lettre vous parviendra, mais il faut toujours garder espoir. J'ai lu la plupart de vos livres et je les ai tous aimés. Je suis une « mamie » de soixante-seize ans, originaire de votre « État frère » du Vermont, et j'aime tout particulièrement votre série de La Tour Sombre. Enfin, jusqu'ici. Le mois dernier, je suis allée rendre visite à une équipe de cancérologues, qui m'ont appris que la tumeur que j'ai au cerveau a bien l'air d'être maligne, en fin de compte (d'abord ils avaient dit : « Ne vous inquiétez pas, Coretta, c'est bénin »). Maintenant je sais que vous avez des choses à faire, monsieur King, qu'il vous faut « écouter votre muse », mais ils disent aussi que j'aurai de la chance si je passe le 4 juillet de cette année. Je crois bien avoir lu mon dernier « pavé de la Tour Sombre ». Alors je me demandais si vous pourriez me dire comment se termine l'histoire, ou au moins si Roland et son ka-tet finissent par arriver à la Tour ? Et si oui, qu'est-ce qu'ils y trouvent ? Je vous jure de ne pas en souffler un mot à qui que ce soit, et vous ferez le bonheur d'une mourante.

Sincèrement vôtre,

Coretta Vele
Stowe, Vermont

Je me sens tellement merdique, quand je me rappelle combien j'étais euphorique à propos de la fin de *Terres Perdues*. Il faut que je réponde à la lettre de Coretta Vele, mais je ne sais pas comment. Est-ce que je peux lui faire croire que je ne sais pas plus qu'elle comment se finit l'histoire de Roland ? J'en doute, et pourtant « ceci est la vérité », comme dit Jake à la fin de sa composition. Je ne sais pas plus ce qu'il y a dans cette foutue Tour que… Ote lui-même ! Je ne savais même pas qu'elle se dressait au milieu d'un champ de roses, jusqu'à ce que ça jaillisse entre mes doigts et que ça apparaisse comme par magie sur l'écran de mon tout nouveau Mac ! Que dirait-elle, si je lui disais : « Cory, écoutez-moi : le vent souffle, et l'histoire me vient. Et puis il tombe, et tout ce que je peux faire, c'est attendre, tout comme vous » ?

Ils pensent que c'est moi qui commande, tous, du critique le plus affûté au lecteur le plus simple d'esprit. Et c'est vraiment du pipeau.

Parce que ça n'est pas moi qui commande.

22 septembre 1992

L'édition Grant de *Terres Perdues* est déjà épuisée, et l'édition de poche marche très fort. Je devrais être content, d'ailleurs je le suis, mais je reçois toujours des tonnes de lettres, au sujet de cette fin en queue de poisson. En gros, on pourrait les classer en trois catégories : les gens dégoûtés, ceux qui veulent savoir quand sortira le prochain volume, et les gens dégoûtés qui veulent savoir quand sortira le prochain volume.

Mais je sèche. Le vent ne souffle pas, dans ce quart-là. Pas en ce moment, en tout cas.

En attendant, j'ai l'idée d'un roman à propos d'une dame qui achète un tableau au mont-de-piété, et qui tombe en quelque sorte dedans. Hé, peut-être que ce sera dans l'Entre-Deux-Mondes qu'elle tombera, et qu'elle rencontrera Roland !

9 juillet 1994

Avec Tabby, on ne se bagarre plus vraiment, depuis que j'ai arrêté de boire, mais ô mon gars, ce matin on en a eu une sévère. On était dans la maison de Lovell, bien sûr, et je m'apprêtais à faire ma balade du matin, quand elle m'a mis sous le nez un article du journal d'aujourd'hui. Il semblerait qu'un certain Charles « Chip » McCausland ait été renversé et tué par un chauffard qui a pris la fuite, alors qu'il se promenait au bord de la Route 7. Ce qui est exactement mon itinéraire, bien sûr. Tabby a essayé de me convaincre de rester sur le Chemin du Dos de la Tortue, moi, j'ai essayé de la convaincre que j'empruntais la Route 7 tout autant que des tas de gens (et je jure que je ne fais que trois cents mètres à peine sur le bitume), et c'est là que ça a commencé à dégénérer. Elle a fini par me demander d'arrêter au moins de me promener sur Slab City Hill, où la visibilité est tellement réduite qu'il n'y a pas le temps de sauter dans un fourré si quelqu'un quitte la route. Je lui ai promis d'y réfléchir (si on avait continué la discussion, je ne serais pas sorti avant midi), mais en vérité, je préférerais me pendre plutôt que de vivre comme ça, dans la peur permanente. En plus, il me semble que ce pauvre type de Stoneham a fait baisser de un million à une seule les chances que *moi* je me fasse maintenant renverser sur cette portion de route. C'est ce que j'ai dit à Tabby, et elle m'a répondu : « Les chances pour que tu deviennes aussi célèbre que tu l'es, en écrivant, étaient encore plus minces. Tu l'as dit toi-même. »

Et là, je n'ai pas trouvé de repartie.

19 juin 1995 (Bangor)

Tabby et moi rentrons de l'Auditorium de Bangor, où notre petit dernier (et environ quatre cents de ses camarades) vient d'obtenir son diplôme. Il est à présent officiellement bachelier. Le lycée de Bangor est maintenant de l'histoire ancienne, pour lui. Il entre en fac à l'automne prochain et Tab et moi allons devoir affronter le fameux syndrome du « Nid Vide ». Tout le monde dit que ça file à toute vitesse, et on répond ouais ouais... et tout à coup, on y est.

Putain, je suis triste.

Je me sens perdu. À quoi ça sert, tout ça ? (Hein, Alfie, quel est le sens de la vie[1], ha ha ?) Quoi, ce serait juste un grand saut du berceau à la tombe ? « La clairière au bout du sentier » ? Doux Jésus, c'est sinistre.

En attendant, on part cet après-midi pour la maison de Lovell – Owen nous y rejoindra d'ici un jour ou deux. Tabby sait que

1. *What's it all about, Alfie ?* La phrase d'accroche du film *Alfie* de Lewis Gilbert (1966), dont le rôle-titre, celui d'un irrépressible séducteur qui ne s'implique jamais émotionnellement, est tenu par Michael Caine. *(N.d.T.)*

je veux écrire au bord du lac, et bon sang, elle a une telle intuition que ça fiche la trouille. Alors qu'on revenait de la cérémonie de remise des diplômes, elle m'a demandé si le vent s'était remis à souffler.

En fait c'est le cas, et cette fois c'est une grosse rafale. J'ai hâte de commencer le nouveau volume de *La Tour Sombre*. Il est temps de découvrir ce qu'il advient du concours de devinettes (le fait qu'Eddie fasse sauter l'esprit d'ordinateur de Blaine, avec ses « questions bêtes », je le sais depuis des mois, maintenant), mais je ne crois pas que ce sera l'histoire la plus importante, ce coup-ci. Je veux parler de Susan, le premier amour de Roland, et je veux que cette « amourette de cow-boy » ait pour cadre une région de l'Entre-Deux-Mondes appelée Mejis (c'est-à-dire, le Mexique).

L'heure est venue de se remettre en selle et de chevaucher de nouveau avec la Horde Sauvage[1].

En attendant, les autres gosses s'en sortent bien, même si Naomi nous a fait une sorte d'allergie, peut-être aux coquilles Saint-Jacques…

19 juillet 1995 (Chemin du Dos de la Tortue, Lovell)

Comme lors de mes précédentes expéditions dans l'Entre-Deux-Mondes, je me sens comme quelqu'un qui aurait passé un mois à bord d'une fusée lancée à pleine vitesse. Shooté aux gaz hallucinogènes. Je pensais que j'aurais plus de mal à rentrer dans ce livre-ci, *beaucoup* de mal, mais une fois de plus, il s'est trouvé que c'était aussi facile que de renfiler de vieilles chaussures confortables, comme ces bottillons genre western que j'avais achetés chez Bally, à New York, il y a trois ou quatre ans, et que je n'arrive pas à jeter.

J'en ai déjà écrit plus de 200 pages, et j'ai été ravi de trouver Roland et ses amis en train d'enquêter au milieu des décombres de la supergrippe. De trouver des indices à la fois de Randall Flagg et de Mère Abigaël.

Je pense que Flagg se révélera sans doute n'être autre que Walter, l'ennemi immémorial de Roland. Son nom complet est Walter O'Dim, et au départ c'était juste un gars de la campagne.

---

1. Allusion au film de Sam Peckinpah, réalisé en 1969, l'un des plus grands westerns de l'histoire du genre, mettant en scène une bande de vétérans hors-la-loi partant pour un dernier « coup ». *(N.d.T.)*

Tout ça se recoupe, en fait. Maintenant je vois comment, dans des proportions plus ou moins grandes, toutes les histoires que j'ai écrites me menaient à celle-ci. Et tu vois, ça ne me pose aucun problème. Écrire cette histoire, c'est comme rentrer au bercail.

Mais pourquoi y a-t-il toujours cette impression de *danger*, en même temps ? Pourquoi est-ce que je suis convaincu que, si on me retrouve mort d'une crise cardiaque à mon bureau (ou fauché sur ma Harley, probablement sur la Route 7), ce sera au moment où je travaille à ce Western Farfelu ? Sans doute parce qu'il y a tellement de gens qui attendent que je finisse ce cycle ? Et je *veux* le finir ! Dieu, oui ! Pas de *Contes de Canterbury* ni de *Mystère d'Edwin Drood*[1] sur mon CV, si je peux l'éviter, merci beaucoup. Et pourtant j'ai toujours ce sentiment qu'une force anticréatrice me cherche, et que je suis plus facile à trouver quand je travaille sur ces histoires-là.

Bon, fini les délires qui font flipper. Je pars en balade.

2 septembre 1995

J'espère avoir fini ce livre d'ici à cinq semaines. Celui-là m'a donné plus de fil à retordre, mais la trame me vient toujours avec une étonnante profusion de détails. J'ai regardé *Les Sept Samouraïs*, de Kurosawa hier soir, et je me demande si ça n'est pas la piste à suivre pour le volume 5, *Les Loups-garous du Monde Ultime* (ou équivalent). Je vais essayer de voir si un des vidéoclubs au bord de la route n'aurait pas en stock *Les Sept Mercenaires*, qui est la version américanisée du film de Kurosawa.

En parlant du bord de la route, j'ai failli sauter dans le fossé cet après-midi pour éviter un type en camionnette – il zigzaguait d'un côté à l'autre, visiblement ivre – sur la dernière portion de la Route 7, avant que je bifurque dans le Chemin du Dos de la Tortue, qui est plutôt protégé. Je ne pense pas en parler à Tabby. Ça la rendrait hystérique. Quoi qu'il en soit, je me suis fait ma petite « frayeur du piéton » et je suis bien content que ça ne se soit pas produit sur Slab City Hill.

1. *The Mystery of Edwin Drood*, roman inachevé de Charles Dickens. *(N.d.T.)*

9 octobre 1995

Ça m'a pris un peu plus longtemps que prévu, mais j'ai fini *Magie et Cristal*, ce soir…

19 août 1997

Avec Tabby, on vient de dire au revoir à Joe et à sa chère femme. Ils rentrent à New York. Je suis content d'avoir pu leur donner un exemplaire de *Magie et Cristal*. La première livraison de la version définitive était arrivée dans la matinée. Y a-t-il quoi que ce soit de plus beau ou qui sente meilleur qu'un livre neuf, surtout avec votre nom en couverture ? Je fais vraiment le plus beau métier du monde. Des gens réels me donnent de l'argent réel pour se balader dans mon imagination. Ou, devrais-je ajouter, les seuls à me paraître vraiment réels sont Roland et son *ka-tet*.

Je pense que les FL[1] vont vraiment aimer celui-ci, pas seulement parce qu'il clôt l'histoire de Blaine le Mono. Je me demande si la mamie dans le Vermont, avec la tumeur au cerveau, est toujours vivante. Je suppose que non, mais si elle l'était, je serais heureux de lui en envoyer un exemplaire…

6 juillet 1998

Tabby, Owen, Joe et moi, on est allés à Oxford ce soir, pour voir le film *Armageddon*. Je l'ai aimé plus que j'aurais cru, en partie parce qu'on était en famille. C'est une histoire de fin du monde avec grand renfort d'effets spéciaux. Ça m'a fait réfléchir à *La Tour Sombre* et au Roi Cramoisi. Rien d'étonnant à ça, j'imagine.

Ce matin j'ai un peu travaillé à mon texte sur le Vietnam. Je suis passé de l'écriture à la main à mon Powerbook, alors j'imagine que c'est du sérieux. J'aime la façon dont Sully John réapparaît. Question : Roland Deschain et ses amis rencontreront-ils un jour le pote de Bobby Garfield, Ted Brautigan ? Et qui sont ces types ignobles pourchassant le vieux Tedster, au fait ? J'ai de plus en plus l'impression que tout mon travail est comme un trou noir dans lequel tout se précipite, pour finir aux confins de l'Entre-Deux-Mondes et du Monde Ultime.

1. Fidèles Lecteurs. *(N.d.T.)*

La Tour Sombre est ma « super-histoire », mon gros œuvre, aucun doute là-dessus. Quand je l'aurai finie, j'ai bien l'intention d'y aller tout doux. Peut-être même de prendre ma retraite pour de bon.

7 août 1998

J'ai fait ma petite promenade habituelle dans l'après-midi, et ce soir j'ai emmené Fred Hauser avec moi, à la réunion des A.A. de Fryeburg. Sur le chemin du retour, il m'a demandé d'être son parrain et j'ai accepté. Je suis content pour lui ; je pense que cette fois il pense sérieusement à s'arrêter de boire. Je ne sais plus comment, il en est arrivé à parler des prétendus « Entrants ». Il dit qu'il y en a de plus en plus, dans les parages des Sept Villes, et que tout le monde ne parle que de ça.

« Comment ça se fait que *moi*, je n'en aie jamais entendu parler, alors ? », je lui ai demandé. Il ne m'a rien répondu, mais il m'a regardé avec un air tout drôle. Je l'ai un peu cuisiné, et Fred a fini par me dire : « Les gens n'aiment pas en parler quand tu es dans le coin, Steve, parce qu'on a relevé deux douzaines d'apparitions sur le Chemin du Dos de la Tortue au cours des huit derniers mois, et que tu es le *seul* à n'avoir rien vu. »

Pour moi, c'était à classer *sans suite*, alors je n'ai rien ajouté. Ce n'est qu'après la réunion – et après avoir déposé mon nouveau protégé – que j'ai compris ce qu'il avait voulu dire : les gens ne parlent pas des « Entrants » en ma présence parce que ces tarés croient que je suis RESPONSABLE de leur apparition. Je crois que je m'étais finalement habitué à être surnommé « le croque-mitaine de l'Amérique », mais là c'est carrément insultant…

2 janvier 1999 (Boston)

Avec Owen, on est descendus à l'hôtel Hyatt Harborside, ce soir, et demain on file vers la Floride (Tabby et moi parlons d'acheter quelque chose là-bas, mais on ne l'a pas encore dit aux gosses. Je veux dire, ils n'ont que vingt-sept, vingt-cinq et vingt et un ans – quand ils seront assez grands pour comprendre, peut-être… ah ah ah). Un peu plus tôt on a retrouvé Joe et on est allés voir *Hollywood Sunrise*, un film tiré de la pièce de David Rabe, *Hurlyburly*. Très bizarre, comme truc. En parlant de bizarre, j'ai eu une espèce de cauchemar de la Saint-Sylvestre, avant de quitter le Maine. Je ne me le rappelle pas exactement dans les détails, mais quand je me suis réveillé ce matin, j'avais écrit deux choses dans mon carnet de rêves. L'une était *Bébé Mordred, comme un truc tiré d'une BD de Chas*[1] *Addams*. Ça, à la rigueur, j'ai pu comprendre ; ça doit faire référence au bébé de Susannah, dans les histoires de *La Tour Sombre*. Mais c'est l'autre chose qui me trouble. Il est écrit : *19/6/99, Ô Discordia*.

Discordia aussi, ça sonne comme un nom tiré de *La Tour Sombre*, mais ce n'est pas *moi* qui l'ai inventé. Quant à 19/6/99, c'est une date, non ? Qui signifie quoi ? Le 19 juin de cette année. Tabby et moi on sera sans doute rentrés à la maison du Chemin du Dos de la Tortue, d'ici là, mais pour autant que je me souvienne, ce n'est l'anniversaire de personne.

C'est peut-être la date à laquelle je rencontrerai mon premier entrant !

12 juin 1999

Comme c'est merveilleux d'être de retour près du lac !

J'ai décidé de prendre dix jours de vacances, avant de me remettre au livre sur le processus d'écriture. Je suis curieux de voir ce que va donner *Cœurs Perdus en Atlantide* ; est-ce que les gens vont vouloir savoir si l'ami de Bobby Garfield, Ted Brautigan, joue un rôle dans la saga de *La Tour* ? La vérité, c'est que moi-même je n'ai pas la réponse. Quoi qu'il en soit, le lectorat de *La Tour* s'est effondré, récemment – les chiffres sont vraiment décevants, comparés à ceux de mes autres livres (sauf *Rose Madder*, qui était un vrai gouffre, du moins en termes de vente). Mais peu importe, pour moi du moins, et si jamais je finis la série, les ventes remonteront sans doute.

Tabby et moi on s'est de nouveau disputés au sujet de mon itinéraire de promenade. Elle m'a encore demandé d'en changer. Elle m'a aussi demandé si « le vent s'était déjà remis à souffler », c'est-à-dire si je réfléchissais déjà à la prochaine aventure de *La Tour Sombre*. J'ai répondu que non. Commala-deux-trois, pas de nouvelles de ce côté-là. Mais ça va venir, et il y aura une danse

1. Charles Addams (1912-1988), auteur de la célèbre bande dessinée d'humour macabre *La famille Addams*. *(N.d.T.)*

du nom de *commala*. C'est une chose que je vois clairement : Roland en train de danser. Pourquoi, pour qui, je n'en sais rien.

Bref, j'ai demandé à T. pourquoi elle s'interrogeait que sur la Tour Sombre, et elle a répondu : « Tu es plus en sécurité avec les pistoleros. »

Elle blaguait, j'imagine, mais c'était une drôle de blague, de la part de T. Ça ne lui ressemblait pas vraiment.

17 juin 1999

J'ai parlé à Rand Holsten et à Mark Carliner, ce soir. Ils ont tous les deux l'air très excités à l'idée de passer de *La Tempête du siècle* à *Rose Red* (ou *Kingdom Hospital*)[1], mais aucun des deux n'a voulu remplir mon assiette.

La nuit dernière, j'ai rêvé de ma balade, et je me suis réveillé en hurlant. *La Tour va s'effondrer*, je me suis dit, *Ô Discordia, le monde sombre dans les ténèbres*.

????

Gros titre du Press-Herald *de Portland, daté du 18 juin 1999 :*

LE PHÉNOMÈNE DES « ENTRANTS » CONTINUE DE DÉFIER LA LOGIQUE DANS L'ÉTAT DU MAINE

19 juin 1999

C'est comme quand tout à coup toutes les planètes se retrouvent alignées, sauf que dans le cas présent, c'est ma famille qui s'est retrouvée alignée ici, sur le Chemin du Dos de la Tortue. Joe et sa famille sont arrivés vers midi ; leur petit garçon est un amour. Je dis vrai ! Parfois je me regarde dans le miroir et je me dis : « *Tu es grand-père.* » Et le Steve du reflet se contente de rire, parce que c'est là une idée vraiment ridicule. Le Steve du reflet sait que je suis toujours en première année de fac, que je vais aux cours en me révoltant contre la guerre du Vietnam pendant la journée, et que le soir je vais descendre des bières avec Flip Thompson et George McLeod chez Pat's Pizza. Et mon petit-fils, le ravissant Ethan ? Il tape dans le ballon qu'on lui a accroché au doigt de pied, et il rigole.

---

1. Trois films écrits spécialement par Stephen King pour la télévision. *(N.d.T.)*

Ma fille Naomi et mon fils Owen sont arrivés hier soir. On a fait un superdîner de Fête des Pères. On m'a dit des choses tellement merveilleuses que j'ai dû me pincer pour vérifier que je n'étais pas mort ! Mon Dieu, quelle chance j'ai d'avoir une famille, d'avoir encore des histoires à raconter, d'être encore en vie. La pire chose qui sera arrivée cette semaine, j'espère, c'est que le lit de ma femme se soit écroulé sous le poids de notre fils et de notre belle-fille – ces andouilles jouaient à la bagarre dessus.

Tu sais quoi ? J'ai songé à me remettre à l'histoire de Roland, finalement. Dès que j'aurai fini le livre sur l'écriture (*Écriture*, ça ne ferait pas un mauvais titre – c'est simple et ça va droit au but). Mais pour l'instant le soleil brille, c'est une journée magnifique, et ce que je vais faire, c'est une petite promenade.

À suivre, peut-être.

Extrait du Telegram *de Portland, édition du dimanche, daté du 20 juin 1999.*

STEPHEN KING MEURT PRÈS DE SON DOMICILE DE LOVELL

LE CÉLÈBRE ÉCRIVAIN DU MAINE TUÉ ALORS QU'IL SE PROMENAIT

SELON SES PROCHES, LE CONDUCTEUR DE LA CAMIONNETTE AURAIT « QUITTÉ LA ROUTE DES YEUX UN INSTANT », EN APPROCHANT DE KING, SUR LA ROUTE 7

Par Ray Routhier

LOVELL, MAINE (en exclusivité). L'écrivain le plus populaire de l'État du Maine a été renversé et tué par une camionnette, tandis qu'il se promenait près de sa résidence d'été, hier après-midi. Le conducteur du véhicule est un certain Bryan Smith, originaire de Fryeburg. Selon des sources proches de l'enquête, Smith aurait reconnu « avoir quitté la route des yeux un instant », quand l'un de ses rottweillers à l'arrière s'est mis à fouiller dans la glacière posée derrière le siège conducteur.

« Je ne l'ai pas vu arriver », aurait dit Smith peu après la collision, qui s'est produite sur une portion de route que les habitants du coin appellent Slab City Hill.

Stephen King, auteur de romans aussi célèbres que *Ça, Salem, Shining*, ou encore *Le Fléau*, a été emmené au Northern Cumberland Memorial Hospital de Bridgton, où le décès a été prononcé à dix-huit heures deux, samedi. Il était âgé de cinquante-deux ans.

Le personnel de l'hôpital a précisé que le décès est la conséquence de graves blessures à la tête. La famille de Stephen King, qui s'était réunie presque au complet pour la Fête des Pères, a préféré se retirer ce soir...

Commala-un-deux
Voilà que reprend le jeu !
Tous les ennemis des hommes et de la rose
Se lèveront au coucher du soleil, parbleu.

NOTE DU ROMANCERO

J'aimerais une fois encore rendre hommage à l'inestimable contribution de Robin Furth, qui a lu le manuscrit de ce roman – mais aussi des précédents – avec une attention constante et une grande sensibilité aux détails. Si ce récit de plus en plus complexe maintient sa cohérence et se tient finalement debout, c'est en très grande partie grâce à Robin. Et si vous ne le croyez pas, allez ouvrir sa *Concordance* de *La Tour Sombre*, qui constitue en soi une lecture passionnante.

Tous mes remerciements vont également à Chuck Verrill, responsable de la mise en forme des cinq derniers romans, et aux trois éditeurs – deux grands et un petit – dont la coopération a permis de mener à bien ce projet gigantesque : merci à Robert Wiener (Éditions Donald M. Grant), à Susan Petersen Kennedy et Pamela Dorman (de chez Viking), et à Susan Moldow et Nan Graham (de chez Scribner). Avec ma reconnaissance particulière à Moldow, dont l'ironie et le courage m'ont bien souvent sauvé la mise, les jours sombres. Il y a d'autres personnes, beaucoup d'autres, mais je ne vais pas vous ennuyer avec une liste complète. Après tout, on n'est pas à ces putains d'Oscar, pas vrai ?

Certains détails géographiques dans ce roman et dans le dernier du cycle de *La Tour Sombre* sont fictifs. Les personnes réelles mentionnées dans ces pages l'ont été de manière et à des fins fictives. Et pour autant que je le sache, il n'y a jamais eu de consignes dans les sous-sols du World Trade Center.

Quant à toi, Fidèle Lecteur…

8261

Composition Nord Compo
Achevé d'imprimer en France (Manchecourt)
par Maury-Eurolivres
le 9 février 2007.
Dépôt légal février 2007. EAN 9782290332474

Éditions J'ai lu
87, quai Panhard-et-Levassor, 75013 Paris
Diffusion France et étranger : Flammarion

Plus qu'un dernier tournant sur le sentier, ensuite nous atteindrons la clairière.

Accompagne-moi, si cela te sied ?

Stephen King
28 mai 2003
(Grand merci à Dieu)